説話研究を拓く

説話文学と歴史史料の間に

倉本一宏 編

Kazuhiro Kuramoto

思文閣出版

序　説話文学と歴史史料の間に

倉本一宏

説話っていったい何なんだろう、という疑問は、古典文学というものに触れ始めた中学生の頃から、頭の中から離れることはなかった。まあ、中高生としては、『源氏物語』なんかに比べれば内容も簡単だし、一話で完結しているのだから、与し易い得意のジャンルであったことは確かである。

しかしながら、何故にこのような作品が生まれたのであろう、作者の意図は奈辺にあるのだろうという根本的な疑問は、大学に入ってからも、解決されることはなかった。大学院に進学してからは、『古事談』には『小右記』などの古記録を原史料として成立した説話もあることを知るに及び、ますます説話について、わけがわからなくなってきた。

その一方では、説話や「歴史物語」を何の史料批判もなしに歴史史料として用いた平安朝の論考が跋扈しているというのもまた、学界の現状であった。私自身は、「古記録を用いるのはプロの歴史学者、歴史物語のような文学を読むのはアマチュア」という土田直鎮師の訓戒を受け、ひたすら古記録の解読に力を注ぎ続けてきたのであるが、やはり説話のことは気にかかっていたのであった（「歴史物語」については、なるべく関わらないようにしてきた）。

国際日本文化研究センター（日文研）に就職して共同研究なるものを主宰しなければならない立場に立ったとき、

まずは日記（古記録＋仮名日記）を総合した共同研究会を立ち上げたのは、自然な流れであったとはいい条、その次の共同研究会のテーマを何にしようかと悩んだ末、説話、しかも歴史史料としてのアプローチと文学としてのアプローチの両サイドから、同じ作品に取り組もうと決意したのは、かなり勇気のいる決断であった。

その直前に朝日新聞に載った上野千鶴子さんのエッセイに、人間は五〇歳を過ぎると自分の過去の業績をなぞるだけになる、それを回避するには未知の分野に踏み込むほかはないというのがあって、自分も積年の懸案に取り組もうと思い立った次第である。

いったいに説話文学というものは、どのようにして形成されたのであろうか。内容がまったくの創作でない限り、何らかの出来事が起こって、それが口承（記憶と伝承）もしくは文字史料（記録）によって留められ、それがいくたびかの変遷を経て、説話集に編修されたものであろうが、その具体的な経緯は、杳として謎に包まれたままである。

というわけで、日本史学や日本文学や考古学、宗教学、文化史学の研究者を集めて、説話という素材をそれぞれの立場で分析し、この文学ジャンルを解明しようというのが、本研究会の趣旨である。最初期の研究計画は、以下のようなものであった。

文学作品としての「説話集」に収められた説話、および「説話的」なる素材と、歴史史料との関連を追究する。「説話集」そのものと歴史史料との関係を考察する他に、個々の説話（および「説話的」な素材）と、それに関連する歴史史料の条文との比較を念頭に置いて、研究を進める。

およそ日本における説話文学は、「説話」という語の本来の意味である口承文芸ではなく、特定の原史料を持つ書承文学であった。つまり、何らかの書物から話を選んで、それを書き写したものを集積したものが、「説話集」と呼ばれる作品なのである。なお、「説話」という文学ジャンルも、近代国文学史上の用語である。

説話を書写する際には、それを潤色したり、加筆したり、書き替えたりすることも行なわれたが、同系統の説話は、元は一つの原史料から様々に派生したものである可能性が高い。口承文芸とは異なり、説話を書写する者は貴族層であることが多いので、古記録類を参照する機会も多かったであろう。

その結果、「説話集」はあたかも確実な史実を記録した歴史史料を原史料としたものばかりであるという認識も存在する。特定の説話を無批判に自己の歴史叙述に引用する論考が多いのも、こういった事情によるものであろう。

しかしながら、個々の説話（および「説話的」な素材）と歴史史料との関係は、個々に考察する必要のある問題である。ましてや、「説話集」全体と歴史史料との関係は、軽々に論じきれるものではない。

ところが、そのような検証作業を独力で行なうことは不可能である。「説話集」の研究を専門に行なっている国文学者、また「説話集」の作られた時代の歴史を研究している歴史学者、さらには個々の説話（および「説話的」な素材）で語られている時代を研究している歴史学者の英知を結集してこそ、このような学際的・総合的な知の営みが可能となってくるのである。

また、外国における説話の存在形態や歴史性、さらには外国における日本説話研究を取り入れてこそ、真に国際的な研究を集積できるということは、いうまでもない。

本研究会においては、それぞれの分野における第一人者と称される研究者、第一線で活躍している研究者、近い将来にこの分野の中心となるであろう研究者、そして外国在住の研究者を一堂に会し、かかる視点による研究発表を積み重ね、議論を繰り返していくことによって、説話と歴史史料という困難な課題に取り組みたいと考えている。

その成果は、研究会終了後の論集によって世に問うつもりである。また、国際的な問題意識に基づく研究集会を開催することも視野に入れている。

しかしながら、現在の学界においては考え得る最高のメンバーを集め、さらにものすごい大家をゲストスピーカーとして招いて四年間の研究会を積み重ねてきた、つまり歴史学と文学の両方をフュージョンした集団としては史上最高の研究会であったことは確実なのであるが、それでもなお、私にとって説話とは何であったのかという疑問は、相変わらずほとんど解明されていない。

説話とは解明不可能なものなのだということがわかったということが成果であるならば、事は簡単なのであるが、そう言ってしまっては元も子もなくなる。いやはや、学問というものは行き着く先がなく、前途は茫洋として寄る辺ないのである。

このままでは、次の研究会は何をテーマとして開けばいいのであろうか。「歴史物語」でないことは確かであるとして、これからも歴史と文学、そして日本と関わり続けて生きていくしかないのである。

特集　説話の国際性

第三部　内在する歴史意識

第四部　説話の変容

第一部　説話と歴史史料

歴史叙述としての説話

小峯和明

一　説話と歴史

近代の人文学は哲学、史学、文学の三部門を中軸としてきた。哲学は思想にも置き換えられ、あらゆる学の基底をなしていたが、史学と文学はながらく別途の分野のように扱われてきた。しかし、八〇年代以降の知と学の地殻変動ともいうべき変転を経て、双方は急速に接近してきている。人的交流が進み、相互の研究をふまえた学が展開されるようになった。以前から文学は作品や作者のあり方を問題とするから、おのずとその歴史的背景や社会の動向を無視し得ず、必然的に史学の成果を前提としてきたが、実証史学からすれば文学は仮構された絵空事であり、歴史史料とはなりえず、対象になりにくいものだった。極論すれば、文学研究は歴史学を必要とし、史学は文化史を除けば文学を必要としなかったのである。双方にはおのずと落差や温度差があった。しかし、社会史研究の進展にともない、絵画史料論をはじめ、あらゆる媒体が歴史史料として対象化されるのに応じて、文学もまた重要な史料として再認識されるにいたり、史学の俎上に載るようになったのである。

稿者が企画にかかわった例として、吉川弘文館の「歴史と古典」のシリーズ全一〇巻の叢書があった(二〇〇八

〜〇九年)。『古事記』『万葉集』『将門記』『源氏物語』『今昔物語集』『平家物語』『太平記』『北野天神縁起』『信長公記』『仮名手本忠臣蔵』等々、文学と史学を中心に思想、美術、民俗等々、多分野の参画を得た論集であったが、あまり売れ行きが延びず、第二期以降のシリーズ化にはいたらなかった。

この度の説話を史料から見直す試みも、そうした史学と文学の相互乗り入れをめざす動向の一環としてあり、史学が説話を史料としてどれだけ使いうるかどうか、その有用性を試す試金石でもあるし、説話研究からは説話の文学研究が歴史学からどの程度意味があるとみなされるかを試す機会にもなっている。しかし、安直に説話を史料として癒着できるか、まずはその前提から問題を掘り下げておく必要があるように思う。以下、いくつかの観点から放射状に述べてみたい。

二　説話と説話文学の間

まず課題の「説話文学と歴史史料の間に」の用語から、基本的な前提についてふれておきたい。現在、「説話文学」という語彙は、日本文学領域の確たる一ジャンルをあらわす学術用語として自明のごとく扱われるが、『今成元昭仏教文学論纂』第二巻(法藏館)でも力説されるように、もともと「説話」は文学領域の語彙であるから、ことさら「文学」をつけた「説話文学」は無用の用語である、といわなければならない。和歌文学、物語文学、軍記文学等々、やはり「文学」をつけた用語はあるが、いずれも学会名など学術界での存在意義を主張する際の言挙げ的な符牒として使われるに留まるのではないだろうか。和歌＝文学、物語＝文学は当然の前提になっている。これに対して、近代になって確立するジャンルとしての「説話」には非文学的なニュアンスが一方で込められており、稿者が研究を始めた頃はまだ「説話なんか文学じゃない」と豪語する他分野の研究者も少なくなかった。だから、「説話」にあえて「文学」を冠せざるをえない必然性や学的要請が暗黙のうちに醸成されてきた、ともいえる。和歌や物語に対峙して、学界の共同幻想のごとくはぐくまれ、提起された経緯があったのである。

これには、柳田国男を起点とする民俗学からの路線もかかわっていただろう。柳田の提唱する広範な「口承文芸」のなかでも特に昔話や伝説が重視され、その総称として「説話」が提起された(『口承文芸史考』)。国文学分野の説話研究もこれに即応しつつ、隣接しながらも、『今昔物語集』などに代表される説話集と昔話などの口承文芸とは必ずしも共通しない面が多々あることも次第に明らかになってきた。説話集を中心とする文学史観が確立するにつれ、たんなる「説話」ではなく、「説話文学」だとする、よりステージを上げようとする動きが出てきたのであろう。その動きは今日でも基本的には変わっていないように見受けられる。柳田自身には「口承文芸」の「文芸」の認識が深くあったはずだが、後続の民俗学ではその「文芸」が剝落してゆき、「口承」のみに特化される傾向があり、今や「口承文芸」はある種の手垢にまみれた用語として後退し、文化人類学の進展に応じて「口頭伝承」の用語の方が優勢になっている(川田順造『口頭伝承論』に象徴される)。

「説話文学」を標榜する側は、一方では、非文学から文学を言挙げする後ろめたさ、一方ではあらたな文学領域を建設するおおいなる気概や野望もあったであろう。民俗学の「説話」とは位相を異にする意識も当然あったはずである。創設から半世紀を越えた「説話文学会」も、創設時に「文学」をつけるか否かで議論があったようだが、これもいうなれば、民俗学系と国文学系との暗黙の対峙であり、その結果、説話文学＝説話集のごとき文学史観が形作られ、今日にいたっている。「説話集」なる用語も、「説話」語彙の流布定着に応じて出てきたもので、「集」という作品形態を示す点で概念が規定しやすく、「説話文学」の曖昧さを払拭しやすい。したがって、私見では「説話文学」は使わず、「説話集」の用語につくことにしたい。

以前からくり返し述べているように、「説話」は本来、唐宋代に盛んだった話芸を意味する、れっきとした文学用語であり、そもそもそこに「文学」を付け合わすべき謂われはない。「説話」には文学と非文学の二面があるという議論にも与しない。それなら和歌でも物語でも、同じ問いかけが必要になるだろう。結局は、文学性の如何の問い直しにかかわってくることにもなる。「説話」と「説話文学」とを二元論的にとらえる論は、たとえば、かつての説話研究を領導した益田勝実が、口承文芸(口頭伝承)を「説話」、説話集を「説話文学」ととらえていたことに典型化される(『説話文学と絵巻』)。益田の研究はまさに説話学における近代の民俗学と国文学の二大潮流を接合させる意義を担っていた。

しかしながら、そうした二元論にとらわれている限り、既存の文学観を乗り越えていくことはできない。私見では、口頭伝承と文字テクストのまさしく交差する接点、境界領域こそが「説話」の本義であり、そもそも文字と語りの二元論を克服する媒体こそが「説話」なのである。「説話」の本義に立ち返り、「説話文学」=「説話集」なる一般化した概念を解体し、再措定する試みがもとめられるわけで、この問題については別稿を用意したいと思う。

これにあわせてさらに留意されるべきことは、説話はあらゆるものにつらなる媒体、様式であって、文学史の一ジャンルにおさまりきらないことである。かつては、「説話」は「文学」であることを証明するために、『今昔物語集』以下の一連の「説話集」を読み込んで、そこから王朝の物語などにはない独自の世界と表現を見出す方向で進んできた。その基本は今も変わっていない。したがって、そうした研究の指向するものは、王朝物語などとは基本的に相違するジャンルとしての「説話集」であり、「説話文学」であった。

しかし、「説話集」に見出される個々の説話の多くはまた『平家物語』に代表される軍記やその他の諸ジャンルにも浸透し、共通することが次々と見出され続けている。「説話」はあらゆる分野・領域に遍在する言説としてあることが明らかになったのである。今や「説話」の問題をいわゆる「説話集」に限定するいわれはほとんどない。いいかえれば、「説話」はあらゆる対象にかかわり、浸透し、巻き込み、つらなりあっている。かつて「地盤的文学」と呼称されたが、それとともにすべてのものを含み込み、呑み込むような能動的な媒体でもある。特定の分野だけ切り出して云々できるものではなくなった。「説話」が媒体、表象としてあることがようやく周知のものとなったのである。

誤解のないようにいえば、「説話集」中心の研究を否定するものではない。むしろそれを中心としつつもあらゆる分野を対象にする視座の確立が必要だという提言であり、「説話集」だけに逼塞する研究は、すでに「説話」研究の一領域に止まることを自覚すべきだ、という主張である。

三　史料と資料の間

今回の課題でもう一つの重要な論点は、史学と文学との研究上の差違、ズレである。それは「史実と虚構」という、これまた過去累々とくり返されてきた、古くて新しい課題、払拭すべくして払拭しきれない二元論がかかわる。歴史学と文学研究（用語を合わせるならば「文学学」か）との根本的な差違は、前者が徹底して歴史事象を追い、その実体を史実として復元、再建することを目標とするのに対して、後者は文学がそもそも言語媒体の虚構を本性とするから、歴史実体とは必ずしもかかわらない、もしくはそれを究極の指標とはしないことにある。

その具体例としては、先頃上梓した遣唐使の〈外交神話〉をめぐる拙著『遣唐使と〈外交神話〉――『吉備大臣入唐絵巻』を読む』が見本になるが、歴史学は遣唐使の問題を歴史上の実体として追究、再現しようとするのに対して、文学研究はそれをふまえつつも、歴史実体だけに還元されず、むしろ遣唐使廃止以後にせり出してくる、遣唐使をめぐる幻想や想像力によるあらたな〈物語〉を対象にし、いわば後世の遣唐使〈像〉を問題視する。それもまた、もうひとつの歴史である。その典型例が名高い『吉備大臣入唐絵巻』であり、遣唐使が終わった時代において、遣唐使〈像〉がいかなる意味や意義をもつのか、を追究するのに恰好の対象となる。そこでは、吉備真備は歴史上の存在でありつつ、すでに隠身の術を使ったり、楼閣を脱出して空を飛んだり、日月を封じ込めたり、種々の術を使いこなし、次々と突きつけられる難題を解決する、いわばスーパースターとなっている。あるいは、真備と同じ船で渡航し、ついに日本に戻ることのなかった阿倍仲麻呂が、この物語では真備より先に唐に来て、難題を解決できずに殺されて鬼になっていたりする。したがって、この絵巻は従来の史学からすれば荒唐無稽、奇想天外の物語となっていて、まともな史料にはなりえないものであった。せいぜい遣唐使船を復元する際の図像の手本になるくらいであったろう。

しかし、初めてこの絵巻に錯簡を見出し、絵画史料論の立場から本格的な論を展開したのが黒田日出男『吉備大臣入唐絵巻の謎』であり、絵巻を対象とする多角的、多面的な研究を象徴するものになった。黒田の観点は、この絵巻がどれだけ歴史史料として読めるか、への果敢な挑戦であり、その前の成果『謎解き 伴大納言絵巻』と対になる。絵巻に関する徹底した研究状況や書誌的な解析をふまえて解読を試みるが、今ひとつ物足りない印象が残るのは、それら絵巻がなぜ作られたのか、創出や形成への掘り下げが十分ではないからであるように見受けられる。いうならば、資料ではなく、史料として読もうとする限界があるのではないか、と思われてならない。

八〇年代に影響力をもった社会史研究などを通して、ずいぶん史学と文学の溝が埋まってきた感はあるが、それでも根本的な開きは大きく、なかなか埋めることは難しいだろう。もとより別々でよいのだ、とする立場もあるだろうが、人文学の旗色がよくないことからみても、どれだけ共通の土俵で議論できるか、今後ますます試されることになるだろう。

何より、同じ対象であっても、歴史学が「史料」と呼び、文学研究他が「資料」と呼ぶ、その呼称の差違に歴然としている。つまりは、「史料」は歴史を再現、復元するための文字通りの基本の史料であるのに対して、文学のいう「資料」はそのまま研究対象として解読すべき事象そのものとしてある。『吉備大臣入唐絵巻』が史学い。

の対象となりにくい、つまり「史料」になりにくいのに対し、文学や美術では文字通り、対象としての「資料」となる。黒田論はその壁を越える一つの挑戦だったといえるが、テクストそのものの解読が究極の目標ではなく、絵画史料としての定位に焦点があるように思われる。「史料」と「資料」の距離、懸隔があることを否定しにくい。

後世の遣唐使をめぐる物語や説話の数々は、遣唐使が終わっても、東アジアの国際関係が緊張、動揺をくり返すなかで、〈外交神話〉として再生産され続ける。『吉備大臣入唐絵巻』の現存本は、残念ながら後半部が欠脱しているが、物語に絵画をともなう、テクストとイメージが相乗し合う絵巻形態として貴重である。さらに、この絵巻形成の究極は、天皇百代で日本は終わりだという、いわゆる百王思想の典拠となる予言書（未来記）『野馬台詩』の伝来を説くところにもとめられる。梁代の神異僧で観音の化身として知られる宝誌がわずか五言二十四句の短い予言詩を作る。それがのちに『野馬台詩』と呼ばれるようになり、暗号のように文字がばらばらに並べられているのを、真備が唐の王からの難題の一つで読まされる。それまで援助してきた鬼の仲麻呂もお手上げで、窮地に陥った真備が日本の方を向いて長谷の観音や住吉明神に祈って霊験が生じ、天井から蜘蛛が降りてきて糸を引きながら歩いた跡をつたって解読できたという。最後は日本の神仏の加護によって窮地を脱したというわけである。

その解読場面は欠損しているが、黒田、神田房枝両論によって、宝誌が宮中で『野馬台詩』を書いている画面が、錯簡で現存絵巻の最初の方に貼り付けられていたことが判明した。つまり、この『吉備大臣入唐絵巻』は、『野馬台詩』生成のいわれや起源を説く絵巻なのであった。吉備真備が蜘蛛の糸を伝って『野馬台詩』を解読する画面は残っていないが、宝誌が『野馬台詩』を書く画面はかろうじて残されていたのである。

しかしながら、近代の歴史学は、このような『野馬台詩』をめぐる予言書を多く無視してきた。実証史学からすれば、予言書などあやふやでいかがわしいものとして排除されたのである。和田英松の〈聖徳太子未来記〉に関する研究は、まさに今日からみても先駆的な研究であり、大半の予言書、未来記などはまともな「史料」とはなりえなかった（予言書の問題は後述）。

遣唐使のつながりでいえば、名高い円仁の『入唐求法巡礼行記』も「史料」と「資料」の間を問い直す好例である。本書は、歴史学では、最後の遣唐使の様子を伝え、九世紀前半の東アジア情勢をうかがう絶好の「史料」であり、多くの研究が積み重ねられている。まさに遣唐使の歴史を復元するための第一級「史料」としてある。しかし、一方で本書は日次の日記であり、求法記ないし巡礼記であり、紀行文や旅行記などを含み込む漢文体の日記文学とみなすことができる。日記文学研究が仮名の女性日記を主体とすることが多いため、漢文日記の文学としての研究自体そもそもなおざりにされてきた。近代の感覚でいえば、ノンフィクションやルポルタージュの面も持っている。

よく取りあげる例でいえば、円仁の唐入国が認められず、山東半島経由でいったんは帰還の途に就くが、霧に閉ざされて航行がおぼつかず、場所が分からなくなり、朝鮮半島の多島海に迷い込んだのでは、とさえ思われ、占いを立てたり、さまざまに対処して山東沿海であることがわかり、赤山で下船、不法滞在に踏み切る場面がある。この場面は、戻るか残るか、先が見えない円仁の心象風景とも重なる重要な場面であると思われるが、史学ではふれることがない。「史料」として読むか、「資料」として読むか、で読み方が変わってくるのである。

本書の文学研究は史学に比べればまだ少ないが、その緊張感あふれる迫真の文体表現は、異文化交流の文学史からみても傑出している。同じ『入唐求法巡礼行記』であっても、一方は「史料」、他方は「資料」という扱いになり、読みのめざす方位がおのずと異なっているようだ。今後もそのままでよいとする立場もあろうし、いずれ相互の断層が解消される時も来るかもしれない。そもそも書名の読み方も、史学は徹底して「にっとうぐほうじゅんれいこうき」であるが、あくまで留学僧円仁の書いたものであるから、「じゅんれい」ではなく、礼拝《らいはい》に相当する「じゅんらい」であり、「にっとうぐほうじゅんらいぎょうき」と呉音読みすべきではないかと思う。

この『入唐求法巡礼行記』がそうであるように、同じテクストでも見方を変えれば、歴史史料ともなるし、文学の資料ともなる。同じことは、『吉備大臣入唐絵巻』にもいえるだろう。絵巻であることから、一般には美術品として扱われるが、原拠は大江匡房の言談筆録の『江談抄』にあり、絵巻の詞書も一部残存するから、一篇の独立した物語でもある。それと同時に遣唐使の実像を伝える史実ではないにしても、遣唐使がこのように活躍したであろう、もしくはあのように活躍してほしい、といった共同幻想的な願望を満たすべくして、著された、史料とも読めるのではないだろうか。

四　史実と虚構の間

歴史学と文学研究との断層で今の史料・資料の差違と密接に関連するのが、史実と虚構の二元論である。かつて『今昔物語集』が歴史史料として扱われたように、説話集も史学の対象になっていたことは、国史大系に『今昔物語集』や『古今著聞集』『十訓抄』などの説話集が入っていたことからもうかがえる。それは同時に説話集ジャンルを対象化すべき文学研究がまだ確立していなかったことを意味するが、『栄花物語』や『平家物語』など歴史物語や軍記物語等々、古典の多くは歴史史料の意義をもっていた。

しかし、近代の学問体系が整備されるに応じて、次第に文学と歴史の間が截然と区分けされるようになり、史実に即さない対象は史料からはずされ、排除されるようになっていった。それに代わる受け皿が文学であった。そこから、歴史は史実、文学は虚構、という暗黙の二元論的了解ができ、史実を立証できるものが史料となり、それ以外は排除された。研究対象の線引きがなされ、研究の枠組みが確定されていった。それはそのまま研究主体のアイデンティティにつながり、大学の学科編成や教員配置にまで及び、歴史学と文学は近接同根でありながら、まったく別個の学問であるかのようになっていったのである。

しかしながら、史料と認定されたものが史実を忠実、正確無比に表している根拠はどこにあるのだろうか。史料に足るものとしては、まずは古文書や古記録の類、文献資料であろうが、そもそも文字を使える者とそうでない者との差違があるし、文字を扱うのは必然的に権力や支配とかかわるから、そこにおのずとイデオロギーが介在することは避けがたい。文章を書くこと自体がそのような主体性や自己正当化を必然的にはらんでしまう。歴史上の事実認定には著しい困難がつきまとうであろう。そこからかつての議論のように、歴史はすべて物語だという逆転の極論にまでいきついてしまうことにもなりかねないが、少なくとも、史実と虚構の二元論を反転させて、史料を資料としてひとしなみに一線に並べて相互の位相を見極める作業が必要であろう。要は、歴史を再構成するための史料ではなく、すべてを歴史叙述として一元的に読み直すことである。

史料と資料の溝を埋めるためには、おしなべて歴史叙述として一元化してとらえる方策が必要であり、相互の歴史認識や叙述方法など細部にいたる位相差を解析していかなくてはならない。そして、客観性、公平性を持つものから、主観性、虚構性の強いものまで、その総体をとらえるべきであろう。一方を取りあげるだけで他方を排除すべきではない。それら史資料群の全体が対象化されるべき問題である。

実証史学が見落としてきた、もしくは排除してきた史観がいくつかある。中世分野を中心にいえば、一つは怨霊史観であり、もう一つは先にふれた予言書・未来記史観である。前者でいえば、平安時代史上、名高い応天門の変を描いた十二世紀の『伴大納言絵巻』があるが、これは十三世紀の『宇治拾遺物語』と共通する説話をもとにしており、絵巻の詞書と『宇治拾遺物語』の本文はかなり近い関係にある。おそらく散逸した『宇治大納言物語』が原拠と想定されるが、話の内容は子供の喧嘩が大人の喧嘩にひろがって門放火の真相が暴露され、政変が起きる、というもので、まさに街談巷説そのものがテーマにもなっている。

これに対して、正史『三代実録』では、下級官吏の大宅鷹取が伴善男らによる放火を訴えたもので、もとは鷹取の娘が伴善男の従者生江恒山に殺されたことから、いわば別件逮捕の形で真相が明るみに出る。同じ事件を扱いながら、まるで違う展開になっている。どちらが真相を語っているのか、もはや判断はつけようがない。正史の記録だから、真実を語っており、絵巻の詞書や『宇治拾遺物語』は説話だからフィクションで信憑性がない、史実としては取るに足りない、と排除されるのが常であろう。たしかに『三代実録』は九〇一年の成立、応天門事件の八六六年から三五年後の編纂であり、当座の記録をもとにした、事件の記憶がまだ生きていた時点といえる。一方、『伴大納言絵巻』は院政期の十二世紀末期の作で、京の三分の一が焼失する一一七七年の安元の大火を契機とすると考えられる。『宇治拾遺物語』は鎌倉期の十三世紀に下がるが、原拠に想定される『宇治大納言物語』は編者源隆国の没年が一〇七七年であるから、その形成は十一世紀後半以前に遡るだろう。それにしても事件からすでに二〇〇年が経っており、もはや遠い過去の出来事である。

しかしながら、一一一一年没の大江匡房の言談筆録『江談抄』にも、十二世紀前半の『今昔物語集』にも、伴善男をめぐる逸話はいくつか語られているから、伴大納言の記憶は平安貴族の間で永く消えることがなかったことを示している。『江談抄』は大江匡房が蓄積した見聞や知識教養の言談の聞書であるし、『今昔物語集』もまた何らかの依拠資料をもとに語っているから、その淵源はさらに遡るであろう。

応天門放火事件の真相の解明は今となっては難しい。女子殺害のかどで逮捕された生江恒山は間違いなく拷問を受け、応天門放火の自白を強要されたに相違ない。伴善男一族が冤罪であったことは、その後の政界の動きを見れば明らかであろう。右大臣良相派が排斥され、太政大臣摂政の良房と蔵人頭で事件後異例の昇進をとげ、のちの関白となる基経との父子が、藤原北家の摂関家を確立する布石となった。左大臣の源信は事件後、謎の変死をとげる。

『今昔物語集』巻二七第十一話では、伴大納言が行疫流行神になって現われる話が語られる。菅原道真ほどのパワーはなかったが、間違いなく、伴善男は怨霊になったはずである。安元の大火によって、再び応天門は炎上、平安京が壊滅的な打撃を受けて、あらたに甦ったのが、伴善男たちを始め、多くの怨霊たちであり、その鎮魂のために絵巻が作られた、とみるのが私見であるが、史学、美術史ともに怨霊説には否定的である。しかしながら、史学、美術史ともに少なからぬ研究史があるにもかかわらずこの絵巻がなぜ作られたのか、いまだに明確な答えは出ていない。その根底には、かつての史学が怨霊史観なるものを排除ないし無視してきた経緯があるように思われる。

要するに、『三代実録』の記録は応天門事件の経緯を語ってはいるが、事件の真相を語っているわけではない。だから、後世の語り伝えは『三代実録』の記録とは異なる、子どもの喧嘩事件を生み出したのである。この場合の史実とは何に相当するのであろうか。

佐渡配流の身から起こして大納言にまで出世した伴善男という時代の風雲児的な人物への記憶が持続し、『宇治大納言物語』から『宇治拾遺物語』へ引き継がれ、さらには『伴大納言絵巻』という傑出した絵巻が創出される。後白河院がこの絵巻を作らせたことはほぼ定説になっているが、そのような創出にいたる必然性はどこにあったのか、また『三代実録』の記録ではなく、『宇治拾遺物語』に共通する話に依拠したのはなぜか、明らかになったとは言いがたい。絵巻制作の持つ意義は今の我々が想像する以上に重いものがあるのではないだろうか。説話が史料を補塡する、歴史叙述としての役割を担っていて、それがさらに絵巻という媒体で表出される。絵画もまた歴史をあらわす重要な史資料であった。

怨霊が歴史を操作し乱世の筋書きを作るという見方は、『太平記』の天狗などに典型的であるが、菅原道真の天神をはじめ崇徳院など、怨霊の祟りが時の社会に大きな影響を及ぼしてきたことは否定できない。それらの怨霊がいわばその後の歴史を作るという解釈がひろまり、これを怨霊史観と名付けることができる。これも近代的な実証史学の感覚から荒唐無稽として受け入れがたく退けられてきた。要するに怨霊を語る資料は、「史料」にはならなかったのである。

『平家物語』剣の巻のごとく、平家滅亡の壇ノ浦で消えた宝剣をめぐる物語は、スサノオに殺され、尾から宝剣を取られたヤマタノオロチが怨霊となり、さまざまに姿を変えて、最後は平氏が滅亡する壇ノ浦で宝剣を取り戻し、龍宮に納めた、とするもので、古代神話にはないあらたな〈中世神話〉とみることができる。失われた宝剣の行方をヤマタノオロチの怨念と結びつけ、安徳をはじめ平氏一門の龍宮入りにあわせて龍宮に帰結させる、これもまた一つの歴史解釈にほかならない。その史観が意味を持ち続けたことは近世期にこの物語が絵巻化されたことにうかがえる（国会図書館蔵『剣の巻絵巻』）。

五　〈予言文学〉から

ついでもう一つの論点である予言書についてみておこう。これについては、我々の日常生活をふりかえれば、天気予報やスポーツの勝敗予想ほか、予報、予想、予測、予知、予見等々、いかにありとあらゆる広義の予言言説に取り囲まれて生きているか、明らかであろう。これら未来に託した言説総体を、以前から〈予言文学〉と名付けて検討してきたが、とりわけ古代後期から中世にかけて、この種の予言言説、特に予言書がおおきな影響力を持ってきた。なかでも、〈聖徳太子未来記〉と『野馬台詩』は中核的存在であり、予言書は「未来記」と呼ばれた。〈聖徳太子未来記〉は時代ごとにたくさん作られたので、普通名詞とみなすべきで、〈　〉で表記する。本文が固定化して注釈が多様化する『野馬台詩』と対照的である。未来記は、もともとは釈迦が弟子たちに成仏を確約する授記を意味する言葉だったが、中世にはこれら予言書の代名詞のごとく使われるようになり、近代になっても明治期に流行した二十世紀の予言書を「未来記」と呼ぶようになったのである（『国会未来記』『二十三年未来記』等々）。

すでに『『野馬台詩』の謎』や『中世日本の予言書』をはじめ縷々述べているように、予言書の多くは、過去の予言であり、未来から現在や過去を解釈し、意味づける作用を持っているから、その注釈はおのずと歴史叙述となっている。現時点から過去を規定するのではなく、未来からの予言として過去の出来事や事件を規定するのである。つまり予言の言説が意味を持つのは、すべて事後である。事が起きてから、あの時、あのことが予言されていたと規定づけられるわけで、後出しの意味づけにほかならない。したがって、予言書は過去の予言ともいえるが、そのような時間を先取りし、逆行させてとらえる歴史観もあったことを見のがせない。

『野馬台詩』の一句「猿と犬、英雄を称す」は、猿が誰で犬が誰だ、という形で、該当する人物を当てはめればいくらでも変えられる。応仁の乱を引き起こした山名宗全が猿で、細川勝元が犬だとする類で、変換自在、あてはめられた人物によって、時代の有様も変わってくる。そのように予言書の注釈は増幅していくのである。先にふれた『吉備大臣入唐絵巻』は、その『野馬台詩』の成立と伝来を説くものであるが、吉備真備が将来することと、詩の内容がおのずと奈良朝末期の政変を予言していることとが緊密に結びついている。「黄鶏、人に代わりて食し、黒鼠、牛腸を喰らう」の二句が、すなわち天武系の皇統が聖武・孝謙（称徳）で断絶し、天智系の光仁・桓武に転換する、その予言になっている。つまり真備が持ち帰った『野馬台詩』は期せずして当代の皇統交替を予言するものだったのである。

六　一枚のメモから

閑話休題、ここにたまたま見出した書き付けの短い記述がある。昔、どこかで調査した時のメモであろうか、あるいはコピー資料の山から見つけてメモしておいたものか、ほとんど記憶がなく、何かの本にはさんであったのが、ずいぶん時間が経ってから出てきた。このまま捨てるのは惜しいし、今回のテーマに少しはかかわるかと思われるので、披露しておこう。

永正十五　此年六月朔日、富士山禅定ニ嵐、以ノ外ニ至テ、導者十三人忽ニ死ス。其内ニ内院ヨリ大ナル熊出テ、導者ヲ三人喰殺ス。是ハ熊ニテハ無シ。大鬼神ト見ル人有之。余ノ不思議サニ書付テ、為物語置申候。

（『妙法寺記』上、『信濃史料叢書』第八巻、信濃史料刊行会、一九七四年）

これだけの短い記述で、富士山禅定で嵐に遭遇した導者が十三人犠牲になり、さらに内院から熊が出てきて三人が食い殺される。しかし、それは熊ではなく、大鬼神だったと見た人もいた。あまりの不思議さに書き付けて物語として申し置く、という。事件としては、富士の導者が嵐で十三人亡くなり、さらに熊に三人殺された、というもので、今ならたちどころにニュースとなるような話題である。しかも、殺したのは熊ではなく、大鬼神だとする目撃者もいて、真相は闇のなかになる。あまりに奇怪ゆえ、書き留めて、「物語」として申し添えておく、と最後は「物語」に帰結させている。

これが歴史史料か、たんなる説話資料か、などと二者択一の判断をもとめても意味のないことであろう。見る側の観点からいかようにでも変わりうるから、いかにその記事を読むかにかかわっているだろう。まず出来事としては、導者が立て続けに一六人も犠牲になった富士山を背景とする遭難事件である。それが、三人を殺したのが熊ではなく、鬼神だという解釈が入り込むことによって、にわかにこの言説の次元が変わってくる。この話はいったい誰が語って、このような書き付けになったのか、なぜ書かれたのか。もし書かれなかったら、後世の者の目にふれることもなく、口頭伝承として雲散霧消していて、ここで取りあげることもできなかったであろう。

これを書かせたのは、事の次第の「余ノ不思議サ」にほかならず、だから、「物語」として書き付けておくのだ、と明言せずにはおかない。それ故これは歴史史料ではない、とする立場もありえよう。もうそこには熊ではなく鬼神だという解釈もしくは想像、幻想が入っている。嵐や熊に遭遇して亡くなった人への哀悼の思いもあるし、富士山に対する畏敬や畏怖の思いもある。そういう諸々の思いが込められた記述であり、これこそ広義の歴史叙述とみることができるだろう。

七　東アジアへの視界――琉球の〈遺老伝〉から

話題がさまざまに放散していくが、最後に東アジアへの視界からとらえてみたい。ここでは琉球を例にしよう。これも以前述べたことがあるが、史料と説話を追究する上で、琉球の歴史叙述は恰好の対象になるはずである。すでに旧稿で〈遺老伝〉を中心に縷々述べているが(「〈遺老伝〉から『遺老説伝』へ――琉球の説話と歴史記述」)、一部に批判はみられるものの、立論の根本の変更は不要と思われるので、ここで再説したいと思う。先に結論めいていえば、琉球の歴史叙述は口頭伝承を基本とする〈遺老伝〉との相克、葛藤のうちに形成される。この〈遺老伝〉を排除するか、内部に取り込んで基軸とするか、が歴史観や歴史叙述のあり方に大きくかかわっていたのである。

誤解のないようにいえば、〈遺老伝〉は、琉球の漢文説話集として知られる『遺老説伝』とは別である。いわゆる古老伝承であり、実体は曖昧で、各種の歴史叙述に引用されるが、実際の古老伝承との接点を見出しにくく、ほとんど記号化している。その多くは各地から集積された〈旧記〉や〈由来記〉類に文字化されたもので、そこから漏れおちたものやさまざまな異伝があったであろう。比喩的にいえば、村落の共同体に根ざし、豊かに息づいていたはずの、古老の肉声で語られた古老伝承の残骸や標本が〈遺老伝〉である。〈遺老伝〉から実体的でオーラルな古老伝承が復元できると考えるのは安易な幻想にすぎないように思う。

むしろ実体の如何を問わず、〈遺老伝〉として認知されることに、口頭伝承への価値観や幻想がある。伝承の正統化をねらった権威化の記号とみるべきであろう。事情は日本古代の『風土記』編纂と似かようが、琉球のそれは、より深く歴史叙述にかかわっているところに大きな特色がある。古老伝承に関して有名な例でいえば、康熙四十六年本『宮古島旧記』（一七〇七年）の巻末識語がある。

　右御用に付き、島中年寄の人々悉く皆相会し、各々聞伝へ候ふ古語、申出す。熟談を以て用捨を致し、相究むること、かくの如く御座候。（神道大系）

これら各地の〈旧記〉類がやがて王府編纂の『琉球国由来記』などに結実することになるが、島中の古老たちが寄り合い、互いの「古語」を語り合い、「熟談」の上で取捨選択したという。それがさらに候文体に筆録されるから、多様な古老伝承が統合化され、一元化される。そこで切り捨てられ、消された伝承や説話も少なくなかったであろう。いわば、伝承の集中管理化がなされたわけである。これはほんの一例にすぎず、このようにして王府には多くの資料が蓄積され、あらたな統合、集約、再編がはかられたに相違ない。古老の語りからは隔絶し、格差が生じていたであろう。古老伝承からはぐくまれつつも、一次的共同体から浮遊し、超出して国家のイデオロギーに集約される言説が、〈遺老伝〉にほかならない。

周知のように琉球の歴史叙述は、一六五〇年の『中山世鑑』に始まる。王国の歴史叙述編纂が一六〇九年の薩摩の侵略以降であることに国家のアイデンティティの問題を再認識させられるが、この『中山世鑑』にはまだ〈遺老伝〉の名はみられない。当然の前提であったのか、まだ顕在化していない。〈遺老伝〉の例が出てくるのは、一七一三年の『琉球国由来記』からである。本書は、古代日本の『風土記』にも匹敵する地誌、生活誌、寺社縁起、祭祀の体系的記述であり、民俗、歴史、宗教、祭祀儀礼、文芸を包括する琉球文化の〈由来〉を説く。総序には、「恭けなくも御双紙を攷し、更に遺老隠士に尋ぬ」とある。文献の「双紙」に「遺老」の語りが対置される。

用例としては、「遺老伝説に云有り」とか、「古老伝に云く」もあり、「口伝」「昔物語」「世話」「俗諺」「伝説」等々、用語は多様であり、〈遺老伝〉を基盤に琉球の世界体系を創出したのが『琉球国由来記』だといえる。これらの総合的な検証はまた機会をあらためるほかない。

〈遺老伝〉の問題が明確化するのは、次の『中山世譜』からである。一七二六年の蔡温本『中山世譜』は、一七〇一年の父蔡鐸編『中山世譜』を改訂する。蔡鐸本では〈遺老伝〉への言及がいっさいなく、はなから問題にされていないのに対して、蔡温本ではあからさまに〈遺老伝〉排除が主張される。その凡例にいう。

遺老説伝は、伝に空言を以てし、説に巧言を以てす。その間の変易常なし。虚実弁へがたし。（略）若し一に遺説を以て許さば、則ち人々栄を貪り、虚を以て実となし、詐を以て信となさん。

「遺老説伝」は空言、巧言を弄するだけで、いくらでも変形してしまう、虚実明らかならず、それによってては秩序が乱れる、という。『中山世譜』は最初の史書『中山世鑑』批判をもとに編纂され、附巻の特立をはじめ、中国や薩摩を特に意識した編集がなされる。ことに家譜類の系図に力点がおかれ、古老伝承へのあらわな不信が主張される。儒教政策にもとづく処置であり、伝統的な古老伝承による史観への痛烈な反駁である。

それにもかかわらず、蔡温本には、随所に〈遺老伝〉の影がみえる。「遺老伝有るに云ふ」「遺老伝に云ふ」として引用される。それだけ尚巴志などをめぐる伝承の力が強かったことを意味し、〈遺老伝〉を排除するか取り込むかに葛藤や揺らぎがあったことをうかがわせる。蔡温本は、歴史叙述から物語性をいかに排除するかの問題に遭遇し、正統なる歴史を復元、再構築しようとし、徹底した史料批判を試みつつ、逆に〈遺老伝〉に引き寄せられている。

蔡温本のめざした歴史叙述の方法は以後引き継がれることがなく、〈遺老伝〉は復権する。一七三一年の鄭秉哲編『琉球国旧記』はその典型である。『琉球国由来記』を引き継ぎつつ、分類を細分化して漢文体に再編成するが、序文で「旁、遺老を訪ね、以て参考となす」とし、「遺老伝曰」が二〇例にも及ぶ。その多くは、『琉球国由来記』によるが、そこでは「遺老伝」と明記されていない条もあり、あえて「遺老伝に云ふ」「遺老伝に記す」と明記する。『琉球国旧記』が「遺老伝」を拡張し、あらたに展開させ、歴史叙述として作用させているのである。

そして、この『琉球国旧記』こそ最後の歴史叙述『球陽』にも引用され、別巻の『遺老説伝』の中核の典拠となる。『球陽』は一七四五年の編纂、琉球最大の歴史叙述であり、明治期の琉球処分にいたるまで書き継がれた。その「外巻」として成ったのが漢文説話集『遺老説伝』である。全四巻、一四一話からなる。編者が同じ鄭秉哲中心であることも関係し、『琉球国旧記』から半数近くの六八話が採択される。『球陽』にも〈遺老伝〉の引用が多く、『遺老説伝』とどう振り分けたのか、関係はやや複雑である。

『球陽』の編纂過程で、多くの〈遺老伝〉が集められ、『球陽』に収まりきらずに〈遺老伝〉だけ特立させてまとまったのが『遺老説伝』だとはいえるが、それはたんなる〈遺老伝〉の拾遺的なものではない。ここで詳細を述べる余裕はないが、『球陽』とは別途の表現指向のもとに編集された、独立した説話集であることは明らかである。とりわけ、『遺老説伝』が『琉球国旧記』に六八話もよりつつも、「遺老伝」と明記されていた例はわずか四例しかないことが目を引く。他は『遺老説伝』が特に〈遺老伝〉として認定したものといえるだろう。『琉球国旧記』を素材としつつ、その「遺老伝」だけに依存せず、むしろそこからあらたに〈遺老伝〉を再発見し、定位していく試みとしてある。それが『遺老説伝』の表現を生み出し、規定づけたともいえる。『琉球国旧記』の記述を踏襲しつつも、与那国島を侵略する祖納堂に語り手の視点が乗り移ったり(第七九)、田芋の生育を詳しく語り直したり(第二七)、『琉球国旧記』とは異なる独自の想像力が働いている。しかも同じ鄭秉哲による変換であるところが興味深い。

琉球の歴史叙述の基幹は、〈旧記〉と〈由来記〉であるが、『遺老説伝』はそれをあえて〈遺老伝〉として反転させようとした、と考えられる。『琉球国旧記』をまるごと〈遺老伝〉として読みかえ、解体しようとしたのである。『遺老説伝』の試みは、説話を村落共同体の古老伝承に押し戻すことを意味しない。浮遊する〈遺老伝〉に、村落からではなく、琉球国家の次元からあらたな命を与え、活性化させようとする企図であったろう。王国のイデオロギーのもとに再編されたもので、それ故、漢文体は必然の表現方法であった。

通常の編年の歴史叙述『球陽』と、編年の枠をはずされ、その外延を取り巻く広大な〈遺老伝〉の再生たる説話集としての歴史叙述『遺老説伝』は、相互補完的に依存し合う。双方を抱き合わせてこそ琉球の歴史像も明らかになる。一方を無視した歴史叙述は正当とはいえないだろう。

以上、旧稿の再説にとどまるが、歴史叙述としての説話の位相を最もよく示す例として琉球の事例に言及してみた。朝鮮半島やベトナムなど、さらに東アジアの漢字漢文文化圏からの問題群もあるが、紙幅も尽きた。また機会をあらためて論じたいと思う。

〔参考文献〕

シリーズ「歴史と古典」全一〇巻（吉川弘文館、二〇〇八〜〇九年）
今成元昭『説話と仏教・仏教文学論纂』第三巻（法藏館、二〇一五年）
柳田国男『口承文芸史考』（中央公論社、一九四七年）
川田順造『口頭伝承論』（河出書房新社、一九九二年、平凡社ライブラリー再刊、二〇〇一年）
益田勝実『説話文学と絵巻』（三一書房、一九六〇年、ちくま学芸文庫『益田勝実の仕事1』二〇〇六年）
拙著『遣唐使と〈外交神話〉――『吉備大臣入唐絵巻』を読む』（シリーズ本と日本史2、集英社新書、二〇一八年）
黒田日出男『吉備大臣入唐絵巻の謎』（小学館、二〇〇五年）

黒田日出男『謎解き 伴大納言絵巻』（小学館、二〇〇二年）
神田房枝「「吉備大臣入唐絵巻」再考――その独自性からの展望」（『佛教藝術』三一一、毎日新聞社、二〇一〇年）
和田英松「聖徳太子未来記の研究」（『史学雑誌』一九二一年三月）
拙著『『野馬台詩』の謎――歴史叙述としての未来記』（岩波書店、二〇〇三年）
拙著『中世日本の予言書――「未来記」を読む』（岩波新書、二〇〇七年）
拙稿「〈遺老伝〉から『遺老説伝』へ――琉球の説話と歴史記述」（『文学』季刊、一九九八年夏号）
渡辺匡一「『遺老説伝』を記す人々――〈遺老伝〉の変遷」（『国文学　解釈と鑑賞』至文堂、二〇〇六年十月）

文学の側から読んだ公家日記――『明月記』の月

池上洵一

遠い昔、わたしは学部の卒業論文を『今昔』で書いたが、その途次、藤原義孝の往生譚である巻十五第四二話で、有明の月の下、弘徽殿の細殿で二、三人の女房と短い言葉を交わした義孝が、やがて方便品の比丘偈を静かに口ずさみながら、土御門から出て北へと去っていった場面に心を魅かれ、彼はそのまま大宮大路を上って桃園の世尊寺の東門に入っていったが、注釈類で彼の妻は桃園中納言源保光女であること、義孝自身は二一歳で早世したため、その子行成はわずか三歳にして遺児となったことなどを知り、衝撃を受けた。

その頃のわたしの胸には自分が七歳で母と死別したことが、まだ大きな傷跡を残していたから、大学院で東京に出て、神田の古書店で行成の『権記』に出会うと、ただちに購入して、むさぼり読み始めた。この種の公家日記は精神的に、対象とある程度の距離を保ちながら、学術的な分析史料として読まれるのが普通だろうが、わたしの場合はその距離を無視して対象に寄り添う、あえていえば文学作品に近い読み方だった。

そんなわたしの目を強く引き付けたのは、まず、長徳四年(九九八)十月十八日条であった。

未剋、去年誕生男児亡歿。在嬰孩容貌甚美。日者煩熱瘡。今日瘡気少伏、依見無力之気、母氏擁樹漢書註、師古曰、擁樹猶抱也以居。愛愍之甚也。幼少之者気力無頼。仍為不触穢、下立東庭。暫之母氏悲泣。即知児亡之剋。此夜宿為文朝臣宅。又詣左府。

行成はこの年二七歳。わが子の死は悲しい。が、彼は衰弱し切った愛児を抱きしめる妻を残して庭に下り、その最後を見つめる。触穢を避けるためである。やがて妻が泣き崩れる。それがわが子死亡のしるしであった。それから五日後の二十三日に行われた除目で、彼は右大弁に昇任する。文字通り悲しみと喜びが交差する人生であった。

だが、さらに衝撃を与えられたのは、行成が三一歳にして妻（源泰清女）の死に遭遇した長保四年（一〇〇二）十月十六日条である。彼女は十四日に女児を出産していたが、十六日にその子は死亡。産婦も危篤状況にあった。

病者終日苦悩。只湯治之時頗有其隙云々。申剋以後二度、子剋許見病者、辛苦頗慰。但甚無力気色。請為尼。依平日契許容、令順阿闍梨為戒師、名釈寿。其後予唱釈迦牟尼仏名号。尼尋常所奉念也。其後唱阿弥陀名号。尼亦唱之。尼又示云、欲聞懺法。即示尋円闍梨妙讃等令行。丑剋気漸絶年廿七。悲慟之極何事如之。指臨終之間、心神不乱。自去永延三年八月十一日以後、于今十四年。母子之命一日忽没。松蘿之契千年相変。所生之子惣七人。三人已夭。

かくて十七日には鳥辺野に送り、十八日には、

寅剋許、自葬送処向白川流。亡者骨粉釈貞持之。順闍梨加持光明真言。雖念往生之菩提、愁憂無極。

とおさまる一連の文言を、まるで自分の思いのように凝然とみつめているわたしがいた。

さて、院生になったわたしは、いつまでもこんな読み方ばかりをしているわけにはいかない。人並みに説話に関係のありそうな事項をメモに取ってカード化し、のちには散逸しやすいカードからノートに切り替えて、地理的あるいは時間的な分布や変化を自己流に記録化して保存、活用しようと、まだパソコンもない時代に、片っ端

から公家日記に目を通す努力だけは重ねるようになった。しかし一方で文学的読み方からも解放されなかったから、それぞれの日記で出産の記事に出会うと思わず緊張し、息をつめて見つめるほかなかった。

たとえば源師時『長秋記』元永二年（一一一九）五月二十八日条、中宮待賢門院璋子がのちに崇徳天皇（讃岐院）となる皇子を出産する場面、

自夜半中宮御産気御坐云々。（中略）未刻、自女房許告火急之由。仍乍驚馳参。昇殿上之間事已成。于時申一刻也。男皇子誕生、天下慶何事過之哉。（中略）
僧正語云、去夜亥時自御身中水出来。其後時々痛御腹給。辰時以後及未時御寝。未傾程予渡御邪気於三人。其後安然御産更無程。予独入簾中候御簾几帳際。宮御乳母但馬奉懸。依尫弱権亮実能（璋子の兄）扶持。女房なつとも抱御腰給。女房助君雑役。此外二位。上皇御座敢無他人。（中略）宮自切臍緒御云々。皇子御乳付宮自令奉含給云々。

などには思わず目を止めた。当時普通だった座産の詳しい状況が記され、出産時の詳しい情報は、概して簾外に侍して祈禱した僧侶の口からもたらされるのだったが、ともあれ安産との知らせにほっと力の抜けるような思いをわたしは繰り返していた。若い女性の死は出産に絡まる場合が圧倒的に多かったからである。

　各日記に個性のあることはもちろん強く感じたが、総じていえば、権力者または与党的立場の人物の日記は概して多くを記さず、野党的または権力を手探りする立場にある人物の日記は記事の分量が多いように思われた。典型的な例は道長の『御堂関白記』と実資の『小右記』であろうが、性格的にとかく不満分子過多の人物も口数が多くなるようで、藤原資房の『春記』などは、彼をとりまく周囲の状況にも原因があったが、大げさにいえば、毎日何かに腹を立てているような感じだった。同一人物の長期間の日記が残っている場合には、むろん年齢によ

る変化も著しい。中御門宗忠の『中右記』にはもともと夢の記事が多いが、老齢化とともに密度を増すようで、統計を採ったわけではないが、その傾向ははっきりしていたと記憶する。現存本最末尾近くの保延二年(一一三六)三月十八日条には、

山兼豪聖人来告云、去正月中旬比、候日吉大宮御前、夢云、往生人是内大臣也者。聞此事落涙難抑。今生大望只在此事。随喜感歎不知所謝。仍所記置也。

と感動しており、内大臣殿の気持はわからぬではないが、それから僅か半月ほど前の同月一日条には、

近日天下飢渇。道路多餓死者。或棄小児、或多乞食者。

とあったばかりだから、低目線で読む側の気持としては複雑なものがあった。

低目線といえば、わたしの郷里は美作国の津山という小さくて静かな城下町だったが、わたしが中高生の頃には、短歌界では尾上柴舟氏が毎年宮中の御歌会初めの選者を務めていたし、俳句界では西東三鬼氏が山口誓子氏を擁して句誌『天狼』の中核的メンバーとして活躍中、さらにそれらの評論の世界では安東次男氏が無敵の活躍中で、それらの人たちはすべてこの町の出身。その生家や屋敷跡は小さな町のこととて万人周知。すべて立派な上級武士の屋敷町で、町の雰囲気も品格も他を圧していたから、和歌や俳句の研究者たらんとすれば、まずその品格を身につけねばなるまい。だが、自分にはそんな遠回りはとても出来はしない、という信念のようなものが文学好きのわたしをしがない説話研究の世界に追いやった。それはそれで悪くはなかったと自足しているし、あれから半世紀以上を経て町の構造や雰囲気も激変。いまあの町でそんなことを考える若者は皆無であるに違いない。

ともかくそんなわけで、和歌文学の世界からは意識的に身を避けて来た人間が、こんなことをいうのは意外に

思われるかもしれないが、数ある公家日記のなかで最も心を魅かれ、さまざまの思いにふけらせてくれたのは、藤原定家の『明月記』であった。

『明月記』といえば、読み始めてまもなく目に飛び込んでくるのが、万人周知の治承四年（一一八〇）九月条、

> 世上乱逆追討、雖満耳不注之。紅旗征戎非吾事。

の文句だが、いたって散文的な読者としては、この日記の幕が揚がった直後ではあり、定家はまだ一九歳、従五位下から上あたりで、侍従として宮廷生活に首を突っ込んでいただけだから、紅旗征戎を「吾事」としてみたところでどうにもなるまいと、いたって冷静に眺めていた自分を思い出す。

たしかにこの頃源平の対立はすでに深刻で、同年六月には福原遷都、秋には頼朝、義仲の挙兵と、合戦に向かって一気に突進して行く。さすがの定家も十一月二十五日に福原から京へ還都と聞けば「歓喜之涙難禁」、十二月二十九日に南都炎上と聞けば「東大興福両寺已化煙云々。可弾指云々」くらいの思いは記したのだから、たとえば九条兼実『玉葉』寿永三年（一一八四）二月八日条が伝える生田、一ノ谷の合戦の速報、

> 午時許、定能卿来、語合戦子細。一番自九郎許告申搦手也。先落丹波城、次落一谷云々。次加羽冠者申案内大手。自浜路、寄福原云々、自辰刻至巳刻、猶不及一時、無程被責落了。多田行綱自山方寄、最前被落山手云々。

に、何か少しでも付け加える情報を伝えてくれていたなら、現代にいたるまで『平家物語』の研究が悩まされ続けてきた鵯越と一ノ谷の位置関係に、解決の糸口を与えてくれたかもしれない、と思ったりするのだが、定家はその翌々年の三月、平家が壇ノ浦で滅亡して約一年後に、ようやく九条家の家司となるのだから、そんな情報が彼のところに届くことなど、期待する方が無理というべきだろう。

先述のごとく、わたしは和歌文学の研究者たらんことは初めから意識的に放棄していたから、そうでなければ見逃すはずのない定家の歌人としての成長、苦悩、成果などには立ち止まることもなく読み飛ばし、また貴族と

して当然の上昇志向や自己保身、さらには定家を高く評価してくれるが、一方ではいかにもわがままな後鳥羽院との付き合いの難しさなどに、思いをやらぬわけではなかったが、それにもあえて立ち止まらず、ひたすら前へ前へと読み進むうちに、承久三年(一二二一)後鳥羽院は所謂承久の乱に敗れて隠岐に配流。定家自身はその翌年、六一歳にして自ら参議を辞して、従二位に叙せられる。『新勅撰和歌集』の撰進という複雑きわまりない状況に揉まれる大仕事はまだ残っていたが、それもとにかく彼の手元を通過して行ってしまうと、一応老いたる自由の身となる。そうなってからが、わたしがこの日記に最も身近に寄り添える時代になる。定家も年老い、この文章を書いているわたしは今それ以上に老いているのだから、若かりし頃に読んだ時以上に共感してしまう記事が多いのである。

すでに指摘され尽くしていることではあろうが、嘉禄年間(一二二五〜一二二七)頃から定家の月への視線が際立ってくる。たとえば嘉禄二年(一二二六)八月六日条末尾の「繊月清明、早涼始生」。はじめてこの文句に出会った時、それまでに読んだ公家日記では出会ったことのない繊細な表現として心に残ったことを覚えている。

落ち着いて考えてみると、「繊月」といえば、『本朝文粋』冒頭に位置する二賦、菅三品「繊月賦」と源英明「繊月賦」が思い浮かぶ。無知なわたしに新鮮に感じられただけで、漢詩文の世界では普通のことだったかもしれない。しかし、新古典大系『本朝文粋』付録の「月報三六」に収録されている興膳宏「『文選』と『本朝文粋』──特に賦について」で、中国古典文学者の氏は「中国の詩人の場合、圧倒的多数の関心は、満月ないしそれに近い状態の円満な月の上に注がれ、(中略)生まれたばかりの細い三日月に特別の詩興を見出すことは、その形状が美女の眉への連想を誘うことを別にすれば、まだごく稀だった」と説かれ、円満な月とは違った繊月独自の美を描くことに初めて成功したのは、おそらく杜甫だろうと指摘されつつ、それとは関係なく日本では、

月は　有明の東の山ぎはに、細くて出づるほど、いとあはれなり(『枕草子』二三四段)

といった美意識が同時代人によって表出されていることの方にこそ、むしろ注目すべきではあるまいかと説かれる。定家の美意識もその延長線上に捉えるべきものではあるまいか。

公家日記を読んできたわたしの感覚によれば、「月明」「月清明」「明月」等の表現には他の日記でも少なからず出会ってきたが、それらの表現が用いられていた日付はすべて十五日前後、つまりは満月の頃であって、月初めや月末であった記憶はない。つまり細く欠けた月に対する定家の感性は、漢文日記といえども、いかにも日本的、という以上に、和歌的感性の世界で磨き上げられてきた、いかにも彼らしいものがあったといえそうである。

先に掲げた『枕草子』の例に見られるように、彼らの生活時間サイクルは現代普通人のそれとは違っていたから、有明の月、夜明けの月も、しばしば視線の行く先となる。それは当然各月の末頃で、

　於大津天明、辰終帰家。繊月出山之後也。（寛喜元年〈一二二九〉十一・二十八）
　鶏鳴以後参殿之間、繊月出山。頗遅々訖。（寛喜二年〈一二三〇〉二・二十七）
　終夜高声念仏。聞暁鐘帰之間、繊月出山。（天福元年〈一二三三〉十一・二十五）
　暁雲分、繊月見。朝後更陰。（文暦二年〈一二三五〉三・二十六）

のごとく、『明月記』にも例が多いが、各月の初めに見られる夕方の月も、これに劣らず多く見られる。

　（仏性寺邸で仏事後）予以下取之退出。望繊月帰家。（元久二年〈一二〇五〉十二・五）
　中始見陽景、夕繊月見。（建永二年〈一二〇七〉九・五）
　秉燭以後退出。繊月高懸。其光清明、不異半月。（嘉禄三年〈一二二七〉二・四）
　日入後微行。繊月如弓高懸。（貞永二年〈一二三三〉正・二）

などがそれである。

「繊月」は繊細な月であるから最も細い月、つまりは各月の最初か最後に見える月かと思えるが、実態はそう

とも限らないようで、とくに各月の最初の月は「初月」と表現されている例が多いように思われる。

初月纖於絲、去山纔五尺許。（嘉禄三年〈一二二七〉七・三）

が、その典型的な例で、次のように、連続する日で両者が明らかに使い分けられているケースも見られる。

暮天晴、初月細。（寛喜三年〈一二三一〉正・二）

纖月無光。（寛喜三年〈一二三一〉正・三）

未後天猶暗。初月不見。（天福元年〈一二三三〉七・三）

天晴、陰。纖月明。（天福元年〈一二三三〉七・四）

しかし、次のように、これが逆の順序になっている例があることはある。

纖月高懸。（貞永二年〈一二三三〉二・二）

初月又明。（貞永二年〈一二三三〉二・三）

わたし自身が用例の正確な分布状況を意識的に精査したわけではないし、記憶とメモに頼ったもの言いに過ぎないが、こういうことに気を取られていると、「新月」も気になってくる。

天晴、新月明。（建永元年〈一二〇六〉五・十二）

於近衛万里小路辺西日暮、新月昇。（嘉禄二年〈一二二六〉九・十三）

新月蒼天無行雲。晩鐘之後、及暗退出。（寛喜三年〈一二三一〉三・十五）

などがそれだが、これは『和漢朗詠集』十五夜の白楽天「三五夜中新月色、二千里外故人心」を引くまでもなく、清らかな満月のこと。『明月記』の日付を見ても定家がこれと同様の意で用いていることは明白である。

月の表現ひとつをきっかけに、思わず辞書的な詮索に巻き込まれてしまったが、ことほど左様に定家の月を見る目は鋭く、また彼自身も月に魅入られたように、月から目を離すことができない。わたしの方はそういう彼の視線のありように思わず心を魅かれ、そこから目を離せなくなってしまうわけだ。

　彼の目は年を追ってますます月から離れなくなる。例をあげるなら、天福元年（一二三三）九月二十日条。前々日の同月十八日条で後堀河天皇の中宮、藻壁門院竴子（九条道家女）の難産の情報に、「自遅明雨降」のため「不堪行歩老者、雨日煩多。不能馳参」と見舞いを見送るが、翌十九日には、我が子為家に女子誕生。次の二十日条は「夜月朗、天無片雲」と始まるのだが、来宅した興心房から聞いた情報として、

　　遅明御産欲成歟。大殿仰、片足令出御、驚由御周章。雖然不久而令生給了男皇子、已亡給了。後御事遅々之間、御気色已以如変。下御頂髪可奉授戒由、大殿被仰。依奉授験者達猶加持。タモツトモ無御詞。此典侍聞食歟由申。有聞食御気色。至于第七戒、毎度令領御、有御合掌。其後大略令終御歟。

と、中宮産死の状況を詳しく記し、

　　如今聞者、如此急難之中、善人之御終歟。

と感慨を漏らしながら、その後、遺骸を寝かせ、髪を剃り、袈裟などを着せ、念珠を持たせなどして、入棺、葬送の日取りなどを詳しく記しているが、金吾（為家）も参院したが自家の出産のことは口にしなかったという。当然のことだろう。

　若い頃からわたしの目を惹きつけ続けてきた出産の場面が、ここでは母子ともに死去という悲劇として詳述されているのだが、それとともに、明月への目線で始まったこの日の長い記事全体の結末は「夜深月清明也」と、定家の視線がまた月に戻って閉じられているところに、わたしを惹きつけるものがあると言いたいのである。

ことは出産の場面にとどまらない。天福二年(一二三四)八月五日条は、「朝天無雲」と朝から記事が始まるのだが、最後は一昨日の朝方南方に見えた大火らしい火についての情報を、

一昨日火事実説。烏丸西、油小路東、七条坊門南、八条坊門北、払地焼亡。土倉不知員数。商賈充満、海内之財貨只在其所云々。黄金之中務為其最。自翌日皆造作云々。商賈富裕之同類相訪者、如山岳積置。先隔大路、各引幔居其中境、飯酒肴不可勝計。繊月初明。

と、七条あたりに蝟集する豪商たちの財力を赤裸々に描いて見せるが、この日の記事もまた、きっちりと月で締めくくられる。当時急速に財力を増大させつつあった豪商たちのここに描かれた姿は、歴史学研究者にとっては見逃せないものであろうが、あくまでも文学の側に属するわたしの関心は、これだけ並べ立ててもなお、定家の目は月に戻ってきて収まるのかと、むしろその方に心を魅かれてしまうのである。

この日だけではない。一例をあげれば、翌文暦二年(一二三五)二月十六日条は、

一寝之後、南方有火、其勢猛也。下人説、自錦小路町及四条坊門、今出、西洞院、室町等云々。明月無片雲。後聞、四条北、室町西、西洞院東、六角南、皆悉焼了云々。

と、やはり火事の火を見た後でも、月から目を離すことはない。

こうした月への視線は、六〇歳代後半からは、次第に深まり始めた老いの自覚とともに一層強化されていくようで、六五歳の嘉禄二年(一二二六)には、

漸及昏、白月清明。老屈之上、行水之後、不見月、病臥。(八・十四)

のごとき文言が見え始める。なお、白月は、先に新月の用例として掲げた同年の例文をもう少し長く引くと、

日入以前退出。於近衛万里小路辺西日暮、新月昇。帰廬之後、白月雖清明、老身誰人音信哉。(九・十三)

とあるから、白月は新月（満月）とほぼ同意と考えてよいだろう。

さて、六六歳の嘉禄三年（一二二七）には、

自朝天陰晴、夜月暗。自夜咳病。寒風甚。念仏之後平臥。（正・十五）

此間月清明。尤有余興。可謂老後之数寄。（二・十）

天晴風静。自早旦及夜景写経［終第五巻］。扶七旬之老病、徒臥寒窓。寅夜明月無片雲。独思渺茫、乍生如亡。（十一・十五）

不聞世事。毎夜明月動老病之心。（十一・十六）

六七歳（安貞二年）の日記は残存しないが、六八歳の寛喜元年（一二二九）には、

天快晴。自昨日咳病殊増。昨夜辛苦。病与憂不離罪障之身。皆是前生之宿報歟。（中略）月出於南桟敷。子終聞暁鐘帰。水鶏頻送声。（四・二十一）

休息及晩気。風払雲、良夜月明。（中略）筋力疲而不能出門。唯出南面望清光。（九・十三）

於大津天明、辰終帰家。繊月出山之後也。湖辺寒風吹氷、老骨失度。終日平臥。（十一・二十八）

などと、老いと病が月とともに記され、六九歳の寛喜二年（一二三〇）の、

六十九年衰暮翁、孟春一月去如夢、何時何日老身極、西没斜陽今日終。（正・三十）

この名文句には、つい何もしないまま無為に時間と日を送ってしまうことが多くなった、老たるわが身をふりかえって身につまされる思いがする。この年、定家は脚を病んで呻吟し、身心ともに衰弱し切るのであったが、

今夕心神殊損亡、甚尫弱。夜漸深更、上南面之蔀、暫見月。頗慰心之後付寝。（九・十六）

と、深更に南面の蔀を上げ、しばらく月を眺めることで、ようやく心を慰め、眠りにつくことができたのであった。まさに月こそわが命という心境であったのだろう。

この年の大晦日には、いよいよ七〇歳を迎えるにあたって、

抑白氏文集之中多此句、人生七十稀。於先祖多不過六十給、先考独雖余九旬給、遁世之後也。載白髪及此齢之人、氏公卿之中、始祖以来四十六人。尤可謂稀。

と、長命だった先祖の名を列挙し、況亦百年以来唯十人。貧道微運前生之罪報、已知無物、不具今生之作善。又闕縁底、纔為寿老之人、於官途者雖為沈憂之身、亦不及予輩非無之。只以清貧之無比類、若為延齢之冥助歟。（十二・三十）

などと感慨に耽るのであるが、これが月への視線で終わっていないのは、この日の天候が、「入夜後雨止」という状況で、月が見えなかったからだろう。

寛喜三年（一二三一）に入ると、七〇歳の思いは定家の心をいよいよ深く捉えて離れなかったらしく、三月十一日条には、

入夜宿北小屋。朧月催懐旧之思。治承三年三月十一日、始通青雲之籍、遠歩朧月之前、于時十八。寛喜三年三月十一日、猶戴頭上之雪、纔望路間之月、于時七十。

と初出仕の日を思い浮かべて、これまでに過ぎ去った月日を想い、続けて、

大谷前斎宮少将局（覚朝僧正妹也。年七十七。実有卿祖母）在此屋之向（棟門）、去八日終命云々。毎聞故人之帰泉、弥悲老翁之残涯。暁鐘帰。月已近山。

と、近隣の老貴婦人逝去の報にも心揺らぐのであるが、ここでも彼の視線は、最後には山に沈み行こうとする月

に向かって収斂していく。

幼少時の友人たちの近況として時々耳にするのは訃報ばかりという状況は、今のわたしとも共通するのだが、小さく静かな城下町でともに過ごした彼ら、彼女らをしのぶには、夜中まで灯火の消えぬ高層マンションや朝まで動き続けるコンテナクレーンとともに見る港町の月ではあまりにも不似合いで、むしろ定家の見た月をうらやましく見上げたい思いに捉われるばかり。しかし一方では、これこそが文学的な月への思いだろうと勝手にわかったつもりになったりもする。

なお、『明月記』には、彼の記述そのものが、おのずから漢詩の体を示している箇所がところどころに見られるのは周知のことだが、この年の九月十三日条はその典型というべく、天候不順だったこの日、日没後に雲が薄らぎ月が姿を現わす。するとそれを叙述する彼の文体は、そのまま自然に漢詩体へと移行していく。

自夜雨降、辰時許休。終日天陰。日入之後雲僅分、月及已忽属晴。涼秋九月々方幽、況寂閑人憶旧遊、良夜精光晴未忘、当初僚友往無留、不眠不臥謫居思、誰問誰知沈老愁、白露金風爰計会、満袂吹袖涙湫々。

これがこの日の記事のすべてである。これ以上何をかいわんやの心境であろうし、読者であるわたしも、定家のたどり着いた人生最後の境地として、静かに受け止めたくもあるのだが、彼の生涯も彼をとりまく現実も、これで静かに幕を閉ざしたわけではない。

七四歳を迎えた文暦二年（一二三五）二月十六日条には、

一寝之後南方火、其勢猛也。下人説、自錦小路町及四条坊門、今出、西洞院、室町等云々。明月無片雲。後聞、四条北、室町西、西洞院東、六角南、皆悉焼了云々。

と、また大火の報があり、自分もその火を見、概略の情報を下人から聞いた後に、まず視線が向かうのは、ここでもやはり月。この日は一点の曇りもない満月であった。あとから届いた火事の詳報が記されるのはその後である。

これは定家自身が病気に苦しんだ日でも変わらない。一例をあげれば、文暦二年（一二三五）六月十三日条。

朝天陰、巳時晴。未時許興心房入坐。入夜行冷泉亭。金蓮房来次、痢結少便、頻催心神異例由示合、煎桃花令服瀉薬。秉燭以後腹中鳴動。聊停之間心神迷。而喚少婢、懸之間絶入也。不覚悟。須臾蘇生、不能行歩、跂帰平臥。途中又反吐之後、聊復例汗出、帰例寝所。付寝之後僅唯見月傾。不及言語夜明了。

定家がこれを記したのは、体調が少しは回復した後だったろうが、それにしても、一晩中身心ともに辛苦し、大げさにいえば、一時は気を失い、のたうち回った後でも、彼の視線が月に向けられて終わらずにはいられないこと、さらにいえば、彼が正気を取り戻して日記の筆をとる時になってもなお、そのありようが微動だにしなかったという事実に、わたしの心は感じ入ってしまうのである。

定家はこれ以後もなお生き延びて、仁治二年（一二四一）八月二十日、八〇歳で生涯を閉じるのであるが、現存する『明月記』は右に引いた文暦二（嘉禎元）年をもって最終とし、それ以後の年の伝本は現存しない。定家自身はその後も執筆を続けたと想像するが、残念ながらその内容を具体的にしのばせる手がかりはない。わたしも現存本の最終巻まで定家と視線をともにできたことに自足しつつこの稿を終えることにしたい。

〔付記〕

（1）引用本文は、次の諸書による。

『権記』『長秋記』『中右記』　増補『史料大成』

『明月記』『玉葉』　国書刊行会本

『本朝文粋』『枕草子』　（岩波）新日本古典文学大系

これらは『明月記』をはじめ、より新しく公刊された本文に拠るべきだったが、老化にともなう体調不全のため、実行できていない。注意されたい。

なお、引用日記本文には、適宜句読点をつけ、自分の文意理解を明示している。

（2）参考文献は多数に及ぶが、本稿の執筆に特に多く参考にしたのは次の諸書である。

明月記研究会編『明月記研究提要』（八木書店、二〇〇六年）。

辻彦三郎『藤原定家明月記の研究』（吉川弘文館、一九七七年）。

五味文彦『藤原定家の時代――中世文化の空間』（岩波新書、一九九一年）。

興膳宏「『文選』と『本朝文粋』――特に賦について」（新日本古典文学大系『本朝文粋』付録「月報三六」、一九九二年）。

久保田淳『藤原定家とその時代』（岩波書店、一九九四年）。

堀田善衛『定家明月記私抄』『同続篇』（ちくま学芸文庫、一九九六年）。

今村みゑ子「『明月記』の月」（『明月記研究』四号、一九九九年）。

稲村英一『訓註　明月記』（松江今井書店、二〇〇二年）。

倉本一宏『権記（上）（中）（下）現代語訳』（講談社学術文庫、二〇一一、二年）。

五味文彦『藤原定家――芸術家の誕生』（日本史リブレット、山川出版社、二〇一四年）。

（3）右記文献のうち、『権記（上）（中）（下）現代語訳』は本稿執筆後に拝読したが、（下）末尾に記された「おわりに」の文中に、倉本氏がもっとも深い感慨を抱かれた記事として長徳四年の幼い男児の死と長保四年の妻の死去を掲げられているのを見て愕然とした。それこそが本稿の冒頭で話題にした二つの記事に他ならなかったからである。結果として無断引用に近くなってしまったことを深くお詫びするとともに、わたしの文学読みもまんざら的を射外したものではなかったのだと、心を慰めている次第である。

『弘安源氏論義』をめぐる故実と物語

前田雅之

一　問題の所在

『古今集』『伊勢物語』『源氏物語』がいわゆる〈古典〉として確立したのは、ほぼ後嵯峨院時代（一二四二～七二）であると私は主張してきた。(1)その一例として、建長五年（一二五三）五月二十八日に、鎌倉の地において行われた「源氏談義」を取りあげてみたい。それがどのようなものであったのかがその後の議論のために重要な前提あるいは参考となるからである。

談義の次第は長い間『紫明抄』の異本とされてきた『光源氏物語抄』に詳しく、稲賀敬二の先駆的研究がその全容をほぼ明らかにしてくれているが、(2)具体的には『源氏物語』「初音」巻にある、姫君からの歌に対する母明石上の返歌「めづらしや花のねぐらに木づたひて谷のふる巣を」（新編古典文学全集）に続く言葉には、「とへる鴬」がよいか、それとも、「とづる鴬」がよいかをめぐる議論であった。周知のように、「へ」と「つ」は、字母が部＝へ、川＝つの場合、字体が似てくるので、書写過程で混同される可能性はそれなりに高いが、議論の結論としては「へ」をよしとするものであった。『光源氏物語抄』編者は「閇義尤非也（閇づるの義尤も非なり）」として

「とへる」説を採用している。その理由は、

此哥の前後の意をみるに、明石上、姫君御返事悦思之由也。閇ならばうらみおもへるなるべし。理其不レ可レ然、随二五文字一ニめづらしやとをけり。此詞称レ美由也。若《もし》いたみなげく心ならば、うらめしやなどいふやう(3)に悲傷之詞たるべき也。

（漢字は常用体に改め、濁点、句読点、一・二点を施した）

ということである。

この文言の主張はいたって明解である。明石上の歌の前後の文脈をみると、明石上は、紫上の養女となって我身から切り離された姫君（のちの明石中宮）の和歌による便り（「ひきわかれ年は経れども鶯の巣だちし松の根をわすれめや」、同上）を喜んでいることが分かる。しかし、これがもし「とづる」となっていたら、明石上は、喜ぶどころか、逆に恨みに思っていることになるだろうが、物語の論理からいえば、そうなるはずはない。なぜなら、明石上は、和歌の初句に「めづらしや」と置いている。この言葉は嬉しさやよいことを表現するからだ。仮に痛み歎く気持ちであるなら、「うらめしや」などのように悲しみの言葉であるはずだというのである。「とづる」なら「うらめしや」などといった恨み・悲しみの意味でなければならないが、娘からもらった和歌（手紙）を明石上は素直に喜んでいるのだから、明石上の返歌も「めづらしや」で始まり「とへる鶯」で締められなければならないということである。

こうして、「とづる」説を執拗に主張した西円という僧侶は「とへる」説の前に敗北を喫し、遂に将来においてもそのことの履行（つまり、「とへる」説をよしとすること）を約束する押書《あっしょ》を提出して降参した。

上記の談義は、現代人の眼で見れば、『源氏物語』の語句をめぐる、たわいのないどうでもよい、あるいは、オタクっぽいトリヴァアクイズの類と映るかもしれない。だが、何よりも押さえておきたいのは、まずは、談義の舞台が京ではなく、武家の都である鎌倉の地であったという事実、さらに、談義の内容が物語の文脈《コンテクスト》的読解

を踏まえた上で、『源氏物語』にある和歌の表現（「とへる」か「とづる」か）はどちらがよいかという高いレベルで争われたものであったという重い事実である。京から文化的に劣っていると思われていた鎌倉の地において展開された源氏談義は、知っている・知らないといった単純な記憶的知のレベルではなかった。まだ確定していない揺れる物語本文を前にしてそれまでの物語の文脈に沿って『源氏物語』が正確に読まれているかどうかが問われていた。こうした点から敗れた西円を見ると、『光源氏物語抄』編者が分類した知と記憶に関するマトリックス（＝四分類）の三番目にある「了知の性無きと雖も諳誦の（「徳」脱か）あり」（原文を書き下した）（＝了知はないが、記憶はある）のタイプだということになる。つまり、知っている・知らないの記憶知しかない人間である。敗れるのは当然だったのだ。

談義が行われた建長五年（一二五三）とは後嵯峨院政の八年目（天皇は後深草）である。前年に長子宗尊が鎌倉に下って将軍となっており、まさに後嵯峨院時代の極盛期に相当する。その前後には、建長三年に奏覧された『続後撰集』（後嵯峨院下命、撰者藤原為家）、後嵯峨院とは直接関係はしないけれども、『古今集』の古典化を示す、仮名序・真名序を振った『十訓抄』（建長四年）、書名・構成を振った『古今著聞集』（建長六年）も相次いで編纂されていた（『古今著聞集』には現在＝後嵯峨院を称賛する記述がある）[4]。いずれも後嵯峨院時代を代表する勅撰集・説話集である。京も鎌倉も Pax Kamakurana（鎌倉の平和）期において古典文化の爛熟期を迎えつつあったということでもある。

さて、本稿で問題とするのは、後嵯峨院時代の余塵がまだ残っていた亀山院政・後宇多天皇下の京都で、冒頭に掲げたのとは異なる形態の源氏談義である。それは後嵯峨院が崩じてから八年目にあたる弘安三年（一二八〇）十月六日に皇太子であった熙仁親王（のちの伏見院）の下で催された。談義を『弘安源氏論義』として一書にまとめたのは、熙仁親王の近臣中の近臣といわれながら、早世した源具顕（生年未詳〜一二八七）であった[5]。しかし、「説話文学と歴史史料の間に」という統一テーマからなる本書において、どうして源氏談義なのかという疑問が最初に呈示されるかと思うから、これにまず答えてから本論に進みたい。

『源氏物語』の注釈史において、画期的な役割を果たしたのは、鎌倉の地で営々と築かれてきた河内源氏家の源氏学を南北朝期四辻善成が集大成した『河海抄』(貞治の初めの頃〈一三六二頃〉、善成撰の『珊瑚秘抄』によれば、本書は足利義詮に進上された)[6]と、『河海抄』を超えるべく応仁の乱のさなかに生まれた一条兼良の『花鳥余情』(初稿本、文明四年〈一四七二〉、再稿本、文明八年〈一四七六〉、後土御門天皇の求めに応じて新たに書写された献上本、文明十年〈一四七八〉がある)である。なかでも『花鳥余情』は、『河海抄』と異なる注釈方法(たとえば、和語を和語で説明する、誤読がままあるものの文脈重視など)を有しているが、それ以外にも『河海抄』との顕著な違いは、有識故実に対する反応である。衣服や儀式の記事があると、兼良は、まさに物語の流れなど失念させるくらいに、有識故実の説明に筆を費やすのである。[7]なぜだろうか。兼良にとって、『源氏物語』は今や喪われた理想の王朝が描かれた聖典であり、そこに記された衣服・儀礼・行事などは、兼良にとって王朝の規範として仰ぐにたるものだったからである。

こうした失われた過去の、いってみれば、仰ぐべき偉大な規範を示す書物としての『源氏物語』は、これから議論する『弘安源氏論義』においても実のところ同様であった。その結果、議論の中心となるのは、有職故実的な、どちらかといえば、トリヴィアといってもよい話題が多くなるのである。そこから、このような問題設定が可能となってくるだろう。

鎌倉期以降における『源氏物語』とは、「作り物語」という性格以上に、事実として書かれ、事実として読まれることを要請されている説話に近いテクストであったと見てよいのではないか。この傍証ともいえるものが、後代である室町期とはいえ、三条西実隆の『細流抄』「いづれの御時にか」に関する以下の注である。

おもては作物語《つくり》にて荘子が寓言により、又しるす所の虚誕なき事は司馬遷が史記の筆法によれり。（中略）凡《おほよそ》、日本の国史は三代実録、光孝天皇仁和三年八月までしるして、其後国史見えざる歟。此物語は醍醐天皇よりしるす心、彼国史につがんの心とみえたり。彼孔子の春秋も哀公までしるせり。魯哀公は周敬王の時代にあたれり。其後、左丘明周元王貞定王の時代までしるして、孝王夷烈王以下の事をはしるさず。然《しかる》に司馬温公が通鑑をしるす事は夷烈王廿三年よりしるせり。左伝につぐべき心あるなり。此物語宇多御代をしるさゞるもよく相かなへる也。

（『源氏物語古注集成 7 内閣文庫本 細流抄』による。濁点・句読点及び、適宜ルビを施した）

とはいえ、実隆がそれまでの准拠説（『紫明抄』・『河海抄』には、醍醐・朱雀・村上三代に准ずるという説はあり、「准拠」なる言葉の初出はおそらくここで議論する『弘安源氏論義』〈第十二問・第十六問〉が初出だろう）を踏まえて、『源氏物語』を『資治通鑑』と比肩しうる歴史書であると見なしているのは、古典＝聖典としての『源氏物語』の価値を絶対化するため（その他、好色への戒めを記した道徳書、盛者必衰の理＝出離解脱の縁を説く仏教書でもある）の措置とも見なしうるが、『源氏物語』が実隆ほど厳密な規定はないとしても、概ねそのような書物と見なされていたことは間違いなかろう。

こうして、説話と歴史史料との関係をみると、中世における『源氏物語』享受は両者の関係を考えるいい素材となるのである。ここにおいては、『源氏物語』はすでに「作り物語」（＝フィクション）ではない。今回は、上記で少しだけ言及した『源氏物語』の准拠論・モデル論という形で歴史と絡むのではなく、『弘安源氏論義』における『源氏物語』に関する問答を通して、鎌倉後期における説話と歴史史料の関係のありように迫っていきたい。

それでは、本題である『弘安源氏論義』の史書的・説話的世界に入っていくこととする。

二 『弘安源氏論義』という書物──跋文の開示する世界

『弘安源氏論義』という書物には、知られている限りでは一〇五くらいの伝本がある（国文研データベースに拠る）。蔵しているのは、宮内庁書陵部・陽明文庫の他、もりおか歴史文化館（南部家）、宮城県図書館（伊達家）、水戸彰考館（水戸徳川家）、熊本永青文庫（細川家）、肥前島原松平文庫（松平家）、祐徳稲荷中川文庫（鹿島鍋島家）というように、著名な大名文庫も並んでいる。おそらく『源氏物語』の注釈書の一つとして集められたのだろう。(8)

伝本のなかで注目されるのは、序文・跋文の伝本がかなりの数に及んでいることである（計六七点、揃いで三三＝序・跋あわせて六六点）。これは論義本文と同様に、否、それ以上に、序と跋が独立して享受されたことを意味していよう。なぜだろうか。まず序文についてはそれほど問題となるところはない。ほぼ『弘安源氏論義』の次第を時系列で記しているだけである。日時と準備（弘安三のとし、神無月＝十月のはじめの三日～六日＝論義の日）、場所（東宮＝熙仁親王の御方）、参加者（左方、侍従三位雅有、侍従三位範藤朝臣、長相朝臣、具顕朝臣、右方、康能朝臣、兼行朝臣、為方、定成）の記述であるに過ぎないからだ。

問題となるのは「弘安源氏論義跋」と記された跋文である。すでに指摘もあるように、(9)源具顕が記したものだが、全文を通して『古今集』仮名序の本格的な捩り《パロディー》である。『古今集』仮名序の捩りの嚆矢は、前述したように、『十訓抄』「序」および『古今著聞集』二十巻であり、その前では『千載集』仮名序にはごく一部『古今集』仮名序を踏まえた記述があるけれども、むろん「仮名序」全体の捩りではない。その意味で画期的である。また、伝本の数量が的確に示しているように、後代それなりに愛好されたものと思われる。そこで、手始めに跋文を検討しておきたい。というのも、跋文を貫く志向性と論義を貫く内容とに齟齬を感じているからだ。齟齬というのが近代人のさかしらというのなら、それでよい。ただし、その裂け目から、鎌倉期京都の知識層における『源氏物語』受容のありようを逆に探ることも可能であるかもしれない。

現在、跋文が活字化されているものには、『群書類従』『源氏物語大成』があるが、時折、脱文や誤記があるので、引用に際しては、『群書類従』および国文研日本古典籍総合目録データベースの肥前島原松平文庫本を参照し、独自に本文を構築した。見ておきたいのは、跋文の冒頭と末尾である。

まずは、冒頭の言説である。

光源氏は、式部が心を種として、よろづのことのはとぞなれりける。世中にある人、こと、わざ、しげき物なれば、心におもふ事を、みる物、きく物につけて、よそへいへるなり。花にすまぬ箱鳥、山になく鹿の声をきくまでも、いきとしいける物、いづれか、これをのせざりける。ちからをいれずして、山川をかき、めにみえぬ鬼神をもまことゝおもはせ、おとこ女の中をもやはらげ、たけきもののふの心をもなぐさむるは、源氏なり。

（濁点・句読点を施した。本文作成も含めて以下同じ）

これと比較するために、『古今集』「仮名序」冒頭を引いておく。

やまと歌は、人の心を種として、万《よろづ》の言の葉とぞ成れりける。世中《よのなか》に在《あ》る人、事、業、繁きものなれば、心に思ふ事を、見るもの、聞くものに付けて、言ひ出せるなり。花に鳴く鶯、水に住む蛙の声を聞けば、生きとし生けるもの、いづれか、歌を詠まざりける。力をも入れずして、天地《あめつち》を動かし、目に見えぬ鬼神《おにがみ》をも哀れと思はせ、男女《おとこをむな》の仲をも和らげ、猛き武人《もののふ》の心をも慰むるは、歌なり。

（新大系本）

一目瞭然、跋文は、ほぼ完全な「仮名序」の振りとなっている。しかも、見落とせないのは、随所に工夫がみられることである。第一に、「花に鳴く鶯、水に住む蛙の声」を「花にすまぬ箱鳥、山になく鹿の声」に改めているのは、「鳴く」主体を鶯から鹿に動かし（鹿の鳴き声は「妻恋」でありそのまま恋を連想させよう）、「住む」を「住まぬ」として蛙から箱鳥に転換する（「よるはきてあくればかへるはこどりのつらきならひにねをやなくらん」（新撰和歌六帖「はこどり」為家、古典ライブラリー〉にあるように、箱鳥は女を訪ねてくる男を連想させ、それは「住まぬ」とも連結されるのではないか)などを見ると、一見ちょっとした言い換えと思われるものの、実のところ、周到な準備の結果であり、その技量は相当なものだと見做してよいだろう。

第二に、劈頭の「光源氏は、式部が心を種として、よろづのことのはとぞなれりける」からして、『源氏物語』が「作り物語」であるとの宣言と読めるが、以下の言葉の変換によって、それを一段と補強していることである。すなわち、「言ひ出せる」→「よそへいへる」、「力をいれずして、天地を動かし」→「ちからをいれずして、山川をかき」、「目に見えぬ鬼神をも哀れと思はせ」→「めにみえぬ鬼神をもまことゝおもはせ」とあるように、具顕は、「仮名序」にはない、「よそへ」「かき」「まこと」という言葉に付加あるいは変換している。こうした操作を経ることによって、具顕は、和歌原論というべき「仮名序」にある和歌(やまと歌)がもつ普遍性(=「生きとし生けるもの、いづれか、歌を詠まざりける」)と超越性(=「力を入れずして、天地《あめつち》を動かし、目に見えぬ鬼神《おにがみ》をも哀れと思はせ、男女《おとこをむな》の仲をも和らげ、猛き武人《ものゝふ》の心をも慰むる」)を、物語においてはまずあらゆる現象を記せること(=「いづれか、これをのせざりける」)、次いで、そのことによって、万物を描くことができ、それが鬼神にも真実だと思わせること(=「ちからをいれずして、山川をかき、めにみえぬ鬼神をもまことゝおもはせ」)という虚構の力があるから、和歌同様に男女の仲もよくなり、荒々しい武人の心をなだめてしまうと読み換えてしまったのである。これはすでに捩りを超えて、具顕の捉える物語原論になっている。見事というべきではないか。

そして、跋文末尾である。

それ、まくらことばの花にほひすくなくして、むなしき名のみ、筆の海のながれいやしきをかこてれば、かつは、人のみゝにおそり、かつは、物かたりの心にはぢおもへど、たなびく雲の、たちゐ、なく鹿の、おきふしは、ともあき(=具顕)が、この御代におなじくむまれて、このことの時にあへるをなん、よろこびぬる。

定家、なくなりにたれど、源氏の事とゞまれるかな。夏ひきの糸、たえず、まさきの下葉、いろかはらずして、すがねのながくつたはり、筆のあとひさしくとゞまれらば、源氏のことをもしり、物語の心をもえたらん人は、あけらけき朝日のかげをみるがことくに、この時をあふぎて、いまのかしこきをしらざらめかも。

これも「仮名序」の末尾をあげておきたい。

それ、まくらことば、春の花匂ひ、少なくして、空しき名のみ、秋の夜の、長きを託《かこ》てれば、かつは、人の耳に恐り、かつは、歌の心に恥ぢ思へど、棚引く雲の、立ち居、鳴く鹿の、起き伏しは、貫之らが、この世に同じく生れて、この事の時に会へるをなむ、喜びぬる。人麿、亡く成りにたれど、歌の事、留まれるかな。たとひ、時移り、事去り、楽しび、悲しび行き交《か》ふとも、この歌の文字あるをや。青柳の糸、絶えず、松の葉の、散り失せずして、真栄《まさき》の葛《かづら》、永く伝はり、鳥の跡、久しく留まれらば、歌の様を知り、事の心を得たらむ人は、大空の月を見るがごとくに、古《いにしへ》を仰ぎて、今を恋ひざらめかも。(10)

ここも冒頭文同様の見事なまでの言葉の置き換えだが、なかでも注意されるのは、紀貫之の役割を具顕が担い、歌聖柿本人麿に相当する人物として青表紙本・奥入を完成した藤原定家が置かれていることだろう。具顕は、定家はすでに没してしまったけれども、『源氏物語』は不滅であり、源氏を知り物語の心を得たい人は「この時をあふぎて、いまのかしこきをしらざらめかも」と記して跋文を終えている。もともとは古今集の仮名序「古《いにしへ》を仰ぎて、今を恋ひざらめかも」とあるように、今＝古今集の勅撰を恋い慕わない人がいようかという文章内容を、具顕は、「この時」、つまり、この論義を仰いで、「いまのかしこき」＝論義のレベルの高さを知らないことがあろうかと読み換えているのである。いってみれば、自分たちは定家がすでにいなくなった現在であっても、『源氏物語』に関してここまでの知をもっているのだという宣言である。おふざけ文章ながら、並々ならぬ自信がそこからうかがわれる。

だが、ここでさらに気づかされるのは、跋文冒頭でこれでもかというほどに虚構の力を強調しておきながらも、跋文末尾になると、虚構の力に通じる「物語の心」のみならず、『源氏物語』に関する知（跋文末尾でいえば「源氏のことをもしり」）にも言及していること、さらに、肝腎の論義では、虚構ならぬ、有識故実や事実関係の議論にほぼ終始していること、以上三点に見える全体論調の首尾不一貫性である。簡単にいい換えれば、跋文で主張している内容と論義には大きな擦れが生じているということである。それは、近代人のように、具顕も判者を含む論義の参加者も、虚構は虚構、事実は事実と分割されるような思考と論理によって考えてはいなかったということなのだろうが、『源氏物語』をめぐる虚構と史実の最も重要なポイントが浮き出たところでもあり、まずは留意しておきたい。

それでは、論義の具体相はどうだったのか。そろそろ本題に入りたい。

三　『弘安源氏論義』の論義――一番問答から

議論を始める前に、論義の形態を述べておく。論義は、歌合に倣って一番から十六番まで行われた。一番は右方が問いを出し、左方が答え、二番は反対に左方が問いを出し、右方が答え、以後同様の左右の議論がくり返されるという次第となっている。論義の結果は、歌合同様に、勝か持となるというものである。伊井春樹編『源氏物語　注釈書享受史事典』（東京堂出版、二〇〇一年）によれば、判者は飛鳥井雅有とのことである。ただし、すべての問答の判者ではない（たとえば、一番や十六番はそうである）。判詞を含めた論義全体を記したのも、「次日七日夜いぬの時に、女房の奉書にて、夜べの論議問答神妙にきこしめされき。殊にかんじおぼしめさる、によりて、ことさら仰くださるゝよしあり。生涯の面目一期の喜悦只此事にあり」とあることから、具顕ということになる。以下、紙幅の都合もあり、残念ながら一つの論議に絞らざるをえないことをあらかじめお断りしておく。全論議の考証・検討は別の機会に譲りたいが、ここでは、全一六問答の議題をあげておきたい（巻名が判明するものは、漢数字の後に記している）。

「河原の大臣の例をまなびて、わらは随身を具する事おぼつかなし」（一・澪標）、「光源氏元服の所に大蔵卿蔵人理髪仕事おぼつかなし」（二・桐壺）、「なにがしの院といへる、いづれの所になずらへたるぞや」（三・夕顔）、「吉祥天女をおもひかけんとすれば、ほうけづきくすしからんとこそうるさけれといふいかなる事ぞ」（四・帚木）、「大将のかりの随身に殿上のぜうなどぐする事つねのことにあらずといへり。如何」（五・葵）、「月影ばかりぞやへむぐらにもさはらず、いかなるゆへぞや」（六・桐壺）、「女御更衣あまたさぶらひたまふとあり。女御更衣の濫觴なにをもてこれをいへるぞや」（七・桐壺）、「わかんどほりといへる事おぼつかなし」（八・少女）、「はつせなん日の本はあらたなるしるしみせ給ふよし、もろこしにもきこえあん也といへるもろこしのきこえ何事ぞや」（九・玉鬘）、「まきくにならびをたつる事そのゆへおぼつかなし」（十）、「かはぶえふつゝかにといへる、いかなる物ぞや」（十一・紅梅）、「朱雀院の御賀は准拠の例いづれぞや」（十二・紅葉賀）、「忠仁公の例になずらへてあをむまみ給ふことおぼつかなし」（十三・少女）、「物をぢしたるとりのせうやうのものといへる、なにといへる事ぞ」（十四・夕霧）、「えわけたまふまじきよもぎふの露を馬のむちしてとあり、たゞかのよもぎふのけいきか、又由緒有や、如何」（十五・蓬生）、「六条院にをきて准拠の人おほし、致仕のおとゞだれの人になずらへたるや」（十六）

このうち、有職故実に関する問答は（一）・（二）・（五）・（七）・（十三）、准拠に関する問答は（三）・（十二）・（十六）、難語・表現・和歌の典拠に関する問答は、（四）・（六）・（八）・（十五）、有職故実以外の知識に関する問答は（四）・（九）・（十一）・（十四）、源氏物語の巻構成に関する問答は（十）となっている。そして、いずれの問いもどちらかといえば、知っているか知っていないかというレベルであり、「物語の心」はいうまでもなく、鎌倉における建長談義のような文脈的理解を要請するものもないのである。こうしたなかで、一等重視されるのが、有職故実に関する知、歴史的先例に関する知、ならびに、仏書・漢籍に関する知であった。

そこで、とりあげるものは、一番の論議となる。なぜなら、すべての論議の始まりとなり、二番以降の論議の型を規定すると考えられるからである。まずは本文を引く。

一番問曰右　　康能朝臣
河原の大臣の例をまなびて、わらは随身を具する事おぼつかなし
答曰左　　侍従三位雅有
河原の大臣の例かの伝に見及候ず、但長徳の比の記に書のする事あるにや、こまかに引見ず。追て勘申べきよしを申さる
右申
長徳の比なを《ママ》近例なり。ふるき証拠侍らむ。菅原の大臣といふ説も又侍るにや。ふるきを存せられば、くはしく申出さるべし。
左申
長徳の比の記に、ふるきをのせて侍り。くはしきことなを《ママ》申出しがたし。しりぞきてしるし申べし
此番の勝負いかにとさだまるべきにかと沙汰あり。たがひにふかく此道をしり。ふかく此道を執す。心にこめて詞にいださず。彼潯陽の浪のうへにいまだ曲調をなさゞるに、まづなさけありけん。琵琶の音もかくやとおぼえてえむ也。深渓にのぞまざれば、地のあつきことをしらず。雌雄さだめかたければ、しばらく侍にてを《ママ》かる

一番の問い（康能による）は、「澪標」巻にある「河原の大臣の御例をまねびて、童随身を賜はりたまひける」（新

編全集本、以下同じ）という言説に関するものである。この言説が登場するのは、内大臣である光源氏が住吉詣をした場面である。この時、なんとこともあろうに、「田舎人」と称される明石君一行も光源氏の参詣を知らずに、住吉に詣でていた。「内大臣殿の御願はたしに詣でたまふを、知らぬ人ありけり」と下衆にまで陰口を叩かれる始末で、明石君はいつもながら我身の程の卑小さを思い、悲しくなる。それ以後、明石君の視線で、光源氏一行が描写されていく。明石でも見かけたものの、立派になった右近将監や良清といった源氏の従者たちの背後遠くに、源氏の御車が見えた。「いとをかしげに装束き、角髪結ひて、紫裾濃の元結なまめかしう、丈姿とゝのひうつくしげ」な十人がここでいわれる「童随身」である。美少年に囲繞された光り輝く光源氏の御車というところであろうか。

（1）　**童随身をめぐって**

さて、康能の疑問は、童随身を具したのは「河原の大臣の例」に倣ったということだが、この故実が事実であるかどうかが、はっきりしない、ご存じか、というものである。河原の大臣とは源融のことである。現在のところ、源融が童随身を具していたという史料・記録は確認されていない。左方の雅有の返答は、河原の大臣の例は融伝にも見えない。ただし、長徳の頃の記録に書き載せていることがあるのだろうか。これも細かに引いてまだ見ていない。追って勘申したいというものであった。

長徳の例をもってくることなどさすがに雅有である。なぜなら、道長が左大将を辞した長徳二年（九九六）八月九日、童随身六人を賜ると史料・記録にあるからである（『富家語』四五〈ただし、四人とする〉、『大鏡裏書』、『愚管抄』、『公卿補任』など）。今、『公卿補任』によって示せば、こうなっている。

「内覧童随身六人給之、九条右大臣例云々」（朱書）

左大臣正二位藤道長卅一、八月九日辞大将、以童六人、為随身○大鏡裏書、愚管抄同ジ、

（大日本史料による。ただし、漢字は常用体に改めた）

この日、道長は左近衛大将を辞職し、童六人を随身としたという記事である。後から書き足されたと思われる朱書には、九条右大臣の例となるから、藤原師輔の例によるとあるが、これを裏付けるものは今のところ発見されていない。『公卿補任』成立以降にかかる伝承があったということだろう。だが、道長の時に突如行われたとは信じがたい。『公卿補任』で長徳の例といえば、道長であり、その前の例となれば、「朱書」でいう師輔ということになり、『源氏物語』が記している「河原の大臣」源融の例は見当たらないということになる。

ところで、『源氏物語』には、「桐壺」巻に「このごろ、明け暮れご覧ずる長恨歌の御絵、亭子院の描かせたまひて、伊勢、貫之に詠ませたまへる、大和言の葉をも、唐土の詩をも、ただその筋をぞ枕言にせさせたまふ」とあるように、実在の人物（亭子院＝宇多上皇、伊勢、貫之）がまま登場するが（『弘安源氏論議』十三も同様）、他方、物語には実在の人物と紛うような冷泉帝なる登場人物もいる。「河原の大臣」の場合も、源融と見てもよいだろうが、このように考えることも可能ではないだろうか。紫式部と目される作者は、個人的によく知っている道長の長徳の例（童随身六人）を知っていながら、わざと約百年前の源融にしたということだ。その理由は、道長であれ、師輔であれ、藤原摂関家を作り出した人物であるものの、融の姓である源ではないからである。光源氏の前例としては源姓がふさわしいのではないか。さらに、融には陽成天皇が退位した後、「いかゞは。ちかき皇胤をたづねば、融らもはべるは」（旧大系）と発言したという『大鏡』が伝える逸話も、光源氏の立ち位置に近いといえよう。他方、同時代の人物である道長を出すのは無理であろう（実際に同時代の人物は誰も登場していない）。そこで、行われた操作が、道長も賜ったという童随身を四名加増し一〇名として、源氏の華やかさをいや増しに際立てたことではないか。なお、『うつほ物語』には童は四人から六人とあり、一〇人も仕えているのは『源氏物語』だ

けである。

なお、童随身を四人とする『富家語』四五には、「御堂は童随身四人を仕はしめ給ふと云々、しかれども所見なきか。真実には随身を辞せしめ給ひて後、中隔の内に人の従者を入れられざる時、童部よかりなんとて、童部を御供に相ひ具せしめ給ふなり。これを童随身と云ひしなり。日記にも補任にも見えざる事なり」(新大系)として、童随身という故実はなかったといっている。だが、同じ藤原忠実の言談である『中外抄』下九には、頼長の発言として「二条殿(教通)の御記に見えたり」(新大系)とあるから、現存しない教通の日記にはあったようだが、その後、忠実は童部をお供に具したことを以て童随身といったのだという考えに改まったのだろう。数々の資料・記録が集積されやすい摂関家でもこれを裏付ける証拠はなかったということが忠実の判断根拠になったのであろう。

ここで、『弘安源氏論議』に戻ると、右方(康能)が雅有の発言を受けて、「長徳の例は近い、古い例があるだろう。菅原の大臣の例もあるのでは、古い例をご存知なら、詳細に申し出ください」と再度の質問を行う。左方(雅有)は、「長徳の頃の記録には古い例があります。だが、詳しいことは今は申せません。一旦この場を退いて、記しましょう」と答える。康能の質問に道真の例が出てくるが、これはおかしいのではないか。というのも、道真は寛平九年(八九七)に権大納言で右大将を兼ね、昌泰二年(八九九)に右大臣に昇格するが、右大将は元のままであり、昌泰四年正月二十五日大宰権帥に左遷されるが、その時まで右大将は兼帯していたと思われるからである。大将を辞して童随身を賜るという例には当てはまらないのだ。康能は、思いつきをいったのだろうか。それとも、そのような記憶があったのか。このあたりは不明という他はない。とまれ、ここで論議は終わる。「長徳の比の記に、ふるき」例が『公卿補任』朱書にいう九条右大臣を指すのか、それとも、別の例を示す「長徳の比の記」があったのか、これまた具体的には何ら分からないが、雅有の記憶にはかすかにあったということだろう。とはいえ、ここでの問答はほぼ根拠たる史実があるかということに限定されている。これは重視しておきたい。

そこで、勝敗の結果となるが、判詞は、「お互いにこの道を知り、この道を執している。そして、心に込めてはっきりしないことを言わない」(「よくわからないのではっきりとは言えない」ととるのが文脈上正しいとは思われるものの)ということが理由となって、「持」と定まった。その理由に関する、白居易『琵琶行(琵琶引)』や『晋書』を用いたレトリックについては、これ自体が問題となるので、のちほど検討したい。いうまでもなく、『弘安源氏論議』なるものをより深く知りたいからである。

(2) 注釈書での扱い

その前に問題にしたいのは、上記の問答の焦点である「河原の大臣の例」が、主要な源氏注釈書において、注釈されていたという事実である。以下、列挙してみよう。『紫明抄』『光源氏物語抄』『河海抄』『原中最秘抄』という河内源氏学、『花鳥余情』『弄花抄』『細流抄』『孟津抄』『岷江入楚』といった『花鳥余情』以降の兼良・実隆源氏学の系譜にあるもの、そして、『紹巴抄』『万水一露』『休聞抄』『林逸抄』といった連歌師たちの源氏注釈、最後を飾るのは、『岷江入楚』を超える中世注釈の集大成たる北村季吟の『湖月抄』である。このうち、源光行・親行が編纂した後、鎌倉末期の義行・南北朝期の行阿が加筆・増補して完成した『原中最秘抄』(散佚『水原抄』と対になっている秘伝書)(11)が『紫明抄』『河海抄』に比しても情報量が豊富であるので、以下にあげてみたい。

一　河原の大臣の例をまなびて童随身を給り給

行阿云、おかしげにさうずきてみづらゆひて紫のすそこもとゆひ、なまめかしくたけすがたづきと、のへたる様におかしげにて十人さまことにいまめかしう見ゆ。

御堂殿童随身事長徳二年辞二大将ヲ一同三年給フ二童随身六人ヲ一寛仁三年三月廿一日出家云々

師光朝臣記云、久安四年八月廿四日於宇治小松殿見二参前内大臣殿一、其次申云、御堂殿随身事如何ゾ。雖

レ見二皇代記一、不レ見二勅書并日記一無二所見一由仰せらる。件事二条殿御記に見《タル》也。七条細工お召て雑掌お被レ問之時、件細工申云、我わらはなしときみめよしとて童随身に令レ仕給し也。さりとも大二条殿僻事は令レ書給はじと云々。仲行記云、号高家口伝御堂殿童随身真実には乞レ辞給て後に、中垣之内に人の従者を不レ被レ入時、わらはべよかりなんとて御供に童部を具せしめ給也。其を人わらはは随身といひしなりと云々。

行阿云、河原大臣わらはは随身をたまはり給へる由、物語の詞に分明にみえたり。最此人にかぎりて可レ有二所見一者歟。所詮彼可レ有二記録一者也。

河原太政大臣融嵯峨天皇第十二皇子母正五位下大原全子始賜《テル》二源姓一、弘仁三年壬辰誕生、貞観十四年八月廿五日左大臣、同十五年正月十三日皇太子傅、元慶八年五月廿五日太政大臣、仁和三年十一月十七日従一位、寛平元年十月九日聴《ユリテ》二輦車《クルマヲ》一出二入宮中一六十九、同七年八月廿五日薨七十七七十三。

行阿云、随身濫觴事清和天皇貞観十四年。

九月太政大臣従一位藤原朝臣良房始賜《テフト》二随身一云々。仙洞御随身十二人太政大臣十八人兵仗左右内大臣各兵杖八人左右大将各兵杖六人被レ定レ之。又云、兵杖事朱雀院天皇御時、以二下野重行《ヲ》一被レ始レ之云々。執政御随身事法興院殿以左右官人素氏則等被置之云々。

（源氏物語大成による。濁点・句読点を補い漢字は常用体に改めた）

ここの項目、ほとんど行阿が執筆していると目されるが、行阿は、『師光朝臣記』によって、道長の童随身の記事が『皇代記』にはあるが、「勅書并日記」にはない、また、前述した『二条殿御記』にあるというが、細工の言として、大二条殿（教通）は僻事はお書きにならないと否定する。さらに『仲行記』によって、『富家語』と同内容の記事を載せている。そして、結論としては、物語の詞に「分明」に見えるから、所見や記録はあるのだろうと位置づけるのだ。その後、源融の伝を載せるが、むろん、ここには童随身の記事はない。そして、随身の濫觴に言及し、忠仁公藤原良房が初例であり、院（十二人）・太政大臣（十人）・左右内大臣（八人）・左右大将（六人）

という随身数を載せる。そして、関白の随身は法興院（藤原兼家）の時置かれたといってこの項目の記載を終える。新しい情報は、随身の濫觴くらいであり、さしてないといってよいが、ここでも注意すべきは、行阿が「物語の詞」にあるから、所見や記録はあるはずだと考えていたことである。これは『弘安源氏論議』とほぼ同じ認識だといえる。『源氏物語』に引かれる歴史上の人物に関する事項はれっきとした史実がある（はずだ）ということである。

さらに、その後の注釈書では、四辻善成『河海抄』、一条兼良『花鳥余情』、三条西実隆『細流抄』[12]がこの方針によりながら、独自の考察をしているので、関係する箇所のみ引用しておきたい。

『河海抄』

河原左大臣融賜童随身事、所見未二勘出一、中右記云御堂入道殿令レ賜二童随身一、九条殿例云々。

今案、御堂関白長徳三年給二童随身六人一云々。　（角川書店版『紫明抄・河海抄』による。句読点、訓点を施した）

『花鳥余情』

今案、わらは随身みづらゆひてむらさきすそこのもとゆひするよしはみえたれど、その装束の色目所見なし。水干たるべしや、かりぎぬたるべしや。随身といへば、弓やなぐゐをおふべきにや。いづれもたしかなる証拠をみ侍らず。御堂殿は六人とみえたり、これには十人とあり。

（『源氏物語古注集成』による。濁点・句読点を施した）

『細流抄』

両抄たしかならざるよしをしるさる。然共、物語にのせたるうへは証拠あるべし。以レ誤後之君子也。弘安の源氏論議にも一の難ぎとせり。　（『源氏物語古注集成』による。濁点・句読点・訓点を施した）

まず、『河海抄』には『公卿補任』に朱書されてあった「九条殿例」が見える。ただ、現存の『中右記』には入道殿以下の言説は見当たらない。今案（善成案）では、『公卿補任』・『原中最秘抄』と同様のよく知られた道長童随身の記録を載せている。

次に、『花鳥余情』において、兼良が一等気にしているのは、童随身の装束である。水干か狩衣か、また、弓・胡簶を背負っているのか、また、この伝承はどれも証拠をみていない、という。そして、道長が六人なのに、一〇人の童随身に注目する。有職故実が出てくると、とたんにそちらの考証に向かういかにも兼良らしい言説であるが、いずれも問題は史実との関係である。

最後の『細流抄』は、両抄（『河海抄』『花鳥余情』）がこの記事の根拠が確かでないことを記しているとするが、実隆は、前述したように、『源氏物語』を史書と見ているためか、物語に載せているからには証拠はあるだろうと『弘安源氏論議』『原中最秘抄』と同じ立場に立つ。それに続く「以レ誤後之君子也」は意味不明だが、漢籍の校勘記などに「後之君子」のより徹底した補訂を期待している序文があるところから考えると、脱文があり、誤りを後之君子に正してもらいたいという意味だと捉えておきたい。加えて、実隆は、『弘安源氏論議』に言及し、これが難義であったことを記している。

以上、『弘安源氏論議』『原中最秘抄』『河海抄』『花鳥余情』『細流抄』の該当箇所を見てきたが、共通していることは、史実に対するこだわりである。これが『伊勢物語』注釈と同様の中世的な古典注釈といってしまえばそれまでだが、最後に、『弘安源氏論議』に戻って、判詞にある「彼潯陽の浪のうへにいまた曲調をなさゞるに、まづなさけありけん。琵琶の音もかくやとおぼえてえむ也。深渓にのぞまざれば、地のあつきことをしらず」なる言説を検討しておきたい。

（3）一番問答の判詞

前もって指摘したように、「彼潯陽の浪のうへにいまだ曲調をなさゞるに、まづなさけありけん。琵琶の音もかくやとおぼえてえむ也」は白居易『琵琶行（琵琶引）』（『白氏文集』巻十二）に基づいている。原文を示せば、冒頭のこの箇所だろう。

潯陽江頭夜送レ客。楓葉荻花秋索索。主人下レ馬客在レ船。挙レ酒欲レ飲無二管弦一。酔不レ成レ歓惨将レ別。別時茫茫江浸レ月。忽聞水上琵琶声。（『白居易集』、中華書局版本文による。漢字を常用体に改め、訓点を施した）

詩の内容は、潯陽江頭で夜客を送ることになったが、客との餞の宴に酒はあっても音楽がない、だから、何か物足りない。このまま惨めな気持ちで客を送るのか、そんな時に琵琶の音が聞こえてきたというものだろう。他方、『弘安源氏論議』では、「心にこめて詞にいださず」の直後にこの文言がある。この詞に出さないということから、「いまだ曲調をなさゞるに」が連想されたのではないか。これほど道に執していながら、詞に出さない。それは、問答の二人には、この詩の主人と客のように、情けがあったのだろう、だから、琵琶の音もおそらくいいに違いないと思われたのだろう。つまり、詞に出せば、お互いさらによかったのではないかといっているのではないか。つまり、詞に出しておらず、共になさけがあったのだから、二人の問答が「持」となったのだと言いたいのである。

次に、「深渓にのぞまざれば、地のあつきことをしらず」は、『晋書』巻十四志第四地理上の以下の箇所だろう。

不レ臨二深谿一、不レ知二地之厚一也（漢籍電子文献資料庫による。訓点を施した）

この文言はその前に「不レ登二高山一、不レ知二天之高一」があり、対句となっている。高山に登らないと、天が高いことは分からないし、深い谷を望まないと、地が厚い事も分からないということをいっている。それでは、『弘安源氏論議』ではなぜこれが引用されているのか。これも世界・宇宙の広さを言いたいのではない。深い谷を覗いていないので、地の厚きことが分からなかったということは、前の『琵琶行(琵琶引)』を受けて、結局、この問いに対する問答は、お互い浅いレベルのものだったと言いたいのであろう。だから、「雌雄さだめかたければ」とするしかなく、「持」となったというのである。

この持って回った、しかも、漢籍の知を曲解しながらも駆使した文言こそ、おそらく一番問答の判者を務めたと目される源具顕の学芸・教養のありようを示して余りあるが、具顕は、七番の答者、十六番の問者において、有職故実的な知を精一杯披露している(七番の判詞で「左は短才にて愚蒙也」といっているのは謙辞であろう。結果は「持」である)。加えて、他の番の判詞では、八番で仏典的知、十六番で漢籍的知を出してはいるものの、一番ほどのものはない。それどころか、簡単な文言もある(十三番「左申旨なしとて右を勝とす」など)。

それでは、この過度にレトリックを駆使した判詞は一体何なのであろうか。一番問答故というのが一等簡単な答えである。要するに判者が張り切っていたということだ。だが、この文言を前節で記した跋文と比較してみるとき、両者に近いものを見出すのである。判詞も跋文と同類(『琵琶行(琵琶引)』『晋書』の捩り)の言説なのであった。だが、問答の内容は、史実や典拠に関することにほぼ限定されている。となると、二番問答以降の判詞の文言が次第に簡素化していくのは、具顕自身のなかにある「物語の心」と「源氏のこと」を知りたいという二つの狙いが雅有によって無化されていくことを物語ってはいまいか。仮に「跋文」が全問答の判詞以降に記されたとしたら、具顕は改めてもう一度、「物語の心」に回帰したかったのではなかろうか。

おわりに

『源氏物語』はフィクションである。准拠はあるといわれているが、所詮は物語に過ぎない。これは、近代における常識である。少し前なら、『源氏物語』と史実などを議論したら、学会等で相手にされなかったはずである。だが、鎌倉期において、『源氏物語』は古典となり、注釈が次々に生まれていき、その過程において、権威ある正統的書物となったためか、書かれている内容を史実で裏を取るようになってきた。『弘安源氏論義』もその一つである。こうなってくると、『源氏物語』という物語の注釈のために、記録・史料が用いられるようになる。歴史をわかりやすく説明するために、軍記物語で語るというのとは正反対の関係にあるといってよい。だが、少なくとも、河内家の源氏学、京都の源氏学から近世初期の『湖月抄』まで、こうして『源氏物語』を読むのが通常のあり方であった。そこには、史実と虚構などの区別などない。『源氏物語』は史実・歴史と一体化していたのである。かかる認識を捉えてこそ、前近代社会を前近代社会の流儀で捉えることになるのではないか。本稿はそのための序章である。

(1) 拙稿「古典的公共圏の成立時期」(小峯和明監修、宮腰直人編『【シリーズ】日本文学の展望を拓く4　文学史の時空』笠間書院、二〇一七年)参照。
(2) 稲賀敬二『源氏物語の研究　成立と伝流　補訂版』(笠間書院、一九七三年、初版一九六七年)。
(3) 『光源氏物語抄　正宗敦夫収集善本叢書　第Ⅰ期　第一巻』(武蔵野書院、二〇一〇年)に基づく。
(4) 拙稿「憧憬と肯定の迫で――『古今著聞集』における京と後嵯峨院政」(拙著『記憶の帝国――【終わった時代】の古典論』右文書院、二〇〇四年、初出一九九三年)参照。
(5) 岩佐美代子「わが、ともあきくん」(同『宮廷の春秋――歌がたり女房がたり』岩波書店、一九九八年)参照。
(6) 小川剛生「四辻善成の生涯」(同『二条良基研究』笠間書院、二〇〇五年)参照。なお、『河海抄』については、松本大『源氏物語古注釈書の研究――『河海抄』を中心とした中世源氏学の諸相』和泉書院、二〇一八年)が現在の研究段階の到達点を示している。
(7) 拙稿「『花鳥余情』――兼良の源氏学　リアリティーを担保する可視的存在」(同編『中世文学と隣接諸学5　中世の学芸と古典注釈』竹林舎、二〇一一年)参照。

(8) それぞれの伝本の差異や共通性は今後の研究課題である。
(9) 注(5)岩佐前掲論文。
(10) 拙稿「和文にスタンダードはあったのか――和歌のあり方とは」(同『なぜ古典を勉強するのか――近代を古典で読み解く』文学通信、二〇一八年)において、「仮名序」がまだ和文として完成途上にあったことを論じている。
(11) 岩坪健『源氏物語古注釈の研究』(和泉書院、一九九九年)参照。
(12) 通常は、公条撰ともされるが、伊井春樹編前掲書によった。

京洛の境界線
――文学・古記録における平安京の内外認識

龔　婷

一　羅城門の荒廃

平安京とは、桓武天皇が律令制度の理念を基盤にして、中国の古代都城に倣って築き上げた日本最後の古代都城である。『延喜式』の記述によって復元した平安京は、南北に九坊と北辺坊（じつは半坊）、東西にそれぞれ四坊がある碁盤の目状の条坊制都城であった。その大きさは、南北一七五三丈（一丈＝二・九八メートル、約五・二キロ）、東西一五〇八丈（約四・五キロ）である。

原型といわれる中国の古代都城は堅固な城壁をもって京城の四面外郭に羅城を築き、城門を設ける。たとえば『唐六典』巻八には、「城門郎掌京城皇城宮殿諸門開闔之節。奉其管鑰而出納之」とある。城門郎の職掌は諸門の開閉であり、京城門は明徳門をはじめ、長安城の羅城の東西南三面にあった九つの門の総称である。

平安京および以前の都城である藤原京や平城京には羅城を廻らせることなく、中軸線である朱雀大路の南端に隣接する場所に羅城門を設け、その両翼のみに羅城を造らせた。日本に都城を完全に包囲する羅城を造営しなかった背景として、中国と日本の国内政治状況の違いが大きく影響していると思われる。中国史における都城の建設は、常に外敵防御や内部の叛乱などを念頭に置いて軍事的な性質が強い。しかし古代日本の場合、都の安全に危機を与えるような対内・対外戦争はほぼなかったため、軍事的な要塞型都城を造営する必要性が存在しなかったと見られる。『旧唐書』東夷倭国伝に、「其国、居無城郭」と記され、日本都城に羅城がないことは唐にも知られている。

　平安京の羅城について、『延喜式』左右京職に、「南極大路十二丈、羅城外二丈垣基半三尺、犬行七尺、溝広一丈、路広十丈」と記載されるのに対して、北極大路（一条大路）は、「北極幷次四大路、広各十丈」と記されるのみである。南極大路（九条大路）以外の京極大路の項目には羅城の記載がないのは明白である。延喜式の記載を率直に読み取った瀧川政次郎は、「平安京に於いては四周に羅城はなく、唯だ南面に於てのみ羅城門を挟んで東西に外郭垣が作られ、皇都の正面を飾っていたものと見られるのである」と結論づけた(1)。ただし城壁がないといっても、京と京外を見分ける若干の土塁跡らしき遺構が考古調査で確認されたているため、「京内」と「京外」の境界線を示す目印的な存在があったと思われる(2)。

　唐の制度を取り入れた養老令の宮衛令には日本の京城門の開閉を規定した条文がある。「京城門者、暁鼓声動則開、夜鼓声絶則閉」とあり、令義解には、「京城門者、謂羅城門也」の注釈を加えた。『延喜式』左右衛門府条に、「凡宮城門者、並令衛士衛之」「其宮門皆令衛士炬火閤門亦同」とあり、大内裏の御垣に開かれた「宮門」を警備するのは衛門府の役割である。注意すべきは、衛門府の職務範囲には羅城の警備は含まれていないことである。言い換えると、羅城門の警備は衛門府の職務外に当たる。宮衛令には京城門開閉の制度が規定されたが、『延喜式』には羅城門についての記述がまったく見当たらないため、規定通りに実行されなかったと考えるのが自然である(3)。

　文学作品に登場する平安京の羅城門は、強盗と鬼の棲家として広く知られている。芥川龍之介の名作『羅生門』の出典となっている有名な説話がある。それが『今昔物語集』（以下『今昔』と略す）巻二十四「玄象琵琶為鬼被取語」や巻二十九「羅城門登上層見死人盗人語」で、強盗や鬼が棲み着く羅城門の傾廃を生々しく描写した。特に後者は、摂津から上京した盗賊が身を隠すため羅城門の上層に登り、そこで会った鬼と思われる老婆と死体の衣服と毛髪を奪い去った話である。説話文学のなかで、平安京の玄関である羅城門はいつしか怪異の舞台に成り変わった。かつて祭祀・外交の場として設けられた羅城門の特殊性が忘れ去られて、華やかな王朝文化の陰を象徴するような存在になった。

羅城門の建物は十一世紀初期まで存続した。『小右記』治安三年(一〇二三)六月十一日には、「上達部及諸大夫令曳法成寺堂礎。或取宮中諸司石、神泉苑門幷乾臨閣石。或取坊門・羅城門・左右京職・寺々石云々。可嘆可悲、不足言」と藤原実資は憤慨した様子で日記に書き記している。ことの発端は藤原道長が法成寺を造営するため、京中に散乱した礎石を調達したことで、このとき羅城門の礎石も取られたと思われる。この頃の羅城門は完全に倒壊し、礎石のみは地表に残っていたと推定できる。羅城門の倒壊は、過去にも数回あった。『日本紀略』弘仁七年(八一六)八月十六日条、「夜大風、倒羅城門」という記事があり、これは平安京遷都後初めての倒壊記事と推定される。その後百数十年の間、羅城門の倒壊記事は史料上に現れないが、同じ『日本紀略』寛弘元年(一〇〇四)閏九月五日条には、「今日丹波守業遠重任、依造羅城門也」とあり、これより以前にすでに羅城門が倒壊していたことが分かる。倒壊と再建の繰り返しのなか、いつかの時点で羅城門が再び倒壊し、ついに再建する史料が見えなくなり、そのまま廃絶にいたったのである。

二 「京内」と「京外」の境界線

羅城のない京への出入りは、簡単で自由なことである。『延喜式』の記載によれば、北に一条大路、南に九条大路、東と西には東西の京極大路、図面上ではそれぞれ四つの大路が「平安京」と「山城国」の境界線を担う役割である。

ところが、近年考古学的調査によって平安京の市街地の範囲はある程度実態を把握できるようになってきた。特に平安京都市構造の変遷の復元を試みた山田邦和の研究は代表的なものである。山田の復元によると、造営当初にあった碁盤の目のような平面設計プランは実行されず、平安時代前期の右京の西北・西南部分は市街地として開発されていなかった。そして、左京の東南端、東京極大路六条より南は鴨川の流路に入っているため、その影響を受けて道路の整備はできなかったという[4]。考古学的調査によって検出された西京極大路の遺構はすべて平安時代後期のものであり、前期・中期の道路遺構は未だに発見されていない。また、京の南限として右京にある九条大路の部分も、西寺より西には道路が整備されていなかったと見られる[5]。

ところでよく引用される『池亭記』の冒頭の部分に、「予二十余年以来、歴見東西二京、西京人家漸稀、殆幾幽墟矣」とあることから、『池亭記』が成立した十世紀末頃、平安京の右京は酷く衰廃していると見なされてきた。ただし留意すべきなのは、『池亭記』作者

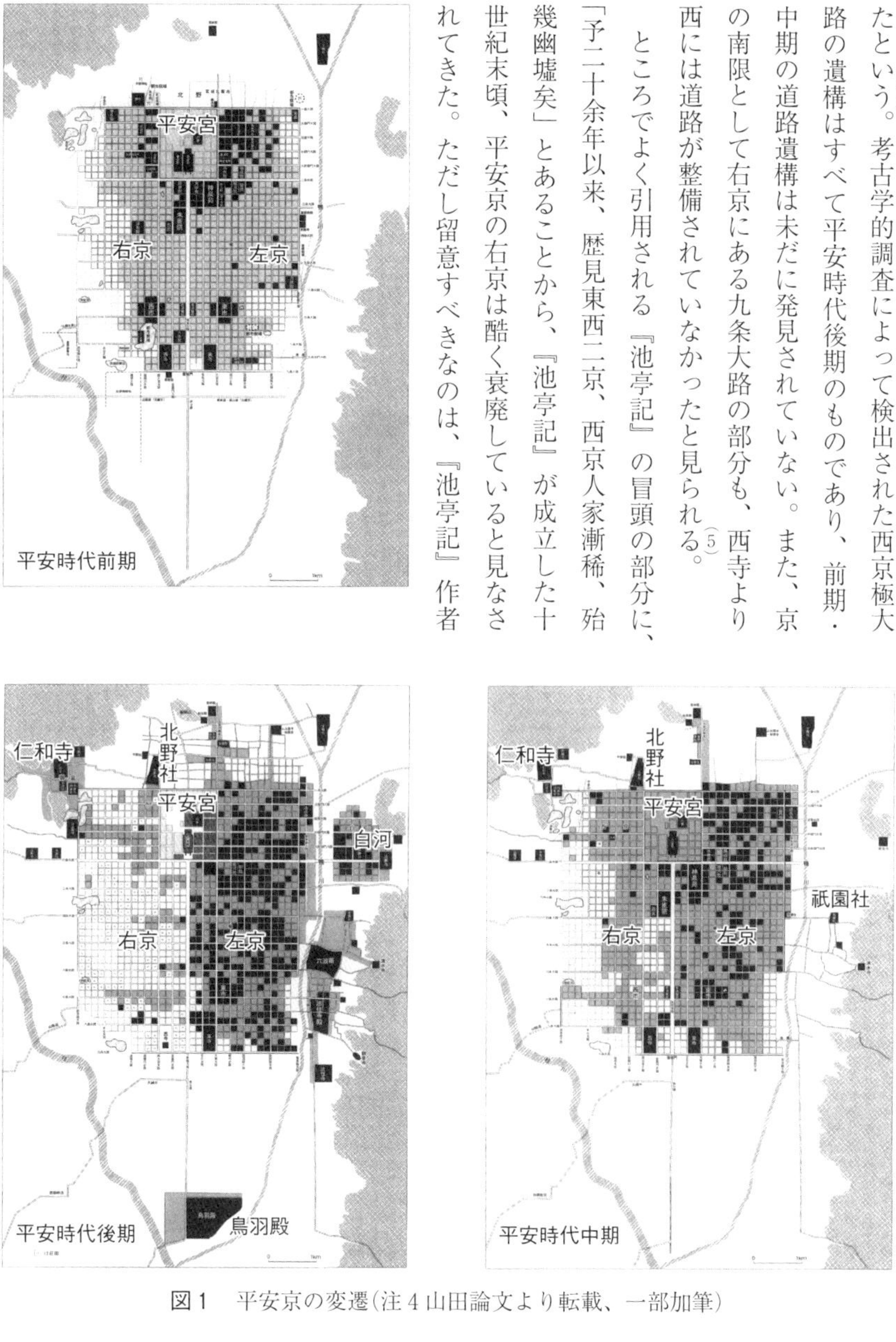

図1　平安京の変遷(注4山田論文より転載、一部加筆)

の慶滋保胤にとっての「人家」とはあくまで彼と同じ、あるいは彼の社会的階層より上の大型の貴族邸宅である。右京に対する無関心を裏付ける『池亭記』の描写は、貴族邸宅が減少したあとの右京景観にすぎない。『今昔』巻二十六「兵衛佐上緌主於西八条見得銀語」のなかに、「西の八条と京極との畠中に賤の小家一つ有り」とあり、耕地のなかにある庶民小屋は慶滋がいう「人家」には含まれない。『小右記』長元四年（一〇三一）八月二十七日の記事には、「亦造八省所、申請葺小安殿瓦夫五百人、令召使左右京左京三百人、右京二百人」とあり、右京から二〇〇人の人夫を差発することができるほど、右京中に庶民の小家が多数あったと推測される。『今昔』に多く登場する「西ノ京」の住民たちは、このような小家に住み、人夫の徴発対象になったのであろう。

右京の衰廃と対照的に、左京四条より北の地域に貴族邸宅が密集し、隣接する北部と東部地域には、京外へ続く道路網が出現し、市街地はさらに京の周縁部へ拡大した。ただし、道路が京中から京外に延伸したとしても「京外」として認識されている。

平安遷都以降、京中に東寺と西寺以外の寺社を造営することはなかった。現存史料には寺社の造営禁止を明示するものは確認できないが、伽藍を整備した寺院の新設は、京外の周縁地域でなされる傾向がある。また、比叡山から交通の便が良い一条大路の北辺や東京極大路の東側には、伽藍を持たない僧房・仏堂や車宿など、僧侶に提供される臨時的な宿が数多く存在した。例として、『今昔』巻二十「祭天狗法師擬男習此術語」の話に登場する「大峯寺」は、一条西洞院の北側の京外にある寺であり、巻十三「比叡山僧広清髑髏誦法花語」の話で京に下った僧侶広清は「一条の北の辺に有る堂に宿しぬ」と書いている。また、万寿四年（一〇二七）正月三日の『小右記』には、左京中御門富小路から三条大路の南までの火事を記している。この火事は東京極大路を超え、京外にある法興院や安養院まで延焼し、「天台座主車宿」と「僧都実誓車宿」も被害を受けたと見られる。

九世紀頃、東京極大路と鴨川の間の地域にはすでに貴族の邸宅があった（『日本三代実録』在原行平の鴨河辺第)。『小右記』永祚元年(九八九)正月二十二日の記事に「京外大饗之例未見事」とあり、「京外大饗」は藤原兼家の京極院(二条第)で開催した。この頃の京極院(のちの法興院)は二条東京極大路の東側にあり、実資が「京外大饗」という言葉を使用するのが正しい。しかし平安中期以降、貴族の邸宅に近い東北部と鴨川西岸の都市化が急速発展し、京のアーバンフリンジ(都市的郊外)が発生し、都市景観の変化に戸惑う都市民は東の境界認識も曖昧になっていった。例をあげると、『今昔』巻二十九「住清水南辺乞食以女謀入人殺語」の話で、京へ走り逃げる中将は五条川原の辺りで振り返って見るという行動を取った。彼は京に着いたという認識があったからこそ、安心して振り返ることができたのではないか。巻十六「貧女仕清水観音値盗人夫語」には、「京の方に行くに、京中をば憚り思て、五条京極渡りに、髴に知たる人の有ける小家に立入たるに、西の方より人多く通る」とあり、ここでの「五条と川原の辺」や「五条京極」は、京の東における内外の境界線として理解すべきであろう。

最後に西の境界線について考えてみる。右京は自然環境によって最初から開発が停滞しており、その影響で西京極大路は完全には整備されておらず、西の境界線としての役割を果たしていたか疑わしい。『左経記』治安二年(一〇二二)十一月一日には、記主の源経頼と右大弁が史・史生・官掌・木工・検非違使等を率いて大原野への行幸路を巡検し、国別に修繕を充てるという記事が見える。巡検の一行は朱雀門から出発して沿道の路況を検査し、木札を立て国別で分担する範囲を示す。京内の分担について、朱雀門大路から七条大路までの路は左京職が担当し、七条大路から浄福寺の巽角(東南角)までの路は右京職の担当であった。浄福寺とは、光孝天皇女御・宇多天皇生母の班子女王が建立した山城国葛野郡にある寺院である(『類聚三代格』延喜七年五月二日太政官符、寛平八年三月二日太政官符)。この記事を見る限り、浄福寺は右京の京外にあり、その場所は七条大路の西端に隣接すると推測できる。

(1) 瀧川政次郎「羅城・羅城門を中心とした我が国都

城制の研究」（法制史論叢　第二冊『京制並に都城制の研究』角川書店、一九六七年）。

（2）松井忠春・佐々木英夫「平安京推定一条大路跡第二次調査概要」（『古代文化』二八巻九号、一九七六年）。二〇一八年一二月末、京都市下京区寺町通四条下ルで羅城を築くため整地した造営当初の痕跡が出土した。今後、発掘調査の結果を慎重に検討したい（『京都新聞』ウェブ版二〇一八年一二月二七日二二時三七分「平安京囲う「羅城」なかった？　京都、造営当初の痕跡出土」https://kyoto-np.jp/sightseeing/article/20181227000149。

（3）注（1）論文。

（4）山田邦和「平安京の都市構造変遷」（『都市史研究』二、二〇一五年）。

（5）金田章裕「歴史地理学の方法と古代史研究」（『新版古代の日本』第十巻「古代史料研究の方法」、角川書店、一九九三年）。

高麗文宗が求めた医師

榎本　渉

『続古事談』(建保七年〈一二一九〉跋)の巻二に載せる有名なエピソードに、高麗の医師派遣要請がある。悪瘡を患った高麗国王が名医丹波雅忠(当時前典薬頭)の派遣を日本に求めたが、源経信(当時権中納言)の「日本のためになにくるし」との意見で、派遣を取りやめたというものである。

これは承暦四年(一〇八〇)に京都で実際に審議された案件に基づく説話で、時の高麗国王は文宗(在位一〇四六~八三)である。審議過程は源経信『帥記』や源俊房(当時大納言)『水左記』に詳しいが、派遣中止が経信の意見によるというのは事実ではない。公卿たちの間で賛否両論があるなかで、経信は条件付きではあったが、派遣自体には反対していなかった[小峯 二〇〇六・田島 一九九二]。むしろ中止の根本的な原因は雅忠の側にあった。雅忠は関白藤原師実の問い合わせを受けると、先例がないとしてこれに反対したのである。対処に窮した師実は、心中に祈請してひと眠りしたところ、亡父頼通から派遣を止められる夢告を得たとして、白河天皇に奏上する(『帥記』閏八月二十二日条・二十五日条・『水左記』二十三日条)。以後朝廷では、文宗の要求を断ることを前提として、議論が進められた。

『続古事談』は要請拒否の理由として、雅忠の反対や師実の夢想に触れていない。代わりに経信が持ち出されたことの前提には、当時を代表する才人という評価[横溝 二〇一一]があったのだろう。『続古事談』が本件の次に収める説話でも、経信は陣定《じんのさだめ》で見識ある意見を述べる役柄で登場している(現代人にとって「日本のためになにくるし」に客観的な説得力があるか否かは別にして）。鎌倉前期には本件の語りがまだ一定していなかったようで、建長六年（一二五四）自序の『古今著聞集』巻五は、師実の夢想に言及する一方で、高麗による雅忠の指名と、雅忠や経信の反対意見は記さない。だが『十訓抄』巻一や延慶本『平家物語』第二、さらに室町期の説話は、細部の変更・増補はあれど、大枠では『続古事談』と同じ構成を採っている。

これら文学作品ではさらに、大江匡房の言談をまとめた『江談抄』巻五を典拠として、匡房起草の高麗への返牒の名文ぶりを異国の商人が称賛した話も加えられており、全体としては、高麗の国王が求めた雅忠の医道と、異国の商人が褒めた匡房の文才の国際的評価を称える趣旨の説話となっている。このうちで匡房の件については、小峯和明がその虚構性を指摘しているが［小峯 二〇〇六］、雅忠の件についても同様のことがいえるように思う。つまり高麗文宗による雅忠の指名も、日本人の国際的評価という趣旨に沿うべく作られた虚構ではないか、ということである。少なくとも根本史料である己未年（一〇七九）十一月付高麗国礼賓省牒では、雅忠は指名されていない。すでに『新日本古典文学大系』四一巻『続古事談』の注（川端善明・荒木浩担当）でも、雅忠の名は日本側で挙げられたものと指摘されている（六六〇頁）。以下に『朝野群載』巻二十より、礼賓省牒に引く文宗聖旨を引用しよう（近藤剛 二〇一一の校訂テクストに拠る）。

訪聞す、貴国に能く風疾を理療する医人有りと。今商客王則貞の廻帰する次《ついで》に因り、仰せて便に因りて牒を通ぜしめ、及び王則貞の処に於いて、風疾の縁由を説示せしめ、彼の処に請いて、上等の医人を選択せしめ、来年早春に於いて、発送到来せしめ、風疾を理療せしめよ。若し功効を見ば、定めて軽からず酬いんてえり。（訪聞、貴国有能理療風疾医人。今因商客王則貞廻帰次、仰因便通牒、及於王則貞処、説示風疾縁由、請彼処、選択上等医人、於来年早春、発送到来、理療風疾、若見功効、定不軽酬者）

日本に良医がいることを聞いた文宗が、王則貞なる商人の帰国に際して牒を託し、「王則貞の処」に病気の件を説明させ、優れた医師を選んで翌年春に派遣するように求めさせよと命じたのが、聖旨の趣旨である。これを受けた高麗国礼賓省が王則貞に託した牒の宛先は、「大日本国大宰府」である。つまり「王則貞の処」とは大宰府だった。礼賓省は王則貞に贈物も託したが、礼賓省牒はこの件を「王則貞に分附して齎持せしめ、大宰府を知する官員の処に将《も》ち去《ゆ》かしむ」と記しており、ここからも王則貞が大宰府官の下に向かう予定だったことが分かる。同時期の大宰府には府老の王則宗なる者がおり、また大宰府が置かれた筑前国では王則季なる人物が嘉麻郡司判官代を務めている。王則貞は彼らと同族で、大宰府に近い立場の商人だったのだろう［門田見 一九八五］。

以上を見るに、文宗が医師派遣を要請した相手は大宰府だった。雅忠の指名云々以前の問題として、そもそも京都は文宗の眼中になく、日本朝廷との交渉も本意ではなかったことになる。結果として本件は京都に伝えられ、国家的な外交案件に格上げされてしまったが、これは太政官に提出された大宰府解に「異国の事、裁定を蒙らんが為……」とある通り（『朝野群載』巻二十、承暦四年三月五日付大宰府解）、異国に関係することは太政官の裁定が必要という大宰府の判断に基づくものだった。

この解釈の大概は、既刊の概説でも語られているところだが［石井 一九七五・山崎 二〇一七］、一方で文宗が当初から日本朝廷を交渉相手としていたことを想定するものも少なくない。近年でも礼賓省牒について「一見すると高麗の要請は大宰府に対するもののようにも見える」としながら、「これは十世紀以降、大宰府が高麗の外交文書送付窓口として機能していたためにすぎない。諸先学が指摘するように、高麗の医師派遣要請は朝廷に対するものとみて問題ない」と述べられることがある［篠崎 二〇一五］。

だが大宰府が窓口であることと、大宰府宛に文書が送られることは同じではない。そもそもこれ以前の高麗の日本向けの外交文書で宛先が明らかなのは、長徳三年（九九七）に対馬島宛・対馬島司宛・日本国宛の三通の牒を送った例と、寛仁三年（一〇一九）刀伊入寇の後に安東都護府名義で対馬島に牒送した例のみで（『小右記』長徳三年六月十三日条・寛仁三年九月二十三日条）、大宰府宛に送った確実な先例はない。何よりも経信が礼賓省牒について、大宰府宛一通のみであることを不審として、先例の調査を提案している（『師記』承暦四年閏八月五日条）。少なくとも大宰府宛の牒で日本朝廷に連絡を取ることが当然だったことを前提とした立論は無理である。現状で「高麗の要請は大宰府に対するもの」であることをあえて否定する理由はない。

ところで日麗外交が臨時的なものに留まり、高麗商人の日本来航がほとんど確認できない当時、文宗に日本の医師の情報を伝えたのは王則貞のように、九州から来航する商人だった可能性が高い。さらに既述の大宰府解は王則貞が伝えたこととして、文宗が「医師鎮西に経廻するの由を聞きて牒送」したことを記しており、文宗が求めたのが九州の医者だったことが分かる。九州の商人から九州の医者の情報を聞いた文宗が、九州の大宰府にその派遣を求めたと考えるのが、自然な解釈だろう。十二世紀末、公卿が九州の医師を呼び寄せた例があり［服部 一九六四：五五〜五六］、たしかに九州には優秀な医者がいたらしい。また当時大宰府・博多は、優れた宋医が渡来する地としても知られていた［榎本 二〇一三：一一］。ならば文宗が求めていた医者は、日本人だったとは限らない。戦前には文宗の医師要請の件が「既に高麗よりも日本の方が医術の進んでゐたことを徴すべき事実」と見なされたが［辻 一九三〇：一八九］、この解釈は成立しない可能性がある。

源経信は閏八月五日の陣定で、大宰府解の一節を踏まえて「彼の国、太（ママ）宰府に良医有るを伝え聞きて、渡し送らるべきの由、牒示する所なり」と述べた上で、王則貞を京都に召しておきながら、この件を確認していないのは不審としている（『師記』）。経信は、高麗が求めていたのが九州の医者であることを、大宰府解から読み取っていた。しかし京都よりも劣る（はずの）九州の医師をわざわざ求めてくるのはおかしいと考えて大宰府解を疑い、事実関係を確認すべしと考えるに至ったのであろう。改めて取り調べを受けた王則貞は、「皇□（朝？・城？）」に医師がいることを高麗に伝えたと、太政官に対して供述した。八日にはこれを踏まえて陣定が開催されたが、白河天皇は供述が大宰府解と相違することを不審として、さらなる取り調べを命じている（『水左記』十一日条）。京都で拘束され続けていた王則貞は、納得してもらえるように供述を改めたが、それがかえって混乱を招いたものか。

この間の公卿たちの論題は宮廷医派遣の是非とその人選であり、九州の医師の派遣については論じられた形跡がない。京都の文化的優越を自明視する政権中枢の権力者たちの自意識と、国際交流の現場である九州の文化動向の実態および国際的評価との間の笑うべき乖離を、この事例からは垣間見ることができる。だが本件は文学作品を通じ、都人たちの自意識を増幅させる形で再生産されて広められた。そしてその影響は実に、現代にまで及んできたのである。

〔引用文献〕

石井正敏一九七五「高麗との関係はどのようになっていたか」（『海外交渉史の視点』一、原始・古代・中世、日本書籍）
榎本渉二〇一三「平安王朝と中国医学――一二世紀を中心に」『東京大学日本史学研究室紀要別冊　中世政治社会史論叢』
門田見啓子一九八五「大宰府の府老について（上）――在庁官人制における」『九州史学』八四
小峯和明二〇〇六「高麗返牒――述作と自讃」（『院政期文学論』笠間書院、初出一九八一年）
近藤剛二〇一一「『朝野群載』所収高麗国礼賓省牒状について――その署名を中心に」（『中央史学』三四）
篠崎敦史二〇一五「高麗王文宗の「医師要請事件」と日本」（『ヒストリア』二四八）
田島公一九九一「海外との交渉」（『古文書の語る日本史』二、平安、筑摩書房）
辻善之助一九三〇「源平合戦より鎌倉時代に至る国民の自主観念」（『増訂海外交通史話』内外書籍）
服部敏良一九六四『鎌倉時代医学史の研究』（吉川弘文館）
山内晋次二〇〇三「朝鮮半島漂流民の送還をめぐって」（『奈良平安期の日本とアジア』吉川弘文館、初出一九九〇年）
山崎雅稔二〇一七「後百済・高麗と日本をめぐる交流」（『日本古代交流史入門』勉誠出版）
横溝博二〇一一「『和歌知顕集』と源経信――仮託者の風景」（前田雅之編『中世の学芸と古典註釈』竹林舎）

第二部　説話の生成

「コノ話ハ蓋シ小右記ニ出シナラン」考――『小右記』と説話との間に

倉本一宏

はじめに

いったいに説話文学というものは、どのようにして形成されたのであろうか。内容がまったくの創作でない限り、何らかの出来事が起こって、それが口承（記憶と伝承）もしくは文字史料（記録）によって留められ、それがいくたびかの変遷を経て、説話集に編修されたものと考えるべきであろう。

ここで様々な可能性について、そのおおまかなパターンを示してみると、

ⓐ 事件 → 口承説話 → **説話集**

ⓑ 事件 → 口承説話 → 説話集 → **説話集**

ⓒ 事件 → 口承説話 → 仮名文献 → **説話集**

ⓓ 事件 → 古記録 → **説話集**

ⓔ 事件 → 古記録 → 漢文文献 → **説話集**

ⓕ 事件 → 古記録 → 漢文文献 → 仮名文献 → **説話集**

ⓖ 事件 → 古記録 → 仮名文献 → 説話集

といったところであろうか。もちろん、実際にはさらに複雑な経緯を経て、説話集に定着したものであろう。これらの判断については、それぞれの説話研究者に委ねることとしたい。一例として、池上洵一が考察した一連の説話のうち、興福寺再建の霊験譚が説話として定着した経緯を示すと、

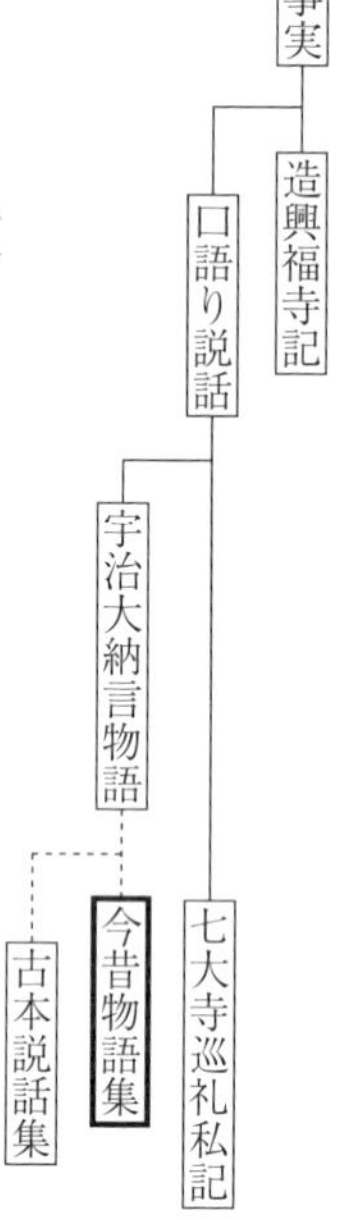

ということになる。(1) これは『今昔物語集』や『古本説話集』でいうと、先ほどのパターンのⓒ、『七大寺巡礼私記』でいうとⓐ、ということになる。

ここで視点を逆転させてみよう。『小右記』という、摂関期に藤原実資によって記録された日記(古記録)がある。『小右記』は宮廷社会の共有財産であって、実資の生前から多くの貴族に貸借され、部類記などに引用された日記なのであるが、子孫が没落してしまったために、自筆原本は早く失われ、古写本が散逸してしまった巻も多い。

しかし、当該期の研究のためには最重要史料であるため、諸書に引用された逸文を蒐集することが、古くから行なわれてきた。現在では、『大日本古記録』の第十一巻に、まとめて収められている(それ以外の逸文も、まま存在するのだが)。

それら、『小右記』の逸文を引いているのは、大きく分けると、

・後年の『小右記』

・他の古記録
・部類記
・説話集

ということになる。

Ⅰ　『小右記』→後年の『小右記』
Ⅱ　『小右記』→漢文文献（部類記、他の日記）
Ⅲ　『小右記』→説話集

本稿で問題とするのは、このうちで説話集に引かれたとされている『小右記』の逸文（Ⅲ）である。しかし、説話集は他の漢文文献（Ⅱ）のように、「『野府記』（『小右記』のこと）に云はく、……」などと、その出典を明示することはない。となると、何をもって説話集の編者が『小右記』の記事を見て、それを自己の説話集に採り入れたと判断できるのであろうか。

一般に、『古事談』は六国史、漢文の日記・記録、往生伝、打聞などから書承した記事が多く、なかには『小右記』などの古記録を参照して、それを抄出した説話もあると考えられているので(2)、特に説話を本格的に研究しているわけではない日本史研究者の間では、他の説話集、たとえば『今昔物語集』なども、なんとなく古記録を原史料としているかのような感覚が、まかり通ってきたような観がある（そもそも、説話集がどうやって編修されたかなどという問題を真面目に考える日本史研究者は、管見の限りでは存在しない）。

本稿では、説話が『小右記』を抄出したとされるもの、言い換えれば、説話が『小右記』の逸文であると考えられているもの、つまり『大日本古記録』が「コノ話ハ蓋シ小右記ニ出シナラン」と判断しているものについて検討を加え、はたしてそれが本当に『小右記』の逸文なのかどうかを考えてみたい。

この考察は、『小右記』の逸文研究に関わるのみならず、説話の形成に関する研究にも、多少なりとも資するものであると考える。

一 「コノ話ハ蓋シ小右記ニ出シナラン」

まずは『大日本古記録』の例言(3)を示す。

小右記逸文には、今日までに知ることのできた逸文を集成した。ここでの逸文には、狭義の逸文のほかに、小右記諸本の字句の闕脱を補ふもの、錯簡誤入によつて諸本に年紀を誤つて掲げられてゐるもの、記の存在だけを示し本文そのものの形は傳へないもの、更に、小右記諸本の内にありながら、特定の主題による抜書きであつて、小右記諸本一般とは性質を異にするものなどをも含む。また、小右記の文とは確認できぬもので、内容上小右記と何等かの關聯を持つてゐる可能性のあるもの、小右記の文でないにも拘らず誤つて小右記として諸書に引かれてゐるもの、小右記と紛らはしい書名を冠して現れてゐるものなど、參考資料として扱ふべきものをも、それぞれその旨を註して、便宜あはせ掲げた。

これだと、掲示されたものが「狭義の逸文」なのかどうか判別できないのであるが、掲示に際して、次のような符号を用いることによって、判断しやすくしてくれている。

逸文の範圍を示すために、左の符號を用ゐ、その範圍の文に限つて人名その他に關する説明註を施した。
▼ ▲ その内容が専ら小右記から出ていると認められる記述
▽ △ その内容が専ら小右記から出ているか否かが疑はしい記述

つまり、▼ ▲で囲まれた範囲にある文は、『小右記』の逸文であることが確実であるというのである。なお、それぞれ掲示した文の後に、「○」以下、その文に関するコメントが付されている。たとえば、「○コノ記、小右記ノ文ニ非ザルベシ」といった類のものである。

それでは、以下に『大日本古記録』が『小右記』の逸文であると判断した説話と、関連する可能性のある『小右記』の記事を例示してみよう。関連するか否かの判断を付けやすいように、『小右記』は訓読文で例示する。説話と『小右記』に関連がある可能性のある箇所には傍線を付した。

◆天元四年（九八一）九月四日

『今昔物語集』巻第三十一―第二十九「蔵人式部拯貞高於殿上俄死語」

今昔、円融院ノ天皇ノ御時ニ、▽内裏焼ニケレバ、（後）院ニナム御ケル。而ル間、殿上ノ夕サリノ大盤ニ、殿上人・蔵人数着テ物食ケル間ニ、式部丞ノ蔵人藤原ノ貞高ト云ケル人モ着タリケルニ、其ノ貞高ガ俄ニ低シテ、大盤ニ顔ヲ宛テ、喉ヲクツメカス様ニ鳴シテ有ケレバ、極テ見苦カリケルヲ、小野ノ宮ノ実資ノ右ノ大臣、其ノ時ニ頭ノ中将ニテ御ケルガ、其レモ大盤ニ着テ御ケレバ、主殿司ヲ呼テ、「其ノ式部ノ丞ガ居様ヲ極ク不心得ネ。其レ寄テ捜レ」ト宣ケレバ、主殿司寄テ捜テ、「早ウ死給ヒニタリ。極キ態カナ。此ハ何ガ可為キ」ト云ケルヲ聞テ、大盤ニ着タル、有ト有ル殿上人・蔵人、皆立走テ、向タル方ニ走リ散ニケリ。頭ノ中将ハ、「然リトテ此テ可有キ事ニモ非ズ」ト云テ、「此ヲ奏司ノ下部召シテ、掻出ヨ」ト被行ケレバ、「何方ノ陣ヨリカ可将出キ」ト申ケレバ、頭ノ中将、「東ノ陣ヨリ可出キゾ」ト被行ケルヲ聞テ、蔵人所ノ衆・滝口・出納・御蔵女官・主殿司下部共ニ至マデ、東ノ陣ヨリ将出サムヲ見ムトテ、競ヒ集タル程ニ、頭ノ中将違ヘテ、俄ニ、「西ノ陣ヨリ将出ヨ」ト有ケレバ、殿上ノ畳乍ラ、西ノ陣ヨリ掻出テ将行ヌレバ、見ムトシツル若干ノ者共ハ、否不見ズ成ヌ。陣ノ外ニ掻出ケル程ニ、父ノ□□ノ三位来テ迎ヘ取テ去ニケリ。然バ、「賢ク此レヲ人ノ不見ズ成ヌルゾ」ト人云ケル。此レハ、頭中将ノ哀ビノ心ノ御シテ、前ニハ、「東ヨリ出セ」ト行ヒテ、俄ニ違ヘテ、「西ヨリ将出ヨ」ト被俸テタリケルハ、此レヲ哀ビテ、恥ヲ不見セジトテ構タリケル事也。其ノ後、十日許有テ、頭ノ中将ノ夢ニ、「有シ式部ノ丞ノ蔵人、内ニテ会ヌ。寄来タルヲ見レバ、極ク泣テ物ヲ云フ。聞ケバ、『死ノ恥ヲ隠サセ給タル事、世々ニモ難忘ク候フ。然許人ノ多ク見ムトテ、集テ候ヒシニ、西ヨリ出サセ不給ザラマシカバ、多ノ人ニ被見繚テ、極タル死ノ恥ニテコソハ候ハマシカ』ト云テ、泣々ク手ヲ摺テ喜ブ」トナム見エテ、夢覚ニケル。△然レバ、人ノ為ニハ専ニ情可有キ事也。此ヲ思フニ、頭ノ中将、然ル止事無キ人ナレバ、然モ急ト思ヒ寄テ被俸ケル也トナム、此ヲ聞ク人皆頭ノ中将ヲ讃ケルトナム語リ伝ヘタルトヤ。

これに対して『大日本古記録』は、

○コノ説話、材ヲ小右記に採リタルコト蓋シ誤リナカラン、

というコメントを付しているが、はたしてそう断言できるものであろうか（「▽　△」の符号は、「その内容が専ら小右記から出ているか否かが疑はしい記述」のはずなのだが）。この説話は、実資賢人説話と夢説話が交ったものであるが、関連しそうな『小右記』の記事が存在するのかどうかは、この天元四年九月には『小右記』本文が残っていないので、何とも言えない。

『小記目録』第二十・頓死事、天元四年九月四日には、

蔵人貞孝、殿上に於いて頓死する事

という首書があり、三十七年後の『小右記』寛仁二年（一〇一八）五月十二日条には、

……前々、禁中に於いて死者の有るは希有なり。而るに蔵人貞孝の外、御在所の最近処に於いては、未だ聞かざる事なり。怪と謂ふべきか。

と見えるので、天元四年九月四日にも貞孝の頓死に関わる記事が存在したことは窺えるのであるが、それと『今昔物語集』との関連は不明と言うほかはないであろう。殿上の大盤で何人もが共食していた最中に頓死したのな

らば、多くの官人が目撃していたのであり、『小右記』以外にも日記を記録した者がいた可能性が高い。実資の取った臨機応変の処置に対して、人が「賢くも人に見られずにすんだことだ」と誉め称えたと自分で書くとは思えないし、死んだ本人が夢に出て来て、恥をかかずにすんだと泣く泣く喜んだというのも、往生伝風で、とても『小右記』の本文にあったとは思えない。

『小右記』の記事を見て、それに尾鰭を付け、仮名文にして説話化した可能性はまったくないわけではなかろうが、「蓋シ誤リナカラン」と断言できるほどのものではない。

◆寛和二年（九八六）十月十五日

『古事談』巻第一―一六（一六）

▽円融院〈法皇〉の大井川逍遥〈寛和二年十月十四日〉の時、御舟に御して都那瀬に到り給ふ。管弦詩歌、各其の舟を異にす。公任、三舟に乗る度なり。先づ和歌の船に乗る、と云々。又た摂政〈大入道殿〉、管弦の船を召して、大蔵卿時中〈致仕大納言なり、右大臣雅信男、母は右大弁源公忠女〉、参議を拝する由を仰せらる、と云々。主上の御前に非ずして法皇の仰せを奉じて参議を任ずるは如何の由、人々多く之れを傾き奇しむ△、と云々。

円融院の大井川逍遥の際、有名な公任の三舟の誉れの話の後、円融院の宣で時中を参議に任じたことを非難した話が続く。これもこの年の『小右記』はまとまって残っておらず、『玉葉』寿永二年（一一八三）七月卅日条に、

▼円融院、太井川に逍遥す。舞の賞に依りて、参議に任ずる由を仰せらる。後日、除目に載せらる。▲此の事、『小野宮記』に見ゆ。彼の記の意、▽上皇の宣を以て参議に任ぜらるる条、甚だ之を難ず。△

と、『小右記』本文の引用と趣意文があり（こちらは確実に逸文であろう）、それと『古事談』との間に関連があることから、『大日本古記録』は、

○玉葉ニヨルニ、コノ話ハ蓋シ小右記ニ出シナラン、

というコメントを付している。時中の任参議に関しては、たしかに『小右記』逸文である可能性もあるが、三舟の誉れについては如何であろうか。この話題については他の人の記した日記を参照した可能性も高かろう。「コノ話」というのが公任説話も含むとしたら、少し無理があるように思える。

◆永延元年(九八七)七月一日

『続古事談』巻第四―九(一〇三)

一条院の御時、▼六月つごもりに、風吹、雷おどろ〳〵しくなりけるほどに、母后の御方に藤典侍と云人に、北野天神つき給てのたまひける、「我家やぶれたり。修理せらるべし」。又、摂政、上達部ひきぐして、賀茂にまうでて、十列・音楽たてまつる、うらやましきよし、託宣ありて、うたをよみたまひける、

うらやみにまよひしむねのかきくもりふるは泪のさまをみてしれ

このあひだ、殿上の殿もり司一人、鬼間にてしに入たりけり。陣の外に舁出て、いきいでにけり。そののち摂政、人々をぐして北野にまうでて、作文・和歌ありけりとぞ。▲

一条朝初年、菅原道真の処遇について、主に贈位贈官と北野天満宮の処置をめぐって、様々な議論が交わされた。この説話はその一環で、藤典侍という女房に託宣があり、和歌を詠んだというものである。これについては、

『百錬抄』四に、

今年、北野の宝殿を改造す〈月日、勘ずべし。▼七月一日▲小右記、▼昨日、暴風雷雨の間、北野天神、皇太后宮に於いて、藤典侍に寄託す。「北野宮、破損の事」と云々。哥有り。▲

とあり、『小右記』を引いている。この年の『小右記』も残っておらず、

『小記目録』第八・神社託宣事、永延元年七月一日に、

天満天神御託宣の事

とあるように、『小右記』の本文にも、天満天神の託宣についての記事があったことがわかる。しかし、それをもって、『大日本古記録』のように、

○小記目録・百錬抄ニヨルニ、コノ話ハ蓋シ小右記ニ出シナラン、

と言い切れるものなのであろうか。託宣についての記事はあったのであろうが、それに続く和歌まで、『小右記』が載せるのであろうか。日ごろ、『小右記』を読んでいる身としては、何とも得心がいかないのである。その後、兼家が人々を引き連れて北野に参り、作文・和歌会を催したというのも同様である。

◆正暦元年(九九〇)正月十一日

『続古事談』巻第一―一九(一九)

▽一条院、円融寺へ行幸ありけるに、御拝はてて御対面し給時に、御くだもの・いもがゆなどまいらせて後、主上、釣殿に出給て、上達部をめしてついがさね給ふ。おほせありて、母后の女房車廿両、池の東にたてらる。船楽しきりに奏して、盃酌たび〳〵めぐる。主上、御盃を左大臣にたまふ。庭におりて拝せらる。院御盃は、摂政、給て、堂上にて拝せられけり。仁和寺別当済信を召て、かはらけとらしめて、律師になされけり。御遊の時、主上御笛ふき給ふに、其音めでたくたへなりければ、院かんじて、御笛の師右兵衛督高遠朝臣をめして、三位ゆるされければ、高遠、舞踏して上達部の座にくはゝりつきたり。内裏より、院の御をくりものには、瑠璃の香呂、金の御硯箱、銀の紅梅の枝にうぐひすのゐたるに被付たりけり。院よりのをくりものは、御手本、御帯、御笛也。△

一条天皇の円融寺朝覲行幸に際しての、御拝・御対面・果物等・衝重・船楽・御盃・任律師・御笛・高遠叙三位・天皇贈物・院贈物について述べた説話である。

此般の行幸については、『小右記』本文は残っていないが、

『御遊抄』二・朝覲行幸に、

▼正暦元年正月十一日、▲小右記

▼円融寺。贈物・禄。

御遊。

主上、御笛を吹かしめ給ふ〈御年、十一。〉。

御笛の師右兵衛督高遠朝臣を従三位に叙す。▲

という逸文も残っている。笛を吹いたということと、高遠の叙位が共通する。

また、『朝覲行幸部類』に、

▼正暦元年正月十一日、▲円融寺に幸す〈皇后、同輿す。〉。『小右記』に云はく、▼「主上、瑠璃の香炉・純金の御念珠筥〈御念珠を納む。見ず。紅梅に付す。枝を作り、鴬を居う。皆、銀。〉を奉る。又、院、御帯〈筥に納む。〉・御手本・御笛〈赤笛と号す。陽成院の物。故三条殿より伝ふ。頭中将、奉る所。〉を奉らる。▲

という逸文が残る。『続古事談』とは、天皇贈物と院贈物について共通する内容である。

これら二者の『小右記』逸文と、『続古事談』の文言の異同をまとめると、

『御遊抄』→『続古事談』では、

円融寺。→円融寺へ

御遊。→御遊の時、

主上令吹御笛給〈御年十一。〉。→主上御笛ふき給ふに、

御笛師右兵衛督高遠朝臣叙従三位。→御笛の師右兵衛督高遠朝臣をめして、三位ゆるされければ、高遠、舞

踏して上達部の座にくはゝりつきたり。

となる。一条天皇が一一歳で見事な笛を吹いた点がポイントとなるはずであるが、『続古事談』ではそれについては触れられていない。また、高遠が舞踏して公卿の座に加わったことは、『御遊抄』には見えない。

『朝覲行幸部類』↓『続古事談』では、

幸円融寺〈皇后同輿。〉。↓円融寺へ行幸ありけるに

主上奉瑠璃香炉・純金御念珠筥〈納御念珠。不見。付紅梅作枝、居鴬。皆銀。〉。

↓内裏より、院の御をくりものには、瑠璃の香呂、金の御硯筥、銀の紅梅の枝にうぐひすのゐたるに被付たりけり。

又院被奉御帯〈納筥。〉・御手本・御笛〈号赤笛。陽成院物。伝自故三条殿。頭中将所奉。〉。

↓院よりのをくりものは、御手本、御帯、御笛也。

となる。母后である詮子の同輿が問題となったはずであるが、『続古事談』では触れられていない。一条天皇から円融院への贈物は、念珠を納めた純金の念珠筥を金の硯筥とするなど、微妙に物品が異なる。円融院から一条天皇への贈物は、物品は同じであるが、順番が異なる。贈物の際には物の名を問答する儀式があり、順番が重要なのである。また、『朝覲行幸部類』には物品の来歴が記されているが（問答の際の答を記したものであろう）、『続古事談』ではすべて省略されている。

『大日本古記録』は、これらをもって、

○朝覲行幸部類・御遊抄ニヨルニ、コノ話ハ蓋シ小右記ニ出シナラン、

と解釈しているが（「▽ △」は「疑はしい記述」のはずだが）、はたして『続古事談』の説話は他の日記から採った可能性はないのであろうか。この行幸には多くの廷臣が供奉していたはずであり、日記を記録した者は多かったは

ずである。『続古事談』が語る内容くらいであれば、どの日記を参照しても、記されている単語であるはずである。

◆正暦五年(九九四)二月

『江談抄』第四―六五

太政大臣を贈られし後の託宣　正暦五年四月

▽昨は北闕に悲しみを蒙ぶる士と為り　今は西都に恥を雪ぐ尸と作る
生を恨み死を歓ぶ我をいかんせん　今すべからく望み足りて皇基を護るべし
吾は希ふ段干木の優息して魏君に藩たりしを　吾は希ふ魯仲連の談咲して秦軍を却けしを△

この詩は、天満天神詠ぜしむる人のために、毎日七度護らんと誓はしめ給ひし詩なり。

菅原道真が太政大臣を贈られた後に、託宣があり、その中で詩を詠じたという説話である。これについては、『百練抄』四・正暦四年閏十月二十日条に、

菅丞相に太政大臣を贈る。内大臣の夢に依るなり〈『小右記』に云はく、▼五年二月四日、「安楽寺の勅使、帰りて云はく、『託宣の詩有り』と云々」と。〉。▲

という『小右記』逸文が残されており、実資は託宣の詩があったという勅使の言葉を記しているが、詩自体を記しているわけではない。

だいたい、実資は漢詩を『小右記』に記す例はなく、たしかに『大日本古記録』が、

○右ノ詩、蓋シ百練抄所引小右記ニイフ託宣詩ナラン、小右記トノ關聯明ラカナラザレドモ、参考トシテコ
コニ掲グ、

と記しているように、『小右記』自体との関連は不明と言わざるを得ず、『江談抄』が『小右記』を引いた可能性

はきわめて低いと考えるべきであろう。

以上は『小右記』としてはごく初期のものであるが、この後、何故か説話と関連があるとされる記事は見られず、次に関連が云々されるのは、三一年後のものである。

説話と関連のある可能性がある『小右記』の文に、『小右記』の初期の時期のものが多いというのは、何やら示唆的である。説話集の編者が、このあたりまで『小右記』の本文を読んで、説話になりそうな記事を探したものの、段々と記事の多くなる年の巻（儀式の次第が詳しくなるのである）を前にして、断念してしまった可能性も、まったく考えられないわけではないのである（『小右記』の現代語訳を途中で諦めたくなる心境と同じか）。

◆万寿二年（一〇二五）正月

『古今著聞集』巻第十八・飲食二十八・六一五「関白以下大后へ参り盃酌の事」

▼万寿二年正月三日、関白以下大后へまいり給ひて、盃酌の事ありける。人〲酔てのち、相引て皇太后宮へまいられたりけるに、又酒をすゝめられけり。関白よりはじめて、みな酔て歌舞に及にけり。殿下いでさせたまひけるに、春宮大夫頼宗・大納言能信、続松をとりてをくりたてまつり給けり。中納言道方、御車の簾か、げられけり。▲いみじかりける事也。『小野宮の記』にみえたり。

正月三日の拝礼に関する説話が『古今著聞集』に収められている。「『小野宮の記』にみえたり」とあることから、『小右記』を見ているかのような書きぶりである。この日の『小右記』は残っていないが、逸文としては、

『三条西家重書古文書』一・舎弟大納言取続松送関白退出事

同（『野略抄』）

「万寿二年正月四日、淵酔あり。次いで相引きて皇太后宮に参る。又、酒事有り。行成卿、早く出づ。両大納言〈頼宗・能信。〉已下、続松を執りて関白の退出を送る」と云々。

というものがある。『野略抄』というのは『小右記』のいわゆる広本ではなく、何らかの略本のことである。日付は『野略抄』が四日、『古今著聞集』が三日であるが、これは三日が正しい。『古今著聞集』は冒頭の部分では「大后」とあり、これでは彰子のことになるが、後文では「皇太后宮」と妍子であることを示している。『古今著聞集』では、行成の早退については記さず、代わりに酔淵と歌舞について記している。続く頼通の退出に舎弟の頼宗・能信が続松を執って送ったことは両書に共通するものの、『古今著聞集』ではその後に、道方が頼通の車の簾をかかげたことを記すが、これは『野略抄』には見えない。

両書はかなり近いが、はたして『小右記』が直接の典拠かどうか、判断に困るところである。『野略抄』には見えない部分が、『古今著聞集』には記されているからである。それらの部分は、他の史料を見て記したものか、編者の創作か、または略本ではない広本の『小右記』を見て記したのであろうか。

なお、この説話については、何故か『大日本古記録』は何も判断を記していない。

◆万寿二年(一〇二五)五月・六月

『古事談』巻第五―三八(三七〇)

▼万寿二年五月の比、関寺に材木を引く牛あり。此の牛、大津の住人等の夢に多く迦葉仏の化身の由を見る。此の事披露の間、貴賤上下、首を挙げて彼の寺に参詣し、此の牛を礼拝す、と云々。而るに件の牛、両三日病気有りて、六月二日、太だ重し。入滅の期近かるべきか。然る間件の牛、牛屋より出でて、漸く歩みて御堂の正面に登る。御堂を廻ること二匝、道俗、涕泣す。其の後仏前に臥し、寺僧等念仏す。又た更に起ちて、相ひ扶けて廻ること一匝なり。本の所に帰りて臥す、と云々。幾程を経ずして入滅す、と云々。実に化身と謂ふべきか、◀と云々。

これは有名な関寺の牛の説話である。関寺というのは、逢坂関の東の道沿いにあった古寺で、創建年次は不詳である。貞元元年（九七六）に大地震で倒壊したものの、源信が弟子延鏡に復興を命じ、万寿二年（一〇二五）に再興させた。この間、寛仁四年（一〇二〇）十二月には、菅原孝標女が、上総からの上京の途上で、「丈六の仏の、いまだ荒造りにおはする」を横目で眺めている（実際には下向の途上）。

そして再興が成った時に、檮葉仏（迦葉仏。過去七仏〈釈尊を含めて前世の七人の仏〉の第六の仏）の化現との夢告のあった霊牛が出現したのである。道長をはじめ多くが参詣して霊牛に結縁（人が仏法に触れることによって未来の成仏・得道の可能性を得ること）したが、霊牛は夢告のあった日時に入滅した。(4)

さて、『三条西家重書古文書』一に、『小右記』の逸文が、次のように残されている。

関寺牛事

同（『野略抄』）

万寿二年五月十六日、関白、関寺に参らる。近日、上下、参詣す。其の由緒を尋ぬるに、「彼の寺の材木を引く牛、大津に住む者の夢に、此の牛、迦葉なり」と云々。

同（『野略抄』）

同年同月廿三日、関寺に参り、諷誦を修す。次いで牛に向かふ。繋がずして閑かに立つ。気色、柔奕。心底に祈念し、退帰す。

同牛入滅事

同（『野略抄』）

同年六月一日、関寺の牛、其の病、太だ重し。入滅の期、近かるべきか。彼の在所より出でて、漸く歩き、御堂の前に登る。御堂を廻ること二匝。道俗、涕泣す。其の後、仏前に臥す。僧等、念仏す。又、更に牛を相扶け、又、一匝し、本の所に帰る。誠に化身と申すべし。「入滅、若しくは今夜か」と云々。

画同牛事
同(『野略抄』)
同年同月四日、或いは云はく、「関寺の牛、即ち掘り埋む。又、其の像を画き、堂中に懸く」と。件の牛を見ざる上達部、大納言行成、参議広業〈病後の灸治。〉・朝任〈妻の産穢。〉。

五月十六日条と六月一日条には、傍線部分のように、両書に共通する部分が存在する。『大日本古記録』ではこれをもって、

○三条西家重書古文書ニヨルニ、コノ話ノ全ク小右記ニ出シコト、疑ヒナカルベシ、

と断定しているが、本当にすべてが『小右記』を引いたものであることは、疑いのないところなのであろうか。

たとえば、『左経記』にも、

(五月)十六日、丁酉。天晴る。「関寺に牛有り。年来、我、造堂料の材木を運用せしむ。而るに近曾、大津の住人等、迦葉仏の化身の由を夢見る。此の夢、洛下に披露す。仍りて大相国禅閤・関白左大臣を始め奉り、下民に至るまで、首を挙げて参り、牛と結縁す」と云々。「此の堂幷びに仏、横川の源信僧都の在日の語に依り、僧延慶、諸人に進めて造立せる所なり。造作、終功せんと欲する間、此の事有り。誠に牛に化し、此の界と別れんと欲する期か」と云々。

(六月)二日、壬子。晴る。早旦、関寺に参り向かふ。未剋に及び、寺に到る。先づ牛を見る。聖人、云はく、「日ごろ、悩気有り。而るに去ぬる晦日、漸く興き立ち、御堂を廻る。三匝、了りて、本所に帰る間、中路に於いて臥す。起ち興くるに堪へず。仍りて人々、合力して興き立て、本所に持ち来たりて臥す後、已に興き立たず。斃去せんと欲するなり」てへり。余、此の事を聞き、感祈の念を成す。即ち両三度、頭を挙げ、余を見る。頗る涕泣す。酉剋に及び、頭を北面し、西の空に帰る。即ち堂の後ろの山に埋め、帰洛す。

三日、癸丑。陰る。終日、降雨。或る人、云はく、「関寺の迦葉仏の化牛、已に入滅す。即ち堂の後ろの山を穿ちて埋む」と云々。三井僧都、寺僧等を率ゐて念仏す。

という記事がある。上下の貴賤がこぞって見物に訪れたというのであるから、他の人もこれを日記に記録したのではないだろうか。『古事談』の説話も、他の日記から採った可能性も考える必要があるのではないだろうか。たとえば、この直後に菅原師長は『関寺縁起』を書いた。また、『栄花物語』にもこの説話が収められている。それら複数のものから、『小右記』に限定して『古事談』の原史料となったと考えるのは、いささか早計ではないかと考えられよう。

以上、『大日本古記録』が収めた七つの説話について、『小右記』との関連を考えてきた。いずれの説話も、「コノ話ハ蓋シ小右記ニ出シナラン」とか「コノ話ノ全ク小右記ニ出シコト、疑ヒナカルベシ」とか断定できるようなものではないことは明らかであろう。これらの説話を『小右記』の逸文と考えるのには、あくまで慎重でなければならない。

なお、新編日本古典文学全集『今昔物語集』(5)には、「出典・関連資料一覧」が付いているが、「出典」に『小右記』とある説話はなく、「同話・関連資料」に、

巻第十二—第二十二「於法成寺絵像大日供養語」『小右記』治安元年条
巻第十二—第二十三「於法成寺薬師堂始例時日現瑞相語」『小右記』治安四年条
巻第二十三—第十三「平維衡同致頼合戦蒙咎語」『小右記』長保元年七月・十一月・十二月条
巻第二十四—第三十三「公任大納言読屏風和歌語」『小右記』長保元年十月条
巻第二十五—第九「源頼信朝臣責平忠恒語」『小右記』長元元年・四年・五年条
巻第二十八—第三「円融院御子日参曾禰吉忠語」『小右記』永観三(寛和元)年二月十三日条

巻第二十八―第十七「左大臣御読経所僧酔茸死語」『小右記』寛弘二年四月八日条
巻第二十九―第六「放免共為強盗入人家被捕語」『小右記』長徳二年六月十四日・寛仁三年四月十二日条
巻第二十九―第八「下野守為元家入強盗語」『小右記』万寿元年十二月八日・万寿二年三月十七日・七月二十五日・七月二十八日条
巻第三十一―第二十九「蔵人式部拯貞高於殿上俄死語」『小記目録』天元四年九月四日条

が挙げられ、「類話・その他」に、

巻第十九―第十七「村上天皇御子大斉院出家語」『小右記』長元四年条
巻第二十四―第三十三「公任大納言読屏風和歌語」『小右記』寛仁二年正月二十一日条
巻第二十六―第二十三「鎮西人打双六擬殺敵被打殺下女等語」『小右記』寛仁三年八月十一日条
巻第二十八―第五「越前守為盛付六衛府官人語」『小右記』長和四年七月五日条

が挙げられているに過ぎない。

旧版の日本古典文学全集『今昔物語集』(6)にも、それぞれの説話に「典拠」が説明されているが、古記録と関わりそうなものはすべて、「本話の典拠は未詳」と記されていて、内容について、以下のように古記録との関連を説明されている。

巻二十三―第十三「平維衡同致頼合戦蒙咎語」
本話の典拠は未詳。……『権記』『小右記』『御堂関白記』以下にしるすところとほぼ一致し、本話は事実の概要を伝えたものに近い。

巻二十四―第十一「忠明治値竜者語」
本話の典拠は未詳。……同一事件が『祈雨日記』〈後朱雀院御宇の項〉に「江帥記云々」として簡記されているほか、……

巻二十四―第三十三「公任大納言読屏風和歌語」

本話の典拠は未詳。……ここにしるす屏風和歌詠進は史実で、……(『小右記』『権記』)。関連記事は『小右記』……、『権記』……などにみえる。なお、本伝承とは別に、類似の席への公任遅参を伝える記録がある。それは『小右記』寛仁二年正月二十一日の記事で、……本話はあるいはこの時の事件を誤り伝えたものか、それとも公任は二度類似の遅参をくり返したものか。

巻二十五―第八「源頼親朝臣令罰清原□□語」

本話は表題だけをとどめる本文欠話。……事件の顛末については、『御堂関白記』に……とみえ、『扶桑略記』に……とみえる。

巻二十八―第三「円融院御子日参曾禰吉忠語」

本話の典拠は未詳ながら、史実に基づく説話で、当日の模様は『小右記』(『古事談』にも転載)に詳しく、……

巻二十八―第十七「左大臣御読経所僧酔茸死語」

本話の典拠は未詳。本話は一表題のもとにまとめられてはいるが、本来は第一・二段と第三・四・五の二話から成る。前者は史実が説話化したもの、後者はそれに関連した後日譚である。……後者については徴すべき資料を知らないが、前者については『小右記』に……、『日本紀略』に……とみえ、その史実性が裏付けられる。『小右記』の記事によるに、本話はどうやら道長の談を一根元として貴族社会に伝播し、しだいに説話的成長を遂げたものらしい。

巻二十八―第二十四「穀断聖人持米被咲語」

本話の典拠は未詳。……本話は史実の説話化したもので、源流となった史実は、『文徳実録』に……とみえる。

巻二十八―第二十六「安房守文室清忠落冠被咲語」

本話の典拠は未詳ながら、史実の説話化したもので、事件の概要は『御堂関白記』に……と所見。

巻二十九―第八「下野守為元家入強盗語」

本話の直接的典拠は未詳ながら、史実譚で、万寿元年(一〇二四)十二月六日の深夜に発生した花山院の女王殺害事件の顚末が説話化したもの。……関連記事は『小右記』や『左経記』などに散見し、それらと本話との比較は、史実の説話化をたどる上にきわめて有益な示唆を与えるとともに、『今昔物語集』の作者考や成立論にも関連するところなしとしない。

巻三十一―第三「湛慶阿闍梨還俗為高向公輔語」

本話の典拠は未詳。……前半の還俗にふれる話は『三代実録』『玉葉』にもみえ、……

巻三十一―第二十九「蔵人式部拯貞高於殿上俄死語」

本話の典拠は未詳。……貞高頓死は『日本紀略』『小右記』にもみえる。

いずれも、古記録と説話は同じ話(事実)を語ることもあるが、説話が漢文史料を典拠としていると断定しているものではない。もちろん、日本古典文学大系『今昔物語集』(7)でも、「説話構成の直接の典拠は未だ詳かでない」とされ、新日本古典文学大系『今昔物語集』(8)でも、「出典未詳」とされているなど、同様の態度である。

要するに、『大日本古記録』よりも国文学の全集の方が、出典に関しては慎重にして禁欲的なのである。どういった経緯で『大日本古記録』がこれらの説話を『小右記』の逸文と断定したかは知る由もないが、同じ事実を語っているからといって、説話の典拠が『小右記』と断定するのは早計と言わざるを得ない。

二　『小右記』と説話との間

それならば、『小右記』と説話との間に、まったく関係がなかったかというと、これまた軽々には断言できない問題である。ここでは、いくつかの説話について、『小右記』との間の「距離」を推測してみることにする。その過程において、『小右記』をはじめとする古記録から説話が生成される過程を考える際のヒントが見え隠れしてくるものと期待している。

◆花山天皇、即位式で馬内侍を犯す

『小右記』永観二年（九八四）十月十日条

主上、須く列を引く後、着し御すべし。而るに吉時に依りて、早く着し給ふ。仰せられて云はく、「玉冠、甚だ重し。已に気上すべし。仍りて□御冠を脱ぐべし」と。次々の次第、云々。式のごとし。執翳の女嬬、座に着す〈十八人なり。而るに十四人、之に候ずること、如何。行事の蔵人、慥かならざるか。〉。相次いで褰帳二人〈左、弾正尹章明親王の女、右、前上総太守盛明親王の女。〉・威儀命婦四人、相分かれて座に着す。

……

侍従佐芸、忽ち玉冠無き由を申す。仍りて右衛門佐武永の冠を召し、之を給ふ。……

褰帳二人、座を起ち、東西の階を登り、帷を褰ぐ。女蔵人四人、御帳の内に入り、左右に相分かれて御帳の帷を助け褰ぐ。針・糸を以て結び閉づ。褰帳、座に復す。執翳の女嬬、本座に還る。頃くして、執仗、警蹕を称す〈頗る遅引せるか。〉。……

『江談抄』第一「公の事」―二「惟成の弁、意に任せて叙位を行ふ事」

また云はく、「花山院、御即位の日に、大極殿の高座の上において、いまだ剋限をふれざる先に、馬内侍を

犯さしめ給ふ間、惟成の弁は玉佩ならびに御冠の鈴の音に驚き「鈴の奏」と称ひて、叙位の申文を持参す。天皇御手をもつて帰さしめ給ふ間、意に任せて叙位を行へり」と云々。

『古事談』巻第一「王道　后宮」―一七(一七)

「花山院御即位の日、馬内侍褰帳の命婦と為りて進み参る間、天皇高御座の内に引き入れしめ給ひて、忽ち以て配偶す」と云々。

『小右記』永観二年十月十日条に見える、花山天皇が即位式で、玉冠が重いので気上せするというので、これを脱ごうとしたという記事を、おそらくは故意に曲解して、女官を犯したというような荒唐無稽の説話が作られたのであろう。[9] もちろん、側近の蔵人頭である実資の日記には、これ以外の違例は記録されていない。

あるいはまた、『小右記』に「玉冠」と見えるのを「玉茎」、「執仗」と見えるのを「執伏」と誤読してしまったとか、儀式が頗る遅引したというのを邪推したためでもあろうか。いずれにしても、花山の女性関係(これとても、それほど異質なものではないが)と、側近の惟成が権力を振るったという事実が混ぜ合わされて、このような話になったのであろうが、後々にまで受け継がれるところを見ると、よほど人々の興味を惹いたのであろう。

◆花山天皇、鍛冶師延正を召喚す

『小右記』寛和元年(九八五)二月七日条

今日、物忌。門を閉づ。銀鍛冶延正を召し、銀器を打たしむ。

『今昔物語集』巻第二十八―一三「銀鍛冶延正蒙花山院勘当語」

今昔、銀ノ鍛冶ニ□《ママ》ノ延正ト云フ者有ケリ。延利ガ父、惟明ガ祖父也。

其ノ延正ヲ召シテ、庁ニ被下ニケリ。尚妬ク思食ケレバ、「吉ク誡ヨ」ト仰セ給テ、庁ニ大キナル壷ノ有ケルニ、水ヲ一物入レテ、其レニ延正ヲ入レテ、頸許ヲ指出シテ被置タリケリ。十一月ノ事ナレバ、篩ヒ迷フ事無限シ。
漸ク夜深更ル程ニ、延正ガ音ノ有ル限リ挙テ叫ブ。庁ハ院ノ御マス御所ニ糸近カリケレバ、此奴ガ叫ブ音、現ハニ聞ケリ。延正叫ムデ云フナル様、「世ノ人努々、穴賢、大汶法皇ノ御辺ニ不参入ナ。糸恐ク難堪キ事也ケリ。只下衆ニテ可有キ也ケリ。此事聞持テヤ、ヲヰ」ト叫ビケルヲ、院聞シ食テ、「此奴、痛ウ申シタリ。物云ヒニコソ有ケレ」ト被仰テ、忽ニ召出シテ、禄ヲ給テ被免ニケリ。

花山天皇が銀鍛冶師を召したというだけの事実を、そのまま拘禁して拷問した、そして叫んだ言葉が面白いというので赦免したという説話になっている。

これも花山の異常性を強調したいという思惑による説話の形成なのであろう。

◆道長、伊周と弓競べ

『小右記』正暦四年(九九三)三月十三日

「昨日、摂政第に於いて射有り。内大臣以下の公卿、多く会す。前日の弓の負態」と云々。藤大納言〈朝光。〉、銀の弦袋を以て懸物と為す。「而るに主人、虎の皮の尻鞘を以て、相替へ懸く」と云々。「上下、以て目くばせす」と云々。中宮大夫〈道長。〉、中科。

『大鏡』人・一「太政大臣道長」

帥殿の、南院にて人々集めて弓あそばししに、この殿わたらせたまへれば、思ひかけずあやしと、中関白殿思しおどろきて、いみじう饗応し申させたまうて、下臈におはしませど、前に立てたてまつりて、まづ射させたてまつらせたまひけるに、帥殿の矢数いま二つ劣りたまひぬ。中関白殿、また御前にさぶらふ人々も、「いま二度延べさせたまへ」と申して、延べさせたまひけるを、やすからず思しなりて、「さらば、延べさせたまへ」と仰せられて、また射させたまふとて、仰せらるるやう、「道長が家より帝・后立ちたまふべきものならば、この矢あたれ」と仰せらるるに、同じものを中心にはあたるものかは。次に、帥殿射たまふに、いみじう臆したまひて、御手もわななく故にや、的のあたりにだに近く寄らず、無辺世界を射たまへるに、関白殿、色青くなりぬ。また、入道殿射たまふとて、「摂政・関白すべきものならば、この矢あたれ」と仰せらるるに、はじめの同じやうに、的の破るばかり、同じところに射させたまひつ。饗応し、もてはやし聞こえさせたまひつる興もさめて、こと苦うなりぬ。父おとど、帥殿に、「なにか射る。な射そ、な射そ」と制したまひて、ことさめにけり。

道長が道隆第の射儀で中科であったという事実と、道長が伊周を差し措いて政権の座に着いたという事実を組み合わせて作られた説話であろう。

◆東三条院石山詣における道長・伊周の確執

『小右記』長徳元年(九九五)二月二十八日

「女院、石山に参らる。中宮大夫道長・権大納言道頼、宰相中将道綱・左大弁惟仲、御共に候ず」と云々。内大臣、車に乗り、御共に候ず。粟田口に於いて車より下り、御車の轅に属き、帰洛の由を申す。此の間、中宮大夫、騎馬にて御牛の角の下に進み立つ。人々、目を属す。其の故有るに似る。頭弁の談説する所なり。

『大鏡』人・一「太政大臣道長」

また、故女院の御石山詣に、この殿は御馬にて、帥殿は車にてまゐりたまふに、障ることありて、粟田口より帰りたまふとて、院の御車のもとにまゐりたまひて、案内申したまふに、御車もとどめたれば、轅をおさへて立ちたまへるに、入道殿は、御馬をおしかへして、帥殿の御項のもとに、いと近ううち寄せさせたまひて、「とく仕うまつれ。日の暮れぬるに」と仰せられければ、あやしく思されて見返りたまへれど、おどろきたる御気色もなく、とみにも退かせたまはで、「日暮れぬ。とくとく」とそそのかせたまふを、いみじうやすからず思せど、いかがはせさせたまはむ、やはら立ち退かせたまひにけり。父おとどにも申したまひければ、「大臣軽むる人のよきやうなし」とのたまはせける。

両書の文脈はかなり近いが、この時に扈従していた卿相は多くいたのであり、『大鏡』が他の古記録を参照した可能性もある。

◆「長徳の変」の発端

『三条西家重書古文書』所引『野略抄』(『小右記』の逸文)

長徳二年(九九六)正月十六日条

右府の消息に云はく、「花山法王、内大臣・中納言隆家と、故一条太政大臣の家に相遇ふ。闘乱の事有り。御童子二人、殺害す。首を取り、持ち去る」と云々。

『日本紀略』長徳二年正月十六日条

今夜、華山法皇、密かに故太政大臣恒徳公の家に幸する間、内大臣幷びに中納言隆家の従人等、法皇の御在所を射奉る。

『栄花物語』巻第四「みはてぬゆめ」

かゝる程に、花山院この四君の御許に御文など奉り給、けしきだゝせ給けれど、けしからぬ事とてきゝ入れ給はざりければ、たび〳〵御みづからおはしましつゝ、今めかしうもてなさせ給ひける事を、内大臣殿は、「よも四君にはあらじ、この三君の事ならん」と推し量りおぼいて、わが御はらからの中納言に、「この事こそ安からず覚ゆれ。如何すべき」と聞え給へば、「いで、たゞ己にあづけ給へれ。いと安きこと」、て、さるべき人二三人具し給ひて、この院の、鷹司殿より月いと明きに御馬にて帰らせ給けるを、「威しきこえん」とおぼし掟てけるものは、弓矢といふものしてとかくし給ひければ、御衣の袖より矢は通りにけり。さこそいみじうおゝしうおはします院なれど、事限おはしませば、いかでかは恐しとおぼさゞらん。いとわりなういみじとおぼしめして、院に帰らせ給ひてものも覚えさせ給はでぞおはしましける。

実際に起こったのは従者同士の闘乱であるが、諸書はこれを曲解して描いている。「法皇の御在所を射奉る」(『日本紀略』)、「花山法皇を射奉る」(後の『小右記』の配流宣命)を故意に曲解し、これを潤色することで、このような説話が生まれたのであろう(10)。

「法皇の御在所」というのは花山の坐していた輿を指すもので、闘乱の過程で矢が放たれたという事態が起こったことを指し、花山自身を狙ったわけではあるまい。『栄花物語』は、好色にして軽はずみな花山像を描き、また道長の政敵としての伊周の皇威を怖れぬ悪行を語るが、いくら何でも太上天皇の身体そのものに矢を射かけるなどということが、実際に行なわれたとは考えられない。

◆花山院司濫行

『小右記』長徳三年(九九七)四月十六日

右衛門督、示し送りて云はく、「宰相中将と同車して左府より退出せる間、華山院の近衛面、人数十人、兵仗を具し、出で来たる。榻を持たしめながら、牛童を捕へ籠む。又、雑人等、走り来たりて、飛礫す。其の間の濫行、云ふべからず」てへり。驚き奇しむこと、極まり無し。

『小右記』長徳三年四月十七日

修理大夫と同車し、見物の為に知足院の辺りに向かふ。華山法皇、其の辺りに御す。未だ見物に及ばずして、中間、還御す。未だ其の由を知らず。左府、又、彼の辺りに座す。仍りて余、左府の見物の処に進みて、車を並べて之を見る。宰相中将・勘解由長官、左府の車に在り。左府、花山院の濫吹の事を示さる。或いは云はく、「件の事、左府より奏聞せらる。院の人々を追捕すべき仰せ有り。神館に在る使の官人等を召し遣はす間、側かに漏れ聞くこと有り、法皇、車を懸け、還御す」と云々。見物畢りて家に帰る。束帯して祭使所に詣づ。源大納言、民部卿・平中納言、大蔵卿・修理大夫、右衛門督・左大弁・右大弁・宰相中将・勘解由長官、会合す。三献の後、還禄を給ふ。申剋ばかり、各、分散す。勘解由長官・雲上の人々、来会す。蹴鞠有り。又、小食を羞む。

或る者、云はく、「検非違使等、勅に依りて華山院を囲み、去ぬる夕の濫行の下手人を申す」と云々。此の間、慥かなる説を得難し。院の奉為、太だ面目無し。「積悪の致し奉るなり」と云々。或いは云はく、「下手人等、若し遂に出ださしめ給はざらば、院内を捜検すべき由、綸旨有り。此の事、左衛門尉則光〈検非違使。又、彼の院の御乳母子なり。〉、彼の院に通ず」と云々。嗷々の説は記すべからず。

『小右記』長徳三年四月十八日

「公誠朝臣、并びに下手者四人、去ぬる夜、華山院より出さる。検非違使、事の由を奏聞す。公誠朝臣に至りては、候ぜしむ。又々、追捕すべし」てへり。

『大鏡』地「太政大臣伊尹　謙徳公」

あてまた、花山院の、ひととせ、祭のかへさ御覧ぜし御有様は、たれも見たてまつりたまうけむな。前の日、こと出だささせたまへりし度のことぞかし。さることあらむまたの日は、なほ御歩きなどなくてもあるべきに、いみじき一のものども、高帽頼勢をはじめとして、御車のしりに多くうちむれまゐりし気色ども、言へばおろかなり。なによりも御数珠のいと興ありしなり。小さき柑子をおほかたの玉には貫かせたまひて、達磨には大柑子をしたる御数珠、いと長く御指貫に具して出ださせたまへりしは、さる見物やはさぶらひしな。紫野にて、人々、御車に目をつけたてまつりたりしに、検非違使まゐりて、昨日、こと出だしたりし童べ捕ふべし、といふこと出できにけるものか。この頃の権大納言殿、まだその折は若くおはしまししほどぞかし、人走らせて、「かうかうのことさぶらふ。とく帰らせたまひね」と申させたまへりしかば、そこらさぶらひつるものども、蜘蛛の子を風の吹き払ふごとくに逃げぬれば、ただ御車副のかぎりにてやらせて、物見車のうしろの方よりおはしまししこそ、さすがにいとほしく、かたじけなくおぼえおはしましか。さて検非違使つきや、いといみじう辛う責められたまひて、太上天皇の御名はくたさせたまひてき。かかればこそ、民部卿殿の御言ひごとは、げにとおぼゆれ。

花山の乱暴さを語る説話。長徳三年四月十六日の賀茂祭の日に、花山院の院司が公任・斉信の車に濫行をはたらくという事件が起こったのだが、その翌日の祭の還さにおける振舞を語っている。高帽を被った屈強の者を従え、柑子で数珠を作って車の外に出し、物見に出かけたものの、検非違使が来ると這々の体で帰ったというものである。

実際に十七日には道長の奏聞によって院司の追捕が行なわれ、検非違使は花山院を囲んだ。また、十八日には花山は下手人を差し出しているのであるが（『小右記』）、もちろん、この説話に語られるような装束や還さの見物があったわけではない。

問題は最後に、俊賢の言ったとおりであったという作者の評言が続く点である。これは例の、「冷泉院のお狂いよりも、花山院のお狂いのほうが始末に困るものだ」という言葉を指しているのであるが、この事件を素材として、それに根拠を与えているのである。

◆道長御嶽詣に伊周・隆家襲撃の噂

『小記目録』寛弘四年（一〇〇七）八月九日

伊周・隆家、致頼と相語らひ、左大臣を殺害せんと欲する間の事

『大鏡』地「内大臣道隆」

また、入道殿、御嶽にまゐらせたまへりし道にて、「帥殿の方より便なきことあるべし」と聞こえて、常よりも世をおそれさせたまひて、たひらかに帰らせたまへるに、かの殿も、「かかること聞こえたりけり」と人の申せば、いとかたはらいたく思されながら、さりとてあるべきならねば、まゐりたまへり。

道長が金峯山詣に行っていた際、とんでもない噂が、都では流れていたのである。他にも、萩野文庫旧蔵本『大鏡』（九大本系）には、伊周がしばしば道長第を訪れて双六を打ち、故意に負けてばかりいたものの、足の裏に「道長」と書いて踏んで歩いていた、という説話も見える。

一条と彰子との間に皇子の懐妊が起こりそうなこの時期、伊周周辺が再び騒がしくなったというのも、わからないではない。(11)

◆彰子御産に際しての怪異

『小右記』寛弘五年（一〇〇八）八月十八日

「昨夕、左府の井屋、故無く忽然と顚倒す。昨、風雨無し。忽然と顚倒するは、恠と為す」と云々。「近曾、中宮の御在所の塗籠の内に犬産有り。亦、恠と為す」と云々。

『江談抄』第二「雑事」―九「上東門院の御帳の内に犬出で来たる事」

「上東門院、一条院の女御たりし時、帳の中に犬の子、不慮のほかに入りてあり。見つけて大いに奇しみ恐れては入道殿道長に申さる。入道殿、匡衡を召して密々にこの事を語らしめ給ふに、匡衡申して云はく、『極じき御慶賀なり』と申すに、入道殿、『何故ぞや』と仰せらるるに、匡衡、申して云はく、『皇子出で来たらしめ給ふべき徴なり。犬の字は、これ点を大の字の下に付くれば、太の字なり。上に付くれば、天の字なり。これをもつて謂ふに、皇子出で来給ふべし。さて、太子に立ち、必ず天子に至り給はんか』と。入道殿大いに感ぜしめ給ふ間、御懐妊有り。後朱雀院天皇を産み奉らしむるなり。この事秘事なり。退席の後、匡衡私かに件の字を勘へしめて、家に伝へしむるなり」と云々。

道長女彰子の出産となると、様々な噂が宮廷社会を駆けめぐったであろうことは想像に難くないが、これはその一端。すわ怪異かと怖れる道長に、これは大慶の徴であると勘申した匡衡のことは、大江氏内部で語り継がれてきたのであろう。

実際には敦成親王（後の後一条天皇）出産の折の話であるにもかかわらず、『江談抄』では敦良親王（後の後朱雀天皇）懐妊の徴としている点、皇統を嗣いだ後朱雀の話にした方がありがたみが増すといった政治的な思惑を覗かせている。

◆伊周、敦成親王御百日に序題を書く

『小右記』寛弘五年十二月二十日

令有りて、左大弁行成卿、硯を執る。近くに進み、和歌を書かんと欲するに、帥、紙筆を乞ひ取りて序題を書く。満座、頗る傾き奇しむこと有り。帥、丞相に擬す。何ぞ輙く筆を執るや。身、亦、忌諱有り。思ひ知らざるに似る。大底、無心か。源中納言俊賢卿、同じく斯の旨を談ず。更に亦、左大弁を以て和歌を書かしむ。

『大鏡』地「内大臣道隆」

帥殿は、この内の生まれさせたまへりし七夜に、和歌の序代書かせたまへりしぞ、なかなか心なきことやな。本体はまゐらせたまふまじきを、それに、さし出でたまふより、多くの人の目をつけたてまつりて、「いかに思すらむ」「なにせむにまゐりたまへるぞ」とのみ、まもられたまふ、いとはしたなきことにはあらずや。それに、例の入道殿はまことにすさまじからずもてなし聞こえさせたまへるかひありて、憎さは、めでたくこそ書かせたまへりけれ。当座の御面は優にて、それにぞ人々ゆるし申したまひける。

十二月二十日、彰子御在所において敦成親王の百日の儀が行なわれた。道長が公任に命じて皆に盃を勧め、和歌を詠ませた。能書の行成が、公卿たちの詠んだ歌の序題を書こうとしていた時、伊周が行成から筆を取りあげ、自作の序題を書いた。『小右記』と『大鏡』は似ているようにも思えるが、この行為は『御堂関白記』や『権記』にも記録されており(他にも多くの古記録に記録されたであろう)、よほど皆の注目を惹いた行為だったのである。『大鏡』の典拠がそれらのうちのどれであったかを知ることはできない。しかも『大鏡』は、九月十七日に行なわれた七夜の産養の際のことと設定している。

以上、いくつかの例を並べてみた。いずれも『小右記』のような漢文史料(その代表的なものが古記録であることは言うまでもない)のどれかを元々の典拠としていることは想定できそうである。しかし、直接の典拠が『小右記』であるものと断言できるものはない。古記録を抄出したり、尾鰭を付けて潤色したり整形したり、漢字仮名交じり文に直したりと、様々な加工を施して、説話を形成していることが窺える。

おわりに――『小右記』と説話との間に

小峯和明は、漢文資料と『今昔物語集』との間に、「十一世紀後半あたりに作られた仮名交じり文体の、比較的規模のおおきい説話集の存在」を想定し、その代表に散逸した『宇治大納言物語』が該当する可能性が高いと推定した(12)。これは最初に挙げた池上洵一の推定と同様である。

しかし、実際に起こった事実を記録した漢文史料を原史料にして、現存説話集の基となった仮名交じりの説話集が作られたとするならば、その説話集は、古記録のような漢文史料から直接、引用してそれを仮名交じり化したのであろうか。そもそも、平安中期に漢文史料を仮名化した文献が、どのように、どれくらい存在したのであろうか。

また、仮名交じりの文献を間に介在させることなく、古記録のような漢文史料、または二次的な漢文史料を基として編修した説話集も存在したのであろう(13)。

ⓓ 事件 → 古記録 → 説話集（『古事談』『続古事談』など）

ⓔ 事件 → 古記録 → 漢文文献 → 説話集

ⓕ 事件 → 古記録 → 漢文文献 → 仮名文献（『俊頼髄脳』『宇治大納言物語』など）→ 説話集

ⓖ 事件 → 古記録 → 仮名文献 → 説話集

古記録と仮名交じり説話集の間に、古記録を仮名交じり化した文献が介在したという推測は、きわめて説得的ではあるけれども、ただ、たとえば膨大な『小右記』の記事の中から、説話になりそうな記事のみを抽出するのが、如何に困難な作業であったかは、想像に余りある。

原本の『小右記』（広本）は、現存している『小右記』の写本よりも、はるかに巻の数が多く、記事も詳細であったはずだからである。ほとんどは儀式や政務の事務的な記事ばかりで、説話の材料となりそうな記事は滅多に現われないのであるし。

逆に、『小右記』を読んでいると、いかにも説話の素材となりそうな面白い出来事も、しばしば記録されている。説話集の編者（およびその基となった文献の筆者）は、それらを読むことはなかったのであろうか。

なお、池上洵一は、古記録の中の説話記事は単に面白いから記録されているのではなく、何らかの実用的な契機によって筆録されている、つまり情報を前にして対象の本質を理解し、それに対処する方途を探る手掛かりとして思い出された故事や逸話であると説明した。けだし慧眼と称すべきであろう(14)。

参考として挙げるが、『小右記』の逸文である『有職抄』三・竈神事には、次のような記事がある。

（長和二年十一月）二十九日。「采女町幷内膳屋贄殿焼亡、禁中ニ及ハス」ト云々。『後小野宮右府記』云、

『占申サシムルノ所ニ、御竈神ノ祟』ト云々。仍テ御禊ヲ奉仕ス。内膳司ノ御竈神三所也。一所ハ平野ト申。癸御祭ヲ奉仕ノ神也。一所ハ庭火、是尋常ノ御飯ヲ奉仕ノ神也。一所ハ忌火ノ神、是則十一月新嘗祭・六月神今食ノ祭、奉仕ノ神也」ト云々。

これは火災に際しての御竈神に関する記事であるが、こういった仮名交じり文献というのが、もっと大量に、広範に存在したのであろうか。

以上、古記録などの漢文史料と説話、そして説話集との間の距離について推測を重ねてきた。いずれにしても、説話形成の事情は、各説話によって様々だったのであろうし、説話集それぞれの編修事情があったのであろう。また、少なくとも説話をもって『小右記』の逸文であると断じる態度は、著しい失考であると判断しなければならないことを確認してきた。古記録の世界は深くて複雑であるが、説話の世界はさらに深くて複雑であることを実感した次第である。

(1) 池上洵一「事実から説話へ(その1)――興福寺再建の霊験」(『今昔物語集の世界』筑摩書房、一九八三年)。
(2) 「古事談」(三木紀人氏執筆、日本古典文学大辞典編集委員会編『日本古典文学大辞典 第二巻』岩波書店、一九八四年)。本共同研究会においても、加藤友康が二〇一五年第六回研究会で「古事談における古記録の抄録――貴族たちが共有した「世界」」、二〇一六年度第三回研究会で「古事談の情報源――古記録が筆録した情報と「言談」への変容の検討を通して考える」と題した研究発表を行なった。
(3) 東京大学史料編纂所編『大日本古記録 小右記 十一』(岩波書店、一九八六年)。
(4) 平林盛得「関寺牛仏の出現と説話・縁起・日記」(高橋隆三先生喜寿記念論集刊行会編『古記録の研究』続群書類従完成会、一九七〇年)。
(5) 馬淵和夫・国東文麿・稲垣泰一校注・訳『新編日本古典文学全集 今昔物語集 一~四』(小学館、一九九九~二〇〇二年)。

(6) 馬淵和夫・国東文麿・今野達校注・訳『日本古典文学全集　今昔物語集　一〜四』(小学館、一九七六〜七八年)。

(7) 山田孝雄・山田忠雄・山田英雄・山田俊雄校注『日本古典文学大系　今昔物語集　一〜五』(岩波書店、一九五九〜六三年)。

(8) 今野達・小峯和明・池上洵一・森正人・佐竹昭広校注『新日本古典文学大系　今昔物語集　一〜五』(岩波書店、一九九三〜九九年)。

(9) 倉本一宏『平安朝　皇位継承の闇』(角川学芸出版、二〇一四年)。ちなみに、「天暦聖帝」と称された村上天皇も、即位式において長い時間、冕冠を着していて気上せし、吐瀉に及んでいる(『即位部類記』所引『九条殿御日記』〈『九暦』〉天慶九年四月二十八日条)。

(10) 注(9)倉本一宏『平安朝　皇位継承の闇』。

(11) 倉本一宏『藤原伊周・隆家』(ミネルヴァ書房、二〇一七年)。

(12) 小峯和明「今昔物語集とその時代」(小峯和明編『歴史と古典――今昔物語集を読む』吉川弘文館、二〇〇八年)。

(13) 池上洵一「説話の生成――信西・頼長説話の場合」(『池上洵一著作集　第二巻　説話と記録の研究』和泉書院、二〇〇一年、初出一九八六年)。また、伊周配流説話の『小右記』本文からの抄録に関して、益田勝実が具体的に考察している(益田勝実「抄録の文芸(一)」、浅見和彦編『『古事談』を読み解く』笠間書院、二〇〇八年、初出一九六五〜六六年)。

(14) 池上洵一「公家日記における説話の方法――「興定め」のことなど」(『池上洵一著作集　第二巻　説話と記録の研究』和泉書院、二〇〇一年、初出一九八七年)。

古今著聞集と文体——漢字文の混入と諸相

野本東生

はじめに

特定の情報を素材としていかに組み入れて内部化していくか、それは説話集を編纂するにあたって直面する大きな方法的課題の一つである。書き残されたテキストを素材として組み入れる場合もむろんその例外ではない。『古今著聞集』(以下、『著聞集』)は、序文で「宇県亜相巧語之遺類、江家都督清談之余波」と述べて「著聞集」なるものがいかなるジャンルであるかを規定する(1)。ここにあげられる『宇治大納言物語』(宇県亜相巧語)、『江談抄』(江家都督清談)は、いずれも語られたものを書き付けることで成立したと考えられるテキストである。語られることを経由することが一つの建前であるが、序文に見える「捜索其庶事」の文言が露わにするように、語られたものだけがそこに組み入れられるわけではない。他の多くの説話集も事情は変わらないであろうが、『著聞集』はその仰ぐテキストとの間に方法的差違を抱えていることになる。この差違に自覚があるならば、書き残されたテキストの取り込みは、『著聞集』にとって意を払う方法の一つとなるだろう。

『宇治大納言物語』『江談抄』は、かたや漢字仮名交じり文と想定され、かたやおよそ漢文である。一方、『著聞集』の文体は漢字仮名交じり文を主とするが、必ずしも統一性はない。ここでも文体に規範的継承を見ることは難しい。一方で、統一性を持たずとも一定の傾向・方向性は有しており、それゆえに文体に逸脱を含むあり方には注意が要されてよいだろう。

さらに、序文に記す「実録」意識から見えるように、歴史史料に連なるテキストとされることへの期待も『著聞集』にはある。一つのテキストのなかに書くことと語ること、そして読まれることが競り合う状況で、『著聞集』はどのように振る舞い、どのように演出できているのか。語られたことばを経由するという方法から外れても、そこに語られる際の生の声を取り戻せれば、拡張された方法として、仰ぐテキストの系列に自らを配置できることになるかもしれない。文体の不統一・逸脱に着目し、方法的意味を問うことはできるのであろうか。

一 『古今著聞集』の序跋とはしがき

『著聞集』は、序跋を有する説話集であるが、その序文は漢文であり、跋文は仮名文であって、この形式に『古今和歌集』の真名序・仮名序を重ねて見ることは問題のない理解といってよいだろう。一方で跋文は勅撰集序文のごとき和文とはいえず、文体的な側面からは、この重なりを重視するだけでは『著聞集』を把握しきれない。跋文は「この集のをこりは」から始まる『著聞集』が編集される動機・経緯が説明される部分、「建長六年十月十六日」の竟宴に関わる記述と「抑《そもそも》此集においては」という『著聞集』の扱い方・存在価値に関わる言明の部分、「建長六年十月十七日」以降の橘成季の直接の感懐を記す部分に分かれる。和文的色彩の強い文体、過去時制を表さない訓読文体（これらは「右筆記之」）、漢文体で書き分けられる。『著聞集』は、収載される話が全体として和文調、訓読文調で構成されるものの、そこに明確な文体的統一を見ることはできない。また、各篇のはしがきを見ても、文体の不統一はひとまずその表記上に一目瞭然である。表1は各篇目のはしがきの文体を示し

表1　『著聞集』各篇目はしがきの文体

篇目	はしがき（／冒頭話の出典）	篇目	はしがき（／冒頭話の出典）
一1神祇	なし／日本書紀	十一16画図	漢文
二2釈教	なし／日本書紀・扶桑略記	十一17蹴鞠	漢文＋訓読混入
三3政道忠臣	漢文	十二18博奕	漢文＋訓読文
三4公事	訓読文（混淆文）	十二19偸盗	漢文
四5文学	訓読＋漢文引用	十三20祝言	漢文
五6和歌	訓読＋和文引用	十三21哀傷	なし／日本紀略・拾芥抄
六7管絃歌舞	訓読文	十四22遊覧	漢文
七8能書	訓読文	十五23宿執	漢文
七9術道	訓読文	十五24闘諍	漢文
八10孝行恩愛	漢文	十六25興言利口	漢文
八11好色	なし／日本書紀	十七26怪異	訓読文＋漢文引用
九12武勇	漢文	十七27変化	漢文＋訓読文
九13弓箭	漢文	十八28飲食	漢文
十14馬芸	訓読文＋漢文	十九29草木	漢文
十15相撲強力	混淆文	二十30魚虫禽獣	漢文

た目安で、はしがきを持たない場合は冒頭話の出典を示した。一見して文体の不統一がうかがわれる。

問題はこのような文体的モザイクが許されている場にある。跋文に示される「卅篇のはしがき幷物語一段をよみあぐ」という、竟宴の場に共有される音声を考えれば、はしがきに一定の傾向を認めることができるであろう。はしがきを持たない篇は、冒頭話すなわち「物語一段」が、その文体に訓読文体としての揺らぎを認められるものの、いずれもいわゆる六国史（漢文テキスト）に典拠を有するものである。したがって、そこには不徹底ながらも、ひとまず音声上に訓読という規範意識を認めることができるといってよいだろう。

各篇のはしがきは、和文的色彩は薄く、訓読文か漢文あるいは、その両者の混合といった体である。しかし一方で当然ながら、表記上、漢文と訓読文という差が認められる以上、そこに何らかの文体意識があるもの、そのように問題を設定することも可能であろう。逆にそれははしがきが、なぜ、見た目に統一されていないか、ということでもある。

本稿では漢文を「漢字文（漢字列）」として把握して考察していきたい。漢字文は和文の読み順と異なる様な一定の長さの漢字列を指すこととする。漢字文のみではしがきが提示されるのは、三〇篇のうち一四篇であり、特に後半の篇目に偏る。収載話については、説話素材一話すべてが漢字文であるものは、書写過程で裏書きが本文化されたもの、あるいは後記抄入によるものと考えられており、原初形態では漢字文による独立一話はなかったとされる。一般的に漢字文で提示される詩句・経文を除けば、漢字文の含まれる話は『著聞集』全体の一割に満たない。漢字文が混入するかたちで提示されることもある。『著聞集』の一部の文体に過ぎない、漢文体を漢字文という括りで把握し、その特色を探るのが本稿での試みである。

すなわちこれは漢文のリテラシーの問題ではなく、漢字文が読みの進行と速度に変調をもたらし、テキストから立ち上がってくる声色を変えるという問題に関わる、そのように想定されるがゆえの問題設定である。一般に

指摘される、和文の格を高めるために漢文が別置されるという見方とは異なる角度から、仮説を提示してみたい。(2)

二　漢字文の検討（1）

『著聞集』に収載される話での漢字文は、内容の完結性、引用の完結性を持つものと持たないものに分けることができる。直接引用がそのわかりやすい例である。次の例を見よう。

・又宇佐宮にて、みづから法華経を講じ給に、大菩薩託宣し、「我不聞法音、久歴歳年。幸値遇和尚得聞正教、兼為我修種々功徳。至誠随喜、何足謝徳矣。而有我所持法衣」とて、則託宣人みづから宝殿をひらき、手に紫袈裟一、紫衣一をさゝげて、「奉上和尚。大悲力幸垂納受」と示給けり。禰宜・祝等此事をみて、「昔よりいまだかゝる事見きかず」といひけり。（39話）

・寛平の遺訓にも、「春風秋月若無実事、幸神泉・北野、且翫風月、且調文武。不可一年抃幸。又大熱大寒愼之」と侍り。（75話）

・宇治左府御記に、「頼長初以母賤無寵愛。而及長誦習九経、嗜好五音、不受酒、不事遊戯。是以禅閤及予、以為家宝、尊重甚云々」。かゝる御おぼえにてをはしましける、ゆゝしき御孝養なりかし。（308話）

39話は宇佐宮と空海との関わりを示す話の一部、75話は宇多天皇治世下で神泉苑での遊宴を道真が諫めた話に続く末尾、308話は頼長が忠実から氏長者として認められる記述につながる話の冒頭である。託宣、『寛平御遺誡』、『台記』からそれぞれ引用した内容ということになる。託宣については、たとえば6話において漢字文の託宣に対して「寺家別当松寿みづからこれを記す」と記されることからも、あるいは39話では禰宜・祝部らの発言の表記を並べてみても、託宣内容はもともと書かれたものであろう。つまり、これらの漢字文が書記されたテキストからの引用であることがわかる。一方でこのような引用態度は必ずしも一定していない。

・宇佐宮御託宣に、「無量劫中に、三界に化生して、方便をめぐらして衆生を導く。名をば大自在王菩薩といふなり」と仰られけり。（1話）

・延喜聖主、位につかせおはしまして後、本院右大臣・菅家・定国朝臣・季長朝臣・長谷雄朝臣、この五人その心をしれり、顧問にもそなはりぬべしとて、寛平法皇注申させたまひける。かくおぼしめしとらせたまひける、やむごとなき事也。（74話）

・康治元年三月四日、仁和寺の一切経会に、両院御幸ありけるに、入道殿下まいらせ給けり。（中略）宇治左府御記には、「件卿、もとより光時をにくみて、いはれけるにや」とぞ、かき給て侍なる。（280話）

右のように、同じくその引用元が、託宣、『寛平御遺誡』、『台記』と予想されるものでも、漢字文ではなく、訓読文であり、内容のまとめである場合もあり、そこに引用における文体的な統一が見られるわけではない。いうなれば、引用のされ方によって同一素材対象をもとに異なるテキストが『著聞集』内に存在することになる。同一書を典拠としても、直接引用することと、それを訓読すること、内容をまとめることの三つの編纂レベルがあることがわかる。

このような引用態度の違いによって、39・78・308話で、漢字文が変化を加えられずに引き写されていることや、編者が現物の書記テキストに直接触れることができたことが強く示唆される。直接引用は、物語を読むという視点からは和文化・訓読化の不徹底に映っても、物語の確かさという視点からは典拠の存在を確実視させる効果を持つ。(3) 引用態度の表明に揺れが見られる場合もあるが、(4) 引用の不徹底の与える印象を肯定的に捉えれば、訓読文は直接引用との間の選択の結果としてあることになる。同一引用元であれば、漢字文が惹き起こす、受け手の反応として当然のことである。進んで、訓読文自身に生じる確からしさは、同一引用元がない場合にも及んでくることとなるだろう。それは、訓読文が直接に典拠とつながるか否かの批判的判断を弱めることとなる。漢字文によって示される直接引用の与える印象は、やがて当該箇所を離れて、訓読文体のみならず、文体の差を超えて典拠の存在を想定させせることへ緩やかに及んでくる(5)。

典拠との直接的つながりを意識させるというだけではない。たとえば38話を見てみると、

嵯峨天皇御時、天下に大疫の間、死人道路に満たりけり。これによりて、天皇みづから金字の心経をかゝせ給て、弘法大師に供養せさせ奉られけり。其効験私の詞をもてのぶべからず。奥に大師記をかゝせ給へり。其御記云、

于時弘仁九年春、天下大疫。爰帝皇自染黄金於筆端、握紺紙於爪掌、奉写般若心経一巻。予範講之撰、綴経旨之宗、未待結願之詞、蘇生族溢其途、夜変日光赫々。是非愚身戒徳、金輪御信力所為也。但詣仏舎輩、奉誦此秘鍵。昔予陪鷲峰説法之莚、親聞此深文。豈不達其儀而已。

其時の御経、彼御記、嵯峨大覚寺にいまだ有となん。（38話）

このなかで、「御記」が漢字文で引用されることは、典拠云々やその内容もさることながら、嵯峨大覚寺にある「御経」「御記」に書き手が触れ得たという確かさを示唆するものであろう。一話全体が書承されたものでないということを条件として、漢字文の配置を通して、現物とつながる、外部テキストと接続する窓口がそこには提示されていると見なせる。

漢字文そのものに表現上の効果が期待される場合として、569話があげられる。消息文「去九日国王俄死去云々。尤不便之事歟」の漢字文は、これを訓読文で表したとしても大差がないようだが、背伸びをした記録語を記した面白みや、弟子が僧正に知らせるその消息文の文体選択が書き手の出自にふさわしくなかったことは、この話のなかで漢字文によってより明確になるだろう。

ところで、漢字文引用は、『著聞集』に限った問題ではない。一例として、和文調や訓読文調の説話集『続古

事談』を見てみると、漢籍引用を除けば次の様な例がある。13話は、中文の奏上の折、案件が残りわずかなところで、面倒げであった白河院が離席しそうになった際に、伊勢神宮に関わる案件を出して、離席を思いとどまらせるという為隆の作為が話題になる話。「為隆、見ずがほにて、「祭主大中臣某言申請天裁事」とよみきかせまいらせたりければ」とある。中文が発言されるが、これは声に出された言葉のままではない。49話は、野干を神体とする社の近くで狐を射たことについて陣定《じんのさだめ》で罪を詮議する際、経信が「白龍之魚勢、懸預諸之密網」とつぶやいていく話。発せられた言葉そのものとは違うだろうし、書記された言葉でもないが、発せられた言葉が書記テキストとして再構成される例である。

29話には、菅原道真の活躍に対して、三善清行「奉菅右相府書」が、「明年かならず天下に事あるべし。（中略）つゝしみ給べし」と大意をおさえた発言として記されるところと、「雖離朱之眼不見睫上塵、雖仲尼之才不知箱中物」と示されるところがある。新大系の注にも指摘されるように、この漢字文の文言は『十訓抄』にも掲出されており、特立された句であったと見られる。

『著聞集』に限らず、詩句・偈や経文が訓読して提示されることはあまりない。それは、漢字文（漢字列）自身の価値に強い優位性があるためだろう。詩句や経文が漢字文として残されるのは、そこに内容的・引用的完結性を備えているからということになるであろう。またそこには、かりに声に出して発せられた言葉であっても、書かれた言葉として再編されるという方法をうかがうことができる。漢字仮名交じり文のなかにあって漢字文に意識されるのは、異化作用に基づく外部性ということであろうし、書記言語として即座に変換される強い完結性ということになろうか。

三　漢字文の検討（2）

つぎに内容の完結性、引用の完結性を持つとは即座に判断できない例を見てみよう。

大内記善滋保胤、六條宮に参じて下問の時、事時輩の文章にをよびけるに親王命云、「匡衡如何」。答曰、「敢死之士数百騎、被介冑策驊騮、似過淡津之浜。其鋒森然少敢当者」。又命云、「斉名如何」。答曰、「瑞雪之朝、瑶台之上、似弾筝柱」。又命曰、「以言如何」。答曰、「白砂庭前、翠松陰下、如奏陵王」。又命曰、「足下如何」。答曰、「旧上達部駕毛車、時々似有隠声」と申ける、いと興ある事也。おほかた「自漢至魏。文体三改」とこそ文選には侍なれ。（以下略）（118話）

「命云」、「答云」がそのまま漢字文で残され、ここでは会話文は漢字文で記される。漢字文であるのは親王と保胤のやりとりが始まり、終わるまでであって、その範囲選定に一定程度の基準があると認めても良いだろう。同じ話題を扱う『今鏡』昔語第九・唐歌は、和文でしかも話題にあがる文人の順序や問答の仕方に違いがあり、匡衡については「匡衡がやうは、武士の朱の革して緋縅とかしたるきて、えならぬ駒の足疾きに乗りて、逢坂の関を越ゆるけしきなり」、保胤自らについては「すでに檳榔毛に乗り侍りにたり」と記される。『著聞集』が和文出典を漢文化することは想定しにくいため、出典となるものはおそらく漢文であったと推測される。その推測に従えば、『今鏡』は内容をあらあらまとめたか、同様の出典を仰いで和文化したかということになるだろう。

実際の会話がなされた際に彼らの口にあがったことばと『著聞集』のこれらの漢字文とは少なくとも直接イコールには結べない。出典が漢文であったなら、ここでの二人の実際の会話が、口語的和文的になされたのか、訓読文的になされたのか、区別し理解することはできない。保胤に下問があり、その下問が文章に及ぶわけであるから、文章・学才におけるレトリックのなかに問答を置くこともできる。文章の下問という場をそれらしく演出するということも一面にはあろうが、やはり積極的理由とは見なせず、むしろ会話のやりとりを変化させてしまうことを回避した結果とみなした方が適当かもしれない。結果として、漢字文による会話文は、主として漢字仮名交じり文の『著聞集』において、異質性を示すことになる。

87話では、頼朝謀反の風聞に対し、徳政の施行のみならず、法皇や基房の朝政への復帰を進言するという大胆な長方の発言のみが漢字文で記される。649話は天暦の残菊合わせであるが、残菊合わせを指示する帝の発言、勝負の行方を決する右大臣師輔の発言と帝の応答が漢字文として浮き立つ。それぞれ話の進行上にあっては決定的な位置づけを占める発言と見なせるから、たとえば歌合判詞の勝敗に関わる漢字文のように、その重要性に基づく文体として見なすこともできるわけだが、これらの漢字文はそれぞれの話内でのすべての会話引用文に相当するので、必ずしも重要性に基づく選択とはいいきれない。いまは、漢字文として提示されたのが人の語る声であったということに留意しておきたい。

ここで、『御堂関白記』の万葉仮名の「しぐれ」、「いとほしくみゆる人」、あるいは和歌以外の仮名文字を参考に、漢文日記における和語と漢文の関係を考えてみよう。池田尚隆は『御堂関白記』の自筆本の仮名表記と、古写本の相違を捉えて、「仮名の一役買った生な表現は、漢字表記を道長より強く意識した古写本にとり、溶かし込みにくいものであった」、あるいは「道長の肉声に近いものが伝わるという複合的表現」として和語の混入を見、古写本筆者がかならずしも漢文記録という形式のなかで理解しがたかった仮名表記に、日記が本来有していた表現性を認めている。[7] 漢字文に紛れる和語・仮名表記というこのような見方を援用すれば、和文・訓読文という漢字仮名交じり文に紛れて漢字文を持つ『著聞集』において、ただし本来的に対になるのは仮名文に紛れる漢語・漢字表記ではあるけれども、そこに類似の表現性もしくは意識を見出すことも可能なのではないだろうか。

『御堂関白記』の問題は、漢字文では表現しきれないものが万葉仮名や仮名といった形式を逸脱したかたちで表れてくるということであり、書記する文体と思い描く語彙や表現に少なからぬ距離があることによって生まれる問題であった。『著聞集』では、もっとも和文と近いはずの会話文が意図的に漢字文として残されている。話されたことばと書かれたことばには明らかなズレがあり、出典が漢文ならそれを訓読し、和文化して提示する『著聞集』の方針からすれば、会話文を漢字文として提示するのは方法的に逆の方向を向いている。漢字文が訓読・翻案されていく場合、それは過去の話として引き写されるが、そこに漢字文を残した場合、書記現在の現場性が逆に生まれてはこないだろうか。会話・肉声としての漢字文という倒立した状況がかえって現れうるのは、書記されたテキストの現在がそこに持ち込まれるからでもある。『御堂関白記』では和語・仮名が記主の生の声として浮かび上がるが、『著聞集』では漢字文がテキストの生の声として浮き立ってくるのではないだろうか。

以上を整理すれば、『著聞集』に内部化されないテキストに、このような漢字文が用いられる傾向がある。漢字文はそうした外部と直接につながる回路として機能する。しかもこのような漢字文の出現は、テキスト全体で必ずしも合理的に配置されるわけではない。『寛平御遺誡』のように内部に取り込まれてまとめられる場合と漢字文の直接引用のかたちで外部からの移植を示す場合とが隣り合わせの話に表れるということは、『著聞集』テキストが、漢字文を窓口として外部テキストと接続しながら構成されているということでもある。前節に見たように引用されるテキストが『著聞集』のなかに二種類ある、内部テキストと外部テキストという二種類あるということである。漢字文はテキストの外にある声とつながる、外にある声を引き寄せるものとして見なすことができるだろう。やがて、内部化されたテキストにも、漢文体テキストの存在を前提させる同様の類推が働いていく可能性を宿している。

690話を見てみよう。全文の引用は省略するが、鵯合《ひよどりあわせ》の話で全体は漢文の記録文を訓読し、和文に整えた文体となっている。そのなかには、

承安二年五月二日、東山仙洞にて鵯合のことありけり。公卿・侍臣・僧徒・上下の北面の輩、つねに祗候のものども、左右をわかたれたり。(中略)次陵王醍醐童云々、陵王の終頭に、右方より定能朝臣をもて、如此

の興遊に、左右勝負舞を奏する事先例あり、いかやうに可存哉之由奏しければ、用意の事等、右可勲仕之由おほせられけり。(中略)方妓女舞を奏する事、いはれなき事なれども、用意のこと勲仕すべきよし仰下さる、あひだ、奏しける也。源中納言鞨鼓をうちて、たかく唱歌ありけり。此間羞盃。右方人座を立て退去して、中門廊辺に徘徊しけり。次左右歌女唱歌・舞妓猶舞、興遊にたへず、公卿已下庭上にて乱舞ありけり。雖為一日之放宴、定備万代之美談歟。昏黒事了、おの〳〵退出の事、中御門左大臣殿の御尋によりて、奉行人経房朝臣書てたてまつりける也。

「可存哉之由」「可勲志之由」などに含まれる返読文字、「之」や、「此間羞盃」と漢字文が配される。もっとも「不」「可」「被」などは、特に漢字文が意識されることなく用いられるし、「之」の例も多い。直前に読み戻る程度ならば漢文体ということもなく用いられることがあり、たとえば、歌論書のなかにもしばしば現れる。そして波線部からわかるようにこれらが漢字文である必要もどうやらない。一方で末尾の「雖為一日之放宴、定備万代之美談歟。昏黒事了」は、書記過程の簡略化とは括れない部分である。

漢字文が異化作用を担いながら、そこに外部テキストを引き寄せていく作用を見て取ることができるだろう。外部テキストとの接続を匂わせることは、訓読文であったとしても達成しうるが、そこに生の断片があることで、外部テキストが極めて近くにあることが示唆されるし、そして同様の訓読文、あるいは物語にその確かさに関わる類推を及ぼしていくことになるだろう。

四 「可尋之」と実録意識

序文では「頗雖為狂簡、聊又兼実録」と宣言していたが、『著聞集』はどのような仕組みのなかで「実録」意識を支えていたのか。ここまでの議論を踏まえると背景の外部テキストがむき出しになることでそれが一面達成されたと見なすことができる。すでに荒木浩はその仕組みの大枠について、「日記」等の記録をもとにした「ものがたり」がなされる時でも、記録のままにそれが再現されるのではなく、その伝達方法が「うかべたもち」て「ものがたり」することである以上、『著聞集』が虚構として行った様な、「記録」の「ものがたり」化、対話という流れにそってなされる「ものがたり」化でしかない。そして話し手は、自らが想起した記録を「ものがたり」化しつつ、同時に出典を指示し、「ざえ」たる記録として作動すべく、注記がなされる表現構造をとらざるを得ない。

と解き明かしている。(8)「おぼつかなさ」の表明自身が「実録」的態度の志向を示し、注記される出典ないし、注記によって「実録」的な装いをつけていく。結局それは「ものがたり」に過ぎないというジレンマを抱えながらも、現在という記録をも「ものがたり」化していく、そのような編集行為が「実録」意識の核にある。ものがたり化した実録に注記という実録的擬装を施すという一見矛盾する往還が、『著聞集』の編纂行為にあることになる。実録とは見なされない「ものがたり」も同様の編纂行為のなかにあることを示唆されるわけである。そしておそらくこれは、漢文、漢字文、訓読文、和文という文体のグラデーションとともに、「さだめてうける事も、又たしかなることもまじり侍らんかし」(跋文)という不確かさと確かさを混在させるなかに、時に読み物としての物語、時に正確性を有する資料として、両翼にその性質を受け止めさせる戦略でもあろう。(9)

日記の探索とその結果を示す表現(243・295話)、あるいは日記の記述に疑義を挟むこともあり(2話)、いく度となく繰り返される「おぼつかなし」「しらず」という表明も、正確さへの執着を示す。このような確認周知の傾向として、たとえば、384話に見られるように、一話のなかで、「かゝれたる事は申つたへたれども、たしかなる説をしらず」「いづれの御時よりといふ事をしらず。由緒かた〳〵おぼつかなし」「と申つたへ侍るは、まことなりける事にや」と繰り返し、確かなことがわからないことを強調することも多い。確かさの限界を示していくこと、それが『著聞集』の語り方になっている。正確さ、事実、「実録」への執着を演出する。確認する意欲と確認できる資料の不足が、『著聞集』にはしばしば述べられることになる。

「おぼつかなさ」の表明は記録を探っていく姿勢と表裏一体にある。それがこうした検討から見えてくることである。たとえば哀傷篇には、土御門右府は具平親王と寵愛していた雑士・はしための子であり、雑士の死を嘆いた親王が三人そろった親子の絵を描き、それを牛車の窓の裏にして慰めていた話が載る。そこに親子関係への疑義を挟んで系図との違いを述べるのが456話である。尊卑分脈も『著聞集』編者の注記と一致する。ここは、伝えられてきたことと書き残されたことの実否を測りかねている、確認周知の『著聞集』の語り回しが見える。

少し異なるのはそこに、「尋ねはべるべし」と続いていくことである。このような表明は珍しいことではなく、次のような例があげられる。13話はあったはずの返歌、54話は往生伝にないことと伝記照合、224話はあったはずの返歌、254話は琵琶の明匠の確認、261話は記録照合　377話は不明を強調して追跡調査の必要性、384話は事実確認、394話は記録との不整合の確認、456話は系図不整合の事実確認、517話は経歴不整合の事実確認、663話はあったはずの漢詩、705話はあったはずの和歌、と尋ねるべき内容はさまざまである。

記録類には「可尋」「可注」などの用例は多い。

・但非参議右大弁之令未見之、可尋故実也、（九暦・天慶八年八月十四日）

・有可相准之例、云々、可尋記之（小右記・天元五年二月二十日）

・慥不知色目、或説云、絹云々、可尋問之（小右記・天元五年三月十一日）

・真偽難知、然而申穢由、後日可尋問（小右記・天元五年三月十二日）

・有先例歟、如何、可尋知之、（中右記・寛治二年七月二十七日）

実際その時どうしていたのかという短期的過去の確認と、先例や故実がどうであるかの確認のためにこれらの言葉は費やされる傾向にある。実否の確認姿勢という傾向においては同一線上にあるものの、それはさまざまな疑念を解消するための追跡調査であって、儀式・先例と関わらない『著聞集』とは異なる。テキストの性格が異なるのだから当然とはいえ、漢文日記に頻繁に使われる表現を借りて、異なる性質の事態を追求する姿勢が示されている。「尋ぬべし」という表現を通して、当該話を漢文日記的な実録性、志向を付与する姿勢を見ても差し支えないものと思われる。一方で、跋文に完成を謳っているテキストのなかでは、ここまで見てきた確認姿勢につながる決意とはいえ、それが極めて空しいものとならないだろうか。この「尋ぬ」べき主体は誰なのであろう。一体どこに向かって投げられたことばなのであろうか。

中丸貴史は、摂関家の漢文日記の写本生成に言及して、自筆本を、次の体裁の整ったテキスト生成の土台となるものとして捉えている[10]。いわば初稿本とも呼びうるものである。さらに「日々書き継がれた漢文日記テクストは書かれた段階で完成されたテクストなのではなく、その先のテクストへ再編されるための一次的なテクストであった、開かれたテクストであった」という結論にいたる過程で、「可尋」「加注」などの後の書き換えや書き入れを指示する語の存在に注意を促している[11]。この観点を『著聞集』に注ぐと、継続状態の未完成を示す「尋ぬべし」は、「尋ぬ」べき主体を一次書記者ではなく、二次書記者においたとき、つまり読みそして書記する主体を巻き込んだ表現と見なすとき、テキストが変わる、変容する営為を認めるものとなるだろう。

抄入話に目を移そう。抄入話にはときに『著聞集』収載を擬装調整する場合がある。たとえば、興言利口部は、末尾四話すべてに「利口」という語が用いられる。それまで一度も用いられなかった語が登場するため、これは旧大系も指摘する抄入者のさかしらである。このような『著聞集』の意を汲む抄入話の例として、479話もあるだろう。479話は大井川行幸和歌の話、その有無によって本文の系統立ての鍵になる話であるが、その末尾には「この行幸の年紀幷歌仙等の事、かた〴〵おぼつかなし。こまかに尋て知るべし」という文言がある。探して調べなければいけないという語が抄入の際にも繰り返されるのである。くわえて大系の諸本整理によれば、直前478話の最後の一文「この贈答のやうおぼつかなし。くはしう尋てなをすべし」は、479話がない系統本にはない。「尋ぬべし」の指示で当該記事が補足されるものは見当たらないし、逆に補足の結果が反映されたとしても確認できる方法はなく、諸本の校異にそのような痕跡をうかがうこともできない。それでも、『著聞集』のこの日記的常套表現は、抄入の誘因に関わるものと見たいのである。

五　史料としての意識

出雲路修が『著聞集』序文にある「頗雖為狂簡、聊又兼実録」に対して、司馬貞『補史記』序の「雖曰狂簡必観可有」という一節を援用して正史の補綴を意図したもの、と述べた通り[12]、『著聞集』の実録意識は思いのほかに強い。この「実録」の実態は、引用されるものとしての書物であると見なせるのではないだろうか。実録意識を有して、パラレルな関係としての漢文日記や漢文記録を想定しても、『著聞集』は当然それと等しくなりえない。実録たるべく実録の引用等を通して、実録的な装いを強めていく。同様の循環のなかに『著聞集』を置くこと、それが『著聞集』の実録意識といえるのではないだろうか。荒木浩は、

〈まこと〉への志向と、〈いつはり〉を意図的なばねにしてむしろ「反転」〈まこと〉へジャンプしようとする論理と、本来はまったく異なるベクトルの二つの論理が仮名の「物語」の〈作者行為〉をめぐって、合一されようとしていた。

と実録の「ものがたり」化と「ものがたり」の実録化を説明する[13]。いささか循環論法的になってしまうが、「実録」とは、読み物的機能を第一に備えるものではなく、参照的機能を第一に備えるものではあろう。すなわち『著聞集』が目指すテキストの性格は、読み物的性質と引用に堪える参照的性質とを両翼に抱くものとして、そ

の両者への期待が文体の不統一というかたちで見えるのだと考えられる。

本稿では漢字文に着目し、参照的性質を保証する性質をひとまず見定めた。外部への窓を通して委託した実録性を、更新を期待するメッセージと合わせて、受け手に訴えかける。『著聞集』そのものは、書き継がれ引用される段階で訂正され、書き直されるものとして許容される。新たな別のテキストに引用されたときには、さらに新たな実録性を獲得することになる。読まれるもの、利用されるもの、書き加えられるもの、このようなテキスト享受の諸相を自認するなかに『著聞集』は歴史史料としての実録性を敷衍させせようと期待したのではあるまいか。さらにいえば、引用されるテキストとしての先蹤が『宇治大納言物語』『江談抄』なのでもある。

外部テキストの存在が垣間見えるということは過去化（内部化）されないテキストが現れることでもある。漢字仮名交じり文における漢字文とは外部に通ずる窓口であったが、それは外部の声を響かせて外部テキストの有する歴史的現在を覗かせる。記録文を訓読して当代の現在に引き寄せるとき、その歴史的現在はどうしても薄まる。あるいは、出来事自身の現在が漢字文によって実際の声との差を顕在化させて再現されることもある。当代の和文・訓読文に存在する歴史的現在のなかに漢字文という異なる歴史的現在が混じり込む。編者自身の登場する話が「予」という自称を通して編纂現在と通ずるのは至極当然の事態である。しかし、呼称を改められて「成季」が登場する話（721話）が、完成を示す跋文執筆以降の日付を与えられて跋文の前に置かれることになると、その現在は再設定されなければならない。編纂現在は過去化されて、別の歴史的現在となる。『著聞集』編者がとり仕切る歴史的現在の積み重ねは更新を予期させるなかで実録性を演出する。この点で721話はとても示唆的である。

漢字文がテキストの外側からの声を表すものであるなら、漢字文で記される序文や跋文最末尾は、『著聞集』を外側から俯瞰的に捉える編者の声ということになるだろう。抽象的言い回しになるが、文体的統一のなされないはしがきは、編者による外側の声と内側の声を使い分けて、実録に関与する傾向の低い篇目にも、物語を収載する立場からの緊張感を与えるのである。一つのテキストのなかに書くことと語ること、複数の文体が混じり合うなかで、受け手に対するいささか欲張りな期待に目を向けさせる方法として、漢字文の配置を把握することができるのではないだろうか。

（1）荒木浩「説話の形態と出典注記の問題――『古今著聞集』序文の解釈から」（『国語国文』五三―一二、一九八四年十二月）は、序文冒頭の「著聞集」が固有名ではなく、漢文に翻訳されたジャンルとして認識できることを指摘する。
（2）以下『著聞集』の分析と引用は、永積安明校注、日本古典文学大系『古今著聞集』（岩波書店、一九六六年）による。漢字表記に絡む検討でもあり、繊細な本文批評が欠かせないが、漢字文から訓読という本文変化は考えられても、『著聞集』においてその逆は考えにくいため、以下の分析は仮想される原本に対して必要条件となり得る。抄入話は特に必要のない限り、検討の対象としなかった。
（3）同一テキストには括れないが、夢告も漢字文で記される場合とそうでない場合があり、状況としては託宣とほぼ同じと考えられる。
（4）280話の末尾は「かき給て侍なる」とあって、直接参照を曖昧にする場合もある。
（5）たとえば、280話で引用箇所への言及を中途に挟むことで、引用テキストを分割し、確認態度の擬装をはかるような作為性が図られることが、注（1）荒木論文で指摘されているが、280話が漢字文を交えない訓読文であるために可能な編纂行為である。
（6）44話に「就中彗星反恠、行切其光之由、あまねく人口にあり」という例もある。
（7）池田尚隆「『御堂関白記』の位置――その仮名表記を中心に」（『国語と国文学』六四―一一、一九八七年十一月）。
（8）注（1）荒木論文。
（9）日付を積極的に記すのも『著聞集』の特徴である。日付へのこだわりが『著聞集』全体に正確性への志向を保証する面と、逆に日付の有無によって一話ごとの正確性や限界という差を生み出す面との両面がある。
（10）中丸貴史「漢文日記のリテラシー――『御堂関白記』のテクスト生成」（『日本文学』六二―一、二〇一三年一月）。

(11) 中丸貴史「開かれたテクストとしての漢文日記——『後二条師通記』応徳三年～寛治二年条を中心として」(『学習院大学大学院日本語日本文学』四、二〇〇八年)。
(12) 出雲路修「《古今著聞集》の編纂」(『説話集の世界』岩波書店、一九八八年、初出は一九七九年)。
(13) 荒木浩「古今著聞集「狂簡」周辺——中世説話集と「狂言綺語」あるいは〈作者〉のこと」(島津忠夫先生古稀記念論集刊行会編『日本文学史論』世界思想社、一九九七年)。

〔付記〕本文の引用は以下によった。『古今著聞集』…古典文学大系、『続古事談』…新日本古典文学大系、『今鏡』…講談社学術文庫、『九暦』『小右記』『中右記』…大日本古記録。

紅梅殿の壷と編纂——説話集を中心として

藤本孝一

はじめに

かつて、桃裕行先生から「紅梅殿の壷」を知っているかと質問された。初めて聞く言葉であった。知らない旨を申し上げげた。

紅梅殿は菅原道真（八四五～九〇二）の邸宅である。そこで『類聚国史』の編纂にさいし、六国史から抜書きした短冊を、項目ごとに分類した壷へ投げ入れて編集した故事である。

この話は、六国史を始め、勅撰集や説話集等の編纂の実体を端的に表現している。それは、現代のカード式のデータ処理に通じる普遍的な編集方法である。古代から現代にいたる書物の編纂とは、項目をカードに書き、それを分類する行為という点で同じであると思いいたった。

残念なことに、「紅梅殿の壷」の出典を桃先生からお聞きしていなかった。そこで、桃裕行著作集を調べたり、古代史研究者に聞きまわったりしたが、紅梅殿は知っていても、壷の話は誰も知らなかった。

やっと見出したのは、益田宗「吾妻鏡の本文批判のための覚書——吾妻鏡と明月記との関係(1)」であった。注13

に太田晶二郎氏の教示によるとされ、

「切貼り」作業とは、各種の史料から必要と思われる事柄を書き抜き、次にこれを事柄ごとに切り放ち、それぞれ年月日ごとに或は事項ごとに貼り継いで一巻一冊を作る作業である、この方法は、いわゆる類書を作る場合、必須の方法で、話によると、菅原道真が類聚国史を編纂するとき採用したという。彼は幾つもの壷を用意し、日本書紀から日本三代実録の草稿まで、項目ごとに区切って細長い紙に書き抜き、それをその項目の壷に投げ入れて整理をしたといわれる。彼は、この方法を白氏文集の作り方に習ったといわれる。勅撰和歌集の編集にしても、恐らくこれに近い方法がとられ、撰集の沙汰に伴って各人からの撰者の手許に提出された和歌集から歌が選び出され、部類別されたと思われる。これらが順番をつけられ、糊で貼り継がれるかどうかは別として、書写されて草稿ができあがるのである。日記などで、大量の記事の補入には、日記の記事とは別の紙に書いておいて、あとから日記の挿入すべき箇所をきり放って貼り入れている事実や、や、趣を異にするものの、軍記物語などで、甚しい長文の文章を補おうとする場合に、貼紙で補っている事実(神田本太平記)などからも、「切貼り」作業は今に限らず編纂者の知恵であったということができる。まして、巻子本という「切貼り」に好都合な原稿の形態であってみれば、猶更のことである。

と説明され、「その項目の壷に投げ入れて整理をした」と記述されている。桃先生や太田氏の時代の東京大学史料編纂所内の共通の認識であったと思われる。

一　紅梅殿の壷

菅原道真の編纂態度は、「書斎記」に詳述されている。祖父の始めた家塾である菅家廊下を主宰し、人材を育成した。菅家廊下は門人を一門に限らず、その出身者が一時期、一〇〇人を数えたこともあったという。菅家廊下の名は書斎に続く細殿を門人の居室としていたことに由来する。

『菅家文草』『本朝文粋』『政事要略』に収録する「書斎記」中に、

学問之道、抄出為宗。抄出之用、稿草為本。余、非正平之才。未免停滞之筆。故、此間在在短札者、惣是抄出之稿草也。

と記す。壷は記述されていないが、抄出した短札(短冊)を分類するために壷が使われた訳である。

紅梅殿の壷が知られる事例として、龍谷大学蔵『菅家集』袋綴装の江戸中期写本一冊本がある[2]。帙題簽に「菅家集」と墨書するが、本体の表紙左隅に貼られた題箋には「菅家瑠璃壷和詞」と墨書されている。この私家集では宝石の「瑠璃」を冠して、「壷」が編纂の意味を表現している。

道真の分類用の壷が知られていたところから、私家集の題名に付けられたと思われる。

二　袋装——勅撰和歌集編纂

壷以外に、短冊を分類する物として、箱や袋が記録されている。また、短冊の頭に穴をあけて、紐で綴じてまとめる方法もある。

袋の例として勅撰集を編纂する和歌所の袋がある。飛鳥井雅縁(一三五八～一四二八)筆『諸雑記』[3](京都大学文学部図書館蔵)に、

一和哥所の紙袋と申ハ、撰哥の時、四季戀雑其外羇旅賀以下、廿巻ニわけ侍る哥共を、先大概ちいさく(紙をきりて)書て、かみふくろに入をきて、後に又いくたひも用捨し侍る也。そのふくろは、檀紙(引合事也)を一まいを、中より二にひきおりて、袋にし侍りて、袋のおもてに銘を書て、和哥所の文書の櫃共、ならへをきたるうへ(のなけしに)、かけならへ侍る也。其躰」(五ウ)

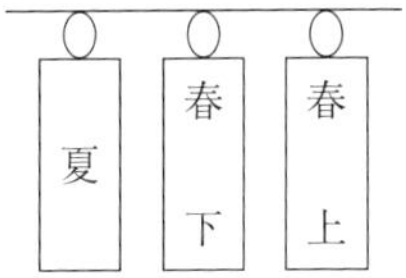

大概かやうに侍也。自余以之可准知也。
此かみふくろに入侍る歌をは袋《テイ》歌《カ》と申也。
タイカトハ不可申、テイカトいふへし。

と記述する。『諸雑記』によると、「袋歌」に「テイカ」と片仮名が振ってある。「袋」には「テイ」の音はない。「タイ」ではなく「テイ」としたのは、新古今和歌集や新勅撰和歌集の撰者として、編纂に携わったことと、定家も「紅梅殿の壷」を知っていて、壷の代わりに紙袋を用いたことが故事となり、「テイカ」と呼ばれたのであろう。この後、袋に入った短冊を巻子にして切継した。

三　巻子本の編纂

巻子本の編纂の実例がある。冷泉家には、『浄弁・慶雲等詠歌短冊』一巻[4]がある。鎌倉時代末期から南北朝時代の歌壇で活躍し、二条為世の和歌四天王と称された頓阿・浄弁・慶雲・兼好の歌僧の短冊を、巻子本に貼ったものである。江戸時代の編纂と思われる。

一方、この巻子から書き写されて袋装冊子本になったものが、宮内庁書陵部に所蔵されている。表紙左肩に「浄弁並慶雲歌集」と書名題簽を付した袋綴装の写本一冊[5]である。巻子から冊子に書き写して清書されると、短冊を貼附けた状態がわからなくなってしまう。

（1）　巻子本の編纂過程

巻子本は、「原本―抜書短冊―〈編纂・部類〉―糊付して巻子にする」か、「巻子の上に貼付ける―〈編纂・切継〉―巻子清書」という行程により編纂され、勅撰集をはじめとした歌集の編纂が常時行われていた。

このような編纂過程をとったことが明確にわかる例として『行基菩薩等御歌』一帖[6]（冷泉家時雨亭文庫蔵、図1）がある。この歌集は、勅撰和歌集から二一首の釈教歌を抄出した歌集である。鎌倉時代後期の写本で、わずか一〇丁であるが、墨付は七丁表まで、七丁裏から一〇丁まで白紙である。この余白三丁半を見ると、余白に追記をしようとした形跡がうかがえる。装訂も綴葉装で大和綴になっている中途半端な状態である。そうなると、清書

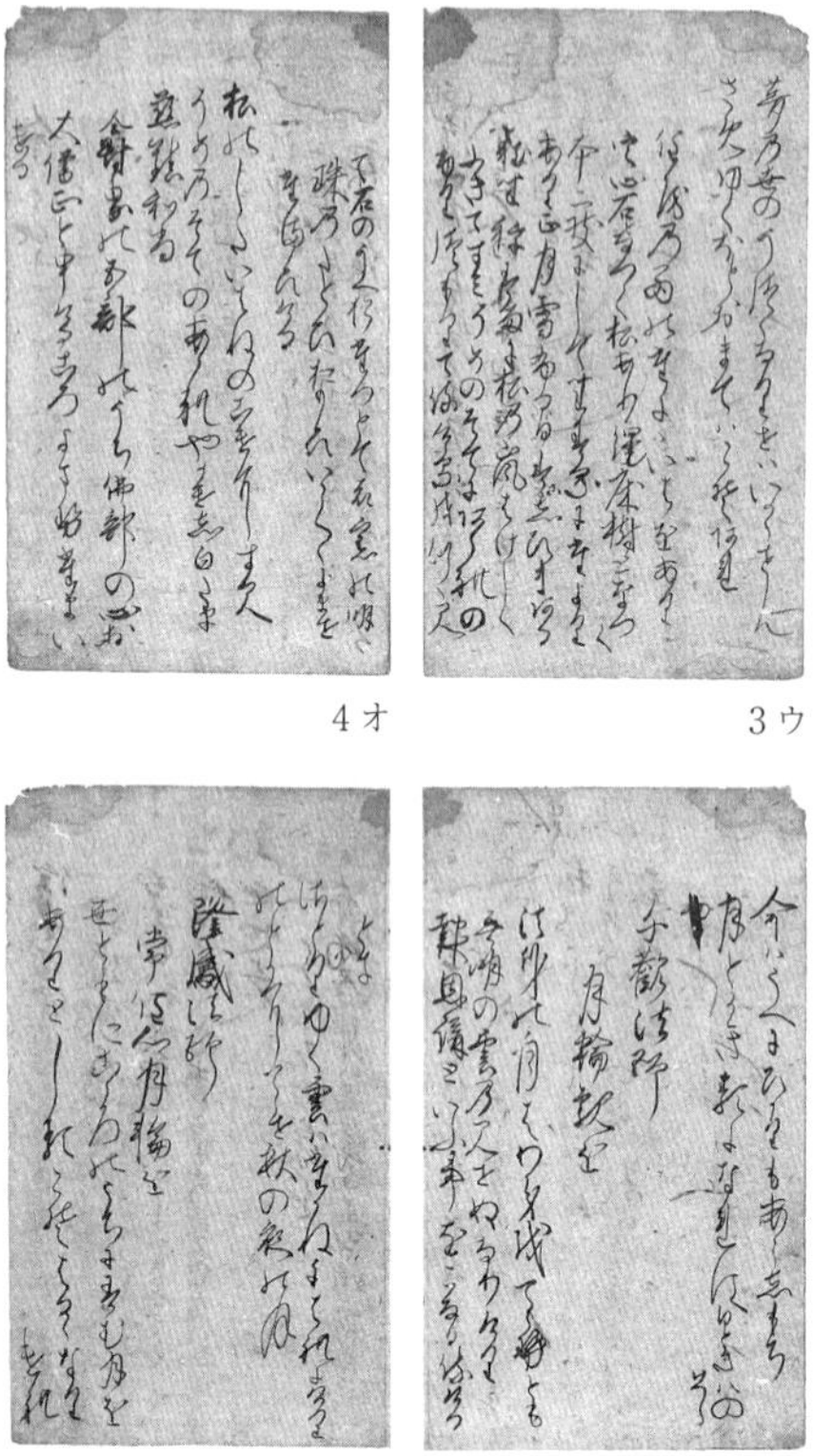

3ウ　4オ　4ウ　5オ

図1　『行基菩薩等御歌』

ではなく、編纂途中（いわば中書書き）の写本であろう。

本文中に歌の錯誤が見られることからも中書書きであることが、うかがえる。この状態を原本通りに翻刻すると、次のようになる（私に点線で区分した）。

…………

慈鎮和尚

金剛界の五部のうち仏部の心お

大僧正と申けるころよませたまい

ける」（四オ）

今はうへにひかりもあらじもち

月とかぎるになればひときはのそら（新勅撰五九六、慈円）

…………

千観法師

月輪歓進

法身の月はわが身をてらせども

無明の雲の見せぬなりけり（新勅撰五七七、千観）

報恩講といふ事をこなひ侍ける」（四ウ）

…………

とき

さとりゆく雲はたかねにはれにけり

のどかにてらせ秋の夜の月（四ウ）（新勅撰五九五・慈円）

「とき」以下の歌も千観法師（九一八〜九八四）のものと思われる書き方であるが、実は慈鎮和尚慈円（一一五五〜一二二五）の歌である。勅撰撰者藤原定家になる『新勅撰和歌集』より、短冊に歌人名・詞書・歌を抜き書きし、作者ごとに分類して巻子に貼ったと思われる。その抜き書きを、新編国歌大観『新勅撰和歌集』により確認すると、

（千観）
　題しらず　千観法師
法身の月はわが身をてらせども無明のくもの見せぬなりけり（五七七）

（慈円）
　舎利報恩講といふことおこなひ侍りけるに　前大僧正慈円
けふののりはわしのたかねにいでし日のかくれてのちのひかりなりけり（五九四）
さとりゆくくもはたかねにはれにけりのどかにてらせ秋の夜の月（五九五）
　金剛界の五部をよみ侍りける仏部
いまはうへにひかりもあらじもち月とかぎるになればひときはのそら（五九六）

とあり、この勅撰集の写本から短冊に抜き書きしたことがわかる。慈円の歌は一紙に抜き書きして、さらに一首ごとの短冊にした。しかし、歌人名を書かなかったために、千観の歌がその間に挿入され、「とき」でつながれたと思われる。

（2） 冊子本の編纂過程

冊子本の例として、歌人の賀茂季鷹（一七五四～一八四一）編『陸々集』四冊（個人蔵、図2）がある。その冊子本を見ると、摺本の歌集を切って、分類した短冊を袋綴の冊子本に貼っている。

近代でも佐佐木信綱等の手になる『校本万葉集』（岩波書店刊）の編纂の折、江戸時代の版本を切って行ごとに間をあけて、冊子本に貼って校訂本の原稿にしたことが伝えられている。冊子の附箋や糊附等については、前述の益田が詳述している。

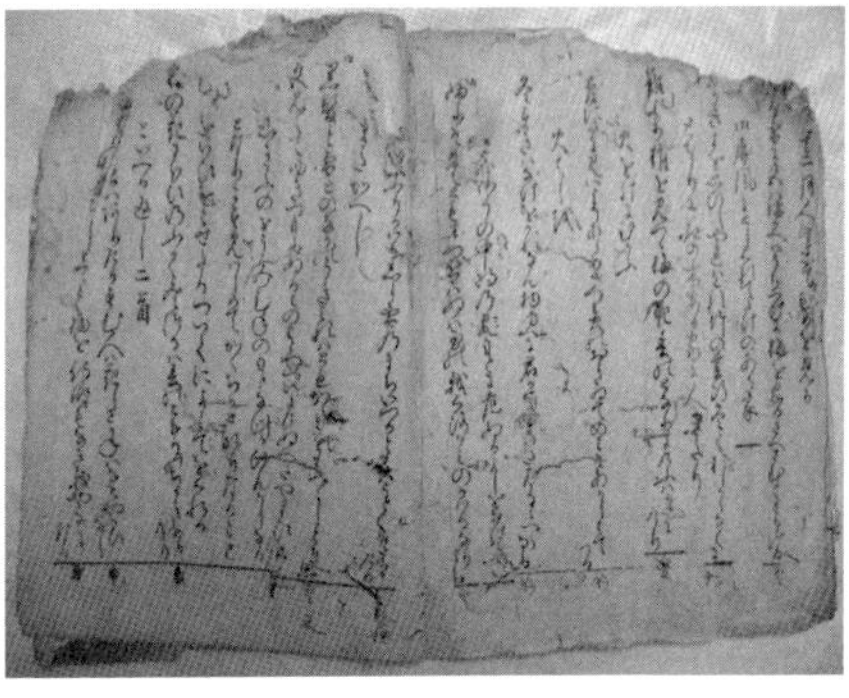

図2　『陸々集』（筆者撮影）

（3） 巻子本と冊子本の相違点

装訂形態が違う巻子本と冊子本に編集作業をほどこすさいの違いは、切継と裏書をできるかどうかである。切継は本体を切り貼りするため、冊子本ではできない。また、紙背は丁の裏になり、冊子本には裏書自体が存在しないのである。

巻子本の切継はいつの時代でも行われていることは前述した。裏書については、『明月記』を例にすると、五例あげられる。

①建暦二年（一二一二）十一月十八日条「入夜帯胡籙之時、解魚袋、只北山抄所載、叙列日引陣間、此事候歟、件儀猶裏書破之」国宝『明月記』冷泉家時雨亭文庫蔵

②建保二年（一二一四）十月一日条「裏云」一条兼良抄出『明月記　歌道事』

③建保六年（一二一八）七月十四日条、「裏書云」柳原家本『明月記別記』

④天福二年（一二三四）八月十一日条、「裏書云」柳原家本『明月記別記』

⑤天福二年（一二三四）八月二十六日条、「裏書云」柳原家本『明月記別記』

①は巻子本の『北山抄』に書かれている故実の引用である。②〜⑤の例は、別記類である。「裏書に云」とあることから、『明月記』本文ではなく、写本の親本の姿である巻子本の裏に書かれていたことを示している。

裏書をする場合、巻子は軸を付けられていない続紙の状態である。一般的には表の文字が裏に透けて見える箇所に書く。それ以外の位置に書くときは、裏面に表の文字と関係がわかるように日付や注を付けて書いている。

四　説話編纂と日記

以上、述べてきた編纂過程をふまえると、説話集は抜書集といってもよいであろう。では、その史料をどこから抜書したのであろうか。

有名な話に、藤原道長が栄華を誇って詠じた「望月の歌」が自身の日記『御堂関白記』には記載がなく、藤原実資の日記『小右記』に書かれている例がある。この話が、説話集『続古事談』『袋草紙』に収録されている。典拠の『小右記』について、重要な論文がある。山本信吉「『親信卿記』の研究」と今江広道「『小右記』古写本成立私考」である[7]。山本は、「当時日記の抄出、あるいは部類抜き書が盛んに行われ、後世本記が紛失した時には部類記、あるいはこれに別記を加えて年月日順に復元している例をいくつかみることができる」とし、「『親信卿記』の場合、本記が早く亡くなったか、その他の理由で、部類記事が本記同様に扱われ、その孫行親の時にはすでに部類記事からの本記復原が行われたと解されるのである」（三二四頁）と記す。

平安時代の日記について今江は、

当時の日記は間空きの具注暦に記されるのが通例であつた。それを切取るわけであるが、その場合、部類記として必要な部分が、一日の記事全部の場合、一日に二つ以上の記事があり、その一方が必要な場合、必要な記事が、二日以上にわたる場合等々、様々な場合が想定される。しかし、何れにしても具注暦であるから元来、日附と干支しかないから年月を註する必要がある。（三五一〜三五二頁）

といい、年月の重複箇所は、別記・部類記から抜書きされた時に付けられた証拠であるとして、「第一表　小右記に見える異例日附表記一覧」を掲載して、六四例を挙げている。結論として、

部類されるのは日次記が中心になる。従つて、『小右記』写本にみられる異例日附表記の部分は本来、『小右記』の一部であつて、それを一度、云はゞ〝小右記部類〟とでも称すべきものに部類され、その部類記から、再びもとの当該年次条に還元されたものと考へられる。（三五〇頁）

と記す。この検証から、

先づ『小右記』に見える仮称「異例日附表記」が『小右記』の部類記化による「切取」りと、更にその当該年次への還元の過程で生じたもので、平安・鎌倉期の写本である前田本・九条家本・伏見宮本と云ふ『小右記』の三大古写本の孰れもが、既にこの過程を経た後の成立である事を明らかにし、幾つかの異例日附表記の型の成立を推定した。（三五九頁）

と記述する。現在伝わる『小右記』が、部類記からの復元だとすると、平安時代中期以降には、部類記が流布していたことになる。そうなると、『続古事談』等の編者は、この部類記を参照して編纂していたことになろう。一話ごとに一枚ないし二枚ほどの紙に書き取り、部類編纂した用紙を貼りついで巻子に仕立てた後に、切継等の編纂を経て、説話集を完成させた状況を彷彿とさせる。

鎌倉時代に入っても、別記・部類記等から編纂していた例を、拙著『国宝『明月記』と藤原定家の世界』(8)の第四章「あしたづの歌と説話――説話と有職故実」で詳述した。概略は、定家が宮中で殴打事件を起こし、勅勘に

あったさい、父俊成が「あしたづ」の歌を奉って許された。この話が『十訓抄』『古今著聞集』に採られている。根拠になった史料は、『明月記』の紙背文書にあった。しかし巻子装『明月記』は利用のため折本に改装され、バインダーのように紐で綴じられていた。もとの巻子装にもどされたのは江戸時代であった。そのため『十訓抄』等の編纂のときは、決して紙背を見ることができなかった。そうなると、別に編纂された別記があったと思われる。

このようにみると、説話集は間接史料である故実書類を集めて編集したと思われる。

おわりに――説話集と編纂の時代

説話集の編纂を考える場合、日記から直接編纂したと思いがちである。もとになった貴族日記の成立の時代は、律令制度の崩壊とともに律令法が衰え、王朝国家へと移行する十世紀から十二世紀にかけてである。律令国家から王朝国家へと移行する過程において、官司請負制度の成立をみた。この制度にともない、日々の宮仕えが先例として重んじられるようになり、『御堂関白記』をはじめとして、貴族日記が書かれ伝存するようになった。とくに実務官僚である中級から下級官人が担当していた部門においては、家にともなう家業が生まれ、子孫に世襲していく体制であった。そのために、公事を日記に書く必然性が生まれたのである。さらに、日記から先例になる公事をまとめた別記や部類記が誕生した。その結果、『内裏儀式』をはじめとして『北山抄』『江家次第』等の有職故実書が編纂されるようになった。

この有職故実書は、宮仕えするあらゆる階層に必要であり、公事を催すためには、全員が知っておかなくてはならなかったために、多くの有職故実書が流布した。また、公事を支える人々には、文字を読めない人も多く参加していたであろう。そのために、読み聞かせてもいただろう。なかには、興味を引くような内容を主にして、一書を編纂する者も出てきたと思われる。この経過により、説話集が生まれたと思われる。すなわち説話は、有職故実書としての一側面も有していたことを示している。

この時代、仏教界においても同じ現象が生まれた。『覚禅抄』『阿娑縛抄』『別尊雑記』『別尊要記』等が著述されている。仏書から行事・仏像等を抜き出して編輯をすることにより、より多くの関係者に理解されるような編纂書が生まれた。

平安時代後期から鎌倉時代前期にかけての時代は、抜書・編纂の時代であったともいえる。

(1) 『東京大学史料編纂所報』六号、一九七一年、三~四頁。
(2) 武井和人『中世和歌の文献学的研究』(笠間書院、一九八九年七月)。龍谷大学附属図書館蔵『菅家集』(架号九一一・二三三・七四)。
(3) 濱口博章『中世和歌の研究　資料と考証』(新典社研究叢書32、新典社、一九九〇年三月)。翻刻三六九~三七〇頁。
(4) 『冷泉家時雨亭叢書』第八十四巻古筆切拾遺(二)(朝日新聞社、二〇〇九年二月)。
(5) 宮内庁書陵部蔵『浄弁並慶雲歌集』(架号四〇六・二四)。
(6) 『冷泉家時雨亭叢書』第百巻百人一首　百人一首註　拾遺(三)(朝日新聞社、二〇一七年二月)。
(7) ともに岩橋小弥太博士頌寿記念会編『日本史籍論集(上)』(吉川弘文館、一九六九年十月)所収。
(8) 拙著『国宝『明月記』と藤原定家の世界』(臨川書店、二〇一六年七月)。

源隆国の才と説話集作者の資質をめぐる検証——研究史再考をかねて

荒木　浩

一　宇治大納言物語という劃期

日本の古代説話文学史を考える時、もっとも大事な作品の一つでありながら、大きな謎を残しているのが、源隆国（一〇〇四〜七七）撰述の「宇治大納言物語」である。いつしか散佚してしまった本作品の全体像は、現在では不明。逸文や関連作品他から推測するほかはない。十三世紀の『宇治拾遺物語』序文の記述が、その作者と成立、またその姿について語る、ほぼ唯一の歴史的情報である。

> 世に、宇治大納言物語といふ物あり。此大納言は、隆国といふ人なり。西宮殿〈高明也〉の孫、俊賢大納言の第二の男也。年たかうなりては、あつさをわびて、いとまを申て、五月より八月までは、平等院一切経蔵の南の山ぎはに、南泉房と云《いふ》所に、こもりゐられけり。さて宇治大納言とはきこえけり。もとゞりをゆひわげて、〔をかしげなる姿にて、〕むしろをいたにしきて、〔すゞみゐはべりて〕、大なる打輪を〔もて、あふがせなどして、ゆききの者〕、上中下をいはず、〔よびあつめ、〕昔物語をせさせて、我は内にそひ臥して、かたるにしたがひて、おほきなる双紙にかゝれけり。天竺の事もあり。大唐の事もあり。日本の事もあり。それがう

ちに、たうとき事もあり、おかしき事もあり、おそろしき事もあり、あはれなる事もあり、きたなき事もあり、少々は、空物語もあり、利口なる事もあり、さまざま様々なり。世の人、これをけうじみる。十四帖なり。
（新日本古典文学大系）

右はその前半部である。いささか説話的な叙述だが、隆国が南泉房で説話を収集したというこの伝承の根幹は、必ずしも荒唐無稽なフィクションではない。平等院一切経蔵の南の山際に南泉房が存在したということは、発掘調査からも推定される。(1) 南泉房大納言の名前を付して制作された源隆国編『安養集』も近世期写本が発見され、翻刻・研究も進んでいる。(2)

大事なことは、こうした記述から、「宇治大納言物語」の何を読み取るか、である。なによりまず『宇治拾遺』序文が、「宇治大納言物語」について、クチガタリの物語をそのまま記している、と書いていることが注目される。ただしそれは、「宇治大納言物語」が実際にどのようにクチガタリを採集したのか、またその痕跡が、作品にどのように残っているのか、などという、証明困難な実態への関心ではない。そこに表明された、作品の方法論をトレースするためである。

クチガタリの物語を記した、ということは、書物と直結しない伝承を記すことを共示する。同時にその収録説話は、文体として、和語（ヴァナキュラー vernacularな日本語）の語りで記し留められ、漢文体や文語体を採らない、という宣言でもあろう。日本の説話文学史のなかで、漢文訓読に由来しない仮名書きで、和文的な文体を確立して持つようになった嚆矢も、散佚「宇治大納言物語」に索《もと》められる。『宇治拾遺』序文に描かれた形容は、後代の仮名説話集に付された「はかなく見ること聞くことを注《しる》しあつめつゝ、しのびに座の右におけることあり（中略）ただ我が国の人の耳近きを先として、承《うけたまは》る言の葉のみを注す」（『発心集』序、角川文庫）や「見シ事聞シ事、思ヒイダスニ随テ（中略）手ニ任セテ、書キ集侍リ」（『沙石集』序、日本古典文学大系）に類同するものである。(3)

また説話の集合体である説話集は、本来、霊異譚を集めたり（『日本国現報善悪霊異記』）、往生譚を集成したり（『日本往生極楽記』など）、『法華経』の霊験譚をまとめたり（『本朝法華験記』）、女性皇族への仏法の教示のために記されたり（『三宝絵』など）と、収集目的や対象を定めて行われる形態であることを通例とする。しかし「宇治大納言物語」は、どうやら説話の収集と「物語」という文体による表現自体が目的であった。(4)その点でも、ユニークな文学史的意味がある。そして逆説的なことだが、収集・表現された個々の説話の出来が優れており、「世の人」が「興《けう》じ」、さらに新たな価値観でまとめられた別の説話集や文学作品の部分や資料となって享受・消費され、散佚してしまったとおぼしい。(5)

遺産として残されたのは、一見無個性で、クチガタリ風の内容とコトバを含んだ（たとえば語り伝えであることを話末に付記する）、説話文学史上稀有な〈「物語」集〉であった。(6)実際の「宇治大納言物語」のなかに書承説話があったかなかったかは確認できないが、重要なことは、それらとは別ルート・別次元で伝承されたものを集めたという、文学スタイルの標榜である。先に「ヴァナキュラーな日本語」と評したのはその謂である。(7)慈円のいう「和語」（『愚管抄』）に通じる問題(8)がそこにある。

こうして、漢文や書承からことさらに距離をとり、和語的世界を構築して成立したらしい「宇治大納言物語」独特の作品達成は、撰者源隆国の資質やスタンス、またその環境といかに相渉るのか。たとえば隆国は、延久三年（一〇七一）に、平等院で展開する勧学会的時空に隣接して所在しながら、その文人世界とはまったく関わらない。そうした教養世界にあえて背を向けるかのように、すぐ傍らの南泉房で、勧学会とも深く関わるはずの比叡山の阿闍梨たちと『安養集』を編纂し、「宇治大納言物語」を筆録した。(9)今日的視点で、源隆国という説話集作者の生成について、改めて考察を深める必要がある。

二　隆国の若き日の文才的資質について――『栄花物語』「謌合」巻

その時、隆国の若き日の文才的資質を測定しうる貴重な史料について、研究史的理解にブレがあることは看過できない。それは『栄花物語』巻第三十二「謌合」巻で、長元七年（一〇三四）三月十日の殿上の賭弓の様子を伝える次の記述である。

三月には、また賭弓《のりゆみ》あれば、前方《まへかた》、後方《うしろかた》と、事ども分《わ》きて、前方は賀茂《かも》に詣《まゐ》り、今一方は北野に詣《まう》づ。そのころの頭《とう》は、故民部卿《みんぶきやう》の御子隆国《たかくに》の頭中将《とうのちゆうじやう》、今一人《ひとり》は小野宮《をののみや》の御孫《むまご》経任《つねたふ》の弁《べん》、斉信《ただのぶ》の民部卿の御子にしたまふ、才《ざえ》などありてうるはしくぞものしたまひける。文《ふみ》つくり歌よみなど、古《いにしへ》の人に恥ぢずぞものしたまひける。賭弓にも、宮上《のぼ》らせたまふ。（下略）　（新編日本古典文学全集）

賭弓は、「殿上人を前方・後方に分けて、賞金を出して弓を射させる儀式」で、「前方、後方の頭に、二人の蔵人頭をあてた」ものである。この時は「正月十八日の恒例の賭弓に対して」、「臨時の儀式」（以上新編全集頭注）。本文は、その役割に当たる当時の蔵人頭として、前方の頭中将の源隆国（勝利を賀茂に祈願）と、もう一人、頭弁の藤原経任がいること、経任が藤原斉信の養子であること、などの説明を記して、「才などありて」以下、人物評に続いていく。その評価は文脈上、経任についてのものだと読める。少なくとも私は、一読してそう解した。

ところが、もっとも新しい注釈である、引用の新編日本古典文学全集『栄花物語』（小学館）の注解は異なる。同書は、経任の説明の「……御子にしたまふ」と、「才などありて……」とを読点で繋いで校訂本文を示し、そのことと連動するかのように、「才ありて」の頭注に「主語は隆国と経任」と記す。さらに「文つくり歌よみなど」の頭注も「この一文の主語も隆国と経任」と確言した。一連の形容は、経任のみならず、隆国をも含んだ二人に通じるものであると理解しているのである。同書当該部の現代語訳をみてみよう。

……そのころの蔵人頭は、故民部卿(俊賢)の御子の隆国の頭中将で、もう一人は小野宮(実頼)の御孫経任の弁で、斉信の民部卿が御子になさっている方で、お二人とも学才をそなえ、端正な方でいらっしゃった。漢詩を作り、和歌などが上手で、古人に対しても恥じない人でいらっしゃるのだった。賭弓の場にも、中宮がお出ましになる。

(原文への傍線は引用者。以下同)

こうしてここには、隆国の才学に関する重要な情報も書かれていることになった。新編日本古典文学全集の流布性から、それは今日の通説となっているだろう。だがそれは、妥当な解釈だろうか。対応する本文のない「お二人とも」という付注も、いささか文脈誘導の感がある。そこで、解釈の確認と定位のために、少しこの部分の背景と注解の歴史を振り返っておきたい。

まず時代背景だが、『蔵人補任』(市川久編、続群書類従刊行会)を参照すれば、源隆国は、兄顕基の後を受けて、後一条朝の長元二年(一〇二九)、正月二十八日から蔵人頭になる。右中将、二十六歳であった。五年後、長元七年十月二十日[10]に任参議で職を離れる。

一方、権左中弁だった経任は、源経頼の後任として、隆国から一年遅れて、長元三年十一月[11]、三十一歳で蔵人頭となった。離任もまた隆国の一年後で、長元八年十月十六日に参議となった折である。いずれも後一条朝のことだ。

『栄花物語』がこの場面で二人の蔵人頭に言及するのは、職掌上の役割のためである。同時代記録に乏しいこの時の臨時の賭弓の儀については、『體源鈔』三ノ下に貴重な記述が残る[12]。それによれば、後一条朝・長元七年正月二十二日に内宴が復興されたのを承け、「内宴行テハ、必殿上ノ賭弓アル事ナレバ、三月十日殿上ノ賭弓アルベシト仰下サレ」、賭弓の三月十日開催が決定。儀礼の十日前に、左右の方を分かつ打ち合わせが行われた。「先ヅ十日先《サキタ》チテ、頭二人殿上ニ居テ、殿上人ヲコマトリ(=駒取り)ニトリ分ツ」。駒取りとは、賭弓に参加する人々を左右に分けて、右を一、三、五番、左を二、四、六番……というふうに、座を入れ違いに組み合わせることである(『日本国語大辞典』を参照)。『體源鈔』には「其頭ト云ハ、源隆国朝臣、頭弁藤原経任ナリ(13)。其間天皇ハ御倚子ニ御ス。取分テ後、殿上ノ小壁ニ押ツ、其後ニ前ノ方ノ籠ノ所ニ左近ノ府ヲ定タリ、後ノ方ノ籠ノ所ニハ右兵衛ノ府ヲ定タリ(下略)」と両蔵人頭が現れる。

だから、隆国と経任とが対のように描かれるのは、あくまで賭弓を進める次第と役職のしからしむるところで、二人の才能が拮抗しているという意味ではむろんない(14)。もちろん「二人とも」優れていたとしてもなんら問題はないが、隆国は、前巻の「殿上の花見」の長元四年九月二十五日条で、女院彰子が、石清水、住吉と参詣する随行として、「院の人々」に続けて、「殿上人」を列挙する筆頭に「隆国の頭中将」と記される登場が『栄花物語』初出である。そこには格別説明はないが、この「謌合」の賭弓でことさら基本的な人物説明がなされる必然性はない。一方、経任は、「謌合」巻に、倫子七十の賀の和歌を書いたのが、「経任の頭弁の母にてものしたまふ佐理の大弐の女」だとする系譜説明に名前が見えるものの、個人としてはこの賭弓の場面が初出である。こちらには人物評がなされる必然性がある。さらに同「謌合」巻には、「経任の弁、宰相になりて、俊家の中将、頭になりたまひぬ」と経任の昇進をことさらに記し、続けて「御心に思しめしけるは」と後一条が譲位を考えるにいたる記述が続く。経任にやや脚光があたっている感じもある。

かくしてここで「才」を強調され、作文(漢詩文)と和歌詠作の古今に恥じない人物と讃えられた形容は、文脈上、やはり経任についてのものと見るべきである。『栄花物語』の注釈史も、かつてはそう読むのが正統であった。古典的名著である和田英松『栄華物語詳解』がその代表である。和田『詳解』は「その頃の頭は、故民部卿《俊賢》の御子、隆国の頭中将、今ひとりは小野宮《実頼》の御うまご、経任の弁、斉信の民部卿の御子にし給ふ。ざえなどありて……」と「ざえ」の前を句点でしっかり区切り、一連を次のように注している。

○隆国の頭中将』隆国、頭中将なりしこそ、前条にいへり。○小野宮のうまご』小野宮は実頼にて、その子斉敏、その子懐平、その子経任なれば、実頼の曾孫なれど、曾孫までも、うまごといふは常なり。さて職事補任、後一条院蔵人頭の条に、権中弁従四位上藤経任、長元三十一十九補、同八三廿四辞と見えたり。○ざえなどありて云々』経任才学ありて、容姿も端正に、詩歌に巧にて、古人に恥ぢぬほどにてありきとなり

傍線を付したように、和田『詳解』は、形容をすべて経任に帰着している。その根拠たる文脈も、右に明らかだ。続く松村博司の大著『栄花物語全注釈』六（二九五頁）にも「○才などありて……　才学も具え、端正な方でいらっしゃった。○文つくり歌よみなど　経任の事。漢詩を作ったり、和歌などが上手で。」と「語釈」を付け、「口訳」として「その頃の蔵人頭は、故民部卿の御子の隆国の頭中将で、もう一人は小野宮の御孫経任の弁で、斉信民部卿が御子になさり、才学も具え、端正な方でいらっしゃった。漢詩を作ったり、和歌などが上手で、古人に対しても恥じない人であられた」と当該部を訳す。基本的に『詳解』を継承しているのである。

では経任の才覚はどうだったか。『平安時代史事典』（角川書店）は「藤原経任」の項で、その系譜と官歴を紹介し、「極位は正二位であり、白髪大納言と称された」と述べた後、『栄花物語』の「才などありて」以下を引いて、「……といわれたが、特に今日伝わる作品はない。但し、日記『経任大納言記』が遺されていたことが『殿暦』の記事によって知られる」とまとめている（関口力執筆）。

「特に今日伝わる作品はない」とはいうものの、平安朝漢文学研究会編『平安朝漢文学総合索引』（吉川弘文館）によれば、『中右記部類紙背漢詩集』『鳩嶺集』『和漢兼作集』に数首の詩作が残存する。同書を検索しても、まったく漢詩文作成の痕跡さえ見出せない隆国[15]とは、大きな違いがある。

ただし隆国には、『栄花物語』に和歌についての評価がある。「謌合」巻における賭弓で前方が勝ち、隆国は賀茂社へお礼参りに行く。その帰りに斎院（馨子内親王）に参じ、退出の時、女房から「ひき連れて帰るを見れば梓

弓もろ矢はいとどうれしかりけり」と和歌をいいかけられた彼は、とっさに「うれしきはもろ矢のみかは梓弓君もかたひく心ありけり」と詠んだという。隆国はほぼ同時代の『後拾遺和歌集』にも一首取られた勅撰歌人である。対して経任には、目立った和歌の事蹟がない。「才ありて……文《ふみ》つくり歌よみなど、古《いにしへ》の人に恥ぢず」の注記が気になるとしたら、作文と歌詠をめぐる、二人の相互の現実の欠損を、この記述がたすき掛けをして仲立ちするようにも見えることであろうか。ただしそれは、本文当該部の解釈とはひとまず別の問題である。

三　隆国・経任が「二人とも」才学ありと読む説の起源——目崎徳衛と長野甞一

ともあれ新編全集の解釈は、『栄花物語』注釈史では異端であった。そこにはおそらく、別コンテクストの研究史が参照されている。その有力候補として、源隆国について歴史学の立場からなされた、目崎徳衛「宇治大納言源隆国について」(『貴族社会と古典文化』吉川弘文館、一九九五年)が注意される。よく知られた影響力のある論文だ。目崎は、隆国を描出するのに、次のように『栄花物語』の当該箇所の引用を施し、説明を加えていた。

『栄花物語』(歌合)に、「その頃の頭は、故民部卿の御子隆国の頭中将(中略)、才などありてうるはしくぞものし給ける。文つくり歌よみなど、古の人にはぢずぞものし給ける」と評されたように、隆国はすぐれて優雅であり有能でもあったが、彼に驥足をのばさせたのは一代の権力者の庇護であった。

目崎論文の原文のままである。驚くべきことに目崎は、「(中略)」として、経任の事蹟のほうを省略する。さすがに『栄花物語』解釈史には見出すことのできない短絡で、改竄に近い断章取義である。目崎にこのような短絡的断定を許したのはなぜか。どうやらそれは、長野甞一の影響である。目崎が宇治大納言の論文を書いていた当時、長野は『今昔物語集』および、その作者とも目されてきた源隆国研究の第一人者であった。目崎は、前掲論文で隆国伝を述べるに際し、「長野甞一氏はきわめて詳密な調査を行われた。以下に述べることは氏のすでに明らかにされた事実を追試するに止まり、しかも補正する点はほとんどない」と書いている。この部分に目崎は注を付し、次のように敬意あふれるコメントも附していた。

私事を付記すれば、長野氏は遠い昔に拙著『紀貫之』に対し、『解釈と鑑賞』誌上で過褒の辞をもって書評された。以来音信を交わしながら、ついに相見る機会がなかった。氏の訃報に接して後間もなく学恩にあずかるに至ったことは感慨深い。（同論注（4））

目崎と同郷新潟県出身の長野の死は、一九七九年二月八日。目崎の論文初出はその三カ月後、同年五月であった（『古文研究シリーズ　九　今昔物語集』（『国語展望』別冊、№26））。

目崎が引用するのは、長野甞一の論文「宇治大納言をめぐる」[16]（初出、一九四二年）である。同論はのちに『日本文学研究資料叢書　今昔物語集』（有精堂、一九七〇年）という解説付きの論文集成に再録され、版を重ね広く読まれた。目崎の引用も「ここでは『日本文学研究資料叢書』版に依った」とある（前掲注（4））。長野の同論には労作「隆国年譜」が載っている。今日でも隆国伝研究の基本資料の一つだが、その長元七年の項（隆国三一歳）に、

○　月　日、鷹司殿の上、七十の賀には頭中将として出席。
この頃、頭弁経任と供に「古に恥ぢぬ天晴なる頭」との世評専らなり。

とある。同年譜には「出所」（依拠文献）として『栄花物語』「謌合」が示されている。

これが目崎の断定の根拠であり、新編日本古典文学全集の注釈の起源であろう。

ただし長野が「頭弁経任と供に「古に恥ぢぬ天晴なる頭」との世評専らなり」と書いたのは、『栄花物語』の解釈としていかにも曖昧・不正確である。原文の「才《ざえ》などありてうるはしくぞものしたまひける。文《ふみ》つくり歌よみなど、古《いにしへ》の人に恥ぢずぞものしたまける」という評価を、解釈史を無視し、自明のごとく隆国にまで及ぼし、さらに「才あり」、「文つくり歌よみなど」と才芸に限定して付されたコトバを、「古に恥ぢぬ天晴なる頭」と蔵

人頭としての存在全般に敷衍し、「世評専ら」と表現するという、乱暴な概観を行ってしまったのである。

その一年後、長野甞一は「続「宇治大納言をめぐる」」と題する長大な続編論文を書いた[17]。そこでは、当時の『今昔物語集』作者論を射程に入れて、説話集作者としての源隆国の資質を探り、「好奇的な性格」「採集性、暗記力」、「暴露性」、「物笑いする性」、「素朴さ」、「広範通俗的な常識」を挙げ、改めて隆国の周辺をさまざまな角度から掘り下げて論じている。この論では「隆国が広範なる常識の所持者であった」ことを検証している部分に注目される。長野は、隆国が「四納言の一人俊賢を父として、上流社会に人と成ったということが、それだけで、すでに官吏としての知識、教養を身につけていたことを示す」と述べた上で、次のように論じた。

隆国は父兄、子孫と相並んで人並優れた才能を有していたのだから、その学識は平均を越えていたと思われる。結婚に際し、相手の女自身からその将来を見込まれて所望されたという話さえ伝わっているほどである。では彼の各方面の知識才能は今昔の作者として考えた場合どうであろうか。和歌、作文、故実等に関するそれは平均よりは多少高位にあったと思われるが、決して抜群と称することはできない。

この検証に、長野はふたたび『栄花物語』「詞合」の記述を取りあげている。前稿「宇治大納言をめぐる」では年譜の一項として断定的な記述に留まり、十分な分析を示せなかった『栄花物語』当該箇所前後の文脈を広く示し、先引部相当に傍点を付して引用した上で、こう付言した。

これは、多分、長元七年のことで、隆国三十一歳の時であるが、才もあり、歌文の道にかけても古の人に恥じぬ天晴れなる頭であった（栄華の文章では経任弁のことだけに関するごとく見えるかもしれぬが、やはり頭中将頭弁両人のことと解するのが至当であろう。）（この傍線は引用者）

ここには重要な訂正がなされている。驚くべきことに『栄花物語』の素直な文脈理解としては、むしろ「経任弁のことだけに関するごとく見える」ことを長野自身が認めているのである。しかしその上で、強弁気味に「やはり頭中将頭弁両人のことと解するのが至当」と、旧稿の自説弁護を行っている。根拠は示されていない。

一方、目崎論文には、「続「宇治大納言をめぐる」」への言及が見られない。この長野続編論文の初出は『古典文學の探究』(成武堂、一九四三年)。国会図書館の書誌では「古典文学の探求」とある本だ。これが比較的読みやすくなったのは、長野甞一著作集第二巻『説話文学論考』(笠間叢書一四六、一九八〇年)に「宇治大納言をめぐる」とともに再収されてからのことである。目崎は読んでいないのかもしれない。ともあれ『栄花物語』の文脈理解としては、長野もまた、和田英松以来の研究史に復し、当該記述は「経任のことだけに関する」と解するのが一義的だと認識していた。私たちの理解もまた、この原点から出直さなければならない。

四　隆国の系譜と故実学との関連

長野は「続「宇治大納言をめぐる」」において、隆国の素養を論じ、「和歌、作文、故実等」と分類。『栄花物語』の記述を引き、隆国が『後拾遺和歌集』『千載和歌集』『新古今和歌集』『続古今和歌集』『玉葉和歌集』という五つの勅撰集に載る歌人であることや隆国の歌合での活動などを記して、その和歌は「当時の平均水準を行く月並なもの」と評しつつ、絵合や根合に列席した史実に触れ、「この方面のことにも一通りの常識は備えていたと見てよい」とまとめ、続けて「故実のことに関しても同様である」と論を進めていく。

本稿の確認を経れば、故実という要素が、説話集作者隆国をめぐる重要な尺度として浮上するだろう。長野は、当時の貴族の一般論として「先例を尊び、格式を重んじた当時の官吏には、仕事の上からいって、ある程度の故実に対する知識が必須であった。それかあらぬか、これに精通する者は生き字引として重きをなし、諸公卿殿上人また争って尨大なる日記の中に、その日その日の公事の詳細を書きつけては、後日の備忘に供していたものである」と述べ、「隆国についても」「かなりな知識を所有していたこと」を示すいくつかの事例を挙げている。

その中で『小右記』万寿四年(一〇二七)正月二十日条が注意される。記主実資が「頭中将云、不帯剣奏者、是兵衛佐事也、次将帯剣奏者也、亦於昼御座方奏了、而右中将隆国不帯剣於朝干飯奏之者(頭中将云はく、剣を帯ざる奏者はこれ兵衛佐の事なり。次将は帯剣の奏者なり。また昼の御座の方において奏しをはんぬ。しかるに右中将隆国は剣を帯びずして朝の干飯においてこれを奏す、てへり)」という報告を受け、「不知固実歟(固(故)実を知らざるか)」と記していることに長野は着目する(ここでの引用は大日本古記録)。すなわち「実資は隆国の違法を咎め」たが、「最後の評句」「不知固実」[18]は、「解しようにより隆国にとっては真に由々しき文句と言わなければならない」ものだ。だが長野は、当時の隆国の状況とその父俊賢と実資との関係などに考察を及ぼし、「小右記のこの評句は、一面の真を含みはするが、多分に感情の加味されたものと一応予断」し、記主の偏見や反感を割り引いて読むべき記述だという。

付言すれば、これは恒例の賭弓(賭射儀)の折の逸話であった。先に見た『栄花物語』で隆国自身が蔵人頭中将として経験した臨時の事例の七年前のことである、この時の賭弓について『小右記』は、その前日条と併せて、違例の失錯が多かったことを記している。また実資にこの故実の違例を告げた頭中将は、隆国の兄顕基であることも落としてはいけない情報である。

続いて長野は、『中右記』天永三年(一一一二)九月三十日条を例示する。

昔宇治大納言為蔵人頭之時、御灌仏日、取御導師禄、従上達部座前北行、帰路用簀子也。時人難云、進退共用簀子者。而厳親源民部被聞云、取禄ハ経座前、尤善説也。人々難無其謂者。蔵人頭作法独如此、何況於公卿哉。尤取禄経座前可為善也者。(昔、宇治大納言、蔵人頭たりし時、御灌仏日、御導師の禄を取り、上達部の座の前より北行し、帰路は簀子を用いるなり。時人難じて云はく、進退共に簀子を用ゆべし、てへり。而して厳親源民部被聞きて云はく、取禄は、座の前を経る、尤も善き説なり。人々の難、その謂れ無し、てへり。蔵人頭の作法、独りかくのご

とし。何に況はんや公卿においてをや。尤も取禄は、座の前を経るが善ろしかるべきなり、てへり）

今度は、隆国没後四半世紀以上経って、隆国の蔵人頭時代を回顧した逸話である。「御灌仏の日の導師の禄をささぐる蔵人頭が、往路は居並ぶ上達部の座前を通り、帰路は簀子を用いるのが正しいか、それとも往復とも簀子を用うべきかについての議論である。隆国が前者を選んだのに対して、時人はこれを難じたとある。多数決をとるなら後者の勝ちである。しかるにこの時衆議に抗して、頭の作法に軍配をあげたのが、誰あろう隆国の父俊賢その人であったのである」。長野はこう整理した上で、『中右記』記主宗忠が、隆国の子俊明を崇拝しており、この話も俊明から聞いたのであろうと推測して、『中右記』が「これより約一年前の記事に」、民部卿源俊明から次のように聞いたと記していることに注意する。

又被語云、吾為蔵人頭之時、御灌仏之日、取導師禄、自広庇北行給之、是源民部卿宇治大納言殿皆蔵人頭之間如此、或説従簀子北行者、於此事者家習不知也、仍件説家習用来也者。（又語られて云はく、吾蔵人頭たりし時、御灌仏之日、導師の禄を取り、広庇より北行してこれを給ふ。これ源民部卿（俊賢）、宇治大納言殿（隆国）、皆な蔵人頭の間かくのごとし。或る説に簀子より北行す、てへるは、この事においては、家の習ひを知らざるなり、よりて件の説、家の習ひに用い来たれるなり、てへり）（天永二年八月二十七日の条）

そして長野は「往復とも簀子を用いるをよしとする通説に対して俊賢一家は伝統的に自己流の作法を墨守してきたことが分る」と指摘している。なお、近時刊行された大日本古記録『中右記七』によれば、宗忠はこれより前、嘉承三年（一一〇八）四月八日条に、「蔵人頭御灌仏之日、取導師禄、自広庇北行給之也。或説、従簀子北行者、蔵人頭或説取禄之時、経簀子往反云々。然而猶経座前為善也。帰路用簀子也（蔵人頭は御灌仏の日、導師の禄を取りて、広庇より北行してこれを給ふなり。或説に、簀子より北行す、てへり。蔵人頭、或説に、取禄の時、簀子を経て往反す、と云々。然るになほ座の前を経るを善ろしとなすなり。帰路に簀子を用いるなり）」と注記している。「俊賢一家」の「作法」は、宗忠の持論の権威づけとなった。『小右記』の逸話に、告発者の如く顕基が登場していたことと相俟って、隆国一家をめぐる故実説は「自己流の作法」などではない。しかるべき歴史的根拠であった。

五 隆国の故実学と説話集への連続

そのことは、近年の田島公の研究(19)によって確かめられる。隆国の舅の源経頼の存在も重要である。

源高明によって完成された公卿学の知識体系である「西宮説」は、その後、子の俊賢を経て、孫の隆国そして、その子の隆俊・俊明に継承され、俊明の子能俊、更にはその子の俊雅に継承されていることが指摘されている。また、隆国が宇多源氏の源経頼の娘と結婚し隆俊・俊明が生まれており、経頼は高明の『西宮記』を所持していて……それに経頼が書き加えた「勘物」が書き込まれた『西宮記』の写本(青縹書)を俊雅が所持していたことが確認されており、現行本の『西宮記』の一つである可能性も指摘され、経頼の故実学に「西宮説」が影響していることが知られている……

隆国は「経頼の娘」と結婚し、「「西宮説」を受け継ぐ隆国が聟となったりしたこともあり」、経頼は「「源家流」の習得に努める」こととなった。さらに田島は「源隆国」を立項して隆国の系譜を採り、「藤原師輔とは母方の孫に当たることから、藤原北家の主流・九条流とも極めて密接な間柄であり、関白頼通の時代に蔵人頭など勤めた関係もあり、頼通から特別な恩恵をうけた。また、先述の如く隆国は室の関係で宇多源氏の故実を伝える経頼とも関係が深かった」とその位置づけを語る。また隆国の経歴を概観して「晩年、宇治平等院南泉房にこもった事から、「宇治大納言」と呼ばれ」、「宇治大納言物語を編んだこと」に触れた上で、「口伝・故実の相承に関しては、下郷共済会所蔵『除目抄』(藤原宗忠撰『除目次第』)に「宇治大納言命」……「宇治大納言教」……「宇治大納言次第」……が引用されていることから、隆国(「宇治大納言」)には「教」「命」や「次第」が存在したことが知られる」と述べ、以下隆国の子孫の故実について詳述していく。

故実について、隆国流の教命や次第、そして口伝が存したということなら、「夫著聞集者、宇縣亜相巧語（＝宇治大納言物語）之遺類、江家都督清談（＝江談抄）之餘波也」（『古今著聞集』序、日本古典文学大系）と対にされた『江談抄』の大江匡房[20]との距離はより接近する。

隆国と故実の関係は、説話研究からも自明である。古く長野論文の初出と相前後して出版された『日本説話文学索引』（初出一九四三年）には、隆国の項として次のように整理して載せられる。

夢に竜宮へ行き、その時の想によつて太鼓の日・月形を定む（教訓九・八〇ウ）
行成が斉信の失策を書ける扇を見、その由披露す（古事一・一三）（著聞三・四〇二・大系一一四）
御装束に奉仕せし時、無礼の振舞ありて、主上に冠を打ち落さる（古事一・一五）
後三条院、隆国を憎み給ふ（古事一・一七）
小馬を足駄と称して宇治殿に騎馬ながら出入す（古事二・四二）
延久二年放生会の儀式の行幸に准ぜられし時、上卿と成る（古事五・九六）
前の中納言より大納言に昇る（十訓九・一四三）
宇治殿のとりなしに依り、止むなく臨時の陪従を勤む（著聞三・四〇三・大系一一五）
経頼の娘、行幸の供奉の人人の中より隆国を選みて婿取りす（著聞八・五三一・大系二五三）
麗景殿女御絵合に侍す（著聞一一・五八七・大系三一三）
永承六年内裏根合に参る（著聞一九・七五七・大系四九八）
（引用は一九七六年の増補改訂縮刷版、清文堂出版）

以上は、『古今著聞集』の婿取り話をのぞけば、広い意味で、すべて子息の隆国とその有職故実にかかわる儀礼や新奇、また違例の逸話と読むことができる。右のうち、長野が隆国の「暴露癖」としてあげた、踏歌の節会で大納言斉信が犯した失錯を権大納言行成卿が扇に記し、その扇を自分の物と取り替えてその失礼の内容を盗み読み、「披露に及」んだという隆国の行為（『小右記』万寿二年二月九日条、新日本古典文学大系『古事談』一―四二に所引）は、説話集制作へとより近づく、故実への関心と吸収の欲望、そしてその「暴露癖」＝記録と流布への意思＝隆国の説話集制作への途を示すだろう。

六　宇治平等院をめぐる人的交流と宋代仏教への視座――おわりにかえて

『春記』長暦三年（一〇三九）十月二十八日条によれば、「藤原基房の許に秘蔵されていた延木御日記二十巻は、世間流布の御記にない珍しい記事を持っていた。源経頼は、基房が己の聟であるところからこれを借りて書写、秘蔵していたが、資平はこれに目をつけ、何時か借り出して転写せんものと思っている矢先、経頼は死去してしまった。そこで彼は未亡人から、縁によってこれを借り受け、十一巻を写しおえたところへ、源円という者、彼の北の方の使者となって来り、ただ今隆国卿が関白の命と称して件の家に蔵する文書等を運び取らんとし、その中に延木御日記も入っているから至急返してくれとの口上である。資平は故経頼から関白が未だこの書については何も知らぬ由を聞いていたので、これがひとえに隆国の謀略なることを覚り、非常に憤慨したのである」という（長野「続「宇治大納言をめぐる」」）。その時期は「延木御日記廿巻」「を所持していた「故左大弁」源経頼が亡くなった二カ月ほど後」のこと。「経頼の女婿である弟資仲の連絡を受けた資房（『春記』の記主）が、経頼の後家から借りて書写したところ、関白（頼通）の命と称して、同じく女婿の源隆国が経頼の所蔵文書を運び去ろうとしたという」（松薗斉『王朝日記論』法政大学出版局、叢書・歴史学研究、二〇〇六年）のである。

ここに隆国の狡猾と文書への強い関心がうかがえるのは、関白頼通をはじめ、誰も知らないことが書いてある秘蔵の異本「醍醐天皇日記」（「件御記絶世之記也。世間流布御記之中、不被記事等皆在此御記中。外人所不知其由也。又関白同不知給事也」）を含む文書類を、やはり舅に経頼を持つ縁故で探り、しかもそれを関白頼通の命と称して運び去ろうとしたことである（「隆国卿只今来向、称関白命、欲運取文書等。其中有此御日記事」以上『春記』原文は増補史料大成）。それは単に「隆国の好奇性」（長野前掲論文）として片付けられる問題ではない。ここには経頼も含めた故実の系譜の問題があり、同時に秘話が記される場としての記録文書へ、隆国の強い関心と蒐集意思があったことを読み取るべきだろう。

宇治殿関白頼通が絡んでくることも重要だ。『愚管抄』巻三には一条帝没後、御堂道長が「御遺物」を整理していたところ「三光欲明覆重雲大精暗」と書かれた「震筆ノ宣命メカシキ物」を発見した、という逸話が記され、「宇治殿ハ隆国宇治大納言ニハカタリ給ケルト、隆国ハ記シテ侍ナレ」と注記される（日本古典文学大系、『古事談』一―三三に類話）。道長嫡子頼通がその口伝を直話し、隆国はいささか誇らしげに頼通の直話を記し、あたかも説話集作者のごとく、この逸話の所伝者となった。頼通は宇治平等院の主であり、隆国とはいくつも逸話を共有する。冒頭に触れた勧学会的空間との交叉も含めて、改めて総合的に考えるべき〈場〉がここにある。

さらに隆国の甥、成尋の役割もここに重なる。成尋は『安養集』の編纂にも関わり、同書を宋へ運び、その評判を隆国に知らせてきた人であり、そして何より、「未だ日本に到らず」と称する宋代の新訳経典類を、「宇治御経蔵」他へ送ってきた人である（『参天台五台山記』巻六・熙寧六年正月二十三日条）。説話集制作者としての隆国の素養をめぐって、対外的世界観と宋代仏教文献の観点から、重要な視点を提起する存在なのである。[21]

「承保四年三月　日」（一〇七七）、隆国が成尋に向けて返信した、著名な手紙が残る（大江佐国「大納言遣唐石蔵阿闍梨許書状」『朝野群載』巻二十）。三カ月後、同年六月十九日に隆国は没する。成尋宛の書状には、「抑も宇県禅定前の大相国、去ぬる延久六年（＝一〇七四）甲寅二月二日薨去す」（原漢文、国史大系）と頼通の死が伝えられる。頼通は成尋のパトロンであり、「宇治御経蔵」に大量の文物が送られる所以でもあったが、また成尋は、長く頼通嫡子左大臣師実の護持僧を務めていた。その師実は、父の死後、承保二年(一〇七五)七月より、氏長者として平等院一切経蔵を管轄する人となっていたのである。そして隆国の成尋宛書状は、隆国二男隆綱が同年九月二十六日に逝去し、家督を継ぐ長男隆俊が承保二年三月十三日に逝去したことを連ねて歎く。

「宇治大納言物語」の終点に、頼通の死と隆国子孫の早世が歎かれる。しかもその情報は、南泉房のもう一つの産物『安養集』が宋へもたらされて享受された喜びと、宋代の新しい仏典類の移入という、きわめて興味深い文化交流の波の上で発せられた。「宇治大納言物語」と隆国をめぐる、きわめて大事な示唆である。議論はここより新たに始まるが、紙数も大幅に超過した。本稿では、問題提起に留めておきたい。

(1) 「平等院旧境内遺跡　発掘調査成果」(宇治市教育委員会、一九九七年)参照。
(2) 西教寺蔵本。西村冏紹監・梯信暁著『宇治大納言源隆国編　安養集　本文と研究』百華苑、一九九三年)に翻刻と研究が載る。関連の考察については、拙著『説話集の構想と意匠――今昔物語集の成立と前後』(勉誠出版、二〇一二年)参照。
(3) これら中世説話集の序文の表現については、拙稿「説話の形態と出典注記の問題――『古今著聞集』序文の解釈から」(『国語国文』五三巻一二号、一九八四年十二月)参照。
(4) 今日、説話集や説話文学と認識される作品で「物語」と正式に名乗るのは「宇治大納言物語」が最初である。
(5) 「宇治大納言物語」を母胎する説話集として、かつて「宇治大納言物語」と同一視されたこともある十二世紀の『今昔物語集』や、十三世紀の前掲『宇治拾遺物語』が著名である。だが、両作品には、卓越した編者の個性も反映しているため、「宇治大納言物語」の原態を窺うには、院政期に写し取られた『打聞集』、鎌倉期書写の『古本説話集』、その関連作品『(小)世継物語』などがより相応しいと考えられている。その他、いくつかの佚文が今日に伝わる。片寄正義『今昔物語集の研究』上(芸林舎、一九七四年)、小峯和明『今昔物語集の形成と構造　補訂版』(笠間叢書、一九八五年)など参照。

（6）ちなみに「物語集」を名乗る作品は、「宇治大納言物語」の直接的継承作品『今昔物語集』が初めてで、その後長く現れない。その文学史的意味については別稿を用意したい。
（7）たとえば『打聞集』一二「羅睺羅事」に描かれた仏の涅槃をめぐる羅睺羅との逸話などは、それまでの書物にはあり得ない内容と日本独自の思想を内包する。拙稿「メディアとしての文字と説話文学史――矜恃する和語」（説話文学会編『説話から世界をどう解き明かすのか――説話文学会設立50周年記念シンポジウム［日本・韓国］の記録』笠間書院、二〇一三年）など参照。
（8）拙稿「散文の生まれる場所――〈中世〉という時代と自照性」（『中世文学』六二号、二〇一七年六月）など参照。
（9）このことについては、前掲注（2）拙著『説話集の構想と意匠』第一章第三節、および拙稿「知識集積の場――中世への表徴として」（苅部直・黒住真・佐藤弘夫・末木文美士『岩波講座　日本の思想2　場と器』岩波書店、二〇一三年）参照。
（10）ただし、日付は、史料によって揺れがある。
（11）経任の離任の日付についても史料により揺れがある。
（12）『栄花物語』はこの直前に、同年正月二十二日の内宴（『栄花物語』は二十日とするが『日本紀略』『體源鈔』に従う）を描く。この時の儀礼は、一条朝以来途絶えていた「内宴」の典例として重要なもの。ただし和田英松が指摘するように、「この時の儀ども、小右記、左経記ともに欠けたれば知るによしなけれど」、『體源抄』三ノ下に詳細な記録が残り、貴重である（和田英松『栄華物語詳解』）。本賭弓条は、その内宴記述に引き続いて描かれるもので、和田『詳解』が的確に注解するところである。以下の引用は日本古典全集によるが、適宜ふりがなと送り仮名および句読点等を補う。
（13）この部分、日本古典全集は「源澄国朝臣、頭弁藤原経信ナリ」とするが、明確な誤写で、和田英松『栄華物語詳解』の引用に従う。
（14）『栄花物語』巻三六「根あはせ」には、寛子立后について「大夫には隆国の中納言、権大夫には経任の中納言、亮には祐宗の頭弁、大進には丹波守高房、憲房の尾張の守、今一人は源民部卿道方、藤民部卿の女御匣殿、内侍に（下略）」と隆国・経任と二人の名前が続くが、これも役職上のことである。
（15）このことについても、注（5）所掲拙稿参照。

(16)「宇治大納言をめぐる」は、長野甞一著作集第二巻『説話文学論考』(笠間叢書一四六、一九八〇年)に再収。

(17)「続「宇治大納言をめぐる」」は、初出一九四三年、「宇治大納言をめぐる」とともに、前掲の長野甞一著作集第二巻『説話文学論考』に再収。

(18)長野の引用本文は「不知古実」だが、同意なので大日本古記録の形で引く。

(19)以下の引用は、田島公「「公卿学系譜」の研究――平安・鎌倉期の公家社会における朝議作法・秘事口伝・故実の成立と相承」(田島公編『禁裏・公家文庫研究』第三輯、思文閣出版、二〇〇九年)。

(20)竹内理三「口伝と教命――公卿学系譜(秘事口伝成立以前)」(『律令制と貴族政権』二、御茶の水書房、一九五八年)、また拙稿「口伝・聞書、言説の中の院政期――藤原忠実の「家」あるいは「父」をめぐって」(『院政期文化論集第二巻言説とテキスト学』森話社、二〇〇二年)参照。

(21)このあたりについては、前掲注(2)拙著『説話集の構想と意匠』第一章第三節、同書終章、拙稿「『今昔物語集』成立論の環境――仏陀耶舎と慧遠の邂逅をめぐって」(『國語と國文學』二〇一五年五月特集号)、同「『今昔物語集』の成立と宋代――成尋移入書籍と『大宋僧史略』などをめぐって」(吉川真司・倉本一宏編『日本的時空観の形成』思文閣出版、二〇一七年)など参照。

『宇治拾遺物語』の吉野地震伝承――大己貴命にさかのぼる

保立道久

『宇治拾遺物語』（巻二―四）に、京都七条の薄打《はくうち》が「みたけまうで」の途次、「金崩」の場で金鉱石を拾得したという話がある。

古典文学大系本の頭注が指摘するように、「金崩」という語は、『東大寺縁起』に「天平十九年二月、自二下野国一、山崩金流出之由奏レ之。其後称二彼所金崩一」とみえ、山崩によって鉱物・鉱脈などが露頭した場所をさす言葉であった。薄打がそこに登って見たところ、「まことの金の様にてありけり」とみえたので、「うれしく思て、件の金を取りて、袖につゝみて家にかえりぬ」ということで、それを「おろしてみければ、きら〱として、まことの金なりければ」と話は続く。この「おろす」とは、やはり頭注がいうように、天正本の節用に「研オロス」とあることからすると、鉱石を擂りおろし粉末にして選別したことになる。

薄打は、「ふしぎの事なり。此金をとれば、神鳴、地震、雨ふりなどして少しもえ取らざんなるに、これはさる事もなし。此後もこの金を取て、世中をすぐべし」と述懐しながらも、秤にかけると「十八両」にもなり、箔に打つと「七八千枚」にもなったので、東寺に仏を作ろうとして箔を求めていた検非違使のところに持参したという。ところが、それを検非違使がみると、一枚一枚に「金のみたけ」という銘が浮き出ており、これによって薄打は河原でむち打たれ死んでしまい、箔は金峰山にもどされたという説話である。

かつて吉野を中心に、八世紀から一二世紀くらいの黄金伝説を総覧したことがあるが[1]、そこではこの金が「神鳴、地震、雨ふり」によって守られていることまでは及ばなかった。これは金峰山の神が、雷鳴と地震を起こす力をもった神であったことを示す貴重な文言である。考えてみれば、これは『諸山縁起』にある、吉野大峯はインドの巽（東南）、霊鷲山の坤（西南）の部分が飛んできたもので、その時に大地震が起きたという伝説と同根ということになる。「金崩れ」が地震によって起きたと考えれば、この神の地震神としての性格と金を山中に秘す神としての性格は重なるものであったのだろう。日本の国土観のなかで吉野は黄金だけでなく、地震との関係でも緊要な位置にあったことになる。

　本稿では、その根が非常に深いことを論じたいが、まず出発点とするのは、怨霊と化して国土をおそった菅原道真が吉野の地下にいたという伝承である。つまり、平将門の東国反乱が鎮圧された翌年、天慶四年（九四一）、修験者日蔵は悪霊になった道真を慰撫した夢をみたとした。彼は、吉野金峰山の岩窟にこもり、「国土の災難」をはらって「鎮護天下」を実現することを祈禱していたが、蔵王菩薩の引導を受け、冥土に向かうと、そこは「黄金光明」の「金峰山浄土」であった。日蔵がそこで遭遇した道真の霊は、「日本太政威徳天」と自称したというが、この記述で、これまで見逃されてきたのは、道真が火雷王のほか「山を崩し地を振ひ城を壊し物を損ずる」眷属神を従えていたことである。まさに金峰山＝「黄金の浄土」の地下には地震神がいたということになる。

　そしてこの道真の神格は地震神話から延長されたものである。神話の地震神が大己貴命《おおなむち》であることは、拙著『歴史のなかの大地動乱』（岩波新書、二〇一二年）で論じたが、最近、詳しく述べたように[2]、この神を祭る最高位の神社、大名持《おおなもち》神社は吉野渓谷への入口にあった。この神社は貞観元年（八五九）に正一位に叙されており、その位は、無位の伊勢神宮を別とすれば、淡路国の伊佐奈岐命の一品に並び、神産日神、高御産日神の従一位などを抑えて神々のトップにある。

　これは大己貴命の地震神としての権威が畿内地域においてきわめて大きかったことの反映というべきであろう。この大名持神社は、吉野川右岸にこんもりと立つ伏鉢形の妹山《いもやま》樹叢の麓にあるが、よく知られているように、対岸には背山があって、『妹背山女庭訓《いもせやまおんなていきん》』の舞台となった場所である。甘南備型の山が地震の時に大地から吹き出る墳砂が作る山のイメージであることはこれまでに何度も述べたが、それはいわば大地母神の乳房なのであって、大己貴命はそこに執着して宿っているということであろう。

和田萃は、この大名持神社は、推古朝の段階では祭られていたろうとしているが、(3)そうだとすると、この神社は、『日本書紀』に記録された畿内地震、つまり推古七年(五九九)に「地動《ゆ》りて舎屋ことごとくに破たれぬ。則ち四方に令して地震の神を祭らしむ」とあらわれる地震においても祭られていたに相違ないのである。

この神社が王権にとってきわめて重要な位置をもっていたことを示すのが、皇極天皇と吉野の関わりである。皇極がいつ吉野宮を造営したかは不明であるが、皇極退位後の離宮であったとしても、子供の天智は一九歳、天武はまだ一七歳位(?)である。あるいは夫の舒明の死去によって六四二年に即位する前から皇極が吉野にいたとすれば、母子にとって吉野の意味はもっと深いものになる。皇極は孝徳の死去によって、六五六年に斉明天皇として重祚したが、問題は、その二年後、六五八年五月に天智と遠智娘《おちのいらつめ》の間に生まれた第三子、建《たける》皇子が八歳で死去したことであった。

皇子は「唖にして語ふこと能はず」という状態であったが、天智の正統な跡継ぎであり、斉明の溺愛を示す歌が『日本書紀』に残っている。斉明が、この皇子の言語障害と死去を『古事記』の伝える大王垂仁《すいにん》の子、誉津別王《ほむつわけおう》が同じく「唖」であったという神話と重ね合わせて、大己貴命の祟りであると考えたというのは、村井康彦『出雲と大和』(岩波新書、二〇一三年)のいう通りであろう。村井は、斉明はこのために、翌年、出雲国造に命じて「神宮修厳」の事業に取りかかったとした(『日本書紀』斉明五年〈六五九〉是歳条)。

注目されるのは、「天皇、吉野に幸して肆宴《とよのあかり》す。庚辰(三日)天皇、近江の平浦に幸す」という同年の『日本書紀』の記事である。これは出雲の「神宮修厳」

と一連のものであったに相違ない。斉明が、三月一日を吉野で過ごし、三日に近江比良浦に着したというのは、伊賀国回りで三上山近辺にでて、琵琶湖をわたったのであろうか。斉明は騎乗して移動したのであろうか、相当の強行軍である。

比良浦＝平浦は厳密な位置は不明であるが、「藤氏家伝」に「我(天智)先帝(舒明・皇極)陛下平生之日、遊㆓覧淡海及平浦宮処㆒、猶如㆓昔日㆒焉」とあり、また天智の大津宮は、斉明の遺跡を追憶したものであったのは有名な話である。平離宮は、天智・天武にとっても幼時からの思い出の場であったのであろうが、この斉明の近江行は日吉社の神体山として知られる牛尾山への参詣を目的としていたに相違ない。牛尾山は近江ではもっとも有名な甘南備型の神体山であり、『古事記』はそこには「大山咋神＝山末之大主神」が鎮座しているといい、現在、東本宮がこの神を祭っている。

ただし、岡田精司がいうように天智天皇七年（六六八）の大津京遷都の年に、天智が三輪山の大物主を分祀したとされることに注目しなければならない(4)。いうまでもなく三輪山の大物主は大己貴と同体であり、かつ大年神のことであることからすると(5)、牛尾山の神格に大己貴命がかぶっていたことは確実である。

要するに、この旅において、斉明は出雲には行かなかったものの、中央地帯の大己貴命を代表する神社に参詣したのである。天智と天武が、この吉野・近江行幸に随行していた可能性は高く、二人にとっては母の記憶はこの行幸の場であった吉野・比良と密接に関係していたに相違ない。のちに危機を迎えた天武が吉野に籠もったのは、母の記憶にすがって自己の安全を確保しようとしたのであり、かついわゆる壬申の乱、七世紀近江内戦における軍旅は母の辿った道を追うものであったということになる。そもそも斉明の属する敏達王統の祖、継体大王の出身地とされる古保利古墳群(6)の南端の山本山は湖上からみると見事な甘南備型にみえる。近江国一宮の建部神社も大己貴命を祭神としており(7)、近江における大己貴命信仰の根は深い可能性がある。

敏達王統は、ヤマトを中軸としつつも、吉野から近江を縦線とし、難波を三角形の頂点とする形で中央地帯を抑えていた。これが畿内制の一つの内実であり、それを都城制によって切り替えていく過程が、以降、展開したものと私は考えている。そして、そこに天武の母と兄に対するコンプレックスが加わって、『古事記』『日本書紀』において大己貴神話がもっぱら出雲の物語となり、その本質が隠されていくプロセスが展開したのではないだろうか。

吉野と大己貴命の関係を語る神話史料は少ないとはいえ、『先代旧事本紀』の大己貴神が「天羽車大鷲」にのって天を飛び、茅渟県《ちぬのあがた》の陶祇の活玉依姫に通って、屋上から零雨となって入りこんで姫を妊娠させたという物語は示唆深い。大己貴命は、糸を裳に刺されて正体がわかったが、その糸は「茅渟山を経て、吉野山に入り、三諸山に留まった」とある。ここには三輪山伝説よりも古い大己貴神話が現れている可能性があるのではないだろうか。神位としては吉野大名持社の方が三輪山よりも高いことを軽くみることはできない。市川秀之は吉野大名持神社への信仰が民俗行事において大和一国に広がっている状況を活写したが、(8)これは大己貴神信仰の中心は本来は吉野にこそあったことをよく示しているように思う。歴史学が「奈良」という作られたイメージによって過去を語る陥穽におちいってはならない。

(1) 保立『黄金国家』(青木書店、二〇〇四年)。
(2) 保立「石母田正の英雄時代論と神話論を読む——学史の原点から地震・火山神話をさぐる」(『アリーナ』一八号、二〇一五年)。
(3) 和田萃「古代の出雲・隠岐」(『海と列島文化　日本海と出雲世界』小学館、一九九一年)。
(4) 岡田精司『京の社』(塙書房、二〇〇〇年)。
(5) 注(2)保立「石母田正の英雄時代論と神話論を読む」。
(6) 山尾幸久『古代の近江』(サンライズ出版、二〇一六年)。
(7) 池辺彌「神名オホナムチの地方分布」、一九七七初刊、同『古代神社史論攷』(吉川弘文館、一九八九年)。
(8) 市川秀之『広場と村落空間の民俗学』(岩田書院、二〇〇一年)。

〝和歌説話〟覚書

中村康夫

一　なぜ研究語彙を考えるのか

どの研究者も、多分、自らが論文を書く上で使う研究語彙について、十分に確かな意味を認識できない場合は、用例など意味の根拠となるものを見つけてから論を開始する。

しかし、論文を読んでいて、どういう意味でその言葉を使っているのか、実に曖昧なものを感じるときがある。それが特に論旨に関わる場合は論の切り込み方や説得力にも関わるので、残念な思いをすることもある。こと、研究論文に関しては、表現に小説のような自由さはない。

研究語彙としての〝和歌説話〟という言葉も、その一つということができるように思われる。

二　〝和歌説話〟をどう考えるか

先行する研究論文に〝和歌説話〟に関わるものは少なくはない。

なかなか興味を引かれるものもあるが、今回は各論を楽しむつもりはないので、総論ふうに論を進めることにする。

ただ、少し残念なのは、今日見直してみると、自らの不勉強もあるが、まともに取り扱うことになる論証はかなり古い。

多分、その研究者も、今執筆されればかなり見直される可能性があるのではないかと思われるので、あまりあれこれと論を広げずに進めたいと思う。

そうすると、まず目に入るものは、久保田淳の「和歌説話の系譜」(『日本の説話　中世Ⅱ』東京美術、一九七四年)という論文である。

氏が「いわゆる和歌説話」として念頭に置くものは、説話のなかに和歌を含むものほぼすべてと考えて良いように思われる。

今から四〇年以上前のその頃には、多分、研究者の常識のような世界ではそういうふうに捉えられていたと考えて良いのであろう。

これを今の久保田が同じように考えているかどうかは別だと思われるのだが、とりあえずはその様な観点から書かれたものが一つあるということは、確認しておいて良いと思われる。

その上で展開される歌枕の背景にある説話の世界に言及したり、〝和歌説話〟を分類したりしている。

壮大な視野のもとに置かれる〝和歌説話〟は、確かにそういう世界があるということは認定されて良い。

しかし今書き進めている筆者の頭のなかでは何かしら不満のようなものが頭をもたげる。それはなぜかというと、久保田の論の展開のなかでは、〝和歌説話〟という文学の世界が切り拓いた可能性のようなものが見えてこないように思われるからである。

歌枕という設定は確かに和歌世界にかなり引き寄せられて把えることを求めるが、その背景の説話世界となると、〝和歌説話〟という言葉で把えるよりも、むしろ和歌から離れる世界も広がらないだろうか。

研究語彙としての〝和歌説話〟は、それで良いのか。

高橋貢に「『今昔物語集』巻二十四　和歌説話における歌語り性」(『池田富蔵博士古稀記念論文集　和歌文学とその周辺』桜楓社、一九八四年)という論文がある。『今昔物語集』巻二十四についてはあとで触れるが、高橋貢は〝和歌説話〟と〝歌語り〟とを区別して考えるとしている。

そこには話の内実に対する見解が埋め込まれているが、今ここでは、とりあえず、〝和歌説話〟という語彙について、学術語彙としての固定性がさほど強くはないことに注目しておきたいと思うのである。

三　『今昔物語集』巻二十四と巻三十

説話の概念を考える際に、歴史的な意味も含めて本邦最大の本格的説話集『今昔物語集』を考えることは、とりあえず許されることと思う。

その『今昔物語集』に〝和歌〟を特徴的に記載している巻がある。巻二十四と巻三十である。

巻三十は一四話を収めるが、そのうち一一話に和歌が収められている。また、歌を含まない第六話と第七話は、話が完結せず、後ろが欠落しているため、その欠落した箇所に和歌があったのではないかと推測する向きもある。ただし、第一話は和歌がなく、話に欠損もない。また、第六話と第七話の話の欠落は、書写伝承の過程で脱落したものではなく、初めから欠落のあった話をここに蒐集したという指摘もある。そうすると和歌のない話を入れていることになる。

内容を検討しても、和歌が話の中心になりきっているかというと、そうとは思われない話もあり、男女の出会い、肉親に関わる心理の妙などが絡んで、和歌を含むものが集められたかと思われる。やはり視線は説話の話向きの方に主体があり、特に和歌を重視しているとまでは読み取れないとも言いうる。

巻二十四には五七話が収められており、そのうち和歌関係の話は第三十一話から最後までである。

この巻は伎芸、芸道、医術、陰陽道、算術、管弦、漢詩文など、専門性に絡んだ話が集められており、和歌関係の話が最後にまとめられているといった内容である。

その話の並びからも推測されるように、専門歌人に関わる話が多く、まさに和歌に関わる話がここに集められている。

しかし、これはこれで「全体として物語的な興趣に乏しい」との小峯和明の指摘（新日本古典文学大系『今昔物語集四』巻解説）もある。

確かに、『今昔物語集』の話全体からこの巻に言及すればそのようになることに反論はないと思うが、『今昔物語集』の話が蒐集され、編集された時代が、諸芸道や和歌にとってどういう時代だったのかが、ある程度見通されて、文学論全体を構えることが必要なようにも思われてくる。

四 『今昔物語集』巻二十四と巻三十の違いは何を意味するか

『今昔物語集』巻二十四と巻三十の違いを言葉にしてみると、要するに、巻二十四はどちらかといえば〝和歌〟に注目点があり、巻三十は〝説話〟に関心がある。

巻二十四が〝和歌説話〟という語彙の概念に包摂されることは間違いがない。しかし、巻三十は〝和歌説話〟という語彙で捉える必要があるのだろうか。〝説話〟のなかでは和歌を含むという特徴が指摘はできても、これらの話は〝和歌説話〟なのだろうか。

本稿ではそこが問題なのである。

『今昔物語集』より前に成立していて、〝和歌〟に注目点があり、説話を掲載しているものに『俊頼髄脳』があるが、その種のものを網羅的に蒐集しているものとは言えない。その種のものを網羅的に蒐集しているものとしてはやはり『今昔物語集』より後に成立している『袋草紙』雑談部を待たなければならない。

五 『袋草紙』雑談部の位置

和歌の家を確立し、和歌文化の権威を回復しようとした藤原清輔が、和歌全体に対する知的総合力を確保するために『袋草紙』の雑談部は編まれたと思われる。『袋草紙』の他にも歌論書・歌学書にさまざまな和歌に関わる逸話が集められているものがあるが、『袋草紙』の雑談部が網羅的に蒐集しており、そこに和歌の力を見ようとしている点では、『袋草紙』の雑談部をもって初めて整うと言うべきである。

そして、そこに和歌の力を見ようとしているところに、『袋草紙』の歌学部に据えられている清輔の歴史重視の着眼をしっかり見ておきたいと思うのである。

『袋草紙』雑談部など、各歌論書・歌学書の成立については複雑な事情もあるので、そう簡単には論じていけない面もあるが、和歌と説話の流れを大雑把に把握しようとする今の立場からすれば、当時の和歌が直面していた和歌の惰性や弱体化への危機意識を認識するとき、〝和歌説話〟の見直しと蒐集は、和歌史上大きな意味を持ってくるように見えて仕方がない。

平安後期から末期に、和歌がある種の危機感から回復しようとする文学史の躍動があり、その少し前に『今昔物語集』という説話が成立する。清輔が『今昔物語集』を参照しているとは思えないが、時代が抱擁する文化意識という大きな枠のなかでは、『今昔物語集』と『袋草紙』は関連する位置にある。

そこに『袋草紙』雑談部を置き、『袋草紙』の歌学を論ずる部分に明らかに存在する歴史的根拠を重視する基本姿勢を見るとき、『袋草紙』雑談部が説話であることの意味に遭遇するのである。

六　〝和歌説話〟

そういうふうに、ある程度類型的に和歌史の流れを見るとき、〝和歌説話〟という研究語彙は、どこまでも広がる〝説話〟に〝和歌〟が触れられているという程度の話を捉えるとするより、和歌文化史における評価も踏まえて、和歌に対するやや特殊な執着と関心を内容とする限られた世界を、主たるものと考えて〝和歌説話〟という研究語彙を使うと捉えた方が、熟語としての完成度からも、良いのではないかと思うのである。

久保田が〝いわゆる和歌説話〟として把握したその内実は、〝和歌説話〟というものを捉えるに当たって重要な側面を把握していると思われるが、〝和歌説話〟という語彙を研究語彙として考え直すとき、〝和歌説話〟は和歌史というものをもっと意識して捉えた方が良いのではないだろうか。

『袋草紙』雑談部よりも前に成立している作品から〝和歌説話〟と呼ぶべき話は見いだせるので、『袋草紙』雑談部から〝和歌説話〟が始まるのではない。どこまで遡りえて、内容的にもどこまで広げて考えるのかというところまでは本論では扱いきれないが、研究語彙への執着ということを呼びかける一つのものとして、今回は書き進めてみたのである。

足利安王・春王の日光山逃避伝説の生成過程

呉座勇一

一　足利安王・春王は日光に逃げたのか

永享《えいきょう》十年（一四三八）、長年室町幕府と対立してきた鎌倉公方《くぼう》（幕府が関東統治のために鎌倉に置いた出先機関である鎌倉府の長）の足利持氏が、六代将軍足利義教が派遣した討伐軍に敗れて翌十一年に鎌倉の永安寺で自害した。これを永享の乱という(1)。

翌永享十二年、幕府に不満を持つ結城《ゆうき》氏朝らの東国武士が持氏の遺児である安王丸と春王丸を擁して挙兵した。足利義教は関東に討伐軍を送り、氏朝らが立て籠もる結城城を包囲させた。翌年に結城城は落城し、捕らえられた安王・春王は美濃国で処刑された。これを結城合戦という(2)。なお二人の年齢は、史料によって記述が異なるが、一〇歳程度であったようである。

ところで安王・春王は、父持氏の自害後、彼らが挙兵するまでの期間、どこに潜んでいたのだろうか。持氏の自害は永享十一年二月十日である。そして彼らが挙兵したのは永享十二年三月三日、常陸国木所城においてであった(3)。

永享の乱と結城合戦について叙述した軍記物『永享記』には「爰《ここ》にまた故長春院殿（持氏）の御子達、去年御滅亡の刻、近習の人々、日光山へ落し申たりける」(4)と記されている。このため古くから、安王・春王は下野国の日光山に逃れた、と考えられてきた。

これに対し佐藤博信は、一次史料に基づけば、下総国結城城入城前の安王・春王の活動は常陸国内に限定されていることを指摘し、「日光山逃避は史実として確認し難い」と批判した(5)。

安王・春王らが鎌倉から日光山という遠隔地にまで逃避し、そこから常陸に移動して挙兵するという経路はいささか不自然である。その点で日光山逃避は伝説にすぎないとした佐藤らの主張には理がある。

ところが近年、安王・春王らの日光山逃避は史実であるとの見解が勢いを取り戻しつつある。本稿では、この問題について若干の私見を述べたい。

二　史実説は根拠薄弱

まず史実説の史料的根拠を検討してみよう。

江田郁夫は『日光山常行三昧新造大過去帳』の「顕釈房」の項に「旧記ニ曰ク、鎌倉持氏ノ子息春王丸・安王丸、永享年中ニ此ノ寺ニ身ヲ蔵スト云々」とあることに注目した[6]。しかし右書は元禄四年(一六九一)に日光山で編纂された史料であり、軽々に信を置けない[7]。また江田は、『日光山往古年中行事帳』に「持氏将軍御没身ノ後、当山顕釈坊ニ若君春王丸・安王丸御在山」と記されていることも指摘するが[8]、この史料も戦国時代末期に成立したものである。安王・春王らの日光山逃避伝説が日光山で語り継がれていたことは間違いないが、それが史実であることを証明する史料とは言いがたい。

また石橋一展は、安王らが挙兵した当初から、日光近辺に名字の地を持つと思われる日名田氏が関与していることを明らかにした木下聡の研究を引いて、「逃亡期間の大部分を日光付近で過ごした可能性が高い」と説く[9]。けれども木下自身は、日光に春王・安王に呼応する勢力が存在したことを指摘するのみで、安王らの日光逃避の実否については佐藤説を引いて慎重に判断を留保している[10]。

石橋は、結城合戦後に日光山別当が捕らえられ、京都に護送されたという『東寺執行日記』の記述にも着目し、日光山が安王・春王方であったことを傍証として掲げる[11]。結城合戦の初期段階から、日光山や日光周辺の武士が安王・春王に味方したことはおそらく事実だろう。だが、そのことは、安王・春王が日光山に逃亡したことと同義ではない。確かな裏付け史料が存在しない以上、史実ではなく伝説と見るべきではないだろうか。

三　日光山逃避伝説の起点

安王・春王の日光山逃避が伝説だとすると、そのような伝説が生成されたのは、いかなる理由によるのだろうか。木下が指摘するように、「日光に春王・安王を擁護する、呼応する勢力があった」ことが一要因と思われるが、それだけでは「なぜ日光か」を十分に説明できない。

ここで注目したいのが、宝徳三年（一四五一）に成立したとされる軍記物『鎌倉持氏記』である。『永享記』や『結城戦場記』など、永享の乱・結城合戦を叙述した軍記類は、『鎌倉持氏記』をリライトする形で成立したものであることが明らかにされている(12)。

そこで『鎌倉持氏記』が、安王・春王の足取りについて、どのように記しているか確認してみた。すると、日光山逃避に関する記述は一切存在しなかった。

ただし『鎌倉持氏記』は、「爰《ここ》に第二若君始者奉号大御堂殿、結城氏朝を御憑《たのみ》有る事(13)」と記す。持氏嫡男の義久は永享の乱で自害しているので、「第二若君」は安王もしくは春王を指すと考えられる(14)（ちなみに『鎌倉持氏記』中に安王・春王という名前の記載はない）。大御堂《おおみどう》とは、鎌倉市雪ノ下大御堂ヶ谷《やつ》にあった勝長寿院のことである。源頼朝が父義朝の菩提を弔うために創建した同寺は鎌倉宗教界において、鶴岡八幡宮に次ぐ格式の寺院であった。

大御堂殿は勝長寿院門主の別称で、皇族や摂関家の子弟、鎌倉将軍家の子息、鎌倉公方の兄弟などが就任した。興味深いことに、室町期の大御堂殿、すなわち勝長寿院門主は、日光山別当を兼ねることになっていた(15)。

仮に安王もしくは春王が日光山別当に就任していたとしたら、そこから話に尾ひれがついて、彼らが鎌倉から日光山に逃れたという伝説が生まれても不思議はない。安王もしくは春王が「大御堂殿」と号したという『鎌倉持氏記』の記述こそが、安王・春王の日光山逃避伝説の起点ではないだろうか。

四　勝長寿院門主成潤の日光山移座

しかしながら、安王・春王が出家した形跡は認められないので、彼らが「大御堂殿」と号したという『鎌倉持氏記』の記述は史実とは認めがたい。では、『鎌倉持氏記』はなぜそのように記したのだろうか。

結論を先取りすると、『鎌倉持氏記』の作者は、安王・春王と、彼らの弟で系図類に「大御堂殿」と記されている成潤を混同したものと思われる。

結城合戦後、紆余曲折を経て文安四年（一四四七）に足利持氏の遺児で安王・春王の弟である万寿王（のちの足利成氏）が潜伏先の信濃国から鎌倉に帰還し、鎌倉公方に就任する。しかし足利成氏は関東管領《かんれい》（鎌倉公方の補佐役）の上杉憲忠と対立し、享徳三年（一四五四）に憲忠を謀殺し、上杉氏討伐の兵を挙げる。これを享徳の乱という。八代将軍の足利義政は成氏を謀反人とみなし、討伐軍を派遣した。

さて、成氏の弟（舎兄との説も）である成潤は成氏と同時期に鎌倉に帰還していたと思しく[16]、宝徳二年（一四五〇）以前に勝長寿院門主に就任していた[17]。

そして、南北朝・室町時代の関東の合戦について網羅的に叙述した軍記物（ただし永享の乱・結城合戦に関する記述を欠いている）である『鎌倉大草紙』によれば、享徳の乱において成潤は成氏方だったが、上杉方の誘いに乗って寝返り、鎌倉を脱出して日光山に移り、日光山の衆徒を軍事動員したという[18]。

成潤の日光移座については、一次史料にも「陣館於移日光山候[19]」と記されているので、史実と見て良い。

前述のように勝長寿院門主は日光山別当を兼ねるので、勝長寿院門主・日光山別当の成潤が日光山の軍事力に期待して日光に移動することは自然である。

『鎌倉持氏記』の作者は、安王あるいは春王を成潤と混同し、「第二若君」が「大御堂殿」、すなわち勝長寿院門主になったと勘違いしたのだろう[20]。

『鎌倉持氏記』を参考に結城合戦を叙述した後継の軍記類はこの誤解を増幅させた。『鎌倉持氏記』との深い関連性が指摘されている[21]『結城戦場別記』は「爰ニ又右（故カ）公方ノ二男ノ若君、去年ノ一乱ニ潜《ひそか》ニ鎌倉ヲ落玉《たま》ヒテ、日光山ニ隠レ玉フ[22]」と記す。『鎌倉持氏記』の記述に依拠しつつも、「大御堂殿」という記述を「日光山に逃れた」という話に膨らませたことが明瞭である。さらに『永享記』『結城戦場記』『関東合戦記』などは、『結城戦場別記』の「公方ノ二男ノ若君」という曖昧な表現を「故長春院殿の御子達」と書き換え、安王・春王の二人が日光山に逃れたと明言している。

後継作品は「持氏遺児の「大御堂殿」が日光山に逃れた」という知識に基づき、安王・春王の日光山逃避伝説を無自覚に創造してしまったのである。

日光山では史実である成潤の日光山移座はいつしか忘れ去られ[23]、安王・春王の日光山逃避伝説が語り継がれた。幼少の身で父を失い、父の仇を討つべく挙兵するも敗れて刑死した安王・春王の悲劇は結城合戦関係の軍記類を通じて世間に広がったため、日光山が積極的に喧伝したのだろう。

五　史実から説話が生まれるとき

改めて本稿の主張をまとめておく。軍記類・系図類の記述を信じるなら、結城合戦における安王・春王の立場と、享徳の乱における成潤のそれとには、多くの共通点がある。左に掲げる。

①足利持氏の遺児である。

②「大御堂殿」と呼ばれた。

③日光山の武力を頼りに、鎌倉から日光山に逃れ、のちに挙兵した。

しかしながら、安王・春王の日光山逃避は一次史料からは確認できず、一方、成潤の日光山移座は史実として確定できる。であるならば、前者は後者を基に生成された伝説と考えるべきだろう。

安王・春王の日光山逃避伝説は、『鎌倉殿物語』などでさらに肉付けされていく[24]。結城合戦関連の軍記類に見える安王・春王の日光山逃避伝説を詳細に比較することで、それらの軍記類の先後関係を見直すことができるかもしれない。後考を期したい。

（1）永享の乱に関しては、植田真平「永享の乱考」（黒田基樹編著『足利持氏とその時代』戎光祥出版、二〇一六年)を参照されたい。

(2) 結城合戦に関しては、石橋一展「足利持氏没後の騒乱と鎌倉公方足利成氏の成立」(黒田基樹編著『足利成氏とその時代』戎光祥出版、二〇一八年)を参照のこと。

(3) 永享十二年三月二十八日源安王丸軍勢催促状(「石川文書」、『神奈川県史』資料編3、五九九九号)、享徳四年二月日筑波潤朝軍忠状写(「古澄文二」、『神奈川県史』資料編3、六一八七号)。

(4) 『永享記』(『続群書類従』第二十輯上)一八四頁。なお『結城戦場記』『関東合戦記』など、結城合戦関連の軍記類には概ね同様の記述がある。

(5) 佐藤博信「永享の乱後における関東足利氏の動向」(同『古河公方足利氏の研究』校倉書房、一九八九年、初出は一九八八年)四二頁。

(6) 江田郁夫「武力としての日光山」(『日本歴史』六三八、二〇〇一年)一六頁。

(7) 田口寛「足利持氏の若君と室町軍記」(植田真平編著『足利持氏』戎光祥出版、二〇一六年、初出二〇〇八年)二八五頁。

(8) 江田前掲注(6)論文、一七頁。

(9) 石橋前掲注(2)論文、一六頁。

(10) 木下聡「結城合戦前後の扇谷上杉氏」(黒田基樹編著『扇谷上杉氏』戎光祥出版、二〇一二年、初出二〇〇九年)一一七頁。

(11) 石橋前掲注(2)論文、一六頁。なお当時の日光山別当は不明であり、別当不在の時期だった可能性もある。

(12) 梶原正昭『室町・戦国軍記の展望』(和泉書院、一九九九年)、小国浩寿「永享記と鎌倉持氏記」(植田真平前掲注(7)編著、初出二〇〇三年)。

(13) 『鎌倉持氏記』(『新編高崎市史』資料編4)六四四頁。原文は和製漢文だが、読者の便宜を考えて書き下し文に改めた。

(14) なお谷口雄太「足利持氏の妻と子女」(黒田基樹前掲注(1)編著)は「第二若君」を安王・春王ではなく成潤(後述)に比定するが(二三六頁)、『鎌倉持氏記』の以後の記述に安王・春王とは異なる持氏遺児は登場しないため、従えない。

(15) 小池勝也「室町期日光山別当考」(『歴史と文化』二三、二〇一四年)、同「『吾妻鏡』以後の鎌倉勝長寿院と東国武家政権」(『千葉史学』六五、二〇一四年)。ちなみに勝長寿院門主は日光山には原則赴かず、座禅院が留守を預かった。

(16) 久保賢司「享徳の乱における足利成氏の誤算」(佐藤博信編『中世東国の政治構造』岩田書院、二〇〇七年)一一八・一一九頁。
(17)(宝徳二年)五月十二日足利成氏書状写(『鎌倉大草紙』、『戦国遺文・古河公方編』四号)。
(18)『鎌倉大草紙』(『新編埼玉県史』資料編8)一〇八頁。
(19)(康正二年)四月四日足利成氏書状写(『武家事紀三四』、『戦国遺文・古河公方編』一一六号)。なお成潤の以後の動静は不明であり、享徳の乱中に病没したものと思われる。
(20)既述の通り『鎌倉持氏記』は宝徳三年八月の奥書を持つが、現存する国立国会図書館本は江戸時代の写本であり、「始者奉号大御堂殿」という割注が原本成立段階から存在したかどうかは疑わしい。
(21)梶原正昭「永享の乱関係軍記の展望」(梶原前掲注(12)書、初出一九八四年)五三・五四頁。
(22)和田英道「『結城戦場別記』解題並びに高知県立図書館蔵山内文庫本翻刻」(井上宗雄編『中世和歌　資料と論考』明治書院、一九九二年)三七八頁。
(23)江戸時代に編纂された『日光山列祖伝』(『天台宗全書』第二四巻、第一書房)は成潤の名を「昌潤」と誤り、「初めは座禅院に住し、後に大御堂別当を兼ぬ」と最初から日光に住していたかのように記述している(一八頁)。
(24)『鎌倉殿物語』は国立公文書館蔵。国立公文書館デジタルアーカイブで閲覧可能。なお田口前掲注(7)論文は「特に古い奥書を持つ」上、「春王・安王の日光山逃避を最も積極的、具体的に語る」史料であることを根拠に、「春王・安王が日光山に逃避したと伝える」最初の軍記物と説くが(二九二・二九三頁)、この立論は春王・安王の日光山逃避が史実であることを前提にしている。伝説であると捉えた場合、むしろ逆に理解すべきで、右の事実は『鎌倉殿物語』が後発の軍記物であることを示していると考える。

新しい世界の神話——中世の始まり

古橋信孝

『今昔物語集』は十二世紀前半に編まれたが、武士の世界、庶民の世界も書いているという意味で、新しい世界を書いている。もちろん庶民はいつの時代でもいる。武士の世界も概念からいえば編まれた時代近くに成立したといってもいいが、武士と呼ばれていなくても、武人はいたわけだ。したがって武士や庶民を書くのは、それらが表現の対象になったことを意味している。

万葉集に対して、集団(共同体)に埋没していた個人があらわれた時代のものというような評価があった。いやいまだに似通ったことはいわれている。万葉集の歌に個人の固有性をみようという論はその延長にある。個人がいない社会などどこにもない。人はそれぞれ違うのだ。表現が何を対象にするかは時代、社会によって違っている。一人一人の違いに関心が向かえばそれが表現の対象になるのである。そして万葉集の時代はその違いにそれほど価値をおいていなかった。類歌、類想が多いことが証拠である。

王と妃を出す家柄の固定化による安定した体制(古橋「鎮魂論」『古代都市の文芸生活』大修館書店、一九九四年)である摂関制が行き詰まり、十一世紀後半に院政が始まる。武士はそういうなかで登場する。つまり社会が変革を求めていた。それゆえ社会の関心を集め、表現の対象になったのである。

このように、新しい時代が始まろうとしていた。いわば古代から中世へである。その中世の始まりを語る説話がある。

『今昔物語集』巻二十六「土佐国兄妹、行住不知島語第十」は、概略を示せば、

土佐の国に他の島で田作りをする農夫がいた。船に農耕具や苗を積み、雇った人も連れて田植えをしに出かけた。農夫の十四、五歳の男の子と十二、三歳の女の子を舟の見張りに残し、農夫たちは上陸し農作業をしていたところ、二人の子は船で寝ているうちに、流されてしまい、南の島に漂着した。二人は積んであった農具を使い、苗を植え、さらにその島で夫婦となり繁栄した。その島を妹背(兄)島という。

(この妹背という表記は、セが姉妹から兄弟を呼ぶ言い方で兄《せ》と書くのが分かりやすいので、以下「妹兄」と表記する)

という話である。

これは妹兄《イモセ》島の起源を語る神話である。たとえば『播磨国風土記』に兄と妹の神の話がみえるが、それらは基層に兄妹始祖神話を思わせる。兄妹神話は沖縄に広く伝えられている。波照間島には、油雨(アバーミ)が降り、人々は死滅したが、兄妹だけが助かり、結婚して繁栄したという始祖神話、宮古島狩俣に、沖縄の兄妹が流され、狩俣に稲をもたらしたという稲の起源神話、奄美に、恋人と思い込んで妹と通じてしまい、妹は自殺して兄の守り神になるというオナリ神の起源神話などある。万葉集で恋人をイモ(妹)、セ(兄)と呼び合うのはやはりこの兄妹神話が理想の恋人(結婚の相手)を呼ぶ言い方として残ったものである(古橋「兄妹婚の伝承」『神話・物語の文芸史』ぺりかん社、一九九二年)。

『今昔物語集』のこの話はなぜ平安末期に書かれたのだろうか。新大系は巻二十六の七から十の話は「人が新しい居住地を得て繁栄する」という共通点があることを述べている。それぞれの話を要約すると、

七話　東国の猟師が美作国の神である猿を退治し、人身御供に捧げられる美女を助け、その娘と結婚し、繁栄する話。

八話　修行して歩く僧が飛騨の山奥で道に迷って隠れ里に行き、土地の神である猿に捧げられる人身

御供の娘を助け、娘と結婚し、繁栄する話。
九話　加賀の国の七人の釣り人が海で流され、蛇と蜈蚣が争う島に漂着して蛇を助け、いったん故郷に帰り、島に移住する者を募り、作物の種を持って島に戻り、繁栄する話。

となる。そして十話が先の妹兄島の話である。

七話はこれまであった土地の神に支配される村から人身御供がなくなり、安定した村になった話で、新しい秩序が始まったことを語る。八話は同じ人身御供がなくなるにしろ、道に迷うことによって辿り着いた山奥のいわば隠れ里の話で、この村にはこの伝承を伝えている人の誰も行ったことのない幻想の話である。九話もこの村の存在は伝承のなかにある。これは妹兄島も同じである。これらの話が続けて載せられていることとは新大系のまとめの通りだが、このまとめにはなぜそういう話が語られるかという歴史性に対する問いがない。この時代にこれまでとは異なる世界への願望といったものがあったとみていい。

七話を旧世界から新世界へと言い換えてみれば、古代から中世へを語っているといえそうである。猟師は犬を使う技術をもっており、猿退治に役立った。いわば新しい技術によって世界を変えたわけだ。したがって、この美作の村には東国から来た猟師によって新しい秩序がもたらされたが、それはこの世にある技術であり、また都からもたらされたものでもない。つまりそれぞれの地域が比較的に自立しており、交流している事態によっている。そのように書くのが中世的な世界といえるだろう。

しかし八話は同じ新秩序を語りながら、その里の人はこちらの世界に来るが、こちらからはその里には行けないという。この世のすぐ傍にはあるが、この世ではない世界である。九話もいったん元の村に戻って、人を募り、農作物の種を持って移住している。そして能登の大宮の祭にはやってくるという。ある船乗りが風の関係でその島に行ったことがあったが、島では島のようすは見せたがらなかったと書いている。こちら側から語っているわけで、新しい世界の側からではない。十話はさらに妹兄島が今もあるとしているだけで、こちらの側から語っている。

新しい世界の始まりを語るのは神話である。本来神話は自分たちの起源を語るものである。これらの話は外の者が語っている。かといって、八話、九話は自分たちの周辺の社会の神話である。まったく無関係の神話でもない。ではなぜ周辺の神話に関心を抱くのだろうか。九話は自分たちの世界の者が偶然に漂着したとはいえ、島の世界を拓いた。つまり作物の種も持って行ったとあるから、自分たちの世界から分派した世界である。その意味では、十話も同じに違いない。ある村の兄と妹が流され、漂着した島で、船に農具や苗を積んでいたゆえ、自分たちと同じ生活を始めたのである。したがって、新しい世界は自分たちの世界の延長したものでしかない。これはある社会が周辺の世界に自分たちの世界を開拓する願望といってもいいではないか。

九話、十話は新たな世界を拓くもので神話らしい。七話、八話はそれまであった村を支配していた神が退治され、新たな秩序が始まるのだから、これも神話といっていい。このようにさまざまなパターンがあり、そして自分たちの生活を新しい世界に投影する神話は中世的な神話と呼んでもいい気がする。

このうちの八話はのちの平家の落人伝説に繋がっていくだろう。平家の落人伝説も、開墾されて新しい世界が始まった話だったのである。

新しく世界が始まる話としては、『今昔物語集』巻二十八話「池尾禅智内供鼻語」もそうだ。芥川龍之介『鼻』の元になった話である。書き出し部だけ引いてみる。

今昔、池ノ尾ト云フ所ニ、禅智内供ト云フ僧住キ。身浄クテ、真言ナド吉ク習テ、懇《ねむごろ》ニ行法ヲ修シテ有ケレバ、池ノ尾ノ堂、塔、僧坊ナド露荒タル所無ク、常灯、仏聖《ぶつしやう》ナドモ不絶《たえ》ズシテ、折節ノ僧《そう》共《ぐ》、寺ノ講説ナド滋《しげ》ク行ハセケレバ、寺ノ内ニ僧坊隙マ無ク住賑《すみにぎ》ハヒケリ。湯屋ニハ、寺ノ僧共《ども》、湯不涌《わか》サス日無クシテ、浴《あみ》嘷《ののしり》ケレバ、賑ハハシク見ユ。此ク栄ユル寺ナレバ、其ノ辺ニ住ム小家共員数《かずあまた》出来テ、郷モ賑ハヒケリ。

禅智内供が寺を修行を中心にした運営をしたので寺は栄え、周囲に人も集まり賑わったという。寺は禅智内供によって始まったわけではないが、禅智内供によって繁栄がもたらされた。

次にその禅智内供の鼻が、

此ノ内供ハ、鼻ノ長カリケル、五六寸許也ケレバ、頤ヨリモ下《さかり》テナム見エケリ。色ハ赤ク紫色ニシテ、大柑子ノ皮ノ様ニシテ、ツブ立テゾ皺《ふくれ》タリケル。

と異様なものであることが語られている。この異様さは普通のものではない、いうならば聖性の象徴である。寺の周りには賑やかな町ができ、中心には聖なる鼻があるという構造になる。つまり異様な鼻という聖性をもつことで、寺は繁栄し、それによって町ができ繁栄したのである。新しい世界が現出した。

そう解すると、先にみた巻二十六の話と通底しているといえるだろう。

しかしこの話は笑い話として展開する。中心にはある聖性の象徴である鼻は異様で、内供もてあまし、なんとか普通の鼻になりたいと治療をするが、役立たず、食事の邪魔になるので童に持ち上げさせていたが、童がくしゃみをしたため、鼻が熱い粥に落ち入り、内供は高貴な人の鼻を持ち上げている時にくしゃみをする奴はあるかと怒るので、逃げた童がこんな鼻を持っている人は他にいないのに、変なことをいうと笑う。禅智内供はばかにされているのである。

かといって寺が衰退したとも、町の賑わいがなくなったとも書いていない。中心の聖性はばかにされているが、始まった賑わいは保たれている。

言い換えれば中心は空洞なのである。考えてみれば、鎌倉幕府が始まって以来、王朝の法律や文化は社会を支えるものでありながら、天皇、皇居はしだいに空洞になっていった。中世は中心が空洞であることで、僧侶たち、武士たち、商人たちなどが活き活きと活動した時代だった。

このようにして、古代から中世という新しい世界の始まりが話・伝承として語られたのである。

特集

説話の国際性

日本とベトナムの十二支の違い

グエン・ヴー・クイン・ニュー

在日中に、いろいろな神社を訪問し、十二支動物像、「十二支守りご本尊」を見かけて驚いた。可愛い兎等の動物を多く見かけ好奇心が湧き、日本人の動物観や民衆信仰に関心を持つようになった。しかし、この十二支の動物像を何回見ても猫はいなかった。日本とベトナムの十二支の違いはいったい何だろうという好奇心から本研究と向き合うようになった。

一　十二支の歴史

十二支の起源は中国にあり、日本とベトナムに現存する最古のものは、神話・物語等である。十二支は日本のとなりの国・中国で、今から約三千五百年前に考えられた〝カレンダー〟である。中国起源の「十二支」であるが、登場する動物は、それぞれの事情に合わせて、独自に変化した。

日本では、『日本書紀』において十二支で時刻を示すことが多く見られる。『日本書紀』の紀年法としては、十干と十二支との組み合わせで、暦の年や日を表す方式が取り入れられた。「夏六月の甲戌《こうしゅつ》（十日）、秋七月の辛丑《しんちゅう》（七日）、春正月の壬辰《じんしん》（一日）」等である。『古事記』にも最古の写本である真福寺本に、第一〇代崇神天皇から第三三代推古天皇にいたる二四代のうち一五代の天皇の崩御年が干支で記されている。

日本の十二支は「子《シ》（ネズミ）、丑《チュウ》（ウシ）、寅《イン》（トラ）、卯《ボウ》（ウサギ）、辰《シン》（リュウ）、巳《シ》（ヘビ）、午《ゴ》（ウマ）、未《ビ》（ヒツジ）、申《シン》（サル）、酉《ユウ》（トリ）、戌《ジュツ》（イヌ）、亥《ガイ》（イノシシ）」である。

一方、ベトナムの十二支は、「Tý 子（ネズミ）、Sửu

（水牛）、Dần 寅（トラ）、Mẹo（猫）、Thìn 辰（リュウ）、Tỵ 巳（ヘビ）、Ngọ 午（ウマ）、Mùi（ヤギ）、Thân 申（サル）、Dậu 酉（トリ）、Tuất 戌（イヌ）、Hợi（豚）」である。

登場する動物名だけみれば、ベトナムの十二支では兎の代わりに猫を入れた。また、丑が水牛に、羊がヤギに、猪が豚に入れ替わっている。

ベトナムの歴史の年代もすべてこの十二支で示す。一四七九年に編纂された、漢文による編年体の歴史書である『大越史記全書』（*Đại Việt Sử Ký Toàn thư*）第一巻にも十干と十二支との組み合わせで、暦の年や日を表す方式が取り入れられた。そして、ベトナムでは、十五世紀の史料『嶺南摭怪』で紹介された「鶏庖氏」の話に、「辰、巳、寅」[1]等という動物群が登場した。

十二支は中国から始まったと思われたが、古代西アジアの文明が起源という説もあった。「今日、十二支動物の文化が見られる範囲はアジア全域に広がり、モンゴルを含む東アジアのほか東南アジア、南アジアのインド（酉は神鳥ガルーダ）、北アジア、西アジアのイラン（辰は鯨）、アラビア（辰はワニ）に及んでいる」[2]。

二　日越の十二支から見た文化価値観の違い

まずは、丑と水牛。ベトナムの十二支では、丑の代わりに水牛を入れた。ベトナムでは「人間にとって、六匹の益獣は水牛、馬、ヤギ、鶏、犬、豚」であるといわれる。[3]『大越史記全書』では、「水牛は耕作のための大事な家畜で、人間に利益を与えることも少なくない」[4]と説かれる。

次に猪と豚。ベトナムにおいて、豚は益獣に数えられる。ベトナム人にとって水牛、ヤギ、豚は大変身近な存在であるため、十二支に入っているが、日本は違う。「イノシシは「熊野山の神は熊に「化《かわ》」り、足柄板の神は鹿に「化」り、伊服岐能山の神は猪に「化」るかということであるが（中略）足柄のシカ、伊服岐（イブキ）のイ（ヰ）」という音通の語呂合わせによって生まれた動物なのである」[5]。日本では自然と生きものは人と切り離すことができないという思考と習慣が強いと思われる。

最も興味深いのは兎と猫である。日本人は、兎は可愛いという日本独特の文化価値観を持っている。しかし、ベトナム人にとって兎は野山の豊穣、弱さの象徴である。ベトナム人にとって、兎は弱くて、〝Nhát như thỏ〟「兎の如く気が弱いデリケートな生き物〝Thỏ đế〟（兎の王）」という言い回しがある。野生の兎たちは巧みに敵から逃げながら生活する弱い動物である。勇気がないことを示すことから、ベトナム人には好まれない動物となった。

一方、日本での、怒りが収まらない猫が、今でも鼠を見つけると追いかけ回す、という物語でのイメージと違って、ベトナム人にとって、米を食べる鼠を追い払ってくれる猫はより身近な存在であって人との親密な関係などから猫が十二支に入ったといわれている。

図1　猫が描かれたドン・ホー絵画

日本には猫は神様のところにいつ行くのかを忘れてしまったので、鼠に訊くと、鼠はわざと一日遅れの日を教えたため「猫は一日遅れで行ったものだから番外で仲間に入れなかった」という物語がある。ベトナムでは、猫は寝坊してかわいそうだから許されて入れてもらえた。だが、注意したいのは、ベトナムの場合、猫は鼠に朝起こしてもらうよう頼んだが、鼠は朝猫を起こすのを忘れてしまい、「ワザとではないが結果的に鼠が猫を騙してしまう事になった」という話になっている点である。これはベトナム人の気持ちはいつも前向き、過去のことを忘れ、未来に目を向けるという精神が強くあらわれていると言われる。「人間には敵はなく、仲良くし許す心(lòng vị tha/ロン・ヴィー・ター)」を大切にするというベトナム人の根本的かつ精神的な民族性は「許す国民性」である。

ただ、もう一つ、発音によって猫と兎が入れ替わったという説もある。中国の兎の発音「マオ」とベトナム語の猫の「メオ」の音が近いのがその理由である。十二支は単純に動物名だけではなく、動物がまとうイメージに目を向けることで、登場する動物への価値観を通して文化を比較することができる。日本とベトナムの十二支の見方にはさまざまな相違点がある。この比較から両国の文化を深く研究し、それぞれの動物への見方を明らかにしていきたい。また十二支に見える教育性、動物観、自然観の根本的な相違点を追究していきたい。

三 寝坊した猫とかわいい兎

（1） ヴ・クイン、キェウ・フー『Linh Nam Chich
…『嶺南摭怪』（ベトナム中古・中世文学書、文学
…年）三〇頁。
…――文化の時空を生きる』

『大越史記全書』第四集、社会科学出版社、一九九八年）二九二頁。

（5） 川副武胤『古事記』日本歴史新書』（至文堂、一九六六年）一四六頁。

丁部領王の説話とベトナムのホアルー祭

ゴ・フォン・ラン

はじめに

各民族はそれぞれの文化的な特徴を持っており、民間信仰もその一つである。

ベトナム人の民間信仰は多神教である。天と地、雨と風、山と川などには、霊魂があると信じている。歴史上の人物や、国を建設・発展させた功績を持っている英雄も神様となる。それはいわゆる人間の神様である。

人間の神様は、たとえば建国に貢献した実在の人物である。亡くなった後も功績や恩を記憶するために祖先のように祭られ、時間が経つとともにその英雄が神聖化され、最後に神様として後世の人々に崇拝されるようになった。

ホアルー祭はベトナムの最も古いお祭りであり、一〇〇〇年続いた北属期の後、ベトナムの十二使君の乱を鎮め国を統一して丁朝を建国した、ベトナムの英雄丁部領（ディン・ボー・リン）王の功績を記憶・記念するために行われている。

本稿は、ベトナムの歴史資料『大越史記全書』を通して、ホアルー祭と本祭で主に祭られている丁部領王について紹介する。

一　ホアルー祭と丁部領王との関係

ホアルー祭は、かつて、「ディン・レー祭」（丁・黎祭）、チュオン・イエン祭（長安祭）、あるいは「蘆旗祭」、「草旗祭」と呼ばれ、古代からホアルーの町で行われてきたと伝えられた。

しかし、ホアルー祭が正確にいつから始められたのか、現在も確定できていない。いくつかの伝承によると、丁・黎祭が李朝（十二世紀）の初めに創始され今日まで伝えられてきたという。

ただし、皇定九年（一六〇九）の碑によると、「丁部領王は、功績が大きいので誰もが忘れてはならず、徳が厚いので人々が祭らなければならない英雄である。そのため、昔から現在までの間、丁部領王を祭るために寺院の土地のうち九畝六巣をとって耕作し、また採った利益を祭礼を行うのに使う」と書いてある。丁部領[1]王と黎大行王を祭る現在の寺院は、十七世紀に長安府之風社人であるブイー・ヴァン・ケーとブイー・テョイ・チュンによって建てられた。こうしたことから、ホアルー祭は十七世紀頃から確実に行われてきたと考えられる。

ホアルー祭は、当初、丁部領王の誕生日（旧暦二月十五日）に行われたが、その後、旧暦三月の初旬（三月六日から十日まで、もしくは三月八日から十一日まで）に行われている。伝承によると、旧暦三月十日は丁部領王が皇帝となった日で、三月八日は黎大行（レー・ダイ・ハイン、前黎朝の最初の王）が亡くなった日とされる。

ホアルーはベトナムの重要な遺跡である。二〇〇七年にユネスコに認められたチャン・アン（長安）世界遺産複合遺跡群の四つの中核エリアの一つである。ホアルー遺跡は、丁先皇（ディン・ティエン・ホァン）と黎大行（レー・ダイ・ハイン）、李太宗（リー・タイ・トー）を始め、丁朝、前黎朝と李朝の歴史上の人物に深く関わっている。

図1　丁部領王を祭る寺院（ホアルー県長安社）

ホアルーはベトナムで初めての封建的集権国家の都であり、数十世紀にわたり続いたタンロン（昇龍）やフエ（順化京城）に匹敵する都市である。しかし、時間の経過、気候や戦争などによりほとんど破壊され、現在残っているのは石造りの跡だけとなり、「黄金時代」

の宮殿はなくなった。

　ホアルー祭はホアルーの都の中心地であるニン・ビン省の長安（チュオン・イエン）社、華閭（ホアルー）県で行われている。ここは丁先皇（ディン・ティエン・ホアン）を祀る寺院と、黎大行（レー・ダイ・ハイン）を祀る寺院が位置しているところである。

二　『大越史記全書』を通じた丁部領王の生涯

『大越史記全書』第一巻（第一刻本）によれば、丁部領王は独立勢力を築いていた各地の使君を鎮め、自ら皇帝となり、一二年間（九六八～九七九）在位した。しかし杜釋（ドー・ティック）という名の内人に暗殺され、五六歳で亡くなった（九二四～九七九年）。

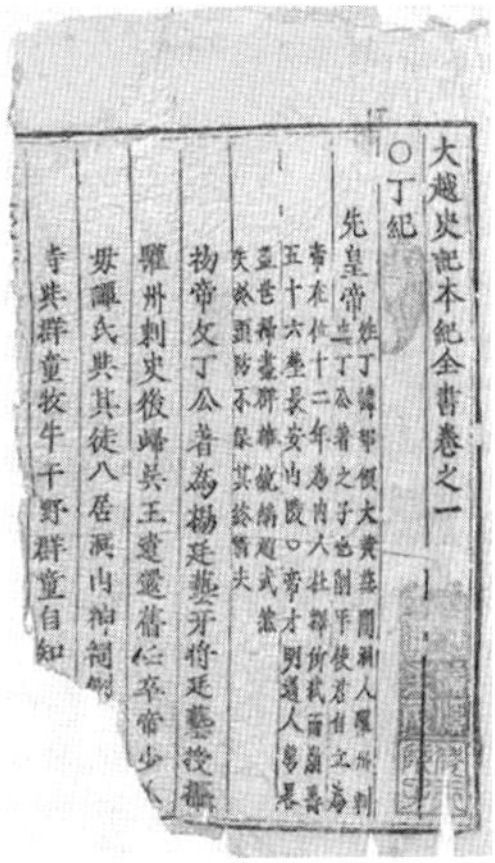
大越史記本紀全書巻之一
○丁紀
先皇帝

図２
『大越史記全書』丁紀冒頭

　同書では、丁部領王の幼いときについて、以下のように描写されている。


　幼い頃に父君を亡くした帝は、母君である譚氏（ダン・シー）とともに山神洞に住んでいた。

　幼少の頃、牧童の子供たちと一緒に牧牛していた。牧童の子供たちは自分が帝より知識が不足していると認識し、帝をリーダーにした。

　帝は牧童の子供たちと遊ぶとき、彼らに手を組ませて神輿を作らせ自分を運ばせた。また、左右両側に蘆の花を旗のように上げさせ、「天子儀仗」の真似をした。暇なとき、帝は牧童たちと一緒に他の村の子供たちと合戦ゲームをして、いつも彼らを降伏させた。どこへ行っても子供たちを慌てさせた。

　牧童たちは、毎日帝のために薪を差し上げた。帝の母君はこの様子を見てとても喜び、家で飼っている豚を殺して子供たちに食べさせた。各柵の長老たちは「この子は非常に勇気があり、将来素晴らしい事業を成し遂げるはずだ。今や我々はこの子に従伏しなければ、後日必ず後悔するであろう」と互いに話した。そして、長老たちは親族や弟子を連れて丁部領王に従服（来附）し、陶澳（ダォー・アォー）柵の長柵（リーダー）に祭り上げた。[2]

三　ホアルー祭の重要なイベント

ホアルー祭の最も重要な遊びは草旗合戦ゲームであり、丁部領王が幼いとき蘆を旗にし牧童の子供と一緒に合戦ゲームをしたことを再現している。この蘆旗合戦ゲームは、昔、ホアルー祭の一つの儀礼として行われていたが、現代では民間の演劇として行われている。

図3　蘆旗合戦ゲームの様子

蘆旗合戦ゲームに参加するのは、丁部領王が合戦ゲームを興じた頃（一三歳）と同じ年齢の少年で、六〇人ほどが選ばれ二つのチームに分けられ、区別しやすいようにそれぞれ決まった服を着る。共通している点は、少年たちがみんな蘆を二本後ろのベルトに組み挟んで、手に六〇～八二センチぐらいの棒を持つことだ。各チームにはリーダーがおり、そのリーダーは刀を持ってココナッツの葉で作った武官のヘルメットを被っている。一番格好がいい男の子は選ばれて丁部領王の役にさせられる。合戦ゲームをする少年たちは民間音楽やトランペットをバックにして踊ったり、歌ったりしながら演劇をしている。

現在の蘆旗合戦ゲームは、丁部領王の幼いときの伝説を再現するだけでなく、民族の勇気や国の平和と繁栄を象徴する役割も担っている。

ホアルー祭にはもう一つの重要な儀式があり、それは「水取り行列」である。「水取り行列」は、丁部領王が叔父に襲撃されたとき、二匹の黄龍がホァン・ロン（黄龍）川に現れ丁部領王の命を救った伝説を再現している。また、本祭はベトナム人の「飲水思源」といった民族意識などを含む、共同体の過去、現在、未来の関係を体現している。

『大越史記全書』は以下のように述べている。

帝には叔父がいた。彼は他の柵を占領し帝と対抗し戦った。当時、帝は幼く、軍事力も不足していたため、叔父に負けた。そのため逃げなければいけなかった。逃げる途中、譚家娘湾（ダム・ザー・ヌオン・ロアン）という橋を渡るとき、突然橋が崩れた。帝は沼地に落ちた。

叔父が帝にとどめを刺そうとしたとき、二匹の黄龍が帝を擁護するため現れた。叔父は怖くて逃げてしまった。帝は残った兵士を集めて叔父を追いかけ、戦い、その結果叔父は負け降伏した。それ以降、だれもが帝を恐れ畏怖《いふ》を感じていた。帝はどこに征服に行っても竹を割るように容易に勝利を遂げ、その連戦連勝ゆえに、民衆から「万勝王」と尊敬された(3)。

祭りの当日、行列の参加者は、朝早く、丁部領王を祀る寺院を出発し、ホァン・ロン川に向かい、川の水を瓶に入れて慎重に運び、寺院に持ち帰る。行列の参加者は、最初に五色旗を持つ一群が二列で歩き、次に「八音」や「太鼓」の囃子の一群がついて行く。続いて、丁部領王の仏壇が載せられた「八貢」の神輿を運ぶ一群である、丁朝の兵士の衣服を着た健康な男性の若者八人が続く。それから、政府や各省県村の代表者や観客も、行列について行く。これに続き、傘が付いている「八貢」の神輿を着飾った少女たちが運ぶ。行列の最後に、老人団体、婦人団体、各地方からの「女官礼拝団体」など、礼物を運ぶ者たちもついて行く。

ホァン・ロン川に着いたら、行列の参加者は船に乗って川の水を取りに行く。二〇艇ぐらいの船があり、そのなかに竜舞を踊る人々を乗せた船が六艇ある。一番大きい船には白いアオザイを着ている二人の少女が乗せられ、川の水を瓶に入れる

図4　お水取り

役を務める。この船には、チュオン・イェン社人民委員会の委員長や各村の老人会の代表者もいる。ホアン・ロン川から取ってきた水は丁部領王の仏壇に載せられ伝統的な礼拝に使われる。

おわりに

ベトナムの民間文学に、ベトナムの国民の誇りを表した次のような詩がある。

瞿越国当宋開宝、華閭都市漢長安

(昔の大瞿越の国は中華の宋に相当し、ホアルーの都は漢朝の都・長安と変わらない)

ベトナムの一時代を築いたホアルーで行われるホアルー祭における民間伝承は、丁朝、黎朝の歴史上の人物や住民の日常の労働生活を反映している。本祭ではいろいろな礼拝儀式も厳粛に行われ、国を建設し守った功績がある者、いわゆる「国の英雄」への住民の尊敬を表している。

実際には、ホアルーは九六八年から一〇一〇年までのわずか四二年間しか続かなかった。しかし、誇り高きホアルーの存在はベトナム国民の心に永遠に生きていくだろう。そこで行われるホアルー祭の伝統は、ベトナム国民の独立と自由への渇望、国土の建設と発展の願いを込めて、これからも、後世に受け継がれていく。

(1) 丁部領王は丁先皇帝、万勝王などと呼ばれている。

(2) 『大越史記全書』第一巻(第一刻本)「帝少孤、母譚氏与其徒入居洞山神祠側。為兒童時、与群童牧牛于也。群童自知識量不及、相与推為衆長。凡遊戯、必率衆交手、為乗輿捧之、及以蘆花左右引之、象天子儀仗。暇日往撃別村兒童、所至皆摂服、相率日供樵爨、以充課役。母見之喜、為烹家豚饗之。諸冊父老轉相告曰、『此兒器量若是、必能済事、我輩苟不来附、異日悔之晩矣。』遂率子弟往従之、與立為長、居陶澳冊」

(3) 『大越史記全書』第一巻「其叔父抛芃冊、与帝拒戦。時帝年幼、兵勢未振、因奔北。過譚家娘湾橋、橋折陥于淖。叔欲刺之、見二皇龍擁之、懼而退。帝收餘卒復戦、叔乃降。由是人人畏服、凡征戦所過、易如破竹、号万勝王」

〔参考文献〕

Đặng Công Nga sưu tầm, *Lễ hội Trường - Yên*, TL 49/2003, Thư viện Viện Văn hóa Nghệ thuật quốc gia Việt Nam（ダン・コン・ガー編『長安祭礼』資料49/2003、ベトナム国家文化芸術研究所）

Đỗ Long, Trần Hiệp, *Tâm lý cộng đồng làng và di sản*, Nxb Khoa học xã hội, 1993（ドー・ロン、チャン・ヒェップ『「村」共同体の心理と遺産』社会科学出版社、一九九三年）

Trần Ngọc Thêm, *Cơ sở văn hóa Việt Nam*, Nxb. Giáo dục, 1999（チャン・ゴック・テーム『ベトナム文化基礎導入』教育出版社、一九九九年）

Ngô Đức Thịnh, *Giá trị văn hóa Việt Nam truyền thống và biến đổi*, Nxb Chính trị Quốc gia, 2014（ゴ・ドック・ティン、『ベトナム文化価値――伝統と変動』国家政治出版社、二〇一四年）

Lễ hội cộng đồng - truyền thống và biến đổi, nhiều tác giả, Nxb Đại học Quốc gia TP Hồ Chí Minh, 2014（『コミュニティー祭礼――伝統と変遷』シンポジウム紀要、ホーチミン市国家大学出版社、二〇一四年）

Lê Thành Khôi, *Lịch sử Việt Nam*, Nxb Thế Giới, 2016（レー・タィン・コイ『ベトナム歴史』世界出版社、二〇一六年）

『三国遺事』と『日本霊異記』の観音説話について

宋 浣範

一

二〇一一年三月十一日午後二時四十六分に起きた、いわゆる「東日本大震災」（韓国では「三・一一東日本大地震」という）の記憶は、八年経った今でも脳裏に生々しく刻まれている。この時の地震はマグニチュード九と大規模であり、史上二番目の大きさだともいわれる。大地震は、巨大津波や「福島原発」の炉心溶融による爆発を誘発した。「東日本大震災」は、想定外が連発した連鎖災害であった。今現在も復興というには、程遠い段階であろう。

筆者を含む高麗大学グローバル日本研究院の研究グループは、早くも同年三月十四日にこの震災に対する一つの研究チームを創設した。それ以降も、校内において「社会災難安全研究センター」や「災難安全融合研究院」を設立するにいたった。毎年三月を中心に、国際学術シンポジウムを設け、研究を推進している。このように、「災害・安全・東アジア」という三つのキーワードを研究テーマに掲げ、活動してきた(1)。その成果として、最近は「東アジア安全共同体」という概念を提唱している(2)。

二

人間は「東日本大震災」のような自らの思考領域を超える、想定外の災害に直面した時、いかにして問題解決に進んでいくのであろうか。解決手段はさまざまにあると思われるが、その一つに宗教がある。すべての宗教には、人間を苦難から救済する機能がある。

夙にいわれているように、「東アジア世界」の文化的共通点として、「漢字・(漢訳)仏教・儒教・律令」があげられる。(3) こうした文化的共通点のなかに、仏教が存在したことは注目される。仏教には、災害に対する救済手段として観音菩薩がある。観音菩薩は、大慈大悲を根本誓願するという役割を担い、大悲聖者あるいは救世大士とも呼ばれる。衆生は人生の苦難や逆境に陥ったとき、阿弥陀仏の左に立つ観音菩薩の教化を求め、その名を暗唱しながら念仏する。そうすれば、観音菩薩が助けを願う祈禱に応じ、救済してくれる。

さらに観音菩薩は、衆生を教化する際、衆生の必要に合わせ三十三身に姿を変えて現れ、苦難から救ってくれる。これを普門示現という。形象によって六観音(聖・千手・馬頭・十一面・準提・如意)などと分けられるが、そのなかでも聖観音が本身であり、他は普門示現する変化神である。(4) 要するに、人間を救済あるいは救願する観音菩薩を信じることが、他ならぬ観音信仰なのである。

三

韓日において、古代の代表的な仏教説話集として有名なのは、『三国遺事』や『日本霊異記』である。

まず前者は、高麗時代の忠列王の時(一二八〇年代頃)に、僧侶である一然禅師(普覚国師とも、一二〇六〜八九)と、無極(混丘あるいは清玢とも、一二五一〜一三二二)をはじめとする弟子たちによって編纂されたという。内容は古朝鮮時代から後三国時代まで、約三〇〇〇年間の歴史と文化を整理したものである。全五巻九編からなり、第一・二巻の紀異二編では新羅史を中心に東方諸国の記録を収録する。第三巻以降の興法以下の七編(興法・塔像・義解・神呪・感通・避隠・孝善)は、朝鮮三国の仏教史関係の説話記事を中心とする。また孝善編は儒教的な観点で見ることも可能であるが、寺や僧侶が登場することから全体としては仏教的内容といえる。(5)

一方後者は、下巻三十九縁の弘仁十三年(八二二)の記事によると、延暦六年(七八七)に原型本が成立し、その後、弘仁年間(八一〇～八二四)に追加増補された。編者は薬師寺の僧景戒である。構成は、上巻三十五縁、中巻四十二縁、下巻三十九縁、合計一一六縁が収められている。(6)

四

では『三国遺事』と『日本霊異記』を、観音菩薩が関わるところで比較していきたい。まず形式的な部分から見ていく。前者において、観音説話は一三か所の条目(紀異編一・塔像編八・義解編一・感通編三)にあり、そのなかには一二個の観音霊験談が含まれているといわれる。全体一三個の条目のなかで、統一新羅以前の内容は慈蔵の出生にかかわる事例が唯一であり、他はすべて統一以後のものである。したがって『三国遺事』は、統一新羅時代(六七六～九三五)の観音信仰の説話集ともいえる。(7)一方後者には、観音菩薩の話が一八例あり、そのなかで観音説話すなわち観音霊験譚は一四例(上巻：六、十七、十八、三十一・中巻：十七、三十四、三十六、三十七、四十二・下巻：三、七、十二、十三、三十)確認される。(8)

続いて、内容的な面からの比較を試みる。両説話集において共通する内容を類型化してみれば、「苦難救済型」・「仏事補助型」・「治病救苦型」などに大別することが可能である。ここでは、観音信仰の大きな役割である人間救済の側面を持つ、「救難救済型」の説話に注目したい。なお、災害には自然的災害と人為災害があろう。人為災害として代表的なのは戦争である。以下では、両説話集のうちでも、戦争という人為災害からの救済の事例を具体的に比較することにしよう。

まず『三国遺事』の場合は、巻三塔像編に収録される「三所観音と衆生寺」である。内容は新羅の衆生寺を舞台に、三つの場面で出現した観音像に関する話である。そのうちの一つに、統一新羅の末期である「後三国時代」と呼ばれる戦争期における説話がある。かつて七世紀まで高句麗・百済・新羅が存在していたように、後高句麗・後百済・新羅が再び並立した九世紀末から十世紀前半を「後三国時代」という。

こうした戦乱の時期、天成年間(後唐の明宗の年号、九二六~九三〇)に崔殷誠(『高麗史』列伝には崔殷含とある)という人物が、観音菩薩に祈禱して息子を得た。しかし、後百済の軍隊が新羅の都・慶州に侵攻してきたため、彼は息子を衆生寺の観音菩薩の前に置いたまま、やむを得ず避難することになってしまった。半月後、崔殷誠一行が衆生寺に戻ってくると、驚くことに赤ん坊は元気に生きていた。この子はのちの高麗の重臣である崔丞魯(『高麗史』列伝には崔丞老とある)であり、高麗で初めて朝廷で活躍した実存した人物に当たる。

一方『日本霊異記』の上巻十七縁には、以下のような話が載る。越智直という人物が、七世紀後半に起きた白村江の戦いに参戦する。しかし結局、彼を含む八人は唐の捕虜となってしまう。この不遇な状況のなかで、越智直一行は途中で得た観音菩薩像をともに信仰し、日本に帰る願いを託した。彼らは日本に帰るために造った船に、その観音菩薩像を安置した。彼らの祈禱は叶えられ、無事に日本への帰還を果たした。その後、彼らの事情を憐れんだ天皇が、彼らの望むところを問うた。そこで越智直は、立郡を申し出た。彼の願い通りに立郡が許可され、それと同時に寺が建立された。その寺には、ともに唐から渡ってきた観音菩薩像が安置された。それ以後、越智直の子孫により崇められたという。

五

右で触れた二つの戦争は、歴史的事実である。約二〇〇年の差はあるが、この二つの戦争は共通点を持つ。七世紀後半の百済の滅亡を阻止するため、倭国(のちの日本)より派遣された越智直が九死に一生を得て生還した『日本霊異記』の話と、九世紀末の百済の復興を目指した戦乱の渦中、自分の息子を助けてもらったという『三国遺事』の話に共通するのは、観音信仰であった。

(1) 今までの筆者の成果は、以下の通りである。『ジャパンレビュー二〇一二——三・一一東日本大震災と日本』(共著、ムン、二〇一二年)。『検証:三・一一東日本大震災』(共訳、ムン、二〇一二年)。『文化遺産の保全と復興哲学――自然との創造的関係の再生』（訳書、高麗大学出版部、二〇一三年）。『東日本大地震――復興のための人文学的模索』（共訳、高麗大学出版部、二〇一三年）。『東日本大震災と日本――韓国から見た3・11』（共著、関西学院大学出版部、二〇一三年）。『提言：東日本大地震――持続可能な復興のために』（共訳、高麗大学出版部、二〇一三年）。

（2） 宋浣範「東アジア安全共同体論」序説――戦争・災害・災難」、（『調和的秩序形成の課題』御茶の水書房、二〇一六年）参照。

（3） 西嶋定生（李成市編）『古代東アジア世界と日本』（岩波書店、二〇〇〇年）参照。

（4） 韓国仏教大辞典編纂委員会編『韓国仏教大辞典』（寶蓮閣、一九八二年）。

（5） 最近の成果は次のようである。袴田光康・許敬震『『三国遺事』の新たな地平』（勉誠出版、二〇一三年）。崔光植・朴大宰訳注『三国遺事』一～三（高麗大学出版部、二〇一四年）。河一植校勘解題『パルン本三国遺事校勘』（延世大学博物館、二〇一六年）参照。そのほかにも、一然（朴性奎）『解説三国遺事』（抒情詩學、二〇一〇年）。一然（金ウォンジュン）『三国遺事』（民音社、二〇〇八年）。一然（河廷龍）『校監訳注三国遺事』（時空社、二〇〇三年）。一然（姜仁求、金杜珍、金相鉉、張忠植、黄浿江）『訳注三国遺事』全五冊（以会文化社、二〇〇二～〇三年）。一然（金烈圭ほか二人）『新三国遺事』（四季節、二〇〇〇年）。一然（盧重国）『三国遺事』（啓明大学出版部、一九九九年）。一然（高雲基）『三国遺事』（弘益出版社、一九九八年）。一然（李家源）『三国遺事新訳』（太学社、一九九一年）。

（6） 版本：平安中期の興福寺本（上巻）、来迎院本（中・下巻）、真福寺本（大須観音宝生院蔵、中・下巻）、前田家本（下巻）、金剛三昧院（高野山本、上中下巻）など、興福寺本と真福寺本が底本。小泉道『日本霊異記諸本の研究』（清文堂出版、一九八九年）。平凡社東洋文庫九七『日本霊異記』原田敏明、高橋貢訳（一九六七年）。新訂版平凡社ライブラリー三一九『日本霊異記』（二〇〇〇年）。新潮社［新潮日本古典集成］『日本霊異記』小泉道校注（一九八四年）。小学館［新編日本古典文学全集一〇］『日本霊異記』中田祝夫校注・訳（一九九五年）。講談社［講談社学術文庫全三巻］『日本霊異記』中田祝夫訳（一九七八・七九・八〇年）。

（7） 羅貞淑「『三国遺事を通じてみた新羅と高麗の観音信仰』」（『歴史と現実』七一、二〇〇九年）一五三～一八四頁参照。

（8） 石橋義秀「平安朝仏教説話集にみる観音信仰」（『大谷学報』五三―三、一九七三年）六一～七二頁参照。

金思燁「韓日観音説話考――『三国遺事』と『日本霊異記』を中心として」(『日本学』一一、一九九二年)。金貞美「観音説話の類型と特色――『三国遺事』と『霊異記』所伝の説話を中心に」(『日本語文学』第一七輯、二〇〇一年)。印權煥「韓日観音説話の類型的特徴に対して――『三国遺事』と『日本霊異記』を対象として」(『Journal of Korean Culture』一七、二〇一一年)。金容儀「『日本霊異記』の観音信仰説話の類型及び叙事構造」(『日本語文学』第五五輯、二〇一二年)参照。

ベトナムの『禅苑集英』における夢について

グエン・ティ・オワイン

はじめに

ベトナムは中国から独立した十世紀に、仏教、道教的色彩をともなった精霊崇拝に儒教が融合した文化基盤が形成された。これを背景として編纂された『禅苑集英』、『嶺南摭怪』などは李朝（一〇〇九～一二二五年）の禅師の行状と漢詩を収録している。また、それらは文化、文学、民間信仰、伝承などさまざまな類型を混交した作品といえる。『禅苑集英』は漢文文化圏の説話によく見られる「高僧伝」の類型と同様である。

以前から、ベトナムでは『禅苑集英』と『嶺南摭怪』を対象として、ベトナムの仏教の歴史が研究されている。二十世紀前半ごろ、始めて両書がベトナム語に翻訳されて出版された。ベトナムではベトナム漢文説話と関係があると思われる中国の仏教説話、伝承にはさまざまな先行研究がある。日本では『禅苑集英』と『嶺南摭怪』における高僧についていくつかの論文で言及されている。今回、それらの先行業績を参考にして、『禅苑集英』の文学としての特性と夢についてもう一度、検討したい。

一 『禅苑集英』について

『禅苑集英』は、ベトナムの丁・黎・李・陳王朝における僧侶についての物語である。ベトナム人の有名な学者黎貴惇《レイキドン》によると『禅苑集英』が成立したのはおそらく陳朝の時代で、作者は不明であるが、後期黎朝の永盛十一年（一七一五）に再版された。二十世紀に入ると、福田和尚が永盛年間に印刷した『禅苑集英』を校訂し『大南禅苑伝燈集録』の書名で再版した。序のはじめの行に「重刊禅苑集英」と書いてあるので、テキスト自体は永盛年間に増刷(重刊)した時点より前に存在したと判断できる。研究結果によると一番古いものは漢喃研究所図書館が所蔵しているテキストで、記号はVHv. 1267である。今回、資料として使用しているのはこの版である。

『禅苑集英』はベトナムの丁・黎・李・陳の時代における僧侶についての説話六六編を収め、上巻と下巻の二巻からなった。六世紀から十三世紀まで禅僧の出身、出家、参禅、得道、解説、入寂へといたる人生の行状が語られる。『禅苑集英』の人物の形成は史書より文学的なモチーフ、特に奇抜なモチーフがよく採用された。

本書はベトナムの仏教史を研究する際には不可欠の史料であるが、説話文学の代表であるばかりではなく、東南アジアの漢文文化圏の比較研究の大きな手がかりとなるに違いない。その作品の多様性から文学にとどまらず、歴史、宗教、社会など各分野において研究対象となるに相違ない。

二　『禅苑集英』における夢の特性

周知のように、中国では題目に「夢」がついている作品が「夢の文学」と分類されている。ベトナムの漢文説話でタイトルに「夢」がついているものとしては『南翁夢録』があるが、夢に関する話は一つしかない。一方『粤甸幽霊集』には「夢」という言葉が付いていないが、夢に関する話は一四話もある。

李・陳王朝(十一〜十四世紀)の時代に成立した漢文説話のなかで夢を見る人物の多くは、皇帝と有名な僧侶たちである。十一世紀に中国から独立した最初の長期王朝である李朝では、中国の圧力に対抗するために、より強大な政権が求められ、民族精神の高揚を目的としつつ、太古の昔からの伝説や伝承を記録し、歴史書や文学作品を編纂した。当時、編纂された作品のなかには夢に関する記述がよく見られる。

夢は神や霊といった超自然的存在からのお告げである、という考えは中国、日本も含めて世界中にある。

ベトナムの漢文説話のなかにも、神のお告げとしての夢は豊富に登場する。

日本と同様、ベトナム古典文学にはある人物の誕生の際に、その母の懐妊に関わって描かれる夢のパターンがある。特に高僧の出生譚に特徴的に見られ、それらの霊夢・瑞夢は「入胎夢」と称される。

◆夢と出産

日本人の研究者によると、〈懐妊をめぐる夢〉はそのほとんどが受胎を暗示させるもので、高僧の伝記に書かれることが圧倒的に多い（藤井由紀子「〈懐妊をめぐる夢〉の諸相」『夢見る日本文化のパラダイム』六五頁）。『禅苑集英』における「入胎夢」に関する話は一つしかない。一方、日本説話のなかには二〇名確認できる。たとえば、『三宝絵』…円珍（智證）、『日本往生極楽記』…千観、『大日本国法華経験記』…源信、『今昔物語集』…弘法大師・円珍（智證）・源信・千観、『私聚百因縁集』…円珍（智證）・源信、等々である。この数字は決して大きいものではない。なお、ベトナムではそもそも高僧の伝記の数が少ないので、日本説話と数を比較することはできない。

『禅苑集英』における奇瑞で多いのは出生の際に光が部屋に満ちる夢を見て、出産するという例であり、母親か父親が夢を見た者は将来皇帝、将軍、僧侶になる。たとえば、母親が月が腹中に入った夢を見た後に生まれた子供が皇帝になる。また、母親が神霊から剣をもらった夢を見て生まれた子供が将軍になる。父親が錫杖、経典をもらう夢を見て生まれた子供が禅師になるという具合である。例をあげてみよう。

> 祝聖寺にいる真空禅師は仙遊、扶董の人である。母が妊娠しているとき、父が夢でインドの僧に錫杖を授かって、師が生まれた。
>
> （『禅苑集英』「真空禅師」）

ベトナムの漢文説話における懐妊の夢に関わる話には、夢を見る人物を母に設定した例が多い。日本説話が「父の存在を排除することがある」といわれるのに対して、ベトナムの説話では父の存在もみられる。

◆夢告

李・陳王朝の時代に仏教が繁栄し、有名な僧侶が政権に参加し、当時の朝廷で要職についた。僧侶の略歴を編纂した『禅苑集英』のなかにも夢を見る有名な僧侶の記述が見られる。

匡越は常に平虜郡、衛霊山へ遊びに行き、その静寂な景勝を愛し、そこに長く居住したいと思った。夜、夢を見て、金の甲冑を着て、左手は金鎗、右手は宝塔をもった神人が現われ、一〇人の従者が怖ろしい顔をしていうには、「吾は毘沙門天王で、従者は皆夜叉である。天帝から勅令を受けて、国境を護衛し、仏法を繁栄させるためにこの国へ来た。汝と縁があったので、託されてきたのだ」といった。師は驚き覚めた。山のなかで誰かが大声で叫んだのが聞こえて、奇異に思った。翌日、その山へ入ってみると、一〇丈ぐらいの高さで、葉枝が茂る巨樹があった。また、その巨樹の上に瑞雲が被っていた。そこで工人に命じて夢を見た通り像を彫刻させた。（『禅苑集英』「匡越大師」）

また、夢で文殊菩薩が刀を持ち、腹を切って腸を洗って薬をだした。それから風のように、習ったことをよく覚え、三昧の言語ができて、経をうまく講説することできるようになった。「腹を切って腸を洗ったのちに頭がよくなる」という構図がベトナムの漢文説話と伝承にはよくみられる。次にその例をあげてみよう。

昇龍京にある吉祥寺の円照禅師は龍潭人で、姓は枚である。「直福堂」と諱する。李朝の霊感太后の兄の息子である。幼時、聡明で学問を好んだ。本郡にある密厳寺の長老が人相をよく占えると聞いて、実際に見に行った。（中略）師は教えてもらったことで感悟し、親を辞して、芭蕉山にいる定香禅師に授業し執侍した。一年余りで禅学を深く理解するようになった。常に円覚経を持して、三観法も明らかになった。長く禅定したとき、夢を見た。文殊菩薩が刀を持ち、腹を切って腸を洗い薬をだした。それから風のように習ったことをよく覚えて、三昧の言語ができて、経をうまく講説することができるようになった。（『禅苑集英』「円照禅師」）

◆夢と臨終

『日本霊異記』『今昔物語集』などの日本説話における奇瑞で特に多いのは臨終の際の芳香・紫雲・音楽などの表現であるが、それは『禅苑集英』にはあまり見えず、代わりに臨終のとき「鳥と禽獣が悲しくて鳴いた」という場面が見られる（『禅苑集英』「究旨禅師」、「道恵禅」）。中国の『宋高僧伝』にも僧が亡くなった時、鳥と禽獣が悲しみ泣いている場面が見られる。

僧侶が往生した際に弟子と皆が悲しんで泣いている場面は『今昔物語集』によく見られるけれども、『禅苑集英』には見られない。その原因はいろいろあるが、ベトナム人の観念では仏僧がなくなってから極楽、涅槃へいくのは嬉しいことで、泣くのは往生への障碍とするべきで、悲しんで泣くべきではないからである。

おわりに

中国と日本の古典文学における「高僧伝」「列僧伝」と同じく、ベトナムの漢文説話においても「僧侶」の話がある。それらは、中国の古典文学の影響を受けたことはいうまでもないが、ベトナムの歴史環境のなかから生まれた。本稿では李・陳王朝漢文説話における、高僧像の形成にかかわる夢という特性（「入胎夢」「夢告げ」「夢想」「夢占い」「託胎夢」「夢解き」「夢判断」など）に注目してきた。このようなベトナムの漢文僧侶譚は、ベトナム内での研究領域ばかりではなく、中国、日本、朝鮮半島などアジアの比較文学研究にもつ意味もきわめて大きい。ここでは東アジアの比較研究のための資料提供を心がけ、ベトナムの漢文説話の『禅苑集英』などにおける僧侶譚を中心に紹介した。

〔参考文献〕

Trần Hữu Sơn, *Loại hình tác phẩm Thiền uyển tập anh*. Nxb.KHXH.Hà nội, 2002（チャン・ヒュー・ソーン『禅苑集英』における作品類型』社会科学出版社、ハノイ、二〇〇二年）。

Lê Mạnh Thát, *Nghiên cứu về Thiền uyển tập anh*. Nxb Thành phố Hồ Chí Minh, 1994（レー・マイン・ターット『禅苑集英』の研究』ホーチミン市出版社、一九九九年）。

Trần Thị An, *Đặc trưng thể loại và việc văn bản hóa truyền thuyết dân gian Việt Nam*. Luận văn Tiến sĩ. Hà Nội. 2000.（チャン・ティ・アーン『ベトナム民間伝説の流転と類型の特徴』（博士論文、社会科学出版社、ハノイ、二〇〇四年）。

荒木浩編『夢と表象——眠りとこころの比較文化史』（勉誠出版、二〇一七年）。

荒木浩編『夢見る日本文化のパラダイム』（法藏館、二〇一五年）。

江口孝夫『夢と日本古典文学』（笠間書院、一九七四年）。

河野貴美子『日本霊異記と中国の伝承』（勉誠社、一九九六年）。

小峯和明『今昔物語集の世界』（岩波ジュニア新書、二〇〇二年）。

占城王妃の叙述をめぐって
――『越甸幽霊集録』および『大越史記全書』から

佐野愛子

はじめに

ベトナムに、『越甸《えつでん》幽霊集録』という書がある。成立は陳朝の開祐元年(一三二九)で編者は李済川という官人である。書名の「越」は大越国(現在の北部ベトナム)を、「甸」は天子に直属した地を意味し、「越甸」とはすなわち大越の皇帝が支配した地域を意味する。その大越の神々を「歴代人君」「歴代人臣」「浩気英霊」にわけ、計三〇位の事績を記した書が『越甸幽霊集録』である。

本書の特徴として、各話の末尾に陳朝が重興元年(一二八五)、同四年(一二八八)、興隆二十一年(一三一三)にそれぞれ与えた神号を記録している点があげられる。これら三つの年号は、重要な対外戦争と関わりがある。すなわち十三世紀にはじまるモンゴルの侵略であり、それを契機として成立したと考えられる。

一方、『大越史記全書』は編年体の大越の通史である。史官の呉士連が、洪徳十年(一四七九)に完成させた。全一五巻で、神話時代の鴻厖氏の建国から黎太祖即位(一四二八年)までを扱う。

ここで注目したいのは、『大越史記全書』の編者である呉士連がその凡例で、「本書は黎文休の『大越史記』(一二七二)と潘孚先の『大越史記続編』(一四五五)の二書に、中国、大越双方の資料を参考にして編纂した(是書之作、本黎文休、潘孚先大越史記二書、参以北史、野史、伝志諸本、及所伝授見聞、考校編輯為之)[1]」と書くように、本書が野史や説話集、口頭伝承といった類をも取り込んで叙述されている点である。事実、『大越史記全書』には、先の『越甸幽霊集録』と重なる記事も多く、『越甸幽霊集録』は『大越史記全書』編纂の粉本の一つといえるだろう(2)。

そこで、『越甸幽霊集録』と『大越史記全書』に共通して記述される出来事を取りあげ、その叙述の差異を検討してみたい。そして、各テキストの性質によって、叙述に差異が生じる理由を考察してゆく。

一 『越甸幽霊集録』における占城王妃

『越甸幽霊集録』『大越史記全書』のどちらにも共通して記述される出来事として、ここでは占城王妃の媚《び》醯《けい》について取りあげたい。なお占城とは、ベトナム中部に建国された王国で、主にチャム族とチュオンソン山脈・タイグエンの山地民からなる。現在では大越、占城ともにベトナム国内にあるが、前近代までは別の国であった。その占城国の王妃であった媚醯が、大越の資料に登場するのは、李朝の第二代皇帝太宗(在位一〇二八~一〇五四)代で、太宗が占城を親征する際のことである。

それではここで、『越甸幽霊集録』の媚醯に関する記述をみてゆく。同書は諸本が多いが、ここではもっとも古態をとどめるとされる東洋文庫本(3)(X-3-9)を使用する。

『越甸幽霊集録』「貞烈夫人」

夫人は占城国王乍斗の妃である。李太宗の時、乍斗は朝貢をしなかった。そこで太宗は占城に親征して、乍斗と布政江で戦った。乍斗は敗れ、乱軍に殺され、夫人は捕虜となった。太宗は莅仁江まで帰ると、夫人を侍らせようとした。夫人は命令を聞き、密かに白氈《せん》をまとい、投水自殺した。

その後、夜の静かな時は、江の中から哀怨の声が聞こえるようになった。土人は夫人を哀れんで、祠を立てて奉祀した。太宗がたまたま行幸した際に、祠の前を通り過ぎ、その由来を尋ね、土人から詳しい由来を聞いた。太宗はいたましく思い、「本当に神霊がいるならば、朕に知らせるがよい」といった。その夜、太宗の夢に女人がやって来て、礼拝し泣きながら、「妾の名前は媚醯、占城王妃です」といった。太宗は驚いて目覚め、供え物を準備し祭りをさせて、媚醯を「協正娘」に勅封した。土人は福神として奉り、たびたび霊応をあらわした。陳の重興元年(一二八五)、「協正佑善夫人」に封じた。四年(一二八八)、「貞烈」の二字を加えた。興隆二十一年(一三一三)、「真猛」の二字を加えた。(夫人乃占城国王乍斗之妃也。李太宗時、乍斗不修職貢。太宗親征、与乍斗戦于布政江。乍斗敗績、為乱軍所殺、夫人被俘。太宗回至莅仁江、命召夫人進侍。夫人聞命、密以白氈自纒、投河而死。其後、毎於夜静、聞江中有哀怨之声。土人哀之、立祠奉祀。太宗偶因巡游、過祠前、問之、土人以事具奏。帝惨然曰、「果有霊、宜報朕知」。是夜、帝夢女人来拝且泣曰、「妾名媚醯、占城王妃也」。帝驚覚、命備礼致祭、敕封「協正娘」。土人奉為福神、屡著霊応。陳重興元年、封「協正佑善夫人」。四年、加「貞烈」二字。興隆二十一年、加「真猛」二字)(4)

二 『大越史記全書』における占城王妃

次に、『大越史記全書』の記述をみてゆく。『大越史記全書』では、李太宗の占城親征に関わる記事は一〇四三年からはじまるが、膨大なため、媚醯登場までの概要を簡単に記す。

太宗は即位以来、一度も占城が使者を遣わさないために、占城に親征することを決意する。その翌年(一〇四四)、太宗は占城に親征した。占城王である乍斗は首を斬られて太宗に献上された。七月、太宗は仏誓城に入り、乍斗の妻妾や宮女を捕虜とし、八月に軍隊を引き上げた。

以下に、『大越史記全書』を引用する。

『大越史記全書』一〇四四年条

九月朔、長安府に宿泊した。黄龍が太宗の舟に出現した。莅仁行殿に到着すると、太宗は内人と侍女に乍斗の妃である媚醯を舟に侍らせようとしたが、媚醯は怒りを我慢できず、密かに氈をまとって投水自殺した。太宗はその貞節をほめて「協正佑善夫人」に封じた。

史臣の呉士連は次のようにいった。夫人の義は恥辱を受けず、二人の夫に仕えず、婦人の守るべき操を保った。人臣が二人の君主に仕えるのは、夫人の罪である。帝はその貞節をほめて、夫人に封じ、後世に勧めた。もっともなことである。（九月朔、次長安府。黄龍見于御舟。至莅仁行殿、令内人侍女召乍斗妃媚醯侍御舟、媚醯不勝憤鬱、密以氈自纏投江死。帝嘉其貞節、封「協正佑善夫人」。史臣呉士連曰、夫人義不受辱、従一而終、以全婦節。人臣事二君者、夫人之罪也。帝喜其貞節、封為夫人、以勧後世。宜哉）

『越甸幽霊集録』との細かな違いは多々あるが、ここでは、太宗が媚醯を勅封したタイミングが異なっている点に注目したい。換言すれば、太宗の勅封した理由の差異に目を向けたい。資料の制限上、どちらの勅封理由が正しかったかを探ることは不可能だが、各テキストの性質からそのように記述された理由に迫ってみる。

三　媚醯への勅封

さて、勅封の理由がわかりやすいのは、その直前に「貞節をほめて」とある『大越史記全書』だろう。『大越史記全書』には、先の一〇四四年条の他に、媚醯に関する記述がもう一カ所ある。それが一二九五年条の黎氏些という女性の死についての呉士連の按語である。そこで呉士連は、「韶陽公主は父の陳太宗が崩御したと聞き、長く叫んで逝去した。黎氏は夫の死を聞いて、食べずに死んだ。媚醯夫人の義は二人の夫に仕えず、投水自殺した。呉免の妻阮氏は、夫道にそむかず、また夫に従って投水自殺した。この数人の孝行と貞節な行いは、世間にいつもあるとは限らない。もっともなことだ。時に君主はそれを褒めて、後世に勧めた（韶陽公主聞太宗崩、長号而逝。黎氏聞夫死、不食而卒。媚醯夫人義不二事、投水卒、呉免妻阮氏、不負夫道、亦投水従夫。此数人者、純孝貞一之行、世不常有。宜乎。時君褒之、以勧後世）」と、孝行・貞節な女性の一人として媚醯を評価している。

いうまでもなく、漢文文化圏であった大越においても、儒教の影響はあり、『大越史記全書』は、儒教的価値観のもと編纂されている。つまり儒官であった呉士連の目には、太宗の命に従わずに死を選んだ媚醯の行為は「貞節」と捉えられたのである。それゆえ、呉士連は太宗の勅封理由を、媚醯の行為が「貞節」であるとほめたためと儒教的に解釈し記述したのであろう。

それに対して、『越甸幽霊集録』には、太宗が媚醯の死を「貞節」と評価する表現はない。自害した媚醯は、哀怨の声をあげるようになり、それを行幸で知った太宗が祭祀して勅封したと語られる。「哀怨→祭祀」の流れは、日本の御霊信仰に通じるものがあり興味深い[5]。ともあれ、神々の功績に対して神号を与えたことを記録する『越甸幽霊集録』において、太宗の勅封が媚醯祭祀の際であったとされたのは自然な解釈といえよう。

おわりに

占城王妃媚醯は、戦争に負け、他国へ捕虜として連れられ、その地で自害するという生涯を送ったまさに悲劇の女性といえる。その悲劇の女性である媚醯を、「貞節」といった儒教的価値観で解釈し叙述したのが『大越史記全書』である。また、非業の死を遂げた媚醯を憐れみ恐れ祭祀したことと関連づけて勅封を解釈したのが『越甸幽霊集録』である。他国の女性である媚醯を神として祭祀したと記す『越甸幽霊集録』については、さらに考えなければならない問題もあるが、紙幅の都合上、別稿で述べたい。

(1) 『大越史記全書』の本文は陳荊和編校『大越史記全書(上)』(東京大学東洋文化研究所附属東洋学文献センター刊行委員会、一九八四年)による。なお、漢字は新字に直した。

(2) 後藤均平『ベトナム救国抗争史——ベトナム・中国・日本』(新人物往来社、一九七五年)。

(3) Taylor, Keith W. "Note on the *Việt điện u linh tập*" (*The Vietnam Forum* 8, 1986).

(4) 漢字は新字に直した。また、いくつか漢字を改めたものがある。

(5) 小峯和明「〈侵略文学〉の位相——蒙古襲来と託宣・

未来記を中心に、異文化交流の文学史をもとめて」（『国語と国文学』九六八、二〇〇四年）、桃木至朗『中世大越国家の成立と変容』（大阪大学出版会、二〇一一年）。

第三部　内在する歴史意識

称徳天皇と道鏡――『古事談』巻一巻頭話考

蔦尾和宏

はじめに

『古事談』はこの一話に始まる。

（A）称徳天皇、道鏡之陰猶不足ニ被二思召一テ、以二署預一作二陰形一、令レ用レ之給之間、折籠云々。仍腫塞及二大事一之時、小手尼百済国医師。其手如二嬰児手一奉レ見云、帝病可レ癒。手ニ塗レ油欲レ取レ之。爰右中弁百川、霊狐也ト云テ、抜レ剣切二尼肩一云々。仍無レ療帝崩。

（B）此女帝者、①大炊天皇御宇天平宝字六年壬寅落飾入二仏道一。法諱称二法基尼一。春秋四十五。②同七年九月以二道鏡法師一為二小僧都一。元河内国人。俗姓弓削氏也。法相宗。西大寺。義淵僧正門流也。常侍二禁掖一甚被二寵愛一。如意輪法験徳云々。③同八年甲辰十月九日移二大炊天皇於淡路国一。国内官物調庸等任二其所一レ用云々。即日重祚為二称徳天皇一。④同九年正月一日即位。四十八。同七日改為二天平神護元年一。同十一月癸酉日大嘗会。美濃越前供二奉之一。⑤神護景雲二年正月以二道鏡一為二法皇一。居二西宮前殿一、大臣以下百寮拝賀。⑥同四年八月四日天皇於二西宮前殿一崩。五十三。同七日葬レ之。山陵大和国添下郡。

（C）続日本紀云、光仁天皇御宇、同二十一日皇太子令云、如聞道鏡窃挟二舐粳之心一、為レ日久矣。陵土未レ乾、奸謀発覚。是則神祇所レ護、社稷攸レ祐。今顧二先聖厚恩一、不レ得二依レ法入一レ刑。故任二造下野国薬師寺別当一発遣。宜レ知レ之。以二正四位下坂上苅田麻呂一令レ告二道鏡法師奸計一也。同日大納言従二位弓削宿祢浄人配二流土佐国一。是道鏡之舎弟也。宝亀三年四月於二下野国一道鏡卒去之由言二上之一

（『古事談』一・二）(1)

「王道后宮」という美称を冠した開巻冒頭にもかかわらず、女帝と僧侶のあられもない逸話が語られるばかりか、女帝が不慮の事故で重篤に陥った時、その治療を臣下に阻まれ、女帝は崩御する。間接的ではあるが、天皇が臣下によって殺されるのである。まさに醜聞まみれの一話という他ないが、一見、巻名と齟齬する逸話を巻頭に配するのは『古事談』すべての巻に共通する特徴であった(2)。

しかし、『古事談』が本話を巻一巻頭話とする真意は称徳天皇の淫行や弑殺を白日のもとに晒そうとする、露悪趣味に存するのではないだろう(3)。もし、露悪趣味に終始するのであれば、その意図は（A）のみで果たされており、（B）（C）をあえて続ける必要はなく、むしろ、載せない方が効果をあげるに違いないからである。（A）に続けて（B）（C）を語るとは、三要素を併せて本話は理解されねばならず、（B）（C）を踏まえ、（A）が捉え返されねばならないことを意味しよう(4)。

本稿は上記の見通しのもと、（A）（B）（C）個々の表現の分析を通じ、最終的に『古事談』が総体として本話に何を語らせようとしたのかを考察するものである。

一　百川の立ち位置

『日本紀略』（以下『紀略』）、『水鏡』には次に掲げる（A）の類話が載る。

百川伝云々。宝亀元年三月十五日、天皇聖体不予。不レ視レ朝百余日。天皇愛二道鏡法師一、将レ失二天下一。道鏡

欲レ快二帝心一、於二由義宮一以二雑物一進レ之。不レ得レ抜。於レ是宝命白頽、医薬無レ験。或尼一人出来云、梓木作二金筋一、塗レ油挟出則全二宝命一。百川窃逐却。皇帝遂八月四日崩。

（『紀略』神護景雲四年〈七七〇〉八月四日条）

同四年三月十五日に、御門、由義宮に行幸ありき。道鏡日にそへて御おぼえ盛りにて、世の中すでに失せなんとせしを、百川憂へ嘆きしかども力も及ばざりしに、道鏡、御門の御心をいよいよゆかし奉らむとて、思ひかけぬものを奉れたりしに、あさましきこと出で来て、奈良の京へ帰らせおはしまして、さまざまの御薬どもありしかども、そのしるしさらに見えざりしに、ある尼一人出で来たりて、いみじき事どもを申して、「やすくおこたり給ひなん」と申ししを、百川怒りて追ひ出だしてき。みかど、つひにこのことにて八月四日うせさせ給ひにき。細かに申さば、おそりも侍り。このことは、百川の伝にぞ細かに書きたると承る。

（『水鏡』下・称徳天皇）

用いた淫具によって称徳天皇が重態に陥り、ある尼が治療を申し出るものの、藤原百川に妨げられ、天皇が死去するという骨格は一致するが、無視し難い、類話との相違が（A）には認められる。冒頭、称徳が淫具を用いるにいたった経緯からすでに異なっており、『紀略』『水鏡』は称徳のご機嫌を取り結ぼうとした道鏡が淫具を献上したのに対し、（A）のみ「道鏡之陰猶不足ニ」思った称徳が自ら淫具を作り、これを用いるのである。（A）の称徳は類話に比していっそう濫倫《らんりん》であると同時に、道鏡との関係において主導的とさえいえるだろう。さらに「猶不足ニ」の「猶」には、「あの道鏡の陰茎であっても、それさえも」という意味が込められており、[5] これを理解するには道鏡の陰茎に関する知識（巨根）がなければならず、『古事談』は称徳と道鏡の関係について一定の知識を持つ者を、読者に想定していると考えられる。

次いで百川の行動の目的だが、『紀略』『水鏡』には波線部のように道鏡に傾倒する称徳の治世への危惧が示され、それを受けて天皇の治療を申し出た尼を百川が「窃《ひそかに》」あるいは「怒りて」追放しており、称徳の治療の阻止が称徳の死を計った百川の意図的な行為であるのは明らかだろう。称徳の失政ゆえに百川は間接的弑逆に及ばざるを得なかったのである。両話中の百川は、いわば憂国の廷臣であった。

一方、『古事談』では殺害が正当化される前提ともいうべき称徳の治世への批判を欠くため、百川の行為が何を目的としたものなのか、明らかにならず、本話の百川を無条件に憂国の廷臣と読み解くことはできまい。そして、百川は尼を「霊狐」と断じて斥《しりぞ》けるが、これを荒唐無稽な弁と切り捨てるわけにはいかない。

「霊狐」は、「皆霊狐之妖惑也」（『扶桑略記』寛平八年〈八九六〉九月二十二日条所引『善家秘記』）、「一城之人皆如レ狂焉。蓋霊孤之所レ為也」（『洛陽田楽記』）のごとく、霊力によって人間を惑わす妖獣を言い、さらに類話と違い、（A）では尼の名と風貌が示されるが、「小手尼」の名の通り、尼は成人でありながら子供のような手の大きさをした異形の存在だった。異形とは人間ならざるものの徴《しるし》でもあり、かつ、狐は「能為二妖怪一至二百歳一化為レ女者也」（『十巻本和名類聚抄』）とされ、女性に変じた狐の怪は『古事談』成立までにおいても枚挙に暇がない（たとえば『法華験記』下・一二七、『狐媚記』、『今昔物語集』巻二十七所収諸話など）ことなどから推せば、百川の言は一定の合理的根拠を有する判断であった。そのため、本話の百川の行為は、怪異から称徳を護ろうとした善意が結果として称徳の命を奪ってしまった、ある種の過失とも解し得るものとなっているのである。

二　帝王・称徳とその時代

本節では（B）の検討を行うが、それに先立ち、その出典を確認しておこう。②には道鏡の経歴が見えるが、それは左のように、

以二道鏡法師一為二少僧都一。法相宗。西大寺。河内国人。俗姓弓削氏也。世謂二之法皇一。号二弓削大師一。義淵僧正弟子。道鏡常侍二禁掖一。甚被二寵愛一。

（『扶桑略記』天平宝字七年九月四日条）

『扶桑略記』（以下『略記』）と表現がほぼ一致する。また、④には称徳が天平宝字九年（七六五）正月一日に即位したとあるが、称徳の正月即位を記す文献が「九年乙巳正月一日癸巳天皇即位」と載せる『略記』のみであることを考え併せると、（B）の抄出源は『略記』としてよいだろう。ただし、現存の『略記』の当該巻は抄本であって完本ではないため、（B）に存在し、現行『略記』に欠くことを理由に、その個所が他文献に基づく『古事談』の増補であるとは断定できない。しかし、同じく主たる出典を『略記』に求めたものに『水鏡』があり[6]、（B）と『水鏡』が共通して載せる記事は、現行『略記』に欠けているにせよ、完本には存在していたと判断され、逆に『水鏡』『略記』に存在し、（B）に欠ける記事は『古事談』がこれを採らなかったと判断できる。以上を踏まえて三書を対照すると、『古事談』は（B）にある時代相を描き出すべく、『略記』を選択的に抄出する様がうかがえるのである。

　前置きが長くなったが、①は退位後の称徳が天平宝字六年（七六二）に出家したことを、②は称徳と道鏡の関係の始まりを語る。②で指摘すべきは、道鏡の「小僧都」任命が称徳の意志に基づくということである。（B）は「此女帝者」として始まるのであるから、改めて主体が提示されない限り、「以二道鏡法師一為二小僧都一」は称徳の行為として読まざるを得ないが、この時は「大炊天皇御宇」、天皇は淳仁だった。本来であれば、任命の主体は淳仁であるべきところを、退位し、かつ、出家の身であった称徳が道鏡を「小僧都」に据えているのである。上皇・称徳は天皇・淳仁をしのぐ存在であったことがここには示唆される。

　次いで示される道鏡の経歴であるが、「常侍二禁掖一甚被二寵愛一。如意輪法験徳云々」、すなわち、如意輪法の霊験によって道鏡は称徳の寵愛を受けるようになったという。奈良朝において史実として如意輪法が行われたとは考え難い[7]ようだが、中世に入ると、両者を結び付けたのが如意輪法の霊験であるとの言説が現れ出し[8]、その最たるものが異本『水鏡』である。

天平宝字四年ノ秋ノ比ヨリ、此道鏡ハ大誓願ノ心ヲ発テ（中略）三ヶ年ノ間此経《（如意輪経）》ヲ読ミ行フ行法一心ナランズルニ、御門ノ御意ニ深ク叶ハンズル時ハ、現身ニ国王ノ位ニモナドカハ至ラザルベキ物ヲト思テ、大和国平群郡梟ノ岩屋云処ニ、三ヶ年トノ間籠リ居テ、一心ニ王位ヲ志シテ此経ヲ行ケルニ、三ヶ年満チケレ共、国王ノ宣旨ヲモ蒙ザレバ、（中略）其後此御門《（称徳）》御出家ノ身ナレ共、天平宝字七年ノ八月ノ始ノ比ヨリ、彼道鏡ニ御愛著ノ叡慮深ク成セ給テハ……。　（異本『水鏡』下・淳仁天皇）

『古事談』とほぼ同時期の成立である『覚禅抄』（巻四九・如意輪下）は如意輪法の効験に「国王所愛事」をあげるが、異本『水鏡』の道鏡が如意輪法に求めたところはまさにそれであった。「昔称徳天皇の御宇、弓削道鏡と聞えし僧、如意輪の法成就せし故に、御門の寵愛甚くして、太政大臣を授《さづけ》られ、禁中に伺候せしは別段の事也」（金刀比羅本『保元物語』上）も同様の理解に基づく記述であろう。

そして、『古事談』にはもう一例、「如意輪法」が見えている。

無二幾程一清和天皇誕生給。雖レ有二童稚之齢一、依二先世之宿縁一、触レ事令レ悪二於善男一。善男見二其気色一、語二得修験之僧一、令レ修二如意輪法一。仍則成二寵臣一。　（『古事談』二・五〇）

この伴善男もまた文脈的に「国王所愛」の霊験に期待をして同法を行わせたと読めるが、二・五〇話は『江談抄』（水言鈔・四九、前田本・一〇）を出典とするため、『古事談』を遡ること百年以上前に、「如意輪法」の霊験の一つ＝「国王所愛」という認識が成立していた可能性が高い。

だが、同じく道鏡と如意輪法に言及する文献であっても、如意輪法が右とは異なる文脈に置かれる例が存在する。というよりも、むしろ異なる文脈の方が多数を占めるのである。

ⓐ初籠二葛木山一、修二如意輪法一、苦行無レ極。高野天皇聞二食之一。於二近江保良宮一有二御薬一。仍召。道鏡被レ修二宿曜秘法一、殊有レ験。御疲平復。仍被レ任二少僧都一。　（『七大寺年表』天平宝字七年）

ⓑ初籠二葛木山一、修二如意輪法一、苦行無レ極。高野姫天皇臥二養於近江保良宮一、有二御薬一。仍召二道鏡一。被レ修二宿曜秘法一、有レ験。被レ授二大臣一。

（『僧綱補任』天平宝字七年裏書）

ⓒ道鏡、うちへ参りて如意輪法を行ひしほどに、やうやうみかどの御おぼえ出で来《き》始まりしかば、……。

（『水鏡』中・孝謙天皇）

ⓓ今年（天平勝宝四年）弓削道鏡法師初参内。行二如意輪法一。

（『帝王編年記』）

同十八日（天平宝字八年九月）、以二道鏡禅師一可レ為二大臣一之由宣下。依三如意輪宿曜経等法施二霊験一、任二此職一。女帝有レ寵。

（『帝王編年記』）

ⓔ沙門道鏡、姓弓削氏、義淵之徒也。有二梵学一。召二入内道場一、修二如意輪観自在供一。

（『元亨釈書』巻二十二）

ⓒ・ⓓ・ⓔは如意輪法による「国王所愛」の霊験により道鏡が称徳の目に留まったのではなく、玉体を安穏たらしめる法力を期待されて内裏に召された道鏡が如意輪法を行い、その期待に応えたため、称徳の寵愛を受けるにいたったという理解である。ⓐ・ⓑは逆に内裏に召される以前に道鏡が如意輪法の行者であったとし、この時、道鏡が何を目的に「修二如意輪法一、苦行無レ極」であったのか不明だが、体調を崩した称徳がこれを召したということは、やはり道鏡の法力に治病の霊験を期待してのことと考えられる。ⓐ〜ⓔ、いずれも「国王所愛」をあえて想定しなければ解釈できない文脈とはいえず、僧が自らの法力で天皇の霊的守護を果たし、それによって天皇の信任を得るのは僧のあり方として少しも珍しいことではない。

このように「如意輪法験徳云々」とは二通りの解釈を許すのだが、道鏡が「国王所愛」を求めて如意輪法を修したという言説は、現存資料に基づく限り、道鏡が如意輪法の法力を称徳に認められたとする言説に遅れて登場しており、先行する言説の「如意輪法」という要素に両者の親密に過ぎる関係を憶測して成立した、後発的解釈と思しい。『古事談』の成立時期を考慮すれば、「如意輪法験徳」とは道鏡自身の法力を意味すると考えるべきだろう。つまり、称徳は野心を抱く道鏡が修した、帝寵を願う呪法の力に惑わされて彼を近侍させたのではなく、道鏡自身の法力に期待をし、自らの意志で側近くに置いたということなのである。

③は称徳の重祚を記す。重祚自体は皇極天皇が再び帝位に登り、斉明天皇となった前例がある。その背後には複雑な政治的事情が存したらしいが（『日本書紀』白雉四年〈六五三〉是歳条）、皇位の継承自体は前帝の死というありふれた理由によるものだった。一方、②において淳仁に対する称徳の権力的な優位がほのめかされていたが、称徳は自らが重祚するために、淳仁を廃して淡路に流すという強権的な手段に出た上、法体のまま登極する。前帝を廃位・配流しての重祚、僧籍にある者の還俗をともなわない即位、いずれも当時はいうまでもなく、『古事談』成立時点においても前代未聞の継承劇であった。

④に語られるのは称徳の「即位」「改元」「大嘗祭」である。「即位」は即位礼、「改元」は代始改元としての天平神護改元をいう。上記三要素は『古事談』成立時までのほぼすべての天皇が皇位を継承して済ませる諸儀礼であり(9)、④は、即位にいたる経緯は異常でも、称徳が新帝として行うべき儀礼をすべて済ませた、いわば、正当な天皇であることを示している(10)。しかし、即位と改元はともかく、称徳朝までに法制化されてはいなかったが、宮廷の神事には僧尼を関与させないのが原則であり、僧籍にある者が主宰し、僧籍にある者が俗人と並んで奉仕する大嘗祭など、廷臣たちには非常識の極みとして映ったはずだ。その点は称徳自身も自覚するところで、「神等《かみたち》をば三宝より離《さ》けて触れぬ物そとなも人の念《おも》ひて在る。然れども経を見たてまつれば仏の御法《みのり》を護りまつり尊びまつるは諸《もろもろ》の神たちにいましけり。故《かれ》、是《ここ》を以《もち》て、出家せし人も白衣《しろきぬ》も相雑《あひまじ》はりて供奉《つかへまつ》るに豈《あに》障《さは》る事は在らじと念ひてなも、本忌《もとい》みしが如くは忌まずして、此の大嘗《おほにへ》は聞《きこ》し行《め》す」という正当化の宣命（『続日本紀』天平神護元年〈七六五〉十一月二十三日条）を出している。神事から僧尼を遠ざける原則は、後代、『延喜式』（巻三・臨時祭、巻七・践祚大嘗祭）などに法制化され、その規範意識は左のごとく、

此日最勝講始也。去年依二大嘗会年一不レ被レ行。是先例也。（『猪隈関白記』正治元年〈一一九九〉五月二十三日条）

今日所々無二灌仏一。当二神事一宮《（且カ）》依レ為二大嘗会年一也。（『玉蘂』建暦二年〈一二一二〉四月八日条）

『古事談』成立時にも確実に受け継がれていたため、[11]称徳の大嘗祭が異端の大嘗祭であることを『古事談』は認識していたに違いないのである。

⑤は道鏡が「法皇」――『続日本紀』（以下『続紀』）の表記は「法王」――となり、群臣の「拝賀」を受けたことを記す。[12]「以二道鏡法師一為二小僧都一」と同じく「以二道鏡一為二法皇一」もまた称徳の意による人事ということになるだろう。道鏡が正月何日に「拝賀」を受けたのか、本条は明らかにしないが、「正月」に「大臣以下百寮」の「拝賀」を受けることから、この「拝賀」は事実上、元日に行われる「朝賀」と考えられる。「拝賀之礼、不レ及二親王以下一。其三后及皇太子者、並須二拝賀一也」（『令義解』儀制令）のごとく、「朝賀」を受けるのは天皇・三后・皇太子であるから、道鏡の身位は三后・東宮に等しく、もはや人臣には列しないと見なされる。いうまでもなく、法王は史上、道鏡ただ一人であり、天皇・三后・東宮に非ざる者がすべての廷臣から正月に拝賀を受けたのも道鏡の例を残すのみである。

⑥には称徳の死と埋葬が見える。これによれば称徳が息を引き取ったのは「西宮前殿」とあるから、彼女は道鏡のもとで最期を迎えたことになる。[13]在位中の天皇が関係を噂される異性の居所で死去するというのも、やはり『古事談』成立時までに類例を見出すことができない、異例の最期だった。

（B）に列挙された事跡に照らせば、前帝の廃位という特異な始まり方をした称徳の治世は、その始まり方のままに異例づくめの時代として描かれ、空前、そして絶後の時代であった。抄出された②〜⑤から浮かんでくるのは、前例を無視しても己の意を遂げずにはおかない、専制的ともいえる帝王・称徳の姿である。そういえば、（A）においても称徳は類話と異なり、「道鏡之陰猶不足ニ」感じたところで淫具を作成し、これを用いる意志の人だった。淫欲に沈もうが、それは自らの望むところであって、他者の思惑に左右されたものではなかった。本話の称徳は怪僧にたぶらかされる、弱き帝王ではないのである。そのような称徳の姿を描く本話にあって、②に見た道鏡との関係の始まりが、天皇に近侍しようとする道鏡の野心に生じていたと捉えるのは、やはり当たらないだろう。繰り返すが、道鏡を側に置くと決めたのも、道鏡が示した玉体安穏の法力、「如意輪法験徳」を認めた称徳の意志によるのであった。（A）（B）における道鏡は、むしろ称徳の我欲に左右される存在なのである。

三　正史との齟齬

続く（C）は称徳没後の動静を伝える。「続日本紀云」と始まるが、（C）は左の通り、

皇太子令旨、如聞、道鏡法師、窃挟㆓舐粳之心㆒、為㆑日久矣。陵土未㆑乾、奸謀発覚。是則神祇所㆑護、社稷攸㆑祐。今顧㆓先聖厚恩㆒、不㆑得㆓依㆑法入㆒㆑刑。故任㆓造下野国薬師寺別当㆒発遣。宜㆑知㆑之。

（『続紀』神護景雲四年八月二十一日条）

流㆓道鏡弟弓削浄人、浄人男広方・広田・広津於土左国㆒。

（『続紀』神護景雲四年八月二十二日条）

是日、授㆓従四位上坂上大忌寸苅田麻呂正四位下㆒。以㆑告㆓道鏡法師奸計㆒也。

（『続紀』神護景雲四年八月二十三日条）

日付の異なる『続紀』複数条が時系列を違えて一括されているのに加え、『続紀』の文脈とは異なる箇所を含むため、『続紀』を直接、引いたとは考えられないが、重要なのは、「続日本紀云」と冠することによって、以下が正史の語るところであり、（A）（B）に見た一連の称徳と道鏡の事跡を、朝廷が最終的にどのように認識し、これを処理したのか、その公式見解、いわばタテマエが提示されているということである。

（C）冒頭、道鏡はひそかに「舐粳之心」を抱いたとあるが、「舐粳」は正しくは「舐糠」で、諸王の勢力削減

を行う朝廷に対して謀反を計画する呉王が、膠西王を企てに引き入れるべく派遣した使者が、「糠《ぬか》を舐《な》めて米に及ぶ」(舐レ糠及レ米)、朝廷の振る舞いを見過ごしにすれば、最後には滅ぼされてしまうと説得する場面(『史記』呉王濞列伝)に由来する。外側を侵されるうちに、中核まで侵されるたとえである。用例は少ないが、漢籍の故事を収集した鎌倉前期成立の『明文抄』巻五に見えており、特殊な表現ではなかったようだ。この「舐粳之心」は、『続紀』においては道鏡伝(宝亀三年四月六日条)にいう「覬《き》二覦《ゆ》神器一之意」、すなわち皇位を望む道鏡の野心を指し、具体的には、神護景雲三年(七六九)、「令二道鏡即一皇位一、天下太平」との神託がもたらされたことに始まる、宇佐八幡神託事件と称される左掲の一件である。

初大宰主神習宜阿曽麻呂希レ旨媚二事道鏡一、因矯二八幡神教一言、令三道鏡即二皇位一、天下太平。道鏡聞レ之、深喜自負。天皇召二清麿於牀下一、勅曰、昨夜夢、八幡神使来云、大神為レ令レ奉レ事、請二尼法均一。宜三汝清麿相代而往聴二彼神命一。臨レ発、道鏡語二清麻呂一曰、大神所二以請レ使者、蓋為レ告二我即位之事一、因重募以二官爵一。清麻呂行詣二神宮一。大神託宣曰、我国家開闢以来、君臣定矣。以レ臣為レ君、未二之有一也。天之日嗣必立二皇緒一。無道之人宜二早掃除一。清麻呂来帰、奏如二神教一。於レ是道鏡大怒、解二清麿本官一、出為二因幡員外介一。未レ之二任所一、尋有レ詔、除名配二於大隅一。其姉法均還俗配二於備後一。

(『続紀』神護景雲三年九月二十五日条)

しかし、本話は(B)にこの事件があげられないばかりか、道鏡の皇位継承にまつわる明文化された情報を一切、載せず、かつ、「舐粳」自体に皇位を狙う意味は存在しないため、「舐粳之心」の意がとりにくいのである。では、本話の記載から道鏡の皇位簒奪の可能性が読み取れないかといえば、切りつめられた行間にその可能性がほのめかされている。

(C)は、「光仁天皇御宇」としながらも、そこに登場するのは天皇ではなく「皇太子」である。そして、「皇太子令」が出されたのが八月二十一日、(B)において前帝・称徳は四日に崩じているため、少なくとも皇位が一七日間にわたって空いていたことになる。なお、桓武天皇以降、践祚と即位が分離したと考えられており[14]、そのため、平安時代を通して『古事談』成立にいたるまで、前帝の死による皇位継承に際して、その後継天皇はすべて死の即日、あるいは翌日に践祚がなされて皇位を継承しており、一七日間という空位は『古事談』の目には間違いなく異常事態に映ったはずだ。つまり、(C)は称徳の死後、光仁がただちに即位できなかった事情の存在を暗示するのである。

その(C)において道鏡の「舐粳之心」が語られる。法力を買われて少僧都となり、称徳の寵を受けたが、その寵が昂じて「法皇」に昇り、正月に群臣の賀を受けて皇后・東宮に並んだ(B)に描かれる道鏡の履歴は、じわじわと米、すなわち皇位に近付く、糠を舐め尽くす軌跡といってよい。「正月……大臣以下百寮拝賀」は、道鏡が人臣の列を離れ、皇位に最接近する表象なのである。この両者を考え併せれば、光仁の即位を阻む事情として、称徳の死を契機に自らの即位を狙う「奸謀」を道鏡が企んだため、その対処に日数を要して皇太子はただちに帝位に即けなかった、一七日間に及ぶ空位はそのように合理化されることだろう[15]。

しかし、(B)によれば、道鏡の皇位継承に道筋をつけたのは、治世の間、掟破りを事とし、死にいたるまで道鏡を側から手放さなかった称徳だった。道鏡の皇位継承は専制君主・称徳の意志なのだが、(C)はそれを全面的に否定するのである。道鏡の野心は秘められ、称徳の死後に発覚したとする筆致には、生前の称徳はこれを知らなかったという言外の意が込められている。さらに、(C)傍線部の原典相当箇所は、本節冒頭に掲示したごとく、道鏡の陰謀を告発した賞として苅田麻呂が昇叙された記事であり、「苅田麻呂を以て道鏡の陰謀を何者かに告げさせた」という(C)傍線部とは文意を異にする上、原典では八月二十三日条であるが、(C)においては二十一日の出来事とされている。よって、この異同は単純な誤写ではなく、亡き称徳の陵に道鏡の陰謀を「告」げる使として苅田麻呂が派遣されたと、『古事談』は当該箇所を解したと考えるべきだろう。生前の称徳はやはり道鏡の底意を察し得なかったとされるのである。

（C）は生前の称徳の政治的責任をすべて道鏡に転嫁し、称徳を擁護するが、それが正史の立場だった。（A）（B）は、道鏡に対する称徳の主導性において（C）とは真逆であり、正史の影を暴く痛烈な野史だったのである。

四　皇位の行方――本話の語るもの

（A）（B）（C）各要素の分析を終えたところで、『古事談』が本話によって何を語ろうとしたのか、結論に入るとしたい。（A）は称徳の死の直前の出来事であるから、これを（B）に置くとすれば⑤と⑥の間に入る。⑤において道鏡は法王に昇り、人臣の軛《くびき》を離れて皇后・東宮に並び、皇位を目前にした。もし（A）において称徳が不測の死を遂げずに生き永らえたとすれば、⑤に続く出来事として予測されるのは、意志の人たる専制君主・称徳による道鏡への譲位であるのはおよそ察しがつこう。

史実としては称徳の死をもって天武天皇嫡流の皇統は断絶し、天智天皇の流れを引く光仁が代わって跡を襲った。よって、本話が「天武・聖武皇統の終焉と天智皇統の始まりを語る説話[16]」であるのは間違いないが、巻一には平安朝以降の天智皇統の礎を築いた桓武・嵯峨天皇らは姿を見せないため、『古事談』が企図した本話の核心が天智皇統の始発にあったと見るのは、いささか疑問が残る[17]。そもそも天智皇統にせよ、天武皇統にせよ、父系の流れがともに天孫に発することに変わりはなく、皇統の変化は大局的には同一血族の支流間における皇位の移動に過ぎないが、しかし、道鏡の即位が実現していれば、それは皇位が別の氏族に移る「革命」に他ならない。道鏡には「天智天皇之孫、志基親王第六子也」（『僧綱補任』天平宝字七年裏書）と、彼を皇族の出自とする言説も伝わるが、『古事談』は（B）に道鏡の出自を「河内国」の「弓削氏」と明記し、天皇の血族とは見ていないのである。

「革命」は天孫の子孫が代を重ねた王朝そのものを滅亡させ、新たに道鏡を祖とする王朝を成立させる。新帝・道鏡は僧であり、独身で子孫はなかったが、朝廷中枢に王朝を継続させ得る身内がいた。「舎弟」「大納言従二位弓削宿祢浄人」である。『古事談』が(C)に道鏡の配流と死に留まらず、その弟の配流まで抄出するのは、浄人の存在に道鏡王朝存続の可能性を見たからだろう。(18)「革命」が起こり、弓削の血筋で皇位が継承されたならば、巻一に大きな説話群を形成する一条・後三条・白河の治世もあり得ず、『古事談』成立時の当今・順徳にいたる四〇〇年以上も前に天皇家は終焉を迎えていたことになる。それが称徳の不測の死によって回避されたのである。皇統そのものの存続の危機と回避、これが本話をもって『古事談』が語ろうとした一話の核だったのではないか。(19)いうまでもなく、天皇家の存続なくしてその後の「王道」はない。その意味で本話は「王道后宮」の始発としてこの上なく相応しい話柄だったのである。

本話では、王朝の滅亡という、一個の王朝にとって最もあるべからざる事態が、臣下による王の殺害という、一個の王にとって、やはり最もあるべからざる事態によって回避されることとなった。換言すれば、個たる天皇にとって最大の不忠が、個たる天皇の史的集合体である王朝にとって最大の忠節となったという皮肉な逆説が本話だったのである。第一節に指摘したが、(A)に称徳の治世への批判を欠くことを踏まえれば、治療を阻んだ百川の動機やその行為の意義を明らかにし、百川を忠臣として史的に定位・評価することなどは『古事談』の関心の外で、故意による間接的弑逆であろうが、尼を霊狐と錯誤した過失致死であろうが、臣下によって王が死亡させられた事実そのものと、それによって王朝の存続が守られたという、逆説的で皮肉な事の成り行きこそが『古事談』の関心の対象であったろう。

五　補論・宇佐八幡宮神託事件をめぐって

最後に、称徳と道鏡の関係を語る上では語り落とせない重大な一件であるはずの宇佐八幡宮神託事件を、本話が漏らした理由について臆断を述べ、筆を擱きたい。現行『略記』は逸失部を抱えながらも本事件を記し、『略記』を出典とした『水鏡』は、恐らく『略記』完本には載せられていた部分をも含め、和文化して収めている。したがって、宇佐八幡宮神託事件は『略記』を通じて知見のうちに確実に入っていながら、『古事談』はあえてこれを採らなかったのである。『古事談』が目にしたと考えられる宇佐八幡宮神託事件の顚末を、『水鏡』からあげておこう。

神護景雲三年七月に、和気清麿が姉の尼、偽りて八幡《やはた》の宮の御託宣といひて、道鏡を位につけ給ひたらば、世の中おだしくよかるべき由を申しき。道鏡この事を聞きて喜ぶ事限りなかりしほどに、八幡の宮、みかどの御夢に見え給ひて、「我が国は昔よりただ人を君とすることは、いまだなき事なり。かくよこさまなる心あらむ人をば、すみやかに払ひのぞくべし」とのたまはせしを、道鏡、大きに怒りをなして、みかどを勧め奉りて、清麿を御使ひとして宇佐宮へ奉りて、この事を申し請はしめ奉りしに、託宣し給ひし事、みかどの御夢にいささかも違はざりしかば、清麿、「この事きはまりなき大事なり。託宣ばかりは信じがたかるべし。なほそのしるしをあらはし給へ」と祈り申ししかば、すなはちかたちをあらはし給ひき。御たけ三丈ばかりにて、望月のごとくにて光り輝き給へり。清丸、肝魂《きもたましひ》も失《う》せて、え見奉らざりき。この時に重ねて託宣し給はく、「道鏡、へつらへる幣帛をさまざまの神たちに奉りて、世を乱らんとす。われ天《あま》の日嗣《ひつぎ》の弱くなりゆくことを嘆き、悪しきともがらのおこり出でんとする事を憂ふ。彼は多く我は少なし。仏の御力を仰ぎて、みかどの末を助け奉らんとす。すみやかに一切経を書き、仏像を作り、最勝王経一万巻を読み奉り、ひとつの伽藍を建てて、この悪しき心あるともがらを失ひ給へと申すべし。この事、ひとことばも落とすべからず」とのたまはせき。清丸、帰り参りてこの由を申ししかば、道鏡大きに怒りて、清丸がつかさを取り、大隅国へ流し遣はして、よほろすぢを断ちてき。

第三節に掲げた『続紀』に比べ、『水鏡』は物語化が著しいが、神託を得て気をよくし、皇位への野心をあからさまにするのが道鏡である点で両書は一致し、また、ともに称徳の影が薄い。『水鏡』の称徳は道鏡のいうまであるし、『続紀』にいたっては、自ら使者を再度、遣わして託宣を得ようとしており、道鏡即位の神託に懐疑的であるとさえ読める。ここには(B)に描かれる、前例を無視して道鏡を皇位へと近づけていく専制君主・称徳の姿はない。

もし神託事件が『略記』より(B)に抄出されたならば、⑤と(A)の間に位置するが、宗廟神たる八幡神が道鏡の皇位継承を峻拒したことにより、称徳が道鏡に皇位を譲り得る可能性は潰えた、あるいは限りなく低くなった。神託事件後の称徳は、王朝を断絶に導く危険な存在、いわば、廷臣たちにとって死すべき存在ではなくなったため、その死の持つ史的意義は大きく減ぜられざるを得ない。それは同時に、百川の行為も王朝を護った忠臣のそれではなくなり、単なる錯誤、あるいはただの弑逆以上の意味を持たなくなるということである。神託事件の抄出は、本話が描こうとする専制君主・称徳の姿に背馳《はいち》し、かつ、称徳の死の史的意義をも無化するもので、本話の構想を根底から揺るがしかねず、それ故に『古事談』はこれを採らなかったと考えられるのである。

『古事談』は神託事件を排することで、道鏡が人臣の列を脱して「法皇」となり、皇位を手にしかけて王朝滅亡の危険が極限まで昂じた状況を(B)に現出し、称徳の死が史的にもっとも意義あるものとなる舞台を設けた上で、(A)において百川に称徳を殺させたのだった。

(1)『古事談』本文は国史大系により、説話番号は新日本古典文学大系に従う。引用に当たり、異体字は通用の字体に改めて、私意により句読点を付した。また、行論の都合上、便宜的に(A)(B)(C)に分け、さらに(B)を①〜⑥に分けた。

(2) 伊東玉美「『古事談』巻五・巻六の構成」（『院政期説話集の研究』武蔵野書院、一九九六年）。
(3) 伊東玉美「『古事談』巻一王道后宮の構成」（注(2)伊東前掲書）。
(4) 注(3)伊東前掲論文、田中宗博「称徳女帝と後白河院をつなぐもの」（浅見和彦編『『古事談』を読み解く』笠間書院、二〇〇八年）。
(5) 新日本古典文学大系・本話脚注。
(6) 平田俊春「水鏡の成立と扶桑略記」（『日本古典の成立の研究』日本書院、一九五九年）。『略記』を引く『水鏡』の称徳天皇像については、大橋直義「天武皇統と歴史叙述――私撰国史論への一階梯として」（佐伯真一編『中世の軍記物語と歴史叙述』竹林舎、二〇一一年）参照。
(7) 井上一稔「奈良時代の「如意輪」観音信仰とその造像――石山寺像を中心に」（『美術研究』三五三号、一九九二年）。
(8) 道鏡と如意輪法については田中貴子「帝という名の〈悪女〉」（『悪女伝説の秘密』角川ソフィア文庫、二〇〇二年。初出は一九九二年）に詳しい。
(9) 前帝・淳仁は在位中、一度も改元を行っていない。
(10) 史実としては、称徳は即位礼をあげていない。
(11) 佐藤真人「大嘗祭における神仏隔離――その変遷の通史的検討」（『國學院雑誌』九一巻七号、一九九〇年）。
(12) 『続紀』では、道鏡の法王叙任は天平神護二年（七六六）十月二十日条に、神護景雲三年（七六九）正月三日条に「法王道鏡居二西宮前殿一。大臣已下賀拝」とあり、本条は両者を混同して一条にまとめている。
(13) 『続紀』神護景雲四年八月四日条は「天皇崩二于西宮寝殿一」とする。
(14) 柳沼千枝「践祚の成立とその意義」（『日本史研究』三六三号、一九九二年）。
(15) 皇太子・光仁による天皇大権の行使については、荒木敏夫「皇太子臨時執政」（『日本古代の皇太子』吉川弘文館、一九八五年）参照。
(16) 新日本古典文学大系・本話脚注。
(17) 注(4)田中前掲論文。
(18) 『続記』は浄人の男子の配流をも記す。王朝の継続という観点からは、彼らまで抄出すべきところだが、本話と同じく『略記』を出典とする『水鏡』も「大納言ゆげのきよ人を土佐へ流しつかはす。このきよ人は道鏡がおととなり」とのみ見えており、出典の『略記』（現行本は当該箇所を欠く）自体が浄人配流を載せるのみだったのだろう。

（19）注（3）伊東前掲論文、注（4）田中前掲論文は、本稿とは別の観点から本話を読み解く。併せて参照されたい。

『長谷寺験記』編纂と下巻三十話の役割

内田澪子

はじめに――序文の言分

大和長谷寺の本尊、十一面観音に関わる霊験譚を集成した『長谷寺験記』（以下『験記』と略称）には、上巻本文冒頭に「長谷寺験記上幷序」とも記されてあるとおり(1)、約二四〇〇文字程の序文が備わっている。その約半分は、長谷寺の代表的な漢文縁起『長谷寺縁起文』と『長谷寺密奏記』とを合体、再構成した和文の長谷寺縁起を記すことに割いていて、その理由を「菅丞相勘出セシメ玉ヘル縁起ノ心ヲ得テ、多クハ中々人ノ障リナル故ニ、愚ナル者ノタメニ仮名ニ和ゲテ一筆ニ注シ侍リ」とする。

残りの半分は、本尊の霊威を称揚する記述とあわせ、『験記』の編纂動機や方針を記す。長谷観音の霊験譚は「家々ノ物語、所々ノ記録ニモ長谷ノ観音ト云事ノ無キハイト少」く、これを「尽シ書カントスレバ」紙も墨も足らない。かといって「指置ントスレバ大聖ノ御利生モ埋」もれてしまう。よって観音と所縁深い「十九説法」「三十三身」の数によそへ、上巻には「当寺ノ旧記ヲ拾」って十九話を、下巻には「諸家ノ記録」から撰んで三十三話の霊験譚を、それぞれ集めたとしている。『験記』序文は、漢文体の文章に親しまないような「愚ナル者」

を読者、あるいは聴衆として念頭におきつつ、長谷寺の縁起を広く世に知らしめる、また長谷観音の霊験譚を寺内外の資料から注意深く選抜して整然とまとめ世に伝えることをいう。

しかし、『験記』が「愚ナル者」のみに向けられたものではないことも、本文によれば容易に諒解出来る。すでに先学の指摘もあるとおり、『験記』は貴顕のなかでも、天皇が長谷観音の霊験を蒙る話を収載して「王家そのものも深く長谷観音の利生に預かっていた」[2]ことを語っており、本尊の利益によって皇統を手繰り寄せたり継いだりするような「長谷寺と皇位との関係を説く説話」[3]も見える。「王家と長谷観音との紐帯を強調」[4]しようとする意図も、『験記』には込められている。

『験記』の成立時期については、諸説呈されているが、現在十三世紀後半と推す説[5]があり、稿者もこれに従う。本稿では、当該期の天皇家に対する意識が、編纂に反映されているのではないかと見通し、その具体的な様相を『験記』下巻第三十話を端緒に検討したい。

一　下巻三十話と京白河十一面堂本尊

下巻三十話は「鳥羽院幷御母儀両御方御利生事第三十」と題される、鳥羽天皇[6]の長谷観音に対する深い信心を主軸とした一話である。話は冒頭「…御母、贈太政大臣実季ノ御娘、贈皇后藤原ノ氏、当寺ニ参籠シテ」と始まり、堀河天皇女御藤原苡子が、長谷観音に賢王の誕生を祈り、霊夢を得て授かった皇子が鳥羽天皇であったことをまず記す。鳥羽天皇は自身の誕生と母の祈りとの因果関係を知り、在位中・退位後を通して長谷寺に深く帰依したという。保安四年(一一二三)の退位直後、「其年七月十一日ニ急臨幸有テ、当寺ノ霊験ヲ尋」ね、「御宿願之事有テ」夢告を得られるよう寺僧に院宣を下して懇ろな祈りを請うたところ、三人の皇子が帝位につくことや院政を敷くことを予言するような霊夢を得たことなどが記されている。これらの記述には、鳥羽天皇を『長谷寺縁起文』勘出を命じたとされる宇多天皇に重ねようとする意識がみえることや、『長谷寺密奏記』裏付とされる記事との連絡が読めるなど(7)、本話は鳥羽天皇と長谷寺の所縁の深さを語る一話である。さて、本話末には霊夢を得た後日譚が記されている。

『験記』下巻三十話後日譚部

(鳥羽天皇が霊夢を得た後)然レバ叡信思食合テ其後、故当寺ニ帰シテ、毎月ニ御幸有テ、天下泰平ト祈セ給ケルニヤ、王子モ三所マデ帝位ニ上リ、御宿願之事モ思ノ如ナル御事ニテ侍ケル程ニ、御月詣三十三箇月ニ成セ給ヒケル時、顕頼卿奏シテ云ク、大聖ハ非礼ヲ受給ベカラズ。国民ノ煩タリ。毎月之臨幸ヲ留テ、本尊ヲ都ニ移造ラセ給ベキ由ヲ奏。則本仏二丈六尺ヲツヾメ移シテ法勝寺ニ安置シテ、浅カラズ恭敬供養ヲ至シ、御一期当寺ヘ四季ニ自御幸ナリ、或ハ御代官ヲ立ラル。三十六町ノ免田ヲ寄テ御常灯ヲ灯シ、数口ノ成功ヲ寄テ二王堂ヲ修造セラル。是併、御母儀之御願ヲ思食出、自新ナル御利生ニ預セ給シヲ、ナノメナラズ思食入ケルナルベシ。

鳥羽天皇の長谷寺への月詣が三十三箇月——これも三十三身からの連想であろうが——、重なったところで、近臣藤原顕頼から、上皇の初瀬までの月詣は「国民ノ煩」であり止めるべきだと苦言を呈され、代わりに「本尊ヲ都ニ移造」ることを提案された。天皇は諫言を容れ、「本仏」すなわち長谷寺本尊である「二丈六尺」=八メートル弱の所謂長谷式十一面観音像を「ツヾメ」た尊像を京白河の「法勝寺」に祀り、これに詣ることにした。長谷寺への篤い信仰や喜捨は変わらぬままに、しかし臣下の諫言も容れたことで頻繁な行幸による民の煩いは回避された。後日譚も鳥羽天皇の賢王的振舞や、長谷観音への深い信心を伝えていて、前半とも上手く接続している。

ここに記された「御宿願」の内容、月詣や顕頼の諫言の有無、寄進や修造など、残念ながら現時点でその内容や事実を確認することはできていない。ただ、鳥羽天皇が長谷観音を「ツヾメ」模した本尊を「法勝寺」に安置したという事柄について、鳥羽天皇が自ら願主となって、京白河に十一面堂を造営したという記録を足掛に検討する。(8)

『百練鈔』久安元年(一一四五)六月廿八日条

白河新御願堂供養伊予守忠隆造進之、両院有御幸

『本朝世紀』同日条

被供養白河御堂仙洞御願

『本朝世紀』翌日条

…又被仰下勧賞、権律師禎意御室導師譲元阿闍梨、法眼円信仏師賞元法橋工国末可増一階已上白河御堂供養賞

『御室相承記』四

白川二条十一面堂、久安元年六月廿八日壬寅羅刹日、色衆廿口、阿闍梨賞禎意、任権律師

先学によるとこの十一面堂は、二条大路を東行して鴨川を渡り「白河南殿」を北側に、二条通を挟んだ南向かい東寄りにあったと比定されている。二条通をさらにもう少し進むと法勝寺に突き当たる。久安元年六月の供養以降、治承二年(一一七八)には高倉天皇中宮徳子の安産祈願を命ぜられる(9)などのこともあったが、約八五年後の寛喜元年(一二二九)、火災に見舞われたらしい。

『明月記』寛喜元年十二月廿二日条

…戌終許南方有火頗巽、河東云々

『明月記』同廿三日条

…夜前火蓮華蔵院巽角塔二基先東三重、次高塔、次二條南十一面堂、風不吹而滅了、金物盗所為云々

蓮華蔵院（＝白河南殿）の巽、すなわち東南にあった二つの塔を焼いた火が二条通を渡って南に流れ、十一面堂も延焼の憂き目にあったようだ。ただここで風が止み火は「滅」したとあるから、被害の状況は不明ながら全焼は免れたと考えられ、この後も当該十一面堂を指すかと思われる記事は少ないながら見える。(10)その後約六〇年ほどが経過し、この十一面堂の本尊は急に注目を集める。(11)後深草天皇より、同本尊を西大寺の四王院へ移し、その尊像の前で最勝会を行うよう命が下されたのである。

『鎌倉遺文』一六六三一号「後深草上皇院宣」（興正菩薩行実年譜）

鳥羽院御願十一面堂、転倒之後造営未企、叡情雖無怠冥慮又難測、縦雖有土木之営、非無人民之煩歟、西大寺仏法殊繁昌護持有其憑、安置彼本尊十一面観自在尊於当寺四王院、各令凝薩埵恭敬之精誠、可被祈国土泰平之御願者、依院宣言上如件、光泰恐惶謹言、

正応元年正月廿一日　　中宮大進奉

進上　西大寺上人御房

『鎌倉遺文』一七一九九号「後深草上皇院宣写」（大和西大寺文書）

十一面堂御本尊可被安置当寺四王院、於彼尊像前被講讃夏中最勝王経、可被祈申御願之由、院宣所候也、仍言上如件、光泰誠恐謹言、

正応二年十一月九日　　中宮大進光泰

進上　西大寺上人御房

「西大寺上人御房」は正応元年（一二八八）に八八歳最晩年の叡尊で、中宮大進は藤原光泰である。(12)院宣によると、鳥羽天皇御願の十一面堂は「転倒」している。これを再建するとなれば「非無人民之煩」の故に、本尊を西大寺四王院に移し安置するよう指示している。どちらの院宣も本尊について記さないが、この院宣を受けた西大寺側

の記録に言及がある。

『鎌倉遺文』一七三四三「大和西大寺最勝会縁起」（興正菩薩行実年譜）

　奉詔就四王堂修最勝会記

　抑北京十一面堂本尊者、鳥羽上皇之御願、叡念甚深之霊像也、時遷事改世濁信薄、寺門空変耕作之地、料荘多成甲乙之領、本尊雖独残形体猶不全、無人于修復無所于安置、徒臥礎石之間送六十余廻之星霜、嗚呼悲哉、依之疾疫遍国病死満衢、而去年之冬極月之比、不図被下院宣偁、奉移件尊像於当寺、修復終功安置四王院、可講恒例最勝王経、楚忽之儀雖迷是非、勅詔難背、終致修復之沙汰雖未終修功、早任勅詔、可展講席観音宝前、然四王院内陣幷本尊修造未就、故難安置、是以、暫以所欲奉納院堂中、以遂勅願、是故先衆僧集会観音宝前、各致礼拝、次詣四王院執行講会者也、暫今年之儀次第如斯、為後見記而可留之旨、所随和尚之厳命也、

　正応三年五月六日　　　　仏子性瑜

『興正菩薩行実年譜』(13)には、この「最勝会縁起」の前に次の記述もある。

三年《（正応）》庚寅、菩薩九十歳、（中略）于時見矣、仲夏、十一面尊像手臂零砕、面顔僅全、故去冬命工令修復之、彫刻已成漆布修飾未終、雖然重宣叡、故安置所納尊像胸内仏舎利幷円鏡於四王堂中央、以修恒例最勝会、祝禱国家円満御願、法事已訖、命本照瑜《（ママ）》公記録其趣、其記文曰、（以下に「最勝会縁起」）

　両記事の傍線部によれば、本尊は「形体猶不全」「手臂零砕、面顔僅全」という状態で、修復する人もおらず安置する場所もなく、「礎石」に「臥」していたという。正応三年（一二九〇）から「六十余廻之星霜」を遡ると、『明月記』に記された寛喜元年（一二二九）の火災の時期である。罹災の程度は不明であったが、少なくとも正応三年時の叡尊・性瑜ら西大寺関係者は、「寺門」は「耕作之地」と変じ、本尊は放置され傷んだ状態であったと説明している。(14) 先の院宣には見えなかったが、後深草天皇の命には、本尊の「修復」も含まれていたようだ。

この時移動、修復された十一面観音像が、現西大寺四王堂に安置される像高五・九メートル余りの長谷式十一面観世音菩薩立像である。美術史学からなされた調査検討では、本像は「基本的には頭・体の根幹部は当初材を用いて」おり「頭上の十一面化仏や持物・天衣・両腕・両足など」は後補とされている(15)。

両腕が後補である以上、この像が最初京白河十一面堂の本尊として造立された時から、右手に錫杖を左手に華瓶をとるということが特徴の、長谷式十一面観音像であったかどうかは、明らかにできない。ただ、この像が長谷式十一面観音像となる機会は、少なくとも二度あったことになる。一度は最初に造立された時。二度目は西大寺で「修復」された時である。『興正菩薩行実年譜』では「修復」という詞をわざわざ繰り返し使っており、「修復」の字義を尊重するならば、最初の本尊が長谷式十一面観音像であった、ということにはなる。

ここで『験記』下巻三十話後日譚に戻りたい。安置した場所は「法勝寺」と「十一面堂」で厳密には同一ではないが、京白河の近接した地であり、願主も鳥羽天皇である。像高も長谷寺の本尊が約八メートルであるのに対して、四王院のものは約六メートルで、確かに「ツヾメ」られてもいる。後日譚は、西大寺四王院に移された京白河十一面堂本尊の縁起と読める。

修復に際し西大寺関係者は、約六〇年前に罹災して「手臂零砕、面顔僅全」という状態であった本尊の、元の姿を知っていただろうか。もちろん、叡尊は罹災前に生まれているし、本尊の修復を命じた後深草天皇周辺に、造立当初の情報が伝わっていた可能性も高い。ただ、そうであっても、本話が修復時に知られていたら、より安心して〈正しく〉〈元の〉長谷式十一面観音の姿に修復することができただろう。『験記』の成立が正応に遅れても、その時は本話はこの修復の〈正しさ〉を保証するものとして機能する。修復の指示は後深草天皇から出されたものであるのだから、本話は天皇の指示の妥当性も保証する。さらに、本尊が天皇の指示によって長谷式十一面観音像として修復された結果と、本話が揃うと、「手臂零砕、面顔僅全」という状態であったけれども、京白河十一面堂本尊は長谷式十一面観音であったのだということが担保される。そして今度はそのことが、下巻三十話前半と響き合い、長谷寺と鳥羽天皇との深い所縁を保証することになる。

下巻三十話と京白河十一面堂本尊修復は、循環するように互いを保証しあっている。十一面堂本尊の縁起を含む、鳥羽天皇と長谷寺との所縁を語ろうとする本話を、『験記』が採録した契機は、後深草天皇指示による十一面堂本尊修復に関する正応頃の一連の動きに求められるのではないだろうか。

二　人々へのめくばり

ところで先に触れたように本話は鳥羽天皇の長谷観音への信仰を語る話でありながら、話をまず「御母、贈太政大臣実季ノ御娘」が長谷寺に参籠して祈った結果として、賢王鳥羽天皇の誕生があったと書き出していた。標題にも「幷御母」とあったし、他にも本文には「御母当寺ニ祈テサル御事ト聞シ召シケレバ」「御母儀之御願ヲ思食出」とあり、「御母」の文字は標題もあわせて四度も記されていて、やや目につく。

閑院流実季は、娘苡子が鳥羽天皇の生母となったことで外祖父となり、さらに孫娘璋子が鳥羽天皇に入り、崇徳・後白河両天皇を得て一門の地歩を固めた。その閑院流がのちに分流したひとつが西園寺家であるが、白河十一面堂本尊が修復される少し前、大覚寺統亀山上皇院政下、関東申次であった西園寺実兼の尽力によって、建治元年(一二七五)後深草天皇皇子熈仁親王が立太子したことはよく知られている。(16) 熈仁親王が伏見天皇として即位するのが弘安十年(一二八七、二三歳)。翌正応元年三月五辻経子腹に胤仁親王が誕生。六月には実兼の娘鏱子(一二七一年生)が入内し、八月に中宮となる。翌正応二年(一二八九)に胤仁親王は立太子し、鏱子の子として養育された。永仁六年(一二九八)胤仁親王は後伏見天皇として一〇歳で即位する。持明院統の天皇が二代続くことになり、持明院統が順風な時期である。その後、実兼の孫娘寧子(公衡娘、一二九二年生)も後伏見天皇に入り(一三〇六年）、量仁親王（一三一三年生、光厳天皇）が誕生する（図1）。

鳥羽天皇と実季との関係と、後伏見天皇と実兼との関係は相似している。

『験記』下巻三十話では、鳥羽天皇は長谷観音の霊威を得て「王子モ三所マデ帝位ニ上リ」、それぞれに院政を敷くという結果を得た。その鳥羽天皇は、母苡子が長谷観音に祈って誕生したのであるから、結果としての閑院流の隆盛も長谷観音の利益であると読もうとすれば読める。仮に、胤仁親王が立太子し、養子関係とはいえ実兼が外祖父となることがほぼ確実となった時点（一二八八年）で、振り返って見れば、実季の例は、実兼にとって望ましい先例と誰の目にも映る。『験記』が実兼などを読者として想定できたのだとすれば、下巻三十話の表現は、この状況に少しめくばりをしたものではなかっただろうか。

下巻三十話の主役はあくまで鳥羽天皇であるが、天皇の外戚という立場に小さなスポットをあてる、小さな〈しかけ〉が「御母」の繰り返しなのではないだろうか。読者が気にしなければ、読み飛ばしてしまってもかまわない、あくまで、読みを読者にあずけた〈しかけ〉である。本話には、十三世紀後半の複雑な政治情勢の上にいる、

図1　略系図

さまざまな立場の人を読者と想定した配慮があるように読める。どこまでを匂わせてあるか、どこまでしか書かないでいるか、文脈も表現もよくよく観察した上で、採録に踏み切った一話であると見えるのである。

もう少し深読みを重ねたい。後日譚部には、鳥羽天皇に「国民ノ煩タリ」と苦言を呈し、「ツヾメ」模した長谷式観音像を京都に「移シ造」り祀る提案をした人物として、顕頼の名が記されてあった。京白河十一面堂本尊の縁起を語ることや、下巻三十話全体を通した鳥羽天皇の賢王的素質と長谷寺との所縁を伝えるという目的を考えるなら、先ほどの「御母」同様、こちらも苦言を呈する役者名は必ずしも記さなくてもよい。もちろん、記録としては見つからないが、〈事実〉として、苦言を呈したのが近臣として知られる顕頼であった可能性はある。先引『百練抄』久安元年六月廿八日の記事は京白河十一面堂は「伊予守忠隆造進之」と伝えていた。この藤原忠隆の妻は顕頼の姉妹である。[17] 顕頼と忠隆は義理の兄弟ということになり、顕頼は確かに、京白河十一面堂創建という出来事に近い位置にもいたようだ。

十三世紀後半に降り、これも先引の後深草天皇の正応元年院宣には、転倒した堂の再建は「人民之煩」となる可能性があり、本尊を西大寺に移し安置せよとあった。この内容を「院宣言上如件」と伝えた「中宮大進光泰」は、伏見天皇の中宮となった実兼娘鏱子の中宮職で顕頼の六代目の子孫にあたる。『験記』の下巻は「諸家ノ記録」から三三話を選んだと、序文は記していたが、下巻三十話の少なくとも後日譚について、伝えてきた家があるとすれば、顕頼の家、つまり光泰の家は最有力候補のひとつではないか。後代の規範となり得るような顕頼の賢臣ぶりを伝える本話が、家で大切に伝えられることは十分に想定できるし、そうであれば当然、顕頼の名は本文中に記し留められている必要がある。また下巻三十話全体は鳥羽天皇と長谷寺の非常に深い所縁を伝えるもので、「当寺ノ旧記」に残されていてもおかしくない一話である。けれどももし後日譚を含めた三十話全体が光泰の周辺に伝えられていたのであれば、本話が上巻ではなく下巻に収められていることにも、説明がついてしまうのである。

『験記』下巻三十話は、正応の京白河十一面堂本尊の移動・修復という出来事を契機として採録された可能性が高く、当該期の天皇家、周辺の人々や出来事などに、やや出来すぎではないかとすらみえる、全方向的なめくばりのある一話である。

三　後伏見天皇の享受

京白河十一面堂本尊は西大寺四王院に祀られることになったが、先引「最勝会縁起」やその前書には二重傍線部のように「不図被下院宣」「楚忽之儀雖迷是非、勅詔難背」「雖然重宣叡」などとあって、移動・修復に関わる一連は、後深草天皇の強い意志に随ったものであったと読める。結果として長谷式十一面観音への修復を命じたわけだが、今のところ院宣にも周辺記事にも、後深草天皇と長谷寺との所縁を直接知らせてくれる記述はみえない。ただ後深草天皇の孫にあたる後伏見天皇が、わずかにそれを書き留め、同時に自身の信心を表明している。

宮内庁書陵部所蔵の伏見宮家伝来資料群に「後伏見天皇宸翰御願文」（以下「御願文」と略称）[18]があり、全七軸に後伏見天皇宸筆になる立願状や願文が複数残される。充所は伊勢・石清水・賀茂などの所謂二十二社が中心であるが、早く『豊山前史』等が触れる通り[19]、長谷寺に対するものが、第二巻に二通、三巻に一通、合計三通収められている。後伏見天皇の、長谷観音に対する信心を直接語る資料とみることが出来るだろう。そのうちの一通が次の「立願状」である[20]。

（端裏）長谷寺願書案
敬白
立願事

右、観自在尊王者、施無畏大士也、然間致懇祈之人、必預響応、如瑶琴之待五音、守正信之輩、又垂照鑒、似玉鏡之写万象、就中当所伽藍者霊験明白也、Ⓐ聖武光仁㉑之両帝、已依冥助兮有践祚、愚昧眇身之一流、則憑霊證㉒兮抽至誠、Ⓑ況亦為後深草院御帰依之跡、表中懇棘府無弐心之底、爰大王㉓已及長太之齢儲后㉔独有遅引之怨、凡云㉕鶴禁之早運云龍興之先途、枉心権化方便必示急速勝利、然者殊染Ⓒ随分之宸筆自写最勝与法華㉖、聊勘旧記兮似守先規、奉納㉗此経兮弥賁本迹、伏乞大士哀愍小童、仍立願如件、

正中二年三月日　太上天皇㉘　敬白

正中二年（一三二五）は大覚寺統後醍醐天皇御代で、同じ大覚寺統後二条天皇第一皇子（後醍醐天皇甥）邦良親王が皇太子である。邦良親王は即位を果たさず翌正中三年四月廿三日、二七歳で早世してしまうが、「立願状」はその一年程前のものということになる。当該期は、大覚寺統内では皇太子邦良親王の速やかな即位を、持明院統内では邦良親王の次の皇太子として後伏見天皇皇子、量仁親王が立つことを、強く願っていた時期で（図２）、「立願状」も後伏見天皇が量仁親王の立太子を願うものである。

図２　関係天皇略系図（数字は後深草天皇以降の即位順）

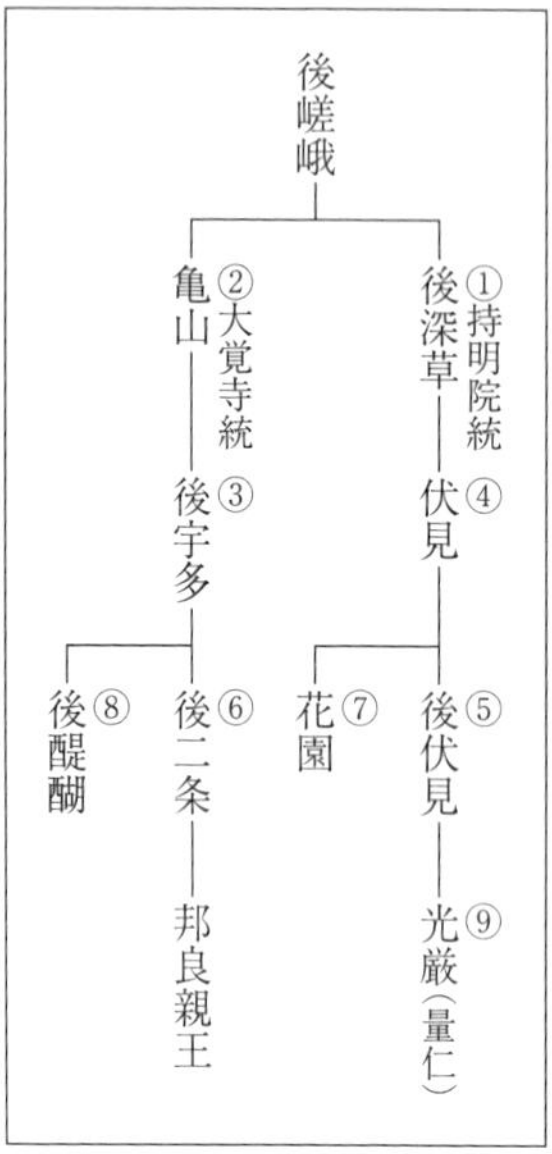

端裏に「願書案」とある通り、所々に書き直しや傍書など推敲の跡が残るが、まず冒頭で観音の霊威を謂い、「当所伽藍」すなわち長谷寺の霊験灼《あらた》かであることは明白であるとする。ついでⒶ部には聖武天皇と光仁天皇が、長谷観音の「冥助」によって帝位についたことをあげ、そしてⒷ部で「況亦」とし、長谷寺が

「後深草院御帰依之跡」であるとしている。後伏見天皇は、持明院統祖である祖父後深草天皇が「帰依」していたということを、自身が長谷観音に祈念する、正当性や妥当性の根拠のひとつとしている。後伏見天皇の謂いを受けて振り返ると、後深草天皇の十一面堂本尊の修復の命にも、それが長谷式十一面観音像であったが故、と読み取りにゆくことができる。

ところでⒶ部に記された、聖武・光仁両天皇が長谷観音の「冥助」によって「有践祚」という事柄について、後伏見天皇が何によってこの情報を得たのか、厳密には不明とせざるを得ないのだが、聖武天皇と光仁天皇の即位にまつわる長谷観音の利益譚は『験記』に収められている。

まず聖武天皇の即位に関わる記述は、上巻二話に見える。聖武天皇が未だ春宮であったとき、房前は春宮の「傅トシテ彼御譲位幷ニ自身ノ幸栄懇御祈請申サルベキ由、当寺ノ本願徳道上人ニ契」った。相手が長谷寺本願徳道上人であるのは、長谷寺の本尊はまだこの時造立されていないからである。そして「養老七年十二月十日、御譲位決定シ、同日自モ本氏ノ長者タル上ニ、重テ件職ヲ永我子孫ニ付ラル。則神亀元年二月四日御即位」という結果を得、「香稲三千束ヲ本尊造立ノ為ニ下」し、本尊十一面観音像が造立されるのである。当然これは長谷寺の縁起にとって重要な出来事であるから、本稿冒頭に触れた『験記』序文にも、その基となった『長谷寺縁起文』にも記載がある。しかし、聖武天皇の践祚が、長谷寺本願徳道聖人の祈請の結果であることを明確に記すのは、この『験記』上巻二話である。

次に光仁天皇話は下巻三話に記される。まず「天智天武両帝之御末、代々位ヲ践セ給ケル程ニ」と記されるが、この「代々」に長谷寺蔵鎌倉写本では「カハル〳〵」とルビが振られている。当初天智系と天武系で代わるがわる皇統をついでいたが「天武天皇ノ御方エナリテ、天智天皇ノ御末ハ、既ニ絶サセ給ハムトセシ」状況になった。しかし天智天皇皇子の一人志貴王子の息であった光仁天皇は、そういう状況下にあっても「ナヲシ帝位ヲ御心ニカケサセ給テ」、「密ニ」長谷寺に参籠。その結果所持していた「末ナキ笏」を「象ノ牙ノ笏ノユ、シキ」ものに取り替えてもらうという霊夢を得て帝位に就き、「今ニ其御末世ヲ取セ玉フ」と記す一話である。

聖武・光仁両天皇が長谷観音の利益に預かったという理解は、上巻五話にも示されており、清和天皇が春宮であったとき、長谷観音の利益によって病が平癒したことを伝えるなかで「聖武天皇・光仁天皇ノ例ニ任セテ」千僧供を行ったと記す。また、Ⓒ部で自ら筆を染めて「最勝与法華」を写し「旧記兮似守先規」としているが、この「先規」も『験記』上巻二話に見える聖武天皇が「長谷寺ニヲヒテ三宝ヲ供養シ、後代皇胤ヲ祈ルベシ」と告げられる霊夢を得、「夢覚テ自宸筆ヲ振テ最勝・法花各一部ヲ写」し、これを長谷寺観音堂に収めた、とする記述と関連しているだろう。

後伏見天皇が、長谷観音の「冥助」によって聖武・光仁両天皇の即位があった、「先規」に随って最勝王経や法華経を自ら写す、そのように「立願状」に書いた背景には、『験記』があったと考えてよいのではないか。現在の『験記』とまったく同じものであるかどうか猶一考は要するが、正中二年（一三二五）の頃、後伏見天皇の周辺に『験記』が存在した可能性は高い。のちの資料になるが、後伏見天皇から三代降った伏見宮貞成親王の『看聞日記』紙背に残される「諸物語目録」(29)には「泊瀬観音験記二帖」とある。他に『実隆公記』明応五年（一四九六）三月十七日条には「長谷寺験記銘等依仰於御前染筆了」とあり、また「近世初期の禁裏の蔵書」(30)目録である大東急記念文庫蔵『禁裏御蔵書目録』にも「『長谷寺験記』二冊」とみえる。確かに禁裏に『験記』は届いていた。

『験記』の成立が十三世紀後半であるとすれば、後伏見天皇はかなり早い時期の『験記』読者の一人ということになる。下巻三十話も読むことが出来ただろう。鳥羽天皇の長谷観音への信心を知り、京白河に造立された十一面堂とその本尊の縁起を知り、併せて、祖父後深草天皇の十一面堂本尊修復の一連を知れば、後伏見天皇は自ずと、後深草天皇の長谷寺への「帰依」を確認することになる。ここでも本話と十一面堂本尊修復という事柄とは、相互に作用しあい、後伏見天皇が振り返る形で後深草天皇の信心を確認し、そのことに導かれて自身も長谷観音への信心を深めている。結果的に後深草天皇から後伏見天皇へ続く、持明院統天皇家による長谷観音への信心を補強するような効果をうみだしている。[31]

先述の通り、正中二年三月時点の治天の君は大覚寺統後醍醐天皇で皇太子も大覚寺統、なかでも正嫡の後二条天皇第一皇子邦良親王がたっている。持明院統側は「なんとしても量仁立坊をまず担保[32]」すべく所謂「文保の和談」が成り、次の皇太子は持明院統量仁親王と方向づけられていたとしても、不安な要素はいくらでもあっただろう。「御願文」に、量仁親王立太子（立太子ののちは即位）を祈願する願文他が複数みえる[33]ことにも、当時の後伏見天皇の心の一端を見る。

天智系と天武系が当初「カハル〳〵」帝位に就いていたのに天武系優位となり、劣勢と見えた天智系の光仁天皇が長谷観音の霊威によって帝位を引き寄せその後の流れを作った、とする『験記』下巻三話は、今の後伏見天皇にとても心強い。下巻三話は、まるで後伏見天皇を想定読者として採録されたかのようですらある。しかしもちろんこの話は、両統迭立期のどの天皇にも歓迎され得る。

一方、下巻三話は天智系が皇統を引き寄せる話であったが、『験記』下巻一話のなかには、こちらは逆に天智系から天武系に皇統が移ったことを、天武天皇が「当山（長谷寺）ニ伽藍建立之願ヲ発」したことによると記す。後伏見天皇は持明院統内での長谷観音への信心の連続を確認していたけれど、『験記』の側には特定の皇統に偏る態度はなく、長谷観音の霊威はあくまで〈皇統の移動〉に際し示され得る、としていることになる。〈皇統の移動〉を謂い、しかも特定皇統を支持するわけでない姿勢を保っていることからも、『験記』が両統迭立期の天皇を意識していると確認できるだろう。

四　弘安三年度長谷寺焼亡からの復興勧進

下巻三十話が、『験記』の他の話とも連携しながら、十三世紀後半の天皇や上位貴族などに直接・間接に、長谷観音への信仰をうながす、より直接的な理由のひとつは、弘安三年（一二八〇）三月の長谷寺焼亡から復興するのための勧進活動にあったと思う。十三世紀に入って長谷寺は建保七年（一二一九）閏二月、第七度とされる火災に見舞われるが、[34]それから六一年後の弘安三年三月に第八度の火災に見舞われてしまった。[35]第六度と第七度との間が一二五年、第八度と第九度の間は一八九年であることに照らしても、六〇年は短い。一生のうちに二度、長谷寺の焼亡を目撃した人もいたであろう。

この弘安三年度焼亡からの復興のために、さまざまなレベルでの勧進が行われたであろうが、当然天皇の力も頼みにされたはずである。直前の建保七年度焼亡からの復興の際には後鳥羽天皇による「有御随喜勧進禁中有御奉加」ということがあり、後鳥羽天皇の乳母「卿二位」藤原兼子から「砂金百二十両」が「施入」されたと伝わる。[36]また「建保度長谷寺再建記録[37]」には、

（前略）一寸余ノ金札三枚在之、一枚奉彫上皇御名〈尊成〉、一枚女院御名〈藤原氏〉、一枚卿二位殿御名〈藤原包子〉、御身後有窓[a]、奉摺二寸六分観音、其裏書結縁諸檀之名、自此穴奉籠御身中也、（後略）

とあって、後鳥羽天皇の諱の記された「金札」が開眼供養に際し長谷観音の胎内に納められたなどのことが記されている。焼亡からの復興に、時の上皇やその周囲の人々が勧進に協力している情報は、天皇家にとっては規範となり得る先例であり、長谷寺にとっては心強い先例であったはずである。この建保七年度の復興記録も天皇の元に届けられていたようだ。

先の「御願文」と同じ宮内庁書陵部蔵伏見宮家伝来資料群に、「長谷寺造立供養次第[38]」と題された資料があり、

前欠であるが、これは右の「金札」の情報を伝えた「建保度長谷寺再建記録」の異本とみられる。(39)

「長谷寺造立供養次第」

〈前欠〉窓、奉摺二寸六分観音、其裏書結縁諸檀之名、／自此穴奉籠御身中也、

十一月五日、番匠四十余人下向、同六日〈戊／戌〉、御堂手／鋳始〈大工／成行〉、鍛冶二人〈行宗／清弘〉、同十八日、柱立、上棟、母屋柱／十二本、同十六日、礼堂・鐘楼上棟、

貞応三年六月廿四日、御堂棟裏畢、

嘉禄元年七月、以所司解、為大門二天等修造、(40)申／功人且先例云々、仍度々被宣下畢、

嘉禄二年〈丙／戌〉十月廿二日〈甲／辰〉、被遂供養、七僧、／導師権別当法印円玄、咒願法印円経、／読師法印覚遍、三礼法印範信、／唄大僧都公縁、散花権律師憲円、／堂達已講璋円、／六十僧、衲衆廿人、梵音衆廿人之内東大寺二人〈栄源得業／乗信ヽヽ〉、／薬師一人〈縁鎮得業〉、其他興福寺也、錫杖衆〈長谷寺也〉、／行事二人〈威儀師寺主覚勝、威儀師都維那宣経〉、／舞人楽人等四十九人、

冒頭「窓」字が、先引「建保度長谷寺再建記録」にⓐを付した箇所に該当する。このような、焼亡からの復興に備えるような資料が伏見宮家に伝えられていることも、弘安三年の焼亡後、天皇家に復興勧進をはたらきかけた左証のひとつと考えたい。

この焼亡からの復興勧進を視野に入れた時、十一面堂本尊修復と下巻三十話との連携は、また別の役を果たし得る。後深草天皇がなぜ、正応元年(一二八八)に急に十一面堂本尊修復に関わる院宣を下したのか、また院宣に「西大寺仏法殊繁昌護持有其憑」とは記されていたが、西大寺四王院に安置した長谷式十一面観音像の前で最勝会を行うことを指示した意味や理由については猶未詳である。しかし「ツヾメ」たとはいえ、六メートル近い巨像である。かなり破損はあったようだけれどもこれを京から奈良まで移送し、一目でそれと分かる長谷式の観音

像として〈修復〉の上、西大寺四王院に安置。その尊像を前に「恒例最勝会」を修し「国家円満御願」を祈る。一連のことは命を下した天皇のみならず、周辺貴族、寺院関係者他、ある程度の人々から注目されるだろう。さらにその本尊が造立された最初には、鳥羽天皇の深い信心があったのだと語る本話が『験記』に収められ、当該期に世に知られるとすれば、弘安三年焼亡から復興のただなかにあり、広く勧進を行わねばならない状況下、これがマイナスに作用するとは思えない。当該期に復興勧進の目的も含めて『験記』が天皇周辺に届けられていたとすれば、後伏見天皇が早い段階での読者のひとりとなるのも自然である。

また『験記』は皇統を選ばない態度を貫いていたが、『験記』編纂目的のひとつに勧進に供することがあったならば、可能性を広げる意味でもリスクを分散する意味でも、これは当然である。「弘安三年長谷寺建立秘記」[41]には、

（十一月廿七日）同日自御所仏舎利五粒御奉納于眉間、此御舎利者、有勅定中院中納言朝房卿為勅使御奉納於東寺御舎利之内、其後自公家被奉下菩提山、自菩提山御所被奉下勧進所也、

との記載がある。弘安三年時点の天皇は後宇多天皇で一三歳。亀山上皇（三一歳）が院政を敷いている。この記事と呼応するように、『東宝記』[42]は、

長谷寺御仏眉間料、当寺舎利五粒可被奉請也、如此之次長者并勅使称先例、兼不申入子細、私奉請之条不可然、向後可被止之儀之旨、御気色所候也、仍執達件如、

弘安三年〈庚辰〉七月廿八日　参議頼雅

と記す。『後宇多天皇実録』[43]弘安三年七月二十八日条は「東寺ニ勅シテ、仏舎利五粒ヲ以テ、長谷寺仏像造立ノ用ニ供セシム」とし、「御所」を後宇多天皇とする。これに随うならば、弘安三年度焼亡からの復興に際して、大覚寺統の天皇からの喜捨もやはりあったようだ。

とはいえ、資料の残存状況の問題があるのであくまでも現時点で結果として残されている痕跡による限りであるが、現状の『験記』が天皇へ向けるまなざしは、これまで見てきた通り、より持明院統側を向いているようにみえる。『験記』が世に出た時期を十二世紀後半、さらに弘安三年度焼亡よりも後と仮定してみるならば、これも上述の通り、持明院統が順風な時期が比較的長く重なる。『験記』編纂者が両統を視野に入れていたとしても、順風な方により意識は傾くのではないだろうか。

さまざまな手段を講じ勧進も行われたであろう弘安三年度焼亡からの復興は、しかしなかなか時間が掛かってしまったようで、「弘安三年二月十四日長谷寺炎上(中略)貞治二年(一三六三)十月廿九日観音堂供養、導師己心寺殿、回禄以後八十四年」[44]もの時間を要した。

おわりに

『験記』に収められた霊験譚は、それぞれ「当寺」に「諸家」に、伝えられてきた長谷観音の霊験譚である。とはいえ、それらが蒐集され『験記』の一話として撰ばれ収められるとき、ある程度の整理や整形があったであろうことは想像に難くない。収める話数は上巻十九話、下巻三十三話と決めてある。数には限りがあるけれど、霊験譚は出来るだけたくさん広く伝えたい。よって別々に伝わった話であっても関連する事柄、同一人物に関わる話などは、一話としてまとめるようなことが行われている。先引聖武天皇の即位に関わる話を伝える上巻二話は、聖武天皇と長谷寺に関わる逸話複数を類聚したものであるし、上巻十話は、長谷寺の五度の焼亡を契機とした霊験譚を類聚している。

正応のころ、後深草天皇の命によってその京白河十一面堂本尊の修復という計画が持ち上がるが、この計画が実のところ後深草天皇の長谷観音に対する信仰とどう関わったものであったのか、計画が先なのか本話が先なのかも含めて不明である。けれど弘安三年焼亡からの復興勧進が懸案であった長谷寺にとって、この計画は、下巻三十話を介することによって、時の天皇や上皇に長谷寺と天皇家との所縁の深さを訴える好機となる。本稿では下巻三十話に対する『験記』編纂者の関与を、「採録」とのみしてきたが、やはり〈やや出来すぎ〉とみえる文脈は、編纂時のさまざまな状況や思惑に鑑みた、表現の修正や加筆などの整理が加えられた結果とみるべきであろう。

『験記』下巻三十話はひとつの霊験譚ではあるけれど、『験記』の一話として採録されるに際し、当時の天皇や周囲の人々を念頭においた多様で複雑な思惑に最大応える役を負い、話中にいくつもの〈しかけ〉をうまく滑り込ませた、極めて周到に整えられた一話であると考える。下巻三十話やそれと連携する話は、編纂現在に近い〈時〉の状況に即応させたが、『験記』編纂には、序文に公言された意図や目的もある。『験記』はこれら複数の目的や複雑な意図に対応すべく、実に高度に編纂された霊験譚集である。

(1) 長谷寺蔵鎌倉写本。同蔵天正写本には「和州長谷寺観音験記上并序」。いずれも新典社善本叢書『長谷寺験記』(一九七八年)の影印本による。以下『験記』の本文は『『長谷寺験記』註釈稿』(平成二五年度大阪大谷大学特別研究費研究成果報告書、研究代表者横田隆志、二〇一四年)を参照しつつ、該本を私に翻刻した。
(2) 阿部泰郎「長谷寺の縁起と霊験記」(『中世日本の世界像』名古屋大学出版会、二〇一八年)。
(3) 美濃部重克「『長谷寺観音験記』の世界」(講座日本の伝承文学第五巻『宗教伝承の世界』三弥井書店、一九九八年)。
(4) 横田隆志「『長谷寺験記』後鳥羽院御幸説話考」(『國語と國文学』二〇〇九年二月号)。
(5) 横田隆志「『長谷寺験記』の成立年代」(『日本文学』六八〇号、二〇一〇年)、藤巻和宏「『長谷寺験記』成立年代の再検討――長谷寺炎上と「行人上人記」」(『国文論叢』三六号、二〇〇六年)。
(6) 以下、天皇個人を指す際は在位・退位後を問わず原則としてすべて「〜天皇」とし、資料中の詞を引用する場合などに一部「～上皇」「～院」などとする。

（7）拙稿「縁起の〈縁起〉――『長谷寺縁起文』成立周辺」（『論集　中世・近世説話と説話集』和泉書院、二〇一四年）参照。

（8）以下十一面堂については杉山信三『院家建築の研究』（吉川弘文館、一九八一年）「第四章白河御堂」に詳しい。本話と当該十一面堂との関係について大塚紀弘「中世大和長谷寺の造営と律家」（『佛教史研究』五一号、二〇一三年）が触れる。「御室相承記」は『仁和寺史料』寺誌編（奈良国立文化財研究書、一九六四年）、次の『明月記』は国書刊行会本による。

（9）『山塊記』十一月十二日条。

（10）たとえば『仙洞御移徙部類記』建長七年（一二五五）十月廿七日「敷砂……五両十一面堂執行、五両仏頂堂執行……」、『民経記』文永四年（一二六七）十月六日条「以十一面堂執行、可被補之」など。「仏頂堂」は十一面堂の隣にあったとされる堂（前掲注8杉山論文）。

（11）『西大寺勅謚興正菩薩行実年譜』（『西大寺叡尊伝記集成』法藏館、一九七五年）はこれを亀山上皇とする。が、弘安十年（一二八七）十月に持明院統伏見天皇が即位しており、以下の文書の発給主体を後深草上皇とする『鎌倉遺文』他の見解に従う。

（12）光泰が中宮大進となるのは翌二年四月廿九日で、弘安十一年が正応元年と改元するのは四月二十八日であるなどの齟齬はあり、『鎌倉遺文』は「正応元年」に「ママ」と傍書を振る。

（13）前掲注（11）『西大寺勅謚興正菩薩行実年譜』による。

（14）「最勝会縁起」は院宣が「去年之冬極月之比」下されたとするが、これを厳密に正応二年十二月とするならば、先の後深草上皇院宣の日付とはややずれる。

（15）『奈良六大寺大観　西大寺』解説（増訂版、二〇〇一年）他。

（16）岩佐美代子『永福門院　飛翔する南北朝女性歌人』（笠間書院、二〇〇〇年）他。

（17）『尊卑分脈』。

（18）資料番号「伏七五五」。

（19）永島福太郎『豊山前史』「二、長谷信仰」（総本山長谷寺、一九六二年）。

(20)「立願状」は『後伏見天皇実録』第一巻および「史料稿本」(史料編纂所大日本史料総合データベース公開画像による)に記載があり、これを参照しつつ原本の熟覧と公開デジタル画像によって私に翻刻し、改行は原則として送り、記号や傍線を付した。なお、残り二通は『鎌倉遺文』二九一一八号「後深草上皇院宣写」(端裏に正中二年五月)、同二九四四七号「後深草上皇院宣」(正中三年三月廿五日)に示されている。いずれも「敬白　長谷寺観自在菩薩宝前立願事」と始まり大般若経他の転読などをいう。

(21)本文「光仁」を行頭に記して一端改行。次行頭に「聖武」と記し、その下に挿入符を入れて「光仁」を挿入する指示記号。

(22)「又」字の上に重書。

(23)「所謂」を抹消し「爰」を傍書。

(24)二字分の上に「儲后」を重書。下の文字不可読。

(25)「怨」字の下に挿入記号を入れ「凡」字以下「先途」字まで挿入。

(26)「華」字の下に挿入記号を入れ「聊」を挿入。

(27)一字分(「心」か)を抹消し「奉納」を傍書。

(28)『史料綜覧』巻五正中二年三月に「是月後伏見上皇、宸筆最勝王経及ビ法華経ヲ長谷寺ニ納メ給ヒ、量仁親王ノ立坊ヲ祈ラセラル」。前掲注(20)「史料稿本」は「太上天皇ノ下御名ヲ載セラレザルモ本院タルコト自ラ明カナリ」とする。

(29)図書寮叢刊『看聞日記紙背文書・別記』(宮内庁書陵部、養徳社、一九五〇年)。

(30)福田秀一「大東急記念文庫蔵「禁裡御蔵書目録」について」(『かがみ』六号、一九九一年)他。

(31)持明院統の天皇が長谷観音への信心を持つという認識は、のちにも引き継がれたようで、およそ十六世紀の成立とみられている堺長谷寺蔵『長谷寺縁起絵巻』の箱書きは、詞書を「伏見帝和字之宸翰」と伝える。仮託と思しいが、長谷寺と伏見天皇とが自然と結びつき得たとみることが出来る。絵巻については平塚泰三「鎌倉・長谷寺所蔵『長谷寺縁起絵巻』弘治三年奥書について」(『日本美術の空間と形式』河合正朝亨受還暦記念論文集刊行会、二〇〇三年)、『堺長谷寺　縁起関連資料　調査報告書』(研究代表者中原香苗、二〇一五年)など参照。

(32)森茂暁「文保の和談の経緯とその政治的背景――新史料の紹介をかねて」(『日本歴史』七三九号、二〇〇九年)他。

(33) 嘉暦元年五月廿九日付「八幡」充立願状(『鎌倉遺文』二九五一三号、「御願文」第三巻所収)他。
(34) 『百練抄』『興福寺略年代記』閏二月十五日条他。
(35) 『続史愚抄』三月十四日条他。
(36) 亀田孜「長谷寺焼失」(『美術研究』一二八号、一九四三年)。
(37) 森末義彰「研究資料」(『美術研究』六二号、一九三七年)。
(38) 資料番号「伏七一一」。
(39) 原本の熟覧と公開の画像とにより私に翻刻した。日付による改行は原本に随い、他は改行箇所に／を入れて送った。「宣下」の前や列挙の箇所に開けられている空字スペースは取らなかった。右寄小字や割書は〈 〉で括った。本資料は、十一月五日条までは「再建記録」と同文であるが、それ以下は書き様が異なり、「同十六日、礼堂、鐘楼、上棟」以下の記事はこれまで知られてきた「再建記録」には見えない記事である。検討は後考を俟ちたい。先の後伏見天皇宸翰「立願状」と併せ、資料の熟覧および翻刻を許可せられた宮内庁書陵部に御礼申し上げる。
(40) 原本「門」字の下に挿入記号を付し「二」を傍書。
(41) 前掲注(36)に掲。
(42) 『続々群書類従』本。
(43) ゆまに書房、二〇〇九年。
(44) 『大乗院寺社雑事記』明応四年(一四九五)十一月廿六日条。

『拾遺往生伝』の歴史意識と文学意識

川上知里

往生伝は歴史史料か文学作品か。もちろん現代の感覚でこれを決定することに意味はないが、歴史史料として信用を得る一方、文人の作品として文学性も認められる往生伝をどのようなものとして扱えばよいか戸惑いを覚えることも事実である(1)。そこで、歴史と文学を繋ぎ、その関係性を考える上でも意義深い作品として、本稿では往生伝を取りあげる。

近年、中世や近世の往生伝の姿にも注目が集まっているが、往生伝の花開いた時代といえばやはり平安中後期だろう。『日本往生極楽記』(慶滋保胤)を嚆矢として、『続本朝往生伝』(大江匡房)、『拾遺往生伝』『後拾遺往生伝』(三善為康)、『三外往生伝』(蓮禅)、『本朝新修往生伝』(藤原宗友)と相次いで往生伝が誕生する背景には、もちろん平安浄土教の興隆が存在している。しかし、なぜ文人貴族が「伝」という形で往生説話を書き継いでいこうとしたのかという問題や、彼らが往生伝という括りのなかで目指したもの、成し遂げようとしたことについては、未だ未解決であるといってよいだろう。

唐土の『浄土論』が示す通り、往生伝とは元来往生論の付録として、論の実証のために書かれたものである。しかし、『続本朝往生伝』以降の往生伝は、本来主役であるはずの往生論を持たず、往生伝のみで一つの独立した作品となっている。往生説話を多数収集し配列するというこの形態が、結果的に仏教説話集と酷似しているわけだが、それでは、説話集と往生伝のそれぞれの編者に、ジャンル意識の違いはあったのだろうか。

特に、『今昔物語集』巻十五は往生説話のみを収載した巻であり、数多くの説話が『日本往生極楽記』から採られているため、これだけをとれば往生伝と説話集の差異などほぼないかのように思われる。しかも、この巻十五は「極楽記の概念的な叙述の列挙によるきわめて貧弱な形象が、巻十五の諸話を、おそらく今昔中でも最も類型的で貧しいものにしてしまっていることは否めない[2]」といわれる通り、『今昔物語集』のなかでも所謂文学的評価の著しく低い巻である。すると、一体往生伝の持つ文学性とは何なのか、往生伝と説話集にはどのような違いが存在するのか、といった問題が浮かび上がる。『今昔物語集』巻十五という特殊な巻を説話文学史上どのように位置づけうるのかを考える上でも、同時代の往生伝が何を目指し、どのような達成を遂げたのかを解明することは有益であろう。

そこで、今回は『今昔物語集』とまさに同時代に誕生し、平安朝往生伝のなかでもスタンダードであると考えられる三善為康『拾遺往生伝』(以下『拾遺伝』と略す)を題材に選んだ[3]。最終的には説話集のジャンル意識と比較することを念頭に置き、本稿では『拾遺伝』の歴史や文学に対する志向性を明らかにすることを主な目的としたい。

一　特徴と問題点

『拾遺伝』の編者三善為康は、算博士三善為長の養子であるが、「算道のほか紀伝道を学び、省試及第による立身出世を志したが落第を重ね、五十代まで学生の身[4]」という不遇な人物であった。その不遇さが浄土信仰に傾倒する契機となったと指摘されることも多い[5]が、一方で『朝野群載』『掌中歴』『童蒙頌韻』『続千字文』といった大部の著作を持ち、確かな学識を有する啓蒙的な文筆家としても知られる。先に往生伝を記した慶滋保胤や大江匡房ほどの時代を代表するエリート文人ではないけれども、ある程度の素養を持つ文人貴族といってよく、『拾遺伝』も先行二作の往生伝の系譜に連なるものである。(6)

・(前略)江家の続往生の伝に接ぎて、予めその古今遺漏の輩を記す。更に名聞のため利養のためにして記せず、ただ結縁のため勧進のためにして記す。もし我を知る者は、必ず往生の人たらしめむ。故にこの言を述べて、もて序の首に置くと爾云ふ。(『拾遺伝』巻上・序)

・予後人念仏の行を勧めむがために、予め先達の伝記の遺れるを拾へり。都盧《すべて》三十人、巻軸已に成りぬ。その後国史別伝を闚《うかが》ひ、京畿辺外を求めたり。かつ訪ひ得たる所また数あり。罷めむと欲すれども重ねて更に記しつ。冀はくは今生集類の結縁をもて、必ず来世順次の迎接を期せむ。その人誠に霊あらば、遙に我が願を照せ。この記を毀誉する者、利益を施すことまたかくのごとくならむ。ただし恨むらくは聞に随ひて記し、時代を次がざることをと爾云ふ。(『拾遺伝』巻中・序)

・それ末法の万年にして、弥陀の一教を炳《あきらか》にす。道俗男女、誰か帰せざらむや。而して西土に往生の行人を訪ひて、中古より爾来《このかた》の遺輩を記せり。都盧《すべて》六十四人、もて上中の両巻に載せたり。今の録すところ、継ぎて下巻となす。冀はくは先賢の行儀を記して、もて後人の目足となさむと爾云ふ。(『拾遺伝』巻下・序)

右に各巻の巻頭に置かれた序文を掲げた。上巻序には、執筆の契機となった為康自身の往生夢告や舎利出現の体験が詳細に記されている(前略部分)が、その後の文章は中巻・下巻の序と共通して、結縁・勧進のための執筆(傍線部)を謳っている。『拾遺伝』に限らず、往生伝の執筆動機にまず強い結縁意識があることはおそらく揺らがない。

続いて、中巻序の二重傍線部に目を向けると、為康の説話採集方法が記されている。『拾遺伝』全体の三分の二が出典未詳であり、その多くが為康生存中の人物であることをふまえると、「訪ひ得たる所また数あり」と記す通り、口伝等の採訪収集も積極的に行ったのであろう。[7] 殊に下巻や後続の『後拾遺往生伝』に為康同時代の出典未詳話が多いことに鑑みれば、為康が往生伝を執筆していることが知られるほどに、自然と往生説話が彼の手元に集まってきた様がうかがえる。ただし、この種の口承説話は現在では確認・証明が困難であるため、専ら書物による往生説話を考察の中心とするほかない。

書承説話については「国史別伝を闚《うかが》ひ」とあるが、『拾遺伝』に引かれる「国史」としては、『続日本後紀』と『日本三代実録』が確認でき、「別伝」としては『叡山大師伝』や『天台南山無動寺建立和尚伝』が使用されている。また、『大日本国法華経験記』(以下『法華験記』と略す)から計二〇話が採録されており、中心的な典拠であることが確実視されるが、それ以外の典拠としては『日本霊異記』『(護国寺本)諸寺縁起集』『楞厳院廿五三昧結衆過去帳』が各一話ずつ指摘できる程度である。逸文として残る縁起類・伝記類と近しい本文を持つ説話も複数存在するが、直接的典拠が確定できない場合が多い。

このような資料の制約があるため、『拾遺伝』特有の歴史意識や文学意識を明らかにするには困難がともなうが、そのようなかで池上洵一は、往生伝と『今昔物語集』との性質を「余りにも対蹠的」と捉え、『拾遺伝』に関して以下のように指摘する。

・為康にとっては、浄尊に対する修行僧の驚きや浄尊の生活の具体的展開が必要でなかった如く、この話を修行僧と浄尊の交渉にまつわる一事件を語る事実談として描くことなど全然眼中になかった。むしろ彼にとって往生人の伝記をそういう形で描くことは、真剣に結縁・迎接を願う対象に対する冒瀆と感じられたのであろう。(中略)往生伝は、それが往生伝である限り、説話化へ足を踏み出してはならなかったのである。

・為康にしろ宗友にしろ信仰的には匡房よりも真剣なものがあり、匡房が目もかけなかった低い階層に目を向けたのはたしかだが、彼等が文人であることに固執する以上、彼等の背負った古代からの脱皮は難しい。（中略）それは、作品内部に描く対象に積極的な追求の態度を持たず、またその追求をいたずらに主観的・自己閉鎖的な結縁意識によって排する彼等のたどる当然の道であった。(8)

このように説話内への干渉・追求をほぼ行わないとされる『拾遺伝』であるが、果たして本当にそのような操作は存在しないのか。それでは、「江家の続往生の伝に接ぎて」行う文人としての往生伝編纂行為は、どのような目的のもと、どのような手法で行われるのか。これらの点について、典拠が確認できる説話を中心に、次節より細かく検討していく。

二　歴史意識

『拾遺伝』の配列は、本作品の歴史に対する志向性が色濃くうかがえるものである。すでに日本思想大系の文献解題に大まかな説話配列について指摘があるが、それを基に新たに訂正や指摘を加え、以下にその詳細をまとめておきたい。

まず、上中巻は所謂「七衆」の配列になっている点は先行の往生伝と共通しており、①比丘（上1〜中12）、②優婆塞（中13〜26）、③比丘尼・優婆夷（中27〜32）、④補遺・優婆塞（中33・34）の四グループに大別される。しかし、そのなかの配列が非常に特徴的である。まず、①比丘は（a）上1〜8（没年順）、（b）上9〜23（非没年順）、（c）上24〜29（没年未詳）、（d）中1〜12（非没年順）と分類が可能である。（b）や（d）の採訪序列かと思しい話群は存在するものの、（a）と（c）の話群を見れば没年順配列を志した形跡があり、僧位や寺職などの身分的配列をとった先行の往生伝とは明らかに異質である。また、②優婆塞は身分的な配列となっているものの、③比丘尼・優婆夷は両種混合の没年順配列であり、「比丘尼→優婆夷」という「七衆」としては当然の配列を持たない点は注目される。なお、④補遺の往生人没年は嘉承二年(一一〇七)であり、上中巻の成立はこのあたりかと推定される。下巻は「七衆」とは無縁の規則性の見出せない配列であり、最も下る没年が最終話の天永二年(一一一一)であることから、説話を入手した順序で並べたもので、天永二年から遠からぬうちに成立したものと思われる。下巻に出典未詳説話が多いことをふまえても、書承を中心とした計画的な配列は、上中巻に限定されると考えてよいであろう。

さらに、部分的ながらうかがえるこの没年順配列を証拠づけるものとして、前節に引用した中巻序がある。「恨むらくは聞に随ひて記し、時代を次がざることを」(波線部)と記される通り、為康は確かに没年順に配列することを志し、挫折したようである。結果的には完成度は低くなってしまったものの、古いものから新しいものへと説話を繋げるという意識(理想)は確実に存在した。これは、『拾遺伝』が『日本往生極楽記』や『続本朝往生伝』と異なり、強い歴史意識を有していた証でもあろう。結縁のためにただ往生説話を集めるだけではなく、往生の歴史を紡ぎたいという欲求が、その配列からうかがえるのである。

さらに、作品の歴史意識を考える上では、「国史」を典拠とする説話の執筆態度が大きな手がかりとなろう。先に確認した通り、『拾遺伝』に利用された「国史」としては『続日本後紀』と『日本三代実録』が確認できるが、それらの享受姿勢はどのようであるのか。

紙幅の関係上、説話本文の引用は控えるが、端的に言えば『拾遺伝』の享受姿勢は基本的に典拠の国史に忠実である。細かな表現の差異はあるものの、語彙をそのまま踏襲する部分が多く、説話展開も典拠通りであり、国史を正確になぞろうとする意志がうかがえる。ただし、往生伝として不要と判断したであろう部分に限っては省略もまま見られ、その多くが細かな官歴や廷臣としての逸話であることは注目すべきであろう。

・承和元年、仁明徴して禁中に侍せしめたまへり。初めは右兵衛権大尉に任じ、内蔵助に遷りぬ。五年叙爵、六年因幡守に任ぜり。その後頻に顕官を経て、昇進滞らず、仁寿元年、従三位を授けて、権中納言に任ぜり。
（『拾遺伝』中13）

・承和元年仁明天皇徵令レ侍二禁中一。拝二右兵衛権大尉一。遷二内蔵助一。五年授二従五位下一。明年転レ頭。兼二因幡守一。小頃遷二左近衛少将一。内蔵頭因幡守如レ故。八年授二従五位上一。十年加二正五位下一。遷二阿波守一。内蔵頭左近衛少将如レ故。十三年至二従四位下一。転二中将一。余官如レ故。嘉祥元年拝二参議一。二年兼二相模守一。同年秋拝二右大弁一。相模守如レ故。三年授二従四位上一。数月加二正四位下一。尋領二陸奥出羽按察使一。未レ幾遷二左大弁兼春宮大夫一。仁寿元年授二従三位一。拝二権中納言一。
（『日本三代実録』貞観九年十月十日条）

・嘗仁明天皇煎二煉五石一。試観二近侍一。先嘗欲レ知二精粗一。黄門数輩嫿无下飲二服之一者上。大臣引レ抔。一挙而尽。帝感二薬剤之間君臣不レ忘レ義焉。
（同）

国史に卒伝として記される上では、詳細な故人の官歴（傍線部）や廷臣としての逸話（波線部）が肝要な要素であることは自明である。しかし、これらが『拾遺伝』に採られていないことを考えると、往生に関係しない要素は記す必要がないと判断されたものと想定される。為康には歴史を紡ぐことへのこだわりが存在しているようではあるが、その対象は往生に限定されており、官人としての歴史は興味の対象外だったようである。

・観念内に凝し、遷化して西に去りぬ。
（『拾遺伝』上5）

・定業有レ限。小疾難レ免。爰命二小船一。浮二於水上一。奄然遷化。
（『日本三代実録』貞観九年七月十二日条）

・承和元年九月十四日、春秋八十五、正心念仏して、寂として入滅せり。いまだ気絶に及ばずして、同じ寺の善守上人、来臨して問訊す。時に音楽天に聞えて、薫香室に満ちぬ。雲は惨ふる色あり、水は咽ぶ音あり。嗚呼悲しきかな。
（『拾遺伝』下3）

・年八十五。終二于元興寺少塔院一。未レ及二気絶一。時同寺僧善守欲レ致二問訊一。自二石上寺一尋向。比レ到二少塔院一。

忽聞二微細音声髣‐髴院裏一。可レ謂浄刹所レ迎天人之楽也。（『続日本後紀』承和元年九月十一日条）

・即ち棘路を抛ちて、長く山門を閉ぢ、偏に南浮を厭ひて、ただ西土を慕へり。春秋六十四、病なくして卒せり。時の人皆曰く、これ往生なりといへり。（『拾遺伝』下12）

・固二閉山門一。無レ病而卒。時年六十四。（『続日本後紀』承和十三年九月二十七日条）

一方、往生を語る部分に注目すると、官歴等の省略とは対照的に、積極的な加筆の姿勢が浮かび上がる。国史の記述から確かに往生したとわかるのは護命（下3）のみであり、他二話はただ亡くなったことしか書かれていない。そこに、西に去ったこと、薫香、雲色、往生への願いや世間の評判等を為康は書き加え、彼らを往生人らしく仕立て上げている。これほど往生要素の薄い説話を国史の数ある卒伝のなかからなぜ選び取ったのかは不明であるが、往生伝に加える以上、確かに往生した人物として語り直そうとする意図がうかがえる。

以上をまとめると、『拾遺伝』における国史の享受は、基本的には往生に関わる部分を正確・忠実に抄出するものといえる。ただし、往生に関わる部分に関してのみ、改変や加筆を躊躇わず、強引に語り直す操作も見られる点は注意しなければならないだろう。

そして、このような往生に関する積極的改変に通じる特徴として、往生人の没年・享年に関わる加筆改変があげられる。まず、没年や享年を加筆する例として以下の四例がある。いずれも典拠である『法華験記』には該当する記述がない。なお参考までに別史料に没年や享年の情報があるものは併せて載せ、『拾遺伝』と重なる情報については傍線を付した。

・時に永観二年、春秋七十三なり。（『拾遺伝』上6）

▽『日本紀略』『僧綱補任』『興福寺三綱補任』『興福寺別当次第』→永観元年

▽『興福寺三綱補任』『興福寺別当次第』「或云」→七十三　▽『興福寺別当次第』→七十二

▽『僧綱補任』→七十五
・時に正暦四年七月廿日。……生年八十七なり。（『拾遺伝』上7）
▽『僧綱補任』→正暦四年閏十一月二十一日　▽『天台座主記』→正暦元年十月二十二日
▽『僧綱補任』→八十七　▽『天台座主記』→七十八
・時に万寿年中なり。（『拾遺伝』中2）
・時に長久元年八月十四日なり。（『拾遺伝』中9）
典拠には存在しない没年や享年を、為康はどのようにして知り得たのか、現存史料からは明確な答えは出せない。『僧綱補任』は比較的近しい内容を持つが、完全に一致するわけではない上に、『僧綱補任』に載らない情報（中2・中9）もある。『僧綱補任』の記述が『拾遺伝』を参照したという可能性もある以上、為康の情報源については未詳というよりほかない。しかし、『拾遺伝』の加筆情報が他の史料と大きく異なる内容ではないということは、為康が何の根拠もなく書き加えたわけではないということを示していよう。他史料を博捜したのか、聞き得た伝承を書き留めたのかは定かではないが、典拠に没年・享年の情報がない場合、極力それを補おうとする為康の姿勢をうかがうことができる。これは往生の歴史を紡ごうとした没年順配列とも通じる操作であるといえるだろう。(9)
・「春秋七十五」（『拾遺伝』上5）……『日本三代実録』六十五
▽『僧綱補任』→六十五
・「春秋五十一」（『拾遺伝』中13）……『日本三代実録』五十五
▽『公卿補任』→五十一　▽『尊卑分脈』→五十七
続いて、典拠の享年を改変する例として右の二例があげられるが、信頼度は最上級であるはずの正史の記述を

改変している点で大変注目される。先に触れた通り、国史を典拠とする場合は忠実に抄出する傾向がある『拾遺伝』が、なぜ享年をあえて改変したのか。往生部分に限っては、躊躇いのない改変を施す傾向があることと関係する操作かとも思われるが、明確な理由は不明である。単なる誤謬か他史料参看の結果かは断定できないが、為康が没年や享年の確定に極めて強い執念を抱いていたことは確かであろう。

ここまで配列・国史の享受姿勢・没年享年情報という三点から『拾遺伝』の歴史意識を検討してきた。往生論の例証として往生人の羅列を主たる目的とした『日本往生極楽記』や、それに倣った『続本朝往生伝』とは異なり、『拾遺伝』は極めて強い歴史意識を有していた。結縁のため、往生のよすがとして往生説話を数多く並べたいというだけではなく、それをなるべく正確に、時代順に記したいという為康の欲求は先行の往生伝とは一線を画しており、あたかも歴史書を編纂する編者のような執着を感じさせる。「ただ結縁のため勧進のため」「江家の続往生の伝に接ぎて」記したと表面上は語る『拾遺伝』であるが、その裏には、先行の往生伝にはないものを模索し、歴史を専門に学ぶ文人として、より価値ある作品を生み出そうとする強い意志が隠されているのではないだろうか。

三　表現へのこだわり

往生伝が文学作品として一定の評価を受ける最大の理由は、編者が文人であることにあろう。漢文学の高い素養を持ち、多くの優れた漢詩・漢文を創り出した文人貴族が、彼らの最も得意とする漢文体で記す作品だからこそ、そこに優れた文学表現や複雑な引用技術が用いられている（はずだ）と考えられてきた。(10)

慶滋保胤や大江匡房と同等とまではいえずとも、為康も紀伝道を学び、漢文学の素養を持つ文人貴族であった。するとやはり『拾遺伝』もまたレトリックに満ちた装飾的文章で書かれているのであろうと期待される。しかし、実際の『拾遺伝』の文章は決してそうなってはいない。為康が表現に無頓着であったというわけではない。ただ、漢詩的語彙を駆使し装飾的な修辞を多用したり、対句仕立ての流麗な美文を作り上げたりといった方面に、彼のこだわりは存在しないのである。

もちろん、この種のレトリックがまったく存在しないわけではない。以下のように、漢文に典故を有する表現や、漢詩特有とも呼べる表現を使用する例も、確かに確認できる。

・この日上人礼盤より下り、皇子と密に語りて、涕泣嗚咽す。 （『拾遺伝』上2）
・然後自礼盤下、二聖幷皇子共傾首密語、互流涙良久者也。 （護国寺本『諸寺縁起集』）
▽長楽の歌の声は　鳳凰管の裏に幽咽す （『和漢朗詠集』下「酒」公乗億）
▽間関たる鶯の語は花の底《もと》に滑らかなり　幽咽たる泉の流れは氷の下に難《なや》む （『新撰朗詠集』下「管絃」白居易）

・時に綵雲峰に聳きて、白日地に暗く、風惨み松悲びて、泉奔り水咽ぶ。 （『拾遺伝』上3）
・日隠炬滅。無所憑仰。風惨松悲。泉奔水咽。于時奇雲蓋峰。久在無去。 （『叡山大師伝』）
▽瓊粉誤加二粧黛上一　綵雲漫鎖二碧渓間一 （『本朝麗藻』上「花落掩青苔」高階積善）
▽之を幽渓に着くれば　則ち彩雲暖かにして黄鶯出づ （『新撰朗詠集』上「早春」都良香）
▽明月東山に看《みすみす》漸くに出づ　愁ふること莫れ白日巌頭に曛《く》るるを （『文華秀麗集』上「秋夕南池亭子臨眺」淳和天皇）

・花京を離れて、蘿洞に幽居せり。 （『拾遺伝』上8）
・花洛の棲を離れて、永くもて隠居し、 （『法華験記』中50）
▽夢を通するに夜深けぬ蘿洞の月　蹤を尋ぬるに春暮れぬ柳門の塵 （『和漢朗詠集』下「仙家」菅原文時）

▽厭レ塵我友只同心　倶入城東蘿洞深　（『本朝無題詩』九「春日遊東光寺」藤原季綱）

・その性清素にして、紅塵に染まず。（『拾遺伝』上8）
・その性清廉にして、永く放逸を離れて、志を仏法に繋けたり。（『法華験記』中50）
・それより以降七十余年、永く紅塵を避けて、独白雲に棲みぬ。（『拾遺伝』上16）

▽一日放遊休二俗慮一　白雲幽処隔二紅塵一　（『本朝無題詩』九「暮春於醍醐寺即事」藤原敦光）

・行住坐臥、造次顛沛、ただ一乗を誦して、已に多年を経たり。（『拾遺伝』中3）
・行住坐臥、妙法華経を持して、更に他の業なし。深山に籠居して、数年読誦せり。（『法華験記』上40）

▽行住坐臥、事二三宝一、造次顛沛、帰二一乗一　（『本朝文粋』十三「為左大臣供養浄妙寺願文」大江匡衡）

右にて傍線を付した『拾遺伝』の表現は基本的に典拠に存在しないものであり、為康があえて漢詩的・漢文的な語彙に改めていることがわかる。しかし、そのようなめぼしいレトリックは右にあげた以外では数例にとどまり、百話近い説話を抱える『拾遺伝』において、所謂文人らしい装飾的文章はほとんど使用されていないといえる。この種の表現が数例残されているのも、普段使い慣れた表現を意図せず使用した結果と推察されるのである。

しかし、先に述べた通り、為康が『拾遺伝』の表現に無頓着であったというわけではない。出典作品の表現と比較すれば、そこに為康の深いこだわりを見出すことができる。それでは、為康が『拾遺伝』において追求した表現とは、どのようなものであったのか。

・壱演を嘱請して、看病に侍らしむ。験力暗に感じて、后の体平喩せり。（『拾遺伝』上5）
・屈二請壱演一。令レ侍二看病一。黙念所レ感、医薬停レ方。（『日本三代実録』貞観九年七月十二日条）
・壱演居処定らず、去留浮くがごとし。或は市中に寄宿し、或は水辺に止住せり。（同）
・壱演不レ定二居処一。去留任レ意。或時寄二寓市肆之中一。或時居二止流水之涘一。（同）

・胎を出でしより以後、見聞の事曾より忘却したることなし。人に向ひて談ずるに、人以為らく、神識ありとおもふ。（『拾遺伝』上3）

・適生孩子。知語弁色。憶持諸事。長大之後。向人談吐。無有所爽。鄰里嗟異。（『叡山大師伝』）

・童稚にして遠識あり、弱冠にして大学に遊ぶ。（『拾遺伝』中13）

・大臣年在二童稚一。局量開曠。及二於弱冠一。始遊二大学一。（『日本三代実録』貞観九年十月十日条）

右に掲げた例は、いずれも『拾遺伝』が出典の難解な語彙やわかりにくい表現を平易に改めたものである。前節で確認した通り、殊に国史を典拠とする説話に関しては、語彙レベルで忠実に表現を踏襲する傾向のある『拾遺伝』であるが、やや難解で使用例が少ない表現に関してはわかりやすく改めているようである。[11] このような配慮は右に掲げた例以外にも数多く見られるものであり、出典未詳の説話を含め、『拾遺伝』が漢文体ながら非常に読みやすい（内容を汲み取りやすい）作品である所以であろう。

また、漢詩や駢儷文等の芸術的な文体の特徴としては、まず対句仕立ての装飾文であることがあげられようが、『拾遺伝』はこの対句表現をも削ぎ落とす傾向にある。

・衣は美を好まず、食は味を嗜まず。（『拾遺伝』上3）

・無有服飾之好。亦絶嗜味之貪。（『叡山大師伝』）

・道俗男女の聴聞随喜する者多し。（『拾遺伝』中9）

・道俗男女、造次に結縁し、花洛都鄙、昼夜に雲集して、仏の種子を植ゑたり。或は奇異の相を夢みて、伏膺して語り伝へ、或は現に珍しき財を投げて、感嘆して来り供れり。（『法華験記』下95）

・春の林には狩猟を翫び、秋の野には鷹鸇を臂にす。（『拾遺伝』中15）

・春の林に交れば、逍遙して狩士を翫ぶ間、多く山の蹄を殺し、秋の野を望めば、遊戯して鷹鸇を興ずる処、また野の翅を害す。

・治国分憂の時、朝廷奉公の間、邪見放逸、求めずして自らに犯し、煩悩悪業、好まずして自らに集る。（『法華験記』下102）
・勤王の忠を尽して、治国の術を廻らすに、放逸邪見、求めずして自らに臻り、身に光華を放ち、心に栄耀を着るに、煩悩悪業、好まずして自らに集まる。（同）

・日夜休まず、世事を営まず、ただ仏道に帰せり。（同）
・行住坐臥、偏にこの経を誦して、語黙造次、ただ妙法を持して、更に世路を営まず。蚕養織婦、永くその業を捨て、裁綴染色、更にその営を忘る。（『拾遺伝』中29）

（『法華験記』下121）

『拾遺伝』が典拠とした作品は判明している限りすべて漢文体で書かれており、出典作品においてすでに対句仕立ての装飾的表現が多用されている。しかし、為康は対句構造そのものを解体して短文に改めたり（中9・中29）、対句部分を簡略化し装飾的表現を削ぎ落としたり（上3・中15）と、その流麗な美文をあえて簡素化している。

これらの改変操作は、何よりも読者の読みやすさを意識した結果に他ならない。専ら「結縁」「勧進」（上巻序）のためを謳い、「後人の目足とな」（下巻序）ることを目指した『拾遺伝』は、なるべく多くの多様な人に読んでもらわねばならず、そのためには平易でわかりやすい文章で記す必要があったのだろう。つまり、為康は文人として芸術的な表現を追求することよりも、読みやすくわかりやすい文章によって読者をより多く獲得することに重きを置いたということである。啓蒙家としての性格の強い為康らしい選択にも見えるが、多くの結縁者（読者）を望む往生伝ならではの宿命でもあったと考えられる。そこには、自身の持つ豊富な漢文的教養を駆使し、高度な専門的評価を求めるような文人のプライドは感じられない。なるべく多くの人が理解できるよう、嚙み砕いた平易な表現を多用する営為からは、往生伝の編者としての真摯で誠実な信仰心が垣間見られる。と同時に、先行往生伝への対抗意識や系統意識が、美文表現には向かっていなかったこともうかがえるのである。

四　説話内部への追求

『拾遺伝』の本文と典拠を比較すれば、編者為康の説話受容態度が明らかになる。本稿では歴史意識と文学意識という観点からそれを検討してきたが、そこでは触れられなかった『拾遺伝』の説話受容の特徴をここで確認しておきたい。

まず、法華経信仰の希薄化がある。これは『法華験記』を典拠とする説話においてまま見られる操作であるが、『法華験記』において主題ともいうべき法華経信仰を、『拾遺伝』は頻繁に省略する傾向にある。また、法華経信仰のみならず、常時信仰していた経典や仏像、日頃の修行内容や信心の厚さといった、仏道的行業も排されることが多く、往生人が生前に起こした霊験や法力等も省略の対象になっている。ましてや、仏道に関わらない世俗的な評価（朝廷からの信任等）はなおさら削除される傾向にある。為康にとって往生説話に必要であったのは往生したという事実であり、そこにいたるまでの修行や人生はさほど重要ではなかったようである。これは、本来往生伝がよるはずの往生論を『拾遺伝』が持たなかったことと無関係ではあるまい。往生にいたる説得的論理を持てなかった為康には、「正しい往生の方法」など存在せず、ただ往生したという事実を記すことこそが往生にいたる最善の道であったのだろう。

また、行業や霊験の省略に対し、往生に関わる描写については加筆傾向がある。これは国史受容の際にも触れたが、異香や紫雲、音楽、臨終念仏、夢告といった往生を証する事項を加筆することで、確実に往生したと強調することが多い。往生伝に採録する以上、真に往生したかが疑わしい説話を、そのままの形で載せるわけにはいかなかったのであろう(12)。

そして、登場人物の心内描写に関しては一貫して削除する傾向があり、心中を語らず出来事のみを語るという記述態度がうかがえる。『拾遺伝』が他の往生伝同様に、「説話化へ足を踏み出」[13]さないと評されるのも、このような伝記的文体によるところが大きいだろう。

確かに『拾遺伝』には手に汗握るような物語性豊かな展開はほとんどなく、類型的ともいえる往生説話が並ぶ。往生に関わる描写を除けば、基本的に出典から必要な部分を抄出し要略する手法に加え、登場人物の心中が語られないことも相俟って、淡々と往生を描く作品のような印象を受ける。そこには説話内部への興味や追求などまったく存在しないかのようである。しかし、第二・三節で確認した通り、為康は歴史的事実や細部の表現に気を配り、一話一話を慎重に丁寧に書き記していた。登場人物の心中を推し量り、心内の葛藤や成長を書き綴るといった物語化作業こそ施されていなくとも、為康には確かに一話一話の往生譚に対する強い興味や追求心が存在していたと考えられる。そこで、本節では『拾遺伝』のなかでも特に為康が強い執着を抱いたと思われる巻中第一話の浄蔵伝を取りあげ、説話内部への追求が具体的にどのように行われたのかを明らかにしてみたい。

巻中第一話は編年形式で綴られる浄蔵の伝記であり、『拾遺伝』には短編説話が並ぶなか、異例の長編説話となっている。[14]出典は未詳であるが、『扶桑略記』『日本高僧伝要文抄』に逸文として残る浄蔵伝と重なる部分が多く、同源であると考えられる。寛喜三年（一二三一）成立の『大法師浄蔵伝』は伝説化が著しいため、本話とは直接重ならない部分も多いが、同文箇所も多数存在することから本話とは兄弟関係にあたるものと推察される。

本話が特に為康のこだわりが強い話と判断される理由は、『扶桑略記』『日本高僧伝要文抄』に残る浄蔵伝逸文や『大法師浄蔵伝』と、本話に列挙された数多くの逸話が、非常に近しい内容と高い同文性を有するためである。先に確認した通り、『拾遺伝』は出典のなかの往生に関係する箇所を抄出し、略記する傾向がある。基本的に忠実な書承を心がける国史の享受においても、官歴や廷臣説話等は削ぎ落とされる傾向にあった。それは仏道的行業や霊験譚に対しても同様であることは、先に述べた通りである。

しかし、この浄蔵伝に限っては、往生とはとても関連を見出せない膨大な量の逸話を省略することなく列挙している。出生時の霊験や幼少時の高徳さ、成長後の数々の霊験や朝廷からの厚い信任、管絃や卜占・音曲といった多様な才能等、他の説話では省略されてしまうはずの内容が延々と並べ立てられる。その逸話の膨大さ故に、かえって末尾の往生部分が簡素に思えるほどであり、往生説話というよりは浄蔵の一代記といった方が的確であろう。そして、それぞれの逸話を構成する文章もまた、『扶桑略記』等に残る逸文や『大法師浄蔵伝』と同文的であり、直接的な出典は未詳ながら、表現レベルにおいても極力省略・略述を行わないという態度がうかがえる。

さらに、以下に引用する二つの逸話に関しては、浄蔵伝逸文や『大法師浄蔵伝』にも見えない内容であり、為康が自身の手で捜索し、接合した可能性が高いものである。

・また横川の如法堂にして、一夏安居せり。堂の庭に小便を成すに、俄に西方より、貴人来りぬ。大法師その人を問ふに、答へて云はく、我はこれ賀茂明神なり。慈覚大師、京畿の二百余の明神をして、番替に如法経を護らしむ。今日は我が直日なり。而るに不浄のことを誡めむと欲すれば、既に上人のなせしところなり。何がせむ、何がせむといふ。忽ちに異人を召し集めて、不浄の土を掘り捨てつ。方五尺ばかりなり、云々といふ。

（『拾遺伝』中1）

・また応和三年八月、空也上人六波羅寺の側にして、金字の大般若経を供養したり。大法師名徳の座に列す。時に乞食比丘来集の者、もて百数々なり。大法師一比丘を見て、大きに驚き敬屈し、これを席の上に延れて、得たるところの一鉢を与ふ。比丘辞せず言はず、併せてもてこれを尽せり。重ねて更に飯を与ふるに、またもてこれを食す。大法師これを揖し、これを送る。比丘その後、食し尽すところの飯故のごとくにしてあり。大法師の云はく、これ文殊の化身なりといへり。満座皆歎伏せり。

（同）

本話の直接的出典が未詳である以上、両逸話が出典に存在した可能性はもちろん残る。しかし、本話と兄弟関係にあると考えられる『大法師浄蔵伝』が浄蔵の伝記を遍く収載しようとする作品であることに鑑みれば、この両逸話をあえて『大法師浄蔵伝』が省略したとは考えにくく、為康増補の可能性は極めて高いだろう。

・浄蔵大法師参二住如法堂一。于レ時雪高深。不レ能二往反一。於二礼堂一行二小便一。其前光明照曜。光中有二貴人一。束帯而立。反レ色瞋レ目。瞻二観法師一。良久不レ言。就示云。大師以二此経一付二属国中有徳神明一令レ守二護之一。今日是賀茂神守護也。今行二此不浄事一。欲レ懲二将来一。而聖人所レ犯耳。為二之如何一。言訖不レ見。

（『叡岳要記』下「如法堂」）

如法堂の小便説話に関しては原拠は不明ながら、後代の『叡岳要記』に同話が残る。『拾遺伝』の説話が「夏安居」最中の事件であり、『叡岳要記』では「雪高深」の時季であるため、両者に直接的な関係はないと思われるが、この説話が存在したことは確かであろう。入手経路は不明であるが、為康の手によって挿入された逸話である可能性は高い。

・喎二六百口耆徳一、為二其会衆一、少飯二中食一、労二備百味一。八坂寺浄蔵大徳、在二其中一焉。爰、乞食比丘、来二此会一者、以レ百数レ之。浄蔵見二一比丘一大驚矣。浄蔵者善相公第九（八）之子、善相レ人焉。見二比丘状貌一、再重敬レ之、引入坐二上座一、無レ所レ詘。浄蔵便与二所レ得之一鉢一、以食矣。比丘不レ言食レ之、其飯可二三四斗一。重又与レ飯、亦食レ之。浄蔵寡（尭）爾謝遣。比丘去後、所レ尽飯如レ故在焉。浄蔵相曰、文殊感二空也之行一也。

（『空也誄』）

・六百耆徳被二三衣一而鴈列、小中飯食備二百味一而鳩集。此中八坂寺浄蔵大徳列二其座一。于レ時乞食比丘成レ郡而来。推レ其太疑以レ百計レ之。所謂浄蔵者、善相公第八之子、能以相レ人矣。見二一比丘変体一、大驚引二之上座一、与二已一鉢一。其飯三四斗、其膳十余種。比丘不レ言餐食已書（尽カ）、更与二他飯一又書（尽）。比丘即欲レ去、浄蔵相従送レ之。忽然之間、不レ知レ所レ往。比丘去後、所レ書（尽）之飯如レ本而在。浄蔵謂曰、大聖文殊感二上人之善一、所二化来一也者。同列衆僧悔過自責。

（『六波羅蜜寺縁起』）

一方、空也の大般若経供養説話に関しては、典拠は明らかに『空也誄』であろう。右に引用した通り、その文章も非常に近しいものである上に、為康は後年、『空也誄』を基に『六波羅蜜寺縁起』を著している。参考までに縁起の同箇所を掲げたが、『空也誄』との目立った相違は傍線部のみであり、『空也誄』からの強い影響がうかがえる。為康は『拾遺伝』の浄蔵説話を記すにあたり、『空也誄』に残る浄蔵の逸話を探り当て（もしくは思い出し）、浄蔵の事績の一つとして編年形式の最適な箇所に挿入したと考えてよいだろう。

そして、この操作は『拾遺伝』において非常に特異なものとして注目される。数多くの短編説話はもとより、長編説話である巻上第三話や巻下第一話ですら一書（『叡山大師伝』『天台南山無動寺建立和尚伝』）からの抄出である。一方、巻中第一話では主たる典拠とした浄蔵伝以外にも浄蔵の逸話を捜索し、複数の資料を接合し編年形式に編集する作業があったことがうかがわれる。この特殊な操作は、もちろん浄蔵個人に対する強い興味やこだわり(15)に起因するのだろう。ただし、そのように一つの説話に強い興味を抱き、内部を膨らませる作業を施そうとした際に、為康がとった具体的な手法は、出来うる限りの資料を収集し、一つ一つの逸話を余さず丁寧に記述し、なるべく詳細な一代記を作成するというものだった。為康にとって説話を膨らませる作業とは、物語内の空白に思いを巡らせ、その心中や人物の内面に立ち入り描写することではなく、正しい資料をなるべく多く拾い集め、より詳しく、正確に、わかりやすく記述することだったのである。

そして、このような為康の「説話化」の手法は史書編纂行為とも通じる点が多く、第二・三節で確認した彼独自の歴史意識や読者意識と軌を一にしていると考えられる。もちろん、名高い保胤や匡房の後を継ぎ、同じ文人貴族として往生伝を編纂するという営為であるから、先行の往生伝を踏襲しようとする側面も確実に存在している。しかし、ただ先人の真似をし、機械的に往生説話を記し羅列しても、亜流の作品が縮小再生産されるだけであり、それでは為康は満足できなかったようである。文人・三善為康にとっては、正しくわかりやすく往生説話を記し、往生の歴史を紡ぎ上げることこそが、自身の手で往生伝を編纂する意味と成り得たのではないだろうか。紀伝道を学ぶ者として歴史に強くこだわる一方、漢文学の専門家としてのプライドを上回るほど強い信仰心を持つことで、『拾遺伝』は確かに先行往生伝にはない達成を遂げたと考えられるのである。

(1) たとえば、往生伝のなかで最も研究が進んでいる『日本往生極楽記』については、歴史書的性格と文学書的性格の両方がそれぞれ指摘されている。虚構を排し、史書としての人物形象をしていると指摘する小林保治論(「往生伝の享受とその構造について」『往生伝の研究』新読書社、一九六八年)や、往生人の人名簿的一覧という列伝としての性格を負っていると指摘する池上洵一論(「往生伝の系譜と今昔物語集巻十五(上)(下)」『日本文学』一二―一一・一二―一二、一九六三年)が存在する一方で、歴史書としてではなく往生伝として、往生人の行業に深いこだわりを見せるという重松明久論(「七往生伝の成立」『日本浄土教成立過程の研究』平楽寺書店、一九六四年)や、文人の手によって表現のみならず内容の上でも文学性を有する作品となっていると指摘する志村有弘論(「往生伝の特質と文学性」『往生伝研究序説――説話文学の一側面』桜楓社、一九七六年)等がある。

(2) 池上注(1)前掲論文。

(3) 大江匡房『続本朝往生伝』も『今昔物語集』とほぼ同時代の成立であるが、平安朝往生伝として、編者の身分の高さやその内容が特異であるため、今回は対象としなかった。

(4)『国史大辞典』「三善為康」項(川口久雄執筆)。

(5) 速水侑「院政期浄土信仰の一面――三善為康の世界」(『浄土信仰論』雄山閣出版、一九七八年)、小原仁「三善為康の思想と信仰」(『文人貴族の系譜』吉川弘文館、一九八七年)。

(6) 速水注(5)前掲論文では、「黙々と平凡な信仰の世界に生きる為康的人物こそは、平安末期の浄土教信者のもっとも平均的人物であった」と指摘されており、平安浄土信仰と往生伝のあり方を考える上でも、為康は最適な人物といえる。

(7) 小原注(5)前掲論文では、「康和元年九月の四天王寺参籠直後ごろから採集を始めたと思われ、『後拾遺伝』下巻、沙弥寂然が保延三年(一一三七)没であることからすれば、為康没年前二年ごろまで、つまり後半生の四〇年間にわたって持続的に採録されたものであることが知られる」との指摘がある。
(8) 池上注(1)前掲論文。
(9) ただし『拾遺伝』巻中第二十七話のみ、『法華験記』にある「正暦三年」という没年情報が削除される。見落としによる不本意な削除と思われるが、明確な理由は不明である。
(10) 志村注(1)前掲論文ほか。
(11) 日本思想体系巻上第三話頭注に「『叡山大師伝』を抄録し文章を潤色したもの」との指摘があるが、このような操作は「潤色」というよりむしろ「平易化」と呼ぶべきであろう。
(12) なお、往生の証拠を付加する操作は『今昔物語集』巻十五にも数多く確認されるが(拙稿「『今昔物語集』の求める事実性」『説話文学研究』四七、二〇一二年)、その動機・目的の相違に関しては今後の課題としたい。
(13) 池上注(1)前掲論文。
(14) なお、巻上第三話(最澄)と巻下第一話(相応)も同種の長編説話であり、浄蔵を含むこの三名が各巻の中核となっていると考えられる。
(15) 井上和歌子「『空也誄』から『六波羅蜜寺縁起』へ——勧学会を媒介にした一著作の再生産」(『名古屋大学国語国文学』九二、二〇〇三年)は、『六波羅蜜寺縁起』において三善道統や浄蔵など、紀伝の三善家が特記されることを指摘している。算道の三善家の養子となりながら紀伝道での大成を目指した為康にとって、紀伝の三善家の存在が特別なものであったことは想像に難くない。

〔付記〕 引用本文は以下のテキストによる。『拾遺往生伝』『大日本国法華経験記』日本思想体系、『日本三代実録』『続日本後紀』新訂増補国史大系、護国寺本『諸寺縁起集』校刊美術史料、『和漢朗詠集』『新撰朗詠集』和歌文学大系、『本朝麗藻』『本朝無題詩』『叡岳要記』群書類従、『叡山大師伝』続群書類従、『文華秀麗集』日本古典文学大系、『本朝文粋』新日本古典文学大系、『空也誄』真福寺善本叢刊、『六波羅蜜寺縁起』図書寮叢刊「伏見宮宅九条家旧蔵本諸寺縁起集」。なお、引用文中の傍線・波線・二重傍線はすべて引用者による。漢文には私意に返り点を付した。

中世における説話集編者の歴史認識――『古事談』と『古今著聞集』

松薗　斉

はじめに――関心の所在

以前、『徒然草』の作者兼好について考えた際[1]、彼らのその時代における文化史的な役割の一つとして、それまで王朝貴族社会で独占的に生産され、維持・保存、そして消費されてきた知識を、当時、急激に増加しつつあった、それらに憧憬を持ち、手に入れることを欲する人々にわかりやすい形で提供することがあったのではないか、という理解に達した。すでにこの点は先学の諸書にも指摘されていることではあるが、より積極的に、次の時代に形を成していく有職故実の学問の前提となっていると考えた。

この点、もう少し説明してみると、少なくとも平安中期以降、朝廷の天皇(上皇)や貴族・官人たちによって、彼らの職務である政務や儀式(ここでは公事と呼ぶ)に関する知識は、その社会の内部に集積されていた。それらは彼らの国家を運営するための官司や身分、官職を世襲化することによって形成されてきた「家」の内部に、日記や文書という形で集積・保管されていくことになる。さらにそれら文字化されたもの以外にも、口伝や伝承・説話(言談)という形で社会内部に大量に伝えられており、時に文字化されるとともに、日記などのなかから抽出され、人びとの口伝えに広がることも多く、記録と口伝・談話などとの関係は極めて流動的であったといえよう。

それらが貴族社会の外へも流通する回路が設けられた、もしくは広げられたのは、やはり、十二世紀末に東国の鎌倉に成立した武家政権の影響が大きいと思われる。政治的には、その権力の増大によって、朝廷・貴族社会の力は衰退していくことになるのであるが、朝廷(王朝勢力・公家)と幕府(武家)との関係は相互補完的な部分も多く、後者が新しい支配階層として社会的に成長するために必要な権威や文化の内実は、王朝貴族社会のそれに頼らなければならなかった。両者の関係が決定的に後者優位となる中世後期には、王朝貴族の子孫たる公家たち自らがその知識提供の役を果たし、またそれを生活のための糧のみならず、自らのアイデンティティを守るための行為として担うようになるが、十三世紀から十四世紀にかけて、王朝貴族たちが前代以来の政治・文化的な地位をいまだ保っていた段階では、それほど積極的ではなかったようで、その役は、一部のもしくはその周辺のある特定の人びとが担っていたのではないかと考えている[2]。

それらの人びとを、王朝貴族・官人、武家、僧侶、神官など特定の社会階層に無理に結び付ける必要はないと思われる。それぞれの身分的な障壁にさえぎられながらも、共通の知識や意識を持ち、盛んに交流できる場を持ち合わせた人びとであったと考えられる。

朝廷や後宮の儀礼、それらを荘厳する音楽や舞踊、古今集や源氏物語などの文学、そして歴史などにわたる知識は、直接王朝貴族たちから武士たちに伝受されることもあったが、全体的にはいまだ身分的な差や教育的なレベルの差も大きく、その間にもう一つクッションが必要だった。そのクッションの役割を担ったのがこれらの人びとであったと考える。彼らを近代的な文学のジャンル、たとえば和歌、説話、軍記物語などで区切ってしまうとその姿は見えにくくなってしまうのではないだろうか。

本論で扱う説話集の作家である源顕兼(『古事談』の編者)は従三位に昇った公卿であり、平康頼(『宝物集』)や橘成季（『古今著聞集』）は下級官人で、朝廷内部に生きた人びとである。一方、無住（『沙石集』『雑談集』）は禅密の僧侶ではあるが宗門内部の階梯を普通に昇った人物とはいえない。無住に着目すれば、彼の活動圏は京都やその周辺にとどまらない。無住はずっと地方に暮らしていた訳ではなく、その修学・修行のために都を訪れ、広く旅をして多くの人びとに接しており、それは彼だけの特徴ではなかったであろう。(3)

鎌倉期の貴族の日記などにおいては、儀式が先例通りになされないことを歎き、公事の衰え、ひいては朝廷政治の低迷を嘆く記事がしばしば見られるが、前代に理想を見る彼らにとっては嘆くべきものだったにせよ、内裏、それを含む京都の内外で繰り広げられるそれらは、同時代に社会的・文化的に上昇しつつあった人びとにとっては、王朝物語や軍記・史書などの知識によって、やっと理解できるようになった華やかな憧れの存在として目に映っていたことであろう。そして、それらを「知っていること」が自らの社会的地位の上昇を確認し、それを外に示す一種の勲章のような存在になりつつあったようである。近代のように出版された手引書も、初心者を手ほどきしてくれる学校もない時代、誰かが何らかの形でそれを与える役割を果たすことが期待されたのである。

そもそも説話は、既存の価値体系よりはみだした存在、その常識では解決がつかない事象に面白みを発見し、それを収集して紹介するものではなかっただろうか。その面白みは、現代人がそう考えるもの以外にも時代時代に多様に存在したはずである。ここで対象とする鎌倉時代の作られた説話集には、すでに先学によって指摘されているように、私たちにはそんなに面白いと思われない話もたくさん所載されている（これは『徒然草』も同様）。また貴族社会のなかに情報源を求めた説話には、ほんの断片的な、一つの話としては完成されていないものも含まれているが、恐らくそれらのなかにも、何らかの価値を感じていたものと推測される。王朝社会の文学や史書に登場する有名な貴族たちの子孫だけが知っていたことを、自分たちも入手できたことに意義を見出していた時代だったのであろう。それらは、知りたい側の「既存の価値体系」から外の、そして知識的欲求の向かっている方向にある存在だったのである。

説話集には、単に短い説話という形にまとめられた種々の「面白い」話を集めただけのものではなく、それらを分類し並べていくことで、社会全体を把握しようする作家の意図が込められていることはいうまでもない。また、その説話の描く世界は、地域的に日本国の内外に広がっており、時間的にもさまざまな時代にわたっていると考えられる。

それらには、理想の時代、憧憬の時代の説話も多く取り込まれているが、鎌倉時代の説話集、たとえば『古今著聞集』などについて指摘されているように[4]、彼らの同時代の話も、自ら見聞したこと、実際に見た人から取材したことなどを明記して、数多く所載されている。『往生伝』の作家たちが意識したように、所載された話が実際にあったことを強調するのにも意味があったと思われるが、説話作家の場合、自分が描き出した世界に自分も所属していることを読者に宣伝するというのも目的にあったのではないだろうか。『徒然草』の兼好にも見られるこの意識は、彼らが、たとえば王朝儀礼の担い手ではない存在でありながら、それらを語ることに必要なエクスキューズ（言い訳）であったとも考えられる。

当然、それらの説話には、そこに描かれた出来事や事件が生じた年月日までが記され、その記録性が強調されるだけではなく、説話作家たち自身、その説話によって作られる時間の流れ（それは彼の歴史認識といってよいと思うが）に拘束される一方で、その時間の流れ（歴史認識）こそ、説話集のなかに秘められた彼らの主張の一部と考えられるのではないだろうか。

以下、この点をもう少し具体的に見ていきたいが、紙幅の都合で本論では、鎌倉時代に成立した諸説話集のなかで扱われた平安時代の説話の問題を中心に論じていく。

一 『古今著聞集』のなかの歴史認識

『古今著聞集』には、序文や跋文がつけられ、作者橘成季の編纂方針が明確に示されている。その序文の一部に「頗雖為二狂簡一、聊又兼二実録一」と記している箇所がある。

成季は、序文において源隆国の『宇治大納言物語』や大江匡房の『江談抄』といった説話集の伝統を受け継ぐものとして本書を編んだことを述べ、「余稟二芳橘之種胤一」と名門橘氏に生まれたこと、そして管絃(琵琶)や絵画の道を深めるなかで、さまざまに知り得たことを三〇編に整理し二〇巻にまとめて、「古今著聞集」と名づけ、おかしな話が多いと断りながら、事実の記録(実録)も兼ねていると強調したのだった。この点は、すでに先学に注目されている点であるが、(5) もう少し具体的に論じていくことが可能のように思われる。

成季は、収集した説話を部門別に分類し、各部門では年時に従って古い順番に並べている(6)。所収された説話群のなかで、年時が明記されているもの、大体の時間的位置がわかるものなどは、成季の頭のなかで大体編年的に把握されており、それが彼の歴史認識を形作っていたのではないかと考えられ、そのあたりに彼がこの説話集について「実録」であると述べている点を理解する鍵があるように思われる。そこでそのような年時のある説話をまず編年的に整理してみることから始めよう。

ここでは紙幅の都合もあり、ひとまず平安時代について整理してみたもの(7)

表2　『古今著聞集』に見える年時のある説話の数(平安時代)

期	期間(西暦)	天皇	説話数(＊)	説話番号
1	896年以前	宇多天皇以前	6	1〜 6
2	897〜 965	醍醐〜村上天皇代	37(0.47)	7〜 43
3	966〜1035	冷泉〜後一条天皇代	23(0.33)	44〜 66
4	1035〜1085	後朱雀〜白河天皇代	23(0.45)	67〜 89
5	1086〜1140	堀河〜崇徳天皇代	55(1.00)	90〜144
6	1141〜1183	近衛〜安徳天皇代	23(0.53)	145〜215

＊：( )内は説話の数をその期間の年数で割ったもの。大きいものほどその期間の説話が多く取集されていることを示す。

のうちの一部を示したものが表1である(8)(末尾に提示)。表2は、いくつかの天皇の代で区切ってその間の説話の数を示したものである。

表1には、一応二一五話の説話を編年順に並べてあるが、平安時代を仮に前・中・後の三つの時期に区切った場合、前期に当たる九世紀(表2の第一期)については数的に乏しい。これは、仏教関係の説話集や往生伝をのぞき、共通した傾向であり、すでにこの時代の人びとにとって、関心が薄くなっていたのであろう。中期(表2の第二～四期)・後期(同第五・六期)では、後期の前半(一一世紀末～一二世紀前半)の説話が一番多く、意外に藤原道長などが活躍した中期後半(第三期あたり)が少ないことがわかる。

二　『古事談』と『古今著聞集』

さらに、『古今著聞集』と同様の性格を持ち、先行する説話集である『古事談』と比較してみよう。

『古事談』は、作者の源顕兼が薨じた建保三年(一二一五)以前、内容的には建暦二年(一二一二)までの説話が収集されているので、大体一二一〇年代前半に成立したと考えられる説話集で、多くの故実説話を含んでおり、年時の明記された説話も多い。同様に、それらを編年順に並べ、表1と同様に整理したものが表3(末尾に一部提示、全体は別稿に所載)である。さらに表2と同様にそれを七つの期間に区切って、その間の説話数を示したものが表4である。

表4　『古事談』に見える説話の編年分布

期	期間(西暦)	説話数	説話番号
1	896年以前	9	1～9
2	897～966	13(0.19)	10～22
3	967～1035	43(0.62)	23～65
4	1036～1085	45(0.9)	66～110
5	1086～1140	41(0.75)	111～151
6	1141～1183	17(0.40)	152～168
7	1184～1212	4(0.14)	169～172

『古事談』の場合、源顕兼は同時代の話にはそれほど関心がなく、明らかに平安時代中期から後期にかけての説話を集めることに重点を置いていたことがわかる。王朝文化の盛期ともいうべき時代への憧憬が強く、『古事談』の編纂目的も

そこにあったと見ることは可能であろう。

それでは、橘成季や源顕兼は、これらの説話をどのように収集したのであろうか。

顕兼の場合、故実的な説話については、さらに先行する、大江匡房の『江談抄』、摂関の藤原忠実の談話を中原師元・高階仲行が日記風に書き留めた『中外抄』『富家語』に取材していることが表3より明らかである。これらには年時を記さないものも含まれるが、それ以外に、表4の第二期については、私撰国史の一つ『扶桑略記』が多く用いられ、その次の第三期については、かなりの説話が小野宮流藤原氏の実資の日記『小右記』をベースとしていることが、やはり表3から知られる。

一方、橘成季の場合、平安期については、巻第四（文学第五）では『江談抄』にかなり依存しているが、[9]『中外抄』『富家語』については引用がほとんどない。また、『小右記』についても、直接それを典拠としているような説話は少ない。顕兼が『小右記』を所持して、フルに利用したのに対し、成季は表1に見えるように、説話が多く集められている第五期から第六期の初めの頃にかけて、藤原頼長の日記『台記』から取材した説話を多く載せており、[10]『台記』を日記としてまとまった形で所持していた形跡がある。

ただし、顕兼や成季は、平安時代のさまざまな日記から『小右記』や『台記』を選んで、そこから故実説話を多く拾ったというよりは、たまたま入手したそれらを生かす形で、各々自身の説話集のセールスポイントにしようとしたのではないだろうか。

源顕兼が従三位の公卿にまで昇り、公事の場に列した名門貴族であるのに対し、[11]橘成季は、五位クラスの下級官人で、これらの公卿たちの日記を入手するには、ハンディが存在していたはずである。そのあたりを成季はどのように乗り越えたのだろうか。

三　『小右記』と『台記』をめぐって

ところで、この顕兼も、先祖の日記ではないこの『小右記』(当時においても有識の日記として有名であった)を入手できたのは決して偶然ではなく、このような王朝日記をめぐる何らかの事情があったと考えられる。以下、その点について触れておこう。

公事の世界でスタンダードの一つであった小野宮流藤原氏の日記は、公事に熱心な貴族たちにとっては長らく垂涎の的であり、少しずつ「家」の外に流出しつつあったが[12]、基本部分は、かろうじて公卿の「家」を維持していた実資の養子資平から資仲・顕実・資信と続く系統に相伝されていたと推測される[13]。しかし、最後の小野宮流公卿である資信が保元三年(一一五八)に薨じた後(『公卿補任』)、『小右記』はついにまとまった形で「家」の外に流出し始めたようである。

摂関家の藤原兼実は、承安二年(一一七二)、勧修寺流藤原氏の成頼から所持の『小右記』の欠けている巻を贈られている[14]。同様に花山院流の藤原忠親(『山槐記』の記主)より、彼が抄出したという「小記目録廿巻」を借りたという記事が見えている[15]。少し下って、兼実の孫道家は、西園寺公経より借りた「小右記一帖」を返却しており[16]、一旦、「家」の外に流出した日記は、その日記が公事情報のプールとして著名であればあるほど、極めて速く広がっていくことがうかがわれて興味深い。十二世紀後半から十三世紀の初めにかけて、『小右記』は貴族社会で広範に流通し始めており、顕兼にも入手できる環境は整えられていたのである。

それでは、橘成季の場合はどうであっただろうか。

成季は、その事績に関する史料[17]より、摂関家の九条家に仕える侍であったと考えられており、『古今著聞集』の情報源として、九条家の「家」の日記を想定する理解もあるようであるが、すでに五味文彦(注10)によって指摘されているように、成季関係の史料について見てみると、同一人物とは判断しがたい複数の成季の存在が想定され、九条家の侍として見える成季に限定できず、九条家との関係を説話集編者橘成季の特性として結びつけることには慎重であるべきと考える。

藤原頼長は、保元の乱の直前まで日記を記しており、その存在は彼の公事への見識の深さとともに、広く周知されていたはずである。乱後、恐らくいち早く接収され（その段階で書写されたかどうかは不明であるが）、やがて頼長の子で長寛二年（一一六四）に配流先から戻された師長が、永万二年（一一六六）十一月、権大納言となって公卿に復帰した頃に返されたものと推測される。[18] それは、恐らく治承三年（一一七九）十一月、清盛のクーデターによって太政大臣にまで昇っていた師長が失脚した時までは、師長によって所持されていたと推測される。

その後、しばらく消息不明であるが、『玉蘂』承元四年九月一日条によると、承元四年（一二一〇）以前、さらに狭めるとその記事のなかに見える「故殿」、この日記の記主藤原道家の父良経が薨じた建永元年（一二〇六）の頃には、南家儒流の藤原経範にまとまった形で所持されていたらしい。それを村上源氏の通親、花山院家の忠雅、摂関家九条流の良輔（兼実子）らが借り出しており、この時、経範が『台記』を卿二位（藤原兼子、後鳥羽院の乳母）に献上したので、卿二位が経範が作成した目録に基づいて回収に当たっている、というのである。

経範がどのようにして『台記』を入手したのかは不明である。しかし、この経範の本がこの時、多くの人びとに書写されていることが知られ、『台記』が貴族社会に広く伝播していくきっかけとなったのは確かであろう。借り出した一人の源通親の子通具は、公事の面で卿二位の信頼を得ていたという。[19] 卿二位を通じてこの村上源氏の一流に入った可能性は高い。この『玉蘂』の記事より、西園寺公経もこの経範本『台記』の存在を知っていたことが確かであり、書写した可能性がある。

四　説話集における王朝日記の引用

『古事談』における『小右記』と、『古今著聞集』における『台記』は、説話集の編者にその説話源としてある程度の日記がまとまって入手されていると推定される場合である。しかしこれは、鎌倉時代の説話集では稀なケースと見なした方がよいのではないだろうか。

この時期の説話集に所載された説話の典拠としての王朝日記のあり方は、まずその記名が明記されて引用されている場合とそうでない場合に区分される。さらにその日記の記事の年月日が明記されている場合と、ただ、その説話が「〜日記」に記されているという風にアバウトに紹介されている場合に区分できるようである。

さらに両者について、『中右記』など日記名を具体的に明記する場合と、『古今著聞集』の管弦歌舞（二五三話）に見えるように、年月日を記したのちに本文が続き、最後に「此事、彼卿たしかにしるしおかれ侍り」と記主の名を挙げ、その日記（『経信卿記』）に記されていることを示す場合がある。後者の場合、その日記の存在が、記主名とともに読者にとって周知されていることが前提となろう。説話集に典拠となった書名が記されることのもつ意味については、単なる典拠の明示としてだけでなく、その効果のような点をもう少し考える必要があるように思われる。

日記の場合、まず特定の日記について、その存在のみならず、記主の人物像なども含めて人びとによく知られるようになる。その際、日記を本来自分たちの職務上のツールとする者（貴族社会上層部の男性貴族）のみならず、その外側にいる人びと（下級官人、僧侶・神官、内裏その他の女房たちなど）にもその価値が認識されていることを理解すべきであろう。説話編纂者もその点を留意して、日記の名前を載せていったはずで、当然、日記の価値を知っている人びとを読者として想定する場合とそうでない場合を区別していたはずである。

『中外抄』『富家語』のような説話集には、貴族たちの日記名やそれに関する話題が数多く載せられているが、これはもともとこの説話集がそういう話題がわかる読者を対象に世に出されたためであろう。鎌倉時代の説話集で、たとえば「九条殿御記」を話題としている『古事談』巻二の一〇などは、すでにそのような話の面白さを理解できる人びとが前代に比べて拡大している可能性を示している。

以前、説話集に典拠として引用されている日記について述べた時[20]、そこにしばしば見える醍醐・村上の二天皇の日記や重明親王・大江匡房・源師時、藤原宗忠の日記などが、日記の記主の「家」を離れて、当時の貴族社会に流通していたポピュラーな日記のグループに含まれることを指摘した。ただし、説話集編者たちがそのような日記を日常的に入手できるという意味ではなく、貴族社会に広く流通し始めた日記を、彼らもその名を知って入手してみようという意識が生まれたことがまず前提にある。それらの日記の名前を明記することで、その説話や説話集本体にある種の価値が備わることに気づいたからでもあろう。

これらの日記は、貴族社会を象徴する一種の権威ある書物として認知され、ここで述べるように説話の典拠として提示されていく。単にその説話の典拠を明示しただけのものではなかったようである。

たとえば、『古事談』巻一の四二話として、『小右記』万寿二年(一〇二五)二月九日条がほぼそのまま所載されており、この記事を漢文から和漢混淆文に換えて、さらに『古今著聞集』公事第四の九一話として所収されていることはよく知られている。二つの説話集に『小右記』という日記名は記されておらず、前述の日記名を出さないパターンの説話に属するものである。これらを比較するために整理してみたのが次の表5であるが、現存の『小右記』が写本であることも相俟って、単純に『小右記』→『古事談』→『古今著聞集』と転載されていった訳ではないことが判明する。

よく知られた説話なので、その内容の紹介は省くが、三つとも話の内容は概ね同じであるものの、『小右記』

表5　『小右記』の記事の説話化

『小右記』万寿二年二月九日条	或云、去月十六日節会日、乍置三位中将師房、大納言斉信卿称警蹕事、権大納言行成卿注其失錯於扇置臥内、而子少将行経取件扇参内、隆国相替自扇見之、記斉卿失礼事、及披露、斉信卿怨恨□極云々、為記暦先注扇、為不忘彼日事、而行経取之参内、後聞此由、極不便事云々、本自不宜之中也、若作不知顔、令及多聞歟、斉信卿所陳尤可然、唯至失錯可無所避歟、
『古事談』巻第一－42	後一条院御時、踏歌節会出御之時、……(『小右記』とほぼ同文)……云々、行成卿云、為記暦先注扇、為不忘彼日事、而行経取之参内、後聞此事、極不便云々、本自不快之中也、若作不知顔及多聞歟、斉信卿所怨尤可然、至失錯者、可無所遁歟云々、
『古今著聞集』公事第四－91	万寿二年踏歌節会に、右大臣内弁にて陣につきて宣命見参を見給ひける間、入御有けるに、三位中将師房卿をおきながら大納言斉信卿警蹕をせられければ、人〴〵あやしみあへりけり、権大納言行成卿その失錯を扇にしるして臥内にうちおかれたりけり、暦にしるさんために、先扇にはかきたりけるにや、その子息少将行経、その扇を取て、内裏へまいりたりけるに、隆國朝臣参りあひて、わが扇に取りかへて見られければ、此失礼を記したりける、それよりやがて披露ありけるを、斉信卿ふかくうらみけり、もとよりよろしからざる中なりければ、かゝる、とぞ世の人いひける、

では、「或」者からの伝聞として載せてある記事を、説話集の方では、話の出だしを少し変えることによって、読者に分かりやすくしようと試みている。

『古事談』では、「後一条院御時、踏歌節会出御之時」と書き出し、日記の年月日までは要らないと考えたのか、後一条天皇の時代の踏歌の節会の時の話としてスタートさせている。後一条天皇時代に公事の現場で起きた面白いエピソードとして読めればよいので、『小右記』に見えることも省略したようである。なかほどに見える「暦に記さんがために先ず扇に注するは、彼の日の事を忘れざらんがためなり」という部分を行成の発言と考え、それがわかるように「行成卿云」という文言を付け加えているが、日記では実資の理解としても読み取れる部分であり、原話の改変といってよいかもしれない。このような公事の事を知っている人たちが読むのであれば、これくらいで十分であろう。

一方、『古今著聞集』では、『古事談』と異なって、天皇の名を入れずに、具体的な年を記し、それに「右大臣内弁にて陣につきて宣命見参を見給ひける間、入御有けるに」という前置きを書き加えて導入としている。成季は、『古事談』にはない「万寿二年」という年時は自身で調べて載せたのであろう。また、この導入部で、藤原斉信の失礼を、右大臣(実資)が踏歌の節会の内弁を勤めていた時のできごとと説明しており、正月十六日に実資が内弁であることも、成季は何らかの方法で調べたものと考えられる。

じつは、現存の『小右記』では万寿二年の正月の日記は失われており、はたして踏歌の節会の内弁が実資であったかは、現在では確認できないのであるが、[21]『小記目録』という、まだ『小右記』が全体として残っていた時代に作成された目録には、正月十六日条に「節会事通任卿、不奏事由、従腋参上事、乍置三位中将、大納言警蹕事」[22]と記されている。成季は、『古事談』のこの説話の出典を『小右記』であると知らなかった可能性もあるが、右大臣が内弁であったという事実を知っていたことから考えれば、『小右記』の写本を何らかの形で参照していたと推測される。

もう一点、成季は、斉信が誤って警蹕を行ってしまった時を、天皇の「入御」の際としているが、ここは天皇の南殿への「出御」と記すべきであろう。『小右記』でも「入御」と書くことはないはずであるが、成季は、朝廷の儀式のことに詳しくない読者には、その節会の場に天皇が入場されたとしておいた方がわかりやすいと考え、あえて書き換えたのかもしれない。「出御」とそのまま記す顕兼との違いは、想定される読者層の違いと考えるべきではないか。

ただし、『古今著聞集』のこの説話は、一つ前の説話の堀河右大臣(頼宗)の殿上人時代の話に続いて所載されているので、ただ「右大臣」とのみ記すのでは、いささか不親切に思われる。どうせなら、公事の世界のスターの一人小野宮の右大臣の名で話を始めた方が良いような気もするが、成季は、『小右記』の記事の末尾に記された「斉信が行成の行為を怨んだのは当然のことであるが、儀式での失錯は逃れようがない」という実資のコメントは、自身の説話集のコメントとしては硬すぎると考えたのであろう。「この二人の仲は元から悪かったので、やっぱり、と世の人は噂し合った」と説話らしい表現に変更し、ここでは小野宮右大臣であることをあえて強調しなかったと思われる。

おわりに

『古事談』と『古今著聞集』を繙くと、年時をもった記録的な説話が数多く所載されていることに驚かされる。これらの説話集が篇目に分けられて所載されているために、一見目立たないが、それらをすべて集めて編年順に並べると、『古事談』の場合、主に平安中・後期を中心に、『古今著聞集』の場合、平安中期より鎌倉時代の半ば、同書が編纂された時期までのそれらが連綿と並ぶことになる訳で、一つの歴史書として読むことができる可能性をもった書物であることがわかる。

『古今著聞集』の跋文には「いにしへより、よきこともあしきことも、しるしをき侍らずは、たれかふるきをしたふなさけをのこし侍べき、これによりて、或は家々の記録をうかゞい、或は処々の勝絶をたづね」と述べている部分がある。ここでいう「家々の日記」をうかがうというのは、本論で扱った『小右記』や『台記』などの貴族の「家」日記を尋ね調べるというだけではとどまらない文言のように思われる。

たとえば、成季が生まれる少し以前に平康頼によって編まれた『宝物集』には次のような箇所があり、典拠としての「家」の日記の存在を気にしているようである。

ⓐ「此事日本紀以下諸家の日記にみえず、さ程の人、名をしるさず、無㆓不審㆒にあらず」（巻第二）

ⓑ「吾朝の事は、家〱の日記・世継・伊勢物語などにこまかに侍るめれば、申におよび侍らねども、これ

もかたはしを申侍るべし」（巻第五）

ⓒ「長徳元年の事などうけたまはるこそあさましく侍れ、……まして四位五位などの人にもしられぬは、かぞへ申におよび侍らず、昔もかく臣下一度にうせ給へる事なしとぞ、日記の家の人〳〵ものたまひける」（巻第四）

「諸家の日記」ⓐや「家〳〵の日記」ⓑは、「日本紀」以下の国史や「世継」などの鏡物の歴史と同様のものとして扱われており、自分たちが収集した説話もその「かたはし」ⓑを構成するものであった。そして、ⓒのように、自分が探しえた記録的な説話については、これら「家」の日記を多く所持している「日記の家の人〳〵」に確認を取る必要があったのである。「日記の家」の人びとの存在を気にしなければならないのは、説話集編者たちも同じ素材を扱わねばならなくなったからでもあろう。

『古今著聞集』には、年時のない説話も多く含まれているが、「この事、いづれの日記にみえたるとはしらねども、古人申伝て侍り」（管弦歌舞243）とあるように、できれば年時を付し典拠の明記もしておきたいという編集方針だったようである。成季は「家々の日記」を尋ね調べることができたようだが、それができない立場の説話集編者たちにとっては、重たくのしかかるプレッシャーとなったのではないか。

文永年間（一二六四～七五）に『文机談』という音楽説話集を編んだ隆円の場合、「……桂大納言の記には、かの願すでに成じて都率の内院にうまれ給よし、夢のつげありと申置給とかや承れども、隆円れいの記録にうすき身なれば実否はしり侍らず」[23]とわざわざ付記している。他にも「隆円さやうの事にはくらければいまだ和漢の年代記をも勘合し侍らず、たゞ人の申をきゝをけるばかり也」（第一冊）というように、記録の調査が行き届いていないことを弁明する文言が繰り返される。身分も低く三河国の生まれと伝えられ、慶政や無住のように、貴族社会や寺院の世界に幅広い関係を持っていない隆円にとって、そこに課された時代のハードルは高かったのであろう。

（1）松薗「漢文日記と随筆――『徒然草』と「日記」の世界」（荒木浩編『中世文学と隣接諸科学10　中世の随筆――成立・展開と文体』竹林舎、二〇一四年）。

（2）大隅和雄は、「『古今著聞集』――貴族文化を仰ぎ見る」（『事典の語る日本の歴史』そしえて、一九八八年）において、本論で扱う『古今著聞集』を「中世の貴族文化の百科事典」として捉え、それは「和歌の繊細な言葉や表現をよみとることのできる能力を誇示することによって、貴族としての自己の存在を主張し、その知識の一部を武士たちに享受することを生きる支えにする貴族知識人」によって編纂されたと述べられている。本論はこの氏の指摘をより具体的に提示することを目的としている。

（3）たとえば、鎌倉時代に数多く生まれた『海道記』以下の旅の日記文学（歌枕がふんだんに織り込まれている）も、京都から外に移動する知識人・文化人たちによって著されており、説話集作家との間に垣根を設けない方がよいであろう。

（4）西尾光一「解説」（新潮日本古典集成『古今著聞集』上、一九八三年）。

（5）桜井利佳「『古今著聞集』序における「実録」」（『東洋』四五―八、二〇〇八年）。

（6）各部門の特に終りの方にあり、年時の配列を乱して所載されている説話については、成季以外の人物による後記補入と考えられている（西尾光一「解説」、新潮日本古典集成『古今著聞集』下、一九八六年）。

（7）表の全体および鎌倉時代の分については、別稿「鎌倉時代における説話集編者の歴史意識――『沙石集』と『古今著聞集』を中心に」（愛知学院大学人間文化研究所紀要『人間文化』三三、二〇一八年九月）に掲載したので参照していただきたい。以下、「別稿」という場合これを指す。

（8）奈良時代以前の説話も、釈教第二に見える聖徳太子や行基関係の説話などいくつか採られているが、全体としてはわずかなので省略した。

（9）巻第四の109～114話、116・117・119・120話。

（10）この点は、五味文彦「『古今著聞集』と橘成季」（『平家物語、史と説話』平凡社、一九八七年）に指摘がある。

（11）顕兼も村上源氏の名門に生まれ、曾祖父の雅兼（顕房子）は日記の記主として知られているが、そのまま「日記の家」としての伝統が受け継がれていたとは考えられないようである。雅兼の「家」はその子雅頼の系統に受け継がれたようで、顕兼につながる系統の方には日記の記主は確認されておらず（松薗「古代・中世日記系図」、近藤好和・松薗斉編著

『中世日記の世界』ミネルヴァ書房、二〇一七年)、それほど「家」の日記に恵まれた立場ではなかったと推測される。
(12) 松薗『王朝日記論』(法政大学出版局、二〇〇六年)第四章参照。
(13) 『春記』の記主資房の系統は、公卿としてはその子公房で絶え、その後、通輔・公章と四位・五位クラスで沈淪する。そして公章の子資重が最後の小野宮流の公卿資信の子となり両流が合体したようであるが、資重は従五位下に終わり、その後は貴族社会から消えてしまう。
(14) 『玉葉』承安二・一二・二(以下、二年十二月二日をこのように表記する)。
(15) 『玉葉』治承四・二・二三。
(16) 『玉蘂』建暦元・三・一〇。
(17) 『明月記』寛喜元・五・二四、一二・二九、同二・四・二四など。
(18) 『玉葉』嘉応二・一・九、一〇・一七、承安二・一一・一五、『長方卿記』安元元・一一・九などで、師長が「先人記」「故左府」などの名称で、父頼長の日記を先例として引勘している記事が散見する。ただし、それ以前に、院や摂関家やその庶流である花山院家の人びとによって書写されていた可能性があり、『山槐記』の記主の藤原忠親(花山院家の兼雅の同母弟)は、「宇治左府抄」を所持しており、師長が復帰した仁安元年の翌年には先例の引勘に使用している(『山槐記』仁安二・二・一一)。
(19) 『明月記』安貞元・九・二の通具が薨じた日の記事で、定家は「稽古有識公卿」と評されていた彼の悪口を散々に書きまくっているが、そのなかに「於公事者、不足言之人也、以自讃之詞、為卿二品・広元等被帰伏、京畿得其名、誰人弁其虚偽哉」とあり、自ら推奨して、卿二位や大江広元らの信頼を得、「京畿」にその名を得たといっている。
(20) 注(12)松薗著書第六章。
(21) 『左経記』にもこの日の記事があるが、内弁が誰であるか記していない。ただし、この年、左大臣は関白頼通が兼ねているので、右大臣が筆頭公卿として内弁を勤めたのは確かであろう。
(22) 割注の後半「乍置三位中将、大納言警蹕事」の部分は、二月九日条の記事のことを指していると推測される。
(23) 岩佐美代子『文机談　全注釈』(笠間書院、二〇〇七年)。

表1 『古今著聞集』説話編年（平安期）　＊抄入の章段は省く

	年月日	標目（原本になし、岩波古典体系による）	典拠	篇名・章段
1	桓武天皇（七八一〜八〇六）	天皇御政務の後、鷹の世話をする事	寛平御遺誡	魚虫禽獣674
2	延暦元（2?）・5・4	天地開闢幷びに神祇祭祀の事	?	神祇1
3	嵯峨天皇御時（八〇九〜八二三）	嵯峨天皇宸筆心経の事幷びに大師記を書く事	?	釈教38
4	同前	嵯峨天皇、弘法大師と手跡を争ひ給ふ事	?	能書286
5	弘仁5（八一四）春	伝教大師渡海の願を遂げんが為に種々作善の事幷びに宇佐宮託宣の事	?	釈教39
6	仁和3（八八七）・8・17	武徳殿の東の松原に変化の者出づる事	（三代実録・扶桑略記・今昔物語集）	変化589
7	延喜の聖主（醍醐天皇　八九七〜九三〇）	小野道風、醍醐寺の額を書く事	?	能書288
8	同（延喜）御時	基勢（聖?）法師、囲碁の賞に依りて銀の笙を賜はる事	?	博奕420
9〜58	省略			
59	（長保5（一〇〇三）・1・28以後）	蔵人能通臨時祭の舞人を辞し宇治殿頼通之に代る事	?	公事89
60	（寛弘2（一〇〇五）・11・15）	内裏焼亡	?	神祇2
61	寛弘3（一〇〇六）・3・4	一条院に行幸、道長天盃を受けて拝舞の事	?	飲食614
62	後一条院の御時（一〇一六〜三六）	相撲の節に勝岳と重義相撲の事	?	相撲強力373
63	万寿2（一〇二五）・1・3	関白以下、皇太后彰子のもとに参る事	小右記	飲食615
64	万寿2（一〇二五）・2・9	権大納言行成大納言斉信の失錯を扇に注す事	（小右記）	公事91
65	（万寿2（一〇二五）・2・26）	宇治大納言隆国卿臨時祭の陪従を勤むる事	?	公事92

66	長元元(一〇二八)・12・22	昭陽舎の桜を清涼殿の東北に移し植えらるる事	?	草木654
67	大宮右府〔俊家〕の頭の中将におはしめるが(一〇三五~三八)	大納言能信、右府俊家に秘曲其駒を授け、堀河院右府、宗忠に之を習ひ給ふ事	?	管絃歌舞245
68	後朱雀院の御時(一〇三六~四五)	後朱雀院右大臣実資に仰せて装束の過差を止めらるる事	(大鏡)＊時平の話	政道忠臣78
69〜130	省略			
131	保延の比(一一三五~四一)	宰相中将の乳母、猫を放ち飼ふ事	?	魚虫禽獣686
132	保延元(一一三五)・1・4	朝覲行幸に多忠方胡飲酒を舞ひて叡感を蒙る事	?	管絃歌舞272
133	保延3(一一三七)・1・4	豊原時秋垣代笙の音取を勤むる事幷びに大神正賢垣代の笛を吹く事	?	管絃歌舞273
134	保延3(一一三七)・6・23、6・26	宇治左府頼長の宿所幷びに院御所にて御遊の事	台記	管絃歌舞274
135	保延3(一一三七)・8・6	仁和寺の馬場にて日吉御幸の内くらべ(競馬)の事	?	馬芸358
136	保延3(一一三七)・9・23~9・25	仙洞に行幸ありて、千番の競馬御覧幷びに御遊・和歌会の事	?	飲食625
137	保延5(一一三九)・3・4	宇治の一切経会に清延牙の笛吹く事	?	管絃歌舞275
138	保延5(一一三九)・5・1	大宮大夫師頼宣命を作り、神感に依りて降雨の事	?	神祇17
139	保延5(一一三九)・11・9	興福寺別当覚法印軍兵を発して寺を焼かんとするに春日社神異の事	宇治左府記	神祇18
140	保延5(一一三九)・12・16 保延6(一一四〇)・11・2、11・25、12・7	徳大寺左府実能中院右府雅定を越えて右大将に昇任の事	(今鏡)	政道忠臣84
141	保延5(一一三九)・12・27(雅仁親王元服)	宇治左府頼長、師恩を重んじて笛を吹かざる事	?	孝行恩愛306
142	保延6(一一四〇)・夏	瀧口源備、宮道惟則と闘諍の事	?	闘諍502

143	保延6(一一四〇)・秋	崇徳院、白河僧正増智を夢に見給ひて後不例の事	?	恠異584
144	保延6(一一四〇)・10・12	白河の仙洞に行幸の時、兵衛督家成包丁の事	?	飲食626
145	康治元(一一四二)・3・4	仁和寺の一切経會に狛光時颯踏急声二反を舞ひ、狛行則一反を舞ふ事	台記	管絃歌舞280
146	康治2(一一四三)・8・19	崇徳院、青海波を御覧の事	台記	管絃歌舞281
147	康治2(一一四三)・12・7	宇治左府頼長、周易を学ぶ事	台記	文学124
148	久安の比(一一四五〜五一)	知足院入道、法性寺殿に屏風に文字を書かせらるる事	?	能書289
149	同前	藤原有盛、宇治左府頼長に逢ひ装束を着るに及ばず下車の事	?	興言利口510
150	久安元(一一四五)・2・11	列見に朝所にて盃酌の後囲碁の事	台記	博奕422
151	久安3(一一四七)・9・12	鳥羽法皇、天王寺へ御幸あり、念仏堂において管絃の事	台記	管絃歌舞282
152	久安3(一一四七)・11・20	左近将曹久季豊明節会に先づ膝突を敷きて外記を召す事	台記	公事95
153	久安3(一一四七)・11・30	鳥羽院において舎利講幷びに御遊の事	台記	管絃歌舞283
154	久安4(一一四八)・夏の比	法勝寺の塔の上にて天狗詠歌の事	?	変化597
155	(久安4(一一四八)・閏6・5)	西国の人、毛生たる亀を知足院に献ずる事	台記	魚虫禽獣688
156	久安6(一一五〇)・12・9	大宮大納言隆季夢に依りて抜頭の面形を返す事	台記	管絃歌舞284
157	仁平元(一一五一)・1・1	院の拝礼に八条太政大臣実行一拝再致の事	台記	公事96
158	仁平元(一一五一)・9・7	賀茂行幸に随身秦公春、狼藉者を搦取る事	(本朝世紀)	闘諍503
159	仁平元(一一五二)・9・7 久寿元(一一五四)春	菅登宣が夢に故式部少輔成佐地獄の苦を語る事 宇治のおとど(頼長)の勾当有忠の夢	(続古事談)	哀傷459
160	仁平2(一一五二)・1(3)・7	鳥羽法皇五十算の御賀の事	?	祝言451
161	仁平2(一一五二)・3・25	蔵人判官藤原範貞、内覧の大臣頼長を見知らざる事	(台記?)	興言利口511
162	仁平2(一一五二)・5・17	頼長、最勝講の講読師座の立て様の僻説に依るを悔いて怠状を送る事	(台記)	公事97

163	仁平2（一一五二）・7・2	宇治左府頼長定信入道を礼拝の事	台記	釈教55
164	仁平3（一一五三）・5・21	宇治左府頼長院宣により学問料の試を行ふ事	台記	文学126
165	仁平4（一一五四）・2・11	孝博入道管絃に執心の事	？	宿執489
166	久寿元（一一五四）・2・15	鳥羽法皇御歌を諸臣に賜ふ事	？	文学155
167	後白河院の御時（一一五五～五八）	秦兼任、年来の独従者を打擲の事	？	興言利口518
168	保元元（一一五六）・7・2	鳥羽院御葬送の夜、西行法師詠歌の事	（西行物語下）	哀傷460
215 ～ 169	省略			
216	寿永2（一一八三）・1・2	藤大納言実国、子息の肩に係り清暑堂の御神楽に参る事	？	宿執493

表3 『古事談』説話編年

	年月日	内容	典拠	篇名・章段
1	延暦10（七九一）・8・5、8・23	伊勢内宮焼亡の事幷びに造営を命ずる事	大神宮諸雑記？	巻第5-1
2	「桓武天皇の御時」（延暦16・1・16）	早良親王廃太子のこと	扶桑略記	巻第3-7
3	天長元（八二四）・2	空海、神泉苑において請雨経法を修する事	大師行状集記	巻第3-11
4	天長2（八二五）	浦島子の事	浦島子伝	巻第1-2
5	嘉祥3（八五〇）・11・25	清和天皇即位予言童謡の事	吏部王記	巻第1-3
6	「貞観七年の比」（八六五）	相応和尚、染殿皇后を悩ませし狐を調伏する事		巻第3-16
7	（貞観8（八六六））	伴善男事に座する事		巻第2-50
8	陽成天皇の代（八七六～八四）	陽成天皇爾の筥を開き宝剣を抜く事		巻第1-4
9	「陽成院、御邪気大事御坐之時」	藤原基経、光孝天皇を立つる事、源融帝位を思ふ事		巻第1-5

10	延長8（九三〇）・6・26	師輔の父忠平、清涼殿に落雷あった時、三宝に帰依し無事だったこと	九条殿遺誡	巻第2-58
11	朱雀天皇代（九三〇～四六）	時服美麗を慎む事		巻第1-10
12	朱雀天皇	朱雀天皇と貞信公（忠平）との応答		巻第1-12
13	天慶2（九三九）・8・12	某尼、粟田口山科の藤尾寺に八幡神を祭り、放生会を行ふ事	扶桑略記	巻第5-12
14	天慶2（九三九）・11・21	藤原純友の乱の事	扶桑略記	巻第4-10
15	天慶2（九三九）・12・15	平将門、藤原忠平に献ずる状	扶桑略記	巻第4-4
16	「天慶二年之比」	藤尾寺南辺の道場の尼、八幡大菩薩像を祭る事	扶桑略記？	巻第5-12
17	天慶3（九四〇）・1・22	浄蔵、将門降伏のため大威徳法を修する事	扶桑略記	巻第4-5
18	天慶3（九四〇）・2・8	朱雀天皇、将門追討のため藤原忠文を征夷大将軍任ずる事	扶桑略記	巻第4-6
19	天慶3（九四〇）・2・13	貞盛・秀郷ら将門を討ち取り、勧賞を受ける事	扶桑略記	巻第4-7
20	「天暦の比」（天暦8（九五四）・12・5）	浄蔵の房に強盗乱入する事	扶桑略記	巻第3-18
21	天徳4（九六〇）・9・23	遷都以後始めての内裏焼亡		巻第1-13
22	応和元（九六一）・5・10	強盗孫王、源満仲の宅に入る事	扶桑略記	巻第4-1
23	（康保4（九六七）・10・11）	冷泉天皇即位		巻第1-14
24	天禄元（九七〇）・7・14	空也、藤原師氏の悪趣を逃れさせる事		巻第3-93
25	「貞元の比」（九七六～九七八）	天台宝幢院の舎利、雷公に取らるる事		巻第5-30
26	寛和元（九八五）・2・13	円融院、子の日の御幸	小右記	巻第1-15
27	（寛和2（九八六）・8・15）	源満仲出家の事	今昔物語集19	巻第4-2
28	寛和2（九八六）・10・14	円融院、大井川逍遥	小右記？	巻第1-16
29～35	省略			

36	(長徳元(九九五)・2・28)	東三条院、石山御幸の時、道長・伊周確執の事	小右記	巻第2-4
37	(長徳元(九九五)・5・11)	道長に内覧宣旨を蒙る日、俊賢睡眠する事		巻第2-30
38	(長徳元(九九五)・8・29以前)	殿上において行成と実方口論の事、行成蔵人頭に任ぜらるる事		巻第2-32
39	「一条院、幼主の御時」	藤原兼家摂政の事		巻第1-23～25
40	(長徳2(九九六)・1・25)	源国盛、藤原為時を超越する事		巻第1-26
41	長徳2(九九六)・4・24	伊周(儀同三司)配流の事	小右記	巻第2-51
42	(長徳3(九九七)・4・16)	花山院闘乱の事	小右記?	巻第1-22
43	長徳4(九九八)・8・25	奇怪の除目	今鏡?	巻第1-27
44	(寛弘元(一〇〇四)・10・10?)	御前での包丁の後、宴にて藤原道綱、同顕光に放言。		巻第1-28
45	「一条院御時」(寛弘4・1・?)	大江以言、顕官を望む事	江談抄	巻第6-35
46	「一条院の御時、永延の比」	相撲抜出・若宮著袴の儀に御剣を持つ者		巻第1-31
47	「一条院の御時、長保の比」	源成信・藤原重家の出家		巻第1-32
48	(寛弘5(一〇〇八)・9・11)	上東門院、後一条天皇出産の事、敦康親王の事		巻第1-37・38
49	(寛弘6(一〇〇九)・11・25)	後朱雀院誕生の五夜の産養の時、藤原伊成、凌辱を受け後に出家する事	小右記?	巻第1-43
50	寛弘8(一〇一一)・6・22	一条天皇崩御の事	続本朝往生伝	巻第3-39
51	「一条院崩御の後」	一条院の遺品にあった「讒臣」の句		巻第1-33
52	「三条院の御時」(一〇一一～一六)	資平が三条天皇に語った御剣の鞘の故実	江談抄	巻第1-35
53	「三条院の御時」	三条天皇、道長を若い皇子に呼ばせた事		巻第1-36
54	「後一条院の御宇」(一〇一六～三六)	藤原実資、除目の執筆に奉仕	小右記?	巻第1-39
55	「後一条院の御時」	清暑堂御神楽に斉信、公任を差し置いて拍子を取る事		巻第1-46

56	「長和五年の夏」(一〇一六)	深覚僧都、炎旱のため神泉苑に祈雨を行ふ事	小右記	巻第3-61
57	(寛仁4(一〇二〇)・3・?)	法成寺建立の時、大外記頼隆真人に夢想の事	経信卿記	巻第5-44
58	「寛仁四年九月の比」(一〇二〇)	狂女、比叡山物持院に登る事	左経記(9・9)?	巻第5-31
59	治安2(一〇二二)・7・14	法成寺金堂供養の日、道長、公季の盃を勧める事	小右記	巻第2-7
60	(治安3(一〇二三)・10・23)	道長、高野山に詣で荘園を寄進する事	扶桑略記?	巻第5-32
61	(万寿2(一〇二五)・1・16)	藤原行成、同斉信の失錯を扇に注する事	小右記	巻第1-42
62	「万寿二年五月の比」(一〇二五)	迦葉仏の化身の関寺の牛を人々礼拝の事	小右記	巻第5-38
63	「万寿三年四月の比」(一〇二六)	怪女漂着	(小右記目録)	巻第1-40
64	長元2(一〇二九)・7・8	出雲国の降雪の事	小右記	巻第1-41
65	「隆国卿頭と為て」	後一条院の蔵人頭源隆国、御装束に奉仕する事		巻第1-54
66	「後朱雀院の御時」(一〇三六~四五)	藤原公基御書使の時、御書を汚された事		巻第1-44
67~166	省略			
167	「高倉院の御宇、承安四年」(一一七四)	最勝御八講に勤仕する澄憲の能説に勧賞行はる事		巻第3-79
168	(寿永2(一一八三)・11・19)	法住寺合戦の時、安藤八馬允右宗武勇の事		巻第4-27
169	(元久2(一二〇五)・4・?)	稲毛重成舎弟ゆいの七郎、往生の事		巻第4-28
170	「承元三年の比」(一二〇九)	熊野にて切り合いて往生の事		巻第4-29
171	承元4(一二一〇)・3・?	臨時の御神楽に秘曲を唱ふ事		巻第6-28
172	建暦2(一二一二)・9・?	良宴瑜伽往生の事		巻第3-82

「宝剣説話」を耕す——公武合体論の深層

関　幸彦

はじめに

中世は王朝の都に加えて、鎌倉という武家の都を持った。中世の文学作品には武家が主体となった段階にあっても、天皇・院の権威(王威)がそれらの作品に反映されている。たとえば室町小説として知られる「お伽草子」の世界である。武家の権力が浸透するその時代にあっても王威は意味を有した。「田村草子」がそうであり、「御曹子島渡り」や「俵藤太物語」もそうであった。それらには坂上田村麻呂・藤原利仁・源義経・藤原秀郷といったヒーローたちが登場するが、背後には天皇の命を前提とした「征伐」「征夷」観が存在する。武士や兵たちの武力行使の保証者として、王威の観念は常套だった[1]。

小稿では、武家台頭の時代において、王朝権力による武家包摂の論理について考えてみたい。そのあたりを、説話を耕すことで検討したい[2]。それはわが国の歴史を貫く「公武合体」の観念の形成の在り方を省察する一助ともなると考え、「宝剣説話」を題材にアプローチすることにした。

一　宝剣説話を考える

武家の台頭を内乱期の貴族たちはどう解したのか。中世の軍記・史書・史論書には広く三つの立場があった。

①公家（王朝）と武家（鎌倉）の両権力の統合、すなわち公武の共同統治の観念で解釈する立場（「公武合体」論）

②伝統的王威の再生・再現により、王朝を中軸とした公武一統主義の立場（「至尊」論）

③武士・武家の統合と自立を是とする立場（「至強」論）

このうち②と③は①を分母として分かれる論理ということになる。②とまったく同じではないまでも、王朝の立場で中世前期の内乱の時代にも言及したものに、『増鏡』や『神皇正統記』がある（ただし後者の『神皇正統記』は①の側面もある）。

そして③に近いのが『吾妻鏡』『承久記』さらには『保暦間記』などの史書・史論だろう。大枠でいえば、こんな整理が可能だ。歴史の現実は③のように進んだが、②の方向も潜在的にはあった。時としてそれは間欠泉のように歴史の時間のなかで、表面化することもあった。王威の至尊主義を是とする後鳥羽上皇や後醍醐天皇による討幕思考である。観念のみでいえば、はるか後世のことになるが、この②の方向を歴史の現実のなかで覚醒させたのが近世末の「王政復古」であった。(3)

現実の歴史を離れて、観念として中世をどう解釈するかという点で、圧倒的普遍性をもって、受容されたものが①の公武合体の理念だった。中世以降のこの歴史観は、〝かくありたい〟〝かくあってほしい〟の産物だったが。その観念を歴史の現実に接合させ溶け込ませるうえで、大きな役割を演じたものの一つが『平家物語』である。そしてこの公武共同統治の理念を史論レベルで広げたのが『愚管抄』だった。同書は『平家物語』の誕生に大きな役割を担ったとされる。

まずは、『愚管抄』の宝剣説話から見ておこう。慈円の『愚管抄』執筆の背景には、後鳥羽院の挙兵への諫めがあったとされる。末法の世の到来にともない、王法の衰退を理運(道理)とみなし、武家台頭を考えようとしたものだった。その点からすれば、「道理」の流れに逆行する行為(武家打倒という方向)は、王法(王威)滅亡の要因との主張である。後鳥羽上皇による王威の再生・回復は時宜に非ずとの立場だった。

慈円は武家の台頭について、壇ノ浦での安徳入水と宝剣喪失を関連させて次のように説明する。

抑《そもそも》コノ宝剣ウセハテヌル事コソ、王法ノハ心ウキコトニ侍ベレ、コレヲモコ、ロウキベキ道理サダメテアルラント案ヲメグラスニ、コレハヒトヘニ、今ハ色ニアラハレテ、武士ノキミノ御マモリトナリタル世ニナレバ、ソレニカヘテウセタルニヤトヲボユル也

[宝剣が失われたことは、王法にとっては憂い多きことだが、それも道理の定めだ。それが現実のこととなって顕われるにいたったのだろうか。武士の世となり君(天皇・院)を守護する状況になったがために、宝剣はその役割を終えて消えたのだと思われる]。こんな意味だろう。

後半の下線部が慈円の主張の骨子ということになる。つまり宝剣喪失は王法(王威)にとっては憂き事だが、宝剣の機能は武家がその役割を担うにいたったので、現実を受けとめるべきとの立場だろう。武家打倒をはかる後鳥羽上皇への諫言ということができる。「保元以後ノコトハ、ミナ乱世ニテ侍レバ」(巻第三「序」)とあるように、それをもって「武者ノ世」への転換とみなす考え方である。ここからもわかるように、王威衰退の趨勢はすでに前代からはじまるとの認識だった。安徳天皇入水は、それを顕在化させたものだとする。慈円は前述の引用文の直前に壇ノ浦での宝剣喪失を以下のようにも説明する。

すなわち、安徳は第八〇代の天子に当たるが、これは清盛が平氏の氏神厳島社に詣でた丹精・丹祈の結果だとする。「コノ王ヲ平相国イノリ出シヒマラスル」と語り、その誕生を「安芸イツクシマノ明神ノ利生」と説いて

いる。厳島の神はこの龍王の娘であり、彼女の「心ザシフカキ」信心に感応して、龍王がわが身を安徳に変じ顕現したのだと。

それ故に壇ノ浦での安徳入水は海神（龍神）への回帰だと解したうえで、宝剣（草薙剣＝天叢雲剣）喪失の解釈を、神話的「記憶」と附会させ理解しようとした。慈円は衰退する王威に代り、武家は必要な存在と説き、武家との積極的な関係構築こそが、今後の統治の基本的方向だとする。

その意味で『愚管抄』が、実朝没後の新将軍・九条頼経の下向を、天照・八幡（源氏）・春日（藤氏）の三者協調体制の象徴と解するのも当然だった。王朝の京都にあって、公家・貴族の側からの武家のとり込みがはかられる。公武合体の深層には、慈円に代表されるような考え方が存在していた。「治承物語」とも呼称された原『平家物語』が慈円周辺の知識人たちによりなされたとの見解を考えあわせるならば、安徳帝＝龍王化身説の広がりには、それなりに深い内容があったことになる。(4)

この安徳＝龍王化身譚は『平家物語』や『源平盛衰記』でさらに流布した。「昔・出雲国にて素戔嗚尊に被切奉りたりし大蛇霊剣ヲ惜む執心深して、八の頭、八の尾を標示として、人王八十代の後、八歳の帝と成て、霊剣を取返て海底に入けり」（巻十九、「霊剣等事」）、ここには、記紀神話のヤマタノオロチ退治譚を巧みに接ぎ木した内容が語られている。以下、『平家物語』諸本からの情報をもとに宝剣説話を整理するならば、次のようになろうか。

①出雲の肥河（氷川）の主ヤマタノオロチを退治したスサノヲは、そこから得た「天叢雲剣」を高天原のアマテラスに献上する。②天孫降臨にさいし、歴代天皇は三種の神器の一つとしてそれを保持することになった。③その後ヤマトタケルの東征にさいし、タケルに与えられたこの宝剣は「草薙剣」と改名され、賊徒退治に寄与する。④タケルの死後、剣は熱田神宮に奉納、複製が宮中に下賜される。⑤この間、ヤマタノオロチは執念で宝剣奪回

を幾度か試みるが、失敗した。⑥龍王の執心はその後は安徳の化身となり顕現し、念願の目的を達成する。

断片的に語られるいくつかの話を集約すれば、こんなところが公約数となろう。宝剣海没と武家登場にともなう公武の共同統治という説話上の演出は、武家の存在を合理化するために効果があった。記紀神話と融合させつつ、武家との協調をはかるためには「公武合体」というイメージこそが、わが国における天皇と武家相互にとってある種のウィン・ウィンの関係を創出させたことになる。中世は武家との共同統治で新しい秩序が生み出された段階との解釈を定着させた。

その武家による補翼体制は、観念として定着し、実在性をともなない人々の歴史観を規定した。力を喪失した天皇(「王威」)がなぜに存続し得たのか。この当然すぎる問いを前にして、その後も王朝サイドからの歴史の組み換えがはかられたことになる。(5)「記憶」の史実化である。断片的で小さな史実の集積があり、それが時代に適合した形態で歴史的観念の形成に寄与する。時代によって、人々に共有化された歴史観の問題がそこにある。

それではこの宝剣譚は中世を通じてどのように広がり、深められたか。次に武家の側から考えてみる。

二　宝剣説話と武家

元暦二年(一一八五)三月の安徳帝入水は、平家滅亡の象徴として多くの説話・伝承を生み出した。同年八月の大地震は、平家一門の怨念と取沙汰され、当該期の日記・編纂物でも語られている(たとえば『平家物語』(巻第十二「大地震」)など)。

「文治」への改元もこの地震によるものだった。災異改元の場合はかかる不可思議な現象は〝天ノ御気色〟とされた。龍王とともに海没した安徳帝はその化身たる故に、満身で憤りを表明、それが「地震」へ連動したとの話が流布する。そうした敗者の「記憶」は鎌倉末期・南北朝期に史書で新たなる展開をみせる。平家の悲劇は安徳に象徴化され、やがて鎌倉が射程に入れられるようになる。

『吾妻鏡』によれば、頼朝の死去は正治元年(一一九九)正月十三日のこととされている。「されている」と表現したのは、「関東」の公式記録たる同書に、頼朝死去に関する記事の巻が抜けている。そこから北条氏による頼朝暗殺説までが出されることになる。(6)

一般的には、頼朝は落馬が原因で病床につき、翌年の正月に没したという。これに付加された俗説として、前年に稲村崎付近で安徳帝の怨霊に遭遇、落馬したためという話がある。南北朝期の史論書『保暦間記』が紹介するものだ。(7)

同(建久九年)冬、大将殿相模河ノ橋供養ニ出テ帰セ給ヒケルニ、八的ガ原ト云所ニテ、被亡シ源氏義広・義経・行家以下稲村崎ニテ海上ニ十歳計ナル童子ノ現ジ給テ、汝ヲ此程随分思ヒツルニ、今コソ見付タレ、我ヲバ誰トカ見ル、西海ニ沈シ安徳天皇也トテ失給ヌ、其後鎌倉ニ入給テ則病付給ケリ、次年正月正治元年正月十三日終ニハ失給ヌ、……是ヲ老死ト云フベカラズ、偏ニ平家ノ怨霊也。

相模川の橋の落慶供養の帰途、頼朝は稲村崎で安徳帝の怨霊に遭遇、ほどなく死去したという。頼朝死去を平家の怨霊から説明している。

加えて留意すべきはその場所が稲村崎とされる点で、この話の奥行きを探るうえで興味深い。俗説・伝承の断片から壮大な構想の片鱗をうかがうこともできるからだ。『保暦間記』が語る安徳怨霊譚には、既述した龍神説話との関係で無視できない。

江島明神とは指呼に位置した稲村崎は、龍神ゾーンでもあった。海没した宝剣＝安徳が龍宮におもむいたとの『平家物語』などの著名な話を下敷としたものにちがいない。頼朝の死を「多クノ人々ヲ失給ヒシ故」と語り、因果応報観からの説明ぶりは『平家物語』とも通底するが、そのこととは別に、安徳の龍神譚を鎌倉という

「場」に接合させたのは、宝剣説話の膨らませ方を考えるうえで参考になる。

ここには厳島から発信された宝剣→龍神→安徳が壇ノ浦を経由して鎌倉・稲村崎（江ノ島）と結びつけられている。「龍ノ口」の地名を擁したこの地域は、信仰の場であったことは広く知られるが、かかる形で頼朝の死と附会させる意識は、中世の産物として特筆される。

ちなみに龍神は海神・水神で治水行為の象徴であり、天子降臨の表徴だった。龍神思想が語る宝剣には権力移譲の正当性を認知させるレガリア（宝器）の意味が宿されていた。(8) そうしたことを考え合わせるなら、鎌倉・江ノ島・稲村崎という場からの説話の耕し方の可能性も提案できそうだ。そこでは鎌倉（稲村崎）という場と頼朝という人物が、平家の怨霊を介して龍神と結合して解釈されている。

『保暦間記』が語るこの説話の中身は、『太平記』が語る新田義貞の宝剣説話ともリンクする。『太平記』〈巻第十〉稲村ケ崎干潟ニ成ル事〉に見える有名な話である。元弘三年（一三三三）五月の鎌倉攻略にさいしての出来事だとする。七里ガ浜の渡渉作戦のおりに「龍神ノ納受」を期し、源家相伝の太刀を義貞が奉じたことで、渡海が可能となったという。

この話にはいくつかの切り口が当然用意できる。(9) まずは義貞の犠牲的行為による龍神の報恩との解釈だろう。『太平記』がこれを取りあげたのは、北条追討のための鎌倉解放軍として義貞を位置づけるためだろう。義貞の鎌倉攻略戦という史実にすり合わせるなかで稲村崎―龍神―宝剣が接合され、ストーリー化されたもので、源家の宝剣（レガリア）の武威が龍神という霊威なり王威なりと一体なるものと解されている。

龍神云々では同じく『太平記』に北条時政に関しての説話も見える。これは頼朝の源氏に替り新たな主役となった北条氏についてのものだ。江ノ島に参籠した時政は子孫繁栄を祈願する。満願成就の日に龍神が示現し「前世ノ善根ニ依テ」七代にいたるまで「日本ノ主」となすとの約諾を時政に与え、「大ナル鱗ヲ三ツ」残し海中へ姿を消した。時政はこれを家紋として善根を積んだが、やがて九代の高時にいたりその「御利生」が消え、北条氏は滅亡したとある〈巻第五〉「時政、江島に参籠ノ事」〉。

「三鱗」の北条の家紋由来譚とともに、同氏の盛衰が龍神の神徳に仮託されている。この「三鱗」由来譚には、北条一族の政治的衰亡も指摘されている。同一族滅亡の理由を高時の専横と暗愚に求める『太平記』の解釈はそれである。しかし、一方では江ノ島参詣―龍神―北条氏「日本ノ主」云々の流れも看取される。

『太平記』で北条氏をして「日本ノ主」と指摘していることは興味深い。当時、高時をもって「鎌倉殿」と呼称されていた現実がある以上、強き最上の存在を「日本ノ主」となすことは不思議ではなかった。だが、その北条氏が徳行志向を忘却したとき、天(龍神)は命を革める。これも暗喩されている。

そこには源氏に替るべき武家の王(武王)たる立場に北条氏が比定されている。ただしその権能を拡大しすぎた場合、具体的には王威への侵害(元弘の変において高時の北条氏が後醍醐天皇の隠岐配流を断行した)が北条氏の運命を縮めたとの解釈だ。頼朝による「天下草創」で誕生した「関東」は〝和シテ同セズ〟的な志向を保持しつづけた。そのことの対比でいえば、武威・武権を極端に伸長・行使して王威(天皇)の存在をおびやかすのは、正しくないとの主張だった。

公武の関係云々については、承久の乱も参考となるはずだ。[10] 三上皇を配流するほどの力を示しつつも、武家は平時において、王朝勢力との距離は保持していた。そのことは泰時における「御成敗式目」で「関東ノ鴻宝」と認識して「海内の亀鏡」の律令(公家法)との住み分けを提案していることと無関係ではなかった。「関東」とは東国社会の道理主義に根ざした武家的原理の総体をさすもので、官職的秩序を最低限に保ちつつ、王朝との関係から相対的に自立するシステムが機能する場だった。

北条氏の政権を「はじめての土俗・土着の政権」と評した論者がいた。[11] この指摘は大いに興味深く、小稿の立場でも首肯される。北条氏はその土着性ゆえに王朝的官制で分を超えなかったし、超えようともしなかった。北条体制下にあっても、三位という公卿的世界(王朝的世界の中核)には足を踏み入れなかった。「関東」たることの自負が常に鎌倉を規定していたからだ。

その点で王朝側から「幕府」と称される部分は、将軍(源氏三代以降も摂家・親王将軍も)との関係においてであった。「鎌倉体制」なるものの本質は、対王朝とのヨコの関係(天皇との関係)ではなく、むしろ将軍以前の内乱期からの胚胎した鎌倉殿(官職とは無関係の無冠の主たること)との内なるタテ関係(統率下の関東武士団)に由来していた。自らを「幕府」と自称することなく「関東」をもって、自己の表徴とした。武家政権の本質はこれであった。[12]

三　宝剣説話の奥行き

宝剣説話に関連して再び頼朝に話を戻したい。『源平盛衰記』の「剣巻」には、頼朝の「天下草創」に見合うように源家相伝の二つの宝剣(「髭切」と「膝丸」)が、頼朝の手中に帰したとする。[13]二つの剣ともどもが神徳の場たる熱田社と箱根社を介して頼朝に帰属するというものだ。

そのさい熱田社とは「草薙剣」の奉ぜられた霊威の場であり、いわば伊勢とともに、王威が降臨する聖域との認識があった。頼朝の母方がその熱田の出身でかつ、頼朝自身もこの地で出生したとの話も、宝剣の霊威譚にさらに磨きをかけた。そのことを離れても、この宝剣説話は全国レベルでの武権(守護権)の代行機能が熱田の有する草薙的王威を介し頼朝に授与されたとの「記憶」を広げることになった。

他方の箱根も、鎌倉の武家にとって「二所詣」の聖地として認識されていた。ここに奉納された宝剣の一つ「薄緑」(元来は「膝丸」と称され、これを義経が奉納、その後曾我兄弟に伝授されたと『盛衰記』に見える)が、同じく頼朝の手中に帰したという。虚実を問うのではなく、かく解釈され得る観念の成熟があったことが重要なのだろう。

とりわけ、箱根は関東という地域のキーステーションだった。東国守護の霊威が宿されているこの場をへて、本来の主に宝剣が返還されるとのストーリー性は、整合的にすぎることは当然だとしても、その荒唐さを是とし、神話化される背景は大いに参考となる。

義経もあるいは曾我兄弟も、ともどもが頼朝的武権確立の障害になった武人たちだ。これを打倒することで箱根の霊威を介し、東国の沙汰権（支配）を手中にする。宝剣説話のメッセージ性をそうした形で汲み上げることもできるはずだ。

「剣巻」は説話以上のものではないにせよ、気になることもある。それは平治合戦のさい義朝が保持していた「小烏」の行方である。義朝の死後、その宝剣は清盛の手に移ることになったが、その後はどのようになったのか。

注(13)の参考図を参照すればわかるように、源家相伝のルーツともいうべき二つの剣は、元来「髭切」「膝丸」と称された。このうち前者は「鬼丸」→「獅子の子」と改名され、さらに為義時代に「友切」「小烏」に分化した。したがって義朝から清盛の手中に帰した「小烏」の古名は「髭切」だった（頼朝に与えられた「友切」も「髭切」と改名され熱田に奉ぜられていたものとは、同じ名ながら別個と考えられるが、このあたりは説話的流れのなかでの話なので穿索は意味がない）。

以上を前提に『保暦間記』に見える宝剣説話を紹介しておこう。

時は建久元年（一一九〇）十月、頼朝上洛のおりのことだった。後白河院が頼朝と対面し、「今ハ何ノ所望哉残候ト申サレヨ」（何かこれから望むものはあるか）と尋ねられ、院は「御前ヨリ古メキタル袋ニ入タル太刀召出サレテ、是哉見知ラレ候ト仰ラレケレバ」（院は古い太刀袋から刀を取出し、この太刀に覚えはあるかと問われた）との問答を記し、「源氏重代の髭切」の由来の指摘とともに、それが後白河院を介し、再度頼朝の手に授与されたとの話を伝える。

「髭切」について『保暦間記』は次のように語っている。頼朝が尾張で捕縛されており「或御堂ノ天井ニ上ゲ置給ヘルヲ太政入道(清盛)取リテ持タリキ」と述べる(「剣巻」では頼朝所持の「髭切」は熱田に、義朝の「小烏」が清盛にとの流れだった)。清盛の手に渡った「髭切」はやがて清盛の西八条亭新造のおり、後白河院の所望でこれが進納されたとある。そのおりに清盛は「我家ノ重代ナリトモ子細ニハ及ブマジ」と、院に進めたが、重盛だけが難色を示したとある。重盛は源氏相伝の太刀が院に進納されることで武権に依拠する平家の勢威の衰退を危惧したのだった。平家のその後を予見するかの如き重盛の言説を『保暦間記』は右のように伝えている。

多分に虚構をふくむこの種の説話の真偽は別にしても、その中身をどう解釈するかがポイントとなる。この話をのせる『保暦間記』は「保元」から「暦応」までの一世紀半以上にわたる時代を対象とする史論書で「保元」という武士台頭の契機から筆を起こし、「暦応」という後醍醐の死による王威の衰亡で擱筆している。

武家史観が底流にあるとされ、作者は鎌倉の武家社会に身をおいた人物が候補とされている。そうした『保暦間記』の性格を考慮すれば、清盛の手から後白河院を介して、再度頼朝の手中に宝剣が帰するとの流れも首肯されよう。そのあたりをもう少し広げるならば、以下のような解釈が浮上するはずだ。

一つは武家内部の権力交替論にかかわる内容だ。武力の象徴たる宝剣の平家(清盛)から源氏(頼朝)への移行を介し、権力の交替が象徴化されているとの考え方である。そして二つには権力保証論とでもいうべき内容である。武権の移譲を保証したものが、王朝の「治天ノ君」・後白河院の存在だったという点であった。『保暦間記』が語るこの説話は中世の人々の武家への認識が語られている。とりわけ後者の論点に関していえば、頼朝は後白河院という「至尊」から、武権を移譲された存在だとの認識である。このことの意味は武権の委任が王朝の代表(院・天皇)によりなされるとの権力の移譲観念の定着を伝える。武威の象徴たる相伝されたレガリア(宝剣)は、平家なり源氏なりの武家内部で完結されるべきストーリー性を有していた。『源平盛衰記』が語る「剣巻」が示すように、である。けれどもそれにあえて王威を介在させ、治天の君（後白河）を登場させたことの意味を検討する必要がある。

そこには実態としての東国武家の自立主義（鎌倉殿的側面）のみでは律し切れないものがあり、王威との連携・協調により武家の存立自体も保証されているとの観念が伏在していた。そして、それこそが「公武合体」の深層だった。それはとりもなおさず「幕府」なるものの考え方にも連動する。武家中心史観の一面を持つ『保暦間記』でさえ、武権の委任・移譲について叙上の如き立場が認められる。ただし、『保暦間記』の場合、『平家物語』に比べ、描かれている時代ははるかに長く、後醍醐天皇の死で終わる構成となっている。そこには『平家』史観にみえる公武合体を超えて、武家による権力掌握という現実に即して時代の推移が語られており、この点は留意されるべきだ。

おわりに

以上、宝剣説話の奥行きを探るというテーマのもとで、武家台頭の流れをどう歴史的回路で整合化するのか。そのことの事例について、いくつかの説話や史論で紹介されている宝剣説話で考えてきた。そこには広く天皇（院）と武家という二つの政治的磁場の存在を前提に、かつての神話を武家をも取り込み接ぎ木することで「中世説話」へと転換させようとする、柔軟な思考・観念も看取できそうだ。そして、そうした観念が幕府観にも影響を与えたことになる。

頼朝（＝鎌倉殿）は独自の権力を東国に打ち立てたが、当然ながらその武権は「謀叛の政権」から出発した限り、自立・独立路線を本質とした。「関東」と自らを規定した新政権は王朝を解体させる強大な力を擁していた。が、現実にはそれを封印して、内乱期終了後の建久年間、鎌倉の権力は官制的秩序で自らの立ち位置を確保する。建久元年(一一九〇)の権大納言・右近衛大将の就任、さらに建久三年征夷大将軍の就任という形式で「幕府」は成立する。

「幕府」なる呼称は厳密にいえば、これ以前にはない。ただし実態としての鎌倉政権を「幕府」と呼ぶか否かは別の問題である。「公武合体」の歴史的来歴は「謀叛の政権」から出発した鎌倉の権力を王朝が、自らの体制に包摂する方向のなかで生まれる。小稿で紹介した宝剣説話には、そうした観念が組み込まれている。この問題とは別に、神話を再利用するなかで伝統的観念を巧みにすり込み、武家との共同統治を説話世界に融合させる方向性が、「記憶」としての公武合体観に寄与した点も重要だった。

「公武合体」の源流とは、鎌倉的武威を京都的王威で包摂するところに由来した。史論書の雄として知られる『愚管抄』はその点で「公武合体」の観念が刷り込まれている。天照神(天皇・院)の下で、春日神(摂関)・八幡神(将軍)の両者がそれを補翼する体制である。この慈円による思考は王法・仏法相依論を基調とした解釈で、南北朝期の北畠親房『神皇正統記』にも継承された。

中世を代表するこの二つの史論にあっては、ともどもが武家の存在を否定しておらず、天皇・院の権威を維持するための存在として重視されている。「宝剣」説話は武門の台頭に合致するように独自の展開を見せる。『平家物語』『源平盛衰記』さらには『曾我物語』あるいは『太平記』といった軍記には、武家のあり方が王朝とのすり合わせで解釈されていた。「公武合体」の理念の底流には、新興の武家を体制に組み入れるための「記憶」の創出がなされることになる。多くの人々が共有した〝共同幻想〟が案出され、それが歴史観として定着することとなる。

小稿は公武合体の観念の本質を考えるにあたり、王威が武家を観念のレベルでどう整合化しようとしたかを検討してきた。遥かなる先には武家が現実に権力を掌握しながらもなぜに公家・王家を打倒しえなかったのか。さらにいえば天皇はなぜに存続しえたのかという問いにもかかわるはずだろう。その解のひとつとして、カウンター勢力たる武家の存在は大きかった。安全弁としても作動する武家の二つの側面に思いをいたす時、実態とは異なる解釈を歴史のなかに演出する試みが提案され、この虚構的解釈が実在性を育くみ歴史観に寄与したのではないか。その第一ステージに中世があり、宝剣説話もその役割を担ったと考える。

(1) 拙著『蘇る中世の英雄たち』(中公新書、一九九八年)。

(2) この点については、以前に拙著『武士の原像――都大路の暗殺者たち』(PHP研究所、二〇一四年)でも若干言及したことがあるので、併せ参照されたい。

(3) この王政復古に立脚した「至尊」論からすれば、後醍醐天皇の「建武」の記述は「建武中興」という表現が用いられたことも当然といえる。承久合戦については「承久の乱」ではなく、上皇の配流は一大変事なるが故に「承久の変」と呼称された。これも近代の歴史意識の所産といえる。

(4) この点、『平家物語』の底流にひそむ「公武合体」理念を指摘したものとして兵頭裕己『平家物語と王権』(岩波文庫)がある。兵藤が指摘するように、『平家物語』の祖型は慈円の周辺で形成される「治承物語」にあった。『愚管抄』が有した「公武合体」の意識はその限りでは点線ながら『平家物語』にも流入していたことになる。ちなみに、慈円が鎌倉殿頼朝をどのように見たかという点では、建久年間の頼朝上洛時に慈円との間でかわされた和歌も手がかりとなる。この点、拙稿「鎌倉殿頼朝の王朝へのまなざし」(福田豊彦・関幸彦編『鎌倉の時代』山川出版社、二〇一五年)。

(5) 組み換え云々でいえば、宝剣説話には諸種の話がふくまれる。たとえば『太平記』には南朝に対抗して宝剣を渇望する北朝(足利側)の捏造譚としても登場する。「伊勢ヨリ宝剣ヲ進ツルコト」(巻第二十五)には、伊勢の海で神託を得た法師が宝剣を献上する話が見える。そこには安徳入水後の宝剣の件に関し「承久以後、代々ノ王位軽クシテ、武家ノ為ニ威ヲ失セ給ヘル事、偏ニ宝剣ノ君ノ御守ト成セ給ハデ海底ニ沈メル故也」と語らせる。そこで「百王鎮護ノ崇廟ノ神」は龍宮ニ神勅ヲ下シ、元暦ノ古ヘ海底ニ沈シ宝剣ヲ召出シタル」と説いている。ここにある託宣の言説は、安徳入水にともなう宝剣の消失で、承久以後の王威の衰亡が招来されたこと。それ故に龍宮秘蔵の宝剣を再度返納させることで、王威回復を実現したいとの話が語られている。

この伊勢から京都に報告される話は『太平記』では最終的に疑惑が払拭されず、沙汰止みになった。この宝剣騒動の件は、王威失墜と武家の台頭の思惑を安徳入水から承久の乱までの流れのなかで、解釈しようとしたものといえる。

（6）北条氏が編纂に関与したために不都合場面の曲筆、削除が少なくないとの見解（たとえば戦前来の古い研究として八代国治『吾妻鏡の研究』一九一三年）等々、本書の性格に言及したものもある。『吾妻鏡』の欠巻部分、たとえば寿永二年（一一八三）もそうだが、武家側に不都合な内容を編纂上の作為と解釈する。ただしこの建久九年の脱落も北条氏の陰謀云々から説明するのは、戦前からの北条氏陰謀史観によるところが大きい。それらは北条氏が背負わされた負の「記憶」によるものだろう。

（7）『保暦間記』の作者は、武家の出身者たることがほぼ一致した見解となっている。そこには〝もう一つの鎌倉時代史〟が集約されている。特に『吾妻鏡』が鎌倉時代八七年間分しか残されておらず、鎌倉後期の政治史や政争史を知るうえで貴重な内容を提供する。

多くの研究者は俗説として、これを排し無視してきた。このことは当然なのだが、本稿ではその俗説を別に接ぎ木して再利用することで、「物語」の広がりとして考えようとした。なお、同書についての基礎的研究として、益田宗「『保暦間記』の文献批判的研究」（『日本学士院紀要』巻一六―三号、一九五八年）、佐伯真一「『平家物語』と『保暦間記』――四部本・盛衰記共通祖本の想定」（『中世文学』四〇号、一九九五年）、同「『保暦間記』の歴史叙述」（『伝承文学研究』四六号、一九九七年）等々参照。なお拙稿「『保暦間記』を考える――武家史観の源流」（『史叢』九六号、二〇一七年）も併せ参照のこと。

（8）レガリア論に関しては、以前にお伽草子の「一寸法師」説話とのかかわりでふれたところでもあるので参照されたい（注（2）拙著）。

（9）本文でも指摘するように、新田義貞に与えられた源家相伝の剣の継承に争乱期での断絶はあったが、天皇（後醍醐）を介して再度、武家（義貞）に伝えられ、やがて尊氏が入手するとのストーリーのなかに王家（至尊）による武権委任の思想、別の表現をすれば〈公武合体思想〉が暗喩されていると考えられる。ついでにいえば、義貞の源家相伝の太刀云々に関しては、稲村崎逸話と直接的関連はないが以下のような話も『太平記』（巻第二十「義貞自害ノ事」）は伝える。越前の北国戦線で義貞は足利一門の斯波氏と戦い敗死する。延元三年(一三三八)七月のことだ。義貞が相伝した「鬼切」「鬼丸」の源家の宝刀は斯波高経が保持する。その後、尊氏の要請で高経の手中を離れた。この「源氏重代ノ重宝」が義貞の所持するところとなった経緯については、後醍醐天皇が幕府滅亡に尽力した義貞の武功を賞し、与えたというものだった。「朝敵征伐ノ事、叡慮ノ向フ所、偏ニ義貞ノ武功ニ在リ」ということだった。以来戦陣にあって義貞はこの二腰の太刀を帯有していた(巻十「新田殿湊河合戦ノ事」)。

(10) 以下、この点について若干補説しておきたい。承久の乱での「関東」側の対応は『吾妻鏡』同三年五月十九日条に詳しい。わけても北条政子が「関東」の危機に瀕して家人たちに語った内容は有名だ。そのおりに後鳥羽上皇側が将軍(すなわち幕府の形式上の首長)打倒ではなく、追討の対象を「北条義時」としたことは重視されねばならない。後鳥羽にとっての障害物は自身の支配埒の外にあった「関東」という〝武の権力体〟だった。王朝官制の体制内に位置した将軍実朝は右大臣でもあり、王朝内部への包摂は可能だった。それ故に実朝の死は後鳥羽にとって予期せぬ事態でもあった。それにどう対応するか、治天君たる後鳥羽は「関東」を自らの体制内に収め完全に制御しようとする。「関東」のシステムを解体することを望み、武権打倒の好機と考えた。

他方「関東」にとって、王朝によりその存立が認定される以上、形式上にせよ「将軍」は王朝関係との安全弁だった。これが機能不全に陥ったとき、「関東」は危機に瀕する。実朝の死去がそれだった。「至尊」の好機は「武家」の危機につながった。

公武対立の構図として描かれている中身を少し説明すると右のようになる。だから、政子は〝裸形〟にされた「関東」に鎌倉殿頼朝の「記憶」をかぶせ再生させた。「道理」にもとずく頼朝の「御恩」を強調したのには、そうした背景があった。「御恩」なるものは天皇や院という「至尊」により与えられた朝恩に非ずということだった。合戦を通じ個々の武士に安堵された権利だった。「関東」の主たる鎌倉殿とその配下の武士団により達成されたものの確認であった。政子は北条の危機を「関東」の危機にすり換え訴えた(以上の点は拙著『承久の乱と後鳥羽院』吉川弘文館、二〇一二年も参照)。

そもそも鎌倉殿は対御家人という世界で有効な存在だった。他方将軍という官職は対公家・天皇という公権力との関係での存在である。実質上の鎌倉殿が北条により担われている状況、それを打開する方向が院により選択された。当該期頼経に将軍宣下は与えられておらず、将軍候補にすぎない。将軍空位の鎌倉への攻略はこうしてなされる。

ただし、現実は内乱を勝ち抜いた関東武士団の道理主義は、鎌倉殿という「関東」の首長との関係性のなかで培われた安堵のシステム――開発所領及び合戦により与えられた新恩給与などの保証（他者の理不尽な侵害への権利保全）――への参加だった。それを保証してくれる「武家」の存在意義とはここにあった。〝武士による武士のための権力〟という立場はそれを指す。当該所領の未熟な権利関係を揚棄する方策は、自らの力で、命を賭して戦うことで勝ち得た権利であった。関東の政権は、そうした意味で不動産物権への不可侵性を初めて実現した権力体だったことになる。

(11) 渡辺保『北条政子』（人物叢書、吉川弘文館、一九六一年）。

(12) これら「幕府」の観念については、拙稿「「鎌倉」とはなにか――「鎌倉殿」あるいは「関東」」（『中世文学』五九号二〇一四年）、拙著『その後の鎌倉――抗心の記憶』（山川出版社、二〇一八年）も併せ参照されたい。

(13) そもそも「鬼切」「鬼丸」という太刀の由来はどうなのか。『平家物語』にも見える「剣巻」に語られている内容を文脈的に要約すれば以下のようになる。話は源氏の流祖源満仲までさかのぼる。満仲は天下守護のために「髭切」「膝丸」の二腰の剣をつくらせる。嫡子頼光の時代に「髭切」を借用した四天王の一人渡辺綱が鬼を切ったので「鬼切」と改名される。他方の「膝丸」は頼光が山蜘蛛を退治したので「蜘蛛切」と命名される。この二つの剣はその後、頼義・義家へと相伝、前九年・後三年の役でその剣の霊威で源氏の武威が高まる。

しかし、為義の時代に「鬼丸」は「獅子の子」、「蜘蛛切」は「吼丸」と改名された。このうち「吼丸」は為義の娘婿熊野別当に贈られた（そして源平争乱後、それは「薄緑」と改名、箱根権現に奉納され、最後に曾我兄弟が入手する）。為義は残った「鬼丸」＝「獅子の子」を手本にもう一振「小烏」という剣をつくらせ秘蔵する。しかし二分ばかり長目の「小烏」は「獅子の子」の威力で同寸の太刀に変わったことから「獅子の子」は

参考図　太刀の行方

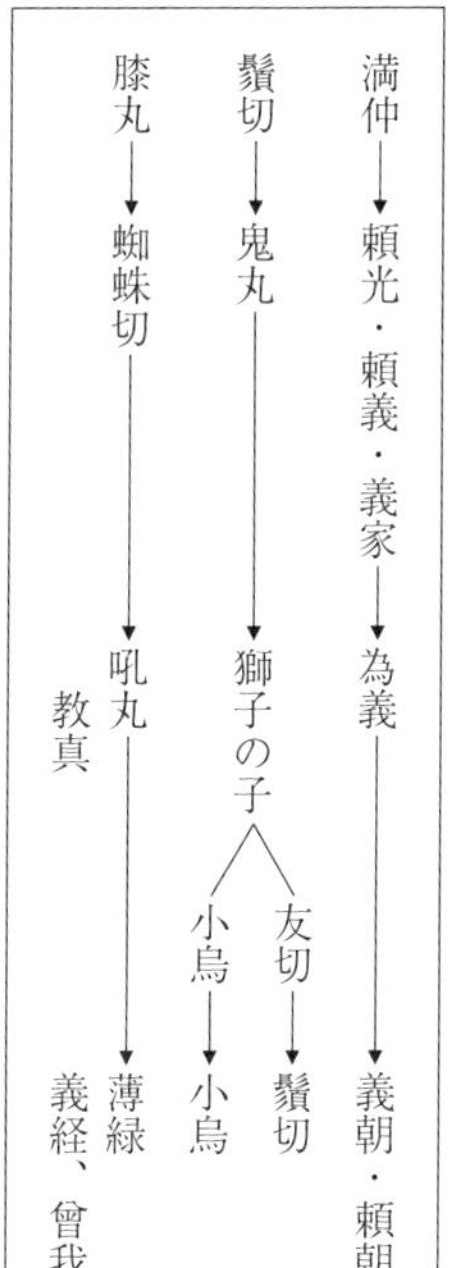

「友切」と呼ばれるにいたった。為義時代に源氏の勢威が衰えるのは、度重なる太刀の改名で剣の精が弱体したためと説明する。これにより、義朝時代に「友切」(その名称が仲間を切ることで、源氏内訌を連想させた)は本来の名である「髭切」に復され、頼朝へと相伝され、平治の乱後には母方の実家熱田神社に納められた。義朝が所持した「小烏」はその滅亡後に清盛に献上された。

以上、いささか細かな中身だが、「剣巻」における源家相伝の宝剣の流れを略記すれば右のようになろうか。整理すれば参考図のようになる(以上の点は、注(2)拙著、二三〇～二三二頁)。ついでながら「鬚切」という名の剣が存在していたことは鎌倉時代の弘安九年(一二八六)の「北条貞時寄進状」『鎌倉遺文』(一六〇六六号)からもうかがえる。それによると霜月騒動のおり、安達泰盛がかつて捜し出していた「鬚切」(それは頼朝が建久六年の上洛のおり進納したもので、その後ある霊社に安置されていたものだという)について、敗死した泰盛所持の同剣を貞時が入手。これを法華堂に寄進したとの内容が語られている。真偽不明ながら興味深い。

義貞相伝の「鬼丸」「鬼切」の両剣は、前者は「剣巻」にその名が見えるが、後者の「鬼切」はない。あるいは「蜘蛛切」のことかもしれず不明だ。いずれにしても源家の宝剣説話の「記憶」として、人々がかく解釈していたことを知るのは無駄ではあるまい。

以上は武家の宝剣(レガリア)での説話であり、「武威」という場面で継承された剣の筋道ということになるが、他方で「王威」における「天叢雲剣」と「草薙剣」という神器系統の宝剣と対をなす形で、定着しているのは興味深い。

戦国期の説話集『塵塚物語』

五味文彦

はじめに

説話集からはその編まれた時代のものの見方、考え方の傾向ともいうべき思潮が読み取れる。折々の事実や考えは文書・日記から知られても、広く時代を通底する思潮ともなると、より説話集が優れている。奈良期の『日本霊異記』、平安中期の『今昔物語集』、鎌倉期の『古今著聞集』などを読んでゆけば、それぞれの時代における思潮が伝わってこよう。その点は『枕草子』『方丈記』『徒然草』などの仮名交りの草紙にも認められる。

しかし説話集は中世後期になると編まれなくなり、また草紙類も書かれなくなるため、当該期の物の見方を探るのは容易でない。そうしたなかで戦国期に編まれた『塵塚物語』は珍しく説話集の体裁をとり、また草紙としての性格も帯びている点で貴重である(1)。命松丸という歌読みを兼好の弟子と紹介してその語る話を載せ(巻一の五話)、千本釈迦念仏の話を『徒然草』の記事から始め(巻一の十一話)、藤原定家の日記『明月記』を引用しその漢詩に触れる(巻四の六話)など、著者は文事に明るく、『徒然草』の系譜を引く作品と見られる。

『塵塚物語』に関しては、これまでに『徒然草』の研究で触れられてきており(2)、現代語訳とその解説もあるが(3)、性格について本格的には言及されてこなかった。筆者はかつて当代の日記『実隆公記』や軍記物『応仁記』などからはなかなか知り難い戦国期の思潮を考えるにあたって、この作品を考えたことがあるが(4)、通史叙述のなかで十分に論じえなかったので、本稿では改めて『塵塚物語』の全体像について考え、その魅力に迫りたい。

一　説話の構成

全六巻六十五話からなる本書のうち、最も注目されてきたのは、応仁の乱の主役の一人山名宗全の言動を記す末尾の話「山名宗全与或大臣問答事」である。「いにし大乱のころ」、宗全がある大臣家に参ったところ、「当代、乱世にて諸人これに苦しむ」ことなどの話がなされるなか、家の大臣が「ふるき例」を引用し、さまざまに「かしこく」話をしたので、「たけくいさめる」宗全が臆する気色もなくこれに反論した。

君の仰せ事は一往はきこえ侍れど、あながちにそれに乗じて、例を引かせらるる事、しかるべからず。凡そ例といふ文字をば、向後は時といふ文字にかへて御心得あるべし。

大臣殿が語られる、一切を昔の例にまかせて行うことについては、宗全も少々は知っており、朝廷の沙汰はそれでもよかろうが、建武・元弘から当代まで、皆、法をただし改めてきており、例といってもその時々に変わってきている、と前置きして、次のように言い放ったという。

凡そ例というはその時が例なり。大法不易政道は例を引いて宜しかるべし。その外の事はいささかも例を引かるる事、心得ず。

例はその時々の例に過ぎないのであって、大法や不易の政道においては例によるのもよいが、その他の事で例を引くのはどうであろうか。今の時代は時を知って動くものであり、例に沿って動くのではない、例に泥んで時を知らなかったが故に公家は衰微し乏しくなって、官位のみを競い望むようになり、武家に恥ずかしめられ天下を奪われたのだ、と言ったのである。

時代の転換期ともなれば、例ではなく時を見て動く、それを直截に表現したわけで、戦国期の武士の一面がよく伝わってくる。しかしこの時代、宗全のような人物だけではなかった。実際、宗全の反論を受けた大臣の場合は例に沿って動いていたのである。問題は宗全が時に沿って何を求めていたのかであって、その点を考える素材が巻六の一話「或人行不思議孝養事」に見える武辺の侍の話である。この侍は延徳の初年(一四九〇年頃)には「疋夫」に過ぎなかったのが、「はたらきいでて、十余年がほどに半国の領する身」となって家門が豊かになった、典型的な下剋上で上昇した武士のように見えるが、侍は自身が求めたのは身を立てることであるといい、姉への「不思議な孝養」について詳しく語る。

下剋上の始まりを語る例としてよくあげられる出雲前守護代尼子経久の話も見える。経久は文明十八年(一四八六)正月に守護方がよる月山城を攻め、城を守る塩冶掃部介を敗死させ、やがて出雲の国主になった武将であるが、巻二の六話「尼子伊予守無欲の事」は、その経久が「雲州の国主として武勇人にすぐれ、万卒身に従って不足なく、家門の栄耀、天下に並びなき人にて」と絶賛するとともに、家臣に非常に気遣う優しい人物で、「天性無欲正直の人」と評している。家臣が経久の持ち物を褒めると、喜んで高価なものでもすぐにその者に与えてしまうため、家臣たちは気を使って経久の持ち物を褒めずに眺めているだけにしていたという。下剋上に何も触れていない。宗全も下剋上を求めていたわけではなかった。

では『塵塚物語』からうかがえるこの時代の思潮、時代精神は何か、そのことを考えるうえでも『塵塚物語』総体を明らかにする必要がある。本書は序に「此物語は藤の何がし勤仕いとまあるの日、往昔誉れたかき名君名師の金言妙句、品くだれる人の言の葉も世の人のたすけにならん事を書き集め」とあって、識語には「本文にいはく　天文二十一年十一月　日　　藤某　判」とあるので、天文二十一年(一五五二)に藤原姓の人物が書き記した作品を、元禄二年（一六八九）に整理し、絵をつけて出版したものとわかる。仮名草子の形で出版されたのである。全六巻六十五話からなるが、当初からそうだったのか、話の配列も同じであったのかは明らかでない。多くの誤りもあって利用するに当たっては慎重を要する。そこで話を時代順に並べ替えた表を作成した（表1）。

表1 『塵塚物語』説話 年表

題名	主要人物	巻-番号
奈良期		
光明皇后御長髪の事	光明皇后	3-9
平安初期		
坂上田村丸事	坂上田村麻呂	1-8
弘法大師奥州塩川奇異事	弘法大師	4-1
野相公妙書事	小野篁	4-3
住吉行幸事	文徳天皇	1-7
摂関期		
小松天皇御事付石塔事	光孝天皇	1-6
元良親王釈静安事	元良親王	1-13
大峰事幷仙境事	日蔵	3-4
良峯衆樹八幡宮参詣の事	良峯衆樹	3-7
元興寺明詮事	明詮	6-5
千本釈迦念仏由来の事	定覚	1-11
聖廟御本地為十一面観音濫觴事	大江匡衡	1-3
宇治平等院来歴之事	藤原頼通	1-9
院政期		
白河院依逆鱗令雨獄給事	白河院	6-6
堀河院高野御参詣事	堀河院	3-8
松樹大夫官之事付江帥放言事	大江匡房	6-9
源三位入道頼政事	源頼政	4-5
鎌倉期		
*足利又太郎事	足利忠綱	1-13
源九郎義経頓智事	源義経	6-10
武蔵坊弁慶借状之事	弁慶	3-2
*光明皇后御長髪の事	静	3-9
赤松律師兵書之事	源義経	5-10
将軍家御他界時兼兆事	源頼朝	4-2
定家卿明月記詩事	藤原定家	4-6
*承久一乱事	後鳥羽院	6-6
光明峰寺道家公東福寺御建立之事	藤原道家	6-7
世尊寺行能清水寺詣被祈嗣子事	藤原行能	3-10
南北朝期		
虎関禅師事	虎関師錬	5-5
青蓮院宮手跡御物語の事	尊円	3-1
高師直不義之事	高師直	5-9
本間孫四郎資氏馬芸事	本間資氏	2-9
関山和尚被饗応於夢窓国師事	慧玄	2-2
中納言藤房十歳時詩事	藤原藤房	6-8

新待賢門院御所化物事	新待賢門院	3-6
＊楠推量之事	楠正成	6-5
南朝弁内侍の事付楠正行手柄之事	弁内侍	3-5
大館氏明奉於南帝事	大館氏明	3-11
命鶴丸物語事	饗庭命鶴丸	1-5
左馬頭基氏宥庖厨人事	足利基氏	1-2
上杉領内土民論争事付頓智の事	上杉憲顕	2-4
室町期		
森元権之助譬舌利口事	足利氏満	2-8
細川武蔵入道事	細川頼之	5-4
鹿薗院殿北山之別業三重金閣事	足利義満	2-5
大相国満公御作文事	足利義満	2-7
＊千本釈迦念仏由来の事	足利義満	1-11
戦国期　A		
細川勝元淀鯉料理之事	細川勝元	4-4
山名宗全与或大臣問答事	山名宗全	6-11
上古名人深嗜其道事	宗祇	1-4
宗祇法師狂句之事	宗祇	1-12
宗祇法師事	宗祇	6-2
＊弘法大師奥州塩川奇異事		4-1
一休宗純播州下向の事	一休宗純	1-10
＊住吉行幸事	後小松院	1-7
＊東山殿閑居御雑談事	足利義政	4-5

＊武蔵坊弁慶借状之事	足利義政	3-2
常徳院殿依御秀歌炎天曇事	足利義尚	1-1
如意嶽楼門瀧廾城郭魔障之事	足利義尚	3-3
恵林院殿御事	足利義稙	5-3
尼子伊予守無欲の事	尼子経久	2-6
左大臣実宣公利口之事	藤原実宣	5-7
同公妙法院江御招請事	藤原実宣	5-8
浅井某雲母坂奇怪事	浅井	5-1
世尊寺某額之事	世尊寺行季	5-2
藤黄門雑談事	藤中納言	6-4
夷大国之事	吉田兼倶	4-8
戦国期　B		
盲目法師礼万歳事		2-1
＊聖廟御本地為十一面観音濫觴事		1-3
或人望伊勢物語講釈事		6-3
或人行不思議孝養事		6-1
昔武士文言美々敷事		5-6
軍中博奕事		5-11
和国天竺物語事		4-7
淡島由来之事		4-9
徳政之事		4-10
信州草津の湯の事付地ごく穴の事		2-3
＊源九郎義経頓智事		6-10

注：＊の話は、それ以前にもあることを示す。

二　説話の時代的性格

表1は主要な登場人物に沿って話を時代順に並べたもので、同じ話のなかには二つ三つと時代をまたがって語るものもあるので、その場合は中心となる話が見える時代にかけて載せた。たとえば巻一の三話「聖廟御本地為十一面観音濫觴事」は、大江匡衡が菅原道真の聖廟に奏上を捧げた話なので、摂関期の話としたが、戦国期における天神の信仰の話も載せているので、そのような場合は＊印を付して戦国期の話としても載せた。「弘法大師奥州塩川奇異事」(巻四の一話)も、弘法大師が活躍した時代に入れたが、後半は著者の聞いた高野山碩学の僧と天台僧との論争が記されているので、＊印を付し戦国期の話にも入れた。

この表からは著者の関心の所在がよくうかがえる。その一つは奈良期以前の話が光明皇后の話しかない点である。その話も皇后の髪と伝わる長髪が興福寺にあることに触れ、吉野に伝わる義経の愛妾静の髪の話に言及するというものであって、奈良期への関心に基づくのではないことがわかる。著者の関心は平安期以降であったと見てよいであろう。まとまってあるのは摂関期の宮廷文化の花が開いた時代、南北朝の動乱の時代、そして戦国期の当代の三つである。

摂関期の話が多いのは、本書が編まれた時代が、古典文化への憧れや崇敬が著しかった東山文化の時代であることと関係があろう。巻六の三話「或人望伊勢物語講釈事」に見えるように、『源氏物語』『伊勢物語』などの古典文学の書写や注釈・講釈が広く行われていた時代であった。「住吉行幸事」(巻一の七話)には、著者が『伊勢物語』や『日本文徳天皇実録』『新古今集』を読んでいることが記されている。著者はほかにも『日本後記』『類聚史譜』『李部王記』『本朝文粋』なども読んでいて、古典文学への素養があったことがわかる。巻一の三話「聖廟御本地為十一面観音濫觴事」は、天神(菅原道真)への信仰の広がりを語り、延徳二年(一四九〇)にその神前で祭文を捧げて祈った文人に霊験があったこと、「予、一とせ宿願を申し上げ、たち所に利生に預れり」と、著者も祈って利生を得たとある。

次に南北朝期の話が多いが、この時期には戦国期同様に戦乱があったことと関係していよう。巻二の九話「本間孫四郎資氏馬芸事」は、相模の本間資氏という弓馬の達者の話を発掘して語っている。著者にはこのような武勇の士への関心が高く、源平合戦の時期では源義経（巻五の十話、六の十話）や弁慶（巻三の二話）に触れている。さらに南北朝時代への関心の高さは、著者がしばしば引用する兼好の『徒然草』が書かれた時代ということも関係していよう。いくつかの話の出典に『吉野拾遺』があって、南朝方の人物への関心も大きかった。特に楠木正成など南朝の廷臣や女房、歌詠みへの関心があってのことと見られる。戦国期に『太平記』への関心の高まりもあって南北朝期の話を求めていたのであろう。

逆に話が少ないのが鎌倉武士の話で、これは『吾妻鏡』を見ていなかったか、あるいはこの時代の話を伝える素材を入手できなかったかと考えられる。室町時代の話も少ないが、そのなかで目をひくのは巻二の五話「鹿園院殿北山之別業三重金閣事」、巻二の七話「大相国満公御作文事」、巻一の十一話「千本釈迦念仏由来の事」などで、足利義満への関心が高い。これは、戦国期の話に足利義政や義尚、義稙などの将軍の話を多く載せていることと関係していよう。「本朝不雙の将軍にておはしましける」「四十余年か間、天下をたもち給ふ」「公方の号は此時より始まり」と、将軍の理想像を義満に見ていたことによる。それもあって義持や義教ら将軍の話は少ない。

最も多くの話を載せる戦国期の話については二つに分類した。一つは人物や年代が記されている戦国期Aの話で、もう一つは著者が自らの考えを展開している戦国期Bである。著者はこれらの話をどのような場で仕入れ、自分の考えを展開しているのであろうか。著者の登場する話を見てゆこう。

巻四の七話「和国天竺物語事」は、「予むかし幼く侍るころ、ある殿上人のもとへまかり侍るに」と、著者がある殿上人の許に赴いた時の話。人々が寄合い詩歌の褒貶をしあっていて、その後の酒宴の席において、著者が東福寺の長老と小僧との問答の話をしたという。巻一の冒頭は「前飛鳥井老翁、一日語られていわく」と始まる話で、著者が前飛鳥井老翁から聞いた、将軍足利義尚が和歌に秀でていたという話である。著者は公家の寄合の場で語られた話を直接、間接に見聞きし、それを本書に記したものと考えられる。

また巻五の六話「昔武士文言美々敷事」には、「予、一とせみづからひそかに東国へおもむきはべり」と、著者自身が東国に下って箱根権現に詣でてその来由を尋ねるなか、弘法大師や小野篁、曾我兄弟の弟時致の書などを見せてもらったとあるなど、自らの見聞に基づく話も多い。戦国期以前の話の出典が軍記物語や日記、草紙類など多くが文献であるのとは大きな違いがある。

三　説話の著者の周辺

本書を編んだ人物を探るべく説話から著者の周辺を垣間見ることにしよう。巻六の四話「藤黄門雑談事」は、「ちかき比、藤黄門申され侍るは、近代隣国の大乱続き世の中おだやかならず、仏説たうときものと見えたり」と始まって、「藤黄門」が語る僧の話を記しており、公家との交わりがあったことがわかる。ただ藤原姓の中納言の人名比定はできなかった。

巻一の七話「住吉行幸事」は、『伊勢物語』には住吉社への行幸の話が見えるが、この帝が誰なのかわからない、とある人が言ったのを、「かたはらにありあはせ」聞いた著者が、それについてつまびらかに語り喜んでもらったという。このことをなぜ語り得たのかについて、この点を記している書物を「手日記」に書きつけていたからともいう。どうも著者は普段から知りえたことを「手日記」に記すような知識人、文化人であったと考えられる。ではその文化的素養はどんなものであったか。

巻一冒頭の話「常徳院殿依御秀歌炎天曇事」は、「前飛鳥井老翁」から将軍足利義尚が和歌に優れていたことを聞いて書いたものと記されているので、著者はその屋敷に出入りしていた可能性が高い。この前飛鳥井老翁とは天文十七年(一五四八)正月に三位になった飛鳥井雅教の父前大納言飛鳥井雅綱と考えられ、雅綱は天文十一年に大納言を辞しているので「老翁」と記したのであろう。著者は飛鳥井家の家業の和歌や蹴鞠の関係から親交があったかと見られるが、本書には蹴鞠の話はまったくなく、和歌の話が多い。

巻一の五話「命鶴丸物語事」には、楠木正行の墓に「くすのきの跡をしるしを」の歌が書きつけられた話や、兵衛のすけの局が「みよしのの花を集めし」の歌を弁内侍に送った話が載る。南朝に関わる巻三の六話「新待賢門院御所化物事」や巻三の五話「南朝弁内侍の事」も和歌について記しているが、なかでも注目されるのが巻四の六話「定家卿明月記詩事」で、「京極黄門定家卿は古今に名高き歌仙なり」と語り始め、その和歌や漢詩について定家の『明月記』を引用して記している。やや長い引用にはなるが掲げよう。

一とせ人々詩序につらなり当座のほまれもありつる句、

① 皃鐘饗近松風夕、鳳輦蹤遺草露春、

又建仁の比、上皇南山へ御幸ならせたまひしにも、彼卿供奉せられ候発心門の柱に書付られ侍る詩歌なども記に見えたり。本文にいはく、

② 建仁元年十月十五日、午刻許、著発心門、宿尼南無房宅、此道常不具筆硯、又有所思未書一事、此門柱始而書付詩一首(門巽角柱、閑所也)

恵日光前懺罪根　大悲道上発心門　南山月下結縁力　西刹雲中吊旅魂

いりかたきみのりの門はけふすきぬ　今よりむつのみちにかへすな

又南山に御逗留のうち御狩とやらん御留守にさぶらひて、

③　旅亭晩月明、単寝夏風清、遠水茫々処、望郷夢未成、

おもかけはわか身はなれすたちそひて　宮この月に今やねぬらむ

これのみならず定長入道寂蓮おはりけるにも黄門悲嘆のこと葉一段を書かれ侍る。是また殊勝の事也。

④　建仁二年七月廿日、午時許参上、左中弁云、少輔入道逝去之由、其子天王寺院主申内府云々、未聞及歟、聞之、即退出、已依為軽服身也、浮生無常雖不可驚、今聞之、哀慟之思難禁、自幼少之昔、久相馴而已及数十回、凡於和歌之道者、傍輩誰人乎、已以奇異逸物也、今既帰泉、為道可恨、於身可悲

云々

⑤　玉きはるよのことはりもたとられず思へばつらし住よしの神

此ほか自記のうち釈典の図などまで丁寧に記しおかれ侍り、いとこまやかなる事、今尤も世のかがみとなれり。いみじきふるまひなり。

最初の詩①は『明月記』正治二年（一二〇〇）閏二月廿一日条、次の記事②が建仁元年（一二〇一）十月十五日条、詩歌③が建仁二年六月十一日条、記事④が建仁二年七月廿日条に見えるが、最後の歌⑤は『明月記』には見えず、定家の歌集『拾遺愚草』に飛鳥井雅経に送った歌として載る。さらにこの記事に続いて戦国期に「仙洞参仕の人々」が多く集まって酒茶を楽しんでいた時の清談の話があり、定家をその時代の人々は快く思っていなかったと語る人がいたので、著者が「そのかたはらにありて」反論を展開したという。

この話からは著者が『明月記』を入手して熟読し、定家に心酔していたことや、仙洞に参って話をする存在であったことがわかる。『明月記』は戦国期に『明月記歌道事』として和歌関係の箇所が書写されているが、先の引用部分はそれには見えない箇所を含んでいるので、著者は『明月記歌道事』によったのではなく、冷泉家に伝わる本を見る機会があったと考えられ、和歌についてはそれなりの見識が備わっており、院に参っているので院

の殿上人に遇されていたのであろう。

著者は和歌とともに連歌も嗜んでいたと考えられ、連歌および連歌師の話も多くある。巻一の四話「上古名人深嗜其道事」は文正の頃(一四六六年)から連歌の名師が現れ、四海一同がもてあそぶようになったと指摘して、宗祇が連歌に執して句を案じるあまり、友が机の前に来て問うのも知らなかったという逸話を記す。同じ巻の十二話「宗祇法師狂句之事」は、宗祇が連歌師の随一であると絶賛し、「其の身斗藪に住して一所不定のきこえ有。其比、天下に連歌師多く侍る。所謂肖柏、桜井弥四郎基佐、宗長など其外も類多く侍る。宗祇は随一にして歌道の骨柱たりと見えたり」と、当代の蓮歌師である中院家出身の牡丹花肖柏や、心敬門下の連歌師桜井弥四郎基佐、宗祇門下の宗長を並べた後、宗祇が連歌師随一と記す。

宗祇は近江に生まれ、相国寺に入って三〇歳過ぎから頭角を現した。巻六の二話「宗祇法師事」でも宗祇を「すべて風流のされ物にて発句などにおほく書て人に心えず思はする短尺世におほく侍る」と紹介し、その逸話を記している。著者は宗祇に連歌を学んだ可能性があろう。連歌師と関係する話はほかに巻二の三話「信州草津の湯の事」もある。「信州おく山の中に草津といふ所あり」と始まる草津温泉は、「和国第一の熱泉」で「湯の性つよくさかんなるが故に病によりてこれを忌むといふ」と病によっては悪いこともあるので、「この湯を頼むものは、まづ深切にその人の虚実強柔の質器を見あきらめ」入るべし、と湯に入ってその効験を語る人がいたというが、そのことを語ったのは連歌師であろう。

連歌師は各地の温泉に赴いて湯山で連歌を行っており、宗祇や宗長は草津の湯に赴いていた。著者が吉野や箱根権現にも赴いているのも(巻六の十話「源九郎義経頓智事」、巻五の六話「昔武士文言美々敷事」)、和歌のみならず、連歌をよくしたからと考えられる。さてその身分であるが、巻四の八話「夷大国之事」には吉田兼倶の説を引いているのに、兼倶が公卿になっていても「兼倶卿」と記さず、「兼倶」と記すのはその身近な人物か、中納言以上の人物であった可能性もある。ただ本書は出版物なので誤りも考えねばならない。

四　自立を求め動く人々

著者は自らの生きた時代に何を求め、人々はこの時代何を求めていたのかを見てゆこう。応仁の乱時の将軍足利義政について、巻四の五話「東山殿閑居御雑談事」は、「前代大乱打つづき世の政務思召すままならねば、人々のふるまひうとましく、あぢきなくおはして東山一庭の月に心をすまし、茶の湯・連歌を友として世のさかしまを耳のよそに聞しめしけるとぞ」と、政務が思うようにならず、「大位小職」の人々を集め、語らいの場を東山にもち風雅な生活を送ったと語る。

義政は応仁の乱で東西軍に分裂するなか、弟義視と子義尚の対立を解こうとしたがうまくゆかず、文明十二年(一四八〇)に大病を患ってからは隠遁を考えるようになり、同十五年に東山の山荘に移って、東求堂・観音殿を設けて隠遁生活を送るようになったのである。

文明十五年の父義政の隠遁とともに政務に関与するようになった義尚は、一〇年前に九歳で将軍になっていたが、冒頭の話では「義尚公は天性をゆふにうけさせ給ひて、武芸のいとまには和歌に心をふけりましまして、御才覚もおとなしくましましける」と、武芸や和歌に優れており、「高官昵懇の公家」が常に参っては和歌の話をしていたという。その和歌の指南をしていた某大納言が、やがて将軍に風情をうかがうようになったというほどの上達ぶりを示した、「いみじき国主」であったという。

義尚は幕府の奉公衆を基盤として権力強化をはかり、長享元年(一四八七)には近江守護六角高頼が寺社本所領や奉公衆の所領を押領したとして近江に出陣したが、その近江の陣にあった時には、「諸道の達人」を供奉させ御遊を楽しんでいて、逆敵が近隣を掠めると聞いたので進発したところ、炎天下で士卒が大汗を掻いていたことから、労りの歌を詠んだところ、涼風が吹いたので、「天感不測の君」と称されたという。

この義尚が延徳二年（一四九〇）に亡くなり、翌年に義政も亡くなったので、義視の子義材（のちに義稙）が将軍となった。巻五の三話「恵林院殿の御事」は、将軍義稙の逸話を語っている。「先の将軍よしたね（義稙）公は御心正直にして、やさしき御生まれつきなり」と始まって、義稙が武臣や家僕、公家の人々に心配りをしていたが、「乱世の国主」であったことから、将軍とは名ばかりで、「下さまの輩」が上意と号し「我がままを振る舞った」ので、武臣の罪が大将軍への恨みとなって亡くなったという。

将軍権力の確立を妨げたのは、義稙が「一とせ政元が事に苦しめるにより」と記すような、将軍の廃立に向かった大名の行動にあり、「近ごろの公方の御ありさま見奉るに、将軍は一ヶ寺の長老にて、武臣はその塔頭の寺僧のごとし」という有様であったという。四の四話「細川勝元淀鯉料理之事」は、義稙を苦しめた政元の父細川勝元の存在と行動について語る。「応永よりこのかた管領三職の人々は以ての外に威を増し、四海挙て崇敬する事、将軍にまされり」と、管領三職などの有力大名の威力が将軍に勝る状況となったが、そうなったのは大小となく「公方」（将軍）が耳をよそに聞いていたからである、と指摘し、勝元について「一家不双の栄耀人」で、もてあそびに財宝をついやし、「奢後のきこえもあり。平生の珍膳・妙衣は申すに及ばず、客殿屋形の美しき事、言語道断なり」と、衣装や建物が華美な栄耀栄華を誇った政治家であったという。

だがそこで記しているのは勝元の政治活動ではなく、鯉料理の話である。勝元は鯉を好んでいて招かれ鯉を出された時、他の客人がただよろしき鯉と褒めるだけなのを見て、その褒め方は無骨であるといい、鯉が淀産の遠来のものであれば、こうした鯉を如何に料理されたのか、如何に食すべきかなどの心遣いをして味わうべきだと語ったという。先に見た山名宗全や尼子経久、ある武辺の侍など、いずれも下剋上をめざしたのではないと指摘したが、勝元もまたそうであった。では一般に武士はどうだったのか。

巻五の十一話「軍中博奕事」は、建武以来、戦が続き「武士立身の最中」であるが武芸の達人は天下に乏しい、と語りはじめ、その理由を博奕に求めている。戦陣のなかでは大将以下与力・足軽にいたるまで博奕を好み、賭けをして武具までとられてしまうことから、畠山某の手の者が戦場に向かった時には、大方武具を備えずに戦っていて、高名をあげたのも決まって彼らであり、徳政のおこりも多くは博奕にあったという。応仁文明の乱では人が賢くなったのか、武具や馬具を備えていたが、京の町人の蔵を懸物にして戦ったとも言い、徳政にまつわる旅人と宿主との騒動を記している。武士は身を立てるべく戦ったのであったが、それは金欲しさによることが多かったというのである。

巻四の十話「徳政之事」には、「天下徳政」をめぐる武士の動きが描かれている。武士は「軍産」が乏しいので商人・職人の金銀を奪ったり、借りて返さなかったりすることが起きるので、徳政の法が出されて借金が帳消しになるようになった。この法は幕府の三職が公方に知らせずに出したもので、彼らは家督を争って一家の恥辱と称して家の子・郎従を率いて戦ったために多くの高名の武士も命を失った。だが動員された武士は敵といっても本来は無関係な人であり、主人への義を取り去ると、相手への同情心が湧き、戦う意味を失うことになって戦意を喪失したという。応仁・文明の乱がいかに始まり、終わったのかを説明していて興味深いものがある。

武士のほかに本書は公家の動きも多く記す。巻五の「左大臣実宣公利口之事」「同公妙法院江御招請事」の二つの話は、閑院流の西園寺実宣が会合での雑談で興味深い話をしていたことを記している。「乱世うちつづき」という状況で諸所では会合がもたれ、さまざまな情報が交換されていて、公家はそうしたなかで自立して生きる道を求めていたのである。その際に公家は家業で身を立てようとしたのであって、巻五の二話「世尊寺某額之事」は「先亡藤原某卿ハ近代に名高き能書也。彼家にても行能以後の名翰也といへり」と始まって、能書の藤原某卿が人々にいかにもてはやされたのかを記し、皆が「やんごとなき人」と絶賛したと書き記している。

この「世尊寺某」「先亡藤原某卿」とは享禄五年(一五三二)に亡くなった世尊寺行季と考えられ、行季には『世尊寺侍従行季二十箇条追加』があるが、これは父行高が自筆で大永六年に「旅行」に赴く際に記した書に追加したものであった。著者は行季に書を学んだのであろう。その行季について「先亡藤原某卿」と記した理由をかつて考えた際、本書の著者を行季の子かと推測したことがあるが[5]、諸系図には世尊寺家は行季で「断絶」したとあり、世尊寺家を「彼の家」と記しているので、著者は行季に書を学んではいても、その子ではなかったであろう。

ただ著者が書に詳しいことは、巻三の十話「世尊寺行能清水寺詣被祈嗣子事」で、書の家の世尊寺行能が清水寺で継嗣の誕生を祈って跡継ぎの経朝が生まれたという話や、巻三の一話「青蓮院宮手跡御物語の事」には青蓮院宮尊円流の能書について記し、巻五の六話「昔武士文言美々敷事」には東国に下って先人の書を見た話があることからも知られる。著者も公家の一員として家業をもって自立を志していたのであろう。『塵塚物語』はその自立の動きから書かれた作品ということになろう。

おわりに

『塵塚物語』から見えてきたのは、戦国前期社会の世界とその時代の思潮であって、これを記したのは東山文化の一翼にあった文化人であり、この時代を生きた人々が自立を求めていたことである。残念ながら著者が誰だったのか、その実名を明らかにしえなかったが、書物そのものは『徒然草』や『古今著聞集』などの系譜を引く説話集風の草紙であり、仮名草子の先駆的作品といえよう。

著者は多くの書物にあたり、貴顕の寄合に出ては情報を得、南都や吉野、箱根にも出向くなど精力的な人物であって、あるいはその連歌の発句は『新撰菟玖波集』に入集している可能性もあるかと思うが、今後の検討課題としたい。なお本稿では触れえなかった話がいくつかあるので、それらを含めた研究も今後の課題としたい。

(1)『塵塚物語』(史籍集覧刊行会編『新訂増補史籍集覧　雑部』臨川書店、一九六七年)、および日本随筆編集部編『日本随筆全集　十七』(国民図書、一九三〇年)。
(2)冨倉二郎『兼好法師研究』(東洋閣、一九三七年)。
(3)鈴木昭一訳『塵塚物語』(教育社、一九八〇年)および同書所収「塵塚物語の世界」。
(4)五味『文学で読む日本の歴史《戦国社会篇》』(山川出版社、二〇一七年)。
(5)前掲五味書。

歴史文学と多重所属者
――慈光寺本『承久記』における三浦胤義について

樋口大祐

はじめに

一一五六年の保元の乱、一一五九年の平治の乱、一一八〇～八五年の治承・寿永の内乱、一二二一年の承久の乱にいたる動乱は、その後の日本列島において七〇〇年近く存続した公武（朝廷／幕府、天皇／将軍、公家／武家）二重体制の起点となる諸事件であった。これらを叙述した「軍記テクスト」である『保元物語』『平治物語』『平家物語』『承久記』は、成立事情を異にしつつも、結果的に二重体制の起源神話の機能を果たしたといえる。

とはいえ個々のテクストには二重体制に整合的でない叙述も含まれる。特に『承久記』の古態本とされる慈光寺本『承久記』は、京方と鎌倉方の亀裂が生々しい傷跡を見せている時代に成立しており、流布本等（後鳥羽院を非難しつつ、王法を尊重する北条泰時を称揚する）とは異なる「（転形期の）戦後文学」としての性格を顕著に示している。特に、三浦胤義、伊賀光季、佐々木広綱等、この乱を生き延び得なかった在京御家人たちに関する連関的な表象を通して、慈光寺本『承久記』の性格を探ることは意義のある試みであると考えられる。本稿では、その一端について考察・検討したい。

一　三浦胤義と頼家の遺児

慈光寺本『承久記』には、本来鎌倉幕府の御家人身分出身でありながら、京方について乱を戦った結果、敗北して非業の死を遂げた在京御家人、三浦胤義と佐々木広綱（およびその家族）に関する物語が多くの分量を占めている。

三浦胤義は幕府創業の功臣・三浦義明の孫にして義村の弟である。慈光寺本で彼は、後鳥羽院の近臣・藤原秀康の宅で「今日ハ判官殿ト秀康ト、心静ニ一日酒盛仕ラン」「和殿ハ一定心中ニ思事マシマスラント推スル也。一院ハヨナ、御心サスガノ君ニテマシマス也。此程思食事有ヤラント推シ奉」と水を向けられ、心中を吐露する。

神妙也トヨ、能登殿。胤義ハ先祖ノ三浦・鎌倉振捨テ、都ニ上リ、十善ノ君ニ宮仕マヒラスルハ、心中ニ存事ノ候也。如何ト申セバ、胤義ガ妻ヲバ誰トカ思食。鎌倉一トハヤリシ一法執行ガ娘ゾカシ。故左衛門督殿ノ御台所ニ参テ候シガ、若君一人出来サセ給テ候キ。督殿ハ遠江守時政ニ失ハレサセ給ヌ。若君ハ其子ノ権大夫義時ニ害セラレサセ給ヌ。胤義契ヲ結テ後、日夜ニ袖ヲ絞ル、ムザンニ候。「男子ノ身也セバ、深山ニ遁世シテ念仏申メレ、後生ヲモ弔ヒマヒラスベキニ、女人ノ身ノ口惜サヨ」ト申シテ流涙ヲ見ニ付テモ、万ツ哀ニ候也。三千大千世界ノ中ニ、黄金ヲ積テ候共、命ニカヘバ物ナラジ。勝テ惜キハ人命也。ワリナキ宿世ニ逢ヌレバ、惜命モ惜カラズ。去バ胤義ガ都ニ上テ、院ニ召サレテマイリ、謀反起、鎌倉ニ向テヨキ矢一射テ、夫妻ノ心ヲ慰メバヤト思ヒ候ツルニ、加様ニ院宣ヲ蒙コソ面目ニ存候へ。

ここで胤義の幕府打倒の動機は、もと二代将軍頼家室であった妻が、頼家との間に設けた遺児を北条義時に殺された遺恨に同情したからであると語られている。胤義妻（一品房昌寛女）が頼家との間になした子（禅暁阿闍梨）は、仁和寺に入室していたが、実朝の横死後、後継将軍の交渉に上洛した二階堂行光に伴われて鎌倉に下向する（『光台院御室伝』承久元年閏二月五日条「二月廿六日、前信濃守行光入洛、閏二月五日、召具禅暁阿闍梨、故頼家卿息、下向」）。ところが後継将軍には九条道家の息三寅（九条頼経）が選ばれ、禅暁は翌年、京で殺害された（『仁和寺御日次記』同二年四月十四日条「今夜禅暁阿闍梨。故頼家卿息。於東山辺誅之」）。野口実は胤義の在京について、本来は三浦一族内の分業体制に発していたであろうことを指摘している（「承久の乱における三浦義村」『明月記研究』一〇、二〇〇五年）。しかし慈光寺本はこの政治的文脈を朧化し、「妻の遺児への愛情・遺恨への惻隠」を彼の動機として強調している。この遺児に関する記録は、慈光寺本を除けば上述のように仁和寺関係の史料にのみ見え、『吾妻鏡』では消されている。このことは、仁和寺文化圏が慈光寺本の成立基盤の一つであったことをうかがわせるといえる。

二　胤義と義村

戦敗後、後鳥羽院に見捨てられた胤義は、

> 口惜マシマシケル君の御心哉。カカリケル君ニカタラハレマイラセテ、謀反ヲ起シケル胤義コソ哀ナレ。何ヘカ退ベキ。ココニテ自害仕ベケレドモ、兄ノ駿河守ガ淀路ヨリ打テ上ルナルニ、カケ向テ、人手ニカカランヨリハ、最後ノ対面シテ、思フ事ヲ一詞云ハン。義村ガ手ニカカリ、命ヲステン。

と、兄義村の姿を求めて彷徨する。義村を見かけた彼は、

> アレハ、駿河殿ノオハスルカ。ソニテマシマサバ、我ヲバ誰トカ御覧ズル。平九郎判官胤義ナリ。サテモ鎌倉ニテ世ニモ有ベカリシニ、和殿ノウラメシク当リ給ヒシ口惜サニ、都ニ登リ、院ニメサレテ謀反オコシテ候ナリ。和殿ヲ頼ンデ、此度申合文一紙ヲモ下シケル。胤義、思ヘバ口惜ヤ。現在、和殿ハ権太夫ガ方人ニテ、和田左衛門ガ媒シテ、伯父ヲ失程ノ人ヲ、今唯、人ガマシク、アレニテ自害セント思ツレドモ、和殿ニ現参セントテ参テ候ナリ。

と叫ぶが、「駿河守ハ、「シレ者ニカケ合テ、無益ナリ」ト思ヒ、四墓ヘコソ帰ケレ」と、相手にされないままに終わる。この場面の胤義の形象は、『曾我物語』の敵討の夜、頼朝を求めて彷徨する曾我兄弟の形象にも通ずる御霊的イメージにあふれており、また後鳥羽院や義村に対する語り手の痛烈な批判を含むものであるといえる。

しかし、最後、胤義は、

胤義コソ弓箭ノ冥加尽タリトモ、帝王ニ向マイラセテ、軍ニ討勝、世ニアランズル人ヲ討取テハ、親ノ孝養ヲモ誰カハスベキ」ト思ヒツツ、大宮ヲ上リニ一条マデ、西ヘゾ落ニケル。西獄ニテ敵ノ頸ヲ懸、木島ヘゾオハシケル。木島ニテ十五日ノ辰ノ時ニ、平判官父子自害シテコソ失ニケレ。

と、義村への遺恨を果たすことよりも「親ノ孝養」を優先し、自害する。慈光寺本の胤義最期譚は、三浦一族の骨肉の愛憎とその超克を主題化した語りになっているのである。

三　三浦氏と畠山氏

他方、流布本では、胤義の死にいたる過程がさらに詳細に語られている。

平九郎判官、散散ニ戦程ニ、郎等・乗替、或ハ落或ハ被討テ、子息太郎ト親子二騎ニ成テ、東山ナル所、故畠山六郎サイゴノ人マロト云者ノ許ヘ行テ、馬ヨリ下テ入タリ。疲レテ見ヘケレバ、ホシイ洗ハセ、酒取出テススメタリ。暫ク爰ニ休息シテ、判官、鬢ノ髪切テ九ニ裏分テ、「一ヲバ屋部ノ尼上ニ奉ル。一ヲバウヅマサノ女房ニ伝ヘ給ヘ。六ヲバ六人ノ子共ニ一アテ取スベシ。今一ヲバワ御前ヲキテ、見ン度ニ念仏申テ訪ヒ給ヘ」トテ取スレバ、人マロ泣々是ヲ取、心ノ中コソ哀ナレ。

畠山重保（六郎）は重忠の息、元久元年十月上洛、同二年六月、北条時政の命を受けた三浦義村に滅ぼされた人物である。事件の背景には、京で彼と対立した平賀朝雅・牧の方の讒があったとされる（『吾妻鏡』元久二年六月廿一日条）。この流布本の記述は、重保を主人公とする鎮魂譚が京に存在したこと、その父重忠への高い評価、鎌倉幕府内の「反北条」的立場の人々の存在と関連するように思われる。

野口実「鎌倉武士の心性——畠山重忠と三浦一族」（五味文彦・馬淵和雄編『中世都市鎌倉の実像と境界』高志書院、二〇〇四年）は、治承の頼朝挙兵当初、三浦義明が衣笠城で自害した際に畠山重忠が平家方であったこと、三浦義村が畠山一族討滅に重要な役割を果たしたこと等により、三浦一族が畠山重忠に遺恨を持っていたことを指摘している。そうだとすれば畠山重保と胤義を結びつける承久記（慈光寺本・流布本）のナラティヴは三浦一族主流の視点とは相いれないといえよう。

四　胤義と太秦の家族

流布本では、その後さらに以下の挿話が補足されている。

サテ胤義、ウヅマサニアル幼稚ノ者共、今一度見ントテ、父子二人ト人マロ三人、下簾懸タル女車ニ乗具シテ、ウヅマサヘ行ケルガ、コノシマト云フ社ノ前ヲ過ケルニ、敵充満タリト云ケレバ、日ヲ暮サントテ、社ノ中ニ親子隠レ居タリ。人マロヲバ車ニノセテ置ヌ。

去程ニ古ヘ判官ノ郎従ナリシ藤四郎頼信トテアリシガ、事ノ縁有テ家ヲ出、高野ニ有ケルガ、都ニ軍有ト聞テ、判官被討テカヲハス覧、尸ヲモ取テケウヤウセントテ、京ヘ出デ、東山ヲ尋ケルニ、ウヅマサノ方ヘト聞テ尋行程ニ、コノシマノ社ヲ過ケルニ、「アレ如何ニ」ト云声ヲ聞ケバ、我主也。是ハサレバト思テ、入テ見レバ、判官父子居給ヘリ。「如何ニ」ト申セバ、「軍破レテ落行ガ、ウヅマサニアル幼稚ノ者共ヲ見ルカト思テ行程ニ、敵充満タル由聞ユル間、日ノカクルヲ待ゾ」ト云ヘバ、頼信入道、「日暮テモ、ヨモ叶ヒ候ハジ、天野左衛門ガ手ノ者ミチミチテ候ヘバ」ト申ケレバ、「太郎兵衛、今ハ角ゴザンナレ、自害ヲセヨ」。太郎兵衛、「頼信入道ヨ、母ニ申サンズル様ハ、『今一度見進ラセ候ハントテ参候ガ、叶間敷候程ニ、御供ニ先立、自害仕候。次郎兵衛胤連ハ高井太郎時義ニ被懸隔テ、東山ノ方ヘ落行候ツルガ、被討テ候ヤラン、自害仕テ候ヤラン、行衛モ不知候。去年春除目ニ、兄弟一度ニ兵衛尉ニ成テ候ヘシカバ、世ニ嬉シゲニ被思召テ、哀、命存ヘテ是等ガ受領・検非違使ニモ成タランヲ、見バヤト仰候シニ、今一度悦バセ進ラセ候ハデ、先立進ラセ候コソ口惜アハレニ覚候ヘ』ト申セ」トテ、念仏申、腹掻切テ臥ヌ。未足ノ動ラキケレバ、父判官、是ヲ押ヘテ静ニヲハラセテ、「首ヲバウヅマサノ人ニ今一度見セテ、後ニハ駿河守殿ニ奉リ、イハン様ハ、「一家ヲ皆失フテ、一人世ニヲハセンコソ目出度ク候へ」ト申」トテ、西ニ向テ十念唱へ、腹掻切テ臥ヌ。

胤義の最後の言葉は、一二四七年の宝治合戦(三浦一族の滅亡)を見越した文言であろう(胤義の息子のうち、「平判官太郎義有」「平判官次郎高義」は実際には宝治合戦で三浦泰村たちと共に自害〈『吾妻鏡』宝治元年六月廿二日条〉しており、胤義の血統は承久の乱で全滅したわけではない)。胤義の最後の地と伝えられる「木島」は、『本寺堂院記』に仁和寺四至内の九所明神の一つ(第四「木野嶋天神」)と記されており、太秦広隆寺は『仁和寺諸院家記』(心蓮院本、顕證本)で仁和寺の院家の一つに数えられている。このことからも、胤義の鎮魂譚は太秦を含む仁和寺文化圏において成立したと考えられよう。流布本は慈光寺本と異なり、承久の乱における北条義時の正統性を強調する立場を示している。しかし、こと胤義に関しては、むしろその悲劇を強調する傾向にあるのである。

最後に、この文脈に慈光寺本に存在する頼朝の遺言の記述を照合してみたい。慈光寺本は、承久の乱にいたる過程を記述したくだりのなかで、頼朝の遺言について「嫡子少将頼家ヲ喚出、宣玉ヒケルハ、頼朝ハ運命既ニ尽ヌ。ナカラン時、千万糸惜セヨ。八ヶ国ノ大名・高家ガ凶害ニ不可付。畠山ヲ憑テ日本国ヲバ鎮護スベシ」と記述している。つまり、慈光寺本は、頼朝の正統な後継者として、現実に覇者となった北条氏ではなく、北条に滅ぼされた頼家と畠山氏を擬しているのである。流布本で畠山六郎、そして三浦親子の最後に近く居合わせたとされる「人マロ」は、その「もう一つの鎌倉幕府」に対する想像力の記憶を継承する唯一の生き残りということになる。この文脈を掘り下げてゆくことが、鎌倉時代史を多層的に理解するための糸口の一つになるような気がする。今後とも探求を続けたい。

※引用本文は以下のテクストに拠った。
慈光寺本・流布本『承久記』…岩波新日本古典文学大系本。

『光台院御室記』『本寺堂院記』…『仁和寺史料　寺誌篇』二（奈良文化財研究所、一九六七年）
『仁和寺諸院家記』…同前書一（同、一九六四年）
『仁和寺御日次記』…『続群書類従』第二十九輯下（続群書類従完成会、一九二六年）

変貌する新田氏表象
――「足利庶流」(足利一門)と「源家嫡流」(非足利一門)の間に

谷口雄太

本稿では、「歴史」と「物語」とが交差する相を、新田氏をめぐるイメージの変化から捉えてみたい。新田氏は「足利庶流」(足利一門)という歴史的・リアルな貌と「源家嫡流」(非足利一門)という物語的・フィクショナルな貌とを持つが、この二つの相貌は時代の流れとともにどのように窯変して現在にいたるのか。以下、具体的に検討してみよう。

一　中世における新田氏表象

◆「足利庶流」としての新田氏像

まず、中世における新田氏表象であるが、新田氏といえば足利氏のライバルというのが一般的なイメージだろう。『太平記』(西源院本)に「これ(新田義貞)は官軍の惣大将として新田の家嫡なり。かれ(足利尊氏)は武家の上将として足利の正統なり。されば、名と云ひ、家と云ひ、互ひに相争ふべき器なり」(括弧内引用者、以下同)とある如くである。

だが、実際には、新田氏は足利氏と同格などではない。それどころか、むしろ、新田氏は足利氏の庶流(足利一門)として位置づけられる存在にすぎなかった(1)。

この点、確認のため、重要部分のみ再掲しておくと、新田氏を足利氏と同格と描くのは主に『太平記』(および、その影響を受けたもの)であり、他の同時代史料(『神皇正統記』・『増鏡』・『保暦間記』)や中世(室町・戦国期)史料(『公武大体略記』・『大館記』・『見聞諸家紋』・『三議一統大双紙』・『旦那名字注文』・『里見家永正元亀中書札留抜書』・『義氏様御代之中御書案之書留』)はこぞって新田氏を足利一門としている。つまり、新田氏を源家嫡流とし、同氏やその一族（山名氏・大館氏・世良田氏・徳川氏ら）を非足利一門とするのは『太平記』の紡ぎ出すフィクション（『太平記』史観）にすぎず、現実にはみな彼らのことを足利庶流・足利一門と見做していたのである。

このように、中世において新田氏とその一族は「足利庶流」（足利一門）として位置づけられていた。なお、中世後期（足利時代）とは、足利一門というだけで儀礼的・血統的に優遇される時代であった。そのため、新田系諸氏も厚遇され、特権的地位を占めていた。それゆえ、新田一族が足利氏の天下に不満を感じることなどそもそもありえなかった。

◆「源家嫡流」としての新田氏像

その一方で、新田氏を「源家嫡流」（非足利一門）とする見方も伏在していた。なぜなら、『太平記』は中世にも享受されており、その史観に影響を受ける者も存在したからである。

①『明徳記』の語る山名氏像

たとえば、明徳の乱（明徳二年・一三九一）後すぐに成立したとされる『明徳記』（宮内庁書陵部本）は、足利氏に反逆した山名氏に「新田左中将義貞ハ先朝（後醍醐天皇）ノ綸命ヲ蒙テ上将ノ職ニ居シ天下ノ政務ヲ携キ、我（山名氏清）其（新田）氏族トシテ国務ヲ可レ望条非レ無レ謂」・「当家（山名）代ヲ取テモ難カルヘキニ非ス」と語らせており、（足利氏のライバル）新田氏の後継者としての山名氏像を強調している。この部分、「『明徳記』は、『太平記』における新田義貞の形象を参照して氏清を描いている」のであり事実ではない[2]。実際、山名氏は他の同時代史料ではいずれも足利庶流として見えているのであって[3]、『明徳記』の特異性は明白である。つまり、『明徳記』の語る山名氏像は『太平記』の影響を受けたものであり事実ではない。だが、その一方で、『太平記』の描く新田氏像が確実に次代へと継承されていたことは明らかだろう。しかも、『明徳記』の作者は「将軍義満近侍の者」[4]ともされているのである。『太平記』の影響は深刻ではないか。

②『大館持房行状』の語る大館氏像

次いで、戦国期に大館持房の子で禅僧の景徐周麟が書き残した『大館持房行状』（文亀三年・一五〇三）は、新田氏祖義重の子義兼が所持した笛や、新田義貞が保持した「源家累代宝剣」たる「鬼切」を大館持房が相伝したと描くのみならず、南朝勢力時代（反北朝・反足利氏の時代）の大館氏の動きも『太平記』に基づいて活写し、あろうことか足利氏のことを「敵軍」とまで表現している。(5) 大館持房や景徐周麟は将軍に近侍するはずの者たちである。それにもかかわらず、『太平記』の影響を受けるとこのような叙述になってしまうのだ。

③『山科家礼記』の語る新田氏像

加えて、戦国期に山科言国の家司である大沢久守が書き記した『山科家礼記』延徳三年（一四九一）四月二十五日条は、「一ひきりやう（一引両）ハにんたんとの（新田氏）、御もん（御紋）也、二ひきりやう（二引両）公方様（足利氏）」とする。新田系諸氏の家紋は足利氏の庶流ゆえに二引両であり（『見聞諸家紋』・『関東幕注文』）、それを一引両とするのは『太平記』くらいである。この記述もまた『太平記』の影響を受けたものと思しい。

このように、『太平記』の影響を受けるかたちで（加えて、現実に新田氏が室町期頃まで反足利氏活動を展開していた事実も相俟って）、新田氏を足利氏のライバル（源家嫡流・非足利一門）として特殊視する理解は中世の武家・寺家・公家の間に確かに存在していた。しかし、そうした理解は足利氏の天下のもとでは決してメインストリームとはなりえず、新田氏とその一族は足利庶流・足利一門として位置づけられるのが一般的であった。

二　中世以降における新田氏表象

では、その後、こうした新田氏像はどう変化して我々の常識（新田氏を足利氏と同格のライバルと見做す理解）にまでつながっていくのか。紙幅の都合上もはや詳述することは叶わないので、簡単に見通しだけ述べて擱筆していくこととする。

近世になり、新田系の徳川家康が天下をとる。本来同氏は松平氏だったが、祖父の清康が世良田を名乗り、家康が徳川を名乗った。この点、当時は足利氏の天下ゆえ、足利一門に連なることで周辺他氏との間に差異化を図ることが目的だったものと考える。(6) しかし、こうした当初の意図とは異なって、江戸幕府の将軍として君臨するようになると、徳川氏は（『太平記』の影響を受けるかたちで）源家嫡流新田氏の末裔としてみずからを位置づけていく。(7) このようななかで、新田氏＝源家嫡流（非足利一門）観は主流化する。他方、伊勢貞丈のように新田氏＝足利庶流（足利一門）観を述べる幕臣・故実家もいた（『貞丈雑記』）。

近代になり、徳川氏の天下が終わると、新田氏を源家嫡流（非足利一門）とする「公式見解」は後ろ盾を失い、そしてまた実証史学によって根本的に「太平記は史学に益なし」（久米邦武、『史学会雑誌』一七・一八・二〇・二一・二二、一八九一年）となるはずであった。しかし、事態は真逆に進行し、新田氏を非足利一門とする『太平記』史観は生き続け（ただし、源家嫡流観はやや後退するが）、他方、同氏を足利一門（足利庶流）とする見方は事実上消滅した。以後、『太平記』を批判するはずのアカデミズム実証史学（久米とその後継者たち）が新田氏に関しては結局『太平記』に（現代にいたるもなお）拘束され続けた一方で、史論史学（アカデミズム実証史学を批判する山路愛山『足利尊氏』玄黄社、一九〇九年）の方がむしろそこから自由であったこと（新田氏を足利一門と断言したのは、現状、山路くらいしか見出せていない）は、どこか皮肉なものを感じる。

以上のように、新田氏は、中世に足利庶流（足利一門）として存在したが、近世以降に源家嫡流（非足利一門）としての像が固定化された。その背景には強固な『太平記』史観が存在する。物語・虚構が歴史・現実そして我々の認識に影響を与え続けているのである。

いずれにせよ、これからの南北朝時代史（とりわけ政治史・思想史）の叙述に際しては『太平記』史観からいかに自由になりうるかが問われているように思う。そのためには、『太平記』以外の史料を歴史学の作法によって検討することと、『太平記』そのものの諸本を国文学の手法によって検証することが重要だろう。だが、総じて歴史学は写本研究に弱く、国文学は歴史研究に疎いと感じる。そもそも、史学・文学両者の間には現在本格的な対話が途絶しているのではないか。しかし、『太平記』史観を超克していくには両者の生産的な交流による最低限の知的共有基盤の構築が不可欠であろう。今後本格的に始動したい。

（1） 拙稿「足利一門再考」（『史学雑誌』一二二―一二、二〇一三年）、および、拙稿「新田義貞は、足利尊氏と並ぶ「源家嫡流」だったのか」（呉座勇一編『南朝研究の最前線』洋泉社、二〇一六年）。
（2） 大坪亮介「『明徳記』における山名氏清と新田義貞」（『国語国文』八五―三、二〇一六年）。
（3） 注（1）拙稿、および、拙稿「中世後期武家の対足利一門観」（『日本歴史』八二九、二〇一七年）。
（4） 注（2）大坪論文。
（5） 三浦周行「大舘持房行状」・「足利時代に於ける上流武士の公私生活」（同『日本史の研究』新輯三、岩波書店、一九八二年、初出一九三〇年・一九三一年）、和田琢磨「『大舘持房行状』に見る五山僧の『太平記』受容」（『季刊悠久』一五一、二〇一七年）。
（6） 注（1）拙稿、および、拙稿「足利時代における血統秩序と貴種権威」（『歴史学研究』九六三、二〇一七年）。
（7） 山澤学「日光東照宮祭祀の在立原理」（同『日光東照宮の成立』思文閣出版、二〇〇九年）。

〔付記〕 本稿執筆に際しては呉座勇一・亀田俊和両氏からのご教示を得た。深く感謝する。

第四部　説話の変容

日記と説話文学——円融院大井川御幸の場合

伊東玉美

一 『古事談』『続古事談』の円融院大井川御幸記事の典拠

本稿では鎌倉時代の説話集『古事談』『続古事談』所収の、いわゆる円融院の大井川御幸記事に、九条兼実の日記『玉葉』の記事を介在させることで、見えてくる複数の問題について考えてみたい。

はじめに、『古事談』巻第一王道后宮所収の、該当記事を掲げる。

◇『古事談』一―一六話「円融院、大井河逍遥の事」

円融院、大井河逍遥の時、御舟に御《め》し、都那瀬《となせ》に到り給ふ。管弦、詩、歌、各其の舟を異にす。公任、三舟に乗るの度なり。先づ和歌の船に乗ると云々。又摂政、管弦の船を召して、大蔵卿時中、参議を拝するの由を仰せらると云々。「主上の御前に非ず、法皇の仰せを奉じ参議に任ずる、如何」の由、人々多く之を傾き奇しむと云々。

本話は寛和二年(九八六)十月に行われた、円融院(九八四年八月譲位、九八五年八月出家。二八歳)の大井川御幸と、そこでの藤原公任および源時中にまつわる話で、時の天皇は一条幼帝、七歳である。この大井川御幸の同年六月に花山天皇が電撃的に退位・出家し、一条天皇は践祚したばかりである。
本話は一―一五話「円融院、子の日の御幸の事」の次に位置し、それぞれ当時の天皇（花山・一条）ではなく、円融院にかかる記事群により構成され、年代順に配列されている。
参考までに『古事談』の前後の記事配列を示すと次のようである。天皇順に記事群を成し、その内部では年代順配列を基本としているわけである。

一―一四話「冷泉天皇の即位、紫宸殿にて行はるる事」
一―一五話「円融院、子の日の御幸の事」
一―一六話「円融院、大井河逍遙の事」
一―一七話「花山天皇即位の日の御事」
一―一八話「花山天皇、殿上人の冠を取る事」
一―一九話「花山天皇、出家の事」
一―二〇話「花山天皇、発心の事」
一―二一話「花山天皇出家に天下騒動の事」
一―二二話「花山院、賀茂祭に闘乱の事」
一―二三話「一条天皇幼主の時、夏の公事の日の事」

前話一―一五話に描かれる永観三年（九八五）二月の紫野への子の日の御幸は、大井川御幸の前年の華やかな催しで、平兼盛らの詠歌、曾禰好忠らの「推参」が特に有名である。『古事談』一―一五話は『小右記』永観三年二月十三日条を忠実に抄出している。
一―一六話の大井川御幸の記事に戻ると、大日本古記録『小右記　十一　小右記逸文』が、『玉葉』寿永二年

(一一八三)七月三十日条の一部を、「その内容がもっぱら小右記から出ていると認められる記述」と判断して▼▲印をつけ、『古事談』一―一六話のほぼ全文には「その内容が専ら小右記に出ているか疑はしい記述」として▽△印をつけるが、「玉葉ニヨルニ、コノ話ハ蓋シ小右記ニ出シナラン」としている。『新日本古典文学大系　古事談』も一―一六話について「小右記(逸文)を出典とするものと思われる」とするが、かたがた妥当な判断だと思われる。

『玉葉』寿永二年七月三十日条の、『古事談』一―一六話と直接関わる部分は、以下の通りである。

且是時中任参議例也〔円融院大井川逍遙、依㆓舞〈賞㆒〉直被㆑仰㆘任㆓参議㆒之由㆖、後日被㆑載㆓除目㆒。此事見㆓小野宮記㆒。彼記意、以㆓上皇宣㆒被㆑任㆓参議㆒之条、甚難㆑之、〕。

時中が参議になった時――円融院の大井川逍遙で、舞の賞としてその場で参議に任ぜられたとのことで、後日除目に掲載したと、小野宮記(『小右記』)に見える。小野宮記では、上皇宣で参議に任ぜられたことをひどく非難している、という内容である。

この記事と関係が深いと考えられるのが、『神皇正統記』中で、

オリヰニテ世ヲシラセ給コト昔ハナカリシナリ。……円融ノ御時ハ、ヤウ〳〵シラセ給コトモアリシニヤ。院ノ御前ニテ摂政兼家ノオトヾウケ玉ハリテ、源ノ時中朝臣ヲ参議ニナサレタルトテ、小野宮ノ実資ノ大臣ナドハ傾申サレケルトゾ。サレバ上皇マシマセド、主上ヲサナクオハシマス時ハヒトヘニ執柄ノ政ナリキ。

とあって、円融院の任参議の仰せを摂政兼家が伝え、院のなさりようを「小野宮ノ実資ノ大臣ナド」は感心しなかった様を記している。「摂政兼家ノオトヾウケ玉ハリテ」は『玉葉』になく、「小野宮ノ実資ノ大臣ナド」は『古事談』に見えないので、『神皇正統記』のこの記事の構成要素は、『玉葉』だけでも『古事談』だけでも不足する。『古事談』『玉葉』『神皇正統記』が、それぞれ『小右記』逸文を何らかの形で見ていると思われる

ところである。

ちなみに、この寛和二年十月の円融院大井川御幸に関して、現存する最も詳しい記事は、『楽記』所収の次の記事である。『楽記』は、狛近真（一一七七～一二四二）が、『教訓抄』（一二三三年成立）撰述の中核資料にした春日大社蔵資料群に含まれる。『楽記』奥書には、近真の実兄で養父の光真（一一六五～一二四〇）が撰述したと記されている。大井川逍遙に関する「横笛譜裏書」の内容は、以下の本文からもうかがわれるように、もともと、父雅信の「横笛譜」に、源時中が裏書したものととりあえず考えておいてよいと思う(1)。

抑大納言従二位兼中宮権大夫源時中、横笛譜裏書云、寛和二年十月十三日、太上天皇於㆓大井河辺遊覧㆒、摂政扈従事、抽㆑要記㆓‐置之㆒、

当日未刻御幸〔其式不㆑遑㆓毛挙㆒〕摂政已下御共、公卿殿上人〔参勤交名有㆓別紙㆒〕広沢僧正寛朝、於㆓当座㆒則被㆑召㆓‐具之㆒、皆被㆑択㆓‐撰詩歌弦要人等㆒、被㆑乗㆓三艘船㆒、三曲各競㆑道挑㆑芸、凡彼此之所㆑能、驚㆓水上之耳目㆒、殆嘲㆓前例㆒誡㆓後輩㆒、其中公任、相方両朝臣、被㆑択㆓今清撰㆒、相㆓‐兼三之船㆒、施㆓面目於船中㆒、而留㆓其名於累代㆒、爰絃管之輩、弾㆓音曲於羽水之砌㆒、河上之響、和㆓紅葉之波㆒、而酒酣之時、奏㆓古唐妙音㆒、楽急及㆓数反㆒、衆人増㆓興宴㆒之刻、天皇勅㆓摂政㆒仰云、今楽殊有㆓其興㆒、梨園之風、已似㆓旧儀㆒、爰時中尤当㆓其仁㆒、速立可㆓舞乙㆒歟如何、摂政守㆓綸言之趣㆒、被㆑仰㆓‐付時中朝臣㆒之処、折㆓紅葉枝㆒差挿、船舳立出、翻㆓廻雪之襟㆒、捫㆓燕姫周郎舞曲㆒〔或謂㆓青海波説㆒云々〕、于㆑時上自㆓一人㆒、下至㆓萬邦貴賤尊卑㆒、感歎増㆑色、興宴超㆑世、誠雖㆑為㆓吉茂躬高㆒、当座舞骨、難㆑及㆓今時中㆒哉之由、再三之御感、已余㆓不肖之身㆒、而無㆑不㆓感泣㆒、剰勅㆓摂政㆒、早可㆑令㆑列㆓八座㆒之旨、被㆓仰付㆒之刻、時中奏㆓一拝㆒、則召㆓列公卿座㆒、仍相㆓‐語公任朝臣㆒云、自㆓幼少之当初㆒、有㆓身癖㆒、深好㆓舞楽二道㆒、年齢徒闌、有㆑恨㆓無勇㆒、而今忝預㆓無私之恩賞㆒、幸備㆓厳父之孝養㆒、非㆓当座之面目一事㆒、招㆓後代之栄花㆒、而兼㆓二世之大慶㆒云々、……

『古事談』一―一六話と比較してみると、『楽記』には「公任、相方両朝臣……相二兼三之船一、施二面目於船中一、而留二其名於累代一」とあって、三船の才を誇ったのが藤原公任だけでなく源相方との両名だったことが知られる。また、時中は当座の舞の見事さにおいて累代の名人を凌ぐとされ、（太上）天皇が「剰《あまつさへ》勅二摂政一、早可レ令レ列二八座一之旨、被二仰付一」れたと記される。そして「召二列公卿座一」した時中は、公任に向かって、感激の気持ちを語るのだが、こうした違いも、『古事談』が用いたのが『楽記』の系統の史料ではなく、『小右記』の逸文であるとの推測と、当然ながら矛盾しない。

『続古事談』巻第一王道后宮一八話「円融院大井川御幸逍遙に、舞手源時仲参議となる事」では、同じ円融院の大井川御幸は、『玉葉』『古事談』『神皇正統記』にも『楽記』にも見えない、いろいろな要素を加えつつ次のように記されている。

円融院、大井川に御幸ありけるに、先、小井寺の前に仮屋をたてておはします。大入道殿、摂政の時、御膳まうけられけり。茶垸にてぞ有ける。其後、御船にたてまつりて、となせにおはしましけり。詩歌管弦、をの〳〵船ことなり。源中納言保光卿、題たてまつる。「翫水辺紅葉」とぞ。詩の序、右中弁資忠。和歌の序、大膳大夫時文つかうまつれり。法皇、御衣をぬぎて摂政に給。摂政、又、衣をぬぎて大蔵卿時仲に給ひけり。管絃の人々、上達部きぬをかづけられけり。内裏より、頭中将誠信朝臣、御使にまいれり。禄を給ひてかへりまいる。摂政、管絃の船に候時仲の三位をめして、院の仰を伝て参議になされけり。人々ひそかにいひける、「主上の御前にあらず。たちまちに参議をなさる〻事、いかゞあるべき」とかたぶきけり。今日の事、何事も興ありていみじかりけるに、此事にすこし興さめにけり。

この日の詩題が「翫水辺紅葉」であったことは『日本紀略』に見え、また『新日本古典文学大系　続古事談[2]』が指摘するように、紀時文が和歌序を担当したことは「円融院大井御幸、同時文……皆是仮名序代也」（『八雲御

図1　円融院大井川御幸記事の生成

円融院大井川御幸
『小右記』逸文（寛和二年一〇月）

↓『玉葉』（「見小野宮記」）
↓『古事談』一―一六話
↓『古事談』一―一六話（「人々」）↓『続古事談』一―一八話（「人々」）
↓『続古事談』一―一八話
↓『神皇正統記』（「小野宮ノ実資ノ大臣」）

抄』巻二）と見えるが、「小井寺」（未詳）の仮屋、御膳のこと、「となせ」（戸無瀬）に向かったこと、詩題は源保光、詩序は菅原資忠がものしたことは、他資料に見えない。

『続古事談』一―一八話が用いた資料は、『古事談』であっても、たとえば『楽記』であっても情報が足りないのだが、では何に基づいたのだろうか。『新日本古典文学大系　続古事談』は「古事談一―一六話の同話を改変」したとし、『小右記』との関係に踏み込まない。また大日本古記録『小右記　十一　小右記逸文』は、『玉葉』『古事談』と並べて『続古事談』一―一八話や『神皇正統記』はあげていない。しかし、『楽記』の記述との関心の距離、『小右記』逸文によると推定される『玉葉』『古事談』『神皇正統記』との類似、そして『続古事談』の次話一―一九話「一条帝、円融寺へ朝覲行幸の事」も『小右記』（逸文）を用いていると考えられる、といった複数の状況証拠に照らして、現段階では『続古事談』一―一八話の典拠を、『小右記』（逸文）と推定しておいて問題ないと思われる。小野宮実資の介在を取り除いて周囲の「人々」の反応を記すスタイルについては、『古事談』一―一六話をも併せて参照したと考えてよいと思う（図1）。

『小右記』（逸文）によったのが明かな『続古事談』一―一九話「一条帝、円融寺へ朝覲行幸の事」は、円融院（三二歳）が在位中に造営した御願寺円融寺に、一条天皇（一一歳）が朝覲行幸した正暦元年（永祚二、九九〇）正月の様子を伝える、次のような内容である。

一条院、円融寺へ行幸ありけるに、御拝はてて御対面し給時に、御くだもの・いもがゆなどまいらせて後、主上、釣殿に出給て、上達部をめしてついがさね給ふ。おほせありて、母后の女房車廿両、池の東にたてらる。船楽しきりに奏して、盃酌たび〳〵めぐる。主上、御盃を左大臣にたまふ。庭におりて拝せらる。院御盃は、摂政給て、堂上にて拝せられけり。仁和寺別当済信を召て、かはらけとらしめて、律師になされけり。御遊の時、主上御笛ふき給ふに、其音めでたくたへなりければ、院かんじて、御笛の師右衛門督高遠朝臣をめして、三位ゆるされければ、高遠、舞踏して上達部の座にくはゝりつきけり。内裏より、院の御をくりものには、瑠璃の香呂、金の御硯箱、銀の紅梅の枝にうぐひすのゐたるに被レ付たりけり。院よりのをくりものは、御手本、御帯、御笛也。

本話で円融院は、一条天皇の笛の見事さに感心し、師である藤原高遠を三位に叙すが、今回は天皇の御前での宣言である。

この『続古事談』の典拠と推定される『小右記』逸文は、大日本古記録『小右記　十一　小右記逸文』が指摘する、以下の二つの史料に見られる（傍線筆者）。

◇『朝覲行幸部類』

正暦元年正月十一日、幸二円融寺一、（皇后同輿、）小右記云、主上奉二瑠璃香爐・純金御念珠筥一、（納二御念珠一、不レ見、付二紅梅作枝一、居レ鶯、皆銀、）又院被レ奉二御帯（納レ筥、）・御手本・御笛一・（号二赤笛一、陽成院物、伝レ自二故三条殿一、頭中将所レ奉、）

◇『御遊抄』二　朝覲行幸

正暦元年正月十一日、〔小右記、〕

円融寺、贈物・禄、

御遊、

主上令レ吹二御笛一給、〔御年十一、〕

御笛師右兵衛督高遠朝臣叙二従三位一、

両書の記述は簡略だが、「小右記」とそれぞれ出典が記されている点が重要で、正暦元年（九九〇）正月十一日の、一条天皇の円融寺行幸の『小右記』の記事はかつて存在していたと考えられ、『続古事談』一―一九話について「朝覲行幸部類・御遊抄ニヨルニ、コノ話ハ蓋シ小右記ニ出シナラン」とする大日本古記録の推定は妥当である。

このように、『続古事談』一―一九話の円融寺朝覲行幸記事が、『朝覲行幸部類』『御遊抄』の小右記逸文に比べて詳しい内容を含みながらも、『小右記』逸文によるとみられるとする判断と同じ種類の判断を、『続古事談』一―一八話の円融院大井川御幸記事についても、下しておいてよいと思うのである。『古事談』一―一六話の出典を『小右記』逸文と見なす『新日本古典文学大系　古事談』や大日本古記録『小右記　十一　小右記逸文』の見解と同様の推定を、『続古事談』一―一八話についても適用すべきだろう。

二　『玉葉』「時中任参議例」の文脈

ところで、『玉葉』にあるように、寿永二年（一一八三）七月三十日に「時中任参議例」が問題になった、当時の状況を概観してみると、寿永二年は、五月に倶利伽羅峠の戦いがあり、官軍が源義仲軍に大敗、七月二十五日には平家一門が安徳天皇を奉じて西海落ちし、同二十八日、入京した義仲に平家追討を命ずるという状況で、この日、「今日於レ院可レ被レ議二定大事一」とのことで、左大臣藤原経宗、右大臣藤原兼実、大納言藤原実房、権大納言藤原忠親、権中納言藤原長方らが参集した。大事「三ヶ条」の一つ目は、源頼朝・義仲・行家の勧賞をどのように行うかであり、頭弁藤原兼光が左大臣以下の答申を院に持ち帰っている間に、兼実らは、次のような討議を行った。

◇『玉葉』寿永二年七月三十日

……此間余（兼実）問二左府一曰、若被レ行二勧賞一者、除目議如何。左府曰、此事難題也。一昨日議定之時、雖レ被レ問下可レ有二除目一否上、於二其間議一者、未レ及二其沙汰一。但所レ存者、於二院殿上一可レ〈被レ行〉、於二下名一者、如二春秋除目一、於二官・外記庁一可レ被レ下。〈余〉曰、於レ庁可レ被レ下二々名一者、只於レ陣可レ被レ行二除目一歟。凡以二宣旨・官符一被二施行一事等、皆被レ改二庁御下文一了。斯即為二院御沙汰一、成二宣旨一、請二印官符一之条、不レ可レ然之故也。何至二下名一可レ破二其儀一哉。物院殿上除目甚不二甘心一。左府云、此事自レ本希代之権議也。然而依レ無二他計一存二此儀一。余云、於二勧賞一者、只内々仰二其人一、新主践祚之時、可レ被レ載二除目一歟。左府云、諸国多以有レ闕、併口宣之条不二穏便一。余云、於二他任人一者暫可レ〈被二〉相待一歟。長方卿云、抑被レ相二待主上還御一之条、尤以不定、立レ王事以二何時一可レ期歟。余云、事之肝心只在レ是。左府云、就二勅問一可二評定一也。此条不レ被二尋問一。進申之条可レ無レ便歟。如レ此議定之間、兼光帰来云、勧賞除目其儀如何、宜レ令二計申一者。忠親卿曰、准拠之例可レ被レ問二外記一歟、左府〈称〉レ善、即以二兼光一問レ之。帰来申云、頼業・師尚〈等〉申云、如二諸社行幸・御幸等賞一、先被レ仰二其人一、後日被レ載二除目一宜歟。又嘉承摂政詔、先帝（堀河天皇）崩御、新主（鳥羽天皇）未レ御、以二法皇（白河法皇）詔一、於二仗下一被レ下了。然者、以二新儀一於二殿上一被レ行、又可レ在二御定一。但初議穏便歟。且是時中任参議例也〔円融院大井川逍遙、依二舞〈賞〉一直被レ仰二任参議之由一、後日被レ載二除目一、此事見二小野宮記一、彼記意、以二上皇宣一被レ任二参議一之条、甚難レ之〕。人々皆以二此儀一為レ是、左府又破レ執同レ之。……

大意をとると、まず右大臣兼実が、左大臣経宗に向けて「除目のやり方」を質問。経宗は「除目は院殿上で行い、（除目の後、四位以下の任人の姓名を列挙し式部・兵部省の丞に授ける）下名を、春秋の除目の通りに官・外記庁で」という。兼実は「下名を庁で行うなら、除目を陣で行われるべきだ。そもそも宣旨・官符で施行される事柄は、皆、院庁下文を改める手続をとるのは、院のご沙汰をそのまま宣旨にし、官符に請印を受けるというのではまずいからだ。なぜ下名を行う案件で、この段取りを破るのか。すべて、院殿上で除目を行うのははなはだ感心しない」という。

経宗は「これは大きな問題だ。他に方法がないのであのように考えたまでだ」といい、兼実は「勧賞は内々に当事者に内示し、新主践祚の時、正式に除目に載せればよいだろう」という。経宗は「関係する国々について、どれも口宣（口頭で伝達する）というのは穏便でない」とし、兼実は「頼朝・義仲・行家関係以外は、しばらく保留にすべきだ」という。

権中納言長方は「そもそも主上のお帰りを待つといっても目処が立たない。新しい王はいつまでに決めるのか」と言い、兼実も「問題の核心はまさにそこだ」といったが、経宗は「今は院からのお尋ねについてのみ評定すべきだ。この件について尋ねられていないのに論じるのは芳しくない」といい、こうしたやりとりをしているところに頭弁兼光が帰参。兼光は「勧賞除目について、よろしくとりはからえ、とのご意向」と伝え、権大納言忠親は「準拠すべき先例を外記に問うべきか」といい、経宗が「いいだろう」とのことで、兼光が問い合せに行く。

兼光は明経博士・大外記の清原頼業・中原師尚の見解を伝える。「①諸社行幸・御幸の賞のように、まず当事者に内示し、後日除目に載せるのがよいだろう（←兼実説）。一方、②嘉承の摂政の詔では、先帝堀河天皇は崩御、新主鳥羽天皇は未だ即位せず、白河法皇の詔で仗座に於いて執行された。よって今回新儀・新例として、（左大臣経宗の仰ったように院の）殿上で行うべきか、お決めになるべきだろう。ただし、①が穏便か。時中任参議の例がありますし」と伝えた。（円融院大井川逍遙で、舞の賞に、時中をすぐさま参議に任ぜられる由を円融院が仰せられたので、後日除目に載せられた。このことは小野宮記に見える。ただし小野宮記は、上皇宣で参議に任ぜられたのをひどく非難していたのだが。）人々は皆「①がよいだろう」と言い、経宗も自案に固執せず、それに賛成した。

いわゆる院政最中の当時であっても、たとえば「依レ召参院、於二御前一有二除目沙汰一」（『殿暦』永久四年（一一一六）一月三十日）のように、院と事前に「除目沙汰」は行うが、実際の除目は天皇の御所で行うのが原則だった。実際、後白河院政下でも、「春除目初日……参内（五条東洞院皇居、南殿・清涼殿相兼……）」（『玉葉』治承四年（一一八〇）一月二十六日）・「今夜於二八条亭一有二除目一」（『玉葉』治承五年六月十日）と、高倉・安徳天皇の皇居で、除目は行われている。

「時中任参議の例」において、実資は円融院のやり方を歓迎しなかったのだが、兼実たちにとっては「新儀」ではなく「先例」たりうるという点で、准えるに値するありがたいケースとなっている。たとえば、

今夕可レ有レ遷二幸大内一、依レ例可レ被レ用二移徙儀一、而於二御前座一有二盃酌〈及〉攤事等一、其間、幼主独御二昼御坐一之条、専不レ可レ叶、先例雖二幼主多御一、未レ有二如レ此之例一、不レ御二昼御坐一、被レ行二此礼一之条、偏以新儀也、又如二重衡朝臣一祗二候御傍一、無レ例之上、事非二穏便一、若又可レ被レ止二擲簺之礼一歟、……（『玉葉』治承四年四月九日）

とあり、この日、三歳の安徳天皇は、四月二二日の即位式のため、五条東洞院殿から内裏に還御したが、盃酌・打簺の間、幼帝一人を昼御座に座らせておくことはできず、天皇不在で行うのは「新儀」となってしまい、たとえば叔父である蔵人頭重衡が祗候するのも「無例」、前例がないとのことで、摂政基通から右大臣兼実のところに相談の使者が来ていたが、このように、「新儀」は極力避けたいことだったのである。

なお、『玉葉』寿永二年七月三十日条の書きぶりから、『古事談』成立の三〇年ほど前の公卿たちは、「時中任参議の例」というだけで、それがどういう出来事であるか、すぐに分かった公算が高い。まさに「古事」の名に相応しい、著名な先例であったことがうかがわれる。

三　円融院の時代

かつて目崎徳衛は、菊池京子の見解(5)に注目しつつ、花山朝における円融上皇の政治的関与と目すべき事実を列挙点検し、その一つに『古事談』一—一六話を引き、本話について、

文字どおりに解せば、公卿昇進の重大人事が遊覧先で上皇によって卒然と決定されたことになる。『公卿補任』によれば、時中の任参議は道兼の任権中納言と同時に、寛和二年(九八六)十月十五日に行われた。大井川御幸はその五日前だから、『古事談』の記事が事実とすれば、義懐を中心とする花山朝廷が意外な事態を非難したのも当然と思われる。しかし、時中は左大臣雅信の男ですでに四十五歳になっていた。二十六歳の道兼の昇進と同時に参議に任ずることは父雅信の熱望であったに相違なく、その心情は早くから上皇にも通じていたと思われる。そうした事情を想定すれば、大井川船遊の際、管弦にすぐれた時中(『尊卑分脈』)を公卿に推挙したとしても、それはかねて進行していた人事を非公式に洩らした程度ではなかろうか。上皇が朝廷の権限を略取したかのような『古事談』の記述は、文字どおりに受取れない。

とした。また、永祚元年(九八九)二月に、院司藤原実資の陳情を受けた円融院が、実資を参議に推挙するが、「兼家は強い難色を示し」、一方の上皇も「重ねて強硬」に「意志表示」、最後は兼家が渋々承知した人事についても、「事の重要性には大差ある」ものの、本質的には「上皇の意志は直接身辺に関する事にのみ非公式に発動し」た例として扱っている。そして、

公卿人事に対する上皇の口入は重大であるが、先の時中といい後の実資といい、宇多源氏や実資個人との私的関係からする例外的なもので、これを国政一般への介入とすべきではない。したがって「院政的」といえば明らかにオーバーになるが、しかもこの程度の圧力にも、兼家も花山朝廷も強く反撥したのである。……私は菊池氏のいわゆる「院政的野心」が上皇の心底に存在したことは否定しないが、それは太政官機構を掌握した兼家と正面から対決する性質のものでもなく、またそうした可能性もなかったことを指摘したい。その点において、院政期の諸上皇の専制的な国政指揮と程度を異にすることは勿論、嵯峨・宇多両上皇と比較してもかなり限定された活動であった。

とした。(6)

これに対して、たとえば元木泰雄は、目崎論の方向性に賛同しつつも、「円融院の院司は従来のそれと大きく異なる大規模なもので、後の院政期における院司制度の起源ともなるものであった」と指摘、「院司藤原実資の参議補任」についても、「院司の昇進に関わる問題とはいえ、摂政で天皇の外戚である兼家の反対を押し切って公卿を任命するという国政上の大問題であったことは否定できない」とするのだが、(7)『古事談』や『続古事談』自体は、円融院の時中任参議の説話をどうとらえ、どう示そうとしているのだろう。

それについて考えるために、先程引用した『玉葉』の記事に出て来たもう一つの例、「嘉承摂政の詔」も加え、時中任参議の先例が参照された状況について、もう少し詳しく見てみたい(図2・3)。

『玉葉』に記されている「嘉承の摂政の詔」とは、嘉承二年(一一〇七)七月十九日、堀河天皇が崩御し、鳥羽天皇(五歳)が践祚するのだが、誰の命令で摂政を任命し、以下の儀式を取り仕切るべきか、という案件がそれだった。

「嘉承の摂政の詔」にまつわるやりとりは、日記類に次のように記されている。

図2　寿永二年の除目と先例の状況比較

出来事	年	幼い当代	不在の先代	上皇
時中任参議の例	九八六	一　条（七歳）	花山（出家）	円　融
嘉承の摂政の詔	一一〇七	鳥　羽（五歳）	堀河（崩御）	白　河
寿永二年の除目	一一八三	後鳥羽（四歳）	安徳（西海落）	後白河

図3　関係天皇系図

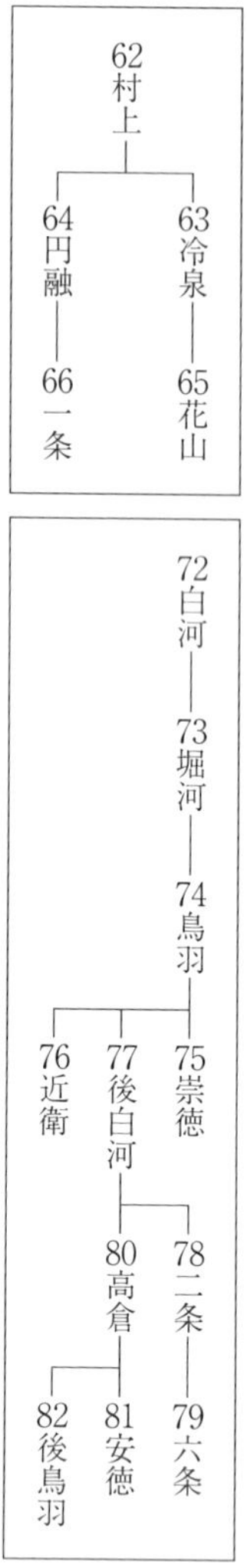

◇『殿暦』嘉承二年七月十九日

法皇云、為二摂政一御譲位事可二勤行一者。……人々示云、世間作法極有レ恐、仍只上皇仰有二何難一哉、余此間参二御殿一、先仰二宣命一、清書奏了返給、頭道時仰レ之、仍其由仰二内記一……

◇『中右記』嘉承二年七月十九日

申時許民部卿《（源俊明）》奉二院宣一被レ参云、幼主《（鳥羽）》未レ親二万機一之間、右大臣《（忠実）》藤原朝臣令二摂政一、璽剱被レ渡二新君一事、早任レ例可二沙汰一者、則驚二此告一参二御直廬一……戌時許民部卿着二仗座一、召二大内記敦光一令レ作二宣命一、其詞載二院宣一、右大臣摂政可レ為レ如二忠仁公《（良房）》故事一由作載、……依レ無二節会一不レ給二宣命使一、……〔是寛和二年六月、譲位宣命無二節会一之例也、〕

『中右記』末尾の「寛和二年六月」の例とは、九八六年六月二十三日、花山天皇が落飾し、一条天皇が践祚し

た時のことをいう。その時は、

◇『日本紀略』一条院

寛和二年六月二十三日庚申、華山天皇偸出二禁中一、奉二剱璽於新皇一（年七）、外祖右大臣（兼家）参入、令下固二禁内一警備上、翌日、行二先帝譲位之礼一、右大臣藤原朝臣摂二行万機一、如二忠仁公故事一、……

のように運ばれた。そして「嘉承の摂政の詔」の堀河天皇崩御・鳥羽天皇践祚の際は、結局摂政を任ずる宣命の主体を白河法皇として事が行われた。

◇『朝野群載』十二　内記　宣命　摂政宣命

太上法皇乃詔久……一如二忠仁公故事一世与止詔。御命遠衆聞食止宣。嘉承二年七月十九日　上卿民部卿

◇『一代要記』堀河天皇

及二晩景一公卿有レ議云、無二先朝御譲位議一、且以二太上天皇一可レ為二宣命主一之由仰レ之、

◇『愚管抄』二　後鳥羽

此君ハ、安徳西海へ落サセ給テ後ニ、御白川法皇ノ宣命ニテ御受禅アル也。鳥羽院モ堀川院ハ宣命之御沙汰モナカリケルニヤ。白河法皇ノ宣命トキコユ。サキ〴〵モ加様ナルニコソ。……

このように、一条新天皇（七歳）／花山前天皇／円融上皇の、円融院大井川御幸当時の状況は、院政期に陥りがちな、「幼い当代／不在の先代／上皇」の早い例でもあったのであり、円融院の時代はまず、その意味で「院政期のさきがけ」として、平安末・鎌倉時代はじめの人々にとらえられていたであろうことが具体的に知られる。

四　『古事談』の語る「古事」

円融院の「時代」は、このような意味で、あたかものちの院政期のさきがけのような時代だったわけだが、時

中任参議の円融院の「行動」を、『古事談』『続古事談』はどうとらえ、どう提示しようとしているのだろう。院政期に盛んになる上皇による政治的介入の早い例として、示そうとしているのだろうか。

説話と後代の歴史（史料）との関連づけ方、あるいは説話集が編まれた同時代の状況を説話の読みにどう反映させるべきかという問題は、たとえば、次に掲げる『古事談』一―六一話「後三条天皇、二間にて念誦の間の事」を読むような場合にも、生ずると思う。

後三条院、二間《ふたま》に於て御念誦の時、必ず女房一人を具せしめ給ふ。若し奏すべきの事は、二間の前に参り奏すべきの由を仰せらる。

本話は、貴人の祈りの最中に、それを妨げまいとする臣下の慮りに対して、重要なことはどのような時であってもすぐに報告させようとした、後三条院の政務熱心さを象徴する説話と考えられる。(8) しかし、この説話の横に、たとえば『古事談』当時の政治状況のうち、美川圭のいう、卿二位兼子の活躍に見られるような、王と臣の取り次ぎ役（奏事伝奏）を担当する女性が、政治を左右していったことなどを、(9) 今、仮りに置いてみた場合、『古事談』一―六一話の後三条院の行動も、鎌倉時代前期に顕著になる、「奏事伝奏」の女性の政治的発言力の増大などに繋がりうる、事の淵源として読むことは可能かも知れない。しかし、『古事談』一―六一話での後三条院の行動が、そうした後代の状況の呼び水になったと、『古事談』が示唆しているととらえるのは難しいだろう。

同じように、『古事談』編者がもし同時代の政治状況も視野に入れながら、一―一六話の円融院の記事を『古事談』に配したとしても、そこに見出されるのは、院政期に顕著な上皇の人事への介入のさきがけとしての円融院像ではなく、「同じことであっても、時代が異なると、これほど受け止め方が変わる」という意味においてではないだろうか。円融院や後三条院のこれらの説話の享受の際、読者が仮に同時代と比較しながら読んだとして、彼らが抱いた感想を想像してみると、それは「今とは大違い」との感慨だったと思われる。目崎も指摘していたが、「しかもこの程度の圧力にも」「花山朝廷」は「強く反撥したのである」。

円融院の大井川への晴れがましい御幸の一点の曇りが、天皇不在の公卿指名であり、それに対して周囲の人々が大いに慨嘆する『古事談』一―一六話の説話の読者たちは、「今ではもはや、こんなことに疑問を持つ臣下などどこにもいない」と思ったであろうし、後三条院が政務熱心のあまり、伝奏役の女房を二間の前にも置いたとの『古事談』一―六一話においては、「同じ取り次ぎ役の活用と言っても、知り得た知識を基に政治に口入れしていった卿二位たちとは大違い」との思いであったろう。

ここに見出されるのは「今では取り戻せない古事」を示そうという意識である。すると、たとえば『古事談』の続編を銘打つ『続古事談』が、繰り返し叙述する「尚古」思想と似た発想が、『古事談』に見られることになる。

『続古事談』の「尚古」思想は、『古事談』に対する個性・自己主張ととらえられることが多いが、これらの説話に見られるように、『古事談』のある部分には、すでに、取り戻せない昔への「尚古」的慨嘆は潜在しており、『続古事談』はそれを顕在化した作品だととらえるべきなのかも知れない。

『古事談』『続古事談』のこうした性格については、稿を改めてさらに検討したい。

（1）『楽記』については、福島和夫「春日楽書」（岸辺成雄博士古稀記念出版委員会編『日本古典音楽文献解題』講談社、一九八七年）、宮崎和広「『教訓抄』の撰述資料に就いて――『楽記』を巡って」（『中央大学大学院研究年報』二〇号、一九九一年）、櫻井利佳「春日大社蔵〈楽記〉について　付、紙背〈打物譜〉翻刻」（二松學舍大学21世紀COEプログラム中世日本漢文班編『雅楽・声明資料集　第二輯　日本漢文資料　楽書篇』二〇〇七年）を参照した。また、岩崎小弥太「横笛譜裏書」（『群書解題』続群書類従完成会、一九六〇年）を参照した。

（2）川端善明・荒木浩校注　新日本古典文学大系『古事談　続古事談』（岩波書店、二〇〇五年）。

（3）五条東洞院殿は藤原邦綱第。
（4）この日、閑院内裏から平頼盛第である八条亭へ行幸。
（5）菊池京子「円融寺の成立過程」（所京子『平安朝「所・後院・俗別当」の研究』勉誠出版、二〇〇四年、初出は一九六七年）。
（6）目崎徳衛「円融上皇と宇多源氏」（『貴族社会と古典文化』吉川弘文館、一九九五年、初出は一九七二年）。
（7）元木泰雄『院政期政治研究』「Ⅰ　院政の成立と展開　第三章　治天の君の成立」（思文閣出版、一九九六年）。
（8）拙著『院政期説話集の研究』「第一部　第二章　『古事談』巻一王道后宮の構成」（武蔵野書院、一九九六年、初出は一九八七年）。
（9）美川圭『院政の研究』「第七章　関東申次と院伝奏の成立と展開」（臨川書店、一九九六年、初出は一九八四年）。

＊使用本文（割書や小字に〔　〕、異同や、歴史的仮名遣いと異る箇所に〈　〉や傍点を付すなど、引用に際して表記を改めた部分がある）
古事談は浅見和彦・伊東玉美責任編集『新注古事談』（笠間書院、二〇一〇年）。玉葉は『玉葉』（名著刊行会、一九七九年）・図書寮叢刊『九条家本玉葉』。楽記は大日本史料第二篇第一冊。続古事談は新日本古典文学大系。神皇正統記・愚管抄は日本古典文学大系。八雲御抄は日本歌学大系。小右記・殿暦・中右記・朝覲行幸部類・御遊抄は大日本古記録。日本紀略・朝野群載は新訂増補国史大系。一代要記は改訂史籍集覧。

武内宿禰伝承の展開――武内宿禰神格化の様相を中心に

追塩千尋

はじめに

橘成季撰『古今著聞集』（一二五四年成立、以下『著』）巻一の二十四に、北条義時は武内宿禰の後身であるとする説話がある。話の概要は、次の通りである。ある人が石清水八幡に参籠したときに、「世の乱れを治めるために北条時政の子になるべし」という八幡神の命令を武内宿禰が承る、という夢を見た。この夢を見た人は、時政の子である義時は武内の後身であり、さらに義時の子泰時も「只人《ただびと》」ではないという思いをめぐらした。そして、泰時が詠んだ「世の中に麻はなくなりにけり心のままに蓬のみして」という歌が紹介され、「思ひあはせられて恥づかしくこそ侍れ」と結ばれる。

細川重男は、この説話の意義について次のように指摘した。すなわち、鎌倉末期にはこの伝説が鎌倉幕府の中枢を含めた武家社会知識層に広く知られていたこと、義時と武内はともに数代の主君に仕えた点で共通し、かつ神功皇后の再生とされた義時の姉政子（『吾妻鏡』嘉禄元年〈一二二五〉七月十一日政子卒去条）とともに政治を支えた義時の姿が武内宿禰の行動と重なること、こうした得宗家の始祖神話ともいうべき武内伝承は得宗家が鎌倉将軍の

「御後見」の「正統」の家であることの論理的根拠とされたこと、そして武内後身説は石清水社が鎌倉幕府との関係強化などを目的として作られた可能性があること、[1]などである。

細川の指摘をより説得的にするためには、この説話について解明すべき課題がいくつかあるように思われる。

第一は、武内宿禰の後身であることが北条氏が執権として将軍を補佐する体制の正統性を主張するために説得的かつ効果的であったとするが、そのためには武内宿禰が神としてどのような意義を持っていたのかの検討が必要であろう。

第二は、武内宿禰伝説が鎌倉末期までには広く知られていたということについて、伝承の分布・伝播の状況を武家社会のみならず公家社会も含めて解明する必要があろう。

第三は、武内宿禰の後身である義時の子泰時が「只人」ではない、とされていることについてである。泰時は神仏などの化身であることが予想されているが、その意味についての検討も求められよう。

これらの課題のうち、第三の課題については別稿で検討したのでそちらに譲り、[2]本稿では紙数の制約もあるため第一の課題について、古代から『著』の成立期である鎌倉中期あたりまでを目途に検討していきたい。第二の課題については、別な機会を期したい。

一　平安・鎌倉期における武内宿禰伝承の展開

(1)　武内宿禰について

最初に、武内宿禰について必要な範囲において述べておきたい。

武内宿禰(『古事記』では「建内」と表記されるが、本稿では「武内」と表記する)は、『古事記』『日本書紀』(以下『記』『紀』、『記紀』)に登場する伝説的人物である。『記』と『紀』では記述量や内容の違いもあるが、まとめるなら、第八代孝元天皇の孫とも曾孫ともされ、第十二代景行天皇から第十六代仁徳天皇にいたるまでの六代（神功皇后を含む）の長きにわたって大臣として天皇に仕えた忠臣とされる。生没年は確定できず、『記紀』には年齢の記載はないが、三百歳前後の長寿を保ったとされている。仕えたとされる天皇自体も一部を除いては実在性に乏しく、また常識を超えた長寿であることから、武内宿禰は実在の人物とは考えられていない。武内宿禰をめぐる説話や人物像についてはさまざまな解釈がなされているが、佐々木隆の「各天皇に仕えた何人かの忠臣に対するイメージが統合され、それがひとりの人物として説話の中で具現化されたもの」、という解釈が妥当と考えられる。(3)

武内宿禰は蘇我・平群《へぐり》・巨勢・葛城・紀氏などの有力氏族の祖とされていることもあり、早くから古代史研究者からの関心が寄せられていた。武内宿禰伝承についての成果をまとめた佐藤治郎は、武内宿禰像の属性を①天皇近侍の忠臣、②「審神者」として巫を補佐する覡、③長寿者、④朝鮮半島からの渡来人との密接な関係、⑤水稲耕作や灌漑施設の開発との関係、⑥叛乱伝承との関係、の六点に整理した。(4)

佐藤は『記紀』成立の八世紀以降の貴族社会において、右記六点の共通認識のもとに武内宿禰伝承は繰り返し再話されてきているとされる。氏は再話の過程を跡づけてはいないが、その一つが『著』の武内宿禰説話であろう。本稿では武内宿禰伝承は八世紀の記紀成立時期に整えられたと考え、以後中世にいたるまでの伝承の展開の様相について検討することにより、『著』の武内宿禰説話の持つ意義についての鮮明化を期したいと思う。

(2) 武内への関心・想起

本項では、八世紀以降武内に対してどのような関心が示されていたのかについて見ておきたい。

武内伝承に含まれるさまざまな属性のうち中核を占めているのが、忠臣であったことであろう。『続日本紀』所載の次の二例はそのことをよく示している。慶雲四年（七〇七）に藤原不比等が食封五千戸を賜ったときの文武天皇の宣命には、「難波大宮御宇掛母畏支天皇命乃、汝父藤原大臣乃仕奉貢流状乎婆、建内宿禰命乃仕奉貢流事止同事叙止勅」(同年四月十五日条)と、不比等の父鎌足のあり様は武内宿禰と同様の忠臣であることが述べられている。また、天平八年(七三六)に葛城王らが橘宿禰の賜姓を願った際の上表文には、武内宿禰は「尽事君之忠、致人臣之節、創為八氏之祖、永遺万代之基、自此以来、賜姓命氏」と、忠臣であることと万代に続く氏姓の基を遺したことが述べられている(同年十一月十一日条)。このように、武内は忠臣であることとともに氏の祖であることが意識され、以後も改姓などを願う際に一つのよりどころとして武内の後裔であることが主張されていく。

六国史の記事が途絶える九世紀末以後は改姓に関してまとまった形では把握しにくくなるため、改姓に際して武内の後裔であるとする主張がなされていたのかどうかは今後の精査に俟ちたい。

一方、忠臣であるという認識は中世にいたるまで継続されていったことは確認し得る。忠のことが明記されているのは『十訓抄』(一二五二年成立)で、巻六「忠直を存ずべき事」の第四話では第十六代履中天皇が皇太子であった時、弟仲皇子の殺害計画から守ろうとした三人の忠臣の一人とされている。この話は『紀』履中天皇即位前紀の記事に基づくものであるが、その時点では武内宿禰は死去しており、三人の忠臣は平群木菟《つく》宿禰・物部大前宿禰・阿知使主となっている。平群木菟宿禰は武内宿禰の子であるため、そのことに引きずられて『十訓抄』では武内とされたのかもしれない。なお、『紀』ではこの三人を忠臣とは明記していない。そのことを踏まえるなら、『十訓抄』は忠の徳目を強調するため意識的に武内宿禰を話に挿入した可能性も考えられる。そうであれば、中世において武内宿禰は忠を代表する臣下と考えられていたことが確認されよう。

また、第十五話は応神天皇の時代、武内宿禰が弟甘美内宿禰《うましうちのすくね》による謀反の讒言により謀殺されそうになった時に、武内と容姿が似ていた壱岐直祖真根子《おやまねこ》が身代わりになったため死を免れ、かつ天皇の推問(『紀』〈応神天皇九年四月〉では、盟神探湯《くがたち》による)により潔癖であることが証かされるという話である。なお、武内は「二心なくして、忠をもつて君につかふる。今なんぞ罪なくして死なむや」と無実を訴え、その部分に「忠」の語が見られるが、その文言は『紀』とほぼ同じである。

その他、武内宿禰への関心・想起を示す事例として、その長寿が外国でも注目されたらしいことや、『紀』の武内説話が想起されたことが知られる。前者はすでに指摘されていることではあるが、(5)『宋史』日本伝に「次応神天皇（中略）今八蕃（ママ）菩薩。有大臣、号紀武内、年三百七歳」とある部分である。佐藤はこのことは奝然《ちょうねん》（九八四年入宋）がもたらした『王年代紀』なる書によったもので、平安時代初頭に貴族社会で語られていた武内宿禰伝承がたまたま中国の史書に記録されたものとする。(6)十世紀半ばから後半にかけて、中国にもたらされた日本事情に中国の人々が一定の関心を寄せたらしいことが知られるが、そうしたことの持つ意味については、今後深めていくべきと思われる。(7)

後者の武内説話は、『紀』の仁徳天皇元年一月三日条に関係する。応神天皇と武内それぞれに子が同日に生まれ、その時にともに瑞兆を表す鳥がそれぞれの産殿に飛び込んだ（応神は木菟《みみずく》、武内は鷦鷯《みそさざい》）。応神はそのことを祝い、飛び込んだ鳥を互いに取り替えてそれぞれの子に名としてつけることにした。それで応神の子は大鷦鷯《おおさざき》皇子（仁徳天皇）、武内の子は木菟《つく》宿禰となった、ということである。

『平戸記』仁治元年（一二四〇）閏十月三日条によると、平経高・家綱・為長らの言談において怪鳥のことが話題となった。そこでは「怪鳥事或者勘申日本紀文云々。件事、武内大臣妻室産生之間、木兎入来之文云々、以日本紀校合之処、其文相違如何」とある。怪鳥のことは「日本紀」に記載があるようで、それは武内の妻が出産のときに木菟が入来したことであるので「日本紀」を調べたところ、文が相違していることが問題とされている。武内の産殿に入来したのは鷦鷯であるし、かつ木菟とともに瑞兆を示す鳥とされていた。したがって、ここでは武内の産殿に入来した鳥の話に関する経高らの記憶がそもそも誤りであって、当該部分を『紀』で確認したところ記憶が誤りであったことを認識した、ということなのであろう。曖昧さはあっても中世における貴族らの武内説話に対する認識の一端が知られよう。

なお、『平戸記』の当該条では続けて、長承二年(一一三三)に木菟が鳥羽上皇の御所に入ったことが源師時の記(『長秋記』であろう)にあると聞いているので確かめたところ、その記事がないことを家綱が不審としている。現行の史料大成本『長秋記』の長承二年条は一・二・三・十・十一・十二月条が欠けていることもあり、それらしき記事は見当たらない。したがって、そもそも『長秋記』当該記事に武内が関係づけられていたかどうかは不明であるし、あるいはこの点も彼らの記憶が曖昧であったことを示しているのかもしれない。

(3) 日本紀講書と武内

武内への関心や想起が継続的に行われていたことを推測させる事象が、宮中で行われていた『紀』の講書と終了後の宴会である。講書は現在知られるところでは養老五年(七二一)、弘仁三年(八一二)、承和十年(八四三)、元慶二年(八七八)、延喜四年(九〇四)、承平六年(九三六)、康保二年(九六五)の七回行われている。養老度のそれは『紀』完成の翌年であるので、完成を祝う特別のものであったとされ、九世紀から十世紀半ばにかけてほぼ三〇年間隔で行われていたことになる。終了後に行われた宴会では『紀』のなかの神・天皇・臣下を題にした和歌が詠まれ、その歌は日本紀竟宴和歌と呼ばれた。竟宴は講書のたびに行われたと思われるが、その様相が知られるのは元慶度の元慶六年(八八二)、延喜度の延喜六年(九〇六)、承平度の天慶六年(九四三)の三回で、そこで詠まれた歌は『日本紀竟宴和歌』として成書化された。

この講書・竟宴において『紀』のどのようなことが取りあげられていたのかについて、武内への関心という観点から確認してみたい。その際に示唆的なのが、元慶度の竟宴和歌のことを示す次の記事である。

抄出日本紀中聖徳帝王有名諸臣分充太政大臣以下。預講席六位以上各作倭歌。自余当日探史而作之。

（『日本三代実録』元慶六年八月二十九日条）

ここでいう『紀』における聖徳帝王・有名諸臣が問題となろう。河野勝行は、『記紀』は聖君主観に基づいて構成されているとし、『記紀』合計九人の聖君主を指摘している。それによると、神武・崇神・垂仁・神功皇后・応神・仁徳・聖徳・孝徳・天武の九人で、傍線は『記紀』両書で重なるものである(8)。竟宴において和歌に詠まれた聖徳帝王とはこれらの天皇・皇族らであり、有名諸臣もそれらの帝王下での臣下であった可能性が推測される。特にこのなかの神功・応神・仁徳の三人は武内が仕えた帝王であることが注目されよう。

そこで、現在知られる三回の日本紀竟宴和歌について検討したい(9)。三回合計で七四名の作者による八三首の歌が知られる。ただ、元慶度のものは、藤原国経が仁徳天皇のことを詠った二首のみである。

元慶・延喜・天慶度で詠まれた天皇は、神功皇后・聖徳太子も含めると次の一六人である。傍線は河野により聖君主とされた人物である。

〈元慶・延喜〉

神武・崇神・神功・応神・仁徳・反正・允恭・雄略・欽明・敏達・用明・聖徳・推古・孝徳・天智・天武

〈天慶〉

崇神・垂仁・允恭・仁徳・雄略・欽明・聖徳・孝徳・天智

聖君主はいずれも全体の半分を占め、聖君主とされた人物の割合が高いことが知られる。また、武内が仕えた六人の天皇のうち神功・応神・仁徳の三人が入っていることにも注目したい。

詠まれた人物のうち、ここで取りあげる臣下は武内関係者に限定するが、延喜度に武内とその子木菟宿禰が詠われている。武内については藤原国経が詠んだもので、「筑紫経て探湯《くかたち》せしに清き身は六代《むよ》の天皇《すめら》に仕へ来にけり」という歌である。左注に『紀』からの関係記事として、前述した応神天皇の時代、武内宿禰が弟甘美内宿禰による謀反の讒言により謀殺されそうになった時、盟神探湯により罪を晴らしたという話が記されている。壱岐直祖真根子が身代わりになったことは記されていないが、武内の忠臣性を物語るものである。

子の木菟宿禰については源兼似《かねのり》が詠んだもので、「木菟宿禰《つくすくね》天皇《すめら》が皇子《みこ》に名換《なが》へせる心は君を祝ふなりけり」という歌である。これも前述したように、同じ日に生まれた天皇と武内の子に産屋に飛び込んだめでたい鳥の名を取り替えてつけた、という話に基づいている。

以上、武内に関しては二例であるが、十世紀において武内に関してどのようなことに関心が寄せられていたのかの一端が知られたと思う。そして、その二例にまつわる話は、その後も関心が継続されていたことにも注目しておきたい。

日本紀講書は十世紀後半以降行われなくなり、摂関・院政期の日本紀への関心は遠のいたようである。日本紀自体が直接見られることも少なくなり、「日本紀」とあってもそれらは講書の際に作成された注釈書の類が多いとされている(10)。前項の『平戸記』の記事における怪鳥に関することは、そもそも経高らの記憶が誤りであったようなので、この場合の「日本紀」は正規のものであったと思われる。

二　武内神の諸相

(1)　神格化の様相

既述の『著』の武内説話では、武内は八幡神に仕えてはいるが、武内自身も神として石清水八幡宮に祀られていたことが知られる。前述の佐藤が整理した武内宿禰の属性の一つに審神者の側面があったが、それは神と人と
見としての役割であって、武内自身は神ではなかった。

その武内が神として祀られたことを示す早い時期の記載が、今井似閑《じかん》『万葉緯』所引『因幡国風土記』逸文の宇倍神社の記述である。それによると、武内は仁徳天皇五十五年三月に因幡に下向し、そこで没し宇倍神社に祀られたとある。そうであれば、武内は没後そのまま神として祀られたことになるが、『因幡国風土記』逸文の成立は鎌倉初期以前には遡りえないとされているため、(11)参考程度にしか扱えない。

確実な史料で早いものは、『続日本後紀』承和五年(八三八)三月二十七日条の記事であろう。その記事の内容は遣唐使の過海を遂げさせるため、大宰府管内の国分寺・神宮寺などに度者九人を配置し航海安全を祈らせるというものである。その九人のなかに「大臣一人」とあり、「大臣」は香椎宮《かしい》(筑前国)に祀られていた武内宿禰とされる。九人の度者のうち一人が、武内社における祈禱担当であったのである。香椎宮の初出史料は神亀五年(七二八)であるので(『万葉集』巻六、九五七~九五九番)、創建は少なくとも八世紀初頭に遡りうる。その時点で武内が祀られていたかどうかは定かではないが、八~九世紀においては北九州地域で武内は神として祀られていたことが知られよう。

なお、『延喜式』式部省上において、「凡橿日(=香椎)廟宮舎人一人、大臣武内宿禰資人一人、預得考之例」とあるように、武内は香椎宮の一神として祀られてはいたが単独ではなく伴神的位置にあった。六代の天皇に仕えた臣下という点では、神ではあっても武内には伴神的属性が付きまとうことになる。その典型が応神天皇とその臣下武内の関係が、応神=八幡とその臣下武内という関係であろう。

八幡神が応神天皇と同格であるとされるようになった時期は、宮地直一・中野幡能らによると八世紀後半にはそうした認識が芽生えており、九世紀初頭には明確化していったとされる。(12)『男山考古録』(13)第四では『宮寺縁事抄』(以下『縁事抄』)を引用して、貞観二年(八六〇)に行教が石清水に八幡を勧請した際に、行教とその甥である安宗の先祖(紀氏)に当たる武内を本社の傍らに祀ったとされる。『宮寺縁事抄』は鎌倉初期に石清水八幡宮寺別当田中宗清（一一九一～一二三七）が編纂した石清水八幡関係の史料集であるが、現存の『宮寺縁事抄』[14]には該当箇所は見当たらない。したがって、石清水に勧請時点で武内が祀られたかどうかは定かではないが、一応の時期的目安としておきたい。

八幡の伴神として武内がその役割を果たしたことが知られる確実な例は、管見では『百錬抄』長徳元年（九九五）一月二十六日条である。そこには、「石清水而夢。武内宿禰云。天下疫気尚未止。有行幸此宮者可平也。有御卜也」とある。同書によると前年の正暦五年（九九四）は疫死するものが多く、そのため鎮静を願って正暦六年二月二十日に長徳と改元したように疫病が流行していた。それを鎮静化するために、天皇（この時は一条天皇）が石清水八幡へ行幸すべきことを武内が占いにより告げているのである。武内に疫病を鎮める力はなかったかもしれないが、主神である八幡による救済を取り次ぐ役割を果たしていることに注目しておきたい。

こうして八幡の従者としての武内像は定着していき、十二世紀までには八幡社には摂社として武内が祀られることが常態化していったと考えられる。[15]そうした動向のなかで武内自身の神格化も進んだと思われるが、そのことがうかがえるのが『本朝神仙伝』所載の武内伝である。

『本朝神仙伝』は、大江匡房《おおえのまさふさ》（一〇四一～一一一一）撰とされる日本の神仙の伝が集められた書である。しかし、現存本は完本ではなく七名ほどの伝が失われており、武内宿禰も伝が欠けている一人であった。ところが近年中前正志により、『縁事抄』第十一に収録されている逸文が「発見」紹介された。[16]文章は短文ではあるが、武内が神仙たる特徴は、「兼好長生。不捨薬餌。桃顔如少。華髪不生。人疑数百歳之人。遂尸解而去」というように示されている。最後に付された「□配八幡宮。為輔佐神。豈非神仙哉」という一文は『縁事抄』収録の際に付加されたもので、本来の神仙伝にはなかったものと考えておきたい。

薬餌による数百歳と思われる長生、白髪のない若々しい容貌、そして死体消失を示す尸解など、長生であったことを除いては神仙であることを示す新たに付加された特徴といえる。もっとも、『記紀』を始めとする武内伝では死去の年次や墓所などが曖昧とされていたので、神仙的要素はすでに備わっていたためか、『本朝神仙伝』では尸解とすることにより神仙であることを一層明確化したものと考えられる。

『縁事抄』では『本朝神仙伝』の武内宿禰伝を紹介した後、「武内宿禰事、出自日本記第十巻」として盟神探湯の話を紹介し、さらに続けて「武内　阿弥陀」「宇佐ニハ善神王」という見出しで「武内大神者……」というように、神としての武内が語られる。そのなかで「二百八十容華之春、得寿於仙薬之裏、遂使尸解而去歟、羽化而昇歟、世無実録、人未詳知」と仙人になったことが示唆されるが、結局はそのことは不明瞭であるとしてそれ以上の展開は見せない。続けて「而我八幡大菩薩御垂跡之時、不変君臣之昔契、忽従雲雨之新行以来、内證如来之果、外顕神明之位」と、八幡を補佐する神としての武内が語られるのである。

武内宿禰の本地は八幡と同じ阿弥陀ということになる。君臣ともに本地が同じ場合、君臣関係が成り難い感を受ける。ただ、君臣一体を強調したものと捉えるなら、必ずしもそのように考える必要はないのかもしれない。

(2)『八幡宮寺巡拝記』の武内説話

前項では武内の神格化が進展し、八幡の従者としてではあるが神としての武内は平安末までには確立していたことや、神仙ともみなされていたことなどを述べた。本項では神としての武内に寄せられていた信仰や期待されていた利益、及び果たしていた機能などについて検討したい。そのための素材として『八幡宮寺巡拝記』(以下『巡拝記』)を使用したい。

本書は、宇佐・香椎・筥崎・石清水四所の八幡宮に関する霊験譚などを集めた説話集である。原本は石清水に所蔵されていた宮寺別当田中教清による教清本と呼ばれる『古典文庫』収録のものと(近藤義博校訂、一九五〇年)、京都大学所蔵の京大本が知られる[17]。説話数は古典文庫本五十七話、京大本五十八話と数に一話違いがあるが、それは説話の区切り方の違いによるものである。成立時期は近藤によると弘長年間（一二六一〜六四）から文永五年（一二六八）の間とされ、大方の承認を得ている。両本は説話の配列順が異なるが、京大本の方が文章が整っているので本稿では説話番号も含めて京大本を使用する。

『巡拝記』によると武内は八幡の伴神としての役割を果たしており、石清水八幡への参籠者の交名を記すことが通常の役割であったことが知られる。第十三話では建長（一二四九〜五六）のはじめ頃に石清水に参籠した聖が、武内が交名を記す様子を見たいことを願い参籠第三夜目に夢のなかではあるがそのことが叶った。夢に現れた武内は「白張ノ御装束ニ立烏帽子ニ沓ヲ奉リ札ヲ御手ニ捧テ」と、神官風の高貴な姿が描かれている。話の最後は「大菩薩ノ御宝前通夜ノ交名ノ内、武内ノ御筆ニテ金ノ札ニ注サセタマヒナン何事カ不叶ヤ」と結ばれており、参籠者のうち特に金の札に交名が記されたならば願いが叶うと信じられていた。交名を記す武内のことは第二十六話でも語られるが、記載されるためには参籠通夜することが必要であったことが知られる。

八幡から別の命を受けながらも、武内自身の計らいにより参籠者の願いを叶えた話もある（第五十五話）。夫が養子の娘と深い仲になったため、妻はその娘を恨み石清水に参籠した。妻の傍に参籠していた僧侶は次のような夢を見た。八幡が武内に妻の願いを叶えさせよと命じたところ、武内は妻の願いを叶えることは娘を殺すことでそれは罪が深く妻を地獄に落とすことになるので「中柱を断つべし」といって貴船に命じ鏑矢を放たせた。後日夫の首に腫瘍ができ三日で他界した。因縁を知った妻・娘は、罪障を償い夫の後生を弔うために出家した、という話である。

中柱とは妻の参籠の原因を作った夫のことで、その夫を除去することにより妻・娘共に救済しようとする計らいなのである。貴船の放った矢は夫の腫瘍となり命を奪うことになった。なお、武内が矢を射ることを命じた貴船社は当時は八幡の末社であったことが知られる（『縁事抄』第一末「鳥居事」）。

もう一つ注目したい話が、第四十四話能恵得業《のうえとくごう》の蘇生譚である。骨格部分は『宝物集』巻五所載の話と思われ、そこでは大般若経書写の願を果たさないまま死去し閻魔宮に赴いた東大寺の能恵（一一二五〜六九）は、願を果たすために閻魔王の計らいにより蘇生し書写を完成した後に改めて死去する、という話になっている。この話は『能恵法師絵詞』（残欠一巻本、十三世紀初め頃の作とされる）として絵巻化されていることもあり、早くから注目され研究も少なくないが、それらの研究状況については竹居明男のものに譲りたい[18]。

『巡拝記』では武内が八幡の使いとして閻魔宮から能恵を召し返し、能恵は蘇生後石清水八幡の宝前で三井寺の公顕を導師として供養を遂げ、その後往生したことになっている。『宝物集』では閻魔王の誦文が示され能恵の往生が示唆されているが、『巡拝記』では右手に五色の糸を取って本尊（阿弥陀）に向かって入滅したとあり、往生したことが明確化されている。この話において、武内の役割は八幡の使いとして地獄から能恵を蘇生させることであったが、結果として往生に導くための助力をしていることになる。

なお、能恵に供奉した八幡の使いを武内と明記しているのは『巡拝記』以外には見られない。『能恵法師絵詞』では能恵に供奉する八幡の使いが描かれているが、闕腋の袍を着し太刀を身につけた武官の姿である[19]。『巡拝記』十三話で描写されていた神官風な貴族の姿とは異なるものの、使者が武内であることが前提にされていたのであれば、『能恵法師絵詞』のその場面は中世までにおいて武内の姿が描かれた唯一の絵といえよう。

（3）武内神の諸相

神仏習合の進展のなかで、武内にも本地仏として阿弥陀が比定された（『縁事抄』巻十一）。そのことを確認し得る早い時期の史料は、建保五年（一二一七）の「宗清願文案」に見える「武内大神本地則西方之教主」という文言であろう。[20] 八幡の本地が阿弥陀であることは十二世紀初頭には確認し得るので、[21] 武内の本地もその頃には確定していた可能性がある。武内は八幡の使者でありながら、本地仏は観音ではなく両者ともに阿弥陀仏であるところが興味深い。八幡の本地に往生を願う話は見られるが（『古事談』第五の九）、武内に対してはそうした事例は見当たらない。

武内の本地が阿弥陀であることを記した『縁事抄』巻十一では、続けて「宇佐ニ八善神王」とある。善神王とは本経・本尊を守護する神で四天王や十二神将などが代表的で、それらを合わせた十六善神が著名である。[22] 善神王は、輔佐の臣としての武内にふさわしい本地といえよう。ただ、その分布は平凡社日本歴史地名大系・角川日本地名大辞典を確認した範囲においては、九州地方に限られているようである。

たとえば、賀来神社（大分市）の祭神は善神王としての武内である。他にも垂迹神が武内かどうかは定かではなく創建時期もまちまちではあるが、九州には大分を中心として善神王が祀られている神社や旧称が善神王社などであった神社が少なからずある。[23] そうした地域では「ぜぜんのう」「ぜんじのう」などとも読まれ、地域の信仰を集めている。大分県杵築市所在の祭神を武内宿禰とする善神王社（ぜぜんのうしゃ）は、文久二年（一八六二）に賀来神社（大分市）の分霊を勧請したもので、耳病の神として参詣者が多いという。[24]

耳病の神ということに関して、『大同類聚方』巻六十五「美々之多礼也味《みみのたれやみ》（耳垂れ）」では武内宿禰処方の浮田薬、武内宿禰の祖とされる王仁が処方し以後その子孫に伝えられた禰日薬のことが記されている。[25] また、巻七十一「都波利也美《つはりやみ》（悪阻）」では武内宿禰が神功皇后の悪阻の治療のため献上した菅水根薬が紹介されている。

ただ、こうしたことを伝える『大同類聚方』には問題も残されている。同書は大同三年（八〇八）に安倍真直・出雲広貞らの撰になる百巻からなる和方薬書であるが、[26] 原本が失われ後代の抄本類も偽書とされているものである。それだけに扱いには注意が必要である。武内宿禰が薬の処方に携わっていたこと自体は伝承であろうが、そうしたことが伝えられていたことは注目してよいであろう。承和二年（八三五）に武内宿禰の支族である丹波国右近衛府医師大村福吉ら五人が、紀宿禰を賜姓された。福吉は療瘡術に勝れ、『治瘡記』を撰述したとある[27]。間接的な事例ではあるが、武内宿禰と医術との関係がうかがえる例としておきたい。

武内宿禰が耳病治療の神として信仰されるようになった経緯については今後の課題としたいが、少なくとも九世紀初頭においては武内は治病の機能を備えた神と認識されていたものと思われる。十世紀末のことではあったが疫病を鎮静化させる取次ぎ役を武内宿禰が果たしていたことを前述したが、九世紀はそうした認識が形成される前段階の時期であったといえよう。

さて、武内の長寿に関して示唆するのが、『宝物集』巻一の「命が宝」であることを説く次の部分である。

> 人界に命に過たる宝は侍らぬ也。百里奚が食を道路に乞し、命長かりし故に、天下を司り、寗戚が牛を車下にかひし、久しく世に有しかば智臣に用ひられき。吾朝の武内の大臣の、六代の君につかへし、命の有し故なり。

百里奚《はくりけい》・寗戚《ねいせい》など、苦労しながらも長生きしたため宰相に取り立てられた中国の賢人の例をあげ、日本の武内も長寿であったため六代の君に仕えることができたとし、長寿により命を保つことの重要さが説かれているのである。ここでは、武内の長寿が必ずしも常識を超えたものではないような捉えられ方がされていることが注目される。

武内に寄せられていた信仰の一端が知られるのが、日蓮の消息である。日蓮は自己の信者との関係を説く際に、武内と八幡の関係を持ち出して説明している[28]。そこでは法華経信仰の重要性を説き、法華経を重視・供養することの功徳として、日蓮と日蓮を供養した男女の関係を八幡と武内・若宮に対比させ、現在八幡が祀られているように日蓮が祀られるであろうこと、日蓮を供養した男女は武内・若宮のように崇められることになるであろう、と予測している。八幡と一体となった武内に寄せられた信仰の様が知られる事例であり、八幡・武内の関係を日蓮と信者との関係に擬することが教化において効果的であったことが知られる。

おわりに

以上、冒頭に紹介した『著』の武内宿禰説話の持つ諸課題を解明するため、『著』成立期にいたるまでの武内宿禰伝承の展開をたどってみた。特にその神格化の過程に重点をおき、九世紀までには神として祀られ、十世紀には八幡の伴神（輔佐神）として機能し始めていたことを確認した。『著』の武内宿禰説話は、伴神として機能する武内宿禰が定着していた時期の説話であるので、北条義時が武内宿禰の後身であることの主張は意味を持ちえるものであったことが確認される。

ただ、武内神は伴神以上の存在ではなかったためか、独自な機能を果たす神という点では一定の限界を有していたといえる。ただ、『著』の武内宿禰説話が細川がいうように得宗家が鎌倉将軍の御後見の正統の家であることの論理的根拠であることを示せたのは、武内神が伴神として定着しており、そのことが有効に機能したから、ということになる。そうした点で伴神であることの正負は表裏一体の関係にあったといえよう。

（1）細川重男『鎌倉北条氏の神話と歴史――権威と権力』（日本史史料研究会、二〇〇七年）、同『北条氏と鎌倉幕府』（講談社、二〇一一年）。以下、武内宿禰伝説に関する氏の理解は前者の書による。

（2）拙稿「垂迹人とその意義――『古今著聞集』における「ただ人にあらざる」人を素材に」（北海学園大学大学院文学研究科『年報新人文学』一四、二〇一七年一二月）。

（3）朝日新聞社編『朝日日本歴史人物事典』「武内宿禰（たけしうちのすくね）」の項（佐々木隆執筆、朝日新聞社、一九九四年）。

（4）佐藤治郎「武内宿禰伝承の研究序説」（『日本歴史』四一六、一九八三年一月）。
（5）岸俊男「たまきはる内の朝臣」（初出は一九六四年、同『日本古代政治史研究』塙書房、一九六六年）。
（6）佐藤治郎注（4）の論稿。
（7）拙稿「長谷観音異国霊験譚の意義」（北海学園大学大学院文学研究科『年報新人文学』一〇、二〇一三年一二月）で、異国に霊験を及ぼす長谷観音の意義について考えてみた。
（8）河野勝行「記・紀構成原理の一つとしての「聖君主」観」（『初出は一九七二年、同『古代天皇制への接近』文理閣、一九九〇年）。
（9）『続群書類従』一五輯上。『日本紀竟宴和歌』についての研究は、梅村玲美『日本紀竟宴和歌の研究』（風間書房、二〇一〇年）が行き届いており、万葉仮名の書き下し表記は氏による。
（10）吉原浩人「院政期の日本紀享受」（『国文学解釈と鑑賞』八一四、一九九九年三月）。
（11）中前正志「新出・『本朝神仙伝』武内宿禰伝逸文について」（『古代文化』五五―六、二〇〇三年六月）。
（12）宮地直一『八幡宮の研究・春日神社の研究（宮地直一論集第四巻）』七八頁（蒼洋社、初刊は一九五六年、一九八五年再刊）。中野幡能『八幡信仰』三・四章（塙新書、一九八五年）。
（13）石清水八幡宮史料叢書一（石清水八幡宮社務所、一九六〇年）。
（14）『大日本古文書』石清水文書五、『神道大系』神社編「石清水」収録。
（15）『水鏡』上巻「十二代景行天皇」「武内は孝元天皇の御孫なり。この後、代々の帝の御後見として世に久しくおはしき。今に八幡の御傍らに近く斎はれ給へるは、この人にいます」などはそのことを示している。
（16）中前正志の注（11）論稿。
（17）新間美緒解説、『京都大学国語国文資料叢書』二二（臨川書店、一九八〇年）。新間の解説は同『神仏説話と説話集の研究』（清文堂出版、二〇〇八年）に収録。
（18）竹居明男「『能恵法師絵巻』とその周辺――中世八幡宮をめぐる蘇生譚覚書」（『国学院雑誌』八八―六、一九八七年六月）。
（19）『能恵法師絵巻』の絵の細部の解釈に関しては、日本絵巻大成二五『能恵法師絵詞、福富草紙、百鬼夜行絵巻』（中央公論社、一九七九年)の小松茂美の解説によった。
(20)『鎌倉遺文』二二八七号、建保五年一月二七日付。また、嘉禄元年(一二二五)九月十二日付の「宗清勧進帳」でも「阿弥陀如来は我が先祖武内大臣の御本地なり」とある(『鎌倉遺文』三四〇五号)。
(21)大江匡房『続本朝往生伝』(成立は一二世紀初頭)第十六「真縁上人」の説話中に「生身の仏は、即ちこれ八幡大菩薩なることを。その本覚を謂はば、西方無量寿如来なり」という一文がある。
(22)二宮好雄「賀来善神王について」(『大分県地方史』一〇、一九五六年一二月)。
(23)大分県では善神王殿(宇佐市)、善神王殿御在所(由布市)、善神王(国東市)、吉弘神社境内の善神王石祠(国東市)、安岐善神王社(国東市)、八津島宮(日出町)、大原八幡宮(日田市)、若宮八幡宮(大分市)。他県では善神王八幡宮(福岡県嘉麻市)、善神王社(福岡県飯塚市)、十六善神王社(熊本県熊本市)、今山八幡(中世に善神王殿あり、宮崎県延岡市)、永田神社(旧善神王社、宮崎県延岡市)、八幡神社(鹿児島県南大隅町)など。
(24)日本歴史地名大系『大分県の地名』「馬場尾村」の項(平凡社、一九九五年)。
(25)このことに関して夏井高人「美々之多礼也味(耳の垂れ病)の薬方(上)」(『らん・ゆり』四四六、二〇一四年一一月)参照。
(26)『日本後紀』大同三年(八〇八)五月三日条。
(27)『続日本後紀』承和二年(八三五)一〇月四日条。『治瘡記』は現存しないが、題名から外科医書と推定されている(服部敏良『平安時代医学の研究』科学書院、一九八〇年再刊、一八〇頁)。
(28)建治元年(一二七五)八月四日付「乙御前御消息」(『昭和定本日蓮聖人遺文』第二巻一九〇号)。

『発心集』蓮華城入水説話をめぐって

木下華子

はじめに

『発心集』は鴨長明の手になる鎌倉時代初期の仏教説話集であり、建暦二～四年（一二一二～一六）頃の成立とされる。その伝本は、流布本系とされる慶安四年片仮名板本・寛文一〇年平仮名板本の八巻本と、異本系とされる五巻本の写本（神宮文庫蔵本・山鹿積徳堂文庫蔵本）に大別される。板本は全一〇二話、神宮文庫蔵本（以下、神宮本）は全六二話と収載される説話数には四〇話もの差があり、板本一〇二話のうち神宮本系にはないものが四二話、神宮本独自説話が四話存在する。本文については、両者それぞれに古態が認められ、どちらが原態に近いとは一概には言えない。また、神宮本系が収める板本との共通話（五八話）のうち、板本第七・八巻の説話（二七話）と重なるものは一切存在しない。この現象と、板本巻七・八が収める神明説話の割合が巻六以前に比べて突如高くなるという収載説話の性質の変化（巻六以前では七五話中一二話程度、巻七・八は二七話中七話）、巻八の跋文に見える朝鮮半島への言及が文永・弘安年間の元寇を踏まえて出現する蓋然性が高いと考えられる等の理由から、板本の巻七・八が後代の増補であるとする説が大勢である。(1)

本稿では、この『発心集』に収められる説話のうち、板本巻三―八・神宮本巻三―三に位置する「蓮華城入水事」を取り扱う。当該説話の概要は、蓮華城という聖が知己である登蓮法師の助力によって入水往生を試みるも、入水の間際に後悔の念を起こしたことで往生を遂げられず、後に登蓮に取り憑いた蓮華城の霊が事の顛末を語るというものだ。この蓮華城の入水事件は、『顕広王記』や『日本紀略』にも記録されており、安元二年（一一七六）八月一五日の出来事だったと考えられる。以下、『発心集』と古記録類の比較を通して、この入水事件の様相と『発心集』の意図を考察したい。それが、本稿の目的である。

一　『発心集』「蓮華城入水事」

まず、当該説話について、『発心集』の本文を確認しよう。以下に、慶安四年片仮名板本の巻三―八「蓮華城入水事」の全文を引用する（濁点・カギ括弧等を補うなど、任意に表記を改めた箇所がある。また、本文中の傍線・符号などは全て稿者による）。

Ⓐ近比、蓮華城ト云テ、人ニ知レタル聖アリキ。登蓮法師[2]アヒ知テ、事ニフレ、情ヲカケツ、過ケル程ニ、年比アリテ、此聖ノ云ケル様ハ、「今ハ年ニソヘツ、ヨハクナリ罷レバ、死期ノ近付事、疑ベカラズ。ヲハリ正念ニテ罷カクレン事、極レル望ミニテ侍ルヲ、心ノスム時、入水ヲシテ、ヲハリ取ント侍ル」ト云。登蓮、聞驚テ、「可レ有事ニモ非ズ。今一日ナリトモ念仏ノ功ヲ積ントコソ、願ハルベケレ。サ様ノ行ハ愚癡ナル人ノスルワザ也」ト云テ、イサメケレド、更ニユルギナク思ヒ堅タル事ト見ヘケレバ、カク、是程思取レタランニ至テハ、留ムルニ不レ及。サルベキニコソアラメトテ、㋐其程ノ用意ナンド、力ヲ分テ、モロトモニ沙汰シケリ。

Ⓑ終ニ、桂河ノ深キ所ニ至テ、念仏タカク申、時ヘテ水ノ底ニ沈ミヌ。其時、㋐聞及ブ人、市ノ如ク集リテ、且

ハ、貴ミ、悲ブ事限ナシ。登蓮ハ、年ゴロ見ナレタリツル物ヲト、哀ニ覚テ、涙ヲ押ツ、帰ニケリ。

Ⓒカクテ、日比フルマ、ニ、登蓮、物ノケメカシキ病ヲス。アタリノ人アヤシク思テ、コト、シケルホドニ、霊アラハレテ、「アリシ蓮華城」ト名ノリケレバ、「此事、ゲニト覚ヘズ。年ゴロ相シリテ、ヲハリマデ更ニ恨ラルベキコトナシ。況ヤ、発心ノサマ、ナヲザリナラズ。貴クテヲハリ給ヒシニ非ズヤ。カタ〳〵何ノ故ニヤ、思ハヌサマニテ来ルラン」ト云フ。物ノケノ云ヤウ、「其事也。ヨク制シ給ヒシ物ヲ、我心ノ程ヲシラデ、云甲斐ナキ死ニヲシテ侍リ。サバカリ、人ノ為ノ事ニモアラネバ、其キハニテ思カヘスベシトモ覚ヘザリシカド、ⓘイカナル天魔ノシワザニテ有ケン、マサシク水ニ入ントセシ時、忽ニクヤシクナンナリテ侍シ。サレドモ、サバカリノ人中ニ、イカニシテ我心ト思カヘサン。哀、タゞ今制シ給ヘガシト思テ、目ヲ見合タリシカド、知ヌガホニテ、今ハトク〳〵トモヨヲシテ、沈テン恨メシサニ、何ノ往生ノ事モヲボヘズ、スゞロナル道ニ入テ侍ル也。此事、我愚ナル過ナレバ、人ヲ恨申ベキナラネド、最期ニ口惜ト思シ一念ニヨリテ、カク、マウデ来ルナリ」ト云ケル。

Ⓓ是コソ、ゲニ宿業ト覚ヘテ侍レ。且ハ又、末ノ世ノ人ノ誡トナリヌベシ。人ノ心ハカリガタキ物ナレバ、必シモ清浄、質直ノ心ヨリモヲコラズ。或ハ勝他名聞ニモ住シ、或ハ驕慢嫉妬ヲモト、シテ、ヲロカニ、身燈、入海スルハ浄土ニ生ル、ゾト計シリテ、心ノハヤルマ、ニ、加様ノ行ヲ思立事シ侍リナン。即、外道ノ苦行ニヲナジ。大ナル邪見ト云ベシ。其故ニ、火水ニ入クルシミナノメナラズ。其心ザシ深カラズハ、如何ガタエ忍バン。苦患アレバ、又心ヤスカラズ。仏ノ助ヨリ外ニハ正念ナラン事極テ堅シ。中ニモ、愚ナル人ノコトクサマデ、「身燈ハエセジ。水ニハ安シテン」ト申侍メリ。則、余所目ナダラカニテ、其心シラヌユヘナルベシ。

Ⓔ或聖ノ語リシハ、「彼水ニヲボレテ、既ニ死ナント仕シヲ、人ニ助ラレテ、カラウシテイキタル事侍リキ。

ソノ時、ハナ、口ヨリ水入テ責シ程ノクルシミハ、タトヰ地獄ノ苦ナリトモ、サバカリコソハト覚ヘ侍リシカ。然ヲ、人ノ水ヲ安事ト思ヘルハ、未ダ水ノ人殺ス様ヲシラヌ也」ト申侍リシ。

Ⓕ或人ノ云、「諸ノ行ヒハ、皆我心ニアリ。ミヅカラ勤テ、自カ(ラ)知ベシ。余所ニハハカラヒ難キ事也。都テ過去ノ業因モ、未来ノ果報モ、仏天加護モ、ウチ傾キテ、我心ノホドヲ安セバ、ヲノヅカラヲシハカラレヌベシ。且々、一コトヲ顕ス。若、人、仏道ヲ行ナハン為ニ、山林ニモマジハリ、ヒトリ壙野ノ中ニモヲラン時、猶身ヲ恐レ、寿ヲ惜心アラバ、必シモ、仏擁護シ給ラントハ憑ベカラズ、カキ、カベヲモカコヰ、遁ベキカマヘヲシテ、自ラ身ヲ守リ、病ヲタスケテ、ヤウ〱ス、マン事ヲ願ツベシ。若、ヒタスラ仏ニ奉リツル身ゾト思テ、虎ヲホカミ来リテ犯ストモ、アナガチニ恐ル、心ナク、食物タエテ、ウエ死ヌトモ、ウレハシカラズ覚ル程ニナリナバ、仏モ必ズ擁護シ給、菩薩モ聖衆モ来リテ守リ給フベシ。法ノ悪鬼モ毒獣モ、便ヲ得ベカラズ。ヌス人ハ念ヲ起シテサリ、病ハ仏力ニヨリテイヱナン。是ヲ思ワカズ、心ハ心トシテアサク、仏天ノ護持ヲタノムハ、アヤウキ事也」トカタリ侍リシ。此事サモトキコユ。

当該説話の梗概は、以下の通りである。Ⓐ～Ⓒは蓮華城の入水の顚末、Ⓓ～Ⓕは評語にあたる箇所となっている。

Ⓐ最近のことだが、蓮華城といって人に知られた聖がいた。蓮華城は長年の知己であった登蓮に、臨終正念のために入水(捨身行)を企図していることを告げる。登蓮は、寿命が残り一日だったとしても念仏の功を積むべきだと蓮華城を止めるが、蓮華城の決意は固い。登蓮は前世からの因縁とあきらめ、ともに準備等を行った。Ⓑ入水当日、蓮華城は桂川の深いところに行って、念仏を高らかに唱えながら水底に沈む。蓮華城の入水を聞きつけた人々が数多く集まり、尊び悲しんだ。登蓮もまた、友人を失ったことを悲しみ、涙を抑えて帰った。Ⓒ蓮華城の入水から数日の後、登蓮が物の怪に憑かれたような病になり、霊が現れて蓮華城だと名乗る。不審がる登蓮に、

蓮華城の霊は、自分がつまらない死に方をしたために往生も叶わず、予期せぬ道に陥ったことを告げる。水に入ろうとした時に後悔の念が起こった蓮華城だったが、大勢の観衆の中で思いを翻すこともできず、止めて欲しいと登蓮に目を合わせた。しかし、登蓮は知らぬ顔で入水を促して蓮華城を沈めたということらしい。蓮華城は、自分の過ちだから人を恨む筋のことではないが、最期に悔しいと思った一念から出てきたのだという。

Ⓓこれこそが宿業であり、末の世の人の戒めともなるだろう。人の心は計りがたく、愚かにも勝他名聞や驕慢嫉妬の心から身燈や入海を思い立つことがあるが、異教徒の苦行と同じで、往生の大きな妨げである。水火に入る苦しみは大変な苦患で、心が穏やかではいられないからだ。仏の助け以外には臨終正念となることは難しい。身燈は無理だが入水は簡単そうだなどという愚かな言草も、実態を知らないからである。Ⓔとある聖は、「河で水に溺れて死にそうになった時、人に助けられてかろうじて生き返ったことがあったが、鼻や口から水が入って息ができない苦しみは、地獄の苦しみもこれほどではないと思われた。人々が入水を容易いと思っているのは、水が人を殺す様を知らないからだ」と語った。Ⓕある人は、「諸々の行いは、皆自分の心にある。自分で励み、自分で知るべきだろう。他者からははからい難いことなのである。全て、過去の業因も未来の果報も、仏天の加護も、よくよく思案して自分の心の程度を考えてみれば、自然と推し量られる。分別もなく、己の心は心として浅いままで、仏天の護持を期待するのは危うい」と語ったが、その通りだと思われる。

二　古記録に見える蓮華城の入水

蓮華城の入水は、古記録によれば安元二年(一一七六)八月十五日に起こっている。本節では、『顕広王記』と『百練抄』を用いて、実際に記録された蓮華城の入水の様相を考えることとする。

まず、『顕広王記』を見てみよう。記主の顕広王(一〇九五〜一一八〇)は、花山天皇の曾孫・源顕康息であり、長寛三年（一一六五）に神祇伯に任じられた人物である。安元元年には、神祇伯を二男仲資に譲って出家し、治承四年（一一八〇）に没した。藤森馨[3]は、顕広王について、王氏長者の地位を確立し、神祇官の長官である伯と王号を世襲する家柄・白川伯王家の祖となった人物とする。以下、『顕広王記』の本文は、自筆原本である国立歴史民俗博物館所蔵『顕広王記』を用いる。[4] 本文中の訓点や符号は稿者による。

・八月十五日条

①桂河入水者十一人

④今日蓮華城聖人没二身於桂河一、件事不レ限二一人一、已十六人云々、辰時十一人、午時五人、只是摩■（魔カ）令レ励歟。

・八月十六日条

②今日八人

・八月十七日条

③今五人、已上廿四人、古今未レ聞二此事一

⑤奉二為女院公家一於二最勝光院一被レ修二斎会一。導師法印教縁、誦願権僧正公顕百僧也。無二御幸一、殿下不参、公卿定房・隆季・実房・実国大納言、宗家・資賢・兼雅・資長・忠親中納言、教成・朝方・家通宰相、信隆非参議。

八月十五日条の内容は、次の通りである。蓮華城聖人が桂川に身を投げた。入水者は蓮華城一人のみならず、一六人にのぼったという。辰時（午前七〜九時頃）までに一一人、午時（午前一一〜午後一時頃）までに五人が入水しており、魔がたきつけた事態かと記されている。

ところで、自筆原本の『顕広王記』は具注暦に記載されている。尾上陽介によると、[5]「今日蓮華城聖人……」以下の本文は、具注暦の「十五日」という文字の左上から翌十六日条中央にかけて書かれているが、それとは別

に、「十五日」の上に「桂河入水者十一人」という記事（四角囲みの箇所）が存在する。同様に、「十六日」の上には「今日八人」、「十七日」の上には「今五人……」以下の情報が記されている。四角囲みの記事①②③とそうでない記事④は、文字の大きさや位置から考えて、別のタイミングで書かれたものと判断できるという。また、四角囲みの記事に現れる入水者の人数は「①11＋②8＋③5＝③24人」、そうでない④では「11＋5＝16人」である。それぞれの数字は異なるものの、計算上の辻褄はそれぞれに合っており、①②③と④が記された或いはそのような情報がもたらされた時期は異なっているのだろう。なお、鎌倉時代後期に成立した歴史書『百練抄』の安元二年八月十五日条には、「上人十一人入水。其中称㆓蓮華浄上人㆒者為㆓発起㆒」とあるため、『顕広王記』の①と一致する。しかしながら、このことをもって①の情報が正しいと断じるのは早計だろう。

『顕広王記』の状況について、尾上は、「おそらく違うタイミングでそれぞれの情報を聞いて記入したことの現れと考えられ」、ならば「この事件に関する情報の錯綜ぶり」が現出しており「その史料的価値は高い」とする。首肯すべき見解であり、本稿もこれに随うこととする。また、①②③と④の先後関係や真偽については定め難いと考えておく。

以上、これらの古記録から導かれるものは、安元二年八月十五日の入水事件は、蓮華城が主導する集団入水であり、後追いの入水者も多く出たということだ。八月十五日という日付、集団入水という事件の性質、この二点が古記録と『発心集』の大きな違いである。

三　入水の現場

前節では、蓮華城の入水が集団入水であったこと、八月十五日に決行されていたことを確認した。実は、身燈や入水等の捨身行・異相往生に際しては、事前にその噂が広まり、結縁のために多くの人が訪れていたことが、往生伝などの記事からわかる。『発心集』も、板本・神宮本ともに、蓮華城の入水が計画的に行われ、登蓮が事前の準備に協力したと記していた。結論を先に言えば、捨身行の前例を鑑みた場合、蓮華城の入水においても、入念な準備（点線）と宣伝（棒線）が行われていた可能性は高い。本節では、このことを実際の資料から確認したい。

表1は、古記録や往生伝等に見える、平安時代末までの捨身行や異相往生に関する記事・言説である。確認できる範囲内ではあるが、年代順に並べた。文中に付した棒線は捨身行の見物人や結縁者に関するもの、点線は捨身行決行日までの準備に関するものを示す。なお、これらの資料については、根井浄『補陀落渡海史』（法藏館、二〇〇一年）の学恩を蒙ったことを記しておく。

表1　古事録・往生伝等に見える平安期の捨身行と異相往生

	元号	西暦	月日	捨身行・異相往生に関する記事
①	長徳元年	九九五	九月十五日	六波羅密寺の住僧覚信が、菩提寺の北辺で焼身。「華山法皇幷公卿等行向拝之」。（日本紀略）
②	長徳元年	九九五	九月十六日	ある上人が阿弥陀峯で焼身。「上下雲集見之。近年諸国焼身者十一人云々」。（百練抄）
③	長保三年	一〇〇一	八月十八日	阿波からやって来た賀東聖が、弟子の蜜然を伴って、「虚舟」に乗り、土佐の足摺岬から補陀落浄土へ向けて渡海。（観音講式／発心集・三―五（神宮本三―八）／観音利益集・三〇／地蔵菩薩霊験記・六―一七）
④	万寿三年	一〇二六	五月十五日	ある比丘尼が、鳥辺野で焼身。（日本紀略）
⑤	万寿三年	一〇二六	七月十五日	薬王品尼と称された尼が、暁方に鳥部野で焼身。「焼身之間心非散乱、向西焼了云々」。（左経記）
⑥	長久四年以前	一〇四三以前		熊野那智山の住僧であった沙門応照、喜見菩薩の焼身燃臂を恋慕随喜して焼身往生。「親見伝聞輩、莫不随喜矣」。（大日本国法華経験記・上―九・那智山応照法師）

⑦	長久四年以前	一〇四三以前		薩摩国沙門某、深く道心を発し、焼身往生。「集会四衆、流随喜涙」。（大日本国法華経験記・上―一五・薩摩国持経沙門某）
⑧	長久四年以前	一〇四三以前	某月十三日	越後国の鍬取上人は、月の前半十五日は断食して過ごしており、それを疑った者に対しても、三ヶ月の断食をしてみせ、「見人」は「合掌敬礼」して尊んだ。臨終に及んで、「今月十三日、是滅尽剋。留臭穢死骸、令汝等荷担往還山野、是大悪事。我不煩汝、可取入滅」と弟子に告げ、某月十三日に焼身往生。（大日本国法華経験記・中―四七・越後国鍬取上人）
⑨	康平年中	一〇五八～六五		上人某、康平年中に阿弥陀峰の麓で焼身往生。「貴賤男女、結縁攀躋之徒、宛如楚越竹」。（拾遺往生伝・中―五）
⑩	康平五年	一〇六二		伊与国久米郡長村里の僧円観「康平五年八月十五日夜半、自蟄室中、以火焼死」。（後拾遺往生伝・上―一四）
⑪	治暦年中	一〇六五～六九	八月彼岸中	八月彼岸中、金峰山千手院の住僧「砂門永快」、天王寺に詣で、「一心念仏、満百万遍」後、入水往生。「衆人行見」。（拾遺往生伝・下―四）
⑫	治暦二年	一〇六六	五月十五日	午剋に、四条釈迦堂の住僧文豪が鳥部野で焼身。「道俗成市」。（扶桑略記／元亨釈書）
⑬	永保年中	一〇八一～八四	二月十八日	信濃国戸隠山の住僧「持経者長明」は自らを喜見菩薩の後身と称しており、某年二月十八日、焼身。（拾遺往生伝・下―一七）＊元亨釈書では康保年中（九六四～六八）とする。
⑭	寛治四年	一〇九〇		備中国吉備津宮の神人「藤井久任」、八月の彼岸第四日、撫河郷紫津岡で焼身往生。「已及日時、自以風聞、妻子続類相尋群来」。（拾遺往生伝・中―二三／元亨釈書）
⑮	天永二年頃まで	一一一一頃まで		摂州忍頂寺の住僧「大法師源因」、某年冬日の晦日に焼身往生。（拾遺往生伝・中―一一）
⑯	天永三年	一一一二	八月二十日	八月二十日午刻、薩摩国府の旅僧、竹籠に乗って入水往生。「結縁幾人、収涙而帰」。（後拾遺往生伝・上―四）
⑰	大治年中	一一二六～三一		比叡山の住僧行範、天王寺に詣で、七日断食の後、一心に念仏を唱え、「海中投身」。都率天に生まれる。（後拾遺往生伝・下―五／本朝新修往生伝・一一）

⑱	保延五年以前	一一三九以前		土佐国金剛頂寺の一上人、焼身往生。「当国他境、雲集風来、随喜之涙、無不満襟」。また、ある子どもがこの上人にならって焼身往生。（三外往生記・二〇）
⑲	保延五年以前	一一三九以前		甲斐国平沢山寺の「僧永助」、伊豆国修善寺に移って一年後、焼身往生。（三外往生記・二三）＊元亨釈書にも。
⑳	保延五年以前	一一三九以前		近江国三津浦に「入水之聖」がでる。舟に乗って湖上に出ると、「山僧里人、亦棹舟而来之者、五六十艘也」。入水の後、本人の予言通り、「打寄西岸之上」。（三外往生記・二六）
㉑	保延五年以前	一一三九以前		近江国愛知郡胡桃浜の「一父」、焼身往生。「結縁之者、無不随喜」。（三外往生記・四一）
㉒	保延五年以前	一一三九以前		越前国坂北郡詔隆寺の入道念覚、焼身往生。「集会之人、済々焉如堵墻」（三外往生記・四五）
㉓	保延六年	一一四〇		僧西念、三月三日に出家し、過去四〇年間の供養目録を携え、同年八月九日難波の四天王寺の西門から入水自殺を試み、二年後の康治元年（一一四二）三月十七日、六波羅の自邸内に葬穴を掘り、極楽往生を祈願し、同年六月二十一日に記した極楽願往生和歌（四十八首）を、保延六年・康治元年の二種類の供養目録とともに埋める。以後消息不明。（極楽願往生和歌／紺紙金泥供養目録／白紙墨書供養目録）
㉔	仁平元年	一一五一	十二月一日まで	丹後国狐浜の一行人、焼身を行い、半身が焼かれた後に、入水往生。（本朝新修往生伝・三）
㉕	仁平二年	一一五二	四月十一日	ある僧が鴨川（六角小路の末）で入水し死去。「観者如堵云々」。（本朝世紀）
㉖	久寿元年	一一五四	十月	清瀧権現の常住の僧誓源、「難行苦行」の後、天王寺に入水。（続古事談・巻四―二六）
㉗	承安四年	一一七四	七月十五日	盂蘭盆に、蓮台原で「□身聖人」が出る。「結縁者如猪子云々」。（顕広王記）。船岡野で身燈上人が出る。「上下成群」。（百練抄）

まず、捨身行が決行された日付を見てみよう。確認できないものも多いが、それでも①・④・⑤・⑫・㉗と五つの事例が十五日となっている。このような日付上の重なりは、十五日以外では見出せない。根井前掲書や黒田智「弘法大師の十五夜——願われた死の日時」(6)は、捨身行による往生を願う際、その日付は十五日であることが望まれる傾向が高いことを指摘する。十五日は往生講が行われる日であり、念仏行と強い関係を持つ。勧学会や二十五三昧会も十五日に開催される。さらに言えば、二月十五日は釈迦の涅槃会でもある。蓮華城の入水も、まさしく十五日であった。蓮華城が念仏行の人であることは、『発心集』に見える登蓮の台詞「今一日ナリトモ念仏ノ功ヲ積ントコソ、願ハルベケレ」Ⓐや、入水前に蓮華城が「念仏タカク申」したという行為Ⓑからも十分にうかがわれよう。

また、蓮華城の場合、月は八月であるから、入水の日は十五日であると同時に中秋の名月の日でもある。西に向かう月が、西方極楽浄土への導きを果たすことは、次のような和歌に明らかだろう。

・教えおきて入りにし月のなかりせばいかに思ひを西にかけまし（金葉集・雑下・六三一・皇后宮肥後）

人の身まかりにける後、結縁経供養しけるに、即往安楽世界の心をよめる

・昔見し月の光をしるべにて今夜や君が西へ行くらん（新古今集・釈教・一九七七・瞻西）

以上のことを鑑みると、蓮華城が入水を決行した十五日という日付は、意識的に選び取られたものだと理解できる。

続いて、表中で点線を施した捨身行決行日までの準備について考えてみたい。⑪では、金峰山千手院の住僧・永快が天王寺に詣で、一心に念仏を唱え、百万遍の満ちた後に入水往生を遂げている。同じく天王寺沖での入水を扱う⑰では、比叡山の住僧行範が、七日断食の後、一心に念仏を唱えて海中に身を投げ、都率天に生まれることを得たという。また、㉓は「極楽願往生和歌」を残した西念という僧侶についてだが、西念は保延六年（一一

四〇)三月三日に出家し、過去四〇年間の供養目録を携え、同年四月九日難波の四天王寺の西門から入水自殺を試みたものの失敗する。その二年後の康治元年(一一四二)三月十七日、六波羅の自邸内に葬穴を掘り、極楽往生を祈願し、同年六月二十一日極楽願往生歌(四八首)を詠じて保延六年・康治元年の二種類の供養目録とともに埋めたとされる。このような例からは、捨身行を試みる者たちが、計画を立てて準備を行っていたことが読み取れる。蓮華城の入水も、『発心集』では登蓮とともに「其程ノ用意ナンド、力ヲ分テ、モロトモニ沙汰シケリ」(点線部㋐)とされていた。

このような入念な準備が伴うならば、捨身行の決行までにはそれなりの時間を要するだろう。その間に噂が広まり、往生を志す者との結縁を願う人々・見物の衆が集まってくることは道理である。表中の棒線部はそのような人々に関する箇所だが、表に挙げた二八の事例のうち、結縁者・見物人が多く集まったことを記すものは一六例、つまり半数以上に及ぶ。例えば、①は長徳元年(九九五)九月十五日の『日本紀略』の記事だが、六波羅密寺の住僧覚信が菩提寺の北で焼身を決行した。そこに赴いたのは花山院や公卿といった貴顕であったことが記されている。また、⑳では、近江国三津浦でとある聖が入水を決行する。その時、湖上には山僧や里人が舟で集まり、その数は五〇〜六〇艘に及んだという。蓮華城の入水に際しても、『発心集』は「聞及ブ人、市ノ如ク集リテ、且ハ、貴ミ、悲ブ事限ナシ」(棒線部㋐)、すなわち蓮華城の入水を聞きつけた人々が市をなすかのように多く集まったと記す。また、蓮華城の霊も、そのような人々が「サバカリノ人中」(傍線部㋑)つまりあれほど大勢の人々だったと語っている。

これらのことからわかるのは、『発心集』に見える蓮華城の入水は、八月十五日という決行の日付・集団入水という性質を捨象したものではありながら、入念な計画・準備、多くの結縁者や見物衆の存在は捨身行の先例と同様のものであったということだ。

実は、説話集におけるこのような叙述のあり方は、『発心集』だけのものではない。以下、蓮華城の入水にならったかとも考えられている『宇治拾遺物語』下—一三三「空入水シタル僧事」(7)を確認してみよう。

これも今は昔、桂川に身投げんずる聖とて、(イ)まづ祇陀林寺にして、百日懺法行ひければ、(ウ)近き遠きものども、道もさりあへず、拝みにゆきちがふ女房車などひまなし。

見れば、卅余斗なる僧の、細やかなる目をも、人に見合はせず、ねぶり目にて、時〳〵阿弥陀仏を申。そのはざまは脣ばかりはたらくは、念仏なんめりと見ゆ。又、時〳〵、そゝと息をはなつやうにして、(エ)集ひたる者どもの顔を見渡せば、その目に見合はせんと集ひたる者ども、こち押し、あち押し、ひしめきあひたり。

さて、(ウ)すでにその日のつとめては堂へ入りて、さきにさし入たる僧ども、おほく歩み続きたり。尻に雑役車に、この僧は紙の衣、袈裟など着て、乗りたり。何といふにか、脣はたらく。人に目も見合はせずして、時〳〵大息をぞはなつ。(オ)行道に立なみたる見物のものども、うちまきを霰の降るやうになか道す。聖、「いかに、かく目鼻に入る。堪へがたし。心ざしあらば、紙袋などに入て、我居たりつる所へ送れ」と時〳〵いふ。これを無下の者は、手をすりて拝む。すこし物の心ある者は、「などかうは、此聖はいふぞ。たゞ今、水に入なんずるに、「きんだりへやれ。目鼻に入、堪へがたし」などいふこそあやしけれ」などさゝめく物もあり。

さて、やりもてゆきて、七条の末にやり出したれば、(カ)京よりはまさりて、入水の聖拝まんとて、河原の石よりもおほく、人集ひたり。河ばたへ車やり寄せて立てれば、聖、「たゞ今は何時ぞ」といふ。供なる僧ども、「申のくだりになり候にたり」といふ。「往生の刻限には、まだしかんなるは。今すこし暮らせ」といふ。待かねて、遠くより来たるものは帰などして、河原、人ずくなに成ぬ。これを見果てんと思たる者はなを立てり。それが中に僧のあるが、「往生には剋限やは定むべき。心得ぬ事かな」といふ。

とかくいふほどに、此聖、たうさきにて、西に向ひて、川にざぶりと入程に、舟ばたなる縄に足をかけて、づぶりとも入らで、ひしめく程に、弟子の聖はづしたれば、さかさまに入て、ごぶ〳〵とするを、男の、川へ下りくだりて、「よく見ん」とて立てるが、此聖の手をとりて、引上げたれば、左右の手して顔はらひて、くゝみたる水をはき捨てて、この引上たる男に向ひて、手をすりて、「広大の御恩蒙りさぶらひぬ。この御恩は極楽にて申さぶらはむ」といひて、陸へ走のぼるを、そこら集まりたる者ども、童部、河原の石を取て、まきかくるやうに打。裸なる法師の、河原くだりに走を、集ひたる者ども、うけとり〳〵打ければ、頭うち割られにけり。（後略）

よく知られた話だが、梗概は以下のようになる。桂川に投身し、入水往生を志す聖がいた。この聖は、まず、祇陀林寺（中御門京極）で百日懺法を行う。入水当日は早朝に堂に入り、桂川べり（七条大路の末）まで行道する多くの僧侶とともに、雑役車に乗って向かった。到着は「申の下り」（午後四時過ぎ）であったという。その間、聖が百日懺法を行っているうちから、結縁の人々が道をふさぐほどに集まっている。また、入水当日は、道沿いに見物の者たちが多く立ち並んで散米をまきかけ、桂川へ着く頃には、聖を拝みに来る人々が京の町中以上につめかけた。ところが、聖は「往生の刻限にはまだ早い」と言ってなかなか入水を決行しない。待ちかねて帰る者も出て、川原が人少なになる中、往生の時刻を定める聖の言動を不審がる僧もいた。そのうちに、聖は西に向かって川に入ったが、舟端の縄に足を引っかけて慌て騒ぐのを弟子が外したところ、さかさまに水に落ちてごぼごぼともがいている。川の中に降りて見ていたある男が聖を引き上げてやると、聖は、「助けてくれた恩はいずれ極楽で返す」と男に礼を言い、陸に走り上る。見物の者たちは、聖に対して川原の石を拾って投げつけ、聖は頭を打ち割られてしまった。

当該話は、いかさまの入水を喧伝して人を集め、おそらくは一稼ぎしようと狙った誑惑の聖の顛末であり、

『発心集』の蓮華城のような純粋な志と行為を示すものではない。しかし、いかさまとはいえ、聖の入水までの経緯を確認すると、まず、祇陀林寺での百日懺法(点線部㋑)、入水当日の行道(点線部㋒)など、周到な準備が行われていたことがわかる。そして、聖の入水往生の企図は、結縁を願う多くの人々・見物の者たちを集めている(棒線部㋒㋓㋔㋕)。このような入水決行までの様相は、先に見た古記録や往生伝、そして『発心集』の蓮華城と性質を同じくする。

『宇治拾遺物語』の聖については、いかさまだからこそ、入水を企図するに際して先例にならって真実味を持たせたと考えることが許されようか。話を蓮華城に戻すと、その準備や結縁・見物の人々の様を書き留めるのは『顕広王記』等の古記録ではなく、説話集である『発心集』だ。しかし、『発心集』が記す蓮華城の入水までの経緯は、古記録や往生伝が伝える捨身行の様相や『宇治拾遺物語』との一致を鑑みると、相応の事実性を持つものと考えてよいだろう。想像をたくましくすれば、蓮華城の入水は、事前にかなりの日数をかけて懺法や念仏行が行われていた可能性、早い段階から集団入水の計画であった可能性もあるだろうか。

まわりくどい考証を行ったが、ここまで『発心集』の事実性を確認した。ここで、改めて、蓮華城の入水の現場を復元してみよう。『顕広王記』によれば、安元二年八月十五日、蓮華城が主導する形で集団入水が行われ、後追いの入水者も多く出たと見られる。辰時(午前七〜九時頃)までに一一人、午時(午前一一〜午後一時頃)までに五人という時間記載を信じるならば、蓮華城の入水はおそらく最初の段階で行われただろうから、辰の時かそれ以前のことと思われる。また、『玉葉』によると、この前後の天気は十三日が「終日甚雨、未時許晴」、十四日は記事がなく、十五日は「天晴」である。蓮華城が入水した八月十五日の朝の天気は晴れと見てよいだろう。そして、『発心集』に見える情報を加味すれば、蓮華城の入水までには入念な準備が行われ、当日も多くの人々が詰めかけて結縁しようとする大々的なものだったと考えられる。

なお、蓮華城がどこから桂川に向かったかは明らかではない。ただし、桂川の西から川に向かって行道した可能性は低いから、洛中から桂川に向かうと考えると、(『顕広王記』の記事に拠って)辰の刻までに入水するためには、遅くとも夜明け前には動くことになるだろうか。参考までに、表2として、国立天文台天文情報センターの暦計算室「各地のこよみ」をもとに、京都府(京都)の日の出・日の入り・月の出・月の入り・正午月齢(その日の正午の月齢)を掲げてみる。

表2　京都府の暦

年	旧暦	新暦	日の出	日の入	月の出	月の入	正午月齢
2017	8/14	10/3	5:53	17:39	16:22	2:52	12.9
	8/15	10/4	5:54	17:37	16:58	3:53	13.9
	8/16	10/5	5:55	17:36	17:34	4:55	14.9
	8/17	10/6	5:56	17:35	18:11	5:59	15.9
2016	8/14	9/14	5:39	18:06	16:25	2:31	12.7
	8/15	9/15	5:40	18:04	17:07	3:34	13.7
	8/16	9/16	5:40	18:03	17:48	4:40	14.7
	8/17	9/17	5:41	18:01	18:28	5:47	15.7
2015	8/14	9/26	5:47	17:49	16:32	3:13	12.8
	8/15	9/27	5:48	17:48	17:15	4:22	13.8
	8/16	9/28	5:49	17:46	17:57	5:33	14.8
	8/17	9/29	5:49	17:45	18:39	6:44	15.8
2014	8/14	9/7	5:34	18:16	16:47	3:05	12.5
	8/15	9/8	5:34	18:15	17:31	4:15	13.5
	8/16	9/9	5:35	18:13	18:12	5:26	14.5
	8/17	9/10	5:36	18:12	18:53	6:36	15.5

この表は、現在の日付意識に基づいているため、二〇一四～一七年の旧暦八月十四日ならば、一六時二二分に出た月が十五日の三時五三分に沈んだということになる。二〇一四～一七年の四年間を見ると、旧暦八月十四日の月の入りは、十五日の三時半から四時半くらい、夜明け前の時間帯である。現代における月の出入りではあるが、蓮華城の当時と場所が大きく異なるわけではないから、ある程度の想定は可能だ。先述したような道のりを蓮華城がたどったならば、彼は西に沈む(または沈んだ)十四日の月を追うようにし

て、都の西に位置する桂川へと歩みを進めることになる。想像の範囲内ではあるが、これは西方極楽浄土への道程をなぞるような道行きであり、月が西に沈んだ後に蓮華城も桂川に沈み、入水を果たして往生を遂げるという演出だったと見ることが可能だろう。実際の蓮華城の入水は周到にたくまれたものであり、往生伝などに見える先例と同様に劇場型の性質を帯びたものだったと考えておきたい。

四　『発心集』の焦点

第三節では、蓮華城の入水がいかなるものだったかを考察した。そこから改めて『発心集』を見ると、『発心集』はいくつかの性質を捨象し、話の焦点を変化させていることがわかる。本節では、このことを改めて検討し、蓮華城入水説話における『発心集』の意図を考えたい。

第二節でも触れたことだが、まず、『発心集』が何を捨象したかを確認しよう。『発心集』の編者である鴨長明は久寿二年（一一五五）頃の生まれと推測され、蓮華城の入水が行われた安元二年（一一七六）には二〇歳前後であった。二〇代の長明は、和歌の師・俊恵が主催する歌林苑に出入りしていたと思われ、そこには当該説話の狂言回しの役割を担っている登蓮もいた（『無名抄』「マスホノス、キ」には登蓮が登場する）。実際、『発心集』本文には、直接体験を示す過去の助動詞「き」が散見し、蓮華城の入水事件については、長明本人が直接に見聞していたものと考えてよいだろう。しかし、『発心集』では、かなり衝撃的な情報であるはずの集団入水であることも（『顕広王記』は「古今未レ聞二此事一」と記す）、八月十五日という往生にまつわる象徴的な日付も捨象されている。すなわち、当該説話は、蓮華城一人による入水往生失敗譚という位置付けになっていると理解できよう。なお、『発心集』以前の段階で、すでにこのような捨象された説話が存在し、それが『発心集』に入った可能性もある。その場合においても、編者・長明が入水事件や情報源の一人である登蓮に接していたことは否定できない。そうすると、

『発心集』は捨象された形を選び取ったことになり、説話の背後に『発心集』の意図を読み取ることができるだろう。

ならば、その意図はいかなるものなのだろうか。この点について考えるために、表3によって、板本と神宮本における説話の配列を確認したい。

板本の巻三は、三―五から三―八の当該説話まで異相往生を扱う説話が連続して配置される。身燈を試みるもたいしたことはないとして補陀落渡海を決行する三―五、続く三―六は娘を亡くした女房が天王寺沖で入水往生を遂げるもの、三―七では書写山の持経者が断食往生する。また、神宮本は、板本ほどの連続性はないものの、当該説話の直前に置かれた三―二は板本三―六と同話である。すなわち、両者ともに、異相往生としての連続性

表3　『発心集』巻三の配列

板本巻三の配列		神宮本巻三の配列	
一	江州増叟事	一	証空阿闍梨、師匠ノ命ニ替ル事
二	伊予僧都大童子、頭光現事	二	或女房、天王寺ニ参テ、入海事　往生神変ノ事也
三	伊予入道、往生事	三	蓮華城入水事
四	讃州源大夫、俄発心往生事	四	仙命上人事
五	或禅師、詣補陀落山事　賀東上人事	五	正管僧都ノ母、為子志深事
六	或女房参天王寺入海事	六	新羅明神、僧ノ発心ヲ悦ビ給フ事
七	書写山客僧、断食往生事　不可謗如此行事	七	或上人、補陀落山詣事
八	蓮華城、入水事	八	楽西上人事
九	樵夫独覚事		
十	証空律師、希望深事		
十一	親輔養児、往生事		
十二	松室童子、成仏事		

及び成功譚・失敗譚としての対照性を意識していると考えられよう。

ここで、当該説話の直前に置かれた板本巻三―六（神宮本巻三―七）の内容を見ておこう。

①板本巻三―六「或女房参天王寺入海事」（神宮本巻三―一「或女房、天王寺ニ参テ、入海事」）

鳥羽院の頃（一一〇七～二三）、娘に先立たれたある女房が悲しみの余りに泣き暮らしていた。三年が経過した頃、女房は「人ニモツゲズ白地《アカラサマ》ナル」様子で、宮から「マギレイデ」て、天王寺に参詣する。三七日の間、一心に念仏を行う。日数が満ちた後、難波の海を見たいと言って投宿先の家主をたばかって舟を出させ、沖まで誘導したところで、入水した。その時、空には紫雲がたなびき、浜には何事かと多くの人々が集まっていたという。

②板本巻三―七「書写山客僧断食往生事　不可謗如此行事」

さすらいの持経者が、播磨国書写山で何年かを過ごす。臨終正念・極楽往生をはかるために、「コトザマモアマリキハヤカ」で苦しみも深い身燈・入海は避けて、断食を行うことにする。一人の老僧にのみ決意を打ち明け、「穴賢《アナカシコ》、口ヨリ外へ出シタマフナ」と口止めして、持経者は「行カクレ」た。七日ほど過ぎた頃、老僧は断食僧のことをもらしてしまい、次第に評判がひろまって、書写山の僧たちは「結縁セントテ尋行」き、飾磨郡の者たちまで「近キ遠キモアツマリノヽシ」って、昼も夜も「様々ノ物ナゲカケ、米ヲマキ、拝ミノヽシ」る騒ぎになった。断食僧は人目を厭い姿を隠し、十余日の後に、もとの場所から少し離れたところで、仏経と紙衣ばかりが見つかる。

①の往生人たる女房は、自らが入水を企んでいることを周囲に悟られないようにしている。②で往生を試みる持経者も、身燈や入海は「コトザマモアマリキハヤカ」だと避けて断食を選択し、それが周囲に漏れて結縁の人々が殺到すると、人目を厭う余りに姿を隠す。二人の往生者は自らの意図を隠し、人目を避けていることが明

らかだろう。板本・神宮本ともに、当該説話の直前に位置する説話には、異相往生のみならず「陰徳」と結びつく傾向があると考えられる。当該説話の蓮華城が「聞及ブ人、市ノ如ク」（棒線部㋐）集まった中で入水を決行し、後悔の念が起きても「サバカリノ人中ニ、イカニシテ我心ト思カヘサン」（棒線部㋑）と翻心もできぬまま往生に失敗した姿とは、実に対照的だ。すなわち、『発心集』の焦点は、「陰徳」の如何と往生の成功・失敗の因果関係に結ばれていると言える。

如上の『発心集』の性質が、往生を願う人物が衆人環視の中で捨身行を決行して望みを遂げる往生伝のあり方とは一線を画していることは明らかだろう。このような意図と、『発心集』が当該説話において集団入水と八月十五日の日付を捨象したことには通底するものがあると思われる。蓮華城の入水が周到にたくまれたものであったことは第三節で確認したが、これは、②板本巻三―七の表現を借りるならば、「コトザマモアマリキハヤカ」な目立ちすぎる行為だと言えよう。『発心集』の意図からすれば、これらの要素は往生を妨げるものとなる。また、実際の蓮華城の入水は集団入水だったが、この事態は、蓮華城の顕示的な行為――『発心集』の文脈では往生を妨げるもの――を周囲の人々が認めて追随したことを意味するだろう。さらに、八月十五日という日付は、中秋の名月とも相俟って往生の成功と結びつく象徴性を持つ。このような要素は、「陰徳」が異相往生の成功を支えるという『発心集』の意図と相反し、それを妨げるものとなろう。以上の理由から、蓮華城入水に見えるいくつかの要素は捨象され、現在のような説話の形へ変質したと考えておきたい。

おわりに

ここまで、『発心集』の蓮華城入水説話について、古記録や往生伝などとの比較を通して読み解いてきた。実際の蓮華城の入水は、いわゆる劇場型とでも言おうか、際やかな性質をまとったものだったと考えられるが、

『発心集』の所収説話は、そこからいくつかの要素を捨象し、実際の事件を「陰徳」の視点から再構成したものとなっていよう。

このような意図は、『発心集』当該説話の評語部分にも見出すことができる。例えば、評語に当たるⒹには以下のような一文がある。

> 人ノ心ハカリガタキ物ナレバ、必シモ清浄、質直ノ心ヨリモヲコラズ。或ハ勝他名聞ニモ住シ、或ハ驕慢嫉妬ヲモト、シテ、ヲロカニ、身燈、入海スルハ浄土ニ生ル、ゾト計シリテ、心ノハヤルマ、ニ、加様ノ行ヲ思立事シ侍リナン。即、外道ノ苦行ニヲナジ。

人の心は実に予測しがたいものだから、清浄・正直な心から行動がなされるわけではなく、愚かにも身燈や入海は浄土に往生できると知り、他に勝りたいという名誉欲や驕慢・嫉妬の心から、心のはやるままにそのような行を決意し、実行する。それは外道（異教徒）の苦行と同じだと批判する箇所だ。『発心集』にとって、「勝他名聞」や「驕慢嫉妬」に発する捨身行は、「外道ノ苦行」として位置づけられていると考えられる。このような捨身行が「陰徳」と相反することは明らかだろう。

実は、このような考え方は、『発心集』単独のものではない。寿永二年（一一八三）以降の鎌倉初期に成立したとされる往来物の一つ『貴嶺問答』には、次のような箇所がある。

> 「明日船岡聖人可二身燈一云々。有二御見物一者、欲レ候二御車後一如何。謹言」。
> 「身燈見物甚無二其用一。非二真実之法一。是外道之教也」。

「明日、船岡の聖人が身燈を行うらしいから、見物されるならば、自分も牛車に同乗して赴きたいがどうだろうか」という問いに対して、「身燈の見物など実に無用だ」という応答がなされている。身燈など真実の法ではなく、外道の教えだということが、その理由だ。捨身行における劇場的な性質を支える「見物」という行為を排除し、そのような形で行われる捨身行を「外道之教」と否定してみせる態度は、『発心集』のそれと明らかに重なっているのではないだろうか。

『発心集』の態度は、時代から孤立したものではなかったと言えよう。様々な往生伝に見える際やかな捨身行・異相往生をこのような形で掬い取る視線は、同時代、確かに存在したのであり、『発心集』蓮華城入水説話は、その一端を顕現しているのである。

（1）近年、伊東玉美「流布本『発心集』跋文考」（『国語と国文学』九〇―八号、二〇一三年八月）によって、跋文の表現が鎌倉時代前期の文章として矛盾がなく、巻七・八を書き継いだ人物の候補として鴨長明その人を加えられる必然性が高いとする説も提唱されている。

（2）慶安板本・寛文板本では「卜蓮」。神宮本によって「登蓮」に校訂。

（3）藤森馨「白川伯王家の成立」（『平安時代の宮廷祭祀と神祇官人』大明堂、二〇〇〇年。初出は一九八四年九月）。

（4）髙橋昌明・樋口健太郎「国立歴史民俗博物館所蔵『顕広王記』承安四年・安元二年・安元三年・治承二年巻」（『国立歴史民俗博物館研究報告』一五三集、二〇〇九年一二月）。

（5）尾上陽介『中世の日記の世界』（山川出版社、二〇〇三年）。

（6）藤巻和宏編『聖地と聖人の東西――起源はいかに語られるか』（勉誠出版、二〇一一年八月）。

（7）新日本古典文学大系『古本説話集　宇治拾遺物語』脚注。

〔付記〕本文の出典は以下の通り。発心集＝『鴨長明全集』、日本紀略・百練抄・扶桑略記・本朝世紀＝新訂増補国史大系、顕広王記＝『国立歴史民俗博物館研究報告』一五三号、左経記＝増補史料大成、玉葉＝図書寮叢刊『九条家本玉葉』、愚昧記＝大日本古記録、金葉集・新古今集・宇治拾遺物語・続古事談＝新日本古典文学大系、貴嶺問答＝群書類従、大日本国法華経験記・拾遺往生伝・後拾遺往生伝・三外往生記・本朝新修往生伝＝日本思想大系『往生伝　法華験記』。

ヤマトタケル研究の新しい可能性
――同性愛と性別越境の比較をめぐって

井上章一

江戸時代の『川柳万句合』に、こんな句がおさめられている。

「女形その始まりは日本武《ヤマトタケル》」（天明五年）

ヤマトタケルは、女形のさきがけであるという。女優が禁じられてから、江戸期の歌舞伎劇では、女の役目も男がつとめてきた。女になりすました男が、演じている。女形ともよばれるそんな役者の起源を、この句は神話の時代に位置づけてみせた。

もちろん、本気で言っているわけではない。女形は江戸期に浮上した、新しい役者のあり方である。川柳をたのしむ人びとなら、そのぐらいのことはわきまえていただろう。

ただ、『古事記』や『日本書紀』のヤマトタケルにも、女装の物語はあった。江戸期の女形とも、そこはつうじあっている。このささやかな共通点によりかかり、時代をのりこえ、ヤマトタケルに言いおよぶ。そういう発想の飛躍が、川柳愛好者におもしろがられたということではなかったか。

また、この句は、江戸期にもヤマトタケルの女装譚が知られていたことを、しめしている。現代人には、そのことも興味深く読みとれよう。

ねんのため、記紀のヤマトタケルが女装におよぶくだりを、ひいておく。ヤマトタケルは、九州のクマソを平定するさい、女装という手段にうってでた。敵をゆだんさせる、いわばだましうちの作戦として。

討伐すべき相手のクマソは、新築祝いの宴会をひらいていた。そこへ、女になりすましたヤマトタケルが、もぐりこむ。そして、自分の色香にまよった敵の頭目を、剣でさす。これが、全体の荒筋となっている。

だが、『日本書紀』と『古事記』には、描写のちがいもある。まず、『日本書紀』には、こうある。


日本武尊《やまとたけるのみこと》、髪を解きて童女《をとめ》の姿と作《な》りて、密に川上梟帥《かわかみのたける》が宴の時を伺《うかが》ふ。仍《よ》りて剣《つるぎ》を裀《みそ》の裏に佩《は》きたまひて、川上梟が宴の室《や》に入りて、女人《をみなども》の中に居ります。川上梟、其の童女の容姿《かほよき》に感《め》でて、則《すなは》ち手を携へて席《しきぬ》を同《とも》にして、杯《さかづき》を挙げて飲ましめつつ、戯《たわむ》れ弄《まさぐ》る。時に、更深《よふ》け、人闌《うすら》ぎぬ。川上梟帥、且被酒《またさけにゑ》ひぬ。是に、日本武尊、裀の中の剣を抽《ぬきいだ》して、川上梟帥が胸を刺したまふ。


数ある宴席の女たちから、首領の川上タケルは女装のヤマトタケルをえらび、よびよせた。「容姿《かほよき》」にひきつけられて。よほどみごとにヤマトタケルは化けおおせたということなのだろう。

それでも、「戯《たわむ》れ弄《まさぐ》る」という言いまわしは、見すごせない。いくらなんでも、そういう振舞におよべば、相手が男であることはわかるだろう。にもかかわらず、川上タケルは、女装のヤマトタケルと同席しつづけた。夜がふけて、人の姿がまばらになるまで、いっしょにすごしている。くどいが、「戯れ弄」って。

ここには、ある想像のよぎる余地がある。川上タケルは、ヤマトタケルのことを男と知りつつ、相手にしたのではないか。トランス・ジェンダーの美少年だとわかったから、よけいに執着した。これは、そういう物語なのかもしれない、と。

いずれにせよ、さされて絶命する前に川上タケルは殺害者へ、問いただしている。お前は何者だと。問われて女装者は、大和《やまと》の皇子だと、正体をあきらかにした。それを聞き、川上タケルは、自分のタケルという名を、相手に名のってほしいという。これをききいれ、皇子はヤマトタケルを自らの名とするようになったのである。

たわむれあった男に、自分の名をあたえようとする。臨終の時に、その名をもらってほしいとたのみこむ。そこに、私は同性愛的な情感の高揚を感じるが、どうだろう。現代的な読み解きにすぎたかもしれない。

『日本書紀』の同時代人なら、そうはうけとらない可能性もある。

さて、こんどは『古事記』の該当箇所を引用する。宴席にまぎれこむヤマトタケルの様子は、つぎのようにえがかれた。

樂《うたげ》の日に臨《な》りて、童女《をとめ》の髪の如《ごと》その結はせる御髪を梳《けづ》り垂れ、その姨《をば》の御衣御裳を服《け》して、既に童女の姿になりて、女中《をみな》の中に交り立ちて、その室の内に入りましき。ここに熊曾建《クマソタケル》兄弟二人、その嬢子《をとめ》を見感《みめ》でて、己《おの》が中に坐《ま》せて盛《さか》りに樂《うたげ》しつ。故、その酣《たけなは》なる時に臨《な》りて、懐より劒を出し、熊曾の衣《ころも》の衿《くび》を取りて、劒もちてその胸より刺し通したまひし時、その弟建《おとタケル》、見畏みて逃げ出でき。すなはち追ひてその室の椅《はし》の本に至りて、その背皮《せびら》を取て、劒を尻《しり》より刺し通したまひき。

ここでは、クマソをひきいる頭目が、兄と弟の二人になっている。その名も、川上タケルではなく、熊曾タケルとされていた。そして、女装の潜入者は、彼らのあいだにはさまれ、宴席につらなっている。この特等席へすわらされたのは、やはり外見、美貌のせいである。

宴もたけなわとなった機会を見はかり、潜入者は懐の剣で、まず兄をさしている。また、その場からにげだそうとした弟へも、その刃をむけた。あろうことか、それを尻につきたてている。

尻を剣でつらぬかれた弟は、さした相手に正体をたずねている。大和の皇子だと聞かされ、『日本書紀』の場合と同じように、タケルの名を贈呈した。これからは、ヤマトのタケルを名のってくれ、と。

尻をさしぬかれながら、今際《いまわ》の際《きわ》に自分の名を、さしている当の相手へあたえようとする。この場面は『日本書紀』以上に、同性愛的な高まりをしのばせる。ゲイのクライマックスをえがいているように、いやおうなく読めてしまう。

そもそも、相手を剣でたおすさいに、わざわざ尻をねらうというのは、どういうことか。女装の皇子は、いざとなれば能動的な、せめる側の男役にもまわることがある。その比喩なのかなと、読めてしまう。

『日本書紀』では、相手の男から「戯れ弄」られつつ、夜ふけまですごしていた。『古事記』だと、気づいてにげる相手に「剣を尻より刺し通し」ている。その書きっぷりがしめす同性愛的な様相を、しかしこれまでの研究は見すごしてきた。

さきほどもふれたとおり、この読み解きは現代的でありすぎる可能性がある。記紀の同時代人は、そんなふうに読まなかったかもしれない。しかし、今日の学術は、その検討もしてこなかった。一見、女装者の同性愛めいてうつるが、じつはちがうと論じた仕事も、皆無である。

ようするに、この問題からは目をそむけてきた。見て見ぬふりをしてきたのである。

戦後のいわゆる英雄時代論でも、ヤマトタケルは、しばしば論じられている。日本における英雄時代を代表する、しかし孤立的なキャラクターだとみなされた。英雄時代という評価をめぐっては、その当否をめぐり甲論乙駁がくりひろげられている。しかし、記紀のえがくロマンティックな英雄像であることじたいは、みとめられてきた。

女装で敵をだます不意打ちを、一種の機略だととらえる指摘は、すくなくない。性をこえることで呪力がつくという人類学的な読解も、しばしばなされてきた。

しかし、「戯れ弄」られ、「尻より刺す」英雄像に肉薄しようとした研究は、ひとつもない。「女形」の「始まり」とも評されたキャラクターが、民族の英雄として語られる。その意味も、論じられてこなかった。たとえば、そんな人物を英雄としてあがめる民族って、いったいなんなんだということも。

国際日本文化研究センターには、世界各国の日本研究者がつどってきた。中国からも、おおぜいやってくる。私はある機会をつかまえ、中国の留学生たちに、ヤマトタケルのことを問うている。

女装姿で敵に「戯れ弄」られながら、しかし敵を「尻より刺」し、亡き者にする。そんな神話上の人物像を、どう思うか。日本では英雄視されてきたのだが、と。

異口同音にかえってきたのは、つぎのような物言いである。いわく、そんなのは英雄の振舞じゃあない。中国では、とうてい尊敬されないだろう、と。

中国にも、同性愛者や女装者の話は、たくさんある。だが、そういう人物が英雄になることはない。絵になった英雄像は、たいてい髭面である。男装女子の英雄ならありうるが、逆のケースはありえない……。

言われて、私は『三国志演義』のある場面を、想いだした。諸葛孔明と司馬仲達の軍勢が戦場で対峙しあう情景を、脳裏によぎらせている(第百三回)。

孔明は、あの手この手で仲達をさそいだそうとする。だが、それに仲達はのってこない。業をにやした孔明は、陣地にひきこもる仲達のもとへ、女物の髪飾りと喪服をとどけた。お前は女のようないくじなしだ。男子の気概があるなら、でてこい。以上のような文面の手紙もそえて、仲達を挑発している。

どうやら、中国に女装を機略のひとつとみとめる習慣はないようである。呪力の向上につながるとうけとめ、性の超越という手にうってでる英雄も、いないらしい。この点をめぐっては、日中のあいだに深い溝が横たわっているということか。

比較研究の良いテーマになりうると思うが、まだ誰もこころみてはいないだろう。その可能性を示唆しつつ、この小文では筆をおく。なお、記紀の引用は、どちらも岩波文庫版のそれを利用した。

『夷堅志』のシラミと『古今著聞集』のシラミ

渡辺精一

洪邁《こうまい》(一一二三～一二〇二)は、「朱子学」で有名な、宋の政治家・文人の朱熹《しゅき》(一一三〇～一二〇〇)と同時代の人である。その時代は北宋から南宋への移行期で、北方を金に占領され、漢民族が南下した時期であった。

洪邁の著述は『容斎随筆《ようさいずいひつ》』、『夷堅志《いけんし》』などみな大部なものである。特に『夷堅志』は五〇〇巻あったというので大著であるが、残念ながら半分以上佚失し、輯佚されたのは二〇六巻。その編数から推すに五〇〇巻全体では五〇〇〇に及ぶ話が掲載されていたと思われる。

『夷堅志』の「夷堅」は『列子』に登場する「怪異を記す者」の名前で架空なもの。つまり『夷堅志』とは「夷堅が志《しる》した話」という意味である。

『夷堅志』がいつ日本に渡来したか定かではない。

ここでは日本の説話と並べてみるとどのような示唆が得られるかを数点取りあげ、おおまかに考えてみようと思う。

『夷堅志』

「王甑工虱異」

處州松陽民王六八、及箍縛盤甑為業。因至縉雲、為周氏葺甑。方施工、而腰間甚癢、捫得一虱。戯鑽甑成竅、納虱於中、剡木塞之而去。經一歳、又如縉雲、周氏復使理故甑。忽憶前所戯、開竅視之、虱不死、蠕蠕而動。王匠怪之、拈置掌内、祝之曰「爾忍餓多時、如今與爾一飽。」遽嚙掌心、血微出、癢不可奈、抓之成癰。久而攻透手背、無藥能療、遂至於死。

【大意】

蒸し器の製造・修理をなりわいとする王という男が、蒸し器のタガを造るいつもの作業をしに縉雲《しんうん》（浙江省）の周家に行き、いざ仕事をしようとすると腰のあたりがかゆい。さぐるとシラミがいた。王はたわむれ心で蒸し器に穴をあけ、シラミを中に入れて木を埋め、そのまま帰った。一年後、また周家に蒸し器の修理を依頼されてシラミのことを思い出し、穴をめくるとシラミは、干からびてはいたがまだ生きていた。王は怪しみ、シラミを手のひらにのせ、「ずいぶん飢えていたな。ごちそうしてやろう」と言った。するとシラミは噛みつき、血がふきだしてかゆくてたまらない。ようやく剝がしたもののできもののようになり、それはやがて手の甲まで達し、薬もきかず、王は死んだ。

『古今著聞集』魚虫禽獣

六九六　或田舎人に白蝨仇を報ずる事

或《ある》田舎人、京上《のぼり》して侍《はべり》けるが、やどにて天道《てんたう》ぼこりしてゐたりけるに、くびの程のかゆけるをさぐりたれば、大《おほき》なる白蝨の食《くひ》つきたりける也。それをあとなくて、腰刀を抜《ぬき》て、柱をすこしけづりかけて、其中にへしこめて、はたらかぬやうにを《お》しおゝい《ほひ》てけり。さてこのぬし田舎へ下りぬ。次のとしのぼりて、又此やどにとゞまりぬ。ありしお《を》りの柱をみて、さてもこの中にへしいれし白蝨いかゞなりぬらんと、おぼつかなくて、けづりかけたる所をひきあけてみれば、白蝨の、みもなくて、やせがれていまだあり。しにたるかと見れば、猶はたらきけり。ふしぎにおぼえて、を《お》のがかい《ひ》なにを《お》きてみれば、やをらづゝはたらきて、かい《ひ》なにくひつきぬ。いとかゆくおぼえけれども、いまだいきたるがむざんさに、事のやう見んとて、猶くはせける程に、しだひ《い》にくひて身あかみけるおり、はらひすてゝけり。其《その》はひたる跡あさましくかゆくて、かきゐたりける程に、やがてはれて、いく程もなきを《お》びたゝしき瘡《かさ》に成《なり》にけり。とかく療治《れうぢ》すれどもかなはず。つゐ《ひ》にそれをわづらひて死《しに》にけり。白蝨は下﨟などは、なべてみなもちたれども、いつかはそのくひたるあと、かゝる事ある。これは去年よりへしつめられてすぐしたる思《おもひ》とを《お》りて、かく侍《はべり》けるにや。あからさまにも、あどなき事をばすまじき事也。

（大意は省く）

以上、『夷堅志』は中華書局版、『古今著聞集』は岩波書店の日本古典大系本から引用した。

前者は主人公に姓・職業が記され、シラミを埋めるための小刀を持っている必然性が与えられていたりしているが、全体の骨格はだいたい同じである。

両者の成立は後者のほうが五〇年ばかりあとであるから、『夷堅志』が海を渡って直接『古今著聞集』に影響したのかもしれないが、話だけ口承で伝えられた可能性もある。あるいは別の文献が源泉で、その文献のほうが先に佚してしまい、『夷堅志』だけが今日に伝えられたということかもしれない。

この話を含め、『夷堅志』の説話のいくつかを『徒然草』・花咲か爺の説話と比較し、本書の基となった日文研の研究会でゲストスピーカーとして漫談をしたとき、二点のご指摘を受けた。

ひとつは、『徒然草』第二百六段の「あやしみを見て、あやしまざるときは、あやしみかへりて破るといへり」の出典として、古注が『夷堅志』の「姜七の母が猪に転生した話」を指摘していたことの確実性が増すこと。

もうひとつは、「シラミの話は三遊亭円生の口演で聴いた、円生師はどこからこの話を仕入れたのだろう」というものである。

その場では即答できなかったが、あとから思うに、岡本綺堂の『支那怪奇小説集』に『夷堅志』も含まれている。このシラミの話は入っていないが、落語界に伝えたのは、あるいは岡本綺堂かもしれない。

また、この話を「シラミが仏」と題し、故桂歌丸師らに、たまに上演されていたようである。

むすび

『夷堅志』のシラミの話は『古今著聞集』に影響した可能性があり、『古今著聞集』よりものちの『徒然草』にも影響していると考えられる。
さらに、佚亡した多数の『夷堅志』の話のなかに、日本の説話に化けたものがあったかもしれない。今は知る由もないが。

〔付記〕このシラミに関する『夷堅志』と『古今著聞集』のことは、昭和五十五年に國學院大学国語国文学会で口頭発表したものの一部である。

新しく作られる歴史と神話

魯　成煥

一　韓国の高霊と任那日本府

韓国の南部内陸にある高霊は歴史から見ると、加耶国の盟主の役割をした大加耶国の都邑がおかれた地である。そのためで高霊は長い歴史と伝統を持つ地域として認識される傾向が強い。

戦前、こうした高霊に注目した日本人研究者たちがいた。いわゆる任那日本府が高霊にあったという歴史的な仮説があったからである。この説は倭が四世紀後半、韓半島南部に進出し、百済、新羅、加耶を支配し、特に加耶には日本府という出先機関を設け、六世紀半ばまで直接支配したというものであった。言い換えればそれは韓半島の南部がもともと日本から進出した勢力が支配した場所で、朝鮮の統治は武力進出による異民族の支配ではなく故地の回復で、同じ民族の統合だと主張できる重要な裏付けとなる理論でもあった。

日本当局は任那日本府説を証明するために加耶地域の古墳について積極的な発掘作業を行った。特に高霊は池山洞を中心に王陵を始め古代の古墳が多くある場所である。日本側の発掘作業には一九一〇年に関野貞と谷井済一、一九一五年に黒板勝美、一九一七年に黒板勝美と今西龍、一九一八年に濱田耕作と梅原末治、一九二〇年に谷井済一、一九二二年に梅原末治、一九三八年に有光教一、一九三九年には有光教一と斉藤忠など当時のそうそうたる歴史考古学者たちが参加した［申宗煥二〇一二：一一七～一二二］。

このように日本側が力を注いだにもかかわらず、任那日本府が大加耶国にあった証拠は確保できなかった。

それにも関わらず、日本は住民たちが伝統的に山神に祭祀を行ってきた主山祠堂を撤廃し、日本式の神社を建て神社参拝を強要した。そして高霊古跡保存会を組織し、池山洞古墳から出土した遺物の一部を高霊警察署武徳館で展示し、一般人に公開して日本と朝鮮は同じ先祖から出た民族だと宣伝した。

それだけではない。一九三九年当時朝鮮総督であった南次郎は高霊を任那と認める紀念碑を二つも建立した。一つは当時の高霊公立普通学校の校庭に建てた「任那大加耶国城址碑」で、もう一つはその横にある「調伊企難殉節址碑」である。朝鮮総督府がこの碑を建てた目的ははっきりしている。それは任那は大加耶(高霊)で、任那救援軍として派遣された調伊企難が新羅軍の捕虜となり屈辱や拷問を受けながらも最後まで屈せずに抗拒し、命を落としたように、人々に国家(日本、天皇)への忠誠を要求することにあった。このように日本側の一方的な解釈の結果建てられた石碑により、高霊は任那日本府の故地になってしまったのである。それはあくまでも歴史ではなく政治力に強制されたものであった。

二　高霊の高天原公園

このような日本側の一方的な一連の措置は、古代日本に文化的に多大な影響を及ぼしたと考えてきた大加耶の末裔にとっては衝撃であった。それだけではなく、一つの屈辱であった。つまり任那日本府の認定は自分の故郷が古代から日本の植民地だったことを是認することを意味する。したがってこれを否認し克復することこそ、彼らにとって解決しなければならない歴史的な課題となった。

日本が敗北し引き揚げると、高霊人たちは「日本痕跡消し運動」を積極的に展開した。まず高霊に建立された高霊神社が撤廃された。また彼らが何よりも否定したかった任那日本府説に基づいて南次郎が建てた「任那大加耶国城址碑」の「任那」を消し、「大加耶国城址碑」とし、また前面の「南次郎書」と裏面の日本年号の「昭和十四年」も消し、誰がいつ書いた字なのか分からないようにした。それと同時に任那日本府の高霊説を否定し、撤去した場所に「任那」を除いた「大加耶国城址碑」を新しく登場させたのであった。

こうした動きは「大加耶国城址碑」が建てられた一九九〇年代から起こり始めた。そんななかで、九八年頃加耶大学の設立者で総長でもあった李慶熙が、自説と同じ論旨で書かれた日本人・馬淵和夫の論文を読んで大いに触発され、一九九九年に加耶大学の校庭に高天原という公園を造成し、高霊は高天原の故跡と縁故地だという「高天原故地碑」を建てた。

馬淵の解釈は高天原が神話的な空間ではなく実在の空間であれば、それは韓半島に位置した高霊だと推論したのである。李慶熙は、この説に基づき高天原の高霊説を裏付けるための理論的な作業をさらに積極的に進め、二〇〇〇年に「高天原居住神系譜碑」を高天原公園に建立した。

高天原が高霊にあるという話が日本にまで知られると、ここを訪れる日本人も増えてきた。その結果、高天原公園には二〇〇〇年に富樫敬人が作った高天原の歌碑が、二〇〇三年には日本吟道学院の水心会会長加藤龍宗が作った歌碑が立てられた。そして高天原に登る道には大阪青山短期大学の学長塩川利員と理事長塩川和子が寄贈した石燈も立てられた。そして、一九九九年から毎年春に、高天原祭という祭礼が行われている。二〇〇三年度からは加耶大学と高霊郡が共同で主催することで合意し、高霊郡の祝祭の一つとして位置づけられている。いってみれば個人によって行われていた儀礼が国家(官)が認める行事になったというわけである。

祭祀の対象には天神夷毗訶と加耶山神正見母主そして伊珍阿豉、天照大神と素戔嗚尊がある。このように、高天原祭は韓国と日本が同じルーツを持つ日鮮同祖論に立脚している。その核心に高霊に位置した大加耶国があり、日本は大加耶国の分国ということを対内外的に喧伝している。

これを見ると、高霊は紛れもなく日本の天神たちの故郷の高天原であるように感じられる。これは確かに過去の任那日本府の高霊ではなく日本天皇家の原郷として新しく生まれ変わっている。いわば高霊は九〇年代に入り、新しく日本古代神話に出会うことによって踏みにじられた地域の自尊心を回復し、民族的な自矜心を高める歴史と伝統のある地域として位置づけられたといえる。すなわち、独立直後、高霊人によって日本神話が否定され積極的に解体されたのが、現在では再解釈され新しい伝統を創造する重要な知的資産として活用されているのである。

三　高霊に移植される日本神話

高霊が任那日本府であるという説を否定する努力は、古代日本は高霊人が建てた国であるという新しい理論を産み出した。それほど高霊における高天原説は彼らにとって特別な意味があった。しかし、高霊人はここに止まらなかった。彼らに有利な日本神話を選んで高霊の地域神話に変換しようとした。その代表的な例が素戔嗚尊と迩迩芸命、そして都怒我阿羅斯等の渡日神話である。

彼らは須佐之男と天照大神を高霊出身にし、尊敬と敬慕の対象にした。李慶熙は高天原は高霊であり、須佐之男が高霊で船を造り、洛東江を利用し金海から海に出て島根に行ったと主張している［李慶熙二〇〇一：二二］。すなわち、須佐之男が高霊―居昌（牛頭山）―金海―島根と渡った経路を想定している。

一方、迩迩芸命の降臨神話も高霊で新たに創られていた。高霊の洛東江の川沿に「天磐座」の紀念碑を立てた。それも二〇一〇年一二月、李慶熙によって建立されたものである。つまり神話上に存在する迩迩芸命の天孫降臨神話を船に乗って海を渡って日本に移住する大加耶勢力の歴史的な話に変えたのである。しかしこれはあくまでも須佐之男と迩迩芸命を高霊出身にするために日本神話の知識を活用して意図的に創っているので、この話が一般大衆にまで広がるのには、ある程度時間が掛るであろう。

しかし驚くのは金光淳が高霊地域で採集した説話のなかに、日本の記録とよく似た話が見つけられることである［金光淳二〇〇六］。その話は「頭に角がある人の話」であるが、その内容は『日本書紀』の都怒我阿羅斯等の話とほぼ同じである。「額有角人」という表現も金光淳が創ったものではなく、『書紀』で使用された名称そのままである。これだけ見ても右の『書紀』の説話がいかに高霊に影響を及ぼしているかが分かる。このように高霊は『書紀』の話を受容して現地の事情にあわせて変容させているのである。これは任那日本府の高霊説を否定し、高霊を高天原に比定する知識人の努力の結果でもある。

こうした高霊人の行動に対して内外から批判的な見方があるのは当然である。たとえば、高天原祭を大学を内外にうまく宣伝する広報手段として使っているとみる疑惑の視線もある。また戦前日本が植民地理論として開発した日鮮同祖論をそのまま認定しているのではないかと批判的に見る人もいる。さらに、恣意的な解釈があまりにもある個人の主張と日本の『記紀』の神話に依存しているし、神話を歴史として見る傾向が強く、無理が生じ、学問的な客観性が十分に担保できないといえるかも知れない。

しかし、高霊人が日本神話を利用し、新しい高天原説を主張し、高天原公園を作り、毎年日本の神々を祭る高天原祭を行うのには、任那日本府の高霊説により踏み躙られた民族的な自尊心の回復と高霊の歴史を通じて地域の文化に対する自矜心を高めるという意図がある。そのため高霊が日本の植民地だったという論旨を全面的に否定するために日本神話を利用し、高霊（大加耶）は日本の植民地ではなく日本の母国であったという理論を構築するにいたったのである。すなわち、古代日本は大加耶の分家という論理で任那日本府説に対抗したのである。したがって彼らの高天原説は単純に日本に対する反感から出た国粋主義者の行動とは意味が異なる。その意味で高霊の高天原説は、高霊人によって作られた新しい歴史といえる。

〔参考文献〕

金光淳二〇〇六『韓國口碑文學〈慶北 高靈郡〉』（박이정）。

申宗煥二〇一二「日帝強占期 高靈地域의 考古學的 照査와 그 影響」（『第二一回 嶺南考古學會 學術發表會』嶺南考古學會）。

李慶熙二〇〇一「天照大神는 任那加羅사람이었다」（『二〇〇一年 高天原祭 및 學術講演會 抄錄』加耶大學

校 加耶文化研究所)。
馬淵和夫一九九九「高天原の故地」(『古代日本語の姿』武蔵野書院)。

「説話文学と歴史史料の間に」――研究会の記録　（代表：倉本一宏）

《二〇一五年度》

◆第一回　於・国際日本文化研究センター

五月十六日（土）
打ち合わせ

五月十七日（日）
倉本一宏「説話文学と歴史史料の間に―花山院説話をめぐって」
荒木　浩「物語・談・著聞集―説話集の語りと史料性」

◆第二回　於・国際日本文化研究センター

七月四日（土）
古橋信孝「文学史における中世の始まり」
保立道久「天孫降臨神話と火山」
三舟隆之「『日本霊異記』と関連史料―史料性の方法論」
尾崎　勇「『治承物語』の今様をうたう徳大寺実定の意味」

七月五日（日）
大橋直義「伝記への執心―『扶桑略記』のある側面について」
横田隆志「通天の帯の献上説話―『今昔物語集』巻二十六第12話をめぐって」
上野勝之「仏教説話とその素材」
井上章一「聖徳太子とネストリアン」

◆第三回　於・東京大学文学部

八月二十九日（土）
小峯和明「東アジアの説話世界―第三極の説話・話芸論へ」
伊東玉美「日記と説話文学―円融院大井川御幸の場合」
錦　仁「和歌の名所（歌枕）という説話《モノガタリ》」
マヤ・ケリアン"History of Post-World War II Consumption: Japan and Bulgaria"

八月三十日（日）
谷口雄太「中世における吉良氏と高氏―室町期南九州史料に見える伝承と史実」
加藤謙吉「山背秦氏の祖先伝承―秦公酒と秦大津父」

渡辺精一「『夷堅志』の示唆するもの―『古今著聞集』・
『徒然草』・花咲かじじい」

◆第四回　於・国際日本文化研究センター

十月十七日(土)

曾根正人「平安初期仏教と五台山―『日本霊異記』上巻
第五縁の五台山記事が持つ意味」

関　幸彦「説話三題―歴史学との回路をさぐる」

魯　成煥「越境する〈日本神話〉―韓国における高天原」

藤本孝一「中世絵巻の鑑賞方法―信貴山縁起絵巻を中心
に」

十月十八日(日)

蔦尾和宏「『古事談』巻五巻頭話覚書」

多田伊織「古代仏教はだれのためのものか―言語から見
る『日本霊異記』」

山下克明「式神と陰陽師説話をめぐって」

五月女肇志「『古今著聞集』と古記録」

◆第五回　於・国際日本文化研究センター

一月九日(土)

榎本　渉「文書・日記・説話における高麗文宗請医事件」

野本東生「『古今著聞集』と文体」

佐藤　信「『出雲国風土記』の説話世界」

野上潤一「林羅山『本朝神社考』による説話の資料化と
その享受について―羅山の学問と近世前期学問史に
おける一展開をめぐって」

一月十日(日)

内田澪子「『長谷寺験記』享受の一端」

グエン・ヴー・クイン・ニュー「ベトナムの昔話に見ら
れるモチーフ(今昔物語を対象として)」

樋口大祐「慈光寺本『承久記』の視点について」

前田雅之「今昔物語集の享受から説話と歴史の関係を論
ずる―本朝通鑑・近代国学・国文学・芥川龍之介」

◆第六回　於・国際日本文化研究センター

三月五日(土)

呉座勇一「北条義時追討院宣は実在したのか―慈光寺本
『承久記』の再検討」

松薗　斉「藤原(九条)道家と説話世界―『古今著聞集』
と『比良山古人霊託』をめぐって」

加藤友康「古事談における古記録の抄録―貴族たちが共
有した「世界」」

佐野愛子「『粤甸《えつでん》幽霊集録』の編纂をめぐって」

三月六日(日)

木下華子「『発心集』蓮華城入水説話をめぐって」

中町美香子「『今昔物語集』巻第二十七第九話の史実性

をめぐって」
追塩千尋「壱演（803〜867）の寺院創建伝承をめぐって」
中村康夫「和歌と歴史―和歌説話とは何か」

《二〇一六年度》

◆第一回　於・国際日本文化研究センター
六月四日(土)
追塩千尋「武内宿禰伝承の展開―『古今著聞集』武内宿禰説話の意義とその背景」
古橋信孝「大和物語における歴史と文学」
六月五日(日)
井上章一「「百合若大臣」をめぐって」

◆第二回　於・国際日本文化研究センター
七月九日(土)
三舟隆之「『東大寺諷誦文稿』・『日本霊異記』・『日本感霊録』の成立とその性格」
多田伊織「言葉と信仰―『日本霊異記』周辺の言語環境」
七月十日(日)
龔　婷「京洛の境界線―文学・古記録における平安京の「内と外」の認識変化について」
倉本一宏「「コノ話ハ蓋シ小右記ニ出シナラン」考―『小右記』と説話との間に」

◆第三回　於・国際日本文化研究センター
九月十日(土)
東　真江「説話と考古学―雲陽誌を中心に」
仁藤敦史「『日本霊異記』にみる他界観―黄泉の国から地獄への転換」
九月十一日(日)
加藤友康「古事談の情報源―古記録が筆録した情報と「言談」への変容の検討を通して考える」
グエン・ティ・オワイン「ベトナムの漢文説話における高僧について―『禅苑集英』を中心に」

◆第四回　於・国際日本文化研究センター
十二月十日(土)
尾崎　勇「源頼朝の旗揚げをめぐる説話の側面―『愚管抄』と『平家物語』とのあいだ」
五味文彦「説話と日記のはざま」
十二月十一日(日)
蔦尾和宏「『古事談』巻一巻頭話考」
野本東生「『古今著聞集』「哀傷」考―実録意識を支えるもの」

《二〇一七年度》

◆第一回　於・国際日本文化研究センター

七月八日(土)

鈴木貞美「「説話」概念：文学・歴史・文化史」

松薗　斉「中世における説話集作者の歴史意識について」

内田澪子「『仮名貞観政要』の周辺から」

関　幸彦「武家・宝剣説話の諸相」

曾根正人「アジア仏教における因果応報教説と説話—因果応報教説の占める教義的位置と教養テキストとしての説話の意義」

◆第二回　於・国際日本文化研究センター

九月九日(土)

上野勝之「霊験的事実の記録とその伝承」

佐野愛子「古城王妃祭祀考」

池上洵一「文学の側から読んだ公家日記」

野上潤一「林羅山『本朝神社考』による説話の資料化とその享受について—羅山の学問と近世前期学問史における一展開をめぐって」

藤本孝一「紅梅殿の壺と編纂—説話集を中心として」

◆第三回　於・国立公文書館、明治大学

十二月九日(土)

国立公文書館見学(古記録・説話の閲覧・撮影)

樋口大祐「転生する『太平記』—『近世太平記』を中心に」

保立道久「大安寺・石清水と早良親王—河陽離宮から生まれたもの」

前田雅之「古典的公共圏の成立期としての後嵯峨院時代の役割と意味」

山下克明「平安後期の宿曜道と属星秘法伝承」

川上知里「『拾遺往生伝』の史実性と文学性」

◆第四回　於・国際日本文化研究センター

二月十日(土)

木下華子「『発心集』巻七—一二「心戒上人不留跡事」について」

五月女肇志「『百人一首』と説話」

大橋直義「花山院と那智・西国巡礼」

ゴ・フォン・ラン「丁部領王の説話とホアール—祭」

《二〇一八年度》

◆第一回　於・国立国会図書館、明治大学

七月七日(土)

石川久美子「「みやび」の伝播伝承」
白　雲飛「不思議な「鵲」の話―中国の歴史書・民間伝説から『今昔』へ」
グエン・ヴー・クイン・ニュー「日本の五節句とそのベトナムの伝説」
久葉智代「万葉集にみる「みやこ」と「ひな」への意識」
小峯和明「再び：第三極の説話・話芸論へ―〈説話本〉の提唱」

◆第二回　於・国際日本文化研究センター
十月二十日(土)
榎本　渉「高麗僧了然法明来日説の生成過程について」
谷口雄太「甲斐武田氏の対足利氏観」
中町美香子「『今昔物語集』の平安京と「上わたり」「下わたり」」
荒木　浩「『安養集』と源隆国の世界観再考」
呉座勇一「足利安王・春王の日光山逃避伝説の生成過程」

説《せつ》話《わ》研究《けんきゅう》を拓《ひら》く——説《せつ》話《わ》文学《ぶんがく》と歴《れき》史《し》史料《しりょう》の間《あいだ》に

2019（平成31）年２月28日発行

編　者　倉本一宏

発行者　田中　大

発行所　株式会社　思文閣出版

〒605-0089 京都市東山区元町355

電話 075-533-6860（代表）

装　幀　白沢　正

印　刷
製　本　西濃印刷株式会社

 ISBN978-4-7842-1967-4　C3093

執筆者紹介（収録順）

倉 本 一 宏（くらもと　かずひろ）
1958年生．東京大学大学院人文科学研究科博士課程単位修得退学．博士（文学，東京大学）．国際日本文化研究センター教授・総合研究大学院大学教授．
『日本古代国家成立期の政権構造』（吉川弘文館，1997年），『摂関政治と王朝貴族』（吉川弘文館，2000年），『『御堂関白記』の研究』（思文閣出版，2018年）．

小 峯 和 明（こみね　かずあき）
1947年生．早稲田大学大学院文学研究科博士課程修了．文学博士．立教大学名誉教授，中国人民大学高端外国専家．
『説話の森』（岩波現代文庫，2001年），『中世日本の予言書』（岩波新書，2007年），『遣唐使と外交神話』（集英社新書，2018年）．

池 上 洵 一（いけがみ　じゅんいち）
1937年生．東京大学大学院文学研究科博士課程単位修得中退．博士（文学）．神戸大学名誉教授．
『池上洵一著作集』全４巻（和泉書院，第１・２巻，2001年／第３・４巻，2008年）．

前 田 雅 之（まえだ　まさゆき）
1954年生．早稲田大学大学院文学研究科博士後期課程単位取得退学．博士（文学）．明星大学人文学部日本文化学科教授．
『なぜ古典を勉強するのか』（図書出版文学通信，2018年），『書物と権力』（吉川弘文館，2018年），『画期としての室町――政事・宗教・古典学』（編著，勉誠出版，2018年）．

龔　　婷（きょう　てい）
1987年生．奈良女子大学人間文化研究科博士前期課程修了．修士（文学）．総合研究大学院大学文化科学研究科国際日本研究専攻博士後期課程在学中．

榎 本　渉（えのもと　わたる）
1974年生．東京大学大学院人文社会系研究科博士課程単位修得退学．博士（文学，東京大学）．国際日本文化研究センター准教授・総合研究大学院大学准教授．
『東アジア海域と日中交流――９～14世紀』（吉川弘文館，2007年），『僧侶と海商たちの東シナ海』（講談社選書メチエ，2010年），『南宋・元代日中渡航僧伝記集成　附　江戸時代における僧伝集積過程の研究』（勉誠出版，2013年）．

倉 本 一 宏→別掲

野本東生（のもと　とうせい）
1980年生．東京大学大学院人文社会系研究科博士課程満期退学．博士（文学）．北海道大学大学院文学研究科准教授．
「閑居反の結縁意識」（『東京大学国文学論集』6，2011年3月），「十訓抄における叙述方法――類比的装い」（『国語と国文学』90-4，2013年4月）．

藤本孝一（ふじもと　こういち）
1945年生．法政大学大学院人文学科研究科博士課程修了．博士（文学）．龍谷大学文学部客員教授．
『中世史料学叢論』（思文閣出版，2008年），『国宝『明月記』と藤原定家の世界』（臨川書店，2016年），『定家本源氏物語　行幸・早蕨』（編，八木書店，2018年）．

荒木　浩（あらき　ひろし）
1959年生．京都大学大学院文学研究科博士後期課程中退．博士（文学）．国際日本文化研究センター教授・総合研究大学院大学教授．
『説話集の構想と意匠　今昔物語集の成立と前後』（勉誠出版，2012年），『かくして『源氏物語』が誕生する――物語が流動する現場にどう立ち会うか』（笠間書院，2014年），『徒然草への途――中世びとの心とことば』（勉誠出版，2016年）．

保立道久（ほたて　みちひさ）
1948年生．東京都立大学人文科学研究科修士課程修了．修士．東京大学名誉教授．
『歴史学をみつめ直す――封建制概念の放棄』（校倉書房，2004年），『中世の国土高権と天皇・武家』（校倉書房，2015年），『現代語訳　老子』（ちくま新書，2018年）．

中村康夫（なかむら　やすお）
1949年生．神戸大学大学院文学研究科修士課程修了．博士（文学）．国文学研究資料館名誉教授・総合研究大学院大学名誉教授．
『袋草紙考証』歌学編／雑談編（和泉書院，1983／1991年），『栄花物語の基層』（風間書房，2002年），『皇位継承の記録と文学――『栄花物語』の謎を考える』（臨川書店，2017年）．

呉座勇一（ござ　ゆういち）
1980年生．東京大学大学院人文社会系研究科博士課程修了．博士（文学）．国際日本文化研究センター助教．
『日本中世の領主一揆』（思文閣出版，2014年），『応仁の乱』（中央公論新社，2016年），「永享九年の「大乱」」（植田真平編著『足利持氏』戎光祥出版，2016年，初出2013年）．

古橋信孝（ふるはし　のぶよし）
1943年生．東京大学大学院人文科学研究科後期課程修了．博士（文学）．武蔵大学名誉教授．
『古代和歌の発生』（東京大学出版会，1983年），『日本文学の流れ』（岩波書店，2010年），『平安期日記文学総説――一人称の成立と展開』（臨川書店，2018年）．

NGUYEN VU QUYNH NHU（グエン・ヴー・クイン・ニュー）
1969年生．ベトナム国家大学ホーチミン市人文社会科学大学文学学部博士修了．ベトナム国家大学ホーチミン市人文社会科学大学日本学部講師．国際日本文化研究センター外来研究員．
『古くて新しいもの――ベトナム人の俳句観から日本文化の浸透を探る』（口述，国際日本文化研究センター，2017年），「ベトナム人と俳句」（『跨境　日本語文学研究』2018年），「Thơ haiku thời kỳ toàn cầu hóa（グロバール時代における俳句）」（『越日関係45年の成果と展望』ベトナムアカデミー，東北アジア研究，2018年）．

NGO HUONG LAN（ゴ・フォン・ラン）
1973年生．ベトナム社会科学アカデミー附属社会科学学院言語学部比較言語学研究科博士後期課程修了．博士（言語学）．ベトナム社会科学アカデミー附属東北アジア研究所日本研究センター副所長・重要研究員．
『レジリエンス社会構築・ベトナムと日本との協力』（ハノイ国家大学出版社，2018年），「日本と韓国における社会関係資本」（『東北アジア研究雑誌』213号，2018年11月），「祭礼―コミュニティーの歴史や文化空間を再現する場：ベトナムのホア・ルー祭と日本の祇園祭を中心に」（『東北アジア研究雑誌』214号，2018年12月）．

宋　浣範（ソン　ワンボム）
1965年生．東京大学大学院人文社会研究科博士後期課程修了．博士（文学）．韓国高麗大学GLOBAL日本研究院教授．
「融・複合的日本学としての“歴史地震学”――“災難学”についての提言」（『日本学報』100号，2014年），「「東アジア安全共同体論」序説」（学習院女子大学国際学研究所叢書『調和的秩序形成の課題』御茶の水書房，2016年），「7世紀における倭国の外征や内戦の‘戦後処理’と日本の誕生」（『日本思想』33号，2017年）．

NGUYEN THI OANH（グエン・ティ・オワイン）
1956年生．ハノイ師範大学大学院博士課程修了．博士（文学）．ハノイ・タンロン大学外国語部日本言語部門准教授．
「ベトナムの漢文説話における鬼神について――『今昔物語集』と『捜神記』との比較」（小峯和明編『東アジアの今昔物語集――翻訳・変成・予言』勉誠出版，2012年），「ベトナムと日本における法華経信仰――古典から探る」（浅田徹編『日本化する法華経』勉誠出版，2016年），「ベトナムの漢文説話における「夢」とその資料」（荒木浩編『夢と表象――眠りとこころの比較文化史』勉誠出版，2017年）．

佐野愛子（さの　あいこ）
1987年生．明治大学大学院文学研究科博士後期課程在学中．修士（文学）．明治大学大学院文学研究科博士後期課程院生．
「『禅苑集英』における禅学将来者の叙述法」（小峯和明監修『東アジアの文化圏』シリーズ日本文学の展望を拓く1，笠間書院，2017年），「『粤甸幽霊集録』における神――モンゴルの侵略を通して」（『立教大学日本学研究所年報』13，2015年）．

蔦尾和宏（つたお　かずひろ）
1972年生．東京大学大学院人文社会系研究科博士課程修了．博士（文学）．専修大学文学部教授．
『院政期説話文学研究』（若草書房，2015年）．

内田澪子（うちだ　みおこ）
1964年生．神戸大学大学院文化学研究科博士課程修了．博士（文学）．お茶の水女子大学グローバルリーダーシップ研究所研究協力員．
「『十訓抄』序文再読」（『日本文学』709号，2012年），「縁起の〈縁起〉―『長谷寺縁起文』成立周辺」（『論集　中世・近世説話と説話集』和泉書院，2014年），「一生涯草紙系『西行物語』考」（『國語と國文学』95巻11号，2018年）．

川上知里（かわかみ　ちさと）
1986年生．東京大学大学院人文社会系研究科博士課程満期退学．博士（文学）．尚絅大学文化言語学部助教．
「『今昔物語集』非仏法部の形成――巻十「震旦付国史」を中心に」（『国語と国文学』91-4，2014年），「『今昔物語集』巻三十「本朝付雑事」論――仏教と恋との狭間」（『東京大学国文学論集』10，2015年），「『打聞集』論」（『国語と国文学』94-6，2017年）．

松薗　斉（まつぞの　ひとし）
1958年生．九州大学大学院文学研究科博士後期課程満期終了退学．博士（文学）．愛知学院大学文学部教授．
『日記の家――中世国家の記録組織』（吉川弘文館，1997年），『王朝日記論』（法政大学出版局，2006年），『中世禁裏女房の研究』（思文閣出版，2018年）．

関　幸彦（せき　ゆきひこ）
1952年生．学習院大学大学院人文科学研究科博士課程修了．日本大学文理学部教授．
『百人一首の歴史学』（NHK出版，2009年），『その後の東国武士団』（吉川弘文館，2011年），『承久の乱と後鳥羽院』（〈敗者の日本史〉シリーズ，吉川弘文館，2012年）．

五味文彦（ごみ　ふみひこ）
1946年生．東京大学大学院人文科学研究科博士課程中途退学．博士（文学）．東京大学名誉教授．
『院政期社会の研究』（山川出版社，1984年），『書物の中世史』（みすず書房，2003年），『文学で読む日本の歴史』（山川出版社，2017年）．

樋口大祐（ひぐち　だいすけ）
1968年生．東京大学文学部人文社会系研究科博士課程修了．博士（文学）．神戸大学大学院人文学研究科教授．
『乱世のエクリチュール――転形期の人と文化』（森話社，2009年），『変貌する清盛――『平家物語』を書きかえる』（吉川弘文館，2011年），「一八七四年の「台湾危機」――回避した戦争をめぐる諸言説について」（井上泰至編『近世日本の歴史叙述と対外意識』勉誠出版，2016年）．

谷口雄太（たにぐち　ゆうた）

1984年生．東京大学大学院人文社会系研究科博士課程単位取得満期退学．博士（文学）．東京大学大学院人文社会系研究科研究員．

「足利一門再考」（『史学雑誌』122-12，2013年），「中世後期武家の対足利一門観」（『日本歴史』829，2017年），「足利時代における血統秩序と貴種権威」（『歴史学研究』963，2017年）．

伊東玉美（いとう　たまみ）

1961年生．東京大学大学院人文科学研究科博士課程修了．博士（文学）．白百合女子大学文学部教授．

『新注古事談』（浅見和彦と共に責任編集，笠間書院，2010年），『新版発心集　上・下　現代語訳付き』（浅見和彦と共訳注，KADOKAWA，2014年），『ビギナーズ・クラシックス　日本の古典　宇治拾遺物語』（編，KADOKAWA，2017年）．

追塩千尋（おいしお　ちひろ）

1949年生．北海道大学大学院文学研究科博士後期課程単位取得退学．北海学園大学人文学部教授．

『中世南都の僧侶と寺院』（吉川弘文館，2006年），『中世南都仏教の展開』（吉川弘文館，2011年），『中世説話の宗教世界』（和泉書院，2013年）．

木下華子（きのした　はなこ）

1975年生．東京大学大学院人文社会系研究科博士課程修了．博士（文学）．ノートルダム清心女子大学文学部日本語日本文学科准教授．

『鴨長明研究——表現の基層へ』（勉誠出版，2015年），「『源家長日記』の方法と始発期の後鳥羽院像」（『国語と国文学』93—4号，2016年4月），「道程を叙述する文体——『山家集』中国・四国関係歌群と『無名抄』から」（『西行学』8号，2017年8月）．

井上章一（いのうえ　しょういち）

1955年生．京都大学大学院工学研究科修士課程修了．工学修士．国際日本文化研究センター教授．

『日本に古代はあったのか』（角川学芸出版，2008年），『伊勢神宮と日本美』（講談社，2013年），『学問をしばるもの』（編著，思文閣出版，2017年）．

渡辺精一（わたなべ　せいいち）

1953年生．國學院大学大学院文学研究科博士後期課程修了．

『素書』（明徳出版社，1987年），『三国志人物事典』（講談社，1989年），『ビジュアル版　史記物語』（講談社，2001年）．

魯　成煥（ノ　ソンファン）

1955年生．大阪大学大学院文学研究科博士後期課程修了．博士（文学）．韓国蔚山大学日本学科教授．

『古事記』（ソウル，民俗苑，2009年），『日本神話と古代韓国』（ソウル，民俗苑，2010年），『日本神話の中の新羅人伝承』（ソウル，民俗苑，2014年）．

説話・史料名索引

＊採録語句が章・節・項のタイトルに含まれる場合は該当頁をゴシック表記にし、その章・節・項内からは採録を省略した。

ろ

わ